「十二五」国家重点图书出版规划项目
国家社科基金重大项目成果

新中国60年外国文学研究

（第一卷上）

外国诗歌与戏剧研究

申丹 王邦维 总主编

章燕 赵桂莲 主编

北京大学出版社
PEKING UNIVERSITY PRESS

图书在版编目(CIP)数据

新中国 60 年外国文学研究. 第 1 卷. 上,外国诗歌与戏剧研究 / 申丹,王邦维总主编;章燕,赵桂莲主编. —北京:北京大学出版社,2015.9
ISBN 978-7-301-26048-7

Ⅰ. ①新… Ⅱ. ①申… ②王… ③章… ④赵… Ⅲ. ①外国文学—文学研究 ②诗歌研究—世界 ③戏剧研究—世界 Ⅳ. ①I106

中国版本图书馆 CIP 数据核字(2015)第 159446 号

书　　名	新中国 60 年外国文学研究(第一卷上)外国诗歌与戏剧研究
著作责任者	申　丹　王邦维　总主编　章　燕　赵桂莲　主编
组稿编辑	张　冰
责任编辑	刘　爽
标准书号	ISBN 978-7-301-26048-7
出版发行	北京大学出版社
地　　址	北京市海淀区成府路 205 号　100871
网　　址	http://www.pup.cn　　新浪微博:@北京大学出版社
电子信箱	zpup@pup.cn
电　　话	邮购部 62752015　发行部 62750672　编辑部 62759634
印 刷 者	北京中科印刷有限公司
经 销 者	新华书店
	720 毫米×1020 毫米　16 开本　21.5 印张　450 千字
	2015 年 9 月第 1 版　2015 年 9 月第 1 次印刷
定　　价	78.00 元

未经许可,不得以任何方式复制或抄袭本书之部分或全部内容。
版权所有,侵权必究
举报电话:010-62752024　电子信箱:fd@pup.pku.edu.cn
图书如有印装质量问题,请与出版部联系,电话:010-62756370

新中国 60 年外国文学研究（第一卷上）
外国诗歌与戏剧研究
编撰人员

总主编/申丹　王邦维
本卷主编/章燕　赵桂莲

撰写人
总论：申丹、王邦维
绪论：章燕、赵桂莲
第一章
第一节：陈中梅；第二节：姜景奎、曾琼；
第三节：姜岳斌、安娜·肯台尔密（意大利）；第四节：沈弘
第二章
第一节：章燕；第二节：张旭春；第三节：张剑；第四节：吴晓樵；
第五节：顾蕴璞；第六节：姜景奎
第三章
第一节：张铁夫、宋德发；第二节：刘树森
第四章
第一节：张子清；第二节：郭宏安；第三节：蒋洪新、李春长；第四节：傅浩；
第五节：董洪川；第六节：赵振江
第五章
第一节：程朝翔；第二节：陈惇
第六章
第一节：范大灿、胡蔚；第二节：卫茂平
第七章
第一节：何成洲；第二节：王岚；第三节：彭甄
第八章
第一节：郭继德；第二节：王建；第三节：张和龙

目　录

总论 ·· 1
绪论 ·· 1

上编　新中国60年外国诗歌研究

第一章　经典史诗研究 ··· 21
导言 ·· 21
第一节　荷马史诗研究 ·· 22
第二节　印度两大史诗研究 ·· 34
第三节　但丁《神曲》研究 ·· 43
第四节　弥尔顿《失乐园》研究 ···································· 54

第二章　浪漫主义诗歌研究 ·· 65
导言 ·· 65
第一节　华兹华斯诗歌研究 ·· 66
第二节　拜伦诗歌研究 ·· 76
第三节　雪莱诗歌研究 ·· 88
第四节　海涅诗歌研究 ·· 100
第五节　莱蒙托夫诗歌研究 ·· 106
第六节　泰戈尔诗歌研究 ·· 115

第三章　浪漫主义/现实主义诗歌研究 ······························· 124
导言 ·· 124
第一节　普希金诗歌研究 ·· 124
第二节　惠特曼诗歌研究 ·· 133

第四章　现代主义诗歌研究 …… 146
  导言 …… 146
  第一节　狄更生诗歌研究 …… 147
  第二节　波德莱尔诗歌研究 …… 160
  第三节　庞德诗歌研究 …… 167
  第四节　叶芝诗歌研究 …… 179
  第五节　艾略特诗歌研究 …… 186
  第六节　聂鲁达诗歌研究 …… 195

下编　新中国 60 年外国戏剧研究

第五章　文艺复兴与古典主义戏剧研究 …… 205
  导言 …… 205
  第一节　莎士比亚戏剧研究 …… 206
  第二节　莫里哀戏剧研究 …… 222

第六章　启蒙运动与德国古典文学时期戏剧研究 …… 234
  导言 …… 234
  第一节　歌德戏剧研究 …… 235
  第二节　席勒戏剧研究 …… 247

第七章　(批判)现实主义戏剧研究 …… 256
  导言 …… 256
  第一节　易卜生戏剧研究 …… 257
  第二节　萧伯纳戏剧研究 …… 266
  第三节　契诃夫戏剧研究 …… 276

第八章　现代主义和后现代主义戏剧研究 …… 288
  导言 …… 288
  第一节　奥尼尔戏剧研究 …… 289
  第二节　布莱希特戏剧研究 …… 299
  第三节　贝克特戏剧研究 …… 312

主要参考书目 …… 320
主要人名索引 …… 329

总 论

文学是语言的艺术,是文化的沉淀,是人类精神生活的宝库。研究外来的文学,既是语言的阐释,也是文化的交流和思想的对话。在中华民族走向现代化、中外文明相互交融这一世界发展总格局的进程中,外国文学研究发挥了越来越重要的作用。外国文学研究是我国学术和文化建设的一个重要组成部分,有助于中国在深层次上了解世界,吸纳世界文明的精华。新中国成立后,受到政治、社会、文化、经济等各种因素的影响,我国的外国文学研究走过了一条曲折坎坷的道路,但同时也取得了辉煌的成就。新中国60年外国文学研究既丰富多彩又错综复杂,伴随着对研究目的、地位、作用、性质、方法等诸多方面的探索与论争,在中国社会发展的各个阶段积累了很多经验,也留下不少教训。系统梳理与考察新中国60年来外国文学研究的发展历程,并在此基础上,对其进行中肯而深入的分析,一方面可对我国外国文学研究界60年所做的工作做一个整体观照,进行经验总结;另一方面可通过反思,发现存在的问题,提出解决的办法,为外国文学研究的发展指出方向,进而为我国的文化建设和社会主义核心价值体系的构建提供重要参考。基于以上思考,国家社科基金重大项目"新中国60年外国文学研究"坚持历史唯物主义观点,采用辩证方法,自2010年1月立项至2013年底的四年中实事求是地展开全面工作。① 本项目设以下八个子课题:(1)外国文学作品研究之考察与分析(下分"诗歌与戏剧研究"和"小说研究");(2)外国文学流派研究之考察与分析;(3)外国文学史研究之考察与分析;(4)外国文论研究之考察与分析;(5)外国文学翻译之考察与分析;(6)外国文学研究分类考察口述史;(7)外国文学研究数据库;(8)外国文学研究战略发展报告。本书共六卷七册,加上数据库与战略发展报告,构成了本项目的

---

① 同时立项的还有陈建华担任首席专家的同名项目,该项目分国别考察外国文学研究,本项目则对外国文学研究按种类进行专题考察;两个项目之间有所不同,一定程度上可以互补。

最终研究成果。

本项目首次将外国文学研究分成不同种类,每一种类又分专题或范畴,以新的方式探讨新中国成立后60年外国文学研究的思路、特征、方法、趋势和进程,对重要问题做出深度分析,从新的角度揭示外国文学研究的得失和演化规律,对未来的外国文学研究进行前瞻性思考,以求推进我国外国文学研究的学术史建构。

国内现有的相关研究成果大致分成以下三类。其一为发展报告类,如《中国高校哲学社会科学发展报告1978—2008文学卷》《新中国社会科学五十年》等。这些成果提供了不少重要信息和资料,但关于外国文学研究的部分篇幅有限,留下了进一步研究的空间。四川外国语大学组织编写出版了2006—2009年度的《外国语言文学及相关学科发展报告》(王鲁南主编),其主要目的是收集信息、提供资料。其二为年鉴类和学术影响力报告类,如《北京社会科学年鉴》(2000—)、《中国学术年鉴》(人文社科版,2005—)、《中国人文社会科学学术影响力报告2000—2004》等。其重点在于介绍影响力较大的代表性成果或获奖成果,其中有关外国文学的部分篇幅不多,仅涵盖少量突出成果,且一般是从新世纪开始编写出版的。其三为学术史类,如龚翰熊的20世纪中国人文科学学术研究史丛书文学专辑《西方文学研究》(2005)、王向远的《东方各国文学在中国——译介与研究史述论》(2001)、陈众议主编的《当代中国外国文学研究(1949—2009)》(2011)等,这些史论性著作资料丰富,有很好的历史维度,但均按传统的国别和语种对外国文学研究进行考察,没有对其进行区分种类的专题探讨。近年来还出版了一些颇有价值的外国作家或作品的批评史研究专著,不过考察的主要是国外的研究成果。

新中国60年的外国文学研究以1978年十一届三中全会为界可大致分成前30年和后30年两个大的时间段。前30年又可分为前17年①和"文化大革命"两个时期;后30年也可进一步细分为改革开放初期,80年代中后期到90年代末,以及新世纪以来等三个时期②。这些不同时期外国文学研究的指导思想、范围、模式、角度、焦点等都有不同程度的变化,与社会变迁也产生了不同形式和特点的互动。

本套书前五卷的撰写者以分类研究为经,历史分期研究为纬,在经纬交织中对五个不同种类的外国文学研究展开系统深入的专题考察,探讨特定社会语境下相关论题的内容、方法、特征、热点和争议。纵向研究提供了每一类别(以

---

① 就前17年而言,1957年"反右"运动前后以及1962年中共中央批转《关于当前文学艺术工作若干问题的意见》前后也有所不同。

② 我们没有要求一定要这样来细分后30年,撰写专家根据考察对象的实际情况进行了不同的细分。

及各类别中每一专题的研究)在不同历史时期的不同表现和发展脉络;横向研究则展示了同一时期各个类别(以及其中不同专题的研究)之间的相互关联和相互影响。第六卷为外国文学研究口述史,受访学者是上述五个分类范围某一领域或多个领域的代表性资深专家。这一卷实录的生动的历史信息可与前面五卷的各类专项探讨互为补充、交叉印证。如果读者在前面五卷专著中读到了对某位学者某方面研究的探讨,想进一步了解该学者和其研究,就可以阅读第六卷中对该学者的访谈。

这样的分类探讨不仅有助于揭示每一个类别外国文学研究的范围、热点、特点、方法和得失,而且可以从新的角度达到对60年发展脉络和演化规律的整体把握和深刻认识,推进我国外国文学研究的学术史建构。本套书在撰写过程中,有七十余篇阶段性成果公开发表,其中五十余篇发表在《外国文学评论》《国外文学》《外国文学》《外国文学研究》《当代外国文学》《中国比较文学》《中国翻译》等CSSCI检索的核心期刊以及国际权威期刊 *Milton Quarterly* 上,也有论文被《新华文摘》和《人大复印资料》转载;《北京大学学报》(哲社版)和《浙江大学学报》(哲社版,先后推出三期)等开辟专栏,集中刊登本项目的阶段性研究成果。这从一个侧面体现出本套书分类考察的研究价值、研究意义和研究深度。

新中国60年外国文学研究涉及面很广,尽管采取了分类探讨的方法来限定各卷考察的范围,但考察对象依然非常繁杂,如何加以合理选择是保证研究成功的一个重要前提。第一卷作品研究子课题组在广泛收集已有研究成果的基础上,重点考虑国内的关注度、影响力、代表性、研究嬗变等多种因素,在征求专家意见的前提下最终选择了27位外国诗人和戏剧家的作品和42位外国小说家的作品分别作为第一卷上册和下册的专题考察对象。① 第二卷是我国第一部专门探讨外国文学流派研究的专著。为了突出重点,该卷以世纪为中轴组篇,每部分均以"总况"开始,概述相关范畴流派研究的全貌,然后对重要流派进行较为细致深入的专题考察,着重剖析涉及热门话题的代表性论文和著作。鉴于文学流派与特定时代的哲学、政治、文化、社会思想等有着密切关联,因而该卷的探讨在某种程度上也具有思想史研究的意义,可以帮助研究者更好地了解新中国外国文学流派乃至整个外国文学研究的思想语境。第三卷是我国第一部专门探讨外国文学史研究的专著,有利于更好地看到文学史研究的特点和发展规律。该卷在对外国文学史著作全面梳理研讨的基础上,对外国文学史的重要学者和优秀成果进行专题探讨,深入分析各个时期的写作特点和一些重要问

---

① 不少作家既创作小说,也创作诗歌和/或戏剧,但往往一个体裁的创作较为突出,也更多地受到新中国学术界的关注,因此被选作第一卷上册或者下册的考察对象。但也有作家不止一个体裁的创作成就突出,也同时受到我国学者的较多关注,因此被同时选为第一卷上册和下册的考察对象。

题。第四卷"外国文论研究"在总结历史经验、提供翔实材料的基础上,侧重新中国各历史时期文论研究重点关注的问题,对一些重要的理论、理论家和理论流派的研究加以专题考察和深度剖析,并以此来把握外国文论研究在我国的整体状况。这种以问题统帅全局的篇章结构,试图为新中国 60 年的研究成果整理出一个整体思想框架,以便读者更好地理解各种理论流派和理论家之间的内在联系和发展传承。第五卷"外国文学译介研究"借鉴译介学的视角,着力考察新中国政治、文化、学术语境中外国文学的翻译选择、翻译策略、翻译特点和读者接受,揭示外国文学翻译的发展脉络和发展规律。该卷将宏观把握与微观剖析相结合,在考察十余个语种翻译状况的基础上,在我国率先对外国文学史、外国文论、外国通俗文学的译介和文学翻译期刊的独特作用等进行专题探讨,并对经典作品的复译、通俗文学的翻译等热点问题进行深入分析。本套书开拓性地将文献考察与实地调研相结合。第六卷是我国第一部外国文学研究口述史,观念上和方法上具有创新性。该卷旨在通过直接访谈的形式来抢救和保留记忆,透过个体经验和视角探寻新中国学者走过的道路,进而多层面反映外国文学学科的发展历程及其与社会变迁互动的状况。这一卷实录的个体治学经验、对过往研究的反思和未来发展的建议是对前面五卷学术研究专著生动而有益的补充。为了更全面地反映新中国外国文学研究的面貌,还采访了主要从事教学、出版和比较文学研究的学者。

应邀参与各卷撰写的都是各相关领域学有所长的专家,不仅有学识渊博的资深学者,也有学术造诣精湛的中青年才俊,均具有相当好的国际视野。全体撰稿者严谨踏实的学风、精益求精的精神和通力协作的态度是本套书顺利完稿的保证。

总体而言,本套书具有以下特点:

一、重问题意识和分析深度 对外国文学研究进行分类专题考察,主要目的之一是力求摆脱以往的学术史研究偏重资料收集、缺乏分析深度的局限,做到不仅资料丰富,而且有较为深入的分析判断,以帮助提高学术史研究的水平。本套书注重问题意识,力求在对相关专题进行全面考察的基础上,以点带面,提炼重大问题,分析外国文学研究的局部和整体得失,做出中肯的判断和深入的反思,为今后的研究提供鉴照和参考。

二、重社会历史语境 密切关注国内及国外社会历史语境和外国文学研究的互动,挖掘影响不同种类外国文学研究的政治、社会、文化、学术、经济、国际关系等原因,揭示出影响新中国外国文学研究的深层因素,同时也关注外国文学研究对中国文学、文化和社会等方面所产生的影响。在作品研究卷的上、下两册中,每一个专题都按历史阶段分节,以便在共时轴上很好地展示不同作品的研究在同样社会环境制约下形成的共性,以及在历时轴上显示不同作品的研究随大环境变化而变化的类似特点,从而凸现文学研究与社会变迁的互动。与此同时,由于研究对象、研究者、研究方法、所涉及的社会环境因素等存在着差异,新中国对不同作品的研究也具有不同之处,这也是评析的一个重点。

三、重与国外研究的平行比较 引入国外相关研究作为参照,在更广阔的学术视野下探讨国内学者对相关问题的研究所处的层次,通过比较对照突显国内研究的特点、长处和不足之处。这样做不仅有利于提高分析的深度,在与国外研究的比较中,还能凸现新中国的学术研究与社会文化语境的密切关联。在外国受重视的作者,在我国的社会文化语境中有可能被忽视,反之亦然。文学研究方法也是如此。与国外研究相比较,还有利于揭示新中国的研究与对象国的研究在各自社会文化语境中的不同发展进程。

四、重跨学科研究 具有较强的跨学科性质,注重考察外国文学研究与哲学、语言学、比较文学、历史学、心理学、社会学、宗教学等学科的关联。

五、重前瞻与未来发展 在对新中国成立前的研究进行回顾并全面系统探讨新中国60年研究经验和教训的基础上,找出和反思目前存在的问题,对如何解决这些问题提出对策,对未来的研究方法和研究方向提出建议。这对我国外国文学研究的发展和文化建设、精神文明建设均有重要参考价值。

通过对新中国60年的外国文学研究进行分类考察和深度评析,总结经验与教训,并在此基础上进行前瞻性思考,本套书力求从新的角度解答以下问题:(1)各个种类的外国文学研究在不同时期具有哪些不同特征、哪些得失,呈现出什么样的发展规律?不同种类的研究之间有什么样的互动关系?(2)哪些外部和内部因素决定了新中国成立以来外国文学学科走过的道路?(3)新中国60年的社会文化发展历程如何在外国文学学科发展中得到反映?(4)新中国成立以来外国文学研究与其他人文、社会学科之间存在哪些互动关系?(5)我国外国文学研究目前存在什么问题,如何解决这些问题?(6)怎样避免我国外国文学研究对对象国研究话语和方法的盲从?怎样提高自主意识和创新意识?怎样更好更快地赶超国际前沿水平?(7)外国文学研究的经验与教训如何为未来的社会主义文化建设提供依据和参考?外国文学学科如何更好地服务于我国的文化建设和精神文明建设?

下面就本套书的编写做几点说明:

1. 从国内学科的布局和现状来讲,外国文学研究可以分为东方文学研究和西方文学研究两大块。新中国成立后的60年间(其实新中国成立前也是如此),西方强,东方弱,西方文学研究的总量大大超出东方文学研究的总量,因此本套丛书中对西方文学研究的考察所占比例要大得多。

2. 本项目的任务是考察新中国的外国文学研究,因此港澳台同行的研究成果没有纳入考察范围。

3. 本项目2010年1月正式立项，有的研究完稿于2010年，考察时间截止到2009年。但有的研究2013年才完稿，因此兼顾到外国文学研究近两年的新发展，对此我们予以保留。

4. 新中国60年以及此前的相关研究著作和论文数量甚多，而丛书篇幅有限（作品研究卷的篇幅尤其紧张），对考察范围的研究资料需加以取舍。专著的撰稿者聚焦于新中国60年来出版发表的相关研究专著和期刊论文（新中国成立前和新中国成立初期的考察对象包括报纸文章）。[①] 需要说明的是，除了本套六卷七册书提供的翔实资料和信息外，本项目的第八个子课题"外国文学研究数据库"也系统全面地提供了丰富的资料。[②] 数据库采取板块形式，搜集新中国60年外国文学研究的各方面资料，包括研究成果类信息（含专著和论文）、翻译成果类信息、研究机构类信息、研究人物类信息、研究刊物类信息、研究项目类信息（国家社科基金等基金的立项情况）和奖项类信息。对新中国60年外国文学研究资料信息感兴趣者，还可以登录本项目数据库网址进行查询（http://sfl.net.pku.edu.cn:8081/）。

5. 因篇幅所限，书中的文献信息只能尽量从简。在中国期刊网、国家图书馆网站和本项目数据库中，只要给出作者名、篇目名和发表年度，就可以很方便地查到所引专著和论文的所有信息。本套书中有的引用仅给出作者名、篇名和发表年度。

本研究能够顺利完成，得益于各子课题负责人的认真负责和通力协作，也得益于全体参与者的大力支持和无私奉献，对此我们感怀于心。本课题在立项和研究过程中曾得到众多专家学者的指导和帮助，在此深表感谢；特别要感谢陈众议、吴元迈、盛宁、陆建德、戴炜栋、刘象愚、张中载、张建华、刘建军、罗国祥、吴岳添、严绍璗等先生的帮助。需要特别说明的是，本项目的研究，不仅得到国家社科基金的资助，也得到北京大学主管文科的校领导、北京大学社会科学部和北京大学外国语学院的极力支持和多方帮助，对此我们十分感激。感谢北京大学出版社对本套丛书的出版立项，尤其感谢张冰主任为本套丛书付出诸多辛劳。

由于这套丛书时间跨度大，涉及面广，难免考虑欠周，比例失当，挂一漏万。书中的诸多不足和错谬之处，恳请各位专家和读者批评指正。

[①] 博士论文往往以专著形式出版，重要部分也往往以期刊论文形式发表。
[②] 本项目的战略发展报告中也有不少资料信息。

绪　论

　　1949年新中国成立以来，主要是改革开放以来，外国文学中的诗歌与戏剧作品的研究呈现出蓬勃发展的趋势。与20世纪前半叶相比，新中国成立后60年来的研究成果从数量上和质量上都取得了很大发展，尤其是改革开放之后的三十多年，外国诗歌和戏剧作品的研究在所涉及的研究国别、研究规模、研究方式、研究角度、研究深度、研究广度等方面均较此前有着急速的变化，在一定范围内已经能够与国外相关研究领域产生积极的交流与对话，当然，不同时段的研究也存在不同性质的问题，值得很好地总结和反思。

　　从1949年之后新中国的外国文学总的研究趋势来看，外国诗歌和戏剧的研究与小说和其他类别的文学研究情况大体一致，可以分为新中国成立之后17年的初步发展时期，"文化大革命"期间10年的停滞期和1978年改革开放之后30多年的蓬勃发展时期。新中国成立后至1966年的17年，新中国的外国诗歌与戏剧研究主要是学习和借鉴苏联的研究理论、方法和模式，运用马列主义的文艺观，尤其是社会主义现实主义的理论武器来指导外国诗歌和戏剧研究。这个时期的研究取得了一定成绩，但也存在很大局限，研究方法总体上比较单一，文艺为政治服务成为批评和研究的主要标准。1966年，"文化大革命"开始，外国诗歌和戏剧研究全面停滞。

　　改革开放之后的20世纪80年代，外国诗歌与戏剧研究随外国文学研究的复兴开始了全面的恢复与发展，这个时期的诗歌与戏剧研究有对前一阶段的反思，如对一些曾经予以否定和批判的作品进行重新评价，也有对尚未从国外引介的作品的介绍和评价，更有一些作品的研究得到了深化和扩展。西方国家的诗歌和戏剧相较其他国家和地区的研究而言在此时得到更全面的观照。90年代以来，随着各种西方文艺理论的大量引入，外国诗歌和戏剧的研究呈现出活跃和繁盛的局面，研究的方法和范围有了较大扩展，体现出一定的研究深度。与此同时，外国诗歌的研究和引介对改革开放之后中国新诗的发展起到推动的作用,一些国外的戏剧作品也陆续登上中国的舞台。进入21世纪的十年,外国诗歌与戏剧研究呈规模化发展,论文数量激增,专著数量上涨,研究的发展势头迅速,研究范围和规模都有进一步扩展,呈现出多元化、系统化和体系化的趋势。可以说,外国诗歌和戏剧的研究这时已开始进入繁荣期。但从近年的研究发展形势来看,与小说研究相比,诗歌与戏剧的研究仍相对较为薄弱,在运用西方文学理论分析研究作品时还有进一步深化的空间,在参与国际学术交流和对话的过程中,中国学者自己的声音相对不足,有自身特色和独立见解的原创性研究仍待深化,对某些经典作品的研究出现了较为严重的重复研究现象,在运用理论分析作品时也出现一些硬用和套用理论的情况。在这样的情形下,我们既需要充分肯定60年来已经取得的成绩,保持并发扬这种积极活跃的研究势头,同时也应清醒地意识到我们目前的研究尚存在一定不足,因此,我们仍需弥补缺失,完善自身,将今后的研究推向深入。

一

为比较新中国成立之前与成立之后外国诗歌和戏剧作品研究的异同,对我们今后的发展提供一些有益的参考,在此有必要对1949年之前的译介和研究进行简要的回顾。据学者考证,虽然一些外国诗人和诗作的名字在17世纪就被来华的传教士提及,但外国诗人和剧作家及其作品开始逐一踏上中国的土地并得到评介和研究则开始于20世纪初的晚清时期。当时外国诗歌与戏剧的引入主要以西方国家的作品为主。大量西方文学的引进是与晚清时期的有志之士和知识分子在思想上渴求以西方的自由民主之意志来唤起民众,提倡新知,实现文化与思想启蒙紧密联系在一起的,是当时中国的政治历史现实的需要。林纾自19世纪90年代起翻译了大量西方文学作品,首次将兰姆姐弟的《莎士比亚故事集》译为中文,名为《吟边燕语》,始使莎士比亚的名字进入国人的视野。这一时期,辜鸿铭、梁启超、马君武、王国维、苏曼殊等均对西方文学作品的译介起到了非同小可的作用,国人始知歌德、拜伦、雪莱、华兹华斯等西方的诗作与剧作。1907年,鲁迅发表了影响广泛的《摩罗诗力说》,着重介绍并论述了普希金、莱蒙托夫、拜伦、雪莱、密茨凯维奇、裴多菲等富有民族精神和爱国思想的诗人和他们的诗作。五四运动时期,弘扬自由民主精神的作品受到广泛重视,反映社会现实、批判社会不公的作品迅速得到译介和传播。在戏剧方面,莎士比亚的《哈孟雷特》(现一般译为《哈姆莱特》)、《罗密欧与朱丽叶》,歌德的《浮士德》,易卜生的社会问题剧等均在20世纪初期被译介到国内来,"浮士德"自强不息的探索精神,易卜生对社会现实的批判、对社会问题的关切都在当时引起人们的注意,获得广泛的影响。1918年,《新青年》杂志推出《易卜生号》,这是我国刊物第一次出版外国作家的专号。萧伯纳的作品也在此时被引入中国。他们的社会问题剧受到极大重视。此后各类文学刊物如《少年中国》《小说月报》《文学周报》《创造季刊》等一系列刊物,均大量推出外国诗歌与戏剧作品及相关的介绍和评论文章。一些刊物继《易卜生号》之后又推出了不少重要作家的专号或特刊,如《小说月报》的"拜伦"专号、"泰戈尔"专号等,影响相当广泛。从当时中国的政治和意识形态的实际需要出发翻译引介和评价研究外国的诗歌和戏剧作品,这样的情形从20世纪初期以来一直延续至30年代之后以鲁迅、茅盾、冯雪峰、瞿秋白等主张文学是革命工具的左翼文学和后来的抗战文学。鉴于中国的历史和政治现实,俄苏、东欧以及弱小的受压迫民族的文学在当时受到特别的重视,普希金、莱蒙托夫等诗人的诗作得到了大力的推崇。"普希金的声誉日隆,以至在三四十年代,他不只是一位诗人,还成为进步文学界信奉的文艺偶像。"①但因为其中过多地夹杂着超出文学艺术本身的因素,对这些被认为是进步诗人的评价也存在某些不切实际之处。

外国诗歌和戏剧作品的译介和研究也与新文化运动时期中国文学、文化和语言的变革需求密切相关。五四时期,主张革命文学的知识分子力图从语言文字的革新入手,带动和激发新思维和新观念的跃动,新文化运动的倡导者大力提倡白话文运动,而外国诗歌的译介和研究对中国新诗的语言和形式建构、发展和成熟起到了不可忽视的作用。这一时期,被译介和研究的外国诗人诗作既在内容和主题方面适应了当时中国政治变革的形势,也在诗歌的语言和形式方面适应了中国新诗发展和成熟的需要。戏剧方面,据记载,最早上演莎剧的是1902年在上海圣约翰书院。自莎士比亚、易卜生、萧伯纳等戏剧大师的作品被译介和研究以来,他们的作品被称作"文明戏"而备受戏剧界的推崇,直至发展成熟,成为活跃在中国戏剧舞台上的新型话剧。这些都对中国文化、文学及语言产生了巨大的影响和推动作用。

虽然反映社会现实,激发民族自觉之情感的作品首先被译介和研究,但实际上,作品的艺术性、美学特点和作品的语言形式并未完全受到冷落。惠特曼的诗作在内容和艺术形式方面都得到了极大的推崇,这是与当时政治和文学艺术方面的双重需求相吻合的。虽然左翼文学更注重文学的现实作用,但现代派诗歌和戏剧作品并未受到完全排斥,以梁实秋、朱光潜、李健吾、钱锺书等为代表的主张"自由主义文学论"的学者,大多从文学的艺术角度来审视和评介文学作品。以吴宓为代表的"学衡派"则更多地以中西比较的眼光和较为理性的眼光来审视西方的诗歌与诗学。三四十年代之后,由于新诗在语言、形式、风格等

---

① 见本卷的"普希金诗歌研究"。

方面的革新需要,一些外国现代派诗作的译介和研究也逐渐展开,艾略特、奥登、庞德、叶芝等现代派诗人的作品开始为中国诗人所熟悉,特别是艾略特和奥登,明显影响了新诗的创作风格,如新月派、现代派及后来被称作"九叶派"的一批40年代在西南联大的年轻诗人的诗作。戏剧方面,奥尼尔、布莱希特等带有现代主义风格的戏剧作品也有译介和研究成果问世,并产生了一定影响。注重内容和主题的社会效益,注重语言和艺术形式对中国新文化新文学发生、发展的作用,并同时对作品进行形式和美学的探讨,这三方面在当时的外国诗歌和戏剧译介与研究中虽有所侧重,但并未有所偏废,这与新中国成立后前30年的研究形成了对照。

由于20世纪上半叶中国政治与文化变革的需求,在文学艺术方面,我们译介和研究西方文学的情况相对来说在外国文学译介和研究方面占有较大分量,苏联文学在当时是左翼文学关注的一个焦点,而东方文学的译介和研究相对不足。在诗歌方面,只有泰戈尔的译介和研究是一个重点。他的译介和研究与他思想中的爱国情怀和民族独立意识相关,也有他作品中的艺术特色带给我们的启迪和影响。此外,由于中国古老的佛教传统的影响,与此相关的印度两大史诗也在此时引入中国。

可以说,20世纪上半叶外国诗歌和戏剧在中国的译介和研究,大多是与中国的政治、社会、文化的自身需求紧密联系在一起的。此时的研究范围多集中在西方和苏联,研究的形式多为介绍、简要的评论、对作品某方面的阐发、与中国文学或文化的比较等。虽然个别作家的作品出现了多个译本,也有研究专著出现,但真正学术化的、系统化的研究在此时尚未全面展开。即便如此,外国诗歌与戏剧的译介和研究对中国文化、文学、政治、社会等诸多方面产生的影响,对我们今天的外国诗歌与戏剧研究仍有启发意义。

二

1949年,新中国成立。新中国成立初期,由于我国在政治和意识形态方面发生了重大转变,外国文学研究从方法、思路、内容到形式、范围、对象等等都发生了相应的改变。这种变化最初可能源于新中国成立之初百废待兴,外部环境尚不稳定,经济上还没有恢复,学术研究尚处于起步阶段,各大专院校的院系又面临全面调整等客观因素,但更为深层的原因在于意识形态的改变使得我们的外国文学研究更多地与政治因素联系在一起,外国文学研究中的意识形态影响全面渗透。新中国成立后的17年中,我们主要遵从苏联的文艺路线和文艺观,学习苏联的文艺研究经验,借鉴苏联的文艺批评研究成果,运用马列主义和社会主义现实主义的研究方法进行文学批评,这是当时我国外国文学研究的主要趋势,外国诗歌和戏剧的研究亦遵从这样的原则。那些能够反映社会现实的、能揭露社会的黑暗面并对之予以批判的外国诗歌和戏剧作品受到关注和肯定;反映人民疾苦、歌咏民族独立、弘扬革命斗志的作品得到青睐和赞扬。是否能为政治服务、为人民大众服务,这是当时外国诗歌和戏剧作品研究的首要原则。总体来看,1957年之前,外国文学研究界的学术空气相对略为宽松,"反右"运动之后,"左"倾的思想更为严重。1962—1964年,研究界有一个短期的跃动态势,但很快,"文化大革命"就开始了,西方文学批评进入全面停滞期。

由于我们在意识形态方面向苏联等社会主义国家接近,与西方国家处于基本隔绝状态,诗歌和戏剧的研究范围和领域也发生了较大变化。首先,苏俄以及社会主义阵营国家的诗歌和戏剧作品受到更多关注。在苏俄文学方面,传统的经典诗人和剧作家的作品得到了进一步的译介和研究,如普希金、契诃夫等作家的作品在新中国成立初期就受到重视,得到更多关注。虽然契诃夫被认为是短篇小说大师,但他的戏剧作品在50年代被搬上中国的舞台,当时有报刊登载评论文章,因而,契诃夫也作为剧作家被中国观众所熟悉。同时,苏联时期的作家也备受瞩目,马雅可夫斯基的诗歌作品在这一时期产生了较大影响。他从早期的未来派诗人转变为无产阶级的歌手,其诗作因强烈的革命性和战斗性在50年代初期的中国得到传播。当时《光明日报》《文汇报》等报刊登载了多篇评论文章,对他予以肯定和赞扬。智利诗人聂鲁达作为智利共产党的中央委员,曾经两次来中国,受到热烈的欢迎。虽然由于一些客观原因我们当时对他的研究和关于他的评论并不多,但是他的诗在中国的影响却不容小视。

其次,与苏俄及社会主义国家作品相比,西方诗歌和戏剧作品在相对受到冷落的同时,一些经典作家的作品仍然得到了进一步的研究和译介,如莎士比亚、莫里哀、歌德、席勒、拜伦、雪莱、惠特曼、易卜生、萧伯纳等等。这其中有关莎士比亚的评论文章相当可观,众多学贯中西的老一辈莎学学者都为莎士比亚作品的译介和研究付出了辛勤的智慧和汗水,而对于其他相关诗人和剧作家的作品研究也体现出在那个环境下力争取得的最好水平。当然,这些研究大多是围绕对西方传统经典作家作品的批判性接纳而展开的,其中不乏认真严肃的探讨和评论,但也夹杂因政治因素而导致的片面、主观,甚至是意气用事的观点和言辞。与此同时,一些经典作家由于在思想上被认为偏离了进步的和革命的主张,消极悲观,逃避社会现实,因而受到批判,被打入冷宫。华兹华斯是其中典型的例子。华兹华斯在法国大革命的初期同情并支持革命,而在革命的后期则反思革命的行动,转向了自然,这在当时苏联的文学史中被认定是消极的、反动的,背离了革命和人民,而我们的研究沿袭苏联的文学观,华兹华斯即作为"消极、反动的浪漫主义诗人"受到排斥,没有得到真正的研究和公正的评价,直至改革开放后的80年代。

第三,当时绝大多数西方现代派诗歌和戏剧作品都被冠以"资产阶级的腐朽没落文学"的帽子,被认为充满了低俗、颓废的思想和情调,遭到拒绝,并加以批判和摒弃。曾经影响了中国新诗成长并走向成熟的艾略特、庞德等诗人,此时大多销声匿迹。美国剧作家奥尼尔的作品不再有人问津,有关他的评论文章则几乎绝迹。更多重要的现代派诗人和剧作家的研究在当时基本没有展开,这些研究大多在改革开放之后才开始起步,比如波德莱尔的作品。1962年,情形发生了一些变化。当年4月,中央批转《关于当前文学艺术工作若干问题的意见》,提出"批判地吸收外国优秀的文化成果"①。在此情形之下,一些被认为是颓废的现代派作品通过内部发行的,标明"供批判用"的"黄皮书"被介绍到中国来,这实际上是为封闭的中国外国文学研究打开了一扇天窗。1962年,中国戏剧家协会出版了内部刊物《外国戏剧资料》(季刊),重点介绍欧美"先锋戏剧",贝克特等一些现代派剧作家就是在这样的情形下进入国人视野的。这一时期,西方文学作品的研究出现了一个小的热潮,袁可嘉、王佐良等学者撰写了一些有关英美现代派诗人的文章,如1962年,袁可嘉在《文学评论》上发表了《"新批评派"述评》一文,次年,他又发表《略论美英"现代派"诗歌》的评论文章,对新批评派艾略特、庞德等诗人的作品和诗学进行了较为全面的分析。尽管当时所谓的评论大多都有批判的声音和浓重的政治色彩,但在当时的历史环境下,这样的研究实属难能可贵。

这一阶段,全面而客观的评论和研究受到限制,成体系的研究专著和学术化的评论文章少,大多数是介绍性的、纪念性的、述评式的、点评类的文章,刊发于一些重要的报刊,如《光明日报》《文汇报》《文艺报》《戏剧报》《翻译通讯》等等。新中国成立后的外国文学翻译呈现出一个较大发展的态势,尤其是经典文学作品的翻译,往往成规模、成体系。为这些译本所撰写的序和跋大多为对所译作品的深入分析和探讨,内容充实、资料丰富、理论扎实、观点突出,成为当时作品研究的一个重要的成果来源。一些文学史中相关诗歌和戏剧作品的探讨也是研究的一个重要方面。此外,为配合一些作家来华,纪念已故作家的诞辰或逝世而举办的一些大型的文化活动在推进这些作家作品的影响力方面起到积极的作用。相关活动上的发言,以及为配合这些活动所发表的文章成为对该作家作品研究的一个重要组成部分。1955年,作为世界和平理事会的成员国之一,我国举办了世界文化名人的大型纪念活动,是年恰逢席勒逝世150周年,惠特曼的《草叶集》出版100周年,中国相关政府机构都组织了纪念活动。1956年举办了"世界文化名人易卜生纪念大会"。1959年席勒200周年诞辰,首都

---

① 见《关于当前文学艺术工作若干问题的意见(草案)》。

文艺界人士千人集会，纪念这个日子。在这些活动期间，各报刊纷纷发表纪念或评论文章，对他们的作品进行介绍和分析研究。即便在一些作家的纪念日未举办活动，也往往能见到一些专家学者为这个特殊的日子所做的评论该作家的文章，如海涅、萧伯纳、泰戈尔100周年诞辰之际，都有不少纪念文章面世。

新中国成立后17年的文艺批评受到主流意识形态和苏联文艺观的影响，主要运用社会学的、历史的和现实主义的批评方法进行研究，以人民性和现实性为评判原则，一些有着扎实的学术功底和严肃认真的研究态度的学者，在这个方面进行了深入细致的研究，一些作品的社会价值和现实意义得到了进一步的探讨，取得了较大成效，但同时，在全面认识和了解这些作品的思想和艺术价值方面又有很大缺陷和不足。例如，在法国剧作家莫里哀的研究方面，我们的研究就存在着过多注重作品的社会价值和其现实主义色彩而忽视作品思想全面性的问题。根据陈惇对莫里哀作品研究的考察，著名学者、翻译家李健吾先生对莫里哀的研究即是从当时法国的阶级关系的角度，并根据大量的史料考证对莫里哀的戏剧展开分析的。他的研究充分肯定了莫里哀的现实主义精神，认为他开创了现实主义的喜剧手法和艺术表现传统。李健吾先生的研究背景资料丰富而翔实，对阶级关系的分析准确而透彻，并从现实主义的角度对莫里哀的戏剧艺术进行了较为深刻的分析，应该是那个时代环境下进行严肃、科学而较为客观的研究并取得了较好成效的典范。然而，莫里哀作为古典主义剧作家的代表，很多重要作品的完成受到路易十四的庇护，他的作品既有揭露和批判社会现实的一面，也有应和贵族、粉饰太平的一面，创作思想是复杂的。因而，一味强调他的现实主义色彩，并不能真实而全面地反映莫里哀的思想和作品的全部，甚至有背离他思想的一面。① 而这样的一种研究思路和状况在当时经典作家的研究中是比较普遍的现象。作家的思想往往是多面而复杂的，其思想的成长离不开他的生存环境和历史的现实，忽视这种复杂性而一味地肯定、赞扬甚至拔高其思想和作品中的社会现实价值和人民性，并将这样的思想神化进而符号化，忽视其思想的多面性，这就偏离了研究的客观性而导致研究的片面和不公。一些经典作家由于受到马克思、恩格斯的喜爱而受到学界的特别关注，如歌德、席勒、雪莱、海涅等，当时的研究因而也就尤为肯定其作品中的反叛性、人民性以及对自由和理想社会的歌咏，而对其作品中表现出的其他方面的思想则较少关注。

更为普遍的一种研究倾向是从马克思主义的社会批判的立场出发对经典作家做批判性的解读和研究，一方面肯定他们对资本主义社会黑暗面的揭露、抨击和批判，高扬他们反抗压迫，追求自由、平等、民主的精神，另一方面认为他

---

① 关于此一时期莫里哀研究的观点参见本卷的"莫里哀戏剧研究"。

们作为资产阶级的文学家,身上带有本阶级的认识局限,不能彻底与这一阶级立场决裂,因而犹豫彷徨,悲观失望,其社会批判价值也就具有一定的局限性。如对易卜生、萧伯纳、拜伦等的评价均以此为基调。应该说,站在马克思主义的立场,从社会历史现实的角度出发对这些诗作和剧作中的思想作一分为二的解读,用辩证的思维观去分析和探讨其思想中的两面性,这体现了一种较为客观的研究态度和研究的深度,如王佐良对萧伯纳的评价就体现了这样的深度。①但因大多数西方传统经典作家都具有相似的社会和自身成长的背景,因而以这一方式进行研究所得出的分析结论难免走向单一,并具有一定模式化的倾向。

  以政治为首要标准的研究还使研究随政治风向和外部国际关系的变化而陷入左右摇摆的境遇。新中国成立初期的普希金研究因为他作品中反抗专制和压迫、呼唤自由的精神而被赞美、被抬高、被神化,他被视为英雄和战士。1957年的反右运动之后,"以阶级斗争为纲"的思想在文学研究中得到普遍运用,加上50年代末中苏交恶,苏俄文学又受到质疑甚至批判,普希金的研究状况此时便发生了一个大转弯。普希金研究不仅裹足不前,而且,他的作品还被认为是宣扬资产阶级生活方式和资产阶级人性论的代表而受到批判。这一现象充分说明了文学研究受到意识形态和政治风向的左右而失掉了其独立价值和评判标准。莎士比亚的作品研究在此时是相当活跃的,所刊登的批评文章也相对更多。但新中国成立后前17年的莎翁作品批评无时无刻不是站在具有强烈政治意识形态色彩的批评的风口浪尖,莎氏作品批评成为了评论者政治立场的风向标,充分体现了当时文学批评政治化的种种特征。②

  事实上,当时一些严肃的学者已经意识到文学研究和批评日益意识形态化这一问题,冯至在《德国文学简史》(1958)的"绪言"中列出文学史写作的五个原则时指出:"'(文学研究中的社会历史分析法)不能喧宾夺主,使文学成为历史的注解,应该注意作者的创造性、作品的艺术性',在当时的环境下,颇有勇气和见识。"③从实际情况来看,当时有关作品艺术性的批评尚未销声匿迹,时有对作品艺术特征的介绍和研究。如季羡林就对泰戈尔诗歌艺术形式的特点进行过介绍和研究,黄佐临等对布莱希特戏剧理论进行了探讨,易卜生戏剧的艺术性和戏剧创作手法也引起批评家的关注,还有学者就惠特曼的诗歌格律问题展开讨论,出现一些学术争鸣,孙大雨就对如何认识惠特曼的诗歌形式和格律问题提出自己的主张。④应该说,在以文艺为政治服务为批评的首要标准的形势下,这样的情形实属难能可贵。

---

① 见本卷的"萧伯纳戏剧研究"。
② 见本卷的"莎士比亚戏剧研究"。
③ 见本卷的"歌德戏剧研究"。
④ 见本卷的"惠特曼诗歌研究"。

客观地说,新中国成立后前17年中,我们的外国诗歌和戏剧研究取得了一些成效,在某些作品的研究规模上有所扩展,成果数量上有所上升,某些方面的研究较为深入和深刻,为改革开放之后外国诗歌与戏剧的研究打下了基础。但同时,研究的领域、模式和思路又有很大局限,禁锢了我们对作品进行更为全面客观的评价和研究。对某些作品的研究相比前一时期反而大大减少,研究水平有所降低。这一时期,西方的文学研究发展迅速。二战之后,新批评等形式主义批评势头正旺,对文本进行细读,并展开批评和研究是当时研究的主要方式。60—70年代西方形式主义研究,结构主义研究达到高潮,但从70年代中后期开始,西方的文学研究转向了更为广阔的文学外部研究的领域,社会的、意识形态的、阶级的、性别的、文化的批评在诸多西方文艺思潮的此起彼伏中发展兴盛,政治话语下的批评同样成为西方文学批评的一个热点。但我们的批评体现出强烈的中国式政治意识形态批评的色彩,与西方的文学研究,以至于与整个国际话语平台中的文学研究距离明显拉大,失掉了与国际研究界交流和对话的机遇和可能。

1966年之后,"文化大革命"全面开始,此后直至1978年的三中全会,中国的外国诗歌和戏剧研究处于全面停滞时期。但一些优秀的外国诗歌作品在非官方领域得到了广泛的流传,如莎士比亚十四行诗、普希金、聂鲁达等诗人的诗作,他们的影响在地下仍然存在。

三

1976年,"文化大革命"结束。1978年12月,党的十一届三中全会召开,迎来了中华民族伟大的历史性转折。随着改革开放政策的实施,在政治意识形态领域,人们开始"拨乱反正",打破禁忌,解放思想。1978年底召开了全国外国文学研究工作规划会议,外国文学学会成立,标志着我国外国文学研究全面复兴,进入了历史发展的新时期。此后30年间,外国文学研究呈现出前所未有的大发展局面,所涉及的国别之多,研究范围和领域之广,研究方法之丰富,都展示出从未有过的新气象。此前已翻译成中文的外国文学作品得以大量出版或再版,一些新的尚未翻译过来的作品也开始得到翻译,这为研究工作提供了前提和保障。外国诗歌和戏剧研究在此时呈现出快速恢复和发展的繁盛局面。纵观30年的外国诗歌和戏剧研究的特征和总体发展趋势,可以从研究的地域与国别、研究的范围和领域以及研究的方法和理论等方面,大致分80年代至90年代中期与90年代中期至21世纪前十年这两个时期进行较为概括的梳理。

从研究的地域和国别来看,外国诗歌和戏剧研究可以分为西方(包括欧洲大部及北美地区)诗歌与戏剧研究、俄苏及东欧国家诗歌与戏剧研究、拉美国家诗歌与戏剧研究和东方诗歌与戏剧研究这四个方面。80年代初,由于中国与西方国家的关系开始正常化,文化交流频繁,西方文学作品和西方文艺理论大量引入,西方文学研究在这一时期迅速扭转了此前普遍受到冷落的状况,得到较为全面的观照,西方诗歌和戏剧研究得到恢复并呈现出初步的繁荣。"文化大革命"之前的西方诗歌与戏剧研究较多偏重欧洲经典作家作品的研究,在这一领域已经具备一定的研究基础,形成一定传统。在新时期,欧洲经典诗歌与戏剧研究得到了更加快速的发展。但丁、莎士比亚、歌德、雪莱、拜伦、易卜生、萧伯纳等均得到进一步重视,在80年代的研究中取得了较为丰硕的成果。相较而言,欧洲国家中,英国及德国、法国、意大利等中南欧国家的传统经典诗歌与戏剧研究更为突出,现当代诗歌与戏剧研究也得到快速发展,而北欧等国家的现当代戏剧研究成果更为显著。改革开放之后,英美诗歌与戏剧研究在西方文学研究中占有重要位置,成果数量激增,尤其是美国诗歌与戏剧研究相比"文化大革命"之前呈大步上升趋势,研究成果之多、研究领域之广均令人瞩目。这一方面与英美两国自身的文学传统、美国在二战之后的政治经济领域方面的国际影响以及我国同两国的政治文化交往相对频繁有关;另一方面,这也与英语在世界范围内的普及相关。进入90年代以后,除英美之外的其他英语国家诗歌与戏剧研究获得了更多重视,研究取得了较多突破。英语文学的研究不仅涉及英美两国及爱尔兰和北美的加拿大,而且还扩展到澳大利亚、新西兰、加勒比海地区、南非以及其他一些地域的英语国家。与小说相比,这些国家的诗歌和戏剧研究相对较弱,而在诗歌与戏剧的研究中,诗歌的研究则相对更加丰富。应该看到,这些国家和地域的文学研究起步较晚,研究基础与有着较为深厚传统的西方经典作品研究相比较为薄弱,但进入21世纪以来,其研究有着良好的发展势头,诗歌研究尤其获得了更为丰富的成果,如爱尔兰诗歌、加拿大诗歌和澳大利亚诗歌研究近年来都有开拓性的成果出现。

  俄苏及东欧国家的诗歌与戏剧研究在改革开放前有着深厚的传统,尤其是俄苏诗歌与戏剧研究在新中国成立之前就奠定了一定基础,新中国成立后17年的研究又为改革开放后的研究做了铺垫,基础雄厚、实力强大、传统悠久,因而,新时期30年的俄苏诗歌与戏剧研究发展仍然迅速,成果丰硕。改革开放前的俄苏诗歌与戏剧研究大多从政治意识形态出发,研究的视点有较大局限。且"文化大革命"前17年间的研究多受到我们与苏联政治关系的影响,缺乏稳定、全面而客观的探讨。改革开放之后的俄苏诗歌与戏剧研究则摆脱了此前意识形态的影响,经典诗歌、戏剧的研究更为全面、丰富、具体、理性,现当代诗歌与戏剧的研究也相当积极、活跃。不过,与"文化大革命"前17年俄苏诗歌与戏剧研究统领外国诗歌、戏剧研究的局面不同,此时的俄苏诗歌与戏剧研究已经失掉了整个外国诗歌与戏剧研究中的主导地位,成为外国诗歌、戏剧研究中的一个重要的组成部分。东欧各国诗歌与戏剧的研究在新时期更为丰富了。东欧各国在历史上与整个欧洲文化有着难以分割的复杂联系,20世纪又与苏联存在着特殊的政治关系,这种复杂的政治历史背景使得东欧文学的发展始终较为活跃,尤其是东欧各国的诗歌在世界范围内始终具有广泛的影响力。新中国成立之前和成立之后的17年间,我们对东欧国家的重要民族诗人进行了译介和研究,如裴多菲、密茨凯维奇等。新时期以来,尤其是进入90年代和21世纪以来,东欧诗人诗作在国内学界引起了重视。当代东欧诗人的作品有不少被介绍到国内来并对国内的诗歌创作产生了一定影响。遗憾的是,由于语言的限制,系统而全面的研究成果仍然偏少,这也必然限制了东欧诗歌在国内的接受程度和影响力。

与欧洲范围内的西班牙语诗歌发展相关,拉美国家的诗歌研究在新时期也有较快发展。"文化大革命"之前,拉丁美洲诗人当中,只有智利诗人聂鲁达为我国读者所熟悉,有关他的研究成果也相对较多。此外,古巴诗人马蒂的作品也曾有过少量介绍。80年代,随着英美现代主义文学研究在国内掀起热潮,拉美魔幻现实主义文学引起学界重视。90年代以来,拉丁美洲诗人诗作进入我国学者和读者的视野。拉美诗人诗作近年来在世界范围内有较大影响,多位诗人获得了诺贝尔文学奖。智利诗人米斯特拉尔、聂鲁达,阿根廷诗人博尔赫斯,墨西哥诗人帕斯,秘鲁诗人略萨等在国内诗歌界产生了一定影响,一些诗人的作品被翻译介绍到我国并得到了初步研究。

东方诗歌与戏剧研究主要指亚洲和非洲的诗歌与戏剧研究。相对于戏剧研究而言,东方国家的诗歌研究更为积极活跃。诗歌的源头在东方,古代东方史诗在世界文学中占有重要地位,一些重要的史诗作品已经被翻译成中文出版,如波斯史诗《列王记》、古巴比伦史诗《吉尔伽美什》、阿拉伯史诗《安塔拉传奇》、印度两大史诗等。古代波斯诗人鲁达基、欧玛尔·海亚姆、哈菲兹、黎巴嫩现代诗人纪伯伦等都对我国读者产生较大影响。日本的俳句与我国古典诗词有密切联系,也较早为我国读者所熟知,此外,学界也有对日本和歌的研究成果。但是,东方诗歌的研究在我国外国诗歌研究中仍旧处于较薄弱的状态,国内东方文学学者虽然对这些作品有一定研究,但研究的成果比不上翻译。在研究方面有较大成就的是两大印度史诗和泰戈尔的诗作。①

从研究的范围来看,新时期的诗歌与戏剧研究可以分为传统经典诗歌与戏剧研究、现当代诗歌与戏剧研究、多元化视角影响下的诗歌与戏剧研究等几个方面。外国经典诗歌与戏剧研究在"文化大革命"前的研究中占据主导地位,有

---

① 见本卷"印度两大史诗研究"和"泰戈尔诗歌研究"。

着较为深厚的积淀。改革开放后,外国经典诗歌与戏剧研究得到更加快速的发展,研究的范围和方式与此前相比均有较大突破,如古希腊罗马诗歌与戏剧研究、中世纪诗歌研究等。莎士比亚的研究不再局限于探讨其作品中主题思想的政治性、阶级性,而扩展到对艺术形式、语言特色、哲学内涵、舞台演出、戏剧及电影改编、版本研究等等。歌德的《浮士德》研究更趋复杂、深入、丰富而多元。由于这一时期的学者可以从多种渠道获悉西方学界对经典作家作品的研究成果,了解国外学者的研究动态,一些经典作家作品的研究采用了新的观点和方法,获得了新的成果,对这些作家和作品的认识发生了转向,对他们的评价也与此前有所不同。如对英国诗人济慈的评价就从"唯美诗人"和只注重感官美的诗人这一定位转到对他作为关心社会和人生的诗人的研究和肯定。随着研究领域和研究思路的扩展和深入,一些在"文化大革命"前没有受到足够重视的经典作品此时得到了挖掘和探究,如英国玄学派诗人多恩、浪漫派前期诗人布莱克以及19世纪和20世纪之交的作家哈代等的诗歌作品研究在改革开放之前基本上是一片空白,而这一时期则成了研究的热点。当然,这些经典作家的作品中有不少包含着现代主义的色彩或风格,他们作为经典被挖掘也与现代主义文学在此时得到重视密切相关,经典作品的研究范围由此扩展了。德国诗人荷尔德林、俄国诗人丘特切夫、意大利诗人莱奥帕尔迪、爱尔兰剧作家王尔德等都是此类在新时期获得重新认识和重视的诗人和剧作家。同时,在"文化大革命"前因意识形态影响受到单方面高度肯定和赞扬的经典诗人和剧作家,或遭到否定甚至批判的诗人或剧作家,如普希金、雪莱、莱蒙托夫、华兹华斯等,此时大多得到了更为客观和全面的评价,对这些作家作品的研究使经典诗作和剧作的研究具有了深度和广度。

现当代诗歌和戏剧研究在改革开放后得到了极为快速的发展。新中国成立后的17年中由于政治意识形态的影响,西方现代主义文学作品被打上消极、颓废、落后的标签,被打入冷宫,受到抵制。这样的情形在新时期得到了全面的改变。80年代,现代派诗歌和戏剧作品得到了学界的高度重视,研究成果急剧上升。90年代之后,现代派作品研究依然保持旺盛势头,且研究更为全面、客观、细致而深入。在诗歌研究方面,英美现代主义诗人艾略特、庞德、叶芝等的作品,法国象征派诗人波德莱尔、瓦雷里、马拉美等的诗作,德语诗人里尔克的作品,俄罗斯白银时代的诗人叶赛宁、阿赫玛托娃的作品等等,都引起学者的极大兴趣和研究热情,获得了相当可观的研究成果,对中国当代诗人的创作也产生了积极影响。如新时期发表的艾略特研究文章多达两百余篇,还出版了多部研究专著。艾略特研究在我国当代已蔚然成为显学。① 美国女诗人狄金森②的诗作与惠特曼的诗作一起并称为19世纪美国诗歌的两座高峰。由于她的作品体现出不同于传统浪漫主义诗作的独特诗风并与20世纪现代诗歌在风格上多有相通之处,甚至被一些评论者视作现代诗歌的先驱,影响了20世纪英语诗歌的发展,有关她的研究在此时也受到极大重视。90年代中期之后,20世纪外国现当代诗歌得到了全面的观照,尤其是20世纪中后叶的当代诗歌作品逐步进入国内学界的研究视野,这其中包括西方现代、后现代诗歌作品及各具艺术特色、带有多元文化背景的各国诗歌作品。美国现代派诗歌研究继艾略特、庞德之后又进入了威廉·卡洛斯·威廉斯、斯蒂文斯、加里·斯奈德等诗人以及一系列极具实验性的诗歌流派的研究领域,如以艾伦·金斯堡为首的垮掉派,以西尔维娅·普拉斯为首的自白派诗人的研究等。在英国和爱尔兰,20世纪的诗歌研究从世纪上中叶的奥登走向了中后叶的菲利普·拉金、泰德·休斯和谢默思·希尼。此外,世界各国包括西欧、东欧、拉美、澳大利亚、加勒比海、非洲等地的优秀当代诗人的作品在国际文坛上引起关注,有多位诗人的作品获得诺贝尔文学奖,国内学界的相关研究也开始起步。俄罗斯诗人帕斯捷尔纳克、西班牙诗人洛尔迦、德语诗人保罗·策兰、苏裔美国诗人布罗茨基、波兰女诗人希姆博尔斯卡、意大利诗人夸西莫多等相继引起国内学界重视,取得一定研究成果。进入21世纪以来,现代派诗歌仍然受到重视,相关学术研究积极活跃,学术活动频繁,有关庞德的学术研讨会就召开了三次。随着后殖民理论和文化研究理论的兴起,黑人诗歌研究、少数族裔诗歌研究、流散人群诗歌的研究、女性诗歌研究等后现代文化视域中的当代诗歌研究也取得了初步的研究成果,成为当代外国诗歌研究的一个重要的组成部分。但相较于西方国家的诗歌作品,尤其是英美诗歌研究来说,这些国家和地域的诗歌研究大多尚未形成规模,研究成果相对不足。

在戏剧研究方面,"文化大革命"前作为内部刊物出版的《外国戏剧资料》(季刊)于1979年重新出版,在新时期对西方现代派戏剧进行了大量译介和研究,在国内外国现代派戏剧译介和研究领域产生强烈冲击力,产生相当大的影响。八九十年代,兴起于法国的荒诞派戏剧、英美二战后的现当代戏剧、在欧洲产生广泛影响的表现主义戏剧、象征主义戏剧、存在主义戏剧等等都被逐一介绍到国内来,形成了当时西方现代派戏剧研究的热潮。美国剧作家尤金·奥尼尔、爱尔兰剧作家贝克特、德国戏剧家布莱希特的作品等成为研究的热点。斯

---

① 见本卷的"艾略特诗歌研究"。
② 英文原名 Emily Dickinson。本卷的专题考察文章采用《中国大百科全书·外国文学卷》(1982)中的译名"狄更生"。但现今的评论文章多采用"狄金森"的译名,故本卷中的"狄金森"即专题考察文章中的"狄更生"。

特林堡、萨特、尤奈斯库、田纳西·威廉斯、阿瑟·米勒、迪伦马特等的剧作相继进入研究领域,有些剧作家的作品被搬上中国的戏剧舞台。90年代中期之后,诺贝尔文学奖获得者、当代英国剧作家哈罗德·品特、意大利剧作家达里奥·福等的作品都在我国学界获得了较多研究成果。我国学界曾经一直关注的作为现实主义剧作家的易卜生的戏剧研究也从单纯注重他作品中的现实主义成分扩展到对他的象征主义剧作的研究。① 对布莱希特的戏剧研究不再局限于作品的政治主题、戏剧表现手法,而是更多地聚焦其作品的思想深度及其独特的艺术形式,并对之进行反思和批判,研究走向了深入,取得了较多突破。② 对萧伯纳的研究也进一步丰富了、扩展了。③ 在戏剧研究中,对当代戏剧有关舞台演出情况的研究,对各种经典剧作在当代的改编研究等构成了外国戏剧研究的一个特色。可以说,改革开放30年来,我国外国现当代诗歌和戏剧研究的发展已经与经典诗歌和戏剧研究形成相互补充、相互交融的态势。

　　从研究的方式、方法来看,新时期30年的外国诗歌与戏剧研究与此前的研究相比发生了较大改变,由于西方各种批评理论的引进,研究的方法从改革开放前以主题思想研究为主要研究方式的情形发展为80年代的形式、美学研究以及90年代之后西方批评理论影响下的研究等多种研究模式。主题研究在此时期虽然并未销声匿迹,但所关注的问题更为复杂、更加深入,观察的视角更为多元了。进入80年代,过去单纯以政治立场和阶级分析的观点进行研究的偏颇开始得到纠正,出现了从人道主义、真善美等角度进行研究的情形,对关涉人类生存之永恒主题的探讨,如生命、死亡、爱情、时间、精神与物质的关系、人与自然的关系、现代人的生存困境等等,予以了更多、更广泛的关注。同时,作品的美学研究和形式研究得到了极大的重视。从诗歌的语言、结构、意象、音韵等方面去解读诗作,从人物的对话、语言、关系、作品的表现技巧和手法等去探讨戏剧作品,这些成为该时期诗歌与戏剧研究中普遍关注的焦点。90年代中期以后,外国诗歌与戏剧的研究进入了更深的层面,作品中的哲学、宗教、道德等问题成为研究过程中思考和挖掘的对象,作品研究中的社会、历史、政治、文化等方面的维度有所加强。诗学研究、艺术形式的研究等也异常活跃,常常围绕一些美学问题、认识问题,展开学术争鸣和讨论,形成一种新的学术景观,如围绕莫里哀的作品是现实主义还是古典主义的,其作品中的人物是"扁平人物"还是"圆形人物"等问题学界展开了争鸣。④ 近年来,有不少外国诗歌与戏剧作品的研究与思想史的研究结合起来,使诗歌与戏剧作品的研究具有了一定的学术

---

① 见本卷的"易卜生戏剧研究"。
② 见本卷的"布莱希特戏剧研究"。
③ 见本卷的"萧伯纳戏剧研究"。
④ 见本卷的"莫里哀戏剧研究"。

深度和广度。

80年代以来,西方20世纪文艺理论和批评方法开始进入我国,对国内的外国文学研究产生了重要影响,给外国诗歌与戏剧研究带来新的研究视点和方法。如新批评理论和形式主义批评理论的引进积极地带动了诗歌与戏剧研究中的形式研究和美学研究,使得这一时期的研究从文学的外部走进了诗歌与戏剧作品的内部,在很大程度上扭转了改革开放之前我们只注重政治意识形态批评的局面。心理分析方法和神话原型批评方法等常用于深入分析和探讨现当代诗歌和戏剧作品,同时,对经典诗歌与戏剧的研究也有积极的推动,如运用心理分析的方法来研究莎士比亚的戏剧,运用神话原型批评的方法来分析艾略特的《荒原》等等例子并不鲜见。90年代之后,众多20世纪的西方文艺理论和批评方法,如结构主义、解构主义、女性主义、西方马克思主义、新历史主义、后殖民主义、生态研究以及文化研究等纷纷进入国内学界的批评和研究视域,外国诗歌和戏剧的研究也开始将这些理论运用于作品的分析和研究之中。传统的社会历史批评方法仍在运用,有趣的是,这样一种我们曾经惯用的方法在经过西方马克思主义理论的洗礼之后又一次产生了活力。文学研究者再次将视野开放,从文学的内部研究转向了社会、历史、政治这个大的文学语境。一时间,在诗歌和戏剧研究领域出现了运用多种西方文艺理论和批评方法来研究某一作家或某一诗歌或戏剧流派的现象。如仅济慈诗歌研究中就出现了运用形式、美学批评、政治意识形态批评、新历史主义批评、生态批评、生态女性主义批评、后殖民批评等多种批评方法和理论视角并存的情况。在这些文艺理论的强劲影响之下,研究的领域、范围、焦点、方法等均有相当大的变化和扩展,如女性诗人相较过去受到更多重视,一些过去被视为边缘的诗人和剧作家的作品得到重新挖掘,黑人诗歌与戏剧、少数族裔诗歌与戏剧的研究等也在理论大潮的影响下逐渐受到重视。应该说,西方文艺理论的兴起极大地带动并推进了文学作品的研究,使诗歌和戏剧的研究进入了一个广袤而开敞的领域。但是,近年来,在理论大潮的影响下,文学文本却越来越不受关注,以至于一些外国诗歌研究不再关注诗本身的问题。诗歌与戏剧研究需要再次回到诗和戏剧本身,这样的呼吁不仅出现在国内的学界,在西方诗歌与戏剧研究界也发出了这样的呼声。因而,近年来国内学界的外国诗歌与戏剧研究一方面注重在各种理论的视域下展开探讨,另一方面也开始将研究的视点拉回诗歌和戏剧文本本身,并出现了版本研究、手稿研究等一些新的研究成果。

在新时期,外国诗歌与戏剧中的比较研究方法也得到了广泛运用。实际上,在20世纪初西方文学刚刚进入我国之际,学者们的译介和研究大多采用了中西比较的方式,也正因为此,西方诗歌与戏剧在当时的引进是与中国文化转型期的新诗建构和新型话剧的兴起紧密联系在一起的。新中国成立后的前17

年,文学研究中的比较方法受到极大的限制,几乎受到全面摒弃。改革开放之后,外国文学研究中的比较方法再一次得到重视,从比较的视角展开的外国诗歌与戏剧研究获得了较丰硕的成果。这其中包括外国诗歌与戏剧和中国诗歌、诗学及戏剧与戏剧理论的比较,外国诗歌与戏剧之间的比较,外国诗歌与戏剧的影响研究等。在中外诗歌与戏剧比较中有外国诗歌与中国古典诗歌的比较,外国戏剧与中国古典戏曲的比较,外国诗歌与中国现当代诗歌的比较,外国戏剧与中国现当代戏剧、戏曲的比较等。在比较研究视域下展开的作品研究往往并不局限于某一方面,而呈现为全方位的比较研究,比如荷马史诗中的比较研究,就包括荷马史诗与西方文学中的其他史诗以及神话的比较,与其他西方文学经典中的相关形象的比较,现代史诗对它的传承,如庞德的《诗章》、艾略特的《荒原》等。还包括它与中国古代史诗、少数民族史诗的比较等等。① 比较视域中的作品研究能将研究对象置于十分宽广的研究语境之中,在两种或多种文化背景下展开分析探讨。但在80年代初中期,中外诗歌和戏剧的比较往往停留于作品之间的异同现象,对于其背后的深层文化机理挖掘不够。90年代之后,这样的情况有所改变,近年来,外国文学中的比较研究更注重探究比较对象之间不同的文化、思想及哲学观,研究向纵深发展了。以庞德的研究为例,出现了庞德与东方文化、庞德与儒学、庞德与道家美学、庞德与中国古典诗学以及汉字、绘画艺术、庞德与中国历史等方面的研究,且这些研究均相当活跃。进入21世纪以来,三次庞德学术研讨会分别在北京和天津召开,极大地推动了庞德研究在国内学界的发展,尤其推进了庞德思想与中国哲学、美学、文化等关系研究的深度与广度,体现了中国学者参与国际学术研讨的视野,突显了中国学者对庞德研究的贡献。

纵观改革开放三十多年的外国诗歌与戏剧研究,可以看到,这一领域的研究从80年代的恢复期,走过了90年代的初步繁荣期,进入21世纪之后呈现出了活跃而繁盛的局面,逐渐走向了整体化、体系化、规模化。外国诗歌与戏剧研究的队伍尽管与小说研究的队伍相比仍嫌薄弱,但与此前相比已有了明显的发展壮大,专业学者的队伍大大增强。各种外国文学的学术会议和学术组织的活动都推进了外国诗歌与戏剧的研究,在交流中为研究带来了新的生机和活力。外国诗歌与戏剧研究在新时期展现出跃动的生命力。

但新时期的外国诗歌与戏剧研究在逐步走向繁荣的同时也出现了一些值得我们深刻反思的问题,概括起来,有如下几个方面:1.从研究的国别和地域来说,存在着偏重某一地域或国别的研究的情况,西方国家诗歌与戏剧的研究成果要大大超过其他国家和地域的研究,而在西方国家的研究中,英美诗歌与戏

---

① 见本卷的"荷马史诗研究"。

剧研究受到更多重视,北欧、东欧国家的研究相对不足。出现这样的情况虽然存在多种客观原因,但这样的情况显然不利于外国诗歌与戏剧研究的整体发展和协调发展。2. 新时期的诗歌与戏剧研究极大地扭转了此前忽视现当代诗歌与戏剧研究的状况,对现当代诗歌与戏剧研究倾注了更多的关注,但这一时期有分量的经典作品研究相对减少,高水平的经典作品研究成果相对薄弱。3. 在对诗人和戏剧家的某些重要作品做深入挖掘和探究的同时,尚缺乏对这些诗人和戏剧家的全面而整体性的研究,如对歌德的研究目前仍局限于他的《浮士德》等少数几部经典作品,而对其他作品的研究尚未展开。许多作家作品的研究局限于现有译本,对尚未翻译成汉语的作品较少甚至基本没有关注。4. 在运用西方现当代文艺理论进行作品分析的过程中仍存在一定程度的硬用、套用理论的现象,作品此时往往成为理论的某种印证,而对作品文本本身的分析探讨不够深入、恰切。5. 重复研究的现象比较严重,一些作品在不同层面就同一问题被反复进行探讨,研究缺乏新意和原创性。这种情况在一定程度上是由于高校科研机制的现状造成的。6. 在借鉴国外学者的研究成果进行分析研究时过多跟随国外学者的思路走,甚至将现有国外学者的研究成果拿来,进行翻译改写,在提出中国学者的原创性见解方面显得思路褊狭、力不从心,在视野和高度方面,能够与国际学者站在同一平台上进行交流和对话的中国学者还不多。7. 对一些重点研究对象缺乏长远的思考、规划和准备,追求短期效应、市场效应,难以沉下心来做深入细致的研究。

应该看到,新中国 60 年,尤其是改革开放 30 年的外国诗歌与戏剧研究取得了丰硕的成果,成绩显著,经验丰富,但这中间显现出的亟待解决的问题更应当引起研究者的重视。在这样的情形下,我们需要认清形势,肯定成绩,改进现状,完善并深化现有研究成果。期待我国今后的外国诗歌与戏剧研究能在提高我们自身的知识储备和理论素养的基础上,以坚持不懈、求真务实、甘于坐冷板凳的精神,扎实、稳健地将研究工作推向全面和深入。

本书是国家社科基金重大项目"新中国外国文学研究 60 年"中的子课题"外国作品研究之考察与分析"中"外国诗歌与戏剧研究"的成果,对 1949 年以来国内的外国诗歌与戏剧研究情况进行了专题探讨。编者全面搜集了新中国成立以来进入中国学者研究视野的作家作品,论文搜集范围除重要的学术刊物、文学类期刊、高校学报以外,还包括影响力广泛的《人民日报》《光明日报》《文艺报》《文学报》《读书》等报刊;专著以中国国家图书馆馆藏文献为主要依据。在广泛收集已有研究成果的基础上,并在征求专家意见的前提下最终选择了 27 位外国诗人的诗作(以及两部印度史诗)和戏剧家的作品做专题考察。选择的对象充分考虑了多方因素,包括研究对象的受关注程度、研究深度、影响力、代表性以及在60年里的研究嬗变等多种因素。在尊重现有成果事实的同时也兼顾各不同的流派和区域性。在整个60年里始终处于关注焦点的诗人诗作和戏剧家基本都收入了考察之列。在确定了专题考察篇目之后,我们邀请了相关研究专家承担各专题考察的撰写工作。专题的考察与分析并不求面面俱到,却力争做到重点突出,具有代表性,并且考察的结果应该能看出研究的演变及其影响因素。各专题考察对象大多首先简要回顾了新中国成立之前的研究成果,然后从新中国成立后30年(下分新中国成立后前17年和"文化大革命"时期)及改革开放后30年这两个大的时期展开,关注了不同时期的研究重点、特点以及其中发生嬗变的原因。在对每位作家的研究进行全方位综合评述的基础上撰写专家也注意将中国的研究与国际上的研究加以比较,注重学术性和研究性的反思和前瞻,以期待在总结60年研究成果和经验得失的基础上对今后的研究提供有益的思路和借鉴。需要做出说明的是,虽然本项目获批时间在2010年,对作品的考察时间按项目名称"新中国60年外国文学研究"的要求本应截止在2009年。但由于各位撰写专家完稿的时间不同,有些专家较早完稿,考察时间即截止到2009年,有些则完稿较晚,其考察顾及近两年新的研究情况,这造成考察的截止时间出现不统一的状况。考虑到这些新情况可能对思考今后的作品研究发展走向有一定价值,我们对这部分研究予以保留。

  作为社科重大项目中的一个子课题,本书的研究自始至终得到总主编申丹教授和王邦维教授的大力支持。申丹教授对作品研究中的几乎所有文稿都进行了全面审定,提出具体的修改意见,并一一做出下一步的工作指导,对此我们感到由衷的钦佩和感谢,整个项目,她付出了太多的心血。在阅读各位专家的专题研究稿件的过程中,我们学到了很多也收获了很多,这里也特别要感谢支持我们这个项目的各位专家学者,尤其是较早提交稿件为专题考察做出样板的作者。一些专家作者不辞辛苦,对稿件做了多次修改,我们在此对他们的支持一并表示衷心的感谢。

  新中国成立60年以来,我国的外国诗歌和戏剧作品的研究涉及面十分广泛,内容繁多,形式多样。尤其是改革开放30年以来,外国诗歌和戏剧的研究更是呈现出多元多样、极为复杂的形态,因而,要充分而全面地分析考察这方面的研究实属一项艰难的工作。本项研究力争将这项考察做到尽善尽美,但因为涉及面广而难度大,且我们的能力有限,难免挂一漏万,并存在一定的缺憾,在此恳请各位专家和读者批评指正。

上 编
新中国60年外国诗歌研究

第一章
经典史诗研究

导 言

新中国的外国史诗作品研究在新中国成立后的前17年中有一定的研究成果，如有关荷马史诗的研究，但成果数量相当匮乏，多数成果为一些介绍性的文章、当时翻译的史诗作品的序言和一些文学史中的介绍和论述，如金克木撰写的《梵语文学史》(1964)对印度古代两大史诗有专章精彩论述。此外，弥尔顿的《失乐园》和但丁的《神曲》有少量研究成果。其他史诗作品的研究少之又少。改革开放之后，外国史诗作品的研究逐渐增多，研究成果数量增加，研究质量有所提高，研究的面也更加宽广了，如涉及人物、主题、艺术形式、文化、政治、历史等方面，尤其是影响研究和比较研究的成果显著。荷马史诗研究、印度古代两大史诗研究、但丁的《神曲》、弥尔顿的《失乐园》等史诗的研究均获得了相当丰硕的研究成果。此外，维吉尔的《埃涅阿斯纪》、盎格鲁-撒克逊史诗《贝奥武夫》、俄罗斯史诗《伊戈尔远征记》、西班牙史诗《熙德之歌》、日耳曼史诗《尼伯龙根之歌》等也都有一定数量的研究论文出现。然而，相较而言，这些研究成果还相当匮乏，有待深入挖掘和研究的领域还很多。东方古代史诗形成时间比西方史诗更早。目前已知的世界上最早的史诗作品是古巴比伦史诗《吉尔伽美什》，此外还有印度古代两大史诗《摩诃婆罗多》和《罗摩衍那》，波斯史诗《列王记》，以及阿拉伯史诗《安塔拉传奇》等。与西方的史诗研究相比，东方古代史诗的研究成果更加罕见。改革开放之后，尤其是进入90年代中期以来，东西方的一些重要的史诗作品逐渐被翻译介绍到国内来，但研究成果与翻译成果相比却显得分量不足。进入21世纪以来，一些新的史诗作品研究成果陆续面世，除了一批视野和思路开阔、质量较高的研究论文之外，还有一些专著出版，如黄宝生的《印度古代史诗〈摩诃婆罗多〉导读》(中国社会科学出版社，2005年)、张鸿年的

《列王记研究》(北京大学出版社,2009年)、陈中梅的《荷马史诗研究》(译林出版社,2010年)、朱耀良的《走进〈神曲〉》(天津社会科学出版社,2004年)、沈弘的《弥尔顿的撒旦与英国文学传统》(北京大学出版社,2010年)等。

本章选择荷马史诗、印度古代两大史诗、但丁的《神曲》和弥尔顿的《失乐园》作为专题研究对象,通过这些专题研究应能看出外国史诗研究在60年来的走向和发展变化。

第一节　荷马史诗研究

荷马(Homer,约前9世纪—前8世纪)是古希腊史诗诗人。荷马站立在西方文学长河的源头上,是但丁笔下的"诗王"(poeta sovrano),雨果心目中的"太阳"。在中国,荷马(Homēros)的名字首见于1636年刊刻的《达道纪言》(为意大利传教士高一志〈Alfonso Vagnoni〉所作),作"阿哩汝",其中的"哩"字,有学者疑为"默"字的误刻。康熙年间,法国传教士马若瑟(Joseph de Prémare)撰《天学总论》,将荷马译作"何默乐"。19世纪下半叶,"西学东源说"依然炽盛。饱读诗书的郭嵩焘出使英国,经过调查研究后摸清真相,始知西学其实并非发轫于中国,而是源出希腊罗马之学。在光绪五年二月十六日所写日记中,郭嵩焘提及荷马,译作"胡麦卢",并称其"有二诗,一曰以利亚地……一曰胡底什"。以利亚地和胡底什分别为我们今天所熟知的荷马史诗《伊利亚特》和《奥德赛》。20世纪20年代,郑振铎写成80万言的《文学大纲》,书中介绍了荷马和古希腊戏剧。1930年,商务印书馆刊印王希和的《荷马》,这是一本只有46页的小册子,含"伊里哀史诗本事"(即《伊利亚特》)和"阿德西史诗本事"(即《奥德赛》)等内容。早期的编译或译述一般依据英文资料进行,偏重于《伊利亚特》,主要成果有高歌的《伊利亚特》(1929)和谢六逸的《伊利亚特的故事》(1929)。数年后,商务印书馆出版王力的《希腊文学》(1933),专章介绍了"英雄诗",并附带简要谈及"荷马的宗教学""荷马的伦理学"和"荷马的政治思想"。1943年,重庆美学出版社推出徐迟以古希腊原典为参照、节选自多种英译本的《依利阿德选译》,计八百余行,译文采用无韵新诗体形式,较为顺畅,"也还忠实"[①]。至于《奥德赛》,"中国解放前只有傅东华从英文转译的"[②]一个本子,收入商务印书馆承编的"万有文库"。1949年以后,对荷马及其史诗的介绍与研究经历了一个从成果数量缓慢递增(1949—1979)到篇章纷呈乃至佳作迭出、不断精进(1980—

---

① 罗念生:《荷马史诗〈伊利亚特〉》,《外国文学研究》1981(3),第36页。
② 杨宪益:《中国大百科全书·外国文学》第1卷,北京:中国大百科全书出版社,1998年,第423页。

2010)的发展过程。可以预期,这一势头将会继续保持下去。至 21 世纪中叶,我国的荷马史诗研究或将聚沙成塔,形成一个独立且具备鲜明中国特色的学科。

一、积累渐进期(1949—1979)

1949 年新中国成立后,中国进入了一个新的历史时期。中国学者对荷马及其史诗的介绍和研究没有停顿,但进展极其缓慢。20 世纪 50—70 年代国内学术刊物上鲜见研究荷马史诗的论文,发表的篇数之少或许可用"寥若晨星"来形容。Я. A. 林茨曼的《论荷马时代奴隶制度的历史地位》(1956)、牛庸懋的《略论荷马及其"伊利亚德"与"奥德赛"》(1957)、日知的《荷马史诗若干问题》(1962)、李忠星的《〈伊利亚特〉浅论》(1978)和李广熙的《漫话荷马史诗》(1979)等,堪称这一时期名副其实的代表作。翻译荷马史诗的工作在度过新中国成立初年的停顿期后出现了转机。1958 年,人民文学出版社推出傅东华译自企鹅丛书里尤(E. V. Rieu)英文本的《伊利亚特》,虽说有些姗姗来迟,却也给那个西学研究贫瘠的年代抹上了浓墨重彩的一笔,"功不可没"[①]。傅译沿用了里尤英译本的散文体,"文笔简练、朴素,但不够准确"[②]。"赎款""太太"和"两位司令员"等用词肯定值得商榷,但总的说来,译文明晰、流畅,一定程度上体现了荷马史诗苍劲、雄浑的古典风范。大概是受制于手头相关文献资料的匮缺,傅译开门见山,没有前言或类似的介绍性文字,注释也做得过于简单。1979 年,杨宪益翻译的《奥德修纪》出版。杨译本仍以散文作为载体,诗味不够浓烈,但较之既有的傅东华译本,前者无论就精度还是修辞技巧而言均有显著的提高。译文洗练、通畅,可读性较强。从"译本序"以及译文对原诗中许多难点的精当处理来看,译者不仅具备一流翻译家的专业素养,而且对克里特文明和迈锡尼社会有着较为深入的了解。

二、研究发展期(1980—2010)

20 世纪 80 年代伊始,李赋宁发表《荷马和他的史诗》一文,介绍了《伊利亚特》和《奥德赛》的情节梗概,简要探讨了荷马史诗的思想内容和构思技巧。石昭贤撰文《荷马史诗的思想倾向》,对两部史诗的思想性进行了剖析。1981 年,《外国文学研究》刊登罗念生的《荷马史诗〈伊利亚特〉》,文章涉及史诗的产生、部族文化和史诗的语言特色等内容,结尾部分还摘要描述了马修·阿诺德对几种英译荷马史诗的评价。同年,《国外文学》(1981/4)刊登了朱光潜翻译的维柯

---

① 王焕生:《〈伊利亚特〉前言》,北京:人民文学出版社,1994 年,第 5 页。
② 罗念生:《荷马史诗〈伊利亚特〉》,《外国文学研究》1981(3),第 36 页。

名篇《〈新科学〉第三卷:发现真正的荷马》。80年代初期在荷马史诗研究领域有所建树的学者还有甘运杰,他对史诗情节的探究见诸《论荷马史诗的情节结构艺术》(1980)和《荷马史诗情节动作时间考辨》(1982)两篇论文,针对《伊利亚特》和《奥德赛》的情节整一性和时间跨度等问题提出了自己的见解。荷马史诗的一大特色是包容了大量的多行次明喻,形成了诸多故事中的"小故事"。甘运杰将明喻的特征归纳为"多样性、形象性和独创性",认为"正是三者的有机统一和完美结合才构成了史诗比喻永葆青春的艺术魅力"。[①] 这一时期发表较为重要的论文还有魏善浩的《试论荷马史诗的现实主义和浪漫主义相结合的特点》(1981)、朱耀良的《亚里斯多德与〈荷马史诗〉》(1982)、张世君的《论〈伊利亚特〉的战争观》(1982)、王忠祥的《浅谈荷马史诗的不朽魅力》(1983)、彭在义的《源自荷马史诗的外国成语典故》(1983)、刘重德的《阿诺德评荷马史诗的翻译》(1984)、周东涛的《荷马史诗与线形文字泥板档案的发现》(1985)、孙冰的《欧洲古代文学高不可及的范本——荷马史诗初探》(1986),以及卢东文的《荷马史诗中诸事件的时间考证》(1989)等。受时代、资料和文化传统的局限,80年代的一些文章作者仍然沿用了以往的识事取向和陈述模式,过度重视革命导师的相关点评,眼界明显不够开阔。

  进入90年代后,国内学术刊物发表研究荷马史诗的文章不仅数量上继续保持增长的势头,而且总体而言质量上也在原有的基础上有了进一步的提高。即使是"介绍",也开始更多地带上了研究的性质,这一点可以从胡真才的文章《一曲英雄主义的赞歌——介绍荷马史诗〈伊利亚特〉》(1995)中看出。学者们的讨论涉及面广泛。郭洋生的《荷马与欧洲史诗模式》(1994)从荷马史诗切入,考察了欧洲史诗模式的叙事特点;尹虎彬的《口头诗歌传统与表演中的创作问题——荷马与荷马史诗研究的启示》(1997)探讨了文本与语境的关系,旁及史诗的内容形成与表演的互动,对口诵诗歌与仪式的关系展开了较为精深的探究。苏敏的文章(1995)肯定了阿基琉斯言行的结构作用,指出此人"是《伊利亚特》情节展开的中心",他对"命运、神祇的敬畏及充满人情味的慈悲情怀,体现了荷马史诗时期的人本主义文化精神"。[②] 麦永雄肯定了阿基琉斯在《伊利亚特》中所占据的"中心地位",但同时也认为特洛伊主将赫克托尔是一位"性格完

[①] 甘运杰:《论荷马史诗比喻的艺术特征》,《郑州大学学报》(哲学社会科学版)1983(1),第82页。

[②] 苏敏:《论阿喀琉斯的人本主义精神》,《中国人民大学学报》1995(2),第73页。尹振球的《荷马为什么歌唱"阿喀琉斯的愤怒"?——〈伊利亚特〉的主题与古希腊民主政治的兴起》(载《文史哲》第3期,第81—86页)和隋竹丽的《阿基里斯愤怒的历史内涵》(载《佳木斯大学社会科学学报》第4期,第61—62页)异曲同工,试图从《伊利亚特》里读出诗人的政治倾向和人文关怀。

美的悲剧英雄",两位史诗人物"代表着不同的古代英雄类型"。① 这一时期发表的具备较高学术含金量的论文还有一些,包括王达天的《荷马史诗与荷马时代》(1990)、王阳的《荷马的眼光:一个特例》(1995)、唐四艳的《〈伊利亚特〉战争观的成因及其美学意义》(1997)、潘一禾的《爱欲与文明的冲突——荷马笔下的帕里斯和海伦》(1997),以及谢占杰的《从荷马史诗看古希腊人的生存观念》(1999)等。

1994—1997年间有两种荷马史诗诗体新译本问世。1994年11月,罗念生和王焕生合译的《伊利亚特》与读者见面,王焕生独译的《奥德赛》在两年半后的1997年5月出版。花城出版社于同期推出陈中梅翻译的《伊利亚特》(1994.8)和《奥德赛》(1994.11)。出于对荷马史诗在西方文学乃至学术史上所处重要地位的清醒认识,陈中梅从1997年初开始对两部经典进行重译并作注释(尤其是对当今西方学术界更为关注的《奥德赛》),新译分别于2000年和2002年由译林出版社出版。

荷马是希腊民族的老师,他的史诗堪称古代的百科全书。② 跨过21世纪的门槛后,随着研究的深入和作业面的不断拓宽,也随着国外图书资料渐显增多的译介引入,一些学者开始把目光投向某些专门化程度更高的议题③,着意于从小处入手,细致发掘荷马史诗的人文底蕴与信息储量。李玮巍的《论荷马史诗中的鸟迹》(2010)、戚江虹的《〈伊利亚特〉中的"三角图式"》(2004)、胡祎赟的《荷马史诗中的德性解读》(2008)、晏绍祥的《荷马史诗中关于政治领袖的术语》(2002)、张志果的《浅谈荷马史诗中的"愤怒"》(2007),以及包中的《〈伊利亚特〉中的"勇气"主题初探》(2008)等,都是新时期研究者们的学术关怀呈现出专门化和细微化趋势的见证。80年代已有武恩莲的《荷马史诗中所描述的古希腊运动竞技》④,刘欣然、陶国新的近作⑤在既有研究的基础上,就这一话题展开了较为深入的探讨。受话语权、国际政治、文化研究和后殖民文论等因素的影响,这一时期发表的某些论文理所当然地带上了时代的特色。易建红认为,长期以

---

① 麦永雄:《英雄符码及其解构:荷马史诗三位主要英雄形象论析》,《外国文学研究》1997(3),第15、14页。

② Eric A. Havelock, *Preface to Plato* (Oxford: Basil Blackwell, 1963), pp. 49, 66, 92. 详阅该书第4章"The Homeric Encyclopedia"。

③ 1998年前后,关于荷马、荷马史诗和特洛伊战争,一批引证较为确切、翔实的专论"升级换代"了以前的综合评述。相关的文章有黄洋的《试论荷马社会的性质与早期希腊国家的形成》(1997)、张强的《特洛伊考古一百年》(1999)、晏绍祥的《古代希腊作家笔下的荷马》(2005),以及程志敏的《荷马史诗的文本形成过程》(2008)等。

④ 载《成都体育学院学报》1982年第4期。

⑤ 刘欣然、陶国新:《古希腊〈荷马史诗〉中的体育竞技》,《体育学刊》2009(1)。参阅刘桂海:《〈荷马史诗〉与古奥运会的思想模式》,《浙江学刊》2009(5)。

来被誉为"无产阶级作家"和"社会主义者"的杰克·伦敦,其实在其小说《北方的奥德赛》中隐藏了"另一种声音"。文章作者据此提议"在后殖民主义理论风行的今天",人们有必要"重新审视伦敦的某些作品,挖掘蕴藏在其间的殖民主义意识"①,以便全面和更准确地把握作者的创作动机。塞昌槐的《荷马史诗与希腊帝国》(2008)使人联想到后世希腊人的帝国情怀;苏薇星的文章实现了个例剖析与宏观研讨的巧妙结合,围绕《伊利亚特》第18卷对阿基琉斯盾牌的描述和《埃涅阿斯纪》第8卷对埃涅阿斯战盾的描述展开讨论,着力于论证"这两幅画面表达的迥异的核心思想",提请人们"联系当今的发展观反思目前流行的'与国际接轨'和'全球化'等信条"。② 荷马史诗是"欧洲文明的基本文本"③,是许多近当代西方作家和艺术家从事"改写"式创作的文本依据与灵感来源。电影《特洛伊》"固然力求回归古典,却也时不时地穿插着现代因素",从而有效避免了过度结构的弊端,"为经典的重读和重写提供了新思路"。④

这一时期还出版了几部较有学术深度的专著,如王以欣的《神话与历史》(2006)、晏绍祥的《荷马社会研究》(2006)、程志敏的《荷马史诗导读》(2007),以及陈中梅的《荷马史诗研究》(2010)等。巴莫曲布嫫翻译的《荷马诸问题》(2008,格雷戈里·纳吉著)从一个侧面展示了西方荷马史诗研究的最新动向,译文后附长篇研究性"汉译本专名和术语小释",为读者精当理解作者的学术志趣提供了有益的资料支持。

三、比较研究

研究外国文学的一个重要手段是通过比较。针对作为西方文学源头的荷马史诗,比较(研究)不仅是一种行之有效的方法,而且还是从一个侧面梳理西方文学史发展脉络的重要途径。这一点既反映在崔鬼的《荷马的诗性智慧——〈忒拜之歌〉与〈荷马史诗〉的差异分析》(2010)、盛丽梅的《论〈荷马史诗〉与〈俄狄浦斯王〉的英雄伦理观》(2010),以及周诗秀的《〈荷马史诗〉与〈伊尼德〉⑤的异同比较》(2008)的选题上,也在贾毅君的《荷马史诗〈伊利亚特〉和中古英雄史诗〈罗兰之歌〉之比较》(1999)、孙宏的《言史诗不必称希腊——荷马史诗与〈尼伯龙根之歌〉的一致与差异》(1997)、余久春的《西方个人主义萌生和发展时期的

---

① 易建红:《〈北方的奥德赛〉中的另一种声音:殖民主义话语》,《西安外国语学院学报》2005(4),第81页。
② 苏薇星:《"接轨"与"求道":读荷马与维吉尔的两幅经典画面》,《外国文学评论》2009(4),第182页。
③ 马克斯·霍克海默、西奥多·阿道尔诺:《启蒙辩证法》,渠敬东、曹卫东译,上海:上海人民出版社2003年,第47页。
④ 刘萍:《从〈伊利亚特〉到〈特洛伊〉——经典重构之反思》,《外国文学》2008(3),第65、63页。
⑤ 《伊尼德》又作《埃尼德》《埃涅阿斯纪》。一些重要人名、神名、地名和作品名称的统一,是我国荷马学界亟待解决的一个问题。

英雄主义探析——从〈荷马史诗〉和〈红与黑〉中塑造的英雄形象谈起》(2004),以及杨德煜《从阿喀琉斯的盾牌到〈战争与和平〉》(2004)等论文的解析路向上得到了体现。陈才忆、温健在《〈特洛伊罗斯与克瑞西达〉的发展演变》(2010)中追溯了故事的成型与导致"演变"的原因,着重探析了乔叟的长篇叙事诗《特洛伊罗斯与克丽西达》的艺术成就。高峰枫撰文介绍了美国学者 D. R. 麦克唐纳在专著《荷马史诗与马可福音》(耶鲁大学出版社,2000)中推出的一项重要研究成果:四福音书中成文时间最早的《马可福音》"在情节、结构、主题各方面竟然明显模仿荷马史诗,尤其是《奥德赛》"[1]。史诗包含"诗"与"史"两种叙事成分,因此既是历史的鼻祖,也是小说(和近现代长篇叙事诗)的先驱。李志斌撰文探讨了《奥德赛》对西方流浪汉小说的影响,并以16世纪西班牙匿名小说家的《小癞子》和18世纪法国作家勒萨日的《吉尔·布拉斯》为例展开讨论,认为此类作品的故事情节,其实都是奥德修斯返乡故事在不同时代的精彩演化。[2] 郭洋生相信,荷马和维吉尔开创的叙事传统并没有如许多人以为的那样在现当代绝迹,伟大诗人"在其作品中埋伏的无尽的史诗契机的种子,已发芽成长并必然地形成全新的史诗之林","E. 庞德的《诗章》、W. C. 威廉斯的《裴特森》以及艾略特的《荒原》等",均可被视为对"荷马和维吉尔传统的巧妙继承"[3],是与时俱进的史诗活力在现代语境中的典范展示。荷马史诗乃众多西方小说家心目中的"原型"和"标杆"。在2004年发表的一篇论文中,胡琳运用巴赫金的小说理论,以"史诗距离"[4]为引线,探讨了叙事方式与文体变化之间的因果关系,论述中或有牵强附会之处,但整篇文章思路清晰,布局合理,值得一读。詹姆斯·乔伊斯的《尤利西斯》是一部引领现代派小说风气之先的重要作品。有鉴于小说家的文本依据和创作意图,一些学者注意到该作品与《奥德赛》之间的多重可比性,是一件顺理成章的事情。舒伟探究了两部作品中明显存在的"对应关系"[5];江润洁的用词是"平行运用"[6];赫云的旨趣在于揭示"在各种先锋运动风起云涌的时代",采用希腊神话是一个"可怕的错误"[7],试图从"对应"中读出新

---

[1] 高峰枫指出:"如果麦氏这一大胆结论能够成立,那么我们对早期基督教的理解很可能会产生实质性的改变。"《荷马史诗与马可福音》,《读书》2001(10),第146页。

[2] 李志斌:《论荷马史诗对流浪汉小说的影响》,《国外文学》1996(3),第51—58页。

[3] 郭洋生:《荷马与欧洲史诗模式》,《外国文学研究》1994(4),第15页。

[4] 胡琳:《奥林波斯山上的自由落体——从史诗到长篇小说的文体变化》,《上海师范大学学报》(哲学社会科学版)2004(3),第117页。

[5] 舒伟:《〈尤利西斯〉与荷马史诗的对应关系探讨》,《燕山大学学报》(哲学社会科学版)2000(1),第77—83页。

[6] 江润洁:《〈尤利西斯〉对〈荷马史诗〉的平行运用》,《名作欣赏》2010(35),第127页。

[7] 赫云:《一场可怕的错误:〈尤利西斯〉与〈奥德修纪〉的对应》,《大连大学学报》2011(1),第63页。

意。如果说刘丽琼侧重于描述奥德修斯在返乡途中所展示的人格魅力①,陈宏琳则依托西方流浪汉小说的叙事背景,肯定了《奥德赛》的"母题"和"源头"作用,细致剖析了《尤利西斯》中布鲁姆作为都柏林闲逛者的现代社会文化意义"。②

荷马的《伊利亚特》和《奥德赛》是口诵史诗,在这一点上如同在其他诸多方面一样,不同于维吉尔的"文人史诗"《埃尼德》。荷马史诗的口头文学属性,使得它比后世的"文人史诗"(譬如弥尔顿的《失乐园》)更容易引起我国业内专家学者的关注,为他们研究同为演述(或演唱)作品的藏族英雄史诗《格萨尔》(或《格萨尔王》《格萨尔王传》)和蒙古族英雄史诗《江格尔》等大型叙事诗提供来自异域的文本参照。王兴先着眼于《格萨尔》和荷马史诗的成诗过程,探讨了史诗由"发生"到"成篇"的一般规律。③ 陶铖分析了荷马史诗与《格萨尔》艺术风格的异同,指出前者大量使用象喻(即多行次明喻),而后者则借助谚语的点缀,广泛采用了博喻。④ 罗文敏从口诵史诗中区分出"书面性"和"口承性"的类别差异,认为荷马史诗乃"巧制精编"之作,而《格萨尔》则属于活形态史诗,其内容仍处于"创编"的过程之中,因此带有更为鲜明的口头文学特色。⑤ 十多年来国内学术期刊上发表研究《江格尔》与荷马史诗之异同的文章有王纯菲的《谈史诗〈江格尔〉的叙述动力——兼与荷马史诗〈伊利亚特〉比较》(1997)、王卫华的《〈江格尔〉与〈荷马史诗〉宇宙结构比较》(2007)等。在 2007 年发表的另一篇文章中,王卫华论证了《江格尔》与荷马史诗的可比性,指出此类研究旨在"把我国民族民间文学放在世界文学与文化视野中来考察",其意义在于促使"我们进一步思考东西方民族在社会观念、文化信仰等方面的相似和差异,从而加深我们对东西方文化的理解"。⑥ 包丽俊的文章虽然没有论及《格萨尔》,但却笔涉人们较

---

① 刘丽琼:《从奥德修斯返乡心路历程中看其人格魅力》,《桂林师范高等专科学校学报》2011(3),第 87—91 页。

② 陈宏琳:《从勇士还乡到都市闲逛——〈尤利西斯〉对〈奥德修纪〉流浪模式的继承和发展》,《东莞理工学院学报》2011(2),第 85 页。

③ 王兴先:《从藏族〈格萨尔〉等多民族史诗解析"荷马问题"》,《西北民族大学学报》(哲学社会科学版)2006(4),第 111—114 页。王景迁和于静考察了《伊利亚特》里神与英雄们的行为特点以及神话与史诗在内容和文体上的继承性,试图由此揭示史诗从神话到"人话"的演变过程。详阅《从荷马史诗〈伊利亚特〉论析史诗与神话的辩证关系》,《西北民族大学学报》(社会科学版)2005(6),第 115—119 页。

④ 陶铖:《荷马史诗与〈格萨尔〉艺术比较论》,《内蒙古师范大学学报》(哲学社会科学版)2011(4),第 31—32 页。

⑤ 罗文敏:《纵聚与横组合:〈格萨尔王传〉与〈荷马史诗〉整体结构之异》,《中南民族大学学报》(人文社会科学版)2009(5),第 160—164 页。

⑥ 王卫华:《蒙古族史诗〈江格尔〉与古希腊〈荷马史诗〉英雄形象比较——以江格尔与阿基琉斯为例》,《黑龙江民族丛刊》2007(3),第 184 页。

少关注的蒙古秘史①,颇具参考价值。中国是一个多民族国家,除了藏族和蒙古族,别的一些少数民族也有各自的口诵经典。如同荷马史诗一样,傈僳族的《阿考诗经》是一部凝聚了"民族传统宇宙观、神话观、历史观、伦理观、自然观等丰富精神内涵为一体的史诗性作品"②。一些少数民族曾经有过源远流长的迁徙经历。史军超认为,迁徙史诗也像创世史诗和英雄史诗一样具备"诗史"的性质,哈尼族迁徙史诗《哈尼阿培聪坡坡》"以诗载史","发挥着教化后人"、传承文化和"清澄民风"的重要作用。③

国内学者以荷马史诗为比项的研究不仅关涉少数民族的口诵史诗。对相关文献资料的查索表明,汉民族卷帙浩繁的古代典籍也是学者们考察的重点,已经发表的论文亦不在少数。择其要者,这方面的文章计有李万钧的《〈史记〉与荷马史诗——中西长篇小说源头比较》(1993)、陈颖的《〈山海经〉与〈伊利亚特〉——中西战争神话叙事比较》(2002)、李新灿的《君权·人权·女权——〈伊利亚特〉、〈汉宫秋〉别解》(2005)和冯娟的《〈封神演义〉与〈荷马史诗〉中的女性群像》(2008)等。一种文化是以史诗还是相对绵软优雅的抒情诗揭开自己童年时代历史的扉页,对于相关民族日后的人文走向关系重大。《诗经》是我国第一部诗歌总集,其不可替代的原初性与荷马史诗在西方文学和文明史上的地位有些相像。吴德安的《〈诗经〉和荷马史诗——谈谈文学的民族个性》发表于1984年,不久便有蒋见元的《〈诗经〉史诗与荷马史诗的比较》(1987)和池万兴的《两个民族,两种史诗——荷马史诗与周族史诗的比较研究》(1989)与业内读者见面。尽管三位作者对《诗经》(或其中的某些诗篇,如《生民》《公刘》和《大明》等)能否被称作史诗(或"标准的史诗")看法不尽相同,却都充分肯定《诗经》与荷马史诗的开辟之功和史料价值,并且分别围绕文学与民族个性的形成、史诗的社会与宗教基础以及民族特征与诗歌传统对史诗成形的影响等议题展开讨论,比较透彻地阐述了各自的观点。文学样式及其民族特色的形成取决于多种因素,包括气象条件、地理环境、宗教信仰、社会经济结构以及民族的思想意识和审美习惯等。吴贤哲和刘瑞探析了"地理环境对古希腊文化和古代中国文化形成的影响",断定《诗经》之所以与荷马史诗明显不同,原因在于中国和希腊这两种古老文化具备若干不同的"文化因子"。④ 陈静以荷马史诗为比项,探讨了中国农

---

① 包丽俊:《关于〈蒙古秘史〉、〈荷马史诗〉展现战争的比较研究》,《内蒙古社会科学》(文史哲版)1993(1)。谈到跨文化的史诗(或典籍)研究,有必要提及苏永旭的《〈摩诃婆罗多〉、〈罗摩衍那〉与荷马史诗》,载《南亚研究》2002年第1期。

② 陆文:《傈僳族的〈荷马史诗〉——〈阿考诗经〉》,《社会与青年》2004(7),第50页。

③ 史军超:《炯异有别的"诗史"——哈尼族迁徙史诗〈哈尼阿培聪坡坡〉与荷马史诗》,《华夏地理》1987(4),第33页。

④ 吴贤哲、刘瑞:《荷马史诗和〈诗经〉不同文化因子及其成因的探究比较》,《西南民族大学学报》(人文社会科学版)2010(1),第1页。

耕文化敬德重礼文化背景下"激昂"与"忧伤"在《诗经》里"独特的表达方式"。①彭秋实剖析了荷马史诗与《诗经》中战争诗的美学风格,文章试图"从比较视域出发,站在比较文学的角度上分析《诗经》与荷马史诗的差异",并进而"探讨造成上述差异的原因"。② 多用且善用比喻乃《诗经》和荷马史诗共享的修辞品格,徐艺玮的《〈诗经〉与〈荷马史诗〉的比喻之比较》(2007)就此展开了讨论。"天"和宙斯分别为《诗经》与荷马史诗里的"至上神"。吴瑞裘较为细密地梳理了"天"在《诗经》里的多种含义,认为中国先民们对"天"的"清虚"感觉,导致其将"情真"和"意真"放在"外在形象描绘的逼真之上",从而实现了至上神形象的虚化,从源头上模塑了中国诗歌"以抒情为主"的品位特征。③

四、热点追踪

近十多年来,受当代女性主义文论思潮和国际荷马学界研究路向的引领④,一些国内学者对荷马的女性观以及史诗里的女性形象产生了浓厚的兴趣,"女性问题"研究遂成热门。张玉梅、张国秋的《古希腊文学中女性形象的命运品性及其内涵》(1999),李权华的《"被缚"的女人——浅析〈荷马史诗〉中的女人群像》(2002),余璇的《浅析〈荷马史诗〉的女性形象和女性观》(2007),以及赵晓、韩琳琅的《英雄时代的女性——荷马史诗中的女性地位及其启示》(2007)等,都是今后相关领域的研究者们有必要细读的文章。郭小凌指出,所谓的妇女观,其实"是古希腊男性对妇女的看法","至少从荷马时代开始,便形成了对女人的社会偏见",有姿色的女子能够媚惑男性,荷马由此"暗喻女人对男人还有祸水的一面"。⑤ 潘道正领悟到荷马对美的敏感,提议将美学研究的时间上限前推至荷马史诗。诗人正面赞誉女子的丰腴和美貌,但也以他的方式提出了警示——荷马史诗于是成为西方"'女人祸水论'的源头"⑥。女人是"祸水",但她们也是男权社会和战争的受害者。魏茹菡在研究中引入"囚禁""母权制""生育力"和"女性崇拜"等概念,提醒人们"如果站在女性的立场上重新细读'荷马史诗'",就有可能发现"这些几千年前的女神或女人所放射出的光辉,并未消散

---

① 陈静:《〈诗经〉中战争诗的两种基调——兼与〈荷马史诗〉比较》,《牡丹江教育学院学报》2008(1),第1—2页。
② 彭秋实:《荷马史诗与〈诗经〉中战争诗的美学风格比较》,《湖北师范学院学报》(哲学社会科学版)2009(1),第15页。
③ 吴瑞裘:《〈伊利亚特〉和〈诗经〉中的至上神比较》,《外国文学研究》1992(3),第88页。
④ 陈戎女:《当代女性主义荷马批评》,《外国文学》2009(2),第34—41页。
⑤ 郭小凌:《论古希腊人的妇女观》,《学术研究》2007(1),第91—92页。
⑥ 潘道正:《论〈荷马史诗〉中的女性美观念》,《河南师范大学学报》(哲学社会科学版)2007(4),第118页。

在男性统治的阴影之下,她们依然拥有让男性崇拜和追求的魅力"。① 尽管如此,荷马史诗毕竟已经去古(指原始社会)甚远。陈戎女就《奥德赛》里佩涅洛佩的"纺织和梦"提出了自己的见解。在另一篇文章里,她从"'荣誉礼物'——男性世界的奖赏""战争之苦——妻子的挽歌"和"'无耻人'——女人祸水论"三个方面入手,探析了《伊利亚特》中的女性形象。虽然海伦等人物"出场不多",却均以女性的眼光审视特洛伊战争给女人和家庭"造成的不堪想象的灾难性后果",其精彩表现"足以使《伊利亚特》有了一个特定的女性视野"。②

研究荷马史诗必然涉及神话。然而,正如不宜忽略荷马史诗的神话基础,我们同样不能掉以轻心的还有它与哲学之间错综复杂的关系。毕竟,古希腊文明的一个奇特之处,便是在史诗的辉煌尚未消退之前产生了与之分庭抗礼的哲学。"神话以观念世界中的虚构描摹世界,哲学借助于神话对世界予以抽象的阐释"③;在古希腊,"哲学的诞生同时也就表现为一个解神话的过程"④。李湘云认为,荷马史诗"既是希腊人关于宙斯意志的神话思想的完整体现,同时又渗透着原始概念的理性萌芽",《伊利亚特》和《奥德赛》"率先把希腊人的思想从神话带向了理性"。⑤ 尹延安用更明晰的语言,从更宽广的作业面上表述了大致相同的观点:"荷马史诗不仅仅是文学意义上的伟大作品,它折射出以荷马为代表的古希腊人对个人、自然(神)、社会(文化)、政治(国家)等方面的思考,是人从神话到理性的开端。"⑥贾玉峰以两位不同时期的希腊"英雄"的死亡为个案,探讨了苏格拉底哲学的"荷马背景"⑦;陈中梅撰文分析了柏拉图哲学的文学基础,专节讨论了荷马史诗对柏拉图的影响。⑧ 荷马史诗是培育西方理性学观的摇篮。在公元前5世纪的雅典,logon didonai(即 to give a logos⑨,可作"提供理性解释"或"进行明晰的阐述"解)已成时尚。陈中梅试图将希腊理性认知观形成的时间前推至荷马史诗,在2006年发表的一篇长文中论证了 sēma eipe(提

---

① 魏茹菡:《浅析"荷马史诗"女性观的双层结构》,《海南大学学报人文社会科学版》2005(2),第190页。
② 陈戎女:《〈伊利亚特〉中的女性》,《求是学刊》2008(3),第120页。
③ 马晓华:《古希腊神话:诗学与神学的二元对立》,《内蒙古大学学报》(人文社会科学版)2002(2),第44页。
④ 李秋零:《古希腊哲学解神话的过程及其结果》,《中国人民大学学报》2000(1),第40页。
⑤ 李湘云:《〈荷马史诗〉——从神话走向理性》,《青海民族学院学报》(社会科学版)2000(1),第101、102页。
⑥ 尹延安:《荷马史诗的一种哲学解读——兼论荷马与柏拉图的哲学思辨》,《安徽工业大学学报》2006(5),第60页。
⑦ 贾玉峰:《从"阿喀琉斯之死"到"苏格拉底之死"——苏格拉底哲学的荷马背景分析》,《唐都学刊》2005(2),第65页。
⑧ 陈中梅:《论柏拉图哲学的文学基础》,《外国文学评论》1997(1),第5—14页,(2),第31—41页。
⑨ W. K. C. Guthrie, *A History of Greek Philosophy*, Vol. I (Cambridge: Cambridge University Press, 1962), p.38.

供证据)的标示功能。陈中梅认为,sēma eipe 具备极强的应释潜力,可以像 logon didonai 一样担当重任,为人们精当把握并学术化定位西方认知史的发展阶段,提供一个新的或许能起导向作用的坐标。[1]

1769 年,英国学者伍德(Robert Wood)发表了一篇题为《论荷马的原创天才与写作》的文章,推测尽管荷马天分很高,其实却既不识字,更不会书写,是一位目不识丁的唱诗人。德国学者沃尔夫(F. A. Wolf)接受了伍德的观点,于 1795 年发表其成名之作《荷马史诗引论》(*Prolegomena ad Homerum*)。沃尔夫坚信,荷马史诗在成文之前必定有过一个漫长的口头演唱时期,两部史诗堪称鸿篇巨制,实乃多支短歌的合成之作,诸多故事的成型不可能由一人完成。至今仍在困扰国际荷马学界的"荷马问题"由此滥觞。

荷马问题很早就引起了我国学者的关注。王希和的《荷马》(1930)对此有所提及。1957 年,牛庸懋在其《略论荷马及其"伊利亚德"与"奥德赛"》一文中亦专节讨论了"荷马与荷马问题"。荷马大概是"史诗的一位编者",日知写道,"他把先前的故事诗歌选辑编成长篇的口头创作,有突出的中心主题。"[2]杨宪益简要介绍过沃尔夫的观点,并称在一些中国古籍(譬如编于北宋年间的《太平广记》)里找到几则可能"改编"自荷马史诗的故事。[3]谭君强翻译发表了莫斯科大学教授谢·伊·拉德齐格《古希腊文学史》中的第三章,标题即为"荷马问题"[4]。"荷马问题在文学史的研究中起了重要作用。它与民间文学其他问题的联系和希腊史诗与其他民族英雄史诗的类似之处揭示了研究这类诗歌的共同规律。"[5]刘瑞洪编译希腊《读书》杂志 1987 年 9 月推出的"荷马史诗专号"中的部分内容,并对当时的研究路向做出了自己的判断:"当今的荷马问题研究已经进入了一个新的阶段。学者们已不再纠缠于荷马史诗的归属问题的争论,而着重从时代和诗歌艺术这两个角度拓展和深化对荷马史诗的认识。"[6]作为分析(或分解)派理论的升级版,帕里(Milman Parry)-洛德(A. B. Lord)倡扬的口头诗学理论自身也存在局限,"许多学者认为口头诗学派把现代游吟诗人作为荷马的参照系,这种做法是不正确的,而应该在中世纪英国、法国、荷兰和德国的民族史诗中寻找可比的素材"[7]。王兴先主张"不要就'荷马问题'研究'荷马问题'",倘若把自沃尔夫以降西方学者的几种主要观点"与我国《格萨尔》

---

[1] 陈中梅:《〈奥德赛〉的认识论启示——寻找西方认知史上 logon didonai 的前点链接》,《外国文学评论》2006(2),第 65—79 页,(4),第 86—100 页。
[2] 日知:《荷马史诗若干问题》,《历史教学》1962(9),第 29 页。
[3] 杨宪益:《〈奥德修纪〉译本序》,上海:上海译文出版社,1979 年,第 11—20 页。
[4] 杨君强:《荷马问题》,《云南师范大学学报》1984(9),第 82—90 页。
[5] 陈洪文:《荷马和〈荷马史诗〉》,北京:北京出版社,1983 年,第 113—114 页。
[6] 刘瑞洪(编译):《西方荷马研究面面观》,《外国文学动态》1988(8),第 44 页。
[7] 程志敏:《荷马史诗导读》,上海:华东师范大学出版社,2007 年,第 113 页。

这部活形态史诗的说唱、流传、记录、整理等诸多实际情况以及世界其他一些史诗研究的实况密切结合起来进行分析",那么"旷日持久的'荷马问题'也许能够得到解决,至少可以启发研究者拓开自己的视野"。① 仅仅通过上述比较研究便能最终解决荷马问题,诸如此类的观点或可商榷。尽管如此,意识到解决(问题)的艰难并不等于鼓励放弃。1996 年,美国得克萨斯大学出版社推出纳吉(Gregory Nagy)的著作《荷马诸问题》(*Homeric Questions*),重新引发了学界对荷马问题的关注。该书拓宽了研究的界域,实现了方法论上的突破。"针对荷马史诗的文本演成",作者匠心独运,交错使用"历时"与"共时"的叙事角度,"令人信服地论证了他这些年一直在不断发展的'三维模型',即从'创编—演述—流布'的互动层面拟构的'荷马传统的五个时代',出色地回答了荷马史诗怎样/何时/何地/为什么最终被以书面文本形态保存下来,并且流传了两千多年的缘由"。② 诚然,纳吉也像他的前辈同行们一样,不太可能,事实上也没有最终解决荷马问题。但是,他的探索是有意义的,从该书的"导论"中,我们可以读出他对具有希腊特色的"探索"或"追问"(zē/tēma)的心仪。③ 已有国内学者专文介绍并讨论纳吉的理论,譬如吕薇的《史诗与神话——纳吉论"荷马传统中的神话范例"》(2009)和王杰文的《"文本化"与"语境化"——〈荷马诸问题〉中的两个问题》(2011)。

五、问题与反思

纵观 60 年来我国学者在荷马史诗研究领域内的工作,成绩当然是第一位的。考虑到起点较低、起步较晚、资料积累和研读所需时间较长以及研究的难度较大等因素,人们委实有理由为已经取得的业绩感到自豪。当然,在肯定成绩的同时,我们也要看到缺点。大致说来,今后或可从以下几个方面入手,改进工作中的不足。①重视希腊语学习,扩充文史哲和其他方面的知识,打好古典学基础;②尽可能贴近原典,多用第一手资料,多读国外学者所写的期刊文章,加强用典、行文和注释的规范性;③引证时采用他人的迻译,应就(或至少应就)其中的重要词句核对原文;④许多议题国外学者已有程度不等的涉及,故有必要增强学术史意识,关注国内外同行的研究动向以及相关论点已经议及的程度;⑤近期涉及"比较"的文章数量较多,但真正高质量的出彩之作稀少,今后似应在增进研究的深度上多下工夫;⑥《伊利亚特》和《奥德赛》既是西方文学的源头,也是西学的滥觞,其兼蓄"褊狭"与"阔达"(或重视事物之共性)的欧洲品格

---

① 王兴先:《从藏族〈格萨尔〉等多民族史诗解析"荷马问题"》,《西北民族大学学报》(哲学社会科学版)2006(4),第 111 页。
② 朝戈金:《从"荷马问题"到"荷马诸问题"》,《中华读书报》2009 年 3 月 11 日,第 9 版。
③ 格雷戈里·纳吉:《荷马诸问题》,巴莫曲布嫫译,桂林:广西师范大学出版社,2008 年,第 1—3 页。

非常明显,有条件的研究者不妨秉持稳健创新的治学精神,在自己学有所长之处作一点开拓。

第二节 印度两大史诗研究

《罗摩衍那》和《摩诃婆罗多》是世界著名的两大史诗,前者是印度"最初的诗",后者是印度的"历史传说"。两部史诗既是文学名著,也是宗教圣典,兼具文学、宗教、哲学、历史、法律、音乐等性质,素有印度的百科全书之称,在印度文学和文化史上具有十分重要的地位。

一、概述

《罗摩衍那》和《摩诃婆罗多》均成书于公元前后几个世纪,我国的汉译佛经如《杂宝藏经》《六度集经》中有与《罗摩衍那》主干情节类似的故事,玄奘在自己翻译的《何毗达磨大毗婆沙论》第四十六卷里也曾提到"《逻摩衍拿书》有12000颂"。但确切说来,印度两大史诗直至20世纪初才引起我国学者的关注。鲁迅在《摩罗诗力说》(1907)中称两大史诗"亦至美妙",苏曼殊在《文学因缘自序》(1907)、《答玛德利玛湘处士论佛教书》(1911)、《燕子龛随笔》(1913)中认为,两大史诗"闳丽渊雅,为长篇叙事诗",既超越了我国的《孔雀东南飞》《北征》《南山》,也超越了荷马史诗。郑振铎在《文学大纲》(1927)中以"印度史诗"为题,用了一章的篇幅较为全面地介绍了两大史诗。1930年,许地山出版了中国第一部印度文学史《印度文学》,他在书中分别将《摩诃婆罗多》与《罗摩衍那》置于《如是说往世书》和《钦定诗》两类之下予以介绍;尽管他对两大史诗的定位与现在的认识有所不同,也未从史诗角度对这两部作品进行评介,但他对这两部作品的内容和价值的认识是站得住脚的。柳无忌的《印度文学》(1947)明确将《摩诃婆罗达》和《罗摩衍那》作为"史诗"看待,指出了其作为"史诗"的文学特征;他还着重指出了附属于《摩诃婆罗多》的《薄伽梵歌》的重要性,并对其内容和思想进行了论述。这些著述表明,我国学者在新中国成立前对印度两大史诗是较为了解的,对作品的理解也是比较恰当的。不过,到此时为止,我国对两大史诗基本上限于简单的介绍,还未出现真正的翻译,研究也阙如。

新中国成立以后,我国对两大史诗的研究才真正开始,而且这一研究与翻译密不可分,译者身兼研究者是我国印度文学研究的最大特色。新中国成立后的最初30年,是两大史诗研究的初级阶段,有若干节译、转译、选译本及介绍类文章出现,起到了普及作用。20世纪80年代以来,两大史诗研究进入发展时期,直至现在,发展期仍未结束,高潮期遥遥。《罗摩衍那》全译本在80年代初陆续出版,《摩诃婆罗多》全译本于 2005 年出版。由于一开始便有季羡林、金克木两位梵语学者的高质量成果,我国的两大史诗研究虽起步较晚,但学术水平很高。

1964 年,金克木的专著《梵语文学史》出版,该书主要论述了从吠陀时代到大约 12 世纪的印度文学作品及文艺理论著作,是中国梵语文学研究的奠基之作。其第二编"史诗时代"中的"大史诗《摩诃婆罗多》"和"最初的诗《罗摩衍那》"两章是对两大史诗的专论,精妙之论迭出。1979 年,季羡林的《〈罗摩衍那〉初探》出版,该书除论述史诗的文学内容外,对印度古代史的一些重要问题,如印度封建社会的特点、分期、土地占有形式等,提出了精辟的见解。1984 年,由季羡林、刘安武主编的《印度两大史诗评论汇编》出版。这部译著以印度学者的著述为主,并选了德国、苏联、美国、法国、英国等国有代表性的学者的部分论述,共三十余万字。这部学术译著的问世,在 20 世纪 80 年代为我国刚刚萌芽的两大史诗研究提供了学术指导和借鉴,成为之后我国学者进行两大史诗研究的必备资料。1991 年,《印度古代文学史》出版,其第二编"史诗时期"中的"《摩诃婆罗多》"和"《罗摩衍那》"两章也是对两大史诗的专论,从成书年代、思想内容、艺术特点及在印度国内外的影响等方面对《摩诃婆罗多》和《罗摩衍那》进行了专章研究,作者分别是黄宝生和季羡林。2001 年,刘安武的《印度两大史诗研究》出版。这是一部既有专论又有综合评述的著作,其中的《中国读者如何理解和欣赏两大史诗》《有关印度两大史诗的作者、创作年代和过程等问题》《印度两大史诗对后世的影响》等三篇文章值得关注:《中国读者如何理解和欣赏两大史诗》对印度文学文化的一些常识进行了辨析和说明,对我国东方文学文化、东南亚文学文化的初期研究者以及其他对印度文学感兴趣的读者,在欣赏和理解两大史诗时具有入门和引导作用;这篇文章也体现了作者作为一名印度文学工作者,对于推广和普及印度文学所具有的自觉的学科意识。《有关印度两大史诗的作者、创作年代和过程等问题》一文梳理了相关资料,就史诗的作者、创作年代等问题进行了精辟的论证。《印度两大史诗对后世的影响》探讨了两大史诗之后的梵语及印度现代语言如印地语、孟加拉语等文学中的史诗因素,以文学事实说明了两大史诗在印度文学和印度民族中的重要性。2005 年,黄宝生的《〈摩诃婆罗多〉导读》出版,这是一部全面介绍和研究《摩诃婆罗多》的专著,无论是对于一般读者了解史诗,还是对于专业工作者研究史诗,都具有重要的参考价值。

论文方面,邱紫华的《印度两大史诗中的诗学理论》(1996)讨论了两大史诗中体现出来的创作特征和规律,对两部史诗中的象征表达、叙事方式及"万物有情观"等进行了研究。该文在参考印度学者研究成果的同时,借鉴了西方文艺理论关于原始思维和原始艺术的部分观点,对两部史诗的创作进行了理论上的思考,具有一定的启发性。卢铁澎的《印度两大史诗的"达磨"与审美意识》(1998)讨论了印度特有的"达磨"与印度审美的主题,认为在印度古代思想中占有重要地位的"达磨"即正法思想在两大史诗中具有重要作用,它制约着两大史诗的审美意识。作者认为,两部史诗中的社会美、艺术美和自然美三者是有机交织和浑融一体的,凸现了艺术美意识、自然美意识围绕着社会美意识的主体所建构起来的一个完整的审美意识系统。在这一审美意识的系统结构中,达磨是更高层次上支配性的核心,是社会美意识、艺术美意识和自然美意识相联结的枢纽。"达磨",即正法,是印度教文化的核心概念之一,印度教思想认为一切事物都应遵循自身的"法",或可理解为秩序、规律,卢文以此为切入点分析两部史诗的审美意识,深中肯綮。孟昭毅的《印度两大史诗成因的文化意蕴》(2000)考查了印度古代社会历史产生史诗的各种可能性和必然性,指出两大史诗是在一定历史事实的基础上集世代伶工和文人智慧的集体创作,是印度古代历史、神话、传说、故事、歌谣、民谚等民间口头文学与文人书面文学的集大成者。孟文重视地缘文化对民族心理和民族文学的影响,认为印度之所以是充满神话传说的国度,人民之所以充满浪漫幻想,从根本上缘于印度的人文自然地理环境。该文从印度古代文化以及印度地理的独特性的角度来考察两大史诗的成因,在同类研究中视角独特,分析合理,结论恰当。薛克翘的《从两大史诗看印度古代音乐》(1985)在研究中另辟蹊径,充分利用两大史诗在内容上的庞杂和博大,将两部作品作为研究印度古代音乐的素材和佐证,以此来分析两大史诗的故事自发生到初步成书,其间上千年甚至更长时间内印度古代音乐的发展和特点。薛文认为,从两大史诗所提供的音乐资料来看,印度在这段时期内的音乐可以分为四大类,即宫廷音乐、民间音乐、宗教音乐和军乐,并分别结合史诗中的具体内容对这四类音乐的概况及其所具有的不同意义进行了论述。薛文在两大史诗研究乃至印度文化研究中因其研究对象的独特而显得颇为特别,发表时间也较早,展示了在两大史诗的研究中,我国学者从一开始就具有开阔的、多方面的、独立的研究视野。

二、《罗摩衍那》研究

1980—1984年,季羡林从梵文直接翻译的《罗摩衍那》由人民文学出版社陆续出版,这套全译本共七卷八册,长达九万余行,它的翻译和出版,是现当代中印文化交流史上的一桩重大事件,也是我国文学翻译史上的一件大事,填补了我国外国文学名著翻译领域的一项重大空白。《罗摩衍那》全译本的出版,为我国的两大史诗研究提供了坚实的基础,我国印度文学的翻译和研究也以此为契机和标志,进入了蓬勃的发展期。

季羡林是《罗摩衍那》的译者,也是最为知名的研究者。他的《〈罗摩衍那〉

初探》(1979)是我国学者撰写的第一部关于两大史诗的研究专著。在《初探》中,季羡林对史诗的性质和特点、作者、内容、版本、与《摩诃婆罗多》的关系、与佛教的关系、成书的年代、史诗使用的语言、诗律、评价、与中国的关系、所译《罗摩衍那》的版本、译文中的译音和文体等问题均进行了研究,阐释了作为中国学者的独立见解。季羡林认为,《罗摩衍那》全诗以"朴素之诗为主,藻绘之诗渐多,正处在从《摩诃婆罗多》等文学作品向古典文学过渡的阶段上"①,它具有诗的特征,是"最初的诗",具有人类童年创作所具有的"永久的魅力"。季羡林的《初探》是中国学者对《罗摩衍那》进行的第一次全面、系统的研究,其中既有关于《罗摩衍那》的基本常识,又有充满真知灼见的论断,反映了中国学者在《罗摩衍那》研究方面所达到的学术高度。

金克木是对《罗摩衍那》进行专门研究的较早的学者,其成果主要体现在前述的《梵语文学史》(1964)中。其论述涉及了思想内容、艺术成就等方面。关于思想内容,金克木在分析了其中所体现出来的政治思想、战争态度、家庭观念之后,认为全诗提出了具封建色彩的伦理观念,但"这一思想在残暴混乱的奴隶制时代反映着前进到封建制去的要求,有一定的进步意义。罗摩的形象被改造为印度封建社会中的神圣人物,并不是无缘无故,而是有根有据的"②。金克木对《罗摩衍那》的艺术成就给予了高度评价,认为它的艺术手法精致细腻,是梵语古典文学的前奏曲,为后来的长篇叙事诗树立了榜样,奠定了格式的基础。直至今天,金克木的诸多论述仍然无人超越。

刘安武是继金克木、季羡林之后我国《罗摩衍那》研究的又一位高水平专家。他在《印度两大史诗研究》一书中对《罗摩衍那》的思想倾向、夫妻观、国家观等进行了论述。他强调印度文学所具有的宗教性,认为《罗摩衍那》围绕着"罗摩的故事"这一核心展开,作品中各个人物的背景、前生或者经历都带有神话性质,全诗自始至终渗透着浓厚的宗教色彩,并坚持在此基础上理解和分析《罗摩衍那》的思想倾向,指出印度教社会的伦理道德是由印度教的核心"达磨"衍生而来。刘安武肯定了史诗中所体现的、以歌颂罗摩和悉多为代表的一夫一妻制的思想,"坚持一夫一妻就是坚持初步的男女平等,就是坚持人道主义,就是人民性和民主性的体现"③。对于《罗摩衍那》中所体现的国家观,刘安武从世界历史发展进程对罗摩裂土而治的做法提出了质疑,这充分体现了一个中国学者在研究两大史诗时所具有的独立思想与见解。

综合季羡林、金克木、刘安武三位学者的研究,可以看出,在《罗摩衍那》创

---

① 季羡林:《季羡林全集》(第17卷,《〈罗摩衍那〉初探》),北京:外语教学与研究出版社,2010年,第240页。
② 金克木:《梵竺庐集(甲):梵语文学史》,南昌:江西教育出版社,1999年,第150—151页。
③ 刘安武:《印度两大史诗研究》,北京:北京大学出版社,2001年,第68页。

作时代的确定上,季羡林与金克木都偏重于从马克思主义历史观的角度出发进行认定,不同之处在于季羡林认为当时处于封建时代,金克木认为是处于向封建社会的过渡时期。刘安武则没有将研究限定于确定具体的时代,而是从思想内容的内涵上将其与中国的伦理道德进行异同比较,强调了印度文学所具有的宗教性这一特点。这种不同反映出随着时代的发展,我国学者在学术角度和理论工具运用中的变化。季羡林和金克木还对《罗摩衍那》的艺术特色进行了探讨,并从语言韵律、文体演进的角度解释了其之所以被称为"最初的诗"的原因。这种分析在我国之后的《罗摩衍那》研究中,只有很少精通梵语的学者能够做到。对其他研究者来说,这类成果是十分宝贵的。

在主题、人物、文论等领域的研究方面,其他学者基本上没有超越上述三位,但他们的研究大大地丰富了我国的《罗摩衍那》研究。就主题研究而言,达磨是恒定的表达,学者们多将英雄历险和追求达磨完满联系在一起,认为罗摩的自愿流放以及拯救妻子悉多的行为是达磨的要求和实践,是印度社会永恒的人文精神的体现。就人物形象而言,悉多和罗摩被关注得最多,悉多这一形象尤其受到学者们的青睐,有学者将她作为印度或东方女性的象征,有学者将她的形象与印度文化的传统思想与美学结合起来。多数学者认为,她是忠贞的化身,兼具质朴、善良与坚韧、忠贞,外柔内刚,是东方文学史上最早出现的理想女性形象;有学者还认为,悉多是体态美的典范,是大地母亲的象征,而这与印度古代的生殖崇拜直接相关。就文论研究而言,不少学者对史诗所具有的"悲悯与滑稽""崇高与优美"等复杂多样的审美特性进行了分析,认为悲悯成为作品的基本情调或主要审美特性,与它的创作目的和社会功能有直接的关系。这种审美特性,不仅体现在对社会生活领域的崇高与优美的人物或事件的描写中,而且在对自然景物的描绘中也有体现。卢铁澎的三篇文章是这方面的代表,分别是《悲伤与诗——论〈罗摩衍那〉的艺术美意识》(1993)、《自然畅神与情景交融——论〈罗摩衍那〉的自然美意识》(1995)、《印度古代美意识的矛盾性——从史诗〈罗摩衍那〉说起》(2001)。这三篇文章先分后合,递进式地对《罗摩衍那》的美学思想进行了分析,其中关于史诗悲悯情味、自然美意识的论述都颇有见地。

《罗摩衍那》在中国的流传与影响是学者们普遍关注的问题,发言者颇多,主要体现在两个方面,一是《罗摩衍那》中哈奴曼和《西游记》中孙悟空的关系,二是《罗摩衍那》和我国其他民族语言文学的关系。

第一个问题的提出和论争最早可以追溯到20世纪二三十年代。论争双方的代表分别是胡适与鲁迅,胡适提出"进口"说,即孙悟空的原型是哈奴曼;鲁迅认为源自中国本土的"无支祁"。在这场"论战"中,胡周各有支持者,吴晓铃1958年撰文支持鲁迅,金克木1964年的成果也偏向鲁迅;季羡林则明确支持胡适,刘安武也基本赞同。余者不少,在相对年轻的学者中,赵国华和葛维钧的观点值得关注,赵国华发表于1986年的《论孙悟空神猴形象的来历》(上、下)从比较文学的视角,集中探讨了哈奴曼与孙悟空的关系。文章结合具体作品,认为孙悟空形象源出印度无疑,但却既不是简单的照搬,也不是生硬的模仿,而是对印度文学的营养经过消化和吸收后,中国文学所创造的中华民族的神猴。葛维钧的《〈西游记〉孙悟空故事的印度渊源》发表于2002年,该文认为孙悟空这个人物形象基本上是从印度《罗摩衍那》中借来的,又与无支祁传说混合,沾染上一些无支祁的色彩。整体来看,根据历史上的佛典资料,结合文学传播和影响的多种途径,以及孙悟空形象的形成过程和其身上所具有的种种特点,应当承认《西游记》中的孙悟空的确受到了哈奴曼的影响。这种观点是符合孙悟空形象演变的实际情况的。

第二个问题的研究成果也不少,成果探讨了《罗摩衍那》在汉文、傣文、藏文、蒙文、古和阗文和吐火罗文A(焉耆文)等语言中的情况,指出在这些语言中,《罗摩衍那》的故事内容从大的方面来看基本相同;但从细节来看又有差别,有的甚至是极大的差别。在思想内容和故事的民族色彩上,各版本也由于语言和民族的不同而各有异同,其中值得注意的一点是,《罗摩衍那》在印度宣扬的是印度教思想,但罗摩故事传到国外以后,大概是通过佛教传播之故,许多版本宣扬的都是佛教思想,而其中的汉译本又特别强调伦理道德的一面。

三、《摩诃婆罗多》研究

《摩诃婆罗多》是一部百科全书式的作品,精校本《摩诃婆罗多》约有8万颂,篇幅相当于《罗摩衍那》的4倍,全书共18篇,核心故事是以列国纷争时代的印度社会为背景,叙述了婆罗多族两支后裔俱卢族和般度族争夺王位继承权的斗争。2005年,由黄宝生主持的《摩诃婆罗多》汉译全本分六卷出版。该全译本的出版对我国的印度文学和文化研究具有重要意义,是我国外国文学翻译中的一项重要成果,为我国的世界文学研究、史诗研究提供了重要的研究资料。

《摩诃婆罗多》在古代印度被称为"第五吠陀",其内容涵盖古代印度的神话、传说、寓言以及宗教、哲学、政治、律法和伦理等各个方面,值得充分研究。不过,由于《摩诃婆罗多》篇幅巨大,思想与内容庞杂,人物形象繁多,且全译本出现得较晚,我国学者对它的研究在整体水平上不及对《罗摩衍那》的研究。

金克木是我国《摩诃婆罗多》研究的先行者之一,在1964年出版的《梵语文学史》中对《摩诃婆罗多》进行了详细的评介。他分析了史诗内容所显示出的不同编订层次,指出大史诗是人民长期集体创作的成果,史诗的内容反映的是激烈的政治斗争和丰富的社会生活。他富有见地地指出了史诗中独有的、影响大流传广的优秀插话,如《那罗传》《莎维德丽传》等;他认为,这些插话不但具有很高的艺术成就,在思想上也具有进步性,是印度的古典文学乃至现代文学题材的重要来源。在1987年出版的《〈摩诃婆罗多〉插话选·前言》中,金克木对大史诗中的信仰体系、价值观念、伦理道德观念的关系进行了辨析,对所选的15篇插话分别进行了说明,不但介绍了插话的大概内容,而且点明了各篇插话的思想和特色,指出它们既有与史诗主题相一致的"法"与"非法"的斗争内容,也有相异之处,其相异点如"人定胜天"的思想在《莎维德丽》中体现得尤为明显。他还从分析插话中的女性形象、仙人形象以及史诗中的仙人和武士形象着手,结合古代印度的社会文化,解析了"法"与"非法"的矛盾冲突以及"法"的具体内涵,指出在大史诗反映的共同信仰体系中,"法"是以社会中的人不平等关系的永恒性为中心的。金克木对《莎维德丽》的评价成为后来我国学者研究该插话的一个主要方向,对"法"的分析角度也是中国学者所独有的。

赵国华是位相对年轻的梵文学者,立志于《摩诃婆罗多》的翻译和研究,可惜天不假年,壮年即驾鹤西去。虽如此,他对《摩诃婆罗多》的研究仍值得重点关注,1979—1986年的几年间,他发表了《关于洪水传说》《摩奴传》《印度古典叙事长诗〈那罗传〉浅论》《印度古代文学简介(一)》《〈西游记〉与〈摩诃婆罗多〉》等五篇文章,对相关问题进行了系统研究,其对插话《那罗传》的研究至今无人可及。赵文指出,《那罗传》是一首神话性质的古典叙事长诗,其中的天神和凡人之间的对立,乃是人民群众在幻想中对奴隶社会的压迫现象所做的不自觉的艺术加工,故事巧妙地表达了人民群众要求改变境遇的愿望,也是《那罗传》的民主性的精华。文章对《那罗传》艺术风格的论述反映了我国梵文学者在史诗研究方面具有的较高水平。

张保胜是我国新中国成立以后培养出来的第一批梵文学者,与赵国华、黄宝生是同学。他于1989年翻译出版了《摩诃婆罗多》的《薄伽梵歌》,专注《摩诃婆罗多》的哲学研究。他的文章《〈薄伽梵歌〉初探》对《薄伽梵歌》进行了较为全面的分析。文章介绍了《薄伽梵歌》在印度和世界上的影响,并对其中的"我""梵"、梵我关系的变化、蕴含的世界观等进行了论述,认为《薄伽梵歌》中的"我"的地位已超过了"梵","我"代表的是上升阶级的性格,其中关于梵我关系的思考已包含辩证的思维。就其世界观来讲,它属于客观唯心主义,而"解脱"是《薄伽梵歌》的中心思想和最终目的。文章还探讨了《薄伽梵歌》在悠久的历史长河中一直受到印度广大信仰者尊崇的原因。该文是研究《摩诃婆罗多》中的宗教哲学思想方面的较为深入的代表性成果之一,其中的某些论断带有"阶级论"的鲜明时代特征。

刘安武针对《摩诃婆罗多》撰写了一系列文章,并将它与中国古典文学作品进行了对比研究,这些成果分别收入《印度两大史诗研究》和《印度文学和中国文学比较研究》中。关于史诗的思想内容,刘安武就正法观、战争观、妇女观、民主意识、生死观等进行了论述。在对史诗正法观的研究中,刘安武梳理了"正法"的含义阐释和在印度的流变过程,指出今天的所谓正法或达磨,已经转化为宗教或教义。《摩诃婆罗多》在印度历史上起到了宗教经典的教化作用,通过艺术化的人物形象生动地表现,而不是通过枯燥无味的说教来说明如何建立正法、规范社会新秩序、倡导个人履行天职。他指出,史诗中同样存在对神的不符合正义行为的否定,只是没有采取正面否定的方式,而是通过大自然的反应、空中观战的天神的态度以及战场上双方战士的反应从侧面表现的。这种思辨的特点也体现在他对史诗战争观的分析方面。通过分析史诗中多妻、多夫共存的夫妻形式、对于女性贞操的看法等,他指出史诗的妇女观与同时期的《摩奴法论》比起来,要开明、进步得多。此外,刘安武还对大史诗中的一系列主要人物形象,如黑天、毗湿摩、迦尔纳、坚战、怖军、阿周那、难敌等进行了分析。在对黑天的分析中,他认为,纵观黑天的所作所为,可说他是一位灵活掌握策略的政治家,代表了一个具有普遍意义的政治家的真实形象;他同时指出,黑天有作为神与人的双重属性,且黑天作为神的形象比起作为人的形象来大为逊色。这种论断充分显示了作为中国学者在研究大史诗中的独立视野,与印度的相关研究大有不同。

　　承金克木、赵国华之志,黄宝生对《摩诃婆罗多》情有独钟,是我国《摩诃婆罗多》研究的第一功臣。他不仅主持了整部史诗的汉译工作,还对史诗进行了系统研究,1986年,黄宝生发表了《〈摩诃婆罗多〉简论》一文,从历史背景、成书年代、思想内容、艺术特点、在印度国内外的影响五个方面对《摩诃婆罗多》进行了全面论述,其中对内容的论述分为主干故事和插话两部分,对艺术特点的分析涉及语言特点、修辞手法等。该文全面系统,今天仍然具有较高的学术价值。作为史诗的主要译者,《摩诃婆罗多》汉译本于2005年出版之后,黄宝生同年撰写了《〈摩诃婆罗多〉导读》一书。该书由全译本前言、各篇导言和后记汇编而成,另有4篇外国学者的文章作为附录。在"前言"中,黄宝生对史诗的形成年代、翻译所依据的精校本情况、史诗的社会背景、神话背景进行了全面、准确、详细的说明;在各篇的"导言"中,他介绍了各篇的主要内容,进行了简要评析,引导读者理解和注意相关要点;"后记"实际上是一篇颇具学术意义的文章,黄宝生阐述了自己对史诗研究、史诗理论建设的思考,对我国的史诗研究具有较强的启发意义。可以说,无论是对于一般读者了解史诗,还是对于专业工作者研究史诗,这本《导读》都具有重要的参考价值。

　　除上述通晓印度语言的学者外,也有其他学者通过汉语对史诗进行了研究,黎跃进的《印度大史诗中的一颗明珠——析〈摩诃婆罗多〉的优秀插话〈那罗传〉》(1985)、孟昭毅的《〈摩诃婆罗多〉分合论主题》(2007)和《印度史诗〈摩诃婆罗多〉成因考论》(2007)比较独到。黎文对运用阶级论分析《那罗传》的神人矛盾的文学批评进行反思,指出阶级论并不是一个僵硬的公式,文学虽然是社会现实生活的反映,但文学现象有它的特殊规律,并提出在文学评论中,要慎重运用"阶级分析法"。文章对阶级论的批评显示出我国学者在文学批评中已经开始有意识地反思早期简单的评论方法,并重视文学的独立性,较为可贵。孟文以一种分合论的观点对史诗的主题进行了剖析,认为史诗表现形式是纷争不已,但它总的趋向强调"合",即统一的思想。在纷争与和合这两种倾向的相互转换中,史诗表现出一种正法的思想,即要在人世间推行一种高于一切的为人的责任和义务,一种从理性出发由必然王国走向自由王国的正道。第二篇孟文认为,与《罗摩衍那》相比,《摩诃婆罗多》神话史诗的色彩更浓重,体现了人类原始思维从神话精神发展到史诗构想的延续性。史诗通常以神话传说或重大历史事件为题材,是民族精神的再现。这种古代的长篇叙事诗一般具有广泛的叙事性质和深刻的社会、历史、文化意义。只有这样的艺术特征,才能充分表现各民族中那些象征整个部落或民族的英雄人物,如何以大无畏的英勇精神和勤劳的双手创造出人间的奇迹,并在和自然与社会的斗争中取得最初的胜利。这恰恰反映了史诗《摩诃婆罗多》作为神话传说与历史传说的特点。孟昭毅的这两篇文章结合了印度文化和史诗的特点,并从比较文学的视野对史诗进行了思考,具有较高的学术价值。

四、对印度两大史诗研究的总结与反思

新中国建立之前,我国对印度两大史诗仅限于简单的介绍,谈不上什么研究。新中国成立以后,特别是 20 世纪 80 年代以来,在季羡林、金克木、刘安武、黄宝生等学者的共同努力下,两大史诗出版了汉译全本,还取得了高水平的研究成果。不过,从上文可知,我国的两大史诗研究水平虽然很高,但其研究团队规模小,人数可屈指,研究成果不多,著述可枚举,其原因值得学界反思:

其一,汉译本缺失是研究的软肋。印度两大史诗由梵文写就,国内梵文学者少,翻译是一个大问题。新中国成立后最早翻译两大史诗的是糜文开,1951年北京印度研究社出版了他用散文体编译的《古印度两大史诗》。这类编译缩写本还有几部,影响都不大。季羡林 1973 年开始自梵文翻译《罗摩衍那》全本,1984 年全译本出齐,历时十余年。金克木 1954 年开始自梵语翻译《摩诃婆罗多》的插话,之后赵国华、黄宝生等追随,但直到 2005 年汉译全本才出版,历时五十余年。翻译工作如此,研究工作可想而知,所幸译者本身具有很强的研究能力,非如此,中国的印度两大史诗研究不会有今天的成果。

其二,印度两大史诗规模大、内容庞杂使研究者望而却步。汉译《罗摩衍那》共七卷八册,长达九万余行;《摩诃婆罗多》是《罗摩衍那》的四倍。不仅如此,两大史诗所涉学科门类多,不仅含文学、宗教、历史、法律等人文社科知识,

还有天文、历算、环境等自然科学知识。由此,阅读汉译两大史诗就是一项艰巨任务,更不用说品味原著了。有学者说,光阅读并理解汉译两大史诗就需要一两年时间,读者认为在这一两年里阅读没问题,理解则会有程度之别,缺乏印度文化底蕴者根本没有全面理解的可能。这导致两大史诗研究"有价无市",除印度语言通晓者外,发言者聊聊。

其三,与佛教不同,两大史诗传达的主要是印度教文化的内容,其中的种姓、正法、祭祀、苦行等与汉文化有着巨大的差异。中华文化虽然讲究秩序,讲究纲常,但也讲究"王侯将相宁有种乎?"相信"寒窗十年人上人"。印度文化却以出身定序,婆罗门、刹帝利、吠舍、首陀罗以及不可接触者构成的基本社会秩序无法更改,延续至今。中华文化重视"修身齐家治国平天下"的入世精神,印度文化则追求"梵行、家居、林栖、解脱"的出世理想;中华文化以孝为先,追求忠孝两全,印度文化虽也讲孝,却仍以个人修行为先,"忠"字不入理念之列。因此,两大史诗所传达的印度教思想与中华文化的相通之处甚少,如果研究者自身没有相关的印度学知识,就无法很好地理解其中的含义,更谈不上共鸣、审美交集。这是我国学者在接触印度两大史诗时的共同问题,束之高阁理所当然。

其四,我国的学术机制使许多具有学术潜力的年轻学人无法静下来潜心学问,他们不得不应付评级定岗的现实,研究缺乏长效视野,急功近利,成果追求短频快。就两大史诗研究而言,阅读需要投入时日,理解需要先修知识,发表研究成果相当不容易;加之已有季羡林、金克木、刘安武、黄宝生等学者的相关成果,做出有影响的研究成果更是难上加难。由此,印度两大史诗研究便成了鲜有人碰的蛋糕,汉译两大史诗也便成了没有配菜的原料,有自己研究领域的资深学者不需下手,没有定型的年轻学者则无从下手。

综上,印度两大史诗研究似乎成了中国印度学的鸡肋型课题。其实不然,印度语言通晓者和印度文学文化爱好者一直是两大史诗的执著研究者,本节所涉学者就是如此,他们人数虽少,做出的成果却不少,而且质量上乘。此外,对两大史诗进行研究既是中印文学文化交流和发展的重要组成部分,其繁荣与发展反映了我国加强中印文化理解的努力和良好愿望;也是我国综合国力的指标之一,就中印两国的现状及未来发展来说,我国的印度两大史诗研究亟须更上一层楼。此乃相关学者的必须视野及职责,期待我国印度两大史诗研究的发展期尽快结束,高潮期早日到来。

第三节 但丁《神曲》研究

但丁(Dante Alighieri,1265—1321)是欧洲中世纪与文艺复兴之交的意大利著名诗人,恩格斯称之为"中世纪的最后一位诗人,同时又是新时代的最初一位诗人"。但丁对19世纪欧洲文学曾产生过重大影响,法国伟大的现实主义作家巴尔扎克便受但丁《神曲》(即"神圣的喜剧")的影响,将自己的全部小说命名"人间喜剧"。但丁于20世纪初开始为中国读者所接受。

中国学界对但丁的接受,在相当一个时期里,一直意守着一条"中国的但丁"的思路,与中国文化对佛教等外来意识的本土化接受是一致的。新中国成立后,学界继承了新文化运动以来钱稻孙、王独清、朱湘、傅东华、王维克等人的但丁作品译作,贡献了朱维基、钱鸿嘉、田德望、黄文捷、张曙光、黄国彬等人翻译的《神曲》《新生》和但丁传记,以及各类学术期刊发表的数百篇论文(主要是1978年以后),为我国读者认识、欣赏但丁的经典作品做出了重要贡献。

一、1907—1949:从"中国的但丁"到"灵的文学"

所谓"中国的但丁"主要是表现中国读者对但丁作品的亲切感,表达对这位伟大诗人的崇敬,这在新中国成立前的中国文坛上表现十分明显:郭沫若在《漂流三部曲》中借男主人公之口称自己的爱人为"我的Beatrice",殷夫也在诗中称自己的爱人为"东方的贝亚特丽采";梁启超可能是最早推崇但丁的中国人,他在1902年的一部历史剧《新罗马传奇》的楔子中创作了一个身居逆境而毫不气馁的但丁;鲁迅在1907年写的《摩罗诗力说》有"彼生但丁,彼有意语"的赞叹;最早翻译《神曲》的钱稻孙,在1921年出版的《小说月报》第12卷第9号以"《神曲一脔》"为题发表了《神曲》前三歌的译文,在短序中称但丁"始引当世之文,实开国文学之先导";显然都是寻求革新、拯救中华的新文化运动精神写照。

"中国的但丁"的另一种含义,是从主体意识出发去理解、阐释但丁,或从自身文学传统中发现但丁的对应形象,后者例如将但丁与屈原做平行比较的许多论文。鲁迅推崇但丁,是着眼于但丁对振奋民族精神的文学作用,他甚至拟将"新生"命名自己筹备的文艺刊物,暗示以文学求取中国新的民族生命;但鲁迅似乎并不欣赏但丁的《神曲》,他在《野草》中说鬼魂扛石登山是"极吃力的工作,但一松手,可就立刻压烂了自己",为此他停住,"没能走到天国去",而鲁迅留日时购得德译本《〈新生〉和但丁抒情诗歌总集》,但他的藏书中却并没有但丁的名著《神曲》。①

但老舍对《神曲》的点评却显示出深远的意义,他说自己成了但丁迷,并称赞《神曲》的博大精深,在1941年的《灵的文学与佛教》中说:"中国现在需要一个像但丁这样的人出来,从灵的文学着手,将良心之门打开,使人人都过着灵的

---

① 姚锡佩:《鲁迅探求的意大利文学新源》,《鲁迅研究月刊》1991(4)。

生活。"①他推崇《神曲》作为"灵的文学"的特殊价值,指出古代文学中人们只注重现世生活,而"到了但丁以后,文人眼光放开了,不但谈人世间事,而且谈到人世间以外的'灵魂',上说天堂,下说地狱,写作的范围扩大了。这一点,对欧洲文化,实在是个最大的贡献"②。他还对《神曲》的内容做了高度的评价:"《神曲》里什么都有……中世纪的宗教、伦理、政治、哲学、美术、科学都在这里。世界上只有一本无可模仿的大书,就是《神曲》。"③老舍对神曲内容的评价并不算多,却恰当地暗示了新中国成立后但丁研究的发展。

二、1949—1976:从"炼狱"返回"地狱"的但丁与《神曲》

斯洛伐克著名汉学家马利安·高利克(Marian Galik)于2012年曾撰文说:"1949到1979年,中国内地的无神论思想使得研究和鉴赏《神曲》的可能性几乎没有"④,这一判断基本上是符合实际的。中国人民由新中国成立所焕发出的巨大精神力量正转化为重整河山的物质力量,社会主义建设的滚滚热潮甚至促使郭沫若那样的大诗人写出"太阳问答"那样的顺口溜,可想,在这中华民族历史上少有的热情时代里,人们终究很难停下来思考但丁的地狱天堂与中国旧有封建迷信究竟有何区别,而这样的社会环境正使中国的文学事业经历新时代的考验;中国的作家与文学研究者此时正如炼狱里的但丁一般,低下头,肩负起鲁迅决不愿意扛起的那块巨石,在崎岖的登山路上艰难行走。

而这一时期里确有朱维基翻译的《神曲·地狱篇》问世(1954),高利克在文中也指出了这一点,只是他文中并未谈到杨周翰等人主编的那部问世于1964年的《欧洲文学史》,这部代表当时中国外国文学研究最高水平的著作涉及了荷马至当代欧洲文学的主要成就,其许多重要观点与国际学界仍保持了同步,因而实际上成了此后中国许多高校《外国文学》课堂的经典;这部书的作者中有后来成为中国著名但丁研究专家的田德望和吕同六,显然书中对但丁和意大利文学的描述与阐释都是基于原语文学研究的。

《欧洲文学史》在第二章第四节里以六千余字的篇幅介绍了但丁生平并分析了《神曲》,远不及新中国成立前王维克介绍但丁及其《神曲》的篇幅(一万六千余字),但与王维克相比,《欧洲文学史》该章节仍有许多显著的特点:首先,它引用恩格斯在《〈共产党宣言〉意大利文版序言》中的话,即但丁是"中世纪的最后一位诗人,同时又是新时代的最初一位诗人",在中国学界充分肯定了但丁的地位,并使但丁的影响甚至在否定一切文学传统的十年浩劫中也得以某种程度

---

① 老舍:《灵的文学与佛教》,《现代文学丛刊》1982(2)。
② 同上。
③ 老舍:《神曲》,《老舍文艺评论集》,合肥:安徽人民出版社,1983年,第37页。
④ 马利安·高利克:《中国对但丁的接受及其影响》,格桑译,《扬子江评论》2012(1)。

的幸存;其二,王维克只是在分析《神曲》象征性时谈到作品意义可视为"人类现世心理的描写,从罪恶得着解救的历程"①,而《欧洲文学史》却以严密的语言从历史的高度指出其主题思想相当明确:"在新旧交替的时代,个人和人类怎样从迷惘和错误中经过苦难和考验,达到真理和至善的境地",并确定了《神曲》的进步意义:"主要在于它揭露了当时的现实,如教会的贪婪腐化、封建统治者的残暴专横,以及市民的贪财好利",这些评论既符合但丁作品的实际,又符合批判西方资本主义腐朽文化的新中国文化建设需要。当然,作为一部权威的学术著作,该书并未提示对《神曲》博大精深内容的思考,而只是表面化地概括了《神曲》中自相矛盾的表述,然后冠之以旧时代的痕迹和新时代的人文主义思想,这显然是不够的。限于具体的历史条件,书中也不可能表述更深刻的内容。

更遗憾的是,这部对我国外国文学界有着重要经典作用的著作问世仅两年之后便爆发了那场长达十年的"文化大革命",那是新生的中华民族所罹患的十年浩劫,也是让但丁重回地狱的巨大灾难。追求心灵纯净的老舍飞逝而去,不知他在最后的时刻是否想起《天国篇》中的诗句,而我们确乎知道他熟读《神曲》,完全可以理解他给我们留下了但丁地狱第七圈第二环(自杀者之林)的悲愤。在那些苦难的岁月里,但丁和《神曲》确乎随着中国文坛上的许多著名作家、诗人一同走进了"中国式地狱"即"文化大革命"中的牛棚。1969年到1971年7月,巴金在"文化大革命"的迫害中抄录并默诵《神曲·地狱篇》的章节,正是但丁的批判精神使他顽强坚持着正义的信念;诗人阮章竞说他在十年浩劫中常常用《神曲》中但丁对邪恶势力的无情鞭笞来激励自己历数那些"打着上帝的旗帜在做买卖"的权势集团的罪恶。当然但丁和《神曲》陪伴的只是中国的文化精英,当时绝大多数的中国青年甚至包括他们的父辈都既不知但丁又不晓《神曲》为何物,这是但丁走进中国后进入的真正地狱。

三、1978—1999:把但丁还给意大利

复苏的中国学术界在1978年开始谨慎地重提但丁研究,最先出现的有马家骏《但丁〈神曲〉的现实性和局限性》(1979)和夏定冠《但丁和他的〈神曲〉》(1979)等等,这些文章多是重新介绍但丁和他的《神曲》,内容大致相当于1964年版的《欧洲文学史》和高校使用的外国文学教材相关章节,这对我国刚刚解冻的外国文学研究来说当然是必要的,只是这种重复性的介绍甚至在此后十多年中仍不断出现,让人感到学术精神的欠缺。

这一时期许多文章都集中论证关于但丁和《神曲》的一些判断性的观点,似乎又像从前那样把但丁变成"中国的但丁",显现出较强的主观色彩。例如谈到

---

① 但丁:《神曲》,王维克译,北京:人民文学出版社,1997年,第511页。

但丁的地位,一般都引用恩格斯的观点,"中世纪的最后一位诗人"和"新时代的最初一位诗人",谈及《神曲》的价值,则以作品中的具体描述来证明《欧洲文学史》中的观点,亦即但丁对中世纪教会腐败和意大利党争动乱的现实主义批判,正如一位学者肖锦龙于1989年所指出的那样:

> 《神曲》的研究情况更糟。学者们在这个文本上费尽心血,企图以它来证明恩格斯那个从社会发展史的角度所作出的著名论断……这与其说是把《神曲》当作一部文学作品来研究,不如说是把它当作一种历史论断来考察,这种批评很难称得上是文学批评。①

恩格斯的判断无疑是正确的,而且在一般意义上来讲是不证自明的。但研究者机械地搬用恩格斯的论断则确如肖锦龙所言,"很难称得上是文学批评",并且往往导致另一种倾向:就是把《神曲》肢解开来,在其中寻出一些属于基督教的内容,便一概归于"旧时代的痕迹";找出一些属于人文主义思想的内容,则贴上"新时代思想"的标签,或从《欧洲文学史》关于但丁思想矛盾性的论述出发,谈论但丁的局限性,正如李玉悌在1989年批评的那样:"满足于哪些东西是中世纪的,哪些又是新时代的"②;在这些评论中论者又不免以主体自居,把但丁视为他者进行评判,这实际上低估了但丁在《神曲》中对人类精神的深刻思考,对中世纪、基督教、人文主义思想等概念都造成不少曲解,因此,这样的研究是无益或有害的。以人文主义思想为例,如果说但丁从意大利的内乱祸患中预见到1600年后的哈姆莱特式人文主义思想幻灭,他在《神曲》中对人文主义思想的保留态度就存在着相当的合理性,将其简单地归结为"新旧思想的矛盾性"显然贬抑了但丁思想的价值。

这一时期写得较好的文章是华宇清1979年发表的《〈神曲〉的近代性》,文章继承了上一时期《欧洲文学史》的基本观点并有所超越,提出了一些新的观点,例如但丁作为"近代宗教改革的先声"和《神曲》中蕴含着"以人为本"的世界观等,显现了新时期学术研究的活力。

1985年《现代文学丛刊》重新刊出了老舍《灵的文学与佛教》,这对中国学界的但丁研究无疑有着积极的作用,而1989年李玉悌的文章《〈神曲〉的魅力》实际上可看做是与老舍那篇文章的强烈呼应,他指出古希腊罗马时代"人神不分,灵肉不分,物质与精神不分",但中世纪赋予人们更高的追求:

> ……在灵与肉激烈搏斗的中世纪,在人们已经开始把精神享受看得高于肉体享受的时候,《神曲》所表现出来的巨大的超越意识和象征意识,无

---

① 肖锦龙:《从〈神曲〉的整体构建看它的主旨——一个完型的审美探讨》,《西北师范大学学报》1989(2)。
② 李玉悌:《〈神曲〉的魅力》,《国外文学》1989(2)。

疑是激动了当时整整一代人的灵魂,同时也决定了它是这一时期最伟大的艺术作品。①

两篇相继刊出的文章标志着中国但丁学界的一个进步,使以往只重视但丁地狱中现实批判的思路得以更新,开始认真审视但丁天国的价值,李玉悌认为是对真善美的探求:"但丁的追求虽然是以到达虚无缥缈的天堂为终结的,但这个天堂却是真、善、美的化身。"

直接呼应老舍"灵的文学"的是陈鹤鸣,他在1998年发表的《但丁〈神曲〉宗教灵魂观念探源》从老舍《灵的文学与佛教》的核心观点入手,"老舍发现了西方有一个自《神曲》开始的'灵的文学'的传统",而影响但丁《神曲》的正是基督教的灵魂观念:

> 作为虔诚的基督教和托马斯·阿奎那主义的信仰者,但丁更是直接从阿奎那《神学大全》中接受了西方宗教灵魂观念的深刻影响。可以说,《神曲》的整体构思大厦就是建立在阿奎那以基督教灵魂观念为基础的神学宇宙观和人生观的基础上的。②

从老舍的呼唤到李玉悌的呼应,再到陈鹤鸣的探源,显示出我国但丁研究从外部的评判转向《神曲》精神价值的探索,让人感到学界已经开始放平心态,不再把但丁看做是自己案头的一块可以任意切割的材料,而是把但丁还给了意大利;不再实用主义地思考"我们要对但丁取舍些什么",而是认真地考虑"但丁给我们的究竟是什么"。这是一个值得肯定的转折。

这一转变也表现在一些探索式的论文中,如叶伯泉的《但丁美学思想述评》(1986)、张云秋《略论但丁的政治思想》(1988)、李忠星《但丁的"梦幻现实主义"谈片》(1992)、胡志明《但丁与基督教文化》(1992),还有陆扬《但丁与阿奎那——从经学到诗学》(1997),等等。胡志明的文章在内容上承接了华宇清的部分思考,他更深刻地研究了但丁作为宗教改革先行者的思考足迹,但他并不赞成把人文主义思想看作但丁作为"新时代最初一位诗人"的主要标志,指出但丁与当时的人文主义者实际上格格不入,但丁实际上追求的是人的"内圣之路",它突破了基督教文化中古代形态的两大根本特征即等级森严的教阶制度与蒙昧盲从的禁欲主义,而由化为内在能力的理性(隐退于炼狱最高处的维吉尔)和童真之爱的融合升华为一种自由意志,去追寻上帝即爱的本源,此既开启了宗教改革运动"因信称义",又倡导了新教合理的禁欲主义:

> 作为"新时代的最初一位诗人",但丁最先以精美的艺术形式,为这一

---

① 李玉悌:《〈神曲〉的魅力》,《国外文学》1989(2)。
② 陈鹤鸣:《但丁〈神曲〉的宗教灵魂观念探源》,《外国文学研究》1998(3)。

转换，为基督教文化的近代形式，提出了基本的模式。①

胡志明文章的重要作用是肯定了但丁上述思想表述的历史进步意义，从而叫停了以前人们从概念出发的简单生硬批评但丁"旧时代痕迹"的做法。

陆扬的文章则研究的是但丁诗学理论的问题，文章把但丁《致斯加拉大亲王书》所谈诗之"四义"与托马斯·阿奎那阐释《圣经》的模式进行比较，指出但丁所说诗的字面义、寓言义、道德义和奥秘义实际上正是来自阿奎那，而这种承接的意义则是但丁"将在阿奎那神学中不登大雅之堂的世俗的诗，抬到了足以与神学比肩的崇高地位"，这"在中世纪是前无古人的"，是但丁的"历史功绩之一"，而"他本人的《神曲》，即是先知文学的崭新的一页，就像圣经那样，不应驻留在字面义上，而应做更为深邃的象征义解"。② 陆扬文章的意义不仅在于探索了但丁的诗学思想，还在于他从理论上证明了老舍当年"《神曲》里什么都有"的感性判断，为学界更深入地研究但丁打开了思路。

这一时期还有许多论文集中于但丁与中国文学的比较研究。但丁坎坷的经历、伟岸的性格和浪漫的诗才体现出一种伟人的共性，因此颇能吸引中国学者将其与中国历代伟大诗人、作家相比，因而在国内但丁研究中形成了一种经久不衰的研究兴趣，在比较文学中被称为"平行比较研究"，例如将但丁与鲁迅相比，称其为"中国的但丁"，甚至把毛泽东比作"无产阶级新纪元的但丁"③——该文本意是研究毛泽东诗词的艺术魅力，引用了恩格斯"意大利是否会给我们一个新的但丁来永志这无产阶级新纪元的诞生"的提问，然后指出这个表现无产阶级革命胜利的伟大诗人就是政治家兼诗人毛泽东。文章虽然不属于比较文学的论文，但标题仍显示了中国读者对但丁的热情。这一时期的研究者对但丁做平行比较，联系最多的是屈原和鲁迅。

鲁迅与但丁的比较研究有《梦幻与现实——鲁迅、但丁地狱意象比较》(1992)、《但丁与鲁迅》(1995)、《鲁迅〈野草〉与但丁〈神曲〉之比较》(2004)等文章。平心而论，使用平行比较的方法很难写出论文的深度：作者往往是找到平行二者间的相似或相通之处作为平台，例如两者都表现出对黑暗现实的抗争，鲁迅采用地狱的形象隐喻中国军阀混战的黑暗现实，鼓励向敌人进行毫不妥协的斗争，但丁则将动乱中的意大利比做被奴役的娼妓（似乎用性奴一词更妥）；这样比较也能发现一些不同，例如但丁将希望寄托于英明的皇帝，与鲁迅显然有别。不过这种比较本身往往导致一种简单排列式的操作，就是在相似性的平台上分别摆出两者的情形，最后做出两个并不相干的结论；如果抽去了比较的

---

① 胡志明：《但丁与基督教文化》，《外国文学评论》1992(3)。
② 陆扬：《但丁与阿奎那——从经学到诗学》，《外国文学研究》1997(3)。
③ 蔡清富：《毛泽东——无产阶级新纪元的但丁》，《党史文汇》1996(3)。

框架,则文章对双方内容的排列便形成了两个独立的毫无新意的材料堆砌,在鲁迅研究中毫无新意,在但丁研究中也毫无新意。因此,这类简单并列的比较研究模式实在有待于深化和提高,否则就让人感到缺乏论文的探索研究精神。

屈原与但丁的比较更是人们热心的话题,自20世纪80年代起不断有文章问世,例如《〈离骚〉和〈神曲〉比较论》(1986)、《〈离骚〉与〈神曲〉》(1987)、《屈原和但丁》(1988)等。最早将但丁与屈原相比较的是茅盾,他于20世纪30年代向中学生介绍世界文学名著时曾将但丁与屈原并置,并说"这东西两大诗人中间有不少趣味的类似"①,他甚至还列出了两者间不少相同、相似的地方。但总的看来,屈原与但丁的比较文章虽然数量很多却质量欠佳。首先是标题,就像"但丁、屈原之比较"或《〈神曲〉与〈离骚〉》,与前人的论文标题几乎雷同,就像完全不曾关注过前人的研究成果一样;其次,这种标题只是框定一个比较的范围,并没有论文标题所应有的问题意识,亦即在标题中体现一个值得探索的具体问题;第三,这类研究也像前面提到的"鲁迅与但丁"比较研究一样,虽是比较,却总不免给人A是A,B是B的拼凑感。

三、2000—2009:追寻但丁与《神曲》的博大精深

发表于2000年的论文《〈神曲〉与敦煌变文故事中的地狱观念》和《〈神曲〉与〈西游记〉中天堂观念的比较》显示了阶段性的意义。首先,两篇文章仍采用了上一时期但丁研究中常见的平行比较的形式,将两个民族互不相干的地狱天堂观念放在一起比较,意在揭示这些观念中不同的思维方式。其次,文章具有"参照以互见其盲点"的特点,显示出下一时期但丁研究中格外强调的探索精神。以敦煌变文"唐太宗游地狱"中的判官为李世民重返阳世做周旋为参照,对比但丁地狱里铁面无私、简直是不通语言的牛头判官,映射出前者的官本位态度,也可见后者的平等意识。文章自始至终贯穿着比较参照的视点:如果没有但丁地狱论罪分层的判罚做参照,人们很难注意到《目连救母》中对鬼魂的极端处理有何需要质疑:一个只有很少过失的村妇老太何以被当做极恶大罪者而发配至地狱最底层即阿鼻狱遭受酷刑呢?同样,对比《西游记》中如同京城皇宫实体般的天宫,才更清晰地感到但丁天堂里那种模糊化的视觉形象所蕴含的美学思考。

2000年以后但丁研究的迅速发展,首先得益于前一时期的积累,但丁原著方面有了朱虹译的但丁《论世界帝国》(即《帝制论》,1997),田德望也终于完成了《神曲》的全译(2001);吕同六出版了《但丁精选集》(2004),其中收入了王独清翻译的《新生》、王维克译《神曲》、朱虹译《帝制论》,以及吕同六自译、合译的

---

① 茅盾:《世界文学名著杂谈》,天津:百花文艺出版社,1980年。

《飨宴》和《论俗语》节选;这一时期还出现了黄文捷的《神曲》译本(2005)。这些译作的问世使我国21世纪的但丁研究有了更丰富的资料条件。2007年还出现了姜岳斌的一部专著《伦理的诗学:但丁诗学思想研究》,这是我国但丁研究的第一部专著。

田德望、吕同六等人都是意大利语专家,因此他们的翻译及但丁评论还有另一重含义,亦即中国的但丁研究与但丁的原语文本和意大利学界的交流。新中国的但丁研究与其他研究一样,在很长一段时间里未能将视野国际化,而改革开放后这种局面也未能迅速改观。其实钱稻孙在1921年向中国读者介绍但丁与《神曲》的时候,他的《神曲一脔》就是以中意对照形式在《小说月报》上发表,表现出对作品原语的尊重与欣赏,只是他后来转而致力日语文学的翻译,甚至未能将已经开始的《神曲》翻译接着进行下去,这不能不说是中国但丁研究的一个无可弥补的损失,因为他用楚辞骚体翻译的《神曲》前三章被许多人视为最有诗味的译本。

此外还应当指出,2000年以后的国内科研工作还得益于互联网的普及提高,使人足不出户就可以访问国内外的网站,很方便地下载到各种语言的资料,并与国外同行即时交流。这一条件的出现对研究者提出了多语种能力的要求,也使我国的但丁及《神曲》研究开始走向了国际化,并与意大利学界有了密切接触。

这一时期的但丁研究还呈现出另一个重要特点,就是对但丁的思想与艺术风格进行全方位的研究,暗合了老舍在1941年"《神曲》里面什么都有"的点评,从"宗教、伦理、政治、哲学、美术、科学"(老舍语)各方面进行研究。从宗教和哲学领域研究但丁的有刘建军、肖四新和蒋承勇等人,他们的研究从但丁所处的时代出发,探索但丁作品中人类精神的意义。相关研究还有杨松《从〈神曲〉看但丁的宗教伦理思想》(2008)和孟湘、王苏生的《〈神曲〉宗教超越主题新解》(2009),等等。

刘建军在文章中指出,中世纪基督教文化内部存在着鲜明的对峙关系,一方面认为人有理性、信仰与追求至善的能力,另一方面又认为人应绝对遵守神的戒律和信条通过克制自己的欲望而回归天国,后者被教会僧侣变成束缚人们思想的工具,成了赤裸裸的禁欲主义和蒙昧主义,而但丁则在创作中体现了对人的风貌和人与世界关系做出了新的理解,他的《神曲》"展示了具体的人类精神向至高的精神追求、演进和复归的过程"[①]。肖四新则进一步将但丁展示的人类这种追求精神概括为"自由意志+爱+信仰"[②],他认为基督教的救赎理论

[①] 刘建军:《中世纪基督教文化的人学观与但丁创作》,《外国文学研究》2000(3)。
[②] 肖四新:《基督教人文主义——从〈神曲〉看但丁的宗教哲学思想》,《国外文学》2001(1)。

建立在其原罪观之上,而但丁则建构了"不同于基督教神学的宗教哲学观",超越了基督教的原罪观并强调了人的主体性;就这种新的"宗教哲学观"而言,"上帝不再是宇宙的终极本源,而是道德与信仰的最高存在和人的精神之源"。蒋承勇在文章中也谈到了但丁与基督教"原罪论"的不同,他引用亚当在天国里对但丁的话来分析原罪的根由:"使上帝大怒的真实原因……并非那果子的美味这样的放逐,而是因为我超过了界线罢了。"这里显而易见的是,代表人性的"吃"与"味"以及"诱惑"都不是问题,问题在于亚当对"度"的把握失当;蒋承勇进而指出,人的天然的本能欲望并不等于恶,"这种自然之爱欲一端联系着美,另一端联系着恶",而"人类在这个原则里就取得了是功是过的依据,看他如何贮藏真正的爱或如何簸去邪恶的爱"。① 蒋承勇还对国内但丁研究中经常引用的恩格斯那句话提出了新的理解:

> 其实,恩格斯的评语指出了但丁的"两重性",而两重性就意味着他的文化思想的包容性和历史延续性,以及他的思想对时代的总结性。但丁作为"新时代最初一位诗人"是伟大的,但作为"中世纪最后一位诗人"未必就不是伟大的,相反的,在新旧时代交替、新旧文化体系转换时代,真正站在时代高度,承先并启后,瞻前又顾后的人才具有"总结性",才是真正伟大或更伟大的。但丁就是这样的人。②

从伦理学角度研究但丁的有姜岳斌的论文《但丁:中世纪伦理思想的映像与整合》(2005)和专著《伦理的诗学:但丁诗学思想研究》(2007)。作者在这篇论文中指出,基督教伦理思想以天国救赎的崇高伦理价值在意大利的动乱和迷惘之中已经不能适应时代的需求,适应这一需求的恰是古希腊伦理思想,其核心价值为人类对自身行为的公正意识;而人类的精神追求并不能停止于古人的公平正义,它必须进入一个更高的境界,这就是基督教的"信、望、爱"的美德观念。但丁以诗人的想象力对中世纪伦理思想的整合提出了一个合乎历史要求的取向,可以说,但丁是中世纪伦理思想的真正集大成者。在专著中,作者又指出,但丁在流放和《神曲》的创作中,贯注了他对意大利现实的伦理思考,因而他的诗学思想便具有了浓厚了伦理色彩;该书进而从伦理学的角度分析但丁诗歌(主要是《神曲》)的伦理内容与诗歌形式的关系。

从艺术风格角度研究《神曲》具有非常重要的意义,因为《神曲》首先是一部诗作,它之所以受到各国读者的喜欢而成为经典,很大程度上正是因为它的诗歌的审美特征。以往的研究较少涉及这个话题,因为从《欧洲文学史》到各大专

---

① 蒋承勇:《从神圣观照世俗——对但丁〈神曲〉"两重性"的另一种理解》,《四川外语学院学报》2002(2)。
② 同上。

院校的《外国文学史》相关章节都已经介绍了它的梦幻旅行、暗含"三位一体"的通篇结构与韵律特点,而限于与但丁原文的距离,人们也很难从但丁的语言学、诗学和美学角度对作品进行欣赏和研究。

研究《神曲》艺术风格的论文有姜岳斌《〈神曲〉中的诗人与但丁的诗性隐喻》(2003),苏晖、邱紫华《但丁的美学和诗学思想》(2004),胡琳《但丁〈神曲〉在史诗距离上的变化》(2007),李鹏《但丁〈神曲〉的梦幻文学特征》(2009)和朱玲、肖莉《求索与回归:〈离骚〉与〈神曲〉的修辞设计》(2009),等等,此外还有吴世永《俗语与白话:全球化中的语言突围——但丁〈论俗语〉》(2004),研究但丁的语言学意义。

苏晖、邱紫华和姜岳斌的文章主要涉及但丁的艺术风格的理论问题。后者具体地考察了但丁地狱中的诗人和炼狱中的诗人,指出荷马等诗人暗示着古代艺术是"高不可企及的范本",炼狱中的诗人则代表着对基督教至善境界的道德追求,而但丁的目标则是贝阿特丽采,她是艺术维与道德维的统一:这篇文章的价值在于揭示了诗人但丁创作的伟大抱负,他实际上正要把《神曲》写成这样一部在艺术和道德两个方面同时取得伟大成就的作品,因为事实上只有他笔下的自己才最终达到了天堂的顶点;前者则从文艺美学的角度,结合中世纪神学思想,分析了《神曲》《论俗语》《飨宴》和《致斯加拉大亲王书》等著作,指出但丁美学思想的哲学基础来自基督教神学观念,认为"上帝是美的本源"和"判别美丑的标准和尺度",具有中世纪特有的象征性和写实性等特点;文章指出但丁的诗学理论有三个来源,即中世纪基督教的圣经文学、古希腊罗马诗学和中世纪意大利民间文学,他的诗学思想又表现为三个方面,即意大利民族文学语言、文学语言的审美性与诗歌基本体裁的定义。该文章视野开阔,思辨敏锐,对学界但丁研究有重要的参考意义。

四、问题与反思

新中国 60 年的但丁研究,继承了鲁迅、茅盾和老舍等人开创的研究传统,取得了良好的收获,并且,特别是在改革开放以后,满足了新中国读者认识但丁、欣赏其文学创作特别是思考其作品中关于哲学、伦理、政治、美学问题的社会需要。但仍有些地方需要改进。首先,我们在研究思路上应尽可能认识但丁文学创作与但丁时代社会生活的关系,从生活而不是从概念出发进行研究;其次,应尽可能贴近原语进行研究:限于具体环境的因素,以往的许多研究只能针对作品的中译文本来进行,许多研究者还不能欣赏但丁的原文作品,也不能与意大利学界直接交流,而 21 世纪以来,我国外语教学和对外文化交流的发展已经为各原语文学研究提供了良好的条件,对意大利原语文学的研究已经成为现实,因而对研究者也提出了更高的语言能力要求;第三,我国学界的但丁研究与成果极丰硕的国际但丁研究实际上存在着很大差距,而我们对国际但丁学界这些成果实际上了解并不很多,以致许多研究者辛辛苦苦地不断"发现"国际研究中早已存在的定论,这也是一种很大的不合理性。

另外,但丁与中国文学的比较研究有待较大的提高。平行比较的意义在于通过比较来发现那些不比较就难以发现的问题。有些现象,由于人们"身在此山中"而"不识庐山真面目",便需要跳出来换一个角度来观察,这样就需要用一个相应的形象来进行参照。例如我们都欣赏屈原的高洁,"举世皆醉吾独醒",而对照之下,我们却看到但丁在炼狱山第一层里对自身骄傲罪的检讨,看到他在地狱第七圈第二环中对自杀者的哲理分析,看到但丁在流放后在《神曲》中对人类行为热烈的伦理分析和《帝制论》中对人类理想社会形态的不懈探索,以此为参照,我们是否在屈原身上看到弃绝整个社会而过于张扬的个性呢?

最后,仍要指出研究中十分重要的态度问题。文学研究是人对文学现象有深刻的感悟,是不可以急功近利的,也不是调整一下方法就能解决问题的,如同电脑换一套操作系统那样简单。新方法、新角度和新思维逻辑当然有意义,但不免也会把研究降低为一种技术层面的操作。文学研究更应该从生活的思考出发,以心灵的经历共鸣文学的精神。

第四节 弥尔顿《失乐园》研究

可能大多数人都以为,在英国文学中莎士比亚及其作品是最早被引进中国的,但实际情况却并非如此。在英国诗人中排名在莎士比亚之后的约翰·弥尔顿反倒是占据了名人堂中这一最为荣耀的地位。而且跟莎士比亚一样,弥尔顿也是在中国被评论得最多的英国作家和诗人之一。他的长篇史诗《失乐园》作为西方文学宝库中经典作品的事实在中国早已确立无疑。几乎所有的评论者都承认,这部旷世之作结构宏大、音调铿锵、用词典雅、想象丰富、寓意深远,堪称是天才之作。然而大家对于史诗中一位主人公撒旦的看法却始终未能达成共识。

鉴于在 1949 年新中国成立之前,弥尔顿的名声在中国的传播和影响已经有了百余年的历史,其代表作史诗《失乐园》也早就有不同的中文译本,而且在民国时期的中国文坛和思想界还曾经引起过热烈的讨论和争论,因此在考察新中国的弥尔顿《失乐园》研究之前,我们有必要先了解一下该作品被翻译和介绍到中国来的情况。

一、新中国成立之前的弥尔顿《失乐园》研究

弥尔顿(John Milton,1608—1674)最早是由西方传教士引荐到中国来的。早在1837年初,德籍来华传教士郭实腊(Karl Friedrich August Gützlaff)就在其主编的中文近代报刊《东西洋考每月统记传》中向读者推崇弥尔顿的《失乐园》,并且将其跟荷马史诗相提并论。① 郭实腊所使用的"米里屯"这个名字还可见于稍后梁廷枏《海国四说》(1844)的《耶稣教难入中国说》一文之中,这说明《东西洋考每月统记传》在当时的中国文人圈子中颇有影响。② "弥尔顿"这个目前在中国内地通用的姓名写法,则是最早出现在由林则徐组织编译的《四洲志》(1839)和魏源的《海国图志》(1843)之中。③

1854年9月,由英国伦敦会传教士麦都思(Walter Henry Medhurst)在香港出版的《遐迩贯珍》上登载了一首汉译的弥尔顿十四行诗《论失明》。该诗以四字短句为单位,形式整齐,语言凝练,一气呵成,显示出了相当精湛的汉语功底。不仅如此,译者还在该诗中译本的前面简要回顾了英国诗人弥尔顿的生平和创作,以及《失乐园》在文坛的独特地位。④ 此外,由另一位英国伦敦会传教士艾约瑟(Joseph Edkins)编写,并于1855年出版的《中西通书》第四期中据说也有专文介绍弥尔顿代表作《失乐园》的创作过程和故事情节。⑤

虽然弥尔顿早就被介绍到了中国,但是人们真正对《失乐园》这部作品产生兴趣并开展研究却是民国以后的事情。这主要是因为在"新文化运动"中,人们逐步认识到了西方文学作品的译介对于改造传统中国社会的重要性,并且开始着手将弥尔顿的《失乐园》翻译成中文。⑥

田汉是最早尝试用白话来翻译《失乐园》片段的译者之一。在1920年8月出版的《少年中国》第1卷第8期上,他撰写了题为《吃了"智果"以后的话》的长文,为夏娃在《失乐园》第9卷中偷吃禁果一事进行了大胆的辩护。三年后,他又在《少年中国》第4卷第5期上撰文《蜜尔顿与中国》,热情讴歌了弥尔顿这位

---

① 《东西洋考每月统记传》,黄时鉴整理,北京:中华书局,1997年,第195页。
② 梁廷枏:《海国四说》,骆驿、刘骁校点,北京:中华书局,1993年,第7页。原文为:"……英吉利国人米里屯所做之《论始祖驻乐园事诗》,并推为诗中之冠。"
③ 关于弥尔顿最早被介绍到中国的情况,详见郝田虎:《弥尔顿在中国:1837—1888,兼及莎士比亚》,《外国文学》2010(4),第66—74页。
④ 《遐迩贯珍》第2卷,第9期,1854年9月1日,第2—3页。沈弘、郭晖:《最早的汉译英诗应是弥尔顿的〈论失明〉》,《国外文学》2005(2),第44—53页。
⑤ 参见伟烈亚力:《1867年以前来华基督教传教士列传及著作目录》,倪文君译,桂林:广西师范大学出版社,2011年,第195页。
⑥ 台湾学者黄嘉音在其尚未正式出版的博士论文《把"异域"的明见告乡亲:弥尔顿与〈失乐园〉在二十世纪初中国的翻译/重写》(台湾大学外国语文学研究所2006年博士论文)中对于这一话题有颇为详细的讨论。

英国诗人的艺术成就和对于改造中国社会和文化的借鉴作用。

1924年底,梁指南在《文学》杂志第153、154期上刊登连载文章《密尔顿二百五十年纪念》,详细介绍了弥尔顿的生平和创作,以及他在西洋文学和史诗传统中的重要地位。在这篇文章中,梁指南还译出了弥尔顿《快乐的人》和《沉思的人》这两首诗的部分段落。

当时尝试翻译弥尔顿诗作的还有梁遇春、李岳南、柳无忌、梁宗岱等诸多其他学人。傅东华在1930年就已经译出了《失乐园》的前6卷(上海:商务印书馆"万有文库"),而朱维基则于1934年完整地译出了12卷的《失乐园》(第一出版社)。这两种译本均是颇为经典的中译本:前者简明易懂,读来朗朗上口,其弱点是准确性和风格差异上有较大缺陷;后者相当忠实于原文,但因句子结构较为西化,朗诵起来有点拗口。

在20世纪30年代中,中国左翼作家联盟与新月派作家之间曾经就对于弥尔顿作品的评价问题展开过争论。左联提倡"革命文学",所以比较强调和看重文学作品现时的政治和宣传功效。其代表人物茅盾在《弥尔顿的〈失乐园〉》(1935)中坚称《失乐园》和《复乐园》这两部作品是"清教徒资产阶级在英雄的革命的时代的产物。到一六八八年之后,清教徒的资产阶级既已确立了政权,这种宗教的英雄的诗歌也就让位于家庭小说了"①。但新月派作者梁实秋却针锋相对地矢口否认《失乐园》是英国清教主义的一部宣传作品,他指出文学作品作为人类文化遗产。"拒受遗产至少是不智的行为。文学尤其是宝贵的遗产。莎士比亚与米尔顿是资产阶级的,也许是的,但资产阶级里也有天才的人,所描写得也有普遍的韧性,其描写手段往往是后代所不可及的。"②

关于《失乐园》的主题阐释和人物性格刻画等方面,民国时期的研究者们普遍受布莱克、雪莱、哈兹里特(William Hazlitt)等英国浪漫主义诗人和评论家的影响,大都将作品中的这一人物形象视作革命者或叛逆者的英雄形象。例如鲁迅在《摩罗诗力说》一文中对撒旦有很高的评价,认为"使无天魔之诱,人类将无由生。故世间人,当蔑弗秉有魔血,惠之及人世者,撒但其首矣"③。高昌南在《诗人密尔顿》的文章中则进一步把撒旦形象与"为自由奋斗的革命者"和诗人弥尔顿本人联系在一起。④ 另一位名叫一真的论者在《〈失乐园〉和〈西游记〉》一文中也表示同意以上的说法。⑤ 有趣的是,该作者竟将弥尔顿的长篇史诗跟中国的古典小说《西游记》相提并论。不言而喻,他眼中的撒旦分明就是一位像孙

---

① 茅盾:《弥尔顿的〈失乐园〉》,《世界文学名著杂谈》,天津:百花文艺出版社,1980年,第268—269页。
② 梁实秋:《文化遗产》,《益世报·文学周刊》第51期,1933年10月18日。
③ 鲁迅:《摩罗诗力说》,《鲁迅全集》第一卷(杂文集·坟),北京:人民文学出版社,2005年,第68页。
④ 高昌南:《诗人密尔顿》,《读书顾问季刊》1935(4),第230页。
⑤ 一真:《〈失乐园〉和〈西游记〉》,《妇女月刊》(南京)1948(7.2),第57—58页。

悟空那样个性鲜明的叛逆英雄。

由此可见,弥尔顿《失乐园》研究在民国时期就已经初步奠定了基础。这就为我们分析和评价新中国同领域研究的得失提供了一个可资借鉴的参照标准。

二、新中国成立头 30 年(1949—1979)的弥尔顿研究

令人扼腕的是,在新中国成立后的头 30 年里,外国文学领域的弥尔顿研究不仅没有得到健康蓬勃的发展,反而在接连不断的一系列政治运动中呈现出不断凋零的状态。弥尔顿的名字虽然也能偶尔见诸文字,但通常并不是作为一个文学巨匠的形象出现,而是作为英国资产阶级革命中的一个政治符号。他的散文和诗歌作品尽管仍然在被翻译出版,但是人们所看重的并非其文学价值,而是弥尔顿在诗中所表达的政治见解和对于英国社会阴暗面的揭露和批判。虽然也有少数执著的学者还在弥尔顿研究领域中耕耘,但就论文、论著等研究成果而言,无论在数量还是在质量上,均乏善可陈。

新中国成立之初的最显著特点就是在各个领域里学习和照搬苏联的经验,尤其是在教育和文学研究领域。1952 年在全国规模开展的高等院校院系大调整,对于我国原有的英国文学研究力量是一次沉重的打击。俄国和苏联文学突然变得大红大紫,而原来基础较好的英国文学研究因涉嫌资产阶级思想的腐蚀而备受官方的冷落。以北京大学西语系为例,从 30 年代起,弥尔顿研究就一直是外文系本科三、四年级的专业选修课;而在新中国成立之后的头 30 年里,虽然北大西语系聚集了俞大絪、杨周翰、李赋宁、赵萝蕤、赵诏熊、张谷若、殷宝书等一批国内顶尖的英国文学学者,但是这门特定的选修课却一直没有得以恢复。

在头 30 年中,中国国内唯一一部英国文学史是由中山大学教授戴镏龄领衔翻译的《英国文学史纲》(人民文学出版社,1959 年),作者是苏联学者阿尼克斯特。书中论述弥尔顿《失乐园》的部分虽然只有区区两页的篇幅,但是却为我国评论界此后数十年中阐释《失乐园》这首经典史诗定下了基调。作者引用苏联权威评论家别林斯基的话语,认定了这首史诗的革命性质,因为诗人通过傲慢而阴郁的撒旦这一形象颂扬了对权威的起义反抗。别林斯基还认为,这首诗从一开始就具有重大的矛盾性:作为清教徒,弥尔顿本应对上帝表示遵从,但他却把后者描绘成一个天宫暴君,而撒旦这个恶魔却成为了反抗暴君的革命英雄形象,尽管诗人的最初意图并非如此。

别林斯基对于弥尔顿《失乐园》的评价并无新意,他基本上只是重复了 19 世纪初英国浪漫主义评论家的一些话。参照本节前面引述过的鲁迅、茅盾、高昌南和一真等人的评论,我们可以清楚地看到,这样的观点其实早在二三十年代就已经在中国出现了。而它只是通过别林斯基之口和阿尼克斯特的这本书,转化成了中国官方所认可的一种政治上正确的观点。

实际上,相对于文学评论而言,我国弥尔顿研究在这一阶段所取得的些许进展主要还是反映在对弥尔顿作品的翻译上。1956年,朱维之首先在《南开大学学报》(人文科学)上发表了一篇论文,题为《弥尔顿与〈复乐园〉的战斗性》。这位毕业于金陵神学院,曾任教于福建基督教协和大学,1952年院系调整后又担任了南开大学教授的朱维之很早就立志要译出弥尔顿后期的三部主要代表作。1957年他果然译出了其中篇幅较短的《复乐园》,并将其在上海新文艺出版社正式出版。可惜在1958年的政治运动中,朱维之的治学方法受到了严厉的批判,在随后的"文化大革命"中他又历经坎坷,所以直到改革开放后的1981年和1984年才先后将早就译出初稿的《斗士参孙》和《失乐园》译本正式出版。

1958年,毕业于上海圣约翰大学,曾当过《解放日报》编辑,后又调到中国科学院哲学社会科学部工作的杨熙龄翻译并出版了弥尔顿的《科马斯》(新文艺出版社)。这部假面剧的主角在性格上跟《失乐园》的撒旦有许多相通之处。同年,何宁翻译出版了弥尔顿的散文作品《为英国人民声辩》(商务印书馆),该作品直接反映了弥尔顿对于英国革命的看法和态度。也是在这一年,北京大学西语系的殷宝书也翻译出版了《弥尔顿诗选》(人民文学出版社),该书除了收有弥尔顿短篇诗作的中译文之外,还有《失乐园》《复乐园》的部分选译,以及《力士参孙》的全译。此书的前面部分还附有长达19页的"译者序",但殷宝书在对《失乐园》的介绍中并未提出任何独特的观点。1964年,殷宝书又翻译出版了弥尔顿的散文作品《建立自由共和国的简易办法》(商务印书馆)。弥尔顿的这部作品发表于1660年,离查理二世的王朝复辟只相差了几天的时间,这通常被认为是反映了诗人坚忍不拔的革命意志。

另一位在新中国成立头30年中对弥尔顿《失乐园》研究做出贡献的是北京大学西语系教授杨周翰。1958年,他在第24期《文艺报》上发表了一篇题为《英国资产阶级革命诗人密尔顿》的介绍性文章。1964年,杨周翰又跟吴达元和赵萝蕤联合主编了《欧洲文学史》上下卷(人民文学出版社)。这是新中国成立以后由中国学者自己编写的一部具有权威性的西方文学史,直到最近几年仍然在再版。书中论述弥尔顿《失乐园》的那一节再次强调了诗人本意与其描写的实际效果之间的矛盾,认为撒旦和叛逆天使们反映了资产阶级革命战士的英雄形象;相反,诗中的上帝却显得冷酷无情,毫无生气(上卷,第220页)。

1966—1978年间,中国国内的外国文学研究整体陷于完全停滞的状态。西方文学作品被视为封、资、修的东西而受到排斥和批判,图书馆里的相关藏书也被当做禁书而封存。甚至在"文化大革命"结束之后的相当长一段时间里,北京国家图书馆的新书开架阅览室里仍然见不到进口的西方文学作品原版书。据说是因为那些书具有资产阶级自由化的倾向。

但是自从1977年国内恢复高考制度以后,大学里又重新恢复了教授西方文学作品的课程。莎士比亚、弥尔顿、英国19世纪浪漫主义诗人和批判现实主义小说家们等又重新开始进入人们的视野。外国文学研究在国内开始复苏的一个重要标志就是在1979年,位于北京的人民文学出版社又隆重推出了杨周翰等人主编的《欧洲文学史》第二版。

三、新中国成立后30年(1980—2010)的弥尔顿研究

随着国内改革开放的逐步深入,外国文学研究领域开始再次繁荣复兴,弥尔顿的《失乐园》也又一次成为了该领域中的一个热点。由华中师范学院于1978年创刊的《外国文学研究》和北京大学于1981年创刊的《国外文学》这两个专业期刊在80年代初密集地发表了一批有关弥尔顿《失乐园》的论文:如金发燊的《〈失乐园〉中亚当和夏娃堕落的原因》(《外国文学研究》1981年第4期)、杨周翰的《弥尔顿〈失乐园〉中的加帆车——十七世纪英国作家与知识的涉猎》(《国外文学》1981年第4期)、王晓秦的《〈失乐园〉创作思想试析》(《外国文学研究》1983年第2期)、裘小龙的《论〈失乐园〉的撒旦的形象》(《外国文学研究》1984年第1期)、梁一三的《试论〈失乐园〉的性质及其主题:兼述诗人的思想倾向》(《外国文学研究》1984年第4期)等。在这一特定时期,《失乐园》研究仍然聚焦在该作品的革命性和宗教性孰轻孰重这一问题上。

值得注意的是,王晓秦在其文章中提出了一些与众不同的观点:首先,他认为要全面评价《失乐园》这部作品,在肯定其革命性的同时,也不能抹杀它的宗教性。弥尔顿把证明上帝对待人类的"公正"当做一个"伟大的主题",但现代读者无法理解诗人的创作意图,所以摈弃了作品的宗教性。其次,该作品的内在矛盾就在于弥尔顿把主题确定在人类理智无法判断和理解的上帝身上。读者如果按理性来判断,就会觉得上帝这个形象太悖常理。作者还认为,把这首史诗跟英国革命联系起来是牵强附会的做法。最后,他认为《失乐园》与《复乐园》应该是一个整体,并非像很多人所认为的那样,两者是相互独立的。这些观点虽然当时在国外已经被视为常识,但是在国内还是首次有人这样对以别林斯基为代表的主流观点公开提出质疑。

裘小龙的文章也对弥尔顿诗中撒旦的传统评价提出了质疑。他在仔细考察弥尔顿对于撒旦的描述,尤其是在《失乐园》第二卷中撒旦与"罪孽"和"死亡"相遇的那一场景之后,觉得很难想象这个代表着无穷罪恶的乱伦者竟能够代表诗人心目中那个崇高的英国革命事业,并成为一个真正的英雄形象。他认为与其说这个骄傲、嫉妒、阴险和狡猾的反面形象代表了克伦威尔等革命者,还不如说它代表了阴谋复辟的保皇党人。显而易见,裘小龙仍然没有摆脱这首诗是表现英国革命的习惯思维。他在试图解释为什么这个反面人物是诗中最有生命

力的艺术形象时,甚至认为其症结就在于撒旦代表了文艺复兴时期人文主义者最典型的"无穷的追求"。这可是一个自相矛盾的说法:作品中的反面人物如何能代表先进的"时代精神"? 莫非弥尔顿反对人文主义?

梁一三在其论文中提出了一种新的阐释理论:首先,由于《失乐园》是由弥尔顿早期构思的悲剧草纲和草稿,以及后来改写时的史诗这两大部分内容所组成,所以这种复杂的结构特点造成了这部作品内在的两重性矛盾,以至于给后人的理解造成困难。史诗部分(前两卷)的撒旦代表了革命者的形象,而悲剧部分(卷三后)的撒旦则代表了王党。批评家们对于这部作品的分歧就在于有的强调了悲剧部分,有的看重"纯史诗"部分。其次,《失乐园》是一部披着宗教外衣的政治史诗,政治压倒了宗教。我们要认识主题的话,就必须揭去外衣看本质。而弥尔顿宗教思想的最大特色就在于它的非正统性。梁一三的上述说法当时在国内颇有影响,为此他后来还将其扩充成为了一部专著(《弥尔顿和他的〈失乐园〉》,北京出版社,1987年)。但如果我们能够冷静思考一下的话,就会发现这种理论难以成立。倘若认同这一说法,我们就不得不承认,《失乐园》在结构上有重大缺陷,主题含混不清,人物塑造具有双重标准,而且诗人本身也精神分裂——他身为虔诚的清教徒,却不得不屈从于政治需要,将恶魔撒旦捧为英雄。

弥尔顿《失乐园》重新成为热点的另一个标志是两个新译本的隆重推出。第一个就是朱维之的译本,其实早在"文化大革命"爆发之初,这部史诗的译稿就已经基本完成。但是红卫兵抄家时将这批译稿全部没收,这一度使朱维之心灰意冷。然而峰回路转,"文化大革命"结束之后,学校归还抄家没收的物品时,《失乐园》的译稿也被一同发还。于是朱先生又重新振作精神,对原译稿进行了全面的返工,并于1984年由上海译文出版社作为"外国文学名著丛书"之一正式出版。第二个是金发燊的译本。金先生是原西南联大外文系的学生,曾经在英国教授燕卜荪(William Empson)的课上读过弥尔顿的《失乐园》。由于燕卜荪在其专著《弥尔顿的上帝》(*Milton's God*,1961)一书中曾经提到过这位学生在他"弥尔顿"课上写过的一篇学期论文,所以金发燊对于弥尔顿的作品一直情有独钟。1957年,他曾经被打成"右派",所以生活经历十分坎坷。得以平反之后,金先生便发誓要将余生献给翻译弥尔顿全部著作的浩瀚事业。1987年,湖南人民出版社终于正式出版了他所翻译的弥尔顿《失乐园》。朱维之和金发燊的这两个译本用的都是诗体的译文,虽然风格各异,但均拥有广大的读者。而且这两个译本中都有长达三十页左右的译者序,相当于一篇加长版的论文,所以对于确定国内弥尔顿评论的基调也起了相当大的作用。

笔者认为,1986—1987年应该是我国弥尔顿研究领域的一个重大转折点。改革开放带来了人们的思想解放,关于《失乐园》的阐释也不再满足于关于该作品政治性和宗教性的争论。1986年,美国弥尔顿研究领域的一位新秀,来自德克萨斯大学奥斯汀总校英语系的美国富布赖特客座教授约翰·拉姆里奇(John Rumrich)在北京大学英语系开设了"弥尔顿研究"的研究生课程。几乎与此同时,北京外国语学院的王佐良教授也邀请了美国哈佛大学英语系著名女教授,前任美国弥尔顿学会主席的芭芭拉·勒瓦尔斯基(Barbara Lewalski)到北外开设了"弥尔顿研究"和"17世纪英国诗歌和散文"这两门研究生课程。笔者当时正好在北京大学英语系攻读博士学位,并经常去邻近的北外听课,因此有机会亲身体验这些课程现场的浓郁学术气氛。两位美国教授不仅分别向北大和北外的英语系赠送了大量的专业参考书,为师生们深入研究《失乐园》提供了客观上的条件,而且更重要的是,他们带来了崭新的学术理念和国际弥尔顿研究领域前沿的最新成果,从而使人们大大改变了对于弥尔顿《失乐园》的传统看法。

两位美国教授所带来的重要理念之一是,《失乐园》从根本上说是一部文学作品,所以作品的语境首先应该是西方文学的圣经文学和欧洲史诗传统,而非子虚乌有,令中国学者争得面红耳赤而不得要领的英国革命。虽然后者对于作品的主题思想可能也会产生一定的影响,但是文学作品有其内在的逻辑和规律性,不能够跟政论文或神学著作画上等号。他们所传授的另一个重要理念是,文学作品中的人物形象充其量只是一个"假面角色"(dramatic persona),并不能完全代表作家或诗人本人,因此认定《失乐园》中撒旦就是代表了弥尔顿本人或清教徒革命者是一种幼稚和不靠谱的做法。还有一个重要理念是,弥尔顿虽然没写过诗学专著,但是他的诗学理论散见于他的诗歌和散文作品之中。这一诗学理论对于我们理解《失乐园》的主题会有很大的帮助。笔者听了这些课之后,感觉醍醐灌顶,茅塞顿开。

这两位美国教授在北京开设的"弥尔顿研究"课程无疑是为振兴中国内地的弥尔顿《失乐园》研究送来了一场及时雨,其直接成效就是为北大和北外英语系培养了一批具有现代学术素养和国际视野的研究生。拉姆里奇教授所开设的"弥尔顿研究"研究生课程甚至在客观上还延续了北大英语系的一个悠久传统。之后继续在北大英语系教授"弥尔顿研究"这门课程的也还是他的学生,以及学生的学生。①

从1990年起,中国国内再次出现了一个弥尔顿研究的热潮。上海外国语学院教授陆佩弦出版了他的《密尔顿诗歌全集详注》(上下册,商务印书馆,1990

---

① 在拉姆里奇教授的启发和帮助下,笔者选择了弥尔顿的《失乐园》作为博士论文的题目。毕业留校之后,在北大英语系开设了"弥尔顿研究"的研究生选修课。2006年,笔者调到浙江大学工作后,又由笔者原来的硕士研究生,刚从国外拿到学位回到北大的郝田虎博士继续开设这门课。

年),颇受读者的欢迎。这说明越来越多的人希望能读懂弥尔顿诗歌作品的原作。殷宝书于1992年推出了《弥尔顿评论集》(上海译文出版社,1992年),标志着该领域研究的国际视野越来越引起人们的重视。有关弥尔顿《失乐园》的论文和报刊文章更是如雨后春笋,增量十分显著,尤其是近几年出现了井喷的势头。如今在电子数据库中,我们已经可以查阅到五六百篇相关文章和数十篇硕士学位论文。

当然,这些文章鱼龙混杂,质量参差不齐,分别代表了不同的研究方法、理论和观点。由于篇幅的关系,我们无法在此逐一加以评述,只能挑选比较有代表性和有分量的极少数研究成果来加以简单的分析和评论。

肖明翰的《〈失乐园〉中的自由意志与人的堕落与再生》(《外国文学评论》1999年第1期)是一篇影响较大的学术论文。作者不再拘泥于争辩弥尔顿这首史诗的政治性和宗教性孰轻孰重的问题,转而直面和讨论作品中的另一个重要主题,即基督教教义中的自由意志。这一点是值得肯定的。然而他随之得出的一个结论,即撒旦"无论在什么情况下都没屈服。恐怕正是这种不屈的自由意志在浪漫主义诗人和革命者弥尔顿的心中引起共鸣……"(第71页),却难以令人信服。因为撒旦本人在《失乐园》里已经坦承,堕落之后的他除了作恶,已别无其他选择,更妄谈有自由意志:"我真是可悲!我该何从逃避/无限的忿怒,无限的失望?/我的逃避只有地狱一条路;我自己就是地狱……别了,希望;别了,和希望一起的恐惧;/别了,悔恨!对我来说一切的善都/丧失了。"(朱维之译本,第四卷,第76—79、108—110页)路西弗在天国举兵叛乱时确实是用自由意志做出的选择,然而一旦被打入地狱,变身为地狱之王的撒旦之后,他就已经被剥夺了自由选择的能力。

在《论〈失乐园〉》(《外国文学》2007年第1期)中,张隆溪所关注的是诗中所反映的"自由、正义和责任"等深奥的哲学问题。针对许多评论家批评《失乐园》缺乏英雄业绩和冒险故事的指责,作者试图说明该作品是一首讨论善与恶、知识与自由、正义与非正义、乐园的获得和丧失等具有深刻内涵话题的宗教史诗。上帝在赋予人类自由意志的同时,也要求他们负起重大的责任。自由和责任之间具有不可分割的联系,人类一旦做出错误的选择,就必须承担起可怕的后果。这就是基督教教义中所谓的正义。所以在追求知识和善的过程中,人类须处处谨慎从事,切莫违逆上帝的意志,只有谦卑顺从,才能最终得救。针对有人批评夏娃堕落的圣经故事有损于妇女的形象,作者引用国外学者的观点,证明弥尔顿在尊重和同情妇女的问题上具有超前的意识。他把夏娃塑造成首先懂得忏悔和顺从的人物,其言行和形象不但没有被贬低,而且还被拔高到了跟圣子相类似的地步。

齐宏伟在《论弥尔顿〈失乐园〉中的撒旦形象及长诗主题》(《南京师范大学

文学院学报》2009年第1期)一文中对于撒旦的形象似乎具有更为清醒的认识。他首先认识到,即使是在史诗的头两卷中,"弥尔顿对于撒旦就没有一丁点儿的好感。他把撒旦的反抗写成是出于嫉妒、佞妄和野心的发作,一再不遗余力地鞭挞他的丑恶、自私和虚伪,对他的绝望和自欺落笔更重,着墨更深"。(第110页)其次,他反对庸俗社会学和机械反映论的阐释,认为弥尔顿从未背离过基督教的信仰。《失乐园》的故事情节取自《圣经》,对于撒旦堕落的动机和过程也是基于基督教神学依据的。第三,《失乐园》和《复乐园》有着共同的主题,而且两部作品中的撒旦形象也是有联系的;两者应该联系起来读。只有这样,才可以避免误读这两部作品的内容和意义。

沈弘的《弥尔顿的撒旦与英国文学传统》(北京大学出版社,2010年)一书认为弥尔顿的史诗是一部结构完美、主题明确和风格崇高的经典史诗名作。所以从文学传统这一角度来审视诗人创作《失乐园》时所受到的影响,也许能比其他方法和理论更加令人信服。相比于包括古典文学在内的各种文学传统,作者更倾向于认为,英国本土的文学传统对于《失乐园》的创作具有重大的影响。通过对作品中撒旦作为"诱惑者""异教武士"和地狱魔王这三个不同形象的具体比较分析,作者力图证明,英国文学中的早期宗教和伦理诗歌作品,以及从中世纪到文艺复兴时期的英国戏剧作品在很大程度上决定了弥尔顿《失乐园》这部史诗的内涵。因此,要想客观地评价弥尔顿笔下的撒旦这一人物形象,我们必须时刻运用英国本土的文学传统作为衡量标准,这样才能够避免"意图的谬误"。

郝田虎所关注的是弥尔顿《失乐园》在中国的早期传播和接受情况。早在2005年,他就在《弥尔顿季刊》上发表了英语论文《弥尔顿的一位早期中国读者辜鸿铭》。[①] 辜鸿铭是清末民初的一位传奇人物,曾在民国初年的国立北京大学教授过英语诗歌,并且以流利背诵《失乐园》而著称。作者在该文章中考证了一些与此相关的传说和回忆录,认为以其特定的历史地位,辜鸿铭为《失乐园》在中国的早期传播做出了贡献。后来他又在《外国文学》2010年第4期上发表了题为《弥尔顿在中国:1837—1888,兼及莎士比亚》的论文,详细论证了弥尔顿《失乐园》一诗在中国的早期传播和影响,并且纠正了《中国大百科全书》中一个流传已久的错误。

四、总结与展望

回顾新中国成立60年以来国内弥尔顿《失乐园》研究的进展,我们可以看

---

① Tianhu Hao, "Ku Hung-Ming, An Early Chinese Reader of Milton," *Milton Quarterly* 39.2 (2005), pp.93—100.

到，虽然发展道路曲折而又困难重重，然而与民国时期相比较，在该研究领域的各个方面都已取得了长足的进步。但我们还是要清醒地意识到，目前所取得的成绩还远远不能够满足时代发展的要求。还需要做多方面的努力，才能推动国内该领域的研究不断地向前发展，以求尽快能与国际接轨。

我们应该看到，目前国内发表的弥尔顿《失乐园》研究文章数量虽然很大，但是其中有相当一部分是为了提职称和完成学位和年度工作量化指标而写的应景之作，学术质量低下，研究方法和论点陈旧，缺乏真正有创意的思想和观点。须知撰写弥尔顿《失乐园》研究论文是一个门槛较高的任务。论文作者首先要能看懂作品原文，光是这一点就需要付出多年的努力和钻研。其次，论文作者还得了解17世纪英国社会的政治、经济、宗教、文化等各方面背景知识，以及源远流长的西方文学传统和相关学术史。这就要求我们在大学里推动和改进相关的课程设置和建立专业参考书的收藏。目前，国内大学有能力开设"弥尔顿研究"课程的英语系寥寥无几，而拥有弥尔顿研究专业参考书收藏的学校则数量更少。

学术研究需要经常性的交流和不同学术观点的碰撞才能够取得进展。国内目前还没有专门的弥尔顿学会或文艺复兴学会，从未举办过以弥尔顿研究为主题的学术会议，能去国外参加学术交流的人数也极少。相对而言，台湾在这些方面做得比较好，政府和教育部门每年都有专门的经费来组织这方面的学术会议和派人去欧美参加国际间的学术交流。中国内地无论如何也不能够落在台湾的后面。

在《失乐园》的中译本方面，我们虽然已经有了傅东华、朱维基、朱维之、金发燊和2012年由上海译文出版社推出的刘捷等优秀的译文，但是用信、达、雅的高标准来衡量，我们目前仍然缺乏一个较为理想的译本。这就需要大家在这方面继续做出努力。在作品的研究和评论方面，我们希望能够看到更多以新视角、新理论和新方法来分析和阐释弥尔顿《失乐园》的优秀成果，以便在较短的时间内能够有重大的突破。

中国内地的弥尔顿《失乐园》研究任重而道远，同仁们仍需继续努力！

第二章
浪漫主义诗歌研究

导 言

新中国成立以来,外国浪漫主义诗歌研究在我国总体受到重视,但由于浪漫主义诗歌呈现为多样化的状态,不同的浪漫主义诗人在国内的研究也有着不同的关注度,有些诗人的研究还经历了较多波折。新中国成立之后的前17年间,欧洲浪漫主义诗歌中讴歌民族独立、倡导自由、民主、革命的诗人诗作,如英国诗人雪莱、拜伦,波兰诗人密茨凯维奇,匈牙利诗人裴多菲,俄国诗人莱蒙托夫等均受到较多重视,这与新中国成立之前的左翼文学传统有较紧密的联系。尤其那些受到马克思和恩格斯赞扬的诗人作品更是受到高度褒扬,如海涅、雪莱的诗作等。同时,另一些被认为是逃离革命、消极悲观的诗人如英国诗人华兹华斯则遭到否定,甚至批判。莱蒙托夫在国内研究界的遭遇也不寻常,1957年之前还能见到有关他诗作的翻译和零星的介绍文章,此后对他的研究即被迫中止。还有很多诗人在这一时期没有得到重视,如德国诗人荷尔德林,英国诗人布莱克、济慈等。整体来看,对浪漫主义诗歌的研究在这一时期严重不足,且研究视角单一,观点有很大局限性。改革开放之后,浪漫主义诗歌研究得到快速发展。80年代,浪漫主义诗歌研究呈现出全面的恢复,此前被片面肯定或否定的诗人诗作得到了公正客观的观照。但是,80年代上半叶,虽然一些学者已经开始反思浪漫主义诗歌研究的"左"倾思潮并以客观的眼光考察分析曾经受到否定的诗人诗作,但"左"倾的思想并未得到完全消除,相当一部分研究仍以政治观点为研究的标准。直至80年代中期之后,以政治标准来评判浪漫主义诗人诗作的状况逐渐得到扭转。80年代初,一些未被关注的诗人诗作此时开始得到介绍,但较为深入的研究尚未展开。进入90年代,浪漫主义诗歌中新的研究点、关注点得到开发,诗歌艺术形式、美学特征等尤其得到深入挖掘。随着西方文艺理论在90年代的引进,浪漫主义经典诗作的研究逐步走向深入。21世纪以来,浪漫主义诗歌研究在各种文艺理论思潮的影响下不断取得新的成果,研究成果数量有较大提升,浪漫主义诗歌的复杂性、多元性,其与浪漫主义时期的哲学思潮、政治、文化、历史的关系等都得到较为深入的探讨。然而,浪漫主义诗歌的研究仍有深化的空间,如目前的研究仍然较多关注重点作品的研究,很多诗人的整体性研究尚不完善,跨文化和跨学科视域下的浪漫主义诗歌也应得到进一步研究等。此外,浪漫主义诗歌研究中存在较多重复研究的状况,扎实而深入的新增研究点较为罕见。目前,与外国现当代诗歌研究相比,浪漫主义诗歌研究势头似乎呈现出弱化的趋势。

作为欧洲浪漫主义诗人在新中国60年的研究典型,本章选择英国浪漫主义诗人华兹华斯、拜伦、雪莱,德国诗人海涅,俄国诗人莱蒙托夫作为专题考察对象,希望能从中看出60年的研究脉络和经验得失。印度诗人泰戈尔的诗作受到国内学界长期的关注。作为具有较强浪漫主义诗风的东方诗人,泰戈尔的影响在新中国成立之前就已经形成,新中国成立后的十多年间他仍相对得到较多关注。80年代以来,有关他的研究得到较快发展。鉴于泰戈尔是国内具有广泛影响力的东方诗人,我们在此也将他纳入专题研究之中。

第一节 华兹华斯诗歌研究

华兹华斯(William Wordsworth,1770—1850)是英国浪漫主义时期的重要诗人,"湖畔派诗人"的代表,被评论家认为是继莎士比亚、弥尔顿之后英国最杰出的诗人。他的诗歌和诗学理论推动了英国浪漫主义诗歌运动的兴起、发展和全面成熟。他的诗在20世纪初被翻译介绍到中国,从此开始了中国华兹华斯研究的起步和发展。然而,新中国成立后,由于意识形态方面的严重影响,华兹华斯研究产生逆转。这一状况直至1979年之后方得到全面改观。20世纪80年代至今,华兹华斯研究在国内学界得到较快发展,在深度和广度方面有较大突破,且势头越来越盛。但这中间也存在一些值得思考的问题。

一、新中国成立前研究状况的简要回顾

华兹华斯在20世纪初被介绍到我国,当时学者对他的关注一方面出于对西方文化的兴趣,另一方面则考虑其对中国新诗及白话文运动的借鉴作用。1900年,梁启超在《清议报》第37期发表《慧观》一文,称华兹华斯为"善观者",这是中国学者对华兹华斯的最早关注和评价。1914年,《东吴》杂志载陆志伟译华兹华斯诗两首《贫儿行》和《苏格兰南古墓》,为其诗作在中国的最早翻译。① 1919年,胡适在《谈新诗》中认为,华兹华斯提倡的文学改革是诗歌语言文字的解放,与中国新文学的要求一致。② 田汉在《诗人与劳动问题》中论及华兹华斯诗中的自然状态和自然之风。③ 华兹华斯的"情感""自然""想象""儿童观"等对创造社及新月派诗人产生较大影响。学衡派学者也对华兹华斯表现出关注。1922年《学衡》第9期刊载吴宓《诗学总论》,引用过华兹华斯诗论。《学衡》杂志还连载《露西》组诗中《她住在没人到的幽径》一诗的八种译文,可谓非同寻常。然而,此间也可听到不同声音,如梁实秋批驳华兹华斯"儿童是成人的父亲"的观点,认为违反了理性原则。④

1926年,《小说月报》连载郑振铎编写的《文学大纲》,其中"十九世纪的英国诗歌"对华兹华斯有较详细的介绍⑤,对他的自然观、他对普通人的同情,对真挚朴实的自然生活的向往,对他诗歌中"美的淡甜而隽永的醇味"的赞美都奠定了该时期国内学者对华兹华斯诗歌、诗学思想认识的基调。吕天石著《欧洲近代文艺思潮》论及华兹华斯的短诗和重要诗篇《廷腾寺》《永存不死的暗示》(即《永生的启示》)等。⑥ 曾虚白在《西洋文学讲座》中的《英国文学》中论及华兹华斯超越客体的自然观、对人的热爱、儿童观、心灵的眼睛,以及《序曲》和叙事诗。⑦ 金东雷的《英国文学史纲》认为:"在英国文学史上,华慈华斯确实是划开古代和领导近世的诗人,他指给了我们一条文艺上'新的大道'。"⑧

从诗学和思想领域涉及华兹华斯的有朱光潜、袁可嘉、朱维之等学者。朱光潜在《诗的主观与客观》一文中充分肯定了华兹华斯的"诗起于经过在沉静中回味来的情绪"⑨。这很有见地,在当时华兹华斯的"好诗是强烈情感的自发流露"一说在中国新诗诗人中普遍流行的情况下是极为可贵的。朱维之从宗教的角度认识华兹华斯的"儿童乃是成人的父亲"及他的自然观。⑩ 袁可嘉的《诗与

---

① 参见葛桂录:《华兹华斯在20世纪中国的接受史》,《淮阴师范学院学报》2000(2)。
② 胡适:《谈新诗》,《中国新文学大系:建设理论卷》,上海:良友图书印刷公司,1935年,第294页。
③ 田汉:《诗人与劳动问题》,《田汉全集·第十四卷》,石家庄:花山文艺出版社,2000年,第94—95页。本文原载《少年中国》第1卷第8、9期,1920年2、3月出版。
④ 梁实秋:《现代中国文学之浪漫的趋势》,《梁实秋文集·第一卷》,厦门:鹭江出版社,2002年,第51页。本文原收入《文学的纪律》,上海新月书店1928年出版。
⑤ 郑振铎:《文学大纲:十九世纪的英国诗歌》,《小说月报》1926(5)。
⑥ 吕天石:《欧洲近代文艺思潮》,北京:商务印书馆,1931年,第53—54页。
⑦ 曾虚白:《英国文学》,《西洋文学讲座》,上海:世界书局,1935年,第53—57页。
⑧ 金东雷:《英国文学史纲》,长春:吉林出版集团有限责任公司,2010年,第209—216页。此书原由上海商务印书馆1937年出版。
⑨ 朱光潜:《诗论》,武汉:武汉大学出版社,2008年,第47页。《诗的主观与客观》作为单篇文章原载1934年《人间世》第15期。
⑩ 朱维之:《基督教与文学》,长春:吉林出版社,2010年,第214页。原书由上海:青年协会书局1941年出版。

意义》看到了华兹华斯诗作中朴素的语言背后复杂而矛盾的性质。① 以上见解既表明了中国学者在诗学总体认识方面的成熟,也反映出他们对华兹华斯的认识已经有一定高度。1947年,上海商务印书馆出版了李祁的研究专著《华茨华斯及其序曲》,为新中国成立前出版的唯一一部华兹华斯研究著述。

新中国成立前的华兹华斯研究对人们认识、了解西方诗歌起到推进作用,同时也为中国新诗的发展提供借鉴。虽然华兹华斯的地位在当时的左翼文学界不如革命性更强、更富于浪漫激情的拜伦和雪莱,但他作为英国浪漫主义诗歌之奠基人的重要地位和不可替代的作用得到普遍肯定。此时的华兹华斯研究多为介绍性的、点评式的,缺乏深刻的独立见解,在深度和广度方面有很大不足。

二、新中国成立后前 30 年对华兹华斯的否定

新中国成立后的前 30 年,由于政治形势的急遽变化和意识形态的巨大影响,西方文学经典大多被认为是资产阶级的文艺作品,受到冷遇和排斥,只有少数被认为是革命和现实主义的作家作品受到重视。英国"湖畔派诗人"遭到贬损,华兹华斯不仅受冷遇,更遭到严重曲解和批判,他的地位受到强烈冲击。

五六十年代国内的外国文学研究追随苏联的研究思路和模式。华兹华斯在法国革命后期思想转向大自然,这被认为是他害怕革命,逃避现实。1956 年《文史译丛》创刊号发表《苏联大百科全书》中的《英国文学概要》一文,认为华兹华斯等"湖畔派诗人"属于反动的浪漫主义诗人。② 1958 年,苏联伊瓦肖娃的《十九世纪外国文学史》(第一卷)出版,对"湖畔派诗人"和华兹华斯进行全盘否定,大加指责。1959 年,阿尼克斯特著《英国文学史纲》面世,认为华兹华斯是"保守的浪漫主义"诗人,他的《抒情歌谣集》序是"反动的浪漫主义的宣言",他"对人类精神世界中非理性的东西的赞扬已达到荒谬的程度"。③ 此书直至 80 年代初一直被用作大专院校英国文学史课程的教材,其评价全面覆盖该时期国内学界对华兹华斯的认识。

"文化大革命"前不存在对华兹华斯任何真正意义上的研究。有些文章提及华兹华斯,也是作为进步文学的反面陪衬。"文化大革命"期间,整个外国文学研究处于停滞。1979 年,《欧洲文学史》(下卷)出版。该著作完稿于 1965 年,书中仍

---

① 袁可嘉:《诗与意义》,《文学杂志》1947(6)。
② 见《英国文学概要》,吴志谦译,蔡文显校,《文史译丛》1956 年创刊号,第 128 页。
③ 阿尼克斯特:《英国文学史纲》,北京:人民文学出版社,1980 年,第 285-289 页。第 1 版于 1959 年出版。

持有五六十年代的流行观点。① 由此可见,新中国成立后的前30年间,以政治意识形态和阶级斗争为宗旨的文学批评给华兹华斯研究带来巨大的负面作用。

值得注意的是,1961年出版的《古典文艺理论译丛》收入曹葆华翻译的《抒情歌谣集》1800年版序、附录和1815年版序。译文附有译后记,其中虽否定华兹华斯的政治倾向,却较客观地评价了他的诗学主张,实属不易。

这一时期的英美华兹华斯研究却得到全面发展,出版了一系列影响广泛的著作,如阿布拉姆斯的《镜与灯》(1953)、《自然的超自然主义:浪漫主义时代的传统与革新》(1971),G.H.哈特曼的《华兹华斯的诗歌:1787—1814》(1964),以及哈罗德·布鲁姆主编的《浪漫主义与意识》(1970)等。上述有关英国浪漫主义诗歌的论著都以宏大的视野和深刻的思想论述了华兹华斯的思想、语言、诗学、诗意,以及他的自然观、心灵的启示等问题。他们一方面继承形式主义的传统,从具体的诗歌文本入手对作品进行深入的解读和考证研究,另一方面又开始将批评扩展到历史和政治思想的方方面面,将华兹华斯研究向前推进了一大步。国内华兹华斯研究与英美的相关研究在该时期产生了难以弥合的距离。

三、新时期30年从复苏到全面发展的华兹华斯研究

20世纪80年代,华兹华斯研究得到恢复。最早提及不应全面否定华兹华斯的是杨周翰在1978年全国外国文学研究工作规划会议上的发言。② 然而,对华兹华斯的重新定位并非一帆风顺,研究者大多肯定他的诗学价值和诗歌地位,但对他在法国革命之后转向自然的姿态及政治倾向则众说纷纭,将他同时视为浪漫主义诗歌运动的主要倡导者和政治上的保守派是80年代比较普遍的批评观点。

这一时期的重要成果首先当属王佐良关于华兹华斯的评论。1980年,王佐良发表《英国浪漫主义诗歌的兴起》③,肯定华兹华斯与拜伦、雪莱等重要诗人一样,是"整部英国诗史上的第一流大诗人"。全文撇开泛泛之论,从文本细读出发,全面分析了华兹华斯的《抒情歌谣集》及其思想和诗学主张,对他的自然观、语言观、想象力、对童年的感悟、哲思等进行了详尽评论,对他的长诗《序曲》,重要诗作《丁登寺》《不朽的征兆》以及他的十四行诗等进行了深入分析,对

---

① 杨周翰、吴达元、赵萝蕤主编:《欧洲文学史》(下),北京:人民文学出版社,1984年,第42—43页。第1版于1979年出版。

② 杨周翰《关于提高外国文学史编写质量的几个问题》,认为应该一分为二地看待华兹华斯和一些西方作家。《外国文学研究集刊(第二辑)》,北京:中国社会科学出版社,1980年,第5页。

③ 王佐良《英国浪漫主义诗歌的兴起》,《英国文学论文集》,北京:外国文学出版社,1980年,第77—92页、103—120页。同时收入《外国文学研究集刊(第二辑)》,北京:中国社会科学出版社,1980年,第48—115页。

华兹华斯做出了客观中肯的评价。他的分析既准确把握了诗人的诗艺,又从思想和时代的高度认清了诗人的内心、诗艺与时代的关系,在当时的研究中令人深思。遗憾的是,该文并未对当时的华兹华斯研究界产生足够的影响。1981年,赵瑞蕻的文章《试说华兹华斯名作花鸟诗各一首》①以客观而细腻的笔调分析了华兹华斯的《致布谷鸟》和《水仙花》。文章还将其诗作与李商隐、王维等的诗进行比较,为在中西比较视野下的华兹华斯研究带来了突破。郑敏的《英国浪漫主义大诗人华兹华斯的再评价》②一文,从华兹华斯对贫苦人民的接近与同情,他诗中自然的力量,他对英国现代诗发展起到的继往开来的作用以及他诗歌的艺术造诣等方面,充分肯定了华兹华斯在英国诗史中的重要地位,并针对华兹华斯是"消极浪漫主义诗人"这一定位进行了批驳。在拨乱反正时期,几位老一辈学者的研究,对当时学界重新评价华兹华斯起到积极的推动作用。

此后几年,各刊物上发表的论文,一方面力图扭转其"消极浪漫主义"诗人的定位,恢复华兹华斯的重要地位,另一方面,着重就他为人熟知的诗作及其诗学理论展开分析。汪剑鸣的《谈谈关于华兹华斯的评价问题》(1983)和傅修延的《关于华兹华斯几种评价的思考》(1985)等,明确提出了对华兹华斯的重新认识。汪文主张探索文学内在规律;傅文认为华兹华斯诗歌的核心是人道主义,不能仅用同情下层人民的民主意识来看待他。总体来看,这些文章意在扭转学界对华兹华斯的偏见和错误认识,有一定积极意义。1984年,刘彪的《华兹华斯简论》对华兹华斯做了较客观、公允的评述,认为华兹华斯在法国革命之后并未转向保守,正是从法国返回英国之后的十年中他创作出了大量最优秀的作品。他的思想复杂而深刻,在1813年之后才渐趋保守。文章充分肯定了《抒情歌谣集》的诗学价值,对其中的重要诗篇进行了分析,在当时不失为一篇有见地的论文。此外,林晨的《华兹华斯与〈抒情歌谣集〉》(1984)、汪溶培的《情以理达情见乎辞——华兹华斯的〈水仙诗〉赏析》(1984)、王森龙的《谈谈华兹华斯及其〈抒情歌谣集〉序言》(1983)、刘庆璋的《评华兹华斯的诗歌理论》(1985)等对华兹华斯的诗作和诗论进行了入情入理的分析。应该看到,华兹华斯研究在这一阶段刚刚回到正常的轨道上来,从研究的深度、广度和准确度上来看都还有相当的局限。其中一些文章并未能彻底消除华兹华斯的"消极"身份,在思想上留有"'左倾'的尾巴"。

这时期有几部影响较大的华兹华斯诗选问世。1986年,黄杲炘翻译的《华兹华斯抒情诗选》由上海译文出版社出版,其长篇序言较全面地论述了华氏的思想和诗作。同年,顾子欣的《英国湖畔三诗人选集》面世(湖南人民出版社),

---

① 赵瑞蕻:《试说华兹华斯名作花鸟诗各一首》,《南京大学学报》1981(4)。
② 郑敏:《英国浪漫主义大诗人华兹华斯的再评价》,《南京大学学报》1981(4)。

由王佐良作序。1991年,杨德豫翻译的《湖畔诗魂》①出版,其序言认为华兹华斯将自然、人性、神性三者融合为一,在对自然的赞扬中融进了他对人性的关怀,而自然的精神中又包含他对超自然神性的崇尚。几部译作及其序言的问世推动了国内学界对华兹华斯展开全面深入的研究。

在80年代纠正极端政治化的"左"倾认识,力求客观公正地评价华兹华斯的基础上,90年代的研究开始在较深层面上挖掘他诗歌中的独特魅力和美学价值。首先,华兹华斯的哲学思想及自然观得到更深层次的挖掘,涉及人性、哲学与宗教等。同时,他的自然观被认为蕴含多重复杂的情感。章燕的《自然颂歌中的不和谐音——浅析华兹华斯诗歌中的自我否定倾向》(1993)提出华兹华斯不是一位单纯为歌咏自然而写诗的诗人,他是为在自然中解决人生问题和社会问题才回到自然,其中包含了他对人生和自然之复杂关系的思考。孙靖的《华兹华斯对自然的诗意建构》(1995)认为华兹华斯试图将自然与人生合而为一,从而获取人生的超验境界。遗憾的是,孙文直到此时仍未摆脱以消极说来定位华兹华斯政治态度的局限。段孝洁的文章《从华滋华斯的诗歌创作看其哲学思想》(1993)和李秀莲的《华兹华斯自然诗哲学思想初探》(1993)从哲学的层面对他的自然观进行了较为深入的探讨。段文将华氏的思想置于西方哲学传统的大背景下进行分析,认为他的思想复杂而深刻,文章颇见功力。其次,华兹华斯诗论方面的研究也进一步深化。严忠志的《论华兹华斯的诗歌创作观》(1996)、聂珍钊的《华兹华斯论想象和幻想》(1997)以及苏文菁的《情与理的平衡——对华兹华斯诗论的反思》(1999)是其中三篇较有深度和创意的论文。严文认为,华兹华斯受到当时英国和德国哲学的影响,诗歌关注的重点是他的内心世界,重要的不是模仿自然,而是如何表达内心的情感和感受,他沉思的对象是"崇高",不是自然物,这点抓住了华氏诗学的核心问题,对华兹华斯诗歌创作理论的思考在当时较有深度。聂文首次论述了华兹华斯1815年版《抒情歌谣集》序言中涉及的想象力和幻想的问题。苏文指出,华兹华斯强调的"沉思"是情与理的中介,是个人情感与全体人的情感的中介,是自然情感向艺术情感转化的审美过滤,这在华兹华斯研究中富有新意。此外,黄宗英的《如何"静听离别"——从华兹华斯的"复杂快感"看卡如斯的"精神创伤"》(1999),在国内较早运用西方学人的理论来观照华兹华斯。上述文章在当时从不同方面深化了人们对华兹华斯的认识。研究已开始深入到他的诗学理论的核心,如自然的内化、想象力、沉思等。华兹华斯的形象在读者的心中已不再是单纯的自然诗人,而是一位有着丰富而复杂之思想和诗学理论的哲性诗人。

90年代中后期,苏文菁和葛桂录两位学者对华兹华斯的批评史和华兹华

---

① 《湖畔诗魂》,杨德豫译,北京:人民文学出版社,1991年。屠岸、章燕为该译作撰写序言。

斯在中国的接受史做了较详尽的梳理和分析。葛桂录的《华兹华斯在20世纪中国的接受史》梳理了华兹华斯自被译介到中国之后的翻译、研究情况,为学界了解华兹华斯在中国的接受提供了很有价值的参考;苏文菁的《批评者笔下的华兹华斯——1801年至1960年华氏研究述评》(1997)、《重读经典——本世纪60—90年代英美华兹华斯研究》(1999)、《华兹华斯在中国》(1999)可以与葛文互为补充,帮助读者了解英美学者对华兹华斯的批评和研究,也对20世纪中国的华兹华斯研究做了较完整的梳理和总结。①

1991年,王佐良的《英国浪漫主义诗歌史》一书,由人民文学出版社出版,1993年,他的《英国诗史》由译林出版社出版。两部作品均对华兹华斯做了深入而翔实的分析,对青年学者和大专院校的学生产生了相当大的影响。丁宏为的《序曲或一位诗人心灵的成长》(中国对外翻译出版公司,1999年)第一次将华兹华斯最重要的长诗译成中文,并附有资料翔实、分析扎实的译序。

进入21世纪以来,中国的华兹华斯研究十分活跃,发展迅速,表现在以下几个方面:1.论文数量大幅度提高,据中国知网信息,2000—2010年在各刊物上发表的,标题中出现了"华兹华斯"的论文有近五百篇之多,而关于华兹华斯的论文数量远不止于此。论文的总体质量有所提高。华兹华斯研究专著问世,对他的研究更加全面,分析更加丰富和深入。2.研究视角较前一阶段有所拓宽,涉及其诗作的版本对比和考察,新的理论观照下的华兹华斯诗歌及诗学研究,其诗学的现代性问题研究等,华兹华斯研究呈现出多样化趋势。3.开始关注英美学者研究的话语平台,力图与之进行对话,并提出独立见解。

2000年,苏文菁的《华兹华斯诗学》(社会科学文献出版社)出版,全书由华兹华斯的自然观、情理观、语言观、想象观组成,对华兹华斯自然观及相关诗学思想的形成渊源、主要观点与特点、在诗歌中的表现、对后世的影响等进行了较为系统的考察。作为新中国成立后首部华兹华斯研究专著,它对国内华兹华斯研究起到积极的推动作用。20世纪七八十年代之后,英美浪漫主义诗歌研究由形式主义、解构主义转向新历史主义、政治意识形态研究、女性批评、文化研究等。值得注意的是,他们的研究开始从浪漫主义时期的政治历史环境出发,以意识形态话语、历史考证、文化溯源等来考察华兹华斯的诗作及其思想,而国

---

① 葛桂录这一时期还发表了《建国以后华兹华斯在中国的接受》(《宁夏大学学报》,1999年)、《略论华兹华斯在20世纪中国的接受历程》(《走向21世纪的探索》会议论文集,1999年)、《华兹华斯及其作品在中国的译介与接受(1900—1949)》(《四川外语学院学报》,2001年),梳理了华兹华斯自被译介到中国之后的翻译、研究情况,为学界了解华兹华斯在中国的接受提供了有价值的参考。这几篇文章内容和观点一致,资料的梳理和分析详略不同。不过,对有些较为重要成果的梳理仍有疏漏,一些分析和评价仍有进一步完善之处。本节参考了葛桂录、苏文菁等的文章,在此表示感谢。此外,还有向玲玲的《国内华兹华斯比较研究述评》、张宏峰的《曲折后的前进——最近十年来中国华兹华斯批评史述评》。

内学者在八九十年代的研究中尚未顾及这一动向,甚至很少进入英美学者在五六十年代,或更早的研究思路。2002 年,丁宏为的《理念与悲曲——华兹华斯后革命之变》(北京大学出版社)出版,作品首先分析、考察了当下英美学者在政治历史话语下的华兹华斯研究状况以及存在的问题,指出政治的和新历史主义的批评忽视了,甚至破坏了诗歌的诗意本质。华兹华斯在革命后的余波当中形成了他的思维形态和诗歌美学,即通过灵视,在人世的悲苦、人生的悲曲中发现并感悟诗意美的本质,它使心灵在人类普遍的悲剧意识中得到美的滋养,得到升华。丁宏为在这时期发表的相关论文进一步阐述了这一思想,如《政治解构与诗意重复——〈序曲〉中的诗意逆流》(2002)、《华兹华斯与葛德汶——一场大病》(2002)、《不朽的颂歌——两位评论家之间的思想空间》(2007)等。丁宏为的研究观照了西方学者的主流批评,并在学术高度提出了自己的独立见解,标志着中国学者的研究进入了一个新的平台。张旭春的《政治的审美化与审美的政治化——现代性视野中的中英浪漫主义思潮》(人民出版社,2004 年)是浪漫主义研究的一部力作。其中有相当的篇幅论及华兹华斯的政治审美化问题。他的文章《没有丁登寺的〈丁登寺〉——英国浪漫主义研究中的新历史主义范式》(2003)以翔实的资料和细腻的考证分析、评价了华兹华斯及浪漫主义研究中的新历史主义方法,指出其重大缺陷——拘泥于边角废料的"小史"考据方法难以支撑其还原"大历史"的雄心壮志。相关研究还有章燕的《自然的想象与现实:略评〈廷腾寺〉的新历史主义研究》(2010),文章考察了西方学者认为华兹华斯对自然的想象是逃避政治与现实的,或是介入政治与现实的两种观点,认为不应将华兹华斯关于想象与现实的关系绝对化,他诗歌美学的根本即在于想象与现实之间既联系又疏离的多重复杂关系。上述学者均在考察西方学者近年研究成果的基础上提出一定独立见解。2010 年赵光旭的《华兹华斯"化身"诗学研究》(上海大学出版社)出版,从现象学和阐释学角度分析华兹华斯诗学,有一定新意,但在学理上还可进一步完善。陈才忆的《湖畔对歌:柯尔律治与华兹华斯交往中的诗歌研究》(四川文艺出版社,2007 年)讨论了两位湖畔派诗人的诗歌交往。

这一时期,华兹华斯诗作的文本分析更加丰富、深入,从《序曲》《不朽的颂歌》《丁登寺》等重要诗作,到《水仙花》《西敏寺桥上》等自然清新的短诗,再到《塌毁的茅舍》《采坚果》《有一个男孩》《坎伯兰的老乞丐》等叙事诗,以至于他后期的《湖区指南》等,都进入了学者的视野。尤其值得一提的是华氏诗作的版本考证研究,如张旭春的《〈采坚果〉的版本考辨与批评谱系》(2006)表现出不凡的功力和深意。文章就国外学者对该诗作的批评谱系进行了梳理并分析了各派的洞见及盲点,此类文章至今在华兹华斯研究中尚不多见。

21 世纪以来,一些运用西方文学及文化理论对华兹华斯进行研究和批评的成果也颇具深度。李增、王云的《论华兹华斯〈塌毁的茅舍〉中的主题与叙事技巧的统一》(2003)运用叙事理论来分析华兹华斯《塌毁的茅舍》,认为华氏运用了指涉主题的叙事行动和控制读者感情发展的叙事节奏,引导读者经历了心灵之旅。文章有理有据,分析透彻,是一篇成功的论文。张智义的《主体性的复归——华兹华斯诗学拉康式分析视角》(2003)一文,从拉康的理论视角来分析华兹华斯的主体性复归。生态主义理论和女性生态主义理论也常被学者们用于分析华兹华斯诗歌,其中张智义的《生态女性主义中的华氏兄妹创作》(2009)一文,分析了华兹华斯对自然和对女性的文化利用,较有新意。华兹华斯研究在此时呈现出多样化的趋势,学者们从其语言观、神学观、现代性以及西方学者的华氏研究等方面切入,取得了一定突破。严忠志的《黑暗通道中的探索——论华兹华斯诗歌语言观的超前性》(2000)、易晓明的《论华兹华斯诗歌中泛神论转换的多重艺术策略》(2003)、罗益民的《心灵湖畔的伊甸园——作为自然神论者的华兹华斯》(2004)、赵光旭的《华兹华斯"瞬间"诗学观念的现代性特征》(2005)、张智义的《保罗·德·曼的华兹华斯诗学研究》(2005)、朱玉的《废墟·花园·"高明的目光"——华兹华斯〈废毁的茅舍〉引发的思考》(2006)、张跃军的《哈特曼解读华兹华斯对于自然的表现》(2009)、谢海长的《华兹华斯的〈湖区指南〉与审美趣味之提升》(2009)、陈清芳的《论华兹华斯的"快乐"诗学及其伦理内涵》(2009)、袁宪军的《简论华兹华斯的宗教情怀》(2009)等,从不同角度探讨了华兹华斯诗歌诗学的某个侧面,丰富了研究的领域,也使其向着纵深的方向发展,并使许多研究具体化、问题化。

  国内的华兹华斯研究始终与比较研究联系在一起。华氏清新自然的诗风能在20世纪早期即迅速为中国读者接受,其原因之一是他诗中的自然与中国传统文化中的自然精神有某种相通或相似之处。这种相通或相似最易使人想到中国的老庄以及陶渊明、王维、李商隐等。在此语境下,华兹华斯也往往被视为"寄情山水"的"归隐"诗人。20世纪80年代以来,华兹华斯的比较研究经历了从复苏到活跃的过程,但其中有些研究仅就华兹华斯自然诗与中国古典山水诗在主题内容和手法方面的异同进行分析,对各自诗学观及哲学思想深入而切实的探讨不多。八九十年代,曹辉东的《"物化"与"移情"——试论陶渊明与华兹华斯》(1987)和兰菲的《华兹华斯与陶渊明》(1991)从中西不同的文化传统背景去追溯他们之间产生异同的社会、历史、文化、哲学、宗教等原因,从中获得对两位诗人更为深入的了解。葛桂录的《道与真的追寻——〈老子〉与华兹华斯诗歌中"复归婴孩"观念比较》(1999)与郭高峰的《飞鸟与流云的对话——论陶渊明与华兹华斯自然观中的哲学背景》(2004)等文,站在中西哲学观和美学观之异同的高度来探讨华兹华斯与中国古典诗歌诗论之间的关系,视野较为宽阔,探讨较深入。2000年之后的华氏比较研究有所扩展,除相当数量的论文仍在探讨华氏与陶渊明、王维等的比较外,又出现华氏与杜甫诗作的比较,华氏与古典诗论、古代诗人思想的比较,如华氏与严羽、李贽、袁宏道、公安派的比较等。学者们尤其关注华氏与中国古典诗歌诗学与哲学背景之间的差异,而不再简单地将其视同"田园"诗人。华氏与现代作家的比较也是这一时期出现的新论题,如华氏与沈从文等。另有一些文章从中国新诗诗人对华氏的接受以及他们之间的关系展开研究,如华氏与郭沫若、华氏与五四新文学等,在这方面,华氏的比较范围有了新的扩展。

四、问题与展望

在华兹华斯研究快速发展的今天,我们也可以发现一些亟待避免和解决的具体问题。1.一些文章刻意追求用新颖的理论和方法来分析华兹华斯的诗歌诗论,但并未将这些理论方法完全消化,使得分析有生搬硬套和不得要领之嫌。2.有些文章所运用的理论和视角看似新颖,但亦步亦趋跟随国外学者的思路,真正有新意和原创性见解的不多。3.有些文章观点陈旧,有相当多的重复研究。要获得真正有深度,扎实稳健,分析透彻,有理有据,在美学、诗艺、诗意、哲学高度上具有创见的研究还需毅力和耐心,摒弃浮躁,提升学术水准。4.目前学者大多关注华氏较为人熟知的作品,仍有相当数量的重要作品尚未进入研究领域。5.扩展性研究成果不足,如他与当时的文学市场的关系,与他种文化之间的关系,与当时其他诗人、文人之间的关系,与当时大文化背景的关系等。6.大专院校学生关于华氏的论文很多,但真正有学术价值的研究还有待潜心研究和探索。7.比较研究一方面应扩展思路,挖掘比较对象不同文化渊源、哲学内涵之间的关系,另一方面应在更高层面认识华氏思想,避免流于表面化的探讨。

华兹华斯在中国的接受和研究充满曲折,十分不平静。他能在上世纪初顺利进入国门,一方面是由于他在英国浪漫主义诗歌中的重要地位,另一方面也由于他诗中的自然主题、清新的风格与中国古典诗风的接近,与中国新诗发展需求的契合。然而1949年之后,随着政治形势的变化,他又因为所谓保守的政治姿态受到极端的冷遇和打击。新时期学界对他的再次关注开始更多地面向他的诗作文本、诗学思想、美学价值。而西方的研究则在长期注重他的诗学、美学思想之后于20世纪80年代进一步深化了华氏的政治历史批评,有学者就认为他坚守的是"逃避的"的意识形态。尽管西方学者并未对他这种意识形态予以简单的肯定或否定,但政治的话语在我们刚刚从"左"倾思想扭转过来的时候由西方学者提及,这形成了中西学界华氏研究之间耐人寻味的错位。进入21世纪以来,英美学者的华氏研究开始进入诗歌内部与外部研究多元交融的层面。如何在我们当下的研究中缩小我们与西方学者研究的差距,补足我们所落下的功课,又做到与西方学者站在同一个学术平台,并能从我们独特的视角和立场出发,提出独立的学术见解,这是摆在我们当下华兹华斯研究中的一个课题。

期待未来的华氏研究扎实、切实、翔实、真实,在与西方学者的对话中,发出我们自己独特的声音。

第二节 拜伦诗歌研究

乔治·戈登·拜伦(George Gordon Byron, 1788—1824),19世纪初英国浪漫派诗人,也是英国文学中最具争议性的诗人之一。根据卡洛琳·富兰克林的归纳梳理,西方的拜伦研究大致可分为"拜伦同代人"和"维多利亚时期"的传记—道德批评、20世纪20—50年代的现代主义和新批评研究以及由后结构主义、新历史主义、后殖民主义、性别研究、文类/形式研究等构成的当代批评。[①]在中国,1949年前对拜伦的译介和研究大致有两次高潮。第一个高潮出现于清末民初时期,以梁启超、苏曼殊、黄侃、鲁迅、王国维等人的早期译介为代表。第二个高潮出现于1924年拜伦逝世100周年时,在《创造季刊》《小说月报》等杂志上,徐祖正、沈雁冰、王统照、赵景深等作家对拜伦进行了更为全面、详细的介绍和研究。1949年后,新中国60年的拜伦研究与新中国的社会历史语境的变迁密切相关,即历经了1949—1978年的全面政治化阶段、1978—1999年的思想解放、多元化发展阶段和2000—2010年的专业化、深入化发展阶段。从研究范式来看,新中国成立后60年的拜伦研究主要可分为三种:外在性范式、内在性范式和比较文学范式。下面,本节将以历史分期为纲、以研究范式为目,对新中国60年的拜伦研究进行简要的回顾和总结。

一、1949—1978年

1949年后的拜伦研究逐渐摆脱了新中国成立前那种散乱的状况,开始走向体制化和系统化。其特点是上述三种主要研究范式开始逐步成形。其中,以苏联拜伦研究模式和马克思、恩格斯论拜伦的只言片语组成的外在—政治范式居于绝对主导地位;但受英美新批评的影响,王佐良教授在这个时期也在艰难地探索着具有中国拜伦研究特色的内在—形式范式;与此同时,以"拜伦和鲁迅"为核心论题的比较文学范式在这个时期也露出端倪。

1. 苏联模式及其影响

苏联的拜伦研究模式主要体现为对拜伦二分法的评价:拜伦及其作品一方面体现为伟大的公民精神和民主主义精神,另一方面又体现为无政府主义倾向

---

① Caroline Franklin, *Byron* (New York: Routledge, 2007), pp. 84—122.

和个人主义的忧郁,但这种矛盾是"社会矛盾的反映"——作为革命/积极浪漫主义诗人的代表,拜伦"与妥协气氛毫不相容的雄伟形象"应当得到崇高的评价。①

这个模式被充分体现在 1949 年后第一篇拜伦研究的论文之中——杜秉正的《革命浪漫主义拜伦的诗》(《北京大学学报》1956 年第 3 期)。② 该文的写作思路基本上来自叶里斯特拉托娃,如文章对 18、19 世纪英国社会的阶级矛盾和民族矛盾背景的介绍、对拜伦作为"一个捍卫自由的战士和诗人"的定位、对拜伦由于"受了历史条件和阶级地位的限制,始终没有和资产阶级个人主义断绝关系"而造成的矛盾、悲观和忧郁等都基本上是叶里斯特拉托娃观点的翻版。此外,在该文中,杜秉正还论述到了明末清初和 20 年代拜伦在中国的传播情况,尤其提到了鲁迅的《摩罗诗力说》,这是新中国成立后对"拜伦在中国"这个课题的首次论述。可能正是在杜秉正这篇论文的启发之下,仅仅过了一年后,陈鸣树在《文史哲》(1957 年 9 月 28 日)上发表了《鲁迅与拜伦》一文。陈文不仅比杜秉正更为详细地考证了鲁迅接受拜伦的具体情况,还居然在"'彷徨'的某些篇章中,特别是'孤独者'"中"依稀看见拜伦式的个人主义英雄的影子"。应当说,这一观点相当敏锐,但在当时又极其敏感,因而 1960 年后作者为此遭到了批判。但从"文化大革命"后拜伦研究史的发展看,陈鸣树这篇文章(当然也包括杜秉正的简要论述)为"拜伦在中国"(尤其是"拜伦与鲁迅")这个课题以及研究范式的形成和壮大铺下了第一块基石。

然而,陈鸣树对"拜伦式的个人英雄主义"的观察也为 1960 年后中国拜伦研究界的外在—政治范式与苏联模式的分道扬镳埋下了伏笔。如果说,苏联学者的二分法立场对拜伦个人英雄主义的评价相对还比较客观的话,1960 年后的中国拜伦学界则对其予以了完全的否定。其中的原因并不复杂:既有中苏交恶的因素,也有 1957 年后中国政治风"向左转"的影响,但更为重要的可能是《马克思恩格斯论浪漫主义》一书中文译本 1958 年的出版。③ 在该书中,马克思关于"拜伦如果活得长一点就会变成反动资产者"这条材料可能是首次为中国拜伦学界所知道。事实上,可能正是因为这句革命导师的话使得 1960 年后中国的拜伦学者有了充分的底气来颠覆苏联模式。

---

① 参见伊瓦士琴科:《拜伦》(苏联大百科全书选译),北京:人民出版社,1954 年。构成这个框架的主要材料还有叶里斯特拉托娃:《乔治·戈登·拜伦》,李相崇译,《译文》1954(6);伊瓦申科:《18 世纪末—19 世纪初的英国浪漫主义文学思潮》,《文史哲》1956(1)等。

② 在这一时期,对苏联模式的遵从也体现在辛未艾的《谈谈拜伦的"唐璜"》(《文汇报》1958 年 3 月 26 日,第 3 版)一文中。

③ 参见里夫希茨编:《马克思恩格斯论浪漫主义》,曹葆华、程代熙译,北京:人民文学出版社,1958 年,第 36 页。

2. 中国特色政治范式的形成

这种颠覆最早出现于安旗的《试论拜伦诗歌中的叛逆性格》(《世界文学》1960年第8期)和杨德华的《试论拜伦的忧郁》(《文学评论》1961年第6期)两篇文章之中。比如杨德华的文章就肯定地认为,拜伦是资产阶级反封建的斗士而非反资产阶级的工人阶级的代言人。而且,继安旗之后,杨德华也明确以马克思的拜伦论为其立论基础。安旗和杨德华的观点在《光明日报》1964年7月到1965年4月之间四篇关于拜伦的论战性文章中被进一步明确下来。

这场论战的导火线是袁可嘉发表于1964年7月12日《光明日报》上的文章《拜伦和拜伦式英雄》。袁文一开始就总结了拜伦式英雄的一个基本特点:"为反对压迫个人而誓死反抗的精神。"然后作者马上指出:"这种反抗精神是有其积极的、符合当时历史进程的一面的。"虽然接下来作者也貌似激烈地指出了拜伦式英雄的消极面,但作者最终的观点是:"拜伦式英雄的积极面(符合资产阶级革命潮流的反抗精神)和消极面(资产阶级个人主义)构成一个事物的两个方面。在拜伦创作的年代,这种积极面适合民主革命的潮流,因此是主导的一面。"袁可嘉在这里虽然也一再强调了拜伦思想中的两面性,但如果我们仔细阅读袁文就会发现,该文对这个问题的论述却总给人以含混,甚至矛盾的感觉。这些含混和矛盾并不是袁可嘉本人的学术水平问题,而是源自于作者本人在内心深处对拜伦本人以及拜伦式英雄所代表的资产阶级民主革命关于个人自由、个人反抗等启蒙话语的欣赏和向往。显然,这种观点在当时必定会遭到批判。

果然,在1964年12月6日《光明日报》上就出现了署名叶子的文章《究竟怎样看待"拜伦式英雄"?——对〈拜伦和拜伦式英雄〉一文的质疑》。在该文中,叶子敏锐地注意到了袁可嘉对拜伦式英雄所蕴含的资产阶级个人主义的维护。叶文指出,袁可嘉"夸大了资产阶级革命的民主性,歪曲了资产阶级的历史面貌"。总而言之,"拜伦式英雄"的基础就是"资产阶级个人主义"。叶子的文章在今天看起来相当的"左",然而在当时却具有相当深刻的政治敏锐度和政治正确度,因为他直截了当地否定了个人主义、人格尊严、个人自由等资产阶级启蒙话语。在1964年12月27日《光明日报》上袁可嘉的《对〈究竟怎样看待"拜伦式英雄"?〉的答复》一文中,我们看到的是袁可嘉苍白无力的回应。1965年4月11日《光明日报》上,叶子再次发表文章《西方文学遗产与资产阶级个人主义——兼评袁可嘉同志的"答复"》。在该文中,叶子甚至对于袁可嘉列举的拜伦对弱小民族反抗侵略者的声援来反驳拜伦思想中全部都是个人主义的公允立场也进行了彻底的否定,认为那也"不过是个性解放、个人自由、人格尊严等一系列并不超出资产阶级思想范围的东西"。在这种唯政治的所谓学术研究中,所谓的学术争论其实根本不可能在一个公平的平台上展开,而且叶子在其文章的结尾处祭出了最厉害的一招——马克思论拜伦。① 这样,袁可嘉最好的办法就只有保持沉默。

从这场争论中我们可以看出,到了 60 年代,在极左的外在—政治范式的主宰之下,拜伦基本上就是资产阶级个人主义的代名词。所谓的学术研究已经演变成为政治批判。

3. 内在—形式研究范式的雏形

然而,这种外在—政治研究在本时期却也并非一统天下。王佐良的《读拜伦》(《文艺报》1958 年第 4 期)一文就显示出作者所受英美新批评派内在—形式研究范式的影响。② 虽然囿于时代的限制,该文不可避免地掺杂了一些具有装饰性的政治论述,但王佐良的主要兴趣还是在于拜伦诗歌艺术。如在阅读拜伦第一次议会演讲词时,虽然王佐良难以避免地强调了这篇演讲中的政治激情,但他真正展示给读者的却是这篇演讲词的对照、讽刺等所谓"拜伦式笔法"。这种内在—形式阅读也反映在王佐良对拜伦诗歌作品的研究中,如拜伦诗歌的体裁和拜伦本人的诗才广度等问题。与此同时,王佐良还敏锐地注意到拜伦的讽刺艺术对 18 世纪古典主义的继承和背离等问题,进而引出他最为重要的论断:"拜伦的诗才是一种奇异的混合,既有讽刺,又有抒情。"此外,王佐良关于《唐璜》中的两个时间并存和两个主人公并存的问题、拜伦对意大利八行体的挪用和改造以及"倒顶点"手法等问题的论述不仅成为"文化大革命"后王佐良继续深入探索拜伦诗艺的起点,也对"文化大革命"后许多青年学者产生了引领作用。③

二、1978—1999 年

1978—1980 年,杨熙龄、张耀之、王佐良、孙席珍、胡文华、申奥等学者的文章纷纷面世,标志着"文化大革命"后拜伦研究在中国的全面复苏。总体来看,从十年动乱结束后到 1999 年期间,中国的拜伦研究有如下特点:第一,成果数量大大增加;第二,成果总体质量不高,但个别成果却体现出相当高的水平;第

---

① 在《光明日报》1965 年 1 月 3 日上,罗力发表《如何看待拜伦作品中的"民主性"精华》一文。在该文中罗力站在叶子一方,也对袁可嘉进行了批判。

② 新批评派的拜伦研究倡导"不动情"的形式阅读以对抗维多利亚时期盛行的传记—道德批评,其主要代表有 T. S. 艾略特(虽然艾略特对拜伦的诗艺持否定态度)、W. H. 奥顿、F. R. 里维斯等。王佐良的这篇文章虽然没有提供参考书目,但根据他 1979 年为查良铮译《唐璜》所写的《译本序》以及 1991 年出版的《英国浪漫主义诗歌史》所提供的参考书目看,王佐良的拜伦研究从 50 年代开始就显示出新批评派,尤其是奥顿的影响——这也是王佐良教授的教育背景所决定的。

③ 除了王佐良之外,范存忠发表于《文学评论》1962 年第 1 期的《论拜伦和雪莱创作中的现实主义和浪漫主义相结合的问题》一文对拜伦与蒲柏、屈莱顿、约翰逊以及菲尔丁等 18 世纪古典主义作家的联系的考察,以及对"热情""想象"等问题的研究与王佐良十分类似,因此我们在此也把该文归入内在—形式研究范式之中。

三,20世纪西方批评理论开始零星地被运用到拜伦研究中,但实际操作还显得比较僵硬;第四,上述三种主要研究范式开始逐步成熟,其内涵也变得愈来愈丰富,而且外在—政治范式的主宰地位逐渐被其他两种范式所取代。

1. 内在—形式研究:拜伦诗歌艺术和流派归类问题

在这个领域内,最有成就的学者当属王佐良教授。在1958年《读拜伦》一文的基础上,王佐良为查良铮译《唐璜》所写的《译本序》对《唐璜》中的语言—形式问题进行了更为细致的解读。尤其值得注意的是作者对西方拜伦研究成果的介绍虽然略嫌简略且不成体系(在1979年中国刚刚开始打开国门的时候这个要求显然还是太高了),但作者对国外文献的跟踪还是超出了其他所有人。[①] 1991年,王佐良出版了他毕十年之功写成的《英国浪漫主义诗歌史》一书,其中"拜伦"一章对拜伦的诗歌艺术进行了更为全面而系统的探索。除了前面两篇文章已经涉及过的问题之外,王佐良还更为深入地探讨了《唐璜》的双重性问题,即叙事者的双重性、时间的双重性以及"叙事与议论的结合"的双重性等等。[②]

冯国忠发表在《国外文学》1982年第3期上的《拜伦和英国古典主义传统》是专门论述拜伦的流派定位的文章。在该文里,作者彻底否认拜伦是"一位伟大的浪漫主义诗人"和浪漫主义的"杰出代表",而是认为拜伦是古典主义文学在19世纪的继承者。文章从拜伦的创作内容和文学形式、诗歌语言和节奏以及拜伦古典主义的发展三方面对其论点进行了全面而深入的阐述,一些观点至今看来都相当深刻,如拜伦擅长以"硬毫健笔描写庄严、壮观的自然景象"的古典主义自然观等。通过这些分析,作者得出了一个非常独特的结论:拜伦并非浪漫主义和古典主义的矛盾混杂,也不是"现实主义和浪漫主义的完美结合",而是一个彻底的古典主义者。这篇文章观点新颖、论证逻辑细致绵密、一手材料丰富扎实,堪称新中国拜伦研究最杰出的成果之一。[③]

2. 外在研究范式:马克思论拜伦的争论和创作心理问题

英国学者S.S.柏拉威尔在《马克思和世界文学》一书中,从史实考据的角

[①] 如前文所述,王佐良的拜伦研究深受新批评影响——这也明显体现在《译本序》之中。但从该书第22页上所提供的几部出版于20世纪60年代的国外《唐璜》研究专著(尤其是出版于1968年、在西方影响巨大的J. J. McGann教授所著 *Fiery Dust : Byron's Poetic Development*)来看,王佐良教授在"文化大革命"期间那样艰难的条件下仍然密切关注着国外学术动态,其治学精神是非常值得我们敬佩的。但我们也不得不指出,对于西方60年代拜伦研究总体趋势的把握,王佐良教授还是不免有些隔膜。到了60年代,以奥顿为代表的新批评拜伦研究早已风光不再。取而代之的是罗斯佛德(Andrew Rutherford)、韦斯特(Paul West)以及马钱德(Leslie Marchand)等人的新传记——人格批评,以马歇尔(W. H. Marshall)为代表的结构主义批评以及以格勒克纳(Robert F. Gleckner)为代表的神话批评等等,不一而足。

[②] 参见王佐良:《英国浪漫主义诗歌史》,北京:人民文学出版社,1991年,第126—135页。

[③] 除了冯国忠的文章之外,这个时期内还有其他学者也参与了对拜伦的诗歌形式语言的探讨,如下昭慈、祝远德、苏卓兴、费致德等。

度入手对马克思论拜伦的真实性表示了怀疑。该书的中文译本 1980 年由三联书店出版,此后立刻在中国拜伦界引起了反响。林学锦的《浪漫主义诗人拜伦再评》一文(《广西大学学报》1983 年第 1 期)不仅认可柏拉威尔的结论,并且还从拜伦的革命性、进步性等政治因素入手强化了这个结论。与林学锦不同,张良村的《拜伦会成为一个反动资产者吗?》(《外国文学研究》1992 年第 3 期)则对柏拉威尔的观点表示怀疑,认为后者所提出的三条证据基本上都站不住脚。在张良村看来,马克思论拜伦的真实性不容怀疑,但却是马克思对拜伦的误解。作者认为,从拜伦后期思想的发展来看,他根本不可能变成一个反动的资产者。这两篇文章虽然学术态度都很严谨,但遗憾的是在 80 年代这个新的语境里,他们依然还在争论一个没有意义的政治伪问题。

值得欣慰的是,这一时期的外在研究范式出现了一个新的课题领域,那就是对拜伦创作心理的挖掘。宗树洁的《控制与绵延初探——兼论〈唐璜〉中的"失控"现象》(《许昌师专学报》1985 年第 4 期)运用了柏格森的"绵延"理论研究了《唐璜》中的一些看似相互矛盾抵牾的段落。该文的意义在于它是"文化大革命"后第一篇自觉地运用西方文艺理论(文艺心理学)研究拜伦的成果。虽然作者对西方文论的理解和运用还存在着可商榷之处,但作者阅读拜伦作品时所显示出的敏锐的洞察能力却不容否认。王化学的《〈曼弗雷德〉与"世界悲哀"》(《外国文学评论》1989 年第 3 期)从悲剧心理学角度入手考察了拜伦的创作心理及其在《曼弗雷德》中的反映。作者认为,《曼弗雷德》是拜伦对人类的这种悲剧命运的深刻展示:此前许多学者所论过的拜伦的忧郁、绝望和悲观等阴暗面其实都是拜伦作为一个诗人哲学家对这种"世界悲哀"的清醒认识。更值得注意的是,该文也是中国学者第一篇直面拜伦乱伦问题的文章。作者认为,《曼弗雷德》是拜伦自己乱伦事实的曲笔。然而,拜伦的乱伦并非出于低劣的情欲,而是浪漫主义反叛一切的表现。①

3. 比较文学范式:"拜伦与中国"和"拜伦与欧洲"的形成

随着 80 年代比较文学在中国的复兴,由陈鸣树等奠定的比较文学研究范式在这个时期也进一步丰富、繁荣起来。除了"拜伦在中国"之外,"拜伦在欧洲",尤其是"拜伦在俄罗斯"等文章也大量出现。②

---

① 解心的《拜伦与俄狄浦斯情结》(《九江师专学报》1993 年 2 期)是继王化学之后第二篇公开讨论拜伦乱伦问题的文章。此外,还有另外一些学者(如杨崇华和夏南)从拜伦的性格、气质以及他的身体残疾入手解读了拜伦的创作心理。

② 此外,将拜伦与中国古典诗人,尤其是李白相比较的文章也大量出现。这种研究思路应该是受到苏曼殊的启发。虽然钱锺书先生在《谈艺录》中早就对苏曼殊这种不着边际的"机械比附"进行了批评,但奇怪的是仍然还是有大量学者(甚至包括个别新中国成立前留过洋的老教授)对这个伪课题趋之若鹜。

首先值得注意的是"拜伦在中国"这个课题。① 青年学者高旭东在这个课题领域内用力最勤,他的以《拜伦的〈该隐〉与鲁迅的〈狂人日记〉》(《苏州大学学报》1985 年第 2 期)为代表的系列论文极大地拓宽了这个课题的深度和广度。虽然在今天看来,他的那些观点可商榷之处太多,但其开创之功还是值得肯定的。到 1990 年代,高旭东仍然继续在这个领域内耕耘(《拜伦对鲁迅思想与创作的影响》,《鲁迅研究月刊》1994 年第 2 期),但在论点的提出方面却更为谨慎,显示出作者对比较文学认识的逐渐成熟。

在这个领域内最值得关注的成果是余杰的《狂飙中的拜伦之歌》(《鲁迅研究》1999 年第 9 期)。在这篇文章里,余杰将"拜伦在中国"这个课题放在中国现代性这个大背景之下,全面考察了以梁启超、苏曼殊和鲁迅为代表的三种不同的中国拜伦观。作者指出,梁启超思想中的"民族国家主义"的救国思想使他"自觉地放逐了'私人'的拜伦,而弘扬'公众'的拜伦"。与梁启超政治化的拜伦不同,苏曼殊的拜伦是审美化的拜伦。那么鲁迅的拜伦观又如何呢?作者指出,鲁迅的拜伦观"既不同于梁启超那样力图书写宏大的民族进化与竞争史,也不同于苏曼殊那样致力于表现个人灵魂创伤和整合的历程,而是在两者的巨大张力之间发现了'现代'的若干矛盾"。因此,鲁迅心中的拜伦是"现代意义上的个人","包含三个层面:反抗者、孤独者、知识者"。也就是说,鲁迅所理解的拜伦是一种形而上意义的拜伦——这才是真正的拜伦。毋庸置疑,余杰这篇文章的深度在"拜伦与中国"这个课题内无人能出。然而,遗憾的是余杰没有注意到王国维的拜伦观。

"拜伦与欧洲"是这个时期比较文学范式另一个重要的课题领域:有的综合考察全欧拜伦热现象,也有的学者致力于探讨拜伦与其他欧洲诗人关系。② 但最值得关注的是对拜伦与俄罗斯文学关系的探讨。张业余的《拜伦式英雄与多余人之比较——"同胞"形象成因初探》(《怀化师专学报》1988 年第 3 期)仔细考证了拜伦式英雄与俄罗斯文学中"多余人"的异同。张琳的《拜伦与普希金》(《淮北煤炭师院学报》1993 年第 2 期)、张峰的《漂泊中的拜伦与普希金》(《黄淮学刊》1997 年第 3 期)和张伟的《论"拜伦式""南方叙事"》(《国外文学》1997 年第 3 期)三篇文章对拜伦在俄国的传播路径尤其是对普希金的影响进行了更为细致的考证和研读。张峰的文章从诗歌观念、韵律使用、情节安排、叙述语气等方面对《奥涅金》和《唐璜》两部作品在处理"漂泊"这个哲学主题上的异同进行了比其他学者更为深刻的研读。张伟的文章则从诸多方面考证了普希金的"南方叙事诗"对拜伦的《东方故事诗》的借鉴以及超越。

---

① "文化大革命"后率先进行这个课题研究的学者有陈挺、农方团、林学锦、邵迎武、王永生和王杏根等。
② 代表学者有桂国平、胡文华、景克宁、方达、陈实、肖支群等。

三、2000—2010 年

经过改革开放二十多年的积累和发展,进入21世纪后,中国的拜伦研究开始出现井喷现象:与前20年相比,该时期的拜伦研究不仅数量骤然增加,而且质量上也有了更大的提高。这首先反映在一批围绕拜伦选题的优秀硕士和博士论文的出现;其次,当代西方前沿批评理论也被广泛和更为娴熟地运用于拜伦研究;第三,课题范围有更大拓展,一些以前不常见的作品开始被关注①;第四,上述三种研究范式并存的局面虽然并未发生改变,但总体来看,内在—形式研究的发展势头显然更为迅猛——就此而言,当代中国的拜伦研究与近年来国际拜伦学界重归形式研究的大趋势正在逐渐接轨。

1. 外在范式:哲学—美学思想和创作心理研究的深入拓展

首先是对拜伦哲学—美学思想进行综合研究。这方面的代表性成果当属倪正芳的专著《拜伦研究》(中国广播电视出版社,2005年)及其从中生发出的系列论文。倪正芳的中心论点是:"悲剧精神是拜伦人格建构和精神内涵的核心部分。"作者从拜伦悲剧精神的特征、成因、在创作中的体现以及历史意义等方面对这个论点进行了系统的研究。继倪正芳之后,还有另外一些学者也从悲剧角度入手,对拜伦某些具体的作品进行了解读。②

与倪正芳等从悲剧精神入手对拜伦的美学思想进行研究不同,张旭春的《雪莱和拜伦的审美先锋主义思想初探》(《外国文学研究》2004年第3期)从审美现代性理论入手,探讨了拜伦(以及雪莱)的审美先锋主义思想。文章认为,拜伦(以及雪莱)的乌托邦主义思想和精英主义立场决定了他们不可能成为真正投身于社会革命实践的政治先锋派,他们因此也担当不起所谓"积极浪漫派"的美誉。张文还对拜伦思想中的亲希腊主义(philhellenism)倾向以及他援助希腊的另一层动机进行了解读。

对拜伦创作心理的研究也有进一步推进。蒋承勇的《"拜伦式英雄"与"超人"原型》(《外国文学研究》2010年第6期)一文以尼采的"超人"哲学思想为框架,对"拜伦式英雄"所体现出的非道德、反文明的"文化人格"进行了分析。此外,从拜伦的性取向入手来探讨其创作心理也是这一时期的亮点之一。③ 如左金梅的《从"怪异"理论看拜伦的〈唐璜〉》(《四川外语学院学报》2007年第1期)一文就运用当代西方文论中的"怪异理论"(queer theory),分析了《唐璜》中"怪

---

① 如易晓明对拜伦书信的研读、梁工对《希伯来歌曲》的解读等。
② 如隋忆越、王静和褚蓓娟。此外,梁桂平对拜伦死亡观的持续探讨在某种程度上也深化了我们对拜伦悲观哲学思想的理解。
③ 杜学霞的《童年精神创伤对拜伦人格的影响》(《成都教育学院学报》2003年4期)最早提到拜伦的"自卑情结和性欲倒错倾向"等问题。

异"的性观念与拜伦本人性取向的内在关系问题。倪正芳的《赛沙之谜》一文(《文艺报》2003年8月19日)对这个问题也有进一步挖掘。另外,余廷明对这个问题也有探讨。①

此外,本时期还出现大量文章从拜伦的女性观入手来探讨其创作心理。代表性学者有刘春芳、倪正芳、周淑莉、陈威卫和刘宝珍等。其中值得一提的是王美萍的《爱情的囚徒们——拜伦笔下的女性人物形象》(《解放军外国语学院学报》2005年第5期)。这应当是中国拜伦学界第一篇有意识地运用了西方女性主义理论对"拜伦式英雄"所隐含的"菲勒斯中心意识"进行批判的文章。文章指出,长期以来"拜伦式英雄"都是"众多女性倾慕的对象",但是,这些女性其实都是"肉身的囚徒、感性的囚徒和命运的囚徒"。彭江浩《拜伦的女性观》(《湖北师范学院学报》2006年第6期)一文虽然也注意到拜伦思想中的"菲勒斯中心"倾向,但与王美萍不同,作者认为拜伦对女性的苦难也不乏"洞察和同情"。②

拜伦创作思想中的东方主义因素也是本时期出现的新课题。值得一提的成果有冯绪的《拜伦诗歌中的异国情趣》(《河西学院学报》2003年第1期),尤其是杜平的《不一样的东方——拜伦和雪莱的东方想象》(《四川外语学院学报》2005年第6期)。杜文首先肯定认为:"在浪漫主义时期,英国文人的情趣乃至公众的口味正在被'东方化'……那一时期几乎所有的诗人都以表现东方情调为时髦。"比如就拜伦(和雪莱)而言,以东方为素材不仅可以帮助他"迎合观众的口味"从而带来丰厚的报酬,而且还有思想上的考虑,那就是,"东方总是一个充满浪漫气息而又令他们魂牵梦萦的东方,激情、想象、逃避、孤独、自由、解放,他们希望表达的主题无不寓于其中"。但杜平(以及冯绪)对于拜伦为什么大量采用东方题材这个问题的回答却仍然没有超越"东方专制主义""民族解放"这些政治套话。③

2. 内在研究范式:拜伦诗艺和诗学思想的深入探索

对拜伦的讽刺艺术、叙事手法等诗艺问题的探索仍然在沿着王佐良教授在《英国浪漫主义诗歌史》中开辟的路线推进。但由于年轻一代学者对西方前沿

---

① 在西方拜伦学界,"性别研究"早在1985年就被克朗普敦用于考察拜伦的双性恋倾向及其在作品(尤其是"Thyrza poems")中的体现,参见 Louis Crompton, *Byron and Greek Love: Homophobia in 19th Century England*(London: Faber & Faber, 1985). 之后,Susan Wolfson, Jonathan David Gross 等人也纷纷加入了这个行列。

② 但总的来看,在拜伦思想中的女性问题上,国内学者对西方成果的跟踪把握仍然比较滞后,如在这个课题领域里,当代西方学者如 Caroline Franklin, Charles Donelan 等人的重要成果都没有出现在上述中国学者的文章里。

③ 与拜伦思想中的女性观一样,国内学者对西方前沿成果的跟踪仍然不够敏锐。除了杜平所提到的几种英文材料之外,其他西方学者,如 Marilyn Butler, A. R. Kidwai, Tim Fulford, Peter Kidson, Martin Procházka 等的文章、专著或编著都没有提到。

批评理论的掌握和娴熟运用,他们在这个课题上所取得的成就在一定程度上超越了老一辈学者。①

在拜伦的讽刺艺术这个老课题方面,曾虹、邹涛的《鬼斧神工的第十五章——〈唐璜〉的后现代主义解读一例》(《外国文学》2009年第6期)一文堪称迄今为止该课题领域内最有深度的成果。两位作者运用罗兰·巴特的后现代主义写作理论,对《唐璜》第十五章第九十五节突然引出的鬼的意象进行了探讨。作者认为:"鬼是神形两分的象征,暗示形式与内容的分离。《唐璜》第十五章正好充满了类似的分离现象,如押韵格式与叙事内容相抵牾、精装的食物与盛装的女子表里不一、显性的叙述姿态与叙述者潜藏的评论相矛盾"等等。其实,所有这些所谓的"分离"都是拜伦式反讽的具体体现,这本身并不是一个新问题,但两位作者从巴特理论入手对这个老问题的探讨推进得更加深入。比如作者认为,施莱格尔/《唐璜》式的反讽手法在本质上体现了拜伦后期的悲观主义哲学,因为《唐璜》的叙述者"与早期拜伦式英雄并非一种单纯的反讽对立关系,他油腔滑调的表象之下是骨子里的傲慢与鄙视,还有永恒的忧郁与绝望"。总之,《唐璜》的真正主题是:"浪子的笑容代替了疏离的苦痛,成为消除潜在的人生虚无感的一剂解药。"这篇文章对巴特理论的运用相当圆熟,对作品的形式分析,尤其是对《唐璜》第十五章英语韵律模式与内容之间对抗关系的分析相当精彩,对拜伦讽刺或反讽艺术后面所隐藏的拜伦关于人生无常与无奈的浓重的悲剧意识的挖掘更是非常深刻。②

此外还有一些学者从文类学、语言学、文体学等不同的角度对拜伦的某些具体作品的形式策略进行了解读,限于篇幅此处不再——罗列。③ 但谭君强和杨莉两位学者对拜伦诗歌叙事艺术的研究却不可忽略。谭君强的《〈唐璜〉:作为叙述者的干预抒情插笔》(《云南大学学报》2009年第3期)广泛采用了西方叙事学理论,对《唐璜》中大量的"抒情插笔"进行了分析,从而认为,《唐璜》既是一部"诗体长篇小说",但更是一首充满浓厚抒情成分的"抒情叙事长诗",其特点是"以叙述者干预的形式表现出来的抒情插笔"手法——这种手法使得《唐璜》"颠覆了人们所熟悉的诗歌传统,从而在形式上具有某种'陌生化'的效果"。几乎与谭君强的研究同时,杨莉以《论诗歌叙事中的空间标识》(《社会科学战线》2009年第5期)、《拜伦长篇叙事诗中的叙述者》(《上海师范大学学报》2010年第6期)为代表的系列论文对拜伦叙事诗中的"空间标识"、叙述者、叙事声

---

① 代表性学者有倪正芳、周小莉、夏海玲等。
② 在西方学界,从后结构主义、后现代主义角度以及后精神分析理论入手解读拜伦作品早已有大量成果,代表性学者有:Frederick Garber, William H. Galperin, Jane Stabler 等。但可惜的是两位作者对这些西方学者的成果利用不够。
③ 如张鑫、周佳媛、资云南、崔东军等。

音、叙事节奏、叙事时间等问题进行了精细的研读。如在《论诗歌叙事中的空间标识》一文中,作者敏锐地抓住了叙事学研究中常常被人忽略的空间要素。作者认为,"在《唐璜》中,我们很少看到直接的时间标识",而是呈现出"强烈的空间意识",即拜伦将"时间空间化"了。作者从故事场、动态结构、情节结构、情感结构等各个方面对其论点进行了论证,显示出新一代学者扎实规范的学术训练。

此外,继冯国忠将拜伦的自然观与崇高美学相联系之后,许多学者——如鲍冬梅、李斌芳、徐志军、张箭飞等——也都注意到了这个问题。然而,在这个问题上最有洞见的是丁宏为的《轰鸣的无声:拜伦的悖论》(《四川外语学院学报》2005年第6期)一文。在该文中,作者从解读拜伦《恰尔德·哈罗尔德游记》第三章中的第85-98行入手,意图通过对以拜伦为代表的英国浪漫派的"借雷声以达意"的"浪漫修辞手法"的探讨,来修正新批评及其理论始祖们对浪漫派的批评。丁文指出:"像雪莱和拜伦这样的英国诗人往往不满足于平常的表意方式,他们为使诗语惊人而做出的种种努力,譬如有时会诉诸于风雨雷电一类的自然因素,以求找到自己的代言人。"接下来,丁宏为具体阐述了浪漫派对宏大事物的青睐与"表意焦虑"之间的关系。比如,在《恰尔德·哈罗尔德游记》第三章第85-98行中,这种"表意焦虑"具体体现为两方面,其中之一就是大自然的表意语言——风雨雷电等狂暴现象让诗人感到人类语言的无力。在第92节中,宁静的湖水和星空骤然遭遇到一场剧烈的风雨雷电。在这个时候,自然找到了另一种说话的方式,"山峰之间跳跃着的雷电就是他们的语言。这种山与山之间的交谈行为比前面的柔声更强烈地吸引了诗中的语者,似乎让他意识到一种酣畅淋漓的、极致的表意手段,虽不知所云,却深感其毋庸置疑的效力"。丁文指出,拜伦"虽自信胸中也有风暴,但苦于无相应表达媒介,于是对人类语言之孱弱的感慨亦达到最深"。因此,在第97节中拜伦清楚地向我们表明:"不能像雷电那样说话,就不必说话;不能企及山峰的境界,也不可能有最终的表意方式。"也就是说,拜伦对宏大的自然景象和宏大思想的向往,以及对人类表意语言不足的焦虑虽然也的确体现出一种贵族做派,但他高扬的想象和思想也是他不屑于描写或临摹现实生活真实面貌的体现,而这种不屑于关注现实的姿态虽然不符合意象派关于诗歌应该精确地描写小而干硬事物的标准,但却体现了浪漫派追求崇高的修辞以及相应的政治冲动。丁宏为教授的这篇文章不仅使我们认识到哈尔姆、艾略特等对浪漫派的指责失之公允,而且还使我们认识到浪漫派诗歌的崇高美学在修辞以及政治上的意义。

3. 比较文学范式:"拜伦与中国"和"拜伦与欧洲"的深化

围绕着"拜伦在中国"这个课题的文章仍然大量涌现。倪正芳的专著《拜伦与中国》(青海人民出版社,2009年)是该课题领域内第一本专著。此外,戴从容的《拜伦在"五四"时期的中国》(《苏州大学学报》2003年1期)、廖七一的《梁启超与拜伦〈哀希腊〉的本土化》(《外语研究》2006年第3期)和《哀希腊》的译介与符号化》(《外国语》2010年第1期)等成果对课题也有深入的推进。

将拜伦与其他西方作家相比的研究题目仍然继续,值得关注的有王福和的《世纪病患者的心路历程——从"多余人"到"局外人"》(《外国文学研究》2002年2期)。该文敏锐地抓住了"孕育于18世纪末、风行于19世纪初,蔓延于20世纪世界文坛"的"世纪病"文学现象,从拜伦、普希金、缪塞和加缪的四部作品入手,对"世纪病"现象的来龙去脉(尤其被长期忽略的拜伦渊源)和构成因素进行了详细的梳理和分析。此外,盛红梅的《情谊深笃还是一厢情愿——论拜伦和雪莱的友谊》(《黄冈师范学院学报》2006年4期)对拜伦和雪莱的私人友谊这个广泛认可的定论进行了颠覆性的研究。但对这个论题的研究最有成就的学者当属杨莉。她的《论拜伦的文学影响——以普希金、库切和巴赫金为例》(《英美文学研究论丛》2010年第2期)不仅论述了中外学术界普遍认可的拜伦对普希金的影响这个课题(即使在这个课题上,杨莉的文章也为国内学术界提供了一些相当有价值的新材料),而且还论述了库切《耻》的拜伦素材以及拜伦的《恰尔德·哈罗尔德游记》和《唐璜》对巴赫金关于史诗和小说理论研究的启发。

四、问题与反思

综上所述,新中国60年的拜伦研究所走过的路程与中国社会60年的变迁基本一致:从1949—1978年的泛政治化到1978—1999年的思想多元化再到2000—2010年的规范深入化。围绕着上述三种主要研究范式,新中国60年的拜伦研究给我们展示出了一幅政治批判与学术探索、思想追问与形式分析相互交织、互相促进的图谱。其中既有大量信口开河、粗制滥造,甚至恶劣剽窃之作,但也产生了一批数量虽然不多,然而却严谨扎实、见解深刻、可臻于国际前沿的优秀成果。此外,还有一个现象值得学界思考:总的来看,中国的拜伦学者大致可分为中文系和英文系两派。中文系学者的治学方式大多是"六经注我"式(以个人见解见长,但不太重视作品原文阅读和对国外文献的跟踪),而英文系学者则更多是"我注六经"式(比较重视原文阅读和对国外文献的跟踪,但个人见解相对较少)。笔者认为,这两种方式本无所谓高低对错,但如果中国的拜伦学(包括所有外国文学研究)有一天能够真正全面走向世界,"六经注我"与"我注六经"两种治学方式的结合必然是关键。

第三节　雪莱诗歌研究

雪莱(Percy Bysshe Shelley,1792—1822)是19世纪英国浪漫派诗人。在西方,不同的时代对雪莱有不同的解读。在19世纪,人们曾经称他为"疯子雪莱"或"不信神的雪莱";马克思称他为"革命家""社会主义急先锋";批评家阿诺德称他为"美丽而不切实际的安琪儿,枉然在空中拍着他闪烁的银色的翅膀";在20世纪,萧伯纳称他为"共和派""平等主义者";叶芝视他的《解放了的普罗米修斯》为"圣书";艾略特称他为"不成熟的诗人",只能吸引青年读者;有人还将他视为"蛇""撒旦""普罗米修斯"等等。新中国的雪莱研究在过去60年中也经历了风风雨雨,有过与西方同样的跌宕起伏。本节将就这些变化和走向进行梳理,对研究的侧重点进行描绘和解读,以期提供一个比较清晰的历史发展轨迹。

一、新中国成立以前

早在20世纪初,雪莱就进入了中国知识界的视线,而后他对30年代的中国诗歌产生过重要的影响。鲁迅曾经在《摩罗诗力说》(1907)中说,雪莱是"神思之人","品行之卓,出于云间;热诚勃然,无可阻遏"。摩罗即恶魔,鲁迅笔下的雪莱是一个"怒目金刚式的恶魔诗人"。对于有着"战斗的一生"的鲁迅来说,半殖民地、半封建的中国正好需要雪莱那种叛逆精神:《摩罗诗力说》"立意在反抗,指归在动作"。熊文莉在《雪莱对鲁迅、郭沫若与徐志摩的影响研究》(2003)中,从阐释学和接受美学的视角,探讨了中国作家在接受雪莱时的不同倾向,认为作家自身的政治和艺术需求是形成这种差异的根源:鲁迅、郭沫若和徐志摩在阅读雪莱时都受到了他们已有的"思维定向"和"先在结构"的影响,对雪莱的人生进行过不同程度的改写。在鲁迅那里,雪莱是"摩罗诗人";在郭沫若那里,雪莱代表了诗"从心灵涌向笔端"的激情式的写作;在徐志摩那里,他是一个"爱自由和崇尚理想美"的诗人(86-87)。① 程瑞在《鲁迅和郭沫若对雪莱不同接受视点的比较》(2006)一文中发表了相似的观点,他举例说,鲁迅关于雪莱的资料来自日本明治时代的学者滨田佳澄的《雪莱》,但是对比两者的雪莱,人们会发现滨田佳澄的雪莱没有那么多叛逆性。(97)

郭沫若在20年代就翻译了《雪莱诗选》,在《雪莱诗选·小引》中,他以"结婚"来比喻自己与雪莱的文学关系。顾国柱、王志清在《郭沫若早期美学观与雪

---

① 熊文莉:《雪莱对鲁迅、郭沫若与徐志摩的影响研究》,《中国农业大学学报(社科版)》2003(4),第86—87页。另参见熊文莉:《雪莱及其作品在20世纪初中国的译介和接受》,《文学评论》2005(9)。

莱〈为诗辩护〉》(2008)一文中认为,郭沫若在诗学上的观点,如灵感说、诗人的社会作用等有雪莱影响的影子。(75)①他的《凤凰涅磐》《天狗》《太阳礼赞》等与雪莱的《西风颂》和其他诗歌有众多的相似之处。30年代的另一位重要诗人徐志摩对雪莱的喜爱也达到了一种痴迷的状态,他被称为"中国的雪莱"。他不但在诗学思想方面与雪莱类似,而且在人格、生活目标和生活方式上也在雪莱那里找到了共鸣。陆小曼曾经说,徐志摩生平最崇拜的英国诗人是雪莱。

苏曼殊在《潮音》(1911)中翻译了雪莱的《冬日诗》,收录了其《爱的哲学》。在《〈潮音〉自序》中他三次提到雪莱的《爱的哲学》一诗,对其中爱情观有强烈认同感。在《燕子龛随笔》中,他再次提到雪莱:"英人诗句,以师梨[雪莱]最奇诡而兼流丽。尝译其《含羞草》一篇,峻杰无伦,其诗格盖合中土义山,长吉而熔冶者",可惜该诗译文已经遗失。也许可以这样说,苏曼殊的爱情诗歌是中国古老文学传统与西方鲜活的浪漫主义完美结合的例证,其"情绪的低回伤感,意象的优美轻灵……是晚唐诗风与雪莱的结合"②。吴宓一生倾慕雪莱,在生活经历、感情挫折、个性气质上都与雪莱有相似之处。1930年他在牛津大学进修一年,见到雪莱遗像和遗物,不禁睹物思人,写下以雪莱为题的一组诗歌《牛津雪莱像及遗物》三首。他的诗歌将自己移情入雪莱的形象,借雪莱形象言说自己的情绪。正如林达在《想象的追逐:吴宓诗歌中的雪莱》(2006)一文中所说:"在诗歌中,我们可以看到一个带有吴宓自身学养、价值观、情爱观等浓厚底色的雪莱。"(66)

二、新中国前30年

(一)时代背景

新中国初期的雪莱研究伴随着社会制度和政治思想的巨大变革:中国从半封建、半殖民地社会走向社会主义社会,逐步实现了工业资产的国有化、农业生产的集体化、农村土地的人民公社化等一系列社会制度的改革。在这个时期,文艺的功能和作用被重新定义。毛泽东主席的《在延安文艺座谈会上的讲话》(1942)又重新被发表,对新时期的文艺工作起着指导作用。在这篇讲话中,毛主席说:"在现在的世界上,一切文化和文学艺术都是属于一定的阶级,属于一定的政治路线的。为艺术而艺术,超阶级的艺术,和政治并行或相互独立的艺术,实际上是不存在的。无产阶级的艺术是整个无产阶级革命事业的一个部分,如同列宁所说,是整个革命机器中的'齿轮和螺丝钉'。"

---

① 顾国柱、王志清:《郭沫若早期美学观与雪莱〈为诗辩护〉》,《南都学坛》2008(1),第75页。另参见王丽:《雪莱的〈为诗辩护〉对郭沫若早期文艺美学观的影响》,《毕节学院学报》2006(3),第33—34页。
② 邓庆周:《翻译他者与建构自我:拜伦、雪莱对苏曼殊的影响》,《河南社会科学》2007(3),第118页。

1966年开始的"文化大革命"与其说是与过去的决裂,不如说是过去的延续,即用狂热的个人崇拜方式将上述思想发展到了极致。红卫兵、大串联、上山下乡、劳动改造等等标志性的时代运动席卷了全国。在文化领域,人们的思想更加"左"倾,革命和反革命的对立思维渗透到社会生活的一切领域。有意思的是,"文化大革命"并没有引起文化的繁荣,除了几出现代京剧革命样板戏以外,其他文化事业几乎陷于停滞。雪莱研究在"文化大革命"十年完全空白,没有一本书籍和一篇文章出版,这应该是一个悲哀。同时,这样的思想也决定着这个时代的文化和文学研究的走向,使它具有非常特别的时代风貌、非常鲜明的时代特点。

(二) 领袖论雪莱

马克思曾经说,雪莱"从本质上是一位革命家,他会永远是社会主义先锋队的一员"。甚至相对于拜伦来说,他的革命性都更加彻底:拜伦死于34岁,我们应该欢呼,因为如果他活着,他会变成反动派;雪莱死于29岁,我们应该悲伤,因为如果他活着,他会永远保持为革命者。① 雪莱对于马克思来说是一个重要的历史人物,因为他代表了一种革命精神,一种革命理想。他激进的改革思想、他对腐败社会制度的犀利的批判、他对未来理想社会的憧憬,都受到了后来在英国做研究的马克思的钦佩,同时也给马克思带来了不少灵感。比如,雪莱在《十四行诗:一八一九年的英国》中把英国描绘成欧洲的一个最腐朽的国家。"这一切全都是坟墓,从中会有幽灵奋飞,/ 焕发灿烂荣光,照亮着风狂雨暴的年月"(江枫译文)。马克思在《共产党宣言》中可能借用了雪莱的幽灵意象,"一个幽灵,共产主义的幽灵,在欧洲徘徊。旧欧洲的一切势力,教皇和沙皇……都为驱逐这个幽灵而结成了神圣同盟"。对于马克思来说,这个幽灵是希望所在,它飞翔在已经死亡的旧欧洲上空,"照亮"了这片黑暗的大陆。马克思还很欣赏雪莱的早期作品《麦布女王》,曾经将它描述为"宪章派的《圣经》"。苏联学者也称"《麦布女王》有不少地方可以作为马克思和恩格斯的《共产党宣言》的极好的引证"②。

恩格斯在《英国工人阶级状况》(1844)中说:"雪莱,天才的预言家和满腔热情的、辛辣讽刺社会的拜伦,他们的读者大多数是工人。"③的确,工人是雪莱的读者,也是雪莱诗歌的主体,是他的诗歌争取权利的对象。雪莱的革命性可以从他的许多直抒胸臆的政治诗中看出。这些诗歌直接抒发他的政治理想,表达他对专制暴政的愤恨。雪莱的激进思想使他"几乎成为尚未成熟时期的英国工

---

① 引自陈嘉:《英国文学史》第3卷,北京:商务印书馆,1986年,第118页。
② 引自周其勋:《试论雪莱的"解放了的普罗米修斯"》,《中山大学学报》1956(3),第105页;范存忠:《试论拜伦和雪莱的创作中现实主义与浪漫主义相结合的问题》,《文学评论》1962(1),第77页。
③ 引自范存忠:《英国文学史提纲》,成都:四川人民出版社,1983年,第384页。

人运动的号角和旗帜"①。

（三）经典化

马克思、恩格斯、列宁等革命导师对雪莱的评价受到新中国初期的雪莱研究的充分重视。这个时期的雪莱评论有以下几个特点：首先，作家对待革命的态度成为衡量该作家艺术价值的一个标准。由杨周翰、吴达元、赵萝蕤主编的《欧洲文学史》下卷（1965年完稿，1979年出版）称欧洲浪漫主义运动"不是一个统一的运动，由于作家的立场不同，形成了两个对立的流派，即消极浪漫主义和积极浪漫主义"（3）。英国"湖畔派"诗人华兹华斯、柯尔律治和骚塞由于在法国大革命失败后，没有继续斗争，而是逃避于山水，因此是消极浪漫主义诗人。而拜伦和雪莱始终支持法国大革命，支持路德运动和民族解放运动，反对教会和"神圣同盟"，因此是积极的浪漫主义诗人（48—49）。在这个时期，拜伦和雪莱被视为英国浪漫主义文学的主要代表，其重要性超过了华兹华斯和柯尔律治。

经过20世纪的文学理论，我们都知道，文学阅读具有很强的目的性和政治指向性。这个时期的文学教材——范存忠的《英国文学史提纲》（1955年完稿，1983年出版）和杨周翰等先生的《欧洲文学史》下卷（1965年完稿，1979年出版）——在选择雪莱经典时有着高度的一致性。它们注重从雪莱的作品和人生中发现革命性、叛逆性。评论常常提到雪莱因撰写《无神论的必要性》而被牛津大学开除；他远赴爱尔兰，去要求解放天主教；他与女孩子私奔，以追求恋爱自由；他追随葛德温，信仰其《政治的正义》等等。雪莱自己的诗歌作品也表达了对自由、正义等理想的追求：在《麦布女王》中，主人公从宇宙俯瞰人间，见证了世界的腐败和不公正；在《伊斯兰的起义》中，人民拿起武器，推翻专制暴君；在《解放了的普罗米修斯》中，诗人不但描写了暴君的倒台，而且展望了人人平等自由的未来世界。在《西风颂》中，诗人歌颂了同时是"摧毁者"和"保护者"的西风，它既埋葬已经死亡的旧世界，又为即将重生的新世界播下了种子。诗歌"抒发了诗人豪迈、奔放的革命热情"②。

《西风颂》在中国广为流传，这是因为它充满了革命的理想主义和乐观主义："如果冬天已经来临，春天还会远吗？"（王佐良译文）。雪莱在诗中呼唤变革、呼唤革命，将自由和正义的预言撒向人间。对于中国和苏联学者来说，他就像高尔基描写的海燕一样，在风暴来临的大海上，迎接暴风雨的到来。在《伊斯兰的起义》中，雪莱使用了一个极具象征意义的形象来概括这个故事，即鹰与蛇的空中搏斗：鹰代表了专制和邪恶，蛇代表了正义和自由。在那个以阶级斗争

---

① 张耀之：《雪莱》（外国文学评介丛书），沈阳：辽宁人民出版社，1981年，第1页。
② 杨周翰、吴元大、赵萝蕤主编：《欧洲文学史》下卷，北京：人民文学出版社，1979年，第66页。

为纲的年代,这个形象在中国和苏联学者中间引起了强烈的共鸣,被理解为阶级和善恶之间的斗争。在《解放了的普罗米修斯》第三幕中,雪莱再次使用鹰与蛇的形象来形容善与恶的最后决战。在这个形象中,也许人们能够看到英国的"彼德卢大屠杀"的影子,看到意大利北部争取从奥地利独立的斗争、希腊争取从土耳其独立的斗争。雪莱作为一个贵族子弟能够背叛自己的家庭,为人民大众的利益而呼唤,为英国和欧洲的自由而讴歌,实则难能可贵,理应受到革命者的嘉奖,理应成为新中国大学英语教育的一个重要部分,进入新中国的外国文学经典。

(四)苏联影响

在新中国初期的雪莱研究中,包括雪莱的经典化过程中,苏联都有重要的影响。我们的外国文学史的参考来源,以及阅读作品的选择标准主要是来自苏联科学院出版的《英国文学史》,其中关于雪莱的章节(第二卷第一分册第七章)被杨周翰译成了中文。这种影响一直延续到20世纪80年代陈嘉先生编著的《英国文学史》(1981—1986)和《英国文学作品选读》(1981—1982)。比如,宪章运动作为19世纪中叶的工人运动,受到了以上几部文学史的重视,这是在西方的文学史和文学选读中所没有的。究其缘由,可能是因为列宁曾经说,宪章运动"是世界上第一次广泛的,真正群众性的,政治性的无产阶级革命运动"[①]。另外,恩格斯在《英国工人阶级状况》中引用了一首宪章运动诗歌:"不列颠的儿女,虽说你身为奴隶,/但这不是创物主上帝的本意。"[②]雪莱是宪章运动的偶像,得到过宪章运动批评家的赞赏,他的《给英国人民之歌》成为宪章运动的"战斗进行曲"[③]。对于新中国的外国文学研究来说,研究宪章运动首先是政治正确的,阶级立场正确的,同时与西方的文学史形成了一种有意义的差异性。

如果我们看一看50—70年代我国出版的雪莱研究的书籍和论文(数量并不多),那么可以发现其中有许多引用苏联学者研究成果的条目(如高尔基、杰米施甘、柯瓦辽夫、伊瓦肖娃等等)。在研究范式上,多数也是从领导人的语录出发,然后证明研究对象与语录契合。范存忠先生的《论拜伦和雪莱创作中现实主义和浪漫主义相结合的问题》(1961)一文可以作为一个例子。它首先引用了当时的中宣部副部长周扬的指导性文章《我国社会主义文学艺术的道路》,其中指出历史上最优秀的作家、艺术家总是在他们的作品中"表现出浪漫主义和现实主义这两种精神、两种艺术形式的不同程度的结合"。然后,文章以拜伦和雪莱的作品为例说明了他们即是如此。在雪莱的作品中具体表现为:"在对现

---

① 杨周翰、吴元大、赵萝蕤(主编):《欧洲文学史》下卷,北京:人民文学出版社,1979年,第175页。
② 范存忠:《英国文学史提纲》,成都:四川人民出版社,1983年,第390页。
③ 范存忠:《试论拜伦和雪莱的创作中现实主义与浪漫主义相结合的问题》,《文学评论》1962(1),第80页。

实进行批判的基础上,或者在对现实进行批判的同时,憧憬理想社会,并热情地歌颂这个社会。"(77)

这一简单化的复述也许对范先生有失公允,因为任何读过范先生这篇文章的人都会意识到,除了程式化的研究思路以外,文章还体现了作者的博学、开阔的眼界和深厚的研究功底。作者对雪莱作品的解读深刻、到位,充满了分析的力量。他所提出的任何观点都有着充分的引证和质证,体现了一个学者严谨的风范。应该说,程式化的研究模式是那个时代的产物,在那个时代出版的其他雪莱研究论文中(如周其勋的《试论雪莱的〈解放了的普罗米修斯〉》,1956年),我们可以看到大致类似的模式。范存忠、杨周翰、周其勋都是那个时代的精英,都是归国学者,可以说是学贯中西。范先生在文章中不但引用了苏联学者,而且还引用了美国现代语言学会、怀特、卡麦伦等人的学术文献。他是中国当时为数不多的在西方名牌大学获得英美文学博士学位的大家,他的学术功底可以从90年代出版的《中国文化在启蒙时期的英国》(1931)一书中看出。正如浪漫主义时代有它的"时代精神"(Zeitgeist)一样,新中国前30年的雪莱研究也有它的独特的精神风貌,理解它、正视它才是我们在21世纪应有的态度。

三、新中国成立后30年

(一) 思想解放

"文化大革命"被宣布结束,僵化的思想急需解放。1978年中国共产党第十一届三中全会对"文化大革命"等若干历史问题做出了定论,历史问题得到了解决,全党、全国开始向前看,将工作的中心从阶级斗争转移到经济建设,中国进入了改革开放的时代。中国的第二代领导人邓小平开始号召全党寻求中国特色的社会主义道路,提出社会主义不等于贫穷。倡导马克思主义的中国化和与时俱进,提出继承人类一切有价值的思想遗产,实践是检验真理的唯一标准,发展才是硬道理。由此,新中国由毛泽东时代进入到邓小平时代。

在这个以解放思想和改革开放为特征的新时代,中国逐渐建立新型的社会主义公有制,即公有制为主、私有制为辅的所有制制度,建立社会主义市场经济,打破了对社会主义和共产主义的僵化理解。中国特色的社会主义没有先例,只能摸着石头过河,坚持"白猫黑猫,抓到老鼠就是好猫"的灵活哲学,在深圳和上海建立经济特区,进行试点,然后在全国推广成功经验。"劳动致富"和"让一部分人先富起来"的价值观也逐渐使私有财产得到了认可和保护。市场搞活了,经济腾飞了,物产丰富了,证券市场建立起来了,人民生活水平一天天提高,平稳度过了1998年的金融危机,从1999年后GDP连续10年增长10%以上,创造了经济腾飞的中国神话。

同时,学术得到了尽可能大的自由,释放了巨大的思想能量。在坚持马克思主义和党的领导的同时,中国并不排斥西方的先进技术和人文思想。许多以前不敢讨论的议题,如人道主义,也可以讨论;不敢涉及的研究领域,如性和宗教,也可以研究。80年代的外语热、留学热让中国人开阔了眼界。流行音乐、时装时尚、原版书籍、外语广播、国外电视等等都增加了中国人的人身自由、旅行自由、思想自由。外国思想经典系列和外国文学经典系列逐渐被翻译引进,对中国的文化事业产生了巨大影响,产生了"朦胧诗""摇滚乐"等新的文化现象。外国文学界以及整体知识界对西方新思想的积极开放的心态,对之产生的崇敬之心,却在后来不得不面对西方对中国的妖魔化和冷战思维。中国的思想解放和对西方思想的包容远远超出了西方对中国的接纳和包容。

这一时期,更多的雪莱的作品被翻译成中文,《解放了的普罗米修斯》单行本(邵洵美译,1957)和《雪莱抒情诗选》(查良铮译,1958)被重印。《雪莱政治论文选》(杨熙龄,1981)、《麦布女王》单行本(邵洵美译,1983)、《雪莱诗选》(江枫译,1991)、《雪莱抒情诗全集》(吴迪译,1992)、《雪莱全集》8卷本(江枫主编,2000)陆续出版。安德烈·莫洛亚的《雪莱传》(1923,1981)被再版,波尔顿的《雪莱情史》(1986)被翻译成中文。我国学者也撰写了外国文学评介丛书《雪莱》(张耀之,1981)和《雪莱与〈解放了的普罗米修斯〉》(邱立君,2001)。

(二)诗学思想

《西风颂》前三节中都有"听吧"或"哦,你听"这样的召唤,但是"让谁来听?"和"听什么?"是两个并不容易回答的问题。郭沫若、查良铮、杨熙龄、袁可嘉等先生都曾经试图解决这些问题,袁可嘉先生曾经指出:"雪莱要我们听的当然不是急劲的风声,而是发自诗人衷心的革命号召",而且"听吧"召唤的对象是"我们",即"读者"。刘文孝在《〈西风颂〉形式琐谈》(1983)一文中表示了异议,他说:"这种解释,就思想的革命性来说,当然没有什么不对,但就诗意本身的脉络和其结构形式来讲,却不大恰当。"因为《西风颂》作为一首赛神曲,即对神的呼唤和祈祷,它召唤的对象只能是西风,而不是读者。将其理解为"革命号召"有悖于其形式的要求,不符合其形式的逻辑。(47)

暂且不论两个观点的是与非,但这个例子给了我们一个透镜,它折射出雪莱研究在改革开放后的一些新的特征和方向。评论界正在着力于超越革命性和政治性议题,转向对诗歌形式的研究,探讨诗歌的审美向度,其音韵美、形式美。王润中在《浪漫主义诗人雪莱的理想主义瑰丽诗篇》(1982)中从"激荡的情思""丰富的想象""美丽的语言""生动的比喻""巧妙的对比"五个方面探讨了雪莱的诗学意义,认为雪莱的"思想如云雀翱翔于苍天之上,其语言如流水,如海波,如狂风,如雄鹰,如鹰啼"(74)。这印证了雪莱本人的描述:"诗人有如夜莺,在寂静的黑夜中,夜莺歌声婉转。"陆建德在《雪莱的流云与枯叶》(1993)中,旨在"梳理半个多世纪以来英美文学界对《西风颂》第2节中几个用词和比喻展开的也许是枯燥乏味的争论,并由此点出一、二个尚有待廓清的问题"。这里,"用词和比喻"指的是流云、枯叶、卷发、枝干四个意象,"争论"的焦点是英美批评家、科学家对这些词汇构成的图景的不同解读:即四个形象是否能够相互比喻?在雪莱创作的地方能否看到如此景象?"廓清的问题"是"图景"并不是照相式的写实,而是记忆与现实的交汇。(27)

1993年,郑敏在《诗歌与科学:世纪末重读雪莱〈诗辩〉的震动与困惑》中突显了雪莱对功利主义和科学主义的批判,说明了他所强调的"想象力"和"诗歌"所具有的现代意义。郑敏分析了18世纪以降西方科技领域的突飞猛进,以及由此带来的理性主义、拜金主义、物质主义、民族仇恨、黑手党、纳粹大屠杀、杀戮动物、破坏环境、国际贩毒等问题,认为今天人类所面临的问题印证了雪莱的预言:科学发展强调了大脑的分析和知性功能,却忽视了大脑的想象和悟性功能,造成了"想象力、人性、诗的功能萎缩"。而雪莱在《诗辩》中所推出的诗歌和想象力,正是对西方思维模式日益理性化、社会发展日益商业化的倾向的一种反驳。郑敏对《诗辩》的解读将它提升到了一个新的思维高度,使它成为对人类文明发展道路的思考,成为雪莱为"医治人类创伤"所开具的一剂良药,对"人类自进入文明就失去的乐园"的追寻。(47—48)在这个意义上,雪莱这篇著名论文就不仅仅是诗学文献,而且也是政治和哲学文献。

(三)政治、宗教思想

在新时期的雪莱研究中,人们不但重视雪莱思想的革命性和批判性,而且更加重视其背后的政治哲学体系,更倾向于将他放入一个更加宏大的人文传统中来考察,探讨他与柏拉图、卢梭、潘恩等人在正义和自由观念上的关系。并且,人们更多的是质疑雪莱的革命性,而不是给予其进一步的证实。比如,王守仁在《论雪莱的"必然性"思想:读剧诗〈解放了的普罗米修斯〉》(1992)一文中认为,雪莱的理想主义和乐观主义背后,不仅有柏拉图和西方人文传统的影响,而且存在着一种非常被动的"必然性"思想。雪莱"摒弃了基督教关于全知全能的上帝的概念",取而代之以"必然性":即一条庞大的、绵连不断的因果链锁。其逻辑是独裁者注定要灭亡,普罗米修斯并不需要做什么,只需要等待。时候到了,自由和公正的社会就会实现。因此,《解放了的普罗米修斯》与其说是社会变革的预言,倒不如说只是一出"心灵的戏剧",它的一切都发生在雪莱的心里:它只是一个"美丽的理想"。

张旭春在《雪莱与拜伦的审美先锋主义思想初探》(2004)一文中对雪莱的这种被动、消极思想进行了深刻的思考,他认为雪莱的审美先锋主义与人们通常理解的政治先锋主义有很大的区别。他的"貌似激进的政治理想往往是一种与政治革命完全无关的审美乌托邦"(82)。文章借鉴新历史主义的评论,揭示了雪莱的精英主义思想和精心构筑的政治表演。他理想的读者群是"诗歌读者中的精选阶层",他的"诗歌社会功能的定位"不是传播革命思想,而是在"精选阶层"中激发想象。(81)因此,文章总结道:雪莱的"审美先锋思想中虽然也有着美好的社会政治承诺,但是由于坚持强调诗人高高在上的精英身份和艺术具有独立革命的潜能,[他]其实已经放弃了真正的社会革命使命。[他]的革命姿态在本质上仅仅是一种沉醉于审美想象之中的审美表演而已"。(85)

从雪莱撰写的政治评论来看,他并不主张使用暴力来实现自由和正义的目标,而是更希望通过道德感化和内心变革来达到目的。白正梅在《雪莱与道德学》(2000)一文中总结了雪莱的道德理念,认为在雪莱看来,道德就是幸福,道德学就是达到幸福的科学。因此道德行为就是"就其一切后果和附带因素,适合于产生对最大多数人的最大幸福的行为"(30)。而实现道德目标的途径不是强制,而是人类心灵的基本原则:慈善和公正。罗义华在《雪莱诗歌和道德关系研究》(2008)中认为,雪莱的非暴力观点与他的道德观联系紧密,实现人类理想社会所需要的是"道德力量":"唯有宣传进步思想才能走向这个理想社会,而任何暴力都是与这一实践格格不入的。"文章以《伊斯兰的起义》为例,说明雪莱"并没有回避暴力革命对人类社会改革的可能意义,但是雪莱还是以否定性的姿态做出了对这一历史课题的回答"(133)。

雪莱是无神论者,曾经写过《无神论的必要性》。1819年他在海上溺水后,英国的一家报纸曾经讽刺道:"雪莱这个写反宗教诗歌的作家淹死了;现在他该明白到底有没有上帝了。"但是雪莱与基督教的关系比我们想象的要复杂得多。龙瑞翠、李增在《雪莱的基督教情结》(2009)中认为,雪莱的"无神论脸谱下"存在着浓厚的"基督教情结",他反对的不是真正意义上的基督教,而是世俗的基督教会。他是"站在基督教内部来批判基督教"。(72—73)赵军涛在《阐释学视域下雪莱的基督教观》(2010)一文中几乎得出了类似的结论。文章运用伽达默尔的阐释理论,分析了雪莱在理解基督教的过程中,将自己的"前见"与理解对象的意图进行了"视域融合",从而产生了一种新的理解。他所创造的耶稣形象(博爱仁慈、否定地狱、坚持平等)是他对《圣经》的"误读"和"续完"的结果,"这些理论与其说是基督的教义,不如说是雪莱自身所倡导的理论学说"。(47—49)

(四) 西方文论东渐

西方文论在20世纪90年代大量传入中国,文学研究逐渐从文本研究走向了多元化的文化研究,产生了女权主义、后殖民主义、新历史主义、原型批评、心理分析、生态批评等一系列批评方法和研究模式。中国的雪莱研究也发生了深刻的变革,在这个潮流中逐渐转型。比如,张德明在《〈西风颂〉的巫术动机》(1993)一文中将这首著名诗歌的结构与古代巫术仪式联系起来,认为雪莱与大自然狂风暴雨之间存在着某种心灵的感应,而这种感应与古代巫师从事巫术活动时所反映出来的心灵感应如出一辙。文章使用了原型批评的模式,来分析诗人所扮演的"俄耳甫斯式的集诗人、巫师、先知、导师于一体的角色"。在这个过程中,西风被理解为新柏拉图主义的"太一"和泛灵论的"摩那"的化身,诗歌的内容也反映了巫术仪式的完整过程,"西风依次作用的四重存在——地、天、海、人,恰恰是古希腊自然哲学中的四大元素——土、气、水、火"。文章还引述了人类学巨著、弗雷泽的《金枝》,以及我国学者林惠祥的《文化人类学》,说明"雪莱与西风之间存在一个由分而合、逐渐交融的向心结构,而诗人的身份则经历了一个由人而巫、亦人亦巫的微妙变化过程"。(85—88)

西方文论的引入开阔了雪莱研究的视野,避免了批评活动纠缠于雪莱的革命性的议题,从而将研究引向了更为宽阔的领域。张秀梅在《雪莱诗中的孩子意象》(2001)一文中,运用弗洛伊德的理论对雪莱诗剧《钦契》中父亲和女儿关系进行了一次很有意思的心理分析解读,认为剧中的所有罪恶、痛苦、败落都来源于不可抗拒的"性趋力"。根据这种心理分析,《钦契》不再是一个以暴力推翻父权专制的隐喻,而是"表现出一种'错位'的俄狄浦斯情结",即钦契与比阿特丽齐在剧中分别以父亲和女儿的身份出现,而事实上,二者的心理角色正好相反。比阿特丽齐表现得更像一位母亲,而钦契似乎是一个依恋母亲的孩子,他对比阿特丽齐的乱伦渴望说明他把母亲形象投射到了女儿身上。另一方面,文章认为,比阿特丽齐对父亲也有一种依恋,只不过"道德需求"使她将乱伦视为一种罪恶,这恰恰反映了一种"原始压抑"。杀死父亲后,她平静地接受被判处死刑的结果,因为她相信"父亲在阴间正张开双臂等待着拥搂她"。(76—77)

宁梅在《雪莱诗歌中的女权思想》(2003)一文中,梳理了雪莱对女性的态度,以及他诗歌中"大量赞美女性、倡导男女平等、支持妇女解放"的例证。例如在《伊斯兰的起义》和《麦布女王》中,雪莱写道:"除非自由平等的男女和睦相处,/ 和平与人性将永远各奔异途";"男人和女人,满怀着爱和信心,/ 平等地、自由地、纯洁地走上了 / 那些不再染着朝山进香人 / 血迹的路径 / 登上道德的高峰"。雪莱在女性问题上的激进观点与他在政治问题上的激进观点一脉相承,这种激进观点背后的出发点就是平等、自由、正义。我们不要忘记他还是《为女性权利辩护》(1793)一文的作者玛丽·沃尔斯通克拉夫特的女婿。文章将雪莱塑造成为一个"世界女权运动的先驱",为女性解放发出了穿越几个世纪时空的呐喊。(52)这样的观点虽然通情达理,但显得有点过于简单化。虽然雪莱在诗歌中可以说"登上了道德的高峰",但是他在生活中的情况比想象的更加复杂。

雪莱曾经因两次私奔、与两个女人同时同居、对前妻的自杀异常冷漠而备受责难,被称为"不道德的人",被剥夺了自己孩子的监护权。陆建德在《雪莱的大空之爱》(1995)一文中认为,雪莱不爱具体的人,他"爱上了爱"。他在其爱情诗中苦苦思念的姑娘其实是"乌有之物,象外之象",他"爱得胜过一切的,大概就是这凌虚蹈空的纯粹理念"。(97-98)这大概是雪莱翻译柏拉图《会饮篇》的后遗症吧。陆建德分析了雪莱诗歌与柏拉图哲学中的纯粹理念之间的关系,并把它与诗歌中表现出的"遁世冲动"联系在一起,认为他的那喀索斯式的自恋是他专注于自己、缺少对同胞命运真正关切的原因。无独有偶,英国学者保罗·约翰逊在《知识分子》(中文版1999)中认为:"同卢梭一样,总的说来他[雪莱]爱人类,但对特定的人他常常是残酷无情。"在实际生活中,他是一个"极端的个人主义者和自我为中心主义者"。约翰逊在书中塑造的雪莱与30年代起就在中国流行的安德烈·莫洛亚的《雪莱传》(1923)大相径庭,他对雪莱的尖锐批评和攻击引起了中国知识界的强烈反响。在《中华读书报》(2002)上,人们在问雪莱到底是"无私的?不道德的?疯狂的?",还是具有"金子之心"?他到底是天使?还是魔鬼?①

  雪莱固然有瑕疵,但我们应该看到他善良、温情的另一方面:他经常掏出钱来接济穷人,有一次他看见一位妇女光着脚在路上一瘸一拐,他就脱下自己的鞋给她穿上。然后自己光着脚回家,脚都磨破了。②拜伦曾经在一封信中对约翰·默里说:"关于雪莱,你们错得毫无道理。无疑,他是我所认识的人中最好的、最无私的人。我认为不管什么人和他相比,都显得像畜生。"周凌枫在《新历史主义观与传记的雪莱形象》(2007)一文中论证了传记的历史性和叙事性,认为传记与历史一样,"都是叙述者有选择性的主观建构"。莫罗亚和约翰逊都没有书写雪莱作为"社会立法者"和"预言家"的大历史或者宏大叙事,而是选择了零星插曲、轶事趣闻、偶然事件、异乎寻常的外来事物、卑微或不可思议的情形作为书写对象。之所以他们的结论截然相反,是因为他们对证据的使用或压制所至,选择性使他们的传记与小说的情节没有二致。也许约翰逊和莫洛亚犯了同样的错误,他们突出了雪莱的一个方面,而忽视了另一个方面。(115-117)从新历史主义视角来看,这也许是不可避免的。

  雪莱与东方的关系也是雪莱研究的一个重要的方面,因为东方常常出现在雪莱的诗歌和戏剧作品中:《伊斯兰的起义》《奥斯曼迭斯》《解放了的普罗米修斯》《含羞草》《印度小夜曲》等都有东方的影子。然而雪莱的东方是一个什么样的形象?他对东方的兴趣来自何方?有何特别的目的?这些都是研究界感兴趣的话题。龙瑞翠和李增在《雪莱迷恋与认同东方神秘主义的表征与动因》(2010)一文中认为,雪莱一生极力反对食肉饮酒,践行着一种东方宗教式的"苦

---

① 杨正润:《无私的?不道德的?疯狂的?——关于雪莱的故事》,《中华读书报》2002年2月20日;徐鲁:《雪莱的金子之心》,《中华读书报》2002年9月4日。
② 引自张耀之:《雪莱》(外国文学评介丛书),沈阳:辽宁人民出版社,1981年,第42页。

行主义";《西风颂》中的西风具有破坏与新生同在的性质,是"对印度教湿婆崇拜着迷与认同"的表现。文章作者运用后殖民理论和萨义德的"东方主义"理论对雪莱"对东方的解读中必然存在的误读"进行了分析,认为雪莱的东方是一个"遥远的伊甸园",但是在西方"集体无意识的文化霸权主义的语境下",他在"对东方意象、思想、气质、经验等与西方完全不同的因素的持续不断的描述之中其实也在不自觉地重申欧洲的先进和优越"。因此诗人笔下的东方从根本上说不是东方,而是"欧洲物质文明与文化的有机组成部分"。(139－141)

张德明的《雪莱〈奥西曼底亚斯〉的"语境还原"》(2009)一文从另外一个角度讨论了东方与西方的关系。他认为理解雪莱诗歌的关键在于"语境还原":即认识到这首诗歌的直接灵感不是像人们想象的那样,来自伦敦大英博物馆的人面狮身像,而是来自当时的几种游记以及法国对埃及的征服史。雪莱隐去了"来自古国的旅人"的法国身份,是因为当时英法两国的军事对抗;他谴责古代暴君,实际上是在谴责法国的拿破仑:这位当代暴君不但对埃及进行军事征服,而且试图进行文化征服:他带到埃及的150位专家、学者没有能够将沉重的人面狮身像运回法国,他的殖民事业就完结了,只留下了22卷本历史《埃及记事》。正如文章总结道:"诗篇交织着民族主义情感与共和主义信念、帝国利益与美学理想、古典美与崇高美等多方面的张力和冲突,体现了文学与文化、美学与政治、轻灵的诗歌与写实的游记之间的复杂互动性。"(42)文章体现出新历史主义的"厚描"特点和西方马克思主义与后殖民主义的政治批评风格。

四、结 语

新中国60年来的雪莱研究其实主要是后30年的雪莱研究。学术界在后30年呈现出异常活跃的态势,出版的论文共有230余篇、硕士论文9篇、诗歌选集和全集共10种。这个数量超出了20世纪初雪莱传入中国后的60年的总和。由于篇幅限制,本节并非是对该领域的详尽研究,有些领域仍未触及,如雪莱与拜论的文学关系、雪莱与科学的关系、雪莱的悼亡诗等等。但是总起来说,对这段历史的梳理可以使我们看到其中一些发展的趋势,一些大的研究模式的变化。

可以说,雪莱研究在中国经历了从服从政治需要,到建立更加多元化研究视角的发展历程。雪莱作为研究对象也随着历史的发展呈现出不同的面貌,造就出不同的形象。在新中国建立后的前30年,雪莱研究追随了当时的政治需要,突出了他的激进思想和革命性,将雪莱视为革命者。但在改革开放之后,中国的雪莱研究更加多元化。学者们从更加多样化的视角来解读雪莱的作品,许多从前未被触及的问题也进入了讨论的领域,雪莱的革命者形象不是简单地被接受，而是被证明具有复杂性。如果用一种简单的公式来描述，那么我们可以说，雪莱在新中国的研究中经历了一个从革命者回归到诗人本体的历程。也就是说，近期的雪莱研究更加注重他的诗人特质：他首先是诗人，也许同时也是革命者。对他的研究也转向了更加广阔的领域，更加注重那些虽然是非革命性、但具有较高诗学价值的作品。同时研究成果也急剧增加，形成了一个繁荣的时期。

第四节 海涅诗歌研究

亨利希·海涅（Heinrich Heine，1797—1856），是19世纪德国享有世界声誉的抒情诗人。在民国时期，海涅的诗歌就受到我国很多现代作家的关注。鲁迅、应时、胡适、郭沫若、郁达夫、俞平伯、林语堂、朱湘、段可情、卢剑波、青主（即廖尚果）[1]、杜衡、范纪美、雷石榆、林林、廖晓帆、焦菊隐等都翻译过海涅诗歌。专门从事德语文学研究的专家如杨丙辰、周学普、冯至等也翻译过海涅的部分作品。[2] 由于海涅与马克思、恩格斯的友谊和他诗歌作品本身所具有的魅力，海涅在延安也受到进步知识分子的重视。哲学家艾思奇1931年就开始从德文原文直接翻译过海涅长篇政治诗《德国，一个冬天的童话》，1934年他还发表了论文《海涅的政治诗》[3]。艾思奇的译作《德国，一个冬天的童话》1944年夏最后完成，1946年第一次出版，新中国成立初多次再版（三联书店，1950年；人民文学出版社，1951年；作家出版社，1954年）。茅盾也在新中国成立前翻译过海涅的游记《英吉利断片》。

1956年是海涅逝世100周年，我国纪念世界文化名人，海涅也名列其中。[4] 这一年成为新中国海涅研究的一个小高潮。该年2月份，《译文》刊载了张佩芬译《马克思和海涅的四封信》，缪灵珠译、苏联海涅专家梅塔洛夫写的《海涅论》，冯至译《海涅诗选》以及江夏译《英国断片》。冯至在《文艺报》第11月号发表了论文《海涅的讽刺诗》，这是他为同年在人民文学出版社出版的《海涅诗选》所写

---

[1] 参见吴晓樵：《青主与海涅及其对德语文学的译介》，《中华读书报》2001年2月7日。

[2] 钱春绮1992年曾扼要回顾了海涅诗歌在中国的翻译情况，见《海涅诗歌精选》，太原：北岳文艺出版社，1994年。

[3] 发表于上海《中华月报》1934年7月第2卷第7期，今见艾思奇：《论文化和艺术》，银川：宁夏人民出版社，1982年，第184—191页。在此之前，艾思奇可能还发表过海涅译作。据陆万美回忆，艾思奇1928年从日本回昆明，编辑《云南民众日报》副刊，"陆续译出德国诗人海涅的十几首短诗（他原打算把海涅的短诗选全部译出，但未完成）"。参见陆万美：《回忆艾思奇同志在〈云南民众日报〉片断》，见《一个哲学家的道路——回忆艾思奇同志》，昆明：云南人民出版社，1981年，第25页。

[4] 参见大公报国际组编：《1956年纪念的世界文化名人》，北京：中国青年出版社，1956年。

的序言。在《文艺学习》5月号上冯至发表了《海涅的〈西里西亚的纺织工人〉》。恩斯特·舒玛赫的《向海因里希·海涅致敬》发表在1956年5月28日的《大公报》。《西南文艺》则刊发了作家刘盛亚译的《海涅诗三首》(《赠女歌者》《放牧少年》《等一等吧》)和吴培德的论文《海涅——民主主义的诗人:纪念诗人逝世一百周年》。

除了德语文学专家冯至外,另一位与1956年纪念海涅有重大关系的人物是吴伯箫。吴伯箫早在20世纪40年代就翻译海涅诗歌,他译的《哈滋山旅行记》1942年4月15日发表在《谷雨》第1卷第4期。吴伯箫在艾思奇的鼓励下依据英译本重译了海涅诗集《波罗的海》,吴伯箫的海涅译诗先前还曾发表在艾青主编的《诗刊》和延安的《解放日报》上。1950年上海文化工作社出版了他译的《波罗的海》。① 1956年2月17日,《人民日报》发表了吴伯箫写的《革命的诗人·战士——纪念亨利希·海涅逝世一百周年》,《解放军文艺》六月号发表了他的《谈海涅》(该文附录于第二年由上海新文艺出版社重排再版的《波罗的海》)。同年10月,吴伯箫出席了在德意志民主共和国举办的海涅学术研讨会,他写的《记海涅学术会议》一文第二年发表在《诗刊》第1期。这一重要事实往往为研究学者们所忽视。1956年,青年学者张佩芬在《人民文学》第4期上发表了《诗人海涅》一文,她标举"革命诗歌""时代的诗"中的《西里西亚的纺织工人》。黄嘉德也在《文史哲》上发表《德国民主诗人海涅》的论文。吴培德还在《长江文艺》介绍了《德国,一个冬天的童话》。《西里西亚的纺织工人》一诗被选入中学语文课本,直到80年代一直是被评论最多的一首海涅诗歌。② 大的报纸也纷纷发表纪念文章。1956年2月24日(一作21日,待考),廖辅叔在《天津日报》发表了《海涅和马克思的友谊——纪念德国伟大的革命诗人亨·海涅逝世一百周年》。5月25日,吴培德在《中国青年报》发表了《纪念海涅逝世一百周年》。同月27日,彝夫在《光明日报》发表了《纪念伟大的诗人海涅》。第二天,《人民日报》刊发了汉斯·齐布尔卡的文章《海涅逝世一百周年纪念》,同时刊发了恩斯特·舒玛赫的讲话摘要《向海因里希·海涅致敬》。6月9日,罗玉君在《解放日报》发表了《纪念伟大的革命诗人海涅》。

---

① 参见 Gottfried Wilhelm, *Heine Bibliographie. Teil I: Primärliteratur 1817—1953* (Weimar: Arion Verlag, 1960), p. 67.
② 1957年郑启恩在《语文学习》第9期发表了《海涅的〈西利西亚的纺织工人〉》的论文。如许桂亭:《海涅和他的〈西里西亚的纺织工人〉》,《天津师范大学学报》(社会科学版)1978(2)、吴培德的相同标题论文发表在《昆明师院学报》(哲学社会科学版)1978年第4期和《昆明师学报》1978年第4期,王威宣也在《山西师大学报》(社会科学版)1978年第3期发表了相同标题论文。

"文化大革命"十年是我国海涅诗歌研究沉寂的十年。在此期间,何其芳[①]和绿原[②]开始了他们的海涅诗歌翻译。

80年代初,论文的论题主要集中在探讨海涅与革命导师马克思、恩格斯的关系上。仅1983年发表的选题类似的论文就有马征的《马克思与海涅交往述评》(《青海民族学院学报》(社会科学版)1983年第1期)、周骏章的《马克思与德国诗人海涅》(《外国文学研究》1983年第2期)、农方团的《导师、诗人——马克思与海涅》(《广西师院学报》(哲学社会科学版)1983年第1期)、万莹华的《马克思与海涅》(《杭州师院学报》(社会科学版)1983年第1期)。这一选题在90年代就开始从研究界淡出,不过程代熙为纪念海涅200周年诞辰而写作的《马克思与海涅二三事》(《文艺理论与研究》1997年第6期)则是个例外。

自新中国成立至80年代初,在海涅研究上取得较突出的成就当推冯至。[③]在五六十年代,冯至翻译了海涅诗集《西里西亚的纺织工人》(1958)和《海涅诗选》(1962)。改革开放后,他重译的《德国,一个冬天的童话》(1978)在人民文学出版社出版。1979年,他在《山花》第8期上发表有译文《海涅诗(五首)》。冯至为《海涅诗选》和《德国,一个冬天的童话》都撰写有译者前言。冯至译的《西里西亚的纺织工人》《罗累莱》《乘着歌声的翅膀》等译作脍炙人口,成为中国学者研究海涅诗歌的重要译文依据。

翻译家钱春绮在1957年就在上海新文艺出版社翻译出版了海涅的《新诗集》《诗歌集》和《罗曼采罗》。这些译作在改革开放后再版,先后计有《阿塔·特洛尔》(1979)、《新诗集》(1982)、《罗曼采罗》(1982)、《海涅抒情诗菁华》(1989)等。自改革开放以来,海涅诗歌作品的翻译还有诗歌集《青春的烦恼》(张玉书译,1987)。张玉书除了著有《海涅名作欣赏》(1996)外,还在海外发表有多篇论

[①] 《何其芳译诗稿》,卞之琳编选,北京:外国文学出版社,1984年。何其芳:《海涅译诗五首》,载《何其芳研究》1989年。何其芳1971年11月从冯至处借来歌德、海涅诗集,开始学习德语。

[②] 绿原与钱春绮等合译有《海涅诗歌精选》(太原:北岳文艺出版社,1994年)。1997年,绿原和贺敬之分别创作有《咳,海涅》和《怀海涅》的诗作,以纪念诗人200周年诞辰。

[③] 关于冯至的海涅研究,参见齐乃聪:《他是海涅、歌德的忠实译者——访作家、翻译家冯至》,见《文学报》1987年3月5日。

述海涅的德文论文①,另指导有两篇关于海涅的博士论文。② 他主持了两次国际海涅学术研讨会(1987、1997),在国际海涅研究界产生了较大影响③,活跃了国内海涅研究气氛。2003 年,河北教育出版社出版了章国锋、胡其鼎主编的 12 卷本《海涅全集》。这不仅是我国海涅研究,也是德国文学中译史上的一件大事。

改革开放后,民国时期发表的一些不易见到的海涅研究成果随着出版物的再版渐渐为学界所知晓,如钟敬文为林林译《织工歌》所写的长篇序言。④ 早年翻译过《海涅诗钞》(桂林文汇书店,1943 年)和《奴隶船》(《海涅诗钞》续集)(桂林文汇书店,1943 年)的诗人、学者雷石榆 1991 年在《河北大学学报》发表了长篇论文《绝代歌手与斗士——海涅》,全面评价了海涅的生平与创作,这是新时期海涅研究的一个重要收获。精通日语的雷石榆较多采用了日本学者生田春月、高桥健二等学者的研究成果。

改革开放初期的重要研究论文有谢冕的《永不熄灭的"歌唱的烈火"——读海涅的〈德国,一个冬天的童话〉》(《春风译丛》1981 年第 2 期)、马家骏的《论海涅"童话"诗中的幻想与讽刺》(《外国文学欣赏》1984 年 第 2 期)和朱光天的《燃烧在夜空的情诗——海涅爱情诗〈宣告〉赏析》(《广州文艺》1986 年第 1 期)。新时期较重要的研究海涅诗歌的论文有马家骏的《海涅早期诗歌的浪漫主义》(《内蒙古大学学报》(哲社版)1986 年第 4 期)和《中国鉴赏学与海涅的诗歌艺术——海涅诗歌与中国古典诗词的鉴赏比照》(《咸阳师专学报》(哲社版)1991 年第 1 期)、赵蕾莲的《海涅的讽刺长诗——〈阿塔·特洛尔,一个仲夏夜

---

① 如 Zhang Yushu, "Atta Troll und Heines Angst vor dem Kommunismus," *Sprache, Literatur und Kommunikation im kulturellen Wandel: Festschrift für Eijiro Iwasaki.* Hrsg. von Tozo Hayakawa (Tokyo: Dogakusha, 1997), pp. 463−482; Zhang Yushu, "Die Metamorphose von Heinrich Heine-vom Kämpfer für die Gleichheit zum Bekämpfer der Gleichmacherei," *Literaturstraße* 4 (2003), pp. 57−80; Zhang Yushu, "Heines Vermächtnis," Literaturstraße 8 (2007), pp. 159−172.

② 刘敏的博士论文《海涅的抒情诗在中国的接受和影响》中的成果后来在 *Heine Jahrbuch* 上发表,vgl. Liu Min: "Heines Lyrik in China-vom Anfang bis 1949," *Heine Jahrbuch* (2002), pp. 130−160; Liu Min, "Heines Lyrik in China nach 1949," *Heine Jahrbuch* (2004), pp. 172−190, *Heine Jahrbuch* (2005), pp. 113−131. 刘敏在论文里较早注意到辜鸿铭、艾思奇、静闻(她不知道实际上这是民俗学家钟敬文的笔名)等人对海涅的译介。赵蕾莲的博士论文《论海涅在〈卢苔齐亚〉中对社会的批判》后在德国出版,参见 Leilian Zhao, *Gesellschaftskritik in Heines Lutezia: unter besonderer Berücksichtigung der chinesischen Heine-Rezeption* (Frankfurt a. M. u. a.: Lang, 2004).

③ 外国学者如 Volkmar Hansen、Joseph A. Kruse、Hiroshi Kiba 等人报告了 1987 年的这次研讨会。参见 Edmannn von Wilamowitz-Moellendorff / Günther Mühlpfordt, *Heine-Bibliographie 1983—1995* (Stuttgart und Weimar: Metzler, 1998), p. 56. Wilhelm Gössmann 为大会论文集《海涅也属于我们》写作了书评,见 *Heine Jahrbuch* (1999), pp. 275−278.

④ 钟敬文:《海涅和他的创作艺术——序林林译〈织工歌〉》,今见《钟敬文学术论著自选集》,北京:首都师范大学出版社,1994 年,第 725−741 页。

的梦》》(《国外文学》1997年第3期)和《海涅诗歌中的死亡主题》(《外国文学评论》2004年第1期)、刘敏的《海涅〈歌集〉中的爱情主题》(《国外文学》2003年第4期)、《海涅诗歌与浪漫主义民歌风格》(《国外文学》2005年第2期)以及李咏吟的《海涅诗学与民间歌诗传统》(《国外文学》2000年第3期)。马家骏尝试从中国传统诗论鉴赏海涅诗歌的精神美和艺术美,提出"建立具有民族诗论传统特色的海涅研究乃至建立外国文学研究的中国学派"[①]这一发人深省的提议。陈恕林认为海涅虽然早年对浪漫派做过无情的批判,但在晚年的自白中又把自己归入浪漫派作家行列。陈文虽然对浪漫派作家做了积极、肯定的评价,但他的评论仍带有较强的意识形态色彩。刘敏则在其海涅研究中吸收了德国学者曼福里德·温德富尔(Manfred Windfuhr)的观点,指出海涅继承了意大利诗人彼特拉克在《歌集》中奠定的情诗传统,描写的是得不到满足的爱情。学习德语文学出身的上海学者单世联敏锐地注意到海涅诗歌中的"怨恨、冷潮、戏谑和愤怒之类与传统诗歌不同的现代情绪"[②],指出"我们对海涅的认识还需要有一种更为复杂的思维"[③]。回顾新中国60年海涅诗歌研究的历程,我们在研究选题上可以看到一条很清晰的红线,从最初关注政治讽刺诗《西里西亚的纺织工人》《德国,一个冬天的童话》[④]又重新回到了对《诗歌集》中爱情诗歌和长篇讽刺诗《阿塔·特罗尔》的重视。我国学者在海涅诗歌的比较文学研究领域取得了可喜的成绩。就海涅诗歌与中国诗歌传统进行比较的有马家骏[⑤],学者们还比较研究了海涅与格拉斯[⑥]、海涅与印度文学[⑦]、海涅与冰心[⑧]、海涅与闻一多[⑨]、海涅与斯威夫特[⑩]、海涅与俄罗斯诗人丘特切夫[⑪]。研究阿拉伯文学的学者张鸿年还注意到一首海涅悼念波斯诗人菲尔多西的诗作,并把这首诗从波斯文转译为

[①] 马家骏:《中国鉴赏派对海涅诗歌艺术的研讨》,见张玉书主编:《海涅研究》,北京:北京大学出版社,1988年,第188页。

[②] 单世联:《海涅的幽灵在徘徊》,《书屋》2009(1),第37页。

[③] 同上,第38页。

[④] 如王田葵的《一首剑与火的诗——读海涅〈德国,一个冬天的童话〉》,《零陵师专学报》1987(2)。

[⑤] 马家骏:《中国鉴赏学与海涅的诗歌艺术——海涅诗歌与中国古典诗歌的鉴赏比较》,《咸阳师专学报》(1)。

[⑥] 余阳:《海涅与格拉斯对理性的质疑》,《外国文学评论》1999(3)。

[⑦] 陈明:《海涅诗歌创作与印度文化精神》,《衡阳师专学报(社会科学版)》1996(2)。

[⑧] 张建伟:《是爱就有诗——试比较海涅和冰心的抒情诗》,《名作欣赏》1998(1)、(2)。张建伟:《浓郁的爱恋,温婉的思情——海涅与冰心两首抒情诗赏析比较》,《长江文艺》2003(5)。

[⑨] 周亚明:《源于深爱的两首"讽刺诗"——闻一多的〈死水〉与海涅〈德国,一个冬天的童话〉》,《吉昌学院学报》2006(4)。

[⑩] 李青丽:《两朵带刺的相似而又相异的玫瑰——斯威夫特的〈格列佛游记〉和海涅的〈阿塔·特洛尔〉比较分析》,《喀什师范学院学报》1995(3)。

[⑪] 曾思艺:《内心的历史 精致的形式——丘特切夫对海涅的借鉴与超越》,《俄罗斯文艺》1994(3)。

中文。①

50年代和80年代我国都比较重视译介外国学者研究海涅的材料。如1953年国际文化服务社再版了侍桁新中国成立前译的丹麦评论家勃兰兑斯的《海涅评传》。1956年上海新文艺出版社出版了宗白华译的柏立可著《海涅的生活和创作》。卢那察尔斯基的《论海涅》(陆人豪译,载《文艺理论研究》1980年第3期)、约翰那·路多尔夫的《卡尔·马克思与海因里希·海涅》(载《文化译丛》1980年第3期)、安德鲁·布朗的《德国抒情诗人海涅》(李也菲译,载《世界文化》1982年第3期)、卢卡契的《民族诗人海因里希·海涅》(范大灿译,见《卢卡契文学论文选》第一卷,人民文学出版社,1986年)、俄国皮萨列夫的《谈海涅》(张耳译,载《文艺理论研究》1986年第1期)、德国哲学家路德维希·马库塞的《海涅》(顾正祥译,陕西人民出版社,1987年)和德国学者弗里茨·约·拉达茨的《海涅传》(东方出版社,2001年)②。参加1987年北京海涅会议的外国学者的论文都被译成中文,收在《海涅研究》一书中,这些资料无疑大大拓宽了我国研究者的视野。

海涅诗歌在中国早期的翻译接受也成为研究界的热点。80年代后半期开始,学界开始重视海涅诗歌在民国时期的翻译与接受的史实的梳理。此方面研究成果有姚锡佩的《海涅的夜莺在鲁迅的心中》(载《鲁迅研究月刊》1985年第7期)、孙凤城的《过去、现在和将来——海涅在中国》、赵乾龙的《海涅和冯至》(见《海涅研究》)、李智勇的《海涅作品在中国》(见《海涅研究》)和《海涅的作品在中国的传播与影响》(载《湘潭大学学报》1990年第3期)、张玉书的《鲁迅与海涅》(载《北京大学学报》1988年第4期)、倪诚恩的《海涅在中国》(载《中国比较文学》1992年第2期)③、王晓馨的《海涅诗歌在中国新文学时期的传播与影响——纪念伟大诗人海涅诞辰二百周年》(见《弦歌集——外国语言文学论丛》,复旦大学出版社,1998年)、吴晓樵的《鲁迅的海涅译诗及其他》(载《鲁迅研究月刊》2000年,又见《中德文学因缘》,上海外语教育出版社,2008年)等。这些论文集中探讨了海涅与鲁迅、郭沫若、辜鸿铭、胡适、李金发、汪静之④、邓均吾、青主、艾思奇等人之间的关系。孙凤城、张玉书、李智勇、马文韬、刘敏、王晓馨等人还在国际会议或国际期刊上向国际海涅研究界介绍海涅在中国的翻译、接

---

① 张鸿年:《诗坛长恨,一曲安魂——论德国诗人海涅对波斯诗人菲尔多西的悼念》,《国外文学》2004(3)。

② 曾思艺在《眼泪里迸发出的花朵——海涅对阿玛莉、苔莱丝的爱情及爱情组诗》,《世界文化》2008(1))一文中对该译本进行了不点名的批评。

③ 该论文曾在北京歌德学院宣读,作者还在会上分发了自己编写的中国翻译、研究海涅的书目。

④ 参见何珊:《论海涅早期抒情诗的艺术特色》,见《海涅研究》,第153—155页。

受和影响情况①，雷颐的随笔《泪为谁流——海涅的一次心灵震荡》（载《随笔》2002年第3期）。2007年，《当代》发表了旅德作家虎头的长篇散文《我是海涅我怕谁》（该文〈北京文学·中篇小说月报〉2007年第11期全文转载），以诗意的笔墨、倜傥的文字结合德国最新的研究成果回顾了诗人传奇的一生，该文属于新时期最好的一篇用中文写的海涅传记。此外还有一批青年学者开始登上海涅研究的舞台。②

最后对新中国海涅诗歌研究的缺失略说几句。改革开放初期，过于重视意识形态的作用，过于强调马克思与海涅的关系。学者们撰写论文时，缺乏对已有相关中文文献的综述与利用，造成了选题重复的现象。另外存在论文重复发表的情况，造成了学术资源的不必要浪费。对国际海涅研究的最新成果，我国学者还需要进一步吸收和关注，在研究资料的储备上尚有很多工作要做，如国内很少有高校收藏有最权威的历史校注本《海涅全集》。③ 我国还很少有学者在国际海涅学界发表研究海涅诗歌的原创性论文，在国际大会宣读的德语论文大多介绍的是海涅在中国的翻译。

第五节　莱蒙托夫诗歌研究

莱蒙托夫（Lermontov，1814—1841）是19世纪俄罗斯的大诗人。他在如彗星般倏忽即逝的短短一生中，给人类留下了丰富的文学遗产：400多首抒情诗、25部长诗及两个长诗片段、5个剧本、6部小说、几篇散文和51封书信。从1907年吴梼在上海发表他由日文译介的《当代英雄》中的《贝拉》和1909年王安澜在北京发表他在著名汉学家阿列克谢耶夫帮助下从原文译介的抒情诗《三

---

① 如 Zhang Yushu, "Heine in China," *Heine Jahrbuch* (1990), pp. 184 – 193; Zhang Yushu, "Chinesische und Heinesche Poesie-Zur Beliebtheit Heines in China," *Heine Jahrbuch* (1994), pp. 179–193; Zhang Yushu, "Das Heine-Bild in China," *Aufklärung und Skepsis. Internationaler Heine-Kongreß 1997 zum 2000. Geburtstag*. Hrsg. von Joseph A. Kruse, Bernd Witte und Karin Füllner (Stuttgart und Weimar: Metzler, 1998), pp. 751 – 759. Wang Xiaoxin, "Zur Verbreitung und Wirkung Heinescher Lyrik in China während der Neuen-Literatur-Zeit," *Heine gehört auch uns*. Hrsg. von Zhang Yushu (Beijing: Verlag der Beijing University 1997), pp. 384 – 393. Li Zhiyong, "Heinrich Heine und seine Einflüsse auf moderne chinesische Lyriker," *Heine gehört auch uns*, pp. 452–457; Ma Wentao, "Heines Texte im Deutschstudium in China," *Aufklärung und Skepsis*, pp. 760–768.

② 四川外语学院的冯亚琳指导了一篇以海涅诗歌为研究对象的硕士论文：李春霞的《海涅诗歌中的自然与海涅的现代性》(2008)。另有上海外国语大学吴妍的《海涅式讽刺——试分析海涅的长诗〈德国，一个冬天的童话〉》(2007)（陈晓春指导）。

③ 中国学者较早注意到这个重要版本的却是诗人何其芳，为了从德文原文直接了解海涅诗歌，他曾从北京图书馆借阅这个版本。而专门从事德语文学研究的张玉书译《卢苔齐娅》，依据的却是柏林建设出版社1961年的版本。

棵棕榈》,到 1996 年河北教育出版社推出《世界文豪书系》中的《莱蒙托夫全集》(5 卷本)和 1995—1998 年上海译文出版社出版的《莱蒙托夫文集》(7 卷本),几代译者 90 年辛勤劳作的合力终于使莱氏的全部作品和我国广大读者见面,为我国的莱蒙托夫研究提供了宏观把握的充分条件。从鲁迅、茅盾、瞿秋白、温佩筠、戈宝权、余振等直到 21 世纪的青年学者和学子,我国几代学人对他们所挚爱的天才诗人已进行了整整一个多世纪接力赛式的译介和研究,积累了丰富的经验,也存留下很大的扩展和提高的空间。本节将分三个阶段对新中国 60 年来的"莱蒙托夫诗歌研究"进行梳理和评析。

一、新中国成立前研究状况的简要回顾

我国学界对莱蒙托夫的译介开始于鲁迅、茅盾和瞿秋白。鲁迅早在 1907 年所写《摩罗诗力说》中就肯定了莱蒙托夫对近代俄罗斯文学的奠基作用,指出他在反抗暴政上比普希金更彻底。此后他还在编文集《坟》时确认莱蒙托夫等"立意在反抗"的诗人对我国青年推翻帝制的鼓舞作用。茅盾在 1921 年发表的《近代俄国文学家三十人合传》中对莱蒙托夫作品的独特魅力给予了高度评价:"文字的矫健,处处深含不平之气,不特是普式庚(即普希金——笔者)所完全没有,便是郭克里(即果戈理——笔者)也不及,和现代诸家比较起来,恐怕须得合了高尔该(即高尔基——笔者)和安特列夫(即安德烈耶夫——笔者)两人的气概,方才能和他仿佛呢。"瞿秋白于 1921 年最先翻译了《烦闷》(一译《寂寞又忧愁》)、《安琪儿》(一译《天使》)这两首抒情诗,于 1927 年在《歌歌里和列尔芒托夫》一文中盛赞莱氏的抒情诗"文辞不让普希金","而他那简短的'铁'诗更能镌入读者的心灵,使人感到他深切沉痛的情感"。

1930 年杨晦发表了第一个《当代英雄》全译本(从英文转译),1933 年温佩筠从原文译了莱氏的大量诗作:长诗《高加索之囚》《恶魔》《伊斯麦尔·贝》和抒情诗《铁列河的赠品》《金黄色的禾田波动了》。

三四十年代译介莱蒙托夫的还有孙用、葛一虹、李秉之、戴望舒、傅东华、孟十还、戈宝权、余振、穆木天、李嘉、张铁弦、之汾等人。其中,戈宝权翻译了 18 首抒情诗和《童僧》的两个片段,而且既译又论且编。余振在上海光华书店推出了我国第一部《莱蒙托夫抒情诗选》(1948),纳入 113 首诗歌。

总之,新中国成立前的 40 年里,莱蒙托夫诗歌研究从无到有(主要是译介),从几个先驱到一批后继者,吸取他宝贵的诗歌遗产,开始把他那大无畏的、反抗黑暗现状的诗歌精神植入半殖民地、半封建的国人血液之中。

二、新中国的前 30 年

中华人民共和国成立后的第二个月(即 1949 年 11 月),时代出版社出版了朱笄(孙绳武的笔名)翻译的《莱蒙托夫传》。原作者安德罗尼科夫系苏联著名的莱蒙托夫专家。此书在1954年再版过一次。1955年人民文学出版社出版了又一本由苏联研究专家日丹诺夫撰写的《莱蒙托夫》(杨静远译),这两本书对我国莱蒙托夫研究起了推动作用。1950年5月至1954年5月翟松年在平明出版社连续发行过6版的第一个《当代英雄》俄译本,堪称五六十年代我国莱蒙托夫译介中的最大亮点。余振在诗的译介上也有所扩展:在1948年所译《莱蒙托夫抒情诗选》的基础上增译了4首长诗(其中2首为代表作),这个新选本(时代出版社,1951年)已能基本上反映莱诗创作的全貌,使莱蒙托夫诗步入系统译介的新阶段。由于当时我国一度违反客观规律而对文艺提出禁锢精神的要求,对苏联国内的"解冻"文艺思潮的现实也持鸵鸟政策,我国学界便只得无奈地漠视邻邦同行在莱蒙托夫研究方面所取得的新进展,从而与国际水平离得越来越远。因此,在新中国成立后几年间的报刊上仅仅发表过十来篇有关莱蒙托夫的一般性评介文章(包括译著),而且有不少人是在论证19世纪出现于俄国的《当代英雄》的主人公皮巧林如何踩到了20世纪新中国的社会主义的道德底线。这种所谓的学术研究,活活地把自己推进了死胡同。从1957年"反右"的狂风骤起到1976年"文化大革命"的淫雨初霁,文化领域总的形势一度远离正确轨道,包括莱蒙托夫在内的外国经典作家统统被贴上"封、资、修"的标签。莱蒙托夫的研究不是被迫中止,就是转入地下,否则译介者就会被视为追逐名利的白专分子或不满现实者。但是,这一非常时期内莱蒙托夫译介的暂时沉寂,并不能标志莱蒙托夫真正从中国读者的心中消失了,只是预示着下一个更大的高潮正在酝酿之中。纵观新中国前30年的蒙托夫诗歌研究,受大环境的制约,在前人研究基础上有所进展,但进展不大,而且在相当长的时间里几乎停顿了下来。

三、新中国的后30年

1. 20世纪80年代

"文化大革命"造成的精神饥渴症之一,就是人们对昨天被贴上"封、资、修"标签的外国文学作品,特别是经典作品如饥似渴的需求,莱蒙托夫的作品也不例外。继莱蒙托夫作品在我国重新介绍的第一只"春燕"——草婴的新译本《当代英雄》于1978年从上海译文出版社问世之后,新创刊的《苏联文学》杂志第2期就刊发了两代译者(余振、顾蕴璞)新译和复译的十首莱氏的抒情诗。1980年,上海译文出版社接着又推出新版余振译《莱蒙托夫诗选》(比1951年时代出版社的版本有较大提高),印数高达20,000册。1982年外语教学与研究出版社所出的新译本《莱蒙托夫抒情诗选》(顾蕴璞译)两版共达214,000册。新译莱蒙托夫诗的在80年代还有殷涵、张草纫、汤毓强、朱小莉、谷羽等人。翻译直接带动了研究,这首先展现在译者们的译注、译序或前言中,比如殷涵在俄汉对照《莱蒙托夫诗文选》(商务印书馆,1983年)中对其所选16首抒情诗和3首长诗的译注,作品面和读者面虽较窄,但通过原文剖析,大大地提高了对诗人和诗作研究的学术含金量。又如译序或前言中,例如老译家余振在他的新译本中提出了堪称经典的有关莱蒙托夫抒情主人公的精彩评价:"诗人的主人公们表面上尽管有很大的差别,但究其性格说,不是恶魔,便是童僧。"新译者顾蕴璞在1985年《莱蒙托夫诗选》(湖南人民出版社)的译者前言中针对当时"拨乱反正"的形势概括了莱蒙托夫诗的包括"自我表现"(假、大、空"诗歌"之所最缺)在内的三个基本艺术特征。由于政治的原因,我国对莱蒙托夫诗歌的研究比从未停步的苏联落后了整整20年,落后带来的后果有待学者们不断消除。因此,我国学界对足以尽快填补这个空白的国外学术新著,即在学术权威曼努伊洛夫主编下由170个学者历时10年才完成的巨著《莱蒙托夫百科辞典》(1981)万分重视。几乎同时或先后,余振、顾蕴璞等5人在1982—1983年的不同刊物上介绍了该书。1985年4月湖南人民出版社"诗苑译林"的《莱蒙托夫诗选》(顾蕴璞译)和1985年6月浙江文艺出版社的《莱蒙托夫抒情诗集》(上下集)(余振译),不约而同地都借鉴该百科辞典丰富的学术信息为每首诗撰写了"题解",在每首诗的微观分析中有选择地融进语境、诗思、诗语、诗艺、诗韵的注或评,使译者们的间接或直接的研究成果与更广大的读者群分享,受到读者的欢迎和肯定。这一研究形式到了1988年"花城袖珍诗丛"的《莱蒙托夫抒情诗》(汤毓强等译析)进一步发展为赏析式的"简析"。在2006年四川人民出版社所出黎华译《莱蒙托夫诗画集》中,"题解"发展为以画解诗的方式。《莱蒙托夫百科辞典》对80年代以后我国的莱蒙托夫研究影响最为深远之处,要数它的代前言,即莱学专家伊·安德罗尼科夫的论文《莱蒙托夫的肖像》(已有汉译),它对我国研究者把握诗人的性格和命运有举足轻重的作用。

1986年7月29日,我国对外友协等5单位联合举办的纪念莱蒙托夫145周年忌辰大会拉近了一度很疏远的中苏关系,更缩短了这位伟大的俄罗斯诗人和中国人民心灵上的距离。事实证明,莱蒙托夫用生命的代价倾吐人民心声的这种诗歌精神,是启迪勤于思索的我国青年对"文化大革命"怪史的反思的一把钥匙。如当时火爆一时的从梁晓声的同名小说改编的电视剧《今夜有暴风雪》中就回荡着"不安分的帆儿却祈求风暴/仿佛风暴里才有宁静蕴藏"(《帆》)的主旋律。1985年吕宁思在《莱蒙托夫抒情诗》(《外国文学研究》1985年第3期)一文中对诗人抒情诗的创作思想做了深入而客观的分析,阐明了抒情主人公如何从早期"浪漫主义的叛逆者"发展成"时代的歌喉"。80年代学界发表的莱氏抒情诗研究成果还有:林树彤的《别具一格的孤独而忧伤的主旋律》(《广西大学学报》1988年第1期)、王文晶的《谈谈莱蒙托夫诗中的自然景物》(《杭州师院学报》1984年第2期)等。两文开始对诗的两个核心范畴,即情感和意象进行探讨。

80年代莱蒙托夫诗歌研究领域里的一个重大进展,便是1989年三部高校教材的同时登场:人民文学出版社曹靖华主编的《俄苏文学史》(第一卷)(据查,系周敏显执笔"莱蒙托夫"专章)、陕西人民出版社于宪宗著的《俄罗斯文学史》(上卷)、北京大学出版社徐稚芳著的《俄罗斯诗歌史》。三位资深教授篇幅不等地对莱诗所作的宏观研究,标志着我国莱诗研究的新水平。周文强调在莱诗中"悲观失望与渴望斗争的要求总是结合在一起",对莱诗的艺术造诣阐述得扼要而到位。于著视野极宽,从与普希金对比的角度提出了不少精辟的论断,如"普希金始终是民族主义者,而莱蒙托夫则是革命思想的真正的代言人""综观莱蒙托夫的长诗,按别林斯基的评价,它在艺术上是不及普希金的,但思想上远比普希金的深刻"等等。徐著在对大量莱诗宏观研究的基础上,挑战了把莱蒙托夫定格在从浪漫主义到现实主义的过渡阶段上的传统观点,对莱氏的浪漫主义长诗始终保持的艺术特征有着深刻而自信的把握。

2. 20世纪90年代

1991年第四期的《外国问题研究》上刊载了由李万春撰写的专论《中国的莱蒙托夫文学翻译与研究》,除概述近百年来我国的莱蒙托夫的翻译和研究外,首先提出了余振由于50年的辛勤耕耘已成为译介莱蒙托夫的集大成者或奠基人(的思想),他引用了比余振起步更早的莱诗的译介权威戈宝权的话:"我国多年来致力于翻译介绍莱蒙托夫诗歌作品而且卓有成就的人,当推余振同志。"这一论断也得到后学顾蕴璞在1985年《莱蒙托夫诗选》"译后记"中的一句话"译者除新译外对余振等前辈的成果曾有所借鉴"的佐证。

1991年1月,北京师范学院出版社《外国抒情诗鉴赏辞典》(张玉书主编)和中国妇女出版社《世界名诗鉴赏金库》(许自强主编)的同时问世,使莱蒙托夫的17首抒情诗文本研究通过赏析的形式与我国读者见面,加上1989年8月学苑出版社《中外现代抒情名诗鉴赏辞典》(陈敬容主编)中的4首和1989年第4期《名作欣赏》上的11首,共有32首(包括最主要的抒情诗代表作,其中有张张的4首,顾蕴璞的28首)莱蒙托夫诗经历了研究者与读者的共同解读的过程,说明我国莱诗的研究已经开始把创作美学和接受美学融合在了一起。这种研究倾向在论文中同样可以看到,如《扬州职大学报》1997年试刊号上许建的文章《祈求,扣动着孤寂的心弦——评莱蒙托夫抒情诗及其审美特色》。作者首先强调,莱氏的抒情诗打动读者的是"真歌哭",因为他孤独,"对人生有独特的体验,有真正的见解,必定渴望理解,但未必能被人们所接受,于是感到深深的孤独"。他的诗"承载着深邃的思想,把自己独特的感觉印象和情感个性尽可能传达出来,所以,他的抒情诗有着摄人心魄的震撼力量"。又如李辉的《莱蒙托夫叛逆精神初探》(《黑龙江科技信息》2008年第11期)把他对诗人叛逆精神的探索和长诗《恶魔》等的艺术魅力在《青年近卫军》等的英雄们身上的绽放同步论述,使思想和艺术水乳交融。《牡丹江师院学报》1996年第2期上王崇梅的文章《浅谈莱蒙托夫的短诗及其艺术魅力》在这方面也有所表现。

长诗的文本研究不同于抒情诗的文本研究,创作美学的一些基本问题还存在争论。如果说在小说领域这主要集中表现在《当代英雄》上,那么,在长诗领域便集中在《恶魔》这部代表作上。1983年《兰州大学学报(社科版)》第1期上刁在飞的《从长诗〈恶魔〉看莱蒙托夫浪漫主义诗歌的特征》一文引人注目,在诗人的浪漫主义作品按两条相反的思想线索发展的宏观视野内,作者对《恶魔》这部晚期的长诗作了有关艺术特征的缜密的微观分析之后得出结论:它只能属于浪漫主义的范畴。围绕《恶魔》的创作主题,学界也存在争论。1993年第2期《国外文学》发表了徐稚芳的论文《歌唱否定精神,还是追求和谐美好的人生》,作者质疑俄罗斯权威学者弗·阿·马努依洛夫对别林斯基关于恶魔"为肯定而否定,为破坏而建设"这一经典论断阐述的正确性。经过自己的缜密分析,作者得出长诗的主题不是"歌唱否定精神",而是"追求和谐美好的人生"这样的严谨结论。此外,长诗研究的题材范围在90年代也开始有所突破。1994年第6期的《俄罗斯文艺》上发表了谷羽《评莱蒙托夫的长诗〈哈志·阿勃列克〉》一文,莱蒙托夫所写"仇杀"故事的血腥悲剧让作者发出人道的呼吁:"多一些爱与信任,少一些恨与猜忌,也许这个世界会多一份安宁,多一份和谐。"

我国的莱诗研究者不但与国外学者发生观点交锋(如在《恶魔》的主题上),而且也和国外同行进行交流。如1992年在俄罗斯喀山大学举办的俄罗斯语文国际研讨会上,北京大学代表顾蕴璞作了"莱蒙托夫和七八十年代中国青年"的发言,当他谈及莱蒙托夫的"沉思"勾起我国七八十年代一代青年对"文化大革命"后失落感的反思时,与会者表现出浓厚的兴趣,纷纷提出问题要求回答。

90年代对于我国莱蒙托夫翻译和研究事业来说是具有标志意义的阶段:1996年9月河北教育出版社"世界文豪书系"中的《莱蒙托夫全集》(5卷集)(顾蕴璞主编,顾蕴璞、乌兰汗、力冈、冀刚、李海、谷羽、张学增、汪剑钊、周清波、陈松岩、曾予平等译)和1995—1998年上海译文出版社的《莱蒙托夫文集》(7卷集)(余振、智量、冯春、金留春等译)几乎同时填补了莱蒙托夫作品在我国介绍上的空白,给了我国的莱蒙托夫研究极大的推动。这首先表现在"全集"总序的撰写上。莱蒙托夫全部原作的搜集及其汉译的编撰过程同时赋予主编挑战和机遇,给了他灵感,让他得以高屋建瓴地从诗人的使命感和价值观、创作的脉络、形象和象征、逆境和成才等多个角度,高度概括了莱蒙托夫这位"民族之魂和自由之子"的生命光辉,并用诗人在1831年的那首《1831年6月11日》中的一行诗("没有奋争,人生便寂寞难忍")作为标题来揭示他忧伤掩盖下的自信。

3. 21世纪的10年

新世纪里我国的莱诗研究呈现出新的景观,其一是"诗人与时代"的重心渐渐让位于"诗人与创作""诗歌与文化"。从专著论题的变化来看最为明显。1985年北京出版社出版了刘保瑞的《俄罗斯的人民诗人——莱蒙托夫》,1988年辽宁人民出版社出版了黄玉光的《莱蒙托夫》。这都是我国学者自己撰写的莱学专著,二者都用翔实的资料、生动的笔触向我国读者介绍天才诗人传奇性的一生,在自主性的研究上比过去前进了一大步,但美中不足的是对作家的创作缺乏分析和综合的系统研究。2002年"外国经典作家研究丛书"(华夏出版社)之一的《莱蒙托夫》(顾蕴璞著)有所改观,作者设了"成才论""诗歌论""小说论""戏剧论""其他论"等五个专章,各章、各节之间相互呼应和衔接。如对长诗《恶魔》的剖析,为呼应抒情诗忧伤的主旋律,该专著侧重在悲剧性的层面上开掘其"真善美的悲剧链及其审美空间"(最近俄罗斯学界出现的"长篇小说《当代英雄》中的抒情曲调研究"的新动向恰好证实该书的研究思路不仅是对的,而且具有前瞻性);而在"美学思想"一节中,则让各种主题跃升到"深广的思想命题与二元对立的艺术思维"的哲学高度:个人与群体、自由与奴役、文明与自然、人民与人群、风暴与宁静。例如在"风暴与宁静"一节中论者联系莱蒙托夫的整个创作剖析了抒情诗中"风暴"与"宁静"相对称的语义空间,为准确把握《帆》的象征意蕴、意象结构和核心词"宁静"的表达定位提供了理论依据。2007年山东友谊出版社的《莱蒙托夫与塔尔罕内庄园》(郭利著)已是一部在俄罗斯国内文化热催生下涌现的新一轮传记性专著。从庄园的视角研究俄罗斯经典作家,除了能形象地再现作家得以产生的文化语境(自然环境和人文氛围)外,为对诗人的宇宙观、人生观、美学观的形成和发展的研究提供了珍贵的第一手资料,并能使作者所大量引用(达67次之多)的《莱蒙托夫全集》(河北教育出版社,1996年)的作品译文(主要是诗)平添情景相生的艺术感染力,成为诗的翻译和诗的研究可以互动的有力佐证。

另一个新的景观是涌现出一批有研究实力的后起学者,启动了一些新的研究方法,使我国的莱诗研究不但比新中国的前30年有了长足的进展,而且在研究深度和"外为中用"上比后30年中的前20年也有了超越,不但渐渐向诗的本体研究发展,而且开始走上一条视角多元化的发展道路:主题的视角(如"死亡")、主体性的视角(如对"自我"与读者群的关系)、语义的视角(如"奇异""幸福")、意象的视角(如"莱蒙托夫诗的意象结构""《帆》的意象性特征")、文化的视角(如"俄罗斯母题""俄罗斯文化宇宙观")、比较的视角(如与普希金、涅克拉索夫的比较)等。

诗的研究,功夫有时在诗外。季明举深谙此理,他于2008年在《天津外院学报》15卷第3期发表了《莱蒙托夫与俄罗斯思想——诗歌中的俄罗斯母题》之后,又于2009年在《第二外国语大学学报》第12期刊登了《漂泊的诗魂——莱蒙托夫诗歌宇宙观探析》。他在前文中指出:"不同的艺术家对自己的祖国有不同的精神体验","……莱蒙托夫以诗歌的形式表达了俄国知识分子百转千回的斯拉夫主义心结"。在后文中他又说,莱蒙托夫"既是他所处时代特定的贵族精神文化现象,又是渴望形而上的俄罗斯民族精神个性的体现"。这是对"莱蒙托夫是伟大的俄罗斯民族诗人"(别林斯基语)这个经典结论所作的富有现代性的崭新阐释。

社会发展到21世纪,回眸20世纪中国的诗歌创作,多数人曾在诗人的主体性问题上走过一条曲折的道路:"大我"独大——醉心于"小我"——从"小我"寻找"大我"。学者们从80年代起即从莱蒙托夫的创作中得到关于"大我"和"小我"的启迪。王珂的《大我抒情也动人——莱蒙托夫诗〈不要相信自己〉、〈祖国〉解读》(《名作欣赏》2001年第6期)一文,称作者曾在大学时代把莱蒙托夫误认为"很个人化的情感诗人",等到他读完莱氏的全部诗作后才恍然大悟自己的误区。王珂还在2003年3月的《四川外国语学院学报》上发表《论莱蒙托夫诗风的巨变及对中国诗坛的启示》和在2005年第5期的《宁夏大学学报》上发表《论莱蒙托夫从个人化写作转向社会化写作的原因及意义》。在这两篇文章中,既有对诗人创作的语境的分析,又有对诗人的诗路历程的跟踪,既有对莱诗诗风转变原因的剖析,又有对当前中国诗坛个人化写作的反思,成为昨天的外国诗人和今天的中国诗人之间进行艺术对话的一道亮丽的风景线。与20世纪80年代相比,我国当代老一代学者从莱蒙托夫的"自我表现"中吸取的是"我"(针砭的是"文化大革命"的诗中无"我"),而新世纪初的年轻一代学者从他的"自我表现"中所吸取的则是"大我"(针砭的是:今天我国有不少诗人只知"小我",而忘却了"大我")。时代变了,莱蒙托夫诗歌的永恒魅力没变,我国对莱蒙托夫诗歌艺术的研究没有变。

在21世纪的开始,我国新老研究者中不断有人开始在莱诗研究的领域内和俄罗斯语言学界热点研究课题之一的概念研究接轨;继2002年顾蕴璞在专著《莱蒙托夫》中涉及"风暴""宁静"等核心词的概念之后,2006年26卷11期《中山大学学报论丛》上发表李妙晴的论文《"奇异"的莱蒙托夫》,2008年第4期的《广东社会科学》上也刊登了温朝霞题为《论莱蒙托夫诗中的"奇异"》的文章。李文称:"奇异"是作为诗人的莱蒙托夫抒情诗中的一个重要词根,也是莱蒙托夫一种独特的思维方式、观照方式、经验方式以及行为方式。"奇异"成为诗人的一种独特的性格内涵。而温文则认为,作为莱蒙托夫抒情诗中的"标识性"词语,"奇异"一词"是照亮莱蒙托夫诗内世界和诗外世界、生活世界和心灵世界、意识世界和潜意识世界的灯盏";"在他'奇异'的一生里,奇异的字眼——奇异的抒情诗——奇异的性格——奇异的事件微妙地构成一种循环……"2009年4月《绥化学院学报》刊登了倪宇超、张志军的《莱蒙托夫抒情诗语义空间中的"幸福"概念》一文,文章从另一个角度切入论题。他们认为:"抒情诗作为符号学的一种特殊形式,涵盖了自我描写的内心世界所涉及的概念。这些概念成为语义共同体的最高层次。'幸福'是莱蒙托夫抒情诗创作过程中极其重要的一个概念,它表达了诗人内心对世界的一种情感。""概念促使文本重建语言世界图景,进一步展现俄罗斯民族心智的原始面貌。"

从主题分析诗歌是诗歌研究的古老话题,但孙铁旻在2003年9月《南通纺织职业技术学院学报》上的论文《孤独中对死亡的否定之否定》写出了主题变奏的新意:诗人在死亡意识主导下发生精神的升华过程。"孤独中对死亡的否定之否定"是作者悟性之所在,如果联想到有人称《恶魔》的性格是"在漂泊中对作恶的否定之否定",人们就会深信它是符合天才诗人莱蒙托夫的艺术逻辑的。

对意象和象征研究的普遍重视,也是新世纪的新景观之一。李华在2003年第6期《辽宁师专学报》(社科版)上的论文《试析莱蒙托夫抒情诗〈帆〉的意象性特征》分"形象性特征""概括性特征""音乐性特征""象征性特征"四个层面加以阐述。2000年4月《牡丹江师院学报》(哲学社科版)上马福珍、麻秀丽的文章《论莱蒙托夫〈帆〉的艺术特色》和2004年第4期《俄语学习》上朱晓燕的文章《莱蒙托夫〈帆〉中的颜色词》两篇文章虽然没有提意象一词,但所分析的音乐美或色彩美都属意象的范畴。2002年第3期《国外文学》上顾蕴璞的文章《试论莱蒙托夫诗的意象结构》提出一个新看法:"莱蒙托夫素以感情炽烈和意象丰美著称,历来论者对他炽烈情感论述有余,对他的丰美意象却关注不足。"该文从"意与象的组合模式""时空的转换模式""虚实相生的机制""意象群的总体效应""意象的对比""特征性意象的复现"六个视角对莱诗独特的意象结构进行了剖析。这虽然仅是一家之言,而且成功与否还有待实践检验,但已是以中国的传统诗论与境外诗歌现象接轨的有益尝试。作者早在20世纪90年代初就从景生情和象生意的角度对《帆》的意境作过变奏式的动态分析:从"雾海孤帆""怒海风帆"到"晴海怪帆"[①]的三种意象组合,正是体现了他关于莱蒙托夫诗歌意象结构的上述构想。

比较研究(指广义的层面)在新的世纪也呈现发展的趋势。赵真在2001年12月的《内蒙古师范大学学报》(哲社版)上发表论文《普希金、莱蒙托夫、涅克拉索夫诗作中祖国的形象》,对比了三位大诗人营造"祖国"意象的不同风格特征。王崇梅于2005年8月在《牡丹江师专学报》上的一篇题为《俄国文学天空中的太阳和月亮——比较分析俄国诗人普希金与莱蒙托夫的创作特色》的论文从共性和个性两个方面分别对比两位诗人,前者包含"爱国、忧国思想""自由平等博爱""人民性";后者涉及"抒情方式"和"人物性格塑造"两个方面。谷羽在比较诗歌领域中纵横自如,游刃有余:在《名作欣赏》2001年第3、4期和2008年

---

① 见许自强主编:《世界名诗鉴赏金库》,北京:中国妇女出版社,1991年,第611页。

第 1 期上他不但把莱蒙托夫的《帆》和李白所写孟浩然消失在远行的碧空中的"孤帆"相提并赏,而且让莱蒙托夫的《乌黑的眼睛》和普希金的《她的眼睛》,莱蒙托夫的《囚徒》意象和查良铮的囚徒体验相映成趣,相得益彰。

四、结　语

新中国 60 年的莱蒙托夫诗歌研究,总的看来,大大超过旧中国,新中国的后 30 年较之前 30 年更不可同日而语,但是,比起诗人的祖国俄罗斯来,比起我国对俄罗斯其他伟大作家的研究来,无论深度还是广度,都还存在着一定的差距。例如,如今俄罗斯学者在莱蒙托夫诗歌研究领域的学术新动向:如从《波罗金诺》到《沉思》跟踪莱蒙托夫对几代人历史命运的探索,又如从诗人的高加索(特别是格鲁吉亚)主题开掘新的诗思感悟,目前我们都还没能跟上。当然,我们也无须妄自菲薄,我国莱蒙托夫诗歌研究总体上的弱项并不能排斥分体上的个别强项的存在,如对长诗《恶魔》主题和风格的把握,对抒情诗意象探索的深入等。当然,对原文格律的研究还有待系统化,虽然殷涵早在 1983 年就已在《莱蒙托夫诗文选》的译注中零星而有分量地提到了莱蒙托夫在俄罗斯诗歌韵律上的独特造诣,但至今未见有人接着做系统的研究。

我国莱蒙托夫诗歌研究的业绩,如果分三个层次来盘点,那么低层次研究(介绍性研究)最大,中层次研究(赏析性研究)次之,高层次研究(理论性研究)最小;如果按作品体裁来评估,那么抒情诗大于长诗(除《恶魔》《童僧》外,还有不少长诗尚未有人涉猎),即使抒情诗,也过多地集中在《帆》等几首最有名的诗上,而且存在低水平重复的现象;如果按社会历史分析和文本的审美分析两个因素来衡量,那么文本的审美分析(包括文本的考证分析)弱于社会历史分析;如果拿宏观性研究和微观性研究(指莱蒙托夫诗本身)两个侧面来比较,那么宏观性研究(包括如今在俄罗斯和其他国家呈强势的文化视角研究和平行或影响的比较研究,包括莱诗与音乐或绘画的比较研究)弱于微观性研究,特别是"中俄文化比较视野中的诗人莱蒙托夫"这个母题(包括中国对他和他对中国的影响),还是一块基本上未开垦的处女地。

第六节　泰戈尔诗歌研究

泰戈尔(Rabindranath Tagore,1861—1941)是近现代印度最伟大的文学家,也是近现代世界文学史上最伟大的文学家之一。于我国而言,泰戈尔是最早译介到我国的外国诗人之一,也是对我国现当代文学产生了重要影响的外国诗人之一。20 世纪 20 年代,我国曾有过一次译介泰戈尔的高潮,当时译介的作品以诗歌为主,主要有《吉檀迦利》《新月集》《飞鸟集》《园丁集》等。诸多原因所限,当时我国学者对泰戈尔诗歌的认识主要集中于其玄思、冥想、浪漫的一面,缺乏深入研究。

新中国建立至今,我国的泰戈尔诗歌研究虽然经历了一个曲折的过程,但对泰戈尔诗歌的认识已发展得较为全面。目前,我国泰戈尔诗歌研究的对象从题材上包括泰戈尔的宗教哲理诗、爱情诗、自然诗、历史故事诗、儿童诗以及社会题材的诗歌等;从体裁上包括他的散文诗和韵律诗;研究内容包括泰戈尔诗歌的思想内容、艺术特点、诗歌理论以及翻译研究等。根据研究成果的数量以及研究所涉及的范围,综合起来看,这个过程大体可以划分为起步期(1949年至20世纪60年代中期)、停滞期(20世纪60年代中期至1979年)、复苏期(20世纪80年代)和蓬勃发展期(20世纪90年代至今)等四个阶段。

一、起步期与停滞期(1949—1979)

起步阶段,我国在20世纪50年代出版了数种高质量的泰戈尔诗集,如郑振铎翻译的《新月集》和《飞鸟集》、冰心翻译的《吉檀迦利》以及冰心与石真合译的《泰戈尔诗选》等,这些译本至今仍然是同类诗集译本中的经典。

伴随着诗歌的翻译和出版,学者们开始对泰戈尔诗歌进行研究,介绍和评论性文字不断出现,季羡林的《纪念泰戈尔诞生一百周年》(《文艺报》1961年第5期)是其中的代表性文章。该文对泰戈尔的创作进行了整体介绍和评价,在诗歌方面,季先生对泰戈尔的《故事诗》和他在1905—1908年参加印度民族独立运动期间所写的诗歌给予了较高评价。文章指出,泰戈尔在"半退隐的生活"期间创作了"不少神秘气息、宗教气息比较浓厚的诗歌",并肯定了这些诗歌在描绘自然方面所具有的价值。文章还简要地阐述了泰戈尔诗歌在艺术形式方面的特点:带有印度古典梵文文学和孟加拉民族文学的双重特色,在创作中充分运用了孟加拉人民的口头语言,取得了创造性的成就。周而复在《访泰戈尔故居》(《人民文学》1955年第7期)一文中对泰戈尔诗歌进行了评介,认为泰戈尔的诗是"属于印度人民的","反映了印度人民对黑暗殖民统治斗争的要求";他评论道,泰戈尔是"热爱祖国和人民的爱国主义的诗人,是追求美满、幸福、自由的理想社会的诗人"。梅兰芳的《忆泰戈尔》(《人民文学》1961年5月号)一文也涉及了泰戈尔孟加拉语诗歌的音律。整体上看,这一时期的研究成果尽管数量不多,但相关论述基本准确,不少论断成为后继研究的基础。

1961年,泰戈尔100周年诞辰,十卷本《泰戈尔作品集》得以出版,新中国的泰戈尔诗歌研究几欲踏上更加深入、系统发展的快车道。但由于众所周知的原因,这一研究停滞了。直到20世纪70年代末,我国的泰戈尔研究才得以重新开展,泰戈尔诗歌研究也才得以逐步恢复。

二、复苏期(20世纪80年代)

1980年,林之非发表了《新月的幻想和破灭——介绍泰戈尔的〈新月集〉》(《外国文学研究》1980年第2期)一文,以"谈一点自己的读后感"的方式对《新月集》中表达的对人类普遍感情的赞美予以了肯定。这是我国泰戈尔诗歌研究复苏的发端。

在为1982年再版的《泰戈尔诗选》所作的序言中,季羡林从整体上对泰戈尔的诗歌创作进行了论述。他认为,综观泰戈尔"一生诗歌的创作,大体上可以分为三个阶段。这三个阶段是同当时的时代背景和他的生活分不开的。第一个阶段自19世纪70年代起至20世纪初他退出群众反英运动止。第二阶段基本上是他退出反英运动过着退避生活,一直到他再加入反英运动。当然不完全是退避,他仍然参加社会活动,周游世界,只是不积极参加印度国内的政治活动而已。第三阶段从1919年后直至他逝世"[①]。在这篇文章中,季羡林分别对这三个阶段的诗歌创作进行了评论,认为第一阶段的代表作是《故事诗》,第二阶段泰戈尔的创作"像都是脱离了现实世界,不食人间烟火",可以用"菩萨慈眉"来概括,第三阶段的诗歌"内容充满了斗志,调子激昂慷慨,同以前的诗人判若两人"[②],可用"金刚怒目"来概括其特点。此后我国学者对泰戈尔诗歌的分期或完全或部分沿用这一分法,部分沿用者也只是在分期的具体年限方面略有不同而已。不过,在2003年出版的《泰戈尔文学作品研究》中,作者提出在这三个时期之外,"还应包括他(指泰戈尔,笔者注)正式步入诗坛之前的大约八九个年头的萌发期"[③],并将之作为泰戈尔诗歌创作的第一个阶段,称为萌发期(1869—1878),这可以看作是对上述"三个阶段"说的一种补充。总体来看,我国对泰戈尔诗歌发展的划分基本以季羡林的"三个阶段"说为蓝本。这一划分方法与印度学者的看法略有不同,一般而言,印度学者对泰戈尔诗歌创作的划分更为细致,普遍倾向将1910—1915年前后的那一时期称为其创作中的"吉檀迦利"时期,并将"吉檀迦利"时期之前的十年左右称为其创作的过渡期或黑暗期。

在《泰戈尔的生平、思想和创作》(《社会科学战线》1981年第2期)一文中,季羡林指出,泰戈尔的诗歌既有"光风霁月的一面,也有怒目金刚的一面",中国读者往往通过《飞鸟集》《新月集》《园丁集》和《吉檀迦利》等来了解泰戈尔的诗歌,因而所了解的"都只代表了他光风霁月的一面"。在肯定这些诗歌的艺术价值及其对中国新诗创作的影响的基础上,该文指出了这种认识的片面性。之后

---

① 季羡林:《泰戈尔诗选·前言》,北京:人民文学出版社,1982年,第5页。
② 同上书,第8—9页。
③ 唐仁虎等:《泰戈尔文学作品研究》,北京:昆仑出版社,2003年,第84页。

在整个80年代,我国出现了大量译介和评论泰戈尔诗歌的文章。这些文章所涉及的研究内容,既有一贯受到重视的"光风霁月"的《新月集》《飞鸟集》《园丁集》《吉檀迦利》,也有"金刚怒目"的但以往缺乏关注的泰戈尔的社会题材方面的诗歌。这表明我国学者在重启泰戈尔诗歌研究之际,已在有意识地矫正20世纪20年代遗留下来的对泰戈尔认识的片面缺失。周而琨的《泰戈尔政治抒情诗的发展及其特点》(《扬州师院学报》(社会科学版)1985年第3期)采用了上文提及的"三个阶段"说,并认为"泰戈尔的政治抒情诗多创作于第三个时期,在第一、第二时期的诗集中也收有与政治有关的抒情诗篇"。文章从思想发展和艺术特点两个方面对泰戈尔的政治抒情诗进行了较为全面的分析,认为即使是在"退隐"时期,泰戈尔所创作的诗歌中也交融着爱国与颂神思想,并对泰戈尔第三阶段的政治抒情诗给予高度评价,认为它"表现了诗人金刚怒目和深情厚爱两个不同侧面,它是诗人一生政治活动和文学生涯的鲜明记录,标志了诗人思想发展的高度"。这种评价不免带有一定的意识形态色彩,但从整体来看,文章对泰戈尔政治抒情诗的重视和内容分析是值得肯定的。

这一阶段的研究成果,已经开始注重从印度文化的角度对泰戈尔诗歌的思想内涵,主要是"神"与"爱",及其诗歌的艺术成就进行评价。部分成果如季羡林对泰戈尔诗歌的整体评价、金克木对《什么是艺术》和《吉檀迦利》的解读、刘建对泰戈尔诗歌思想和艺术的研究、华宇清在《寂园心曲·译本序》中对泰戈尔诗歌格律的介绍,直至今天在相关领域内仍具有较高的学术意义。金克木的《泰戈尔的〈什么是艺术〉和〈吉檀迦利〉试解》(1981)主要针对我国大部分读者觉得《吉檀迦利》难以理解这一问题进行解说。文章指出《吉檀迦利》"诗集仿佛是有起、有结、有主题旋律又有变奏的完整的乐章"[①],这种对同一主题的不断重复正是印度传统文化的特点之一,但对中国读者来说这种重复却显得单调,甚而乏味。金克木指出,《吉檀迦利》所涉及的内容有爱、有神,"充满物质人间的形象",诗歌用语也不是日常的自然语言,因此让人觉得神秘莫测;但更重要的原因则在于诗集所抒发的感情"同我们所熟悉的大有距离",《吉檀迦利》是"泰戈尔的艺术观的实践",其中所蕴含的"神人合一"的宗教情感的陌生是造成我国大部分读者理解障碍的根本原因。这篇文章从中印文化差异的角度出发,切中肯綮地解释了《吉檀迦利》在我国难以获得理解的原因,所讨论的实际上是阅读中存在的"前结构"的问题,也就是阅读主体所具有的审美经验的期待视界的问题。这对我们现在认识和分析《吉檀迦利》及其他泰戈尔诗歌在我国的接受情况仍具有极大的借鉴意义。值得一提的是,金克木将《吉檀迦利》诗集的结

---

① 金克木:《泰戈尔的〈什么是艺术〉和〈吉檀迦利〉试解》,《金克木集》第3卷,北京:生活·读书·新知三联书店,2011年,第201页。

构喻为一部乐章,这一观点在之后的研究中为我国研究者广泛认同和采用,目前我国学界对这部诗集结构的讨论所依据的大体上都是"写作缘起,颂神——追求神时的思念——与神会面的欢乐——再次分离的痛苦——再次相会,对死亡的超越"这样一条内在逻辑线,认为整部诗集首尾相衔,一唱三叹,形成了一种内在的韵律之美,有力地烘托出了人渴望与神结合的主题。

这时期的研究者大都为专业的东方文学工作者,如季羡林、金克木、刘宝珍、林之非、周而琨、倪培耕、华宇清、刘建等,保证了大部分文章具有较高的专业水平。因此可以说,我国真正学术意义上的泰戈尔诗歌研究是从20世纪80年代开始的,80年代的研究为泰戈尔诗歌研究的蓬勃发展奠定了坚实的基础。

三、蓬勃发展期(20世纪90年代至今)

进入20世纪90年代以后,我国的泰戈尔诗歌研究迎来了蓬勃发展的时期,多方面的成果不断涌现。对泰戈尔诗歌思想内容的研究依然是重点,大部分研究成果都围绕着其诗歌中的"神""爱""梵与自我的关系"而展开,对其中蕴含的宗教哲学思想进行剖析,探讨泰戈尔的思想与印度教传统思想与"奥义书"精神的联系。在这方面,《吉檀迦利》作为泰戈尔诗歌的代表作,因其地位的重要以及思想的复杂性,受到的关注最多,其研究成果也代表了我国学界对泰戈尔诗歌思想内容的主要看法。对《吉檀迦利》思想内容的解读,可以归纳为四方面:第一,关注诗集中的神秘主义。作为一部具有浓厚宗教气息的诗集,《吉檀迦利》中的神秘主义成为我国读者理解该诗集时遇到的一场无法躲避的雾,真实而又难以捉摸。因此,神秘主义成为众多学者的研究目标。关于诗集中的神秘主义究竟是什么,郭沫若所提出的"泛神论"说在许多论文中被广泛采用和引用,但也有文章明确反对这种说法,指出泰戈尔的思想不是泛神论[①];也有多篇论文结合泰戈尔自身的宗教哲学观和文艺观对诗集中的神秘主义进行论述,采用了"诗人的宗教说"观点。第二,关注诗集中"神"的含义。对于《吉檀迦利》中"神"的解释论述颇多,其中比较有代表性的观点是认为这个"神"实际上是人格神,也有文章或认为《吉檀迦利》中的神与印度教传统文化中的"梵"一脉相承,或认为神并不是真正的神,它代表的是自由精神,或提出"神"的内涵之一就是美与理想。第三,关注诗集中的人道主义精神。对于这种人道主义精神,有学者认为是一种"泛爱"思想,有学者注重其具有现实意义的一面,认为是一种爱国主义思想,是对劳动人民的同情。第四,关注诗集中所体现的泰戈尔的宗教理想。对于这方面的论述,国内学者大都注重诗集与印度传统文化的关系,认

---

① 张朝柯:《诗人的宗教不是宗教——试谈〈吉檀迦利〉中的宗教、神和泛神论》,姜景奎选编:《印度文学研究集刊》,上海:上海译文出版社,2003年,第60—77页。

为其中所蕴含的是"梵我合一"的理想,是神人之爱。除了这四个主要方面之外,还有论文讨论了诗集中所体现出来的执著的求索精神,也有学者致力于结合《吉檀迦利》中的宗教性与哲理性因素,认为《吉檀迦利》既不是宗教颂神诗,也不是哲理诗,而是一部"神秘性的近代新神话"①。此外,有部分成果关注泰戈尔的儿童观,对泰戈尔的儿童诗进行了解读;近年来,还有部分研究受文学文化研究发展的影响,对这一领域进行了拓展,对泰戈尔诗歌中的生命意识、生态思想进行了探讨。

在研究对象的语种方面,进入研究视野的作品已经逐渐突破了以往的英文诗集,越来越多的孟加拉语诗集进入了研究者的视野,其中如《金色的船》《再次集》等都获得了积极中肯的评价。对泰戈尔诗歌艺术的研究也获得了较大的发展,除通过汉译本对诗歌的意境美、音韵美进行分析外,我国近年来还出现了专门研究泰戈尔孟加拉语诗歌韵律的学术成果,其中白开元为《泰戈尔全集》(河北教育出版社,2000年)诗歌卷撰写的序言以及他的《泰戈尔诗歌格律浅谈》、(《印度文学研究集刊》第五辑,上海译文出版社,2002年)代表了这方面的较高水平。泰戈尔的母语是孟加拉语,他运用母语进行大量创作。从原语言即孟加拉语进行研究是我国对泰戈尔诗歌研究的一大重要进步。不过,就韵律诗和散文诗两种诗歌体裁来看,这一时期我国的泰戈尔散文诗研究仍然领先于韵律诗研究。在上述大部分研究中学者们引用的作品仍以《吉檀迦利》《新月集》《园丁集》等英文散文诗集为主。

泰戈尔诗歌理论研究也取得了长足发展。泰戈尔的诗歌理论主要包含在他的美学思想、文论思想之中,我国学者在以往的研究中多有涉及,但无专门论述。近年来,侯传文在这方面的探索值得称道,他在《外国文学研究》《外国文学评论》等刊物上发表了一系列相关论文,并在专著《话语转型与诗学对话:泰戈尔诗学比较研究》(中国社会科学出版社,2010年)中对泰戈尔的诗歌创作论、语言论、体式论、接受论分别进行了探究。侯传文认为,泰戈尔强调诗歌创作中的情感、灵感与想象,在诗歌创作方面是一个主客观统一论者;泰戈尔对诗歌的语言主要注重的是韵律,而韵律又不仅是格律这一种形式;泰戈尔追求诗歌内容与形式的统一,但反对形式主义;泰戈尔在诗歌接受理论中对读者主体性的注重体现了其文论思想的前瞻性,但强调读者、作者与文本的统一,这又与西方的现象学诗学、阐释学等截然不同。侯传文的研究以细致、全面地解读泰戈尔关于诗歌理论的相关著述为基础,在立足于印度文学文化传统的同时又持有一种开放的、比较的视野,在既有成果并不丰富的情况下,提出了中肯且富有启发性的见解,代表了我国学者在这一领域相关研究的较高水平。

---

① 魏善浩:《〈吉檀迦利〉:印度返朴归真的新神话》,《南亚研究》1994(4)。

在这一时期,从研究者组成来看,既有东方文学工作者,也有中国文学、西方文学、翻译文学研究工作者,研究者队伍的多元构成,催生了研究工作中的多元视角。因此这一时期我国的泰戈尔诗歌研究还出现了新的研究领域,主要有两个:

第一个领域是对泰戈尔诗歌的比较研究,主要包括接受与影响研究和平行比较研究两大部分。在接受和影响部分,成果大部分集中在"泰戈尔诗歌与冰心、郭沫若的关系""泰戈尔诗歌与中国新诗发展的关系"这两大论题上。研究者普遍认为冰心的诗歌创作尤其是《繁星》《春水》两部诗集深受泰戈尔《飞鸟集》《新月集》等诗集的影响,冰心的"爱"的哲学直接得益于泰戈尔诗歌中蕴含的"爱"的思想,泰戈尔的儿童诗与儿童观对冰心的儿童文学创作也产生了影响;而郭沫若的早期创作,尤其是他的泛神论思想也留有泰戈尔诗歌的痕迹。在泰戈尔诗歌与中国新诗的关系方面,大部分研究成果认为泰戈尔的散文诗对中国新诗的发展产生了重要影响和促进作用,也有研究成果对这种影响进行了理性思考,认为其中不乏消极因素,有的论断虽然立意较新,但还需要进一步思考和论证。近年来,有学者对以《吉檀迦利》为主的泰戈尔英文散文诗在西方世界的接受情况进行了分析,并以此进一步对"东方文学文化在西方"这一论题进行思考,力图发现隐藏在不同接受现象之下的深层文化原因。其中《泰戈尔:在西方现代文化中的误读——以〈吉檀迦利〉为个案研究》[1]一文较有代表意义,文章讨论了《吉檀迦利》在西方现代文化中所受到的积极性误读与消极性误读,提出这种文化误读的原因在于西方对"异国情调"与"东方他者"的理解,以及当时殖民主义文化语境的认可。在平行比较研究方面,我国有研究者将泰戈尔的诗歌与沈从文的作品进行平行比较,也有学者对泰戈尔与雪莱、泰戈尔与叶芝和庞德进行比较研究。但总体说来,这方面的研究还处于比较表层的阶段,对内在文化异同的分析还有待进一步深入。

第二个新的研究领域是翻译研究。泰戈尔的英文诗集译自他的孟加拉语诗歌,我国读者与研究者大部分通过英译本和汉译本对泰戈尔的诗歌进行阅读和研究,因此,开展对泰戈尔诗歌的翻译研究是一种必然要求。我国已有的泰戈尔诗歌翻译研究成果不多,既有成果基本集中在第三个方面,研究的内容主要是关于泰戈尔英语诗歌的汉译,以及冰心的泰戈尔诗歌翻译,并试图从译者与作者、译本与原作之间的关系审视文化心理的异同、不同语言作品的特点。近年来,对泰戈尔的孟加拉语诗歌、英文译诗、汉译诗的翻译研究在我国也开始展开,并出现了相关研究成果,这是对泰戈尔诗歌翻译研究的拓展和深化,表明

---

[1] 刘燕:《泰戈尔:东西方现代文化中的误读——以〈吉檀迦利〉为个案研究》,《外国文学研究》2003(2)。

我国的泰戈尔诗歌研究有了新的发展。但总体来看,这方面的研究还比较薄弱。泰戈尔诗歌的翻译在我国已经有了近百年的历史,对其进行翻译史类的研究不但可能,而且必须。而从翻译功能的角度对泰戈尔诗歌在我国的译介情况进行研究,将有助于我们加深对于中印以及东西文化的交流、理解与博弈的认识。翻译研究理应成为我国泰戈尔诗歌研究的一个新的学术生长点。

四、对泰戈尔诗歌研究的总结与反思

新中国建立以来,我国的泰戈尔诗歌研究走过了一条并不平坦的道路,对泰戈尔诗歌的认识也经历了一个从片面,到受到政治因素的影响,再到逐渐回到其诗歌思想、艺术价值以及文化意义本身的一个过程。当前,我国泰戈尔诗歌研究已形成了以印度(包括现在的孟加拉国)文学文化为基础、展开多方面研究的局面,研究成果无论从数量上还是从研究内容的涉及面及学术深度上都取得了较大成就。但在这个过程中,也表现出了若干值得学界反思的不足:

其一,我国的泰戈尔诗歌研究对象较为集中,大部分研究成果围绕着《吉檀迦利》《新月集》《飞鸟集》《园丁集》这几部英文诗集展开。即使在泰戈尔的孟加拉语诗歌被大量译介之后(2000年24卷本的《泰戈尔全集》出版,其中就囊括了大量的孟加拉语诗歌),这种状况依然没有改变。尽管这几部诗集的确是泰戈尔诗歌中具有较高艺术价值的作品,学界目前对这些诗集的研究也达到了较高的水平,但它们仍然无法全面展现泰戈尔诗歌和思想的丰富性与复杂性。《故事诗》《金色的船》《渡口集》《飞鹤集》及泰戈尔后期创作的多部孟加拉语散文诗集,体现了泰戈尔思想发展的不同阶段,也展现了泰戈尔高超的诗歌艺术。因此,这种研究对象的偏颇性,极大地阻碍了我国读者和学界全面认识作为一位双语诗人、且大量采用孟加拉语进行诗歌创作的泰戈尔。

其二,我国的泰戈尔诗歌研究具有重思想内容轻诗歌艺术的特点。纵观目前已有的研究成果,绝大部分都是围绕着泰戈尔诗歌的思想内容展开。泰戈尔诗歌的多义性、神秘性、宗教哲理性固然需要深入解读,但并不能成为研究者忽视泰戈尔诗歌艺术的原因。诗歌是语言的艺术,泰戈尔本人也是一位诗歌技艺大师,忽略其诗歌艺术魅力,就无法全面领略泰戈尔诗歌的美。优美的语言、丰富的色彩、多变的意象、充满想象力的比喻和隐喻、多样的风格,这些都应当成为研究者关注的对象。在对诗歌思想内容的研究方面,也存在着对原文较为严重的误读这一问题,如有的文章断章取义,认为《吉檀迦利》中的神就是劳动人民等。虽然在文学欣赏中误读是不可避免的,但对文学作品的随意曲解也是不可取的。

其三,在研究资料的收集方面,我国学界所做的工作还十分有限。这突出地表现在相关研究对包括孟加拉语在内的原始资料的搜集十分匮乏,对国外学者包括印度学者在内的研究成果的借鉴相当有限。我国目前对国外泰戈尔诗歌研究成果的译介基本停滞不前,鲜有译作问世。研究文献的老化和信息的闭塞,导致了一方面我国的泰戈尔诗歌研究成果很难超越前人的研究成果,尤其是近年来大部分文章的结论都依附于 20 世纪八九十年代的成果之上,缺乏独立的创见;另一方面,我国的泰戈尔诗歌研究与国际上的研究趋势和研究成果之间还存在一定距离。比如,在对泰戈尔、叶芝、庞德进行比较研究方面,国际上较新的研究成果已经在后殖民语境中考察叶芝与庞德对待泰戈尔及其诗歌的文化心态;在泰戈尔诗歌的影响与接受方面,泰戈尔与另一位诺贝尔文学奖获得者诗人希梅内斯的关系、泰戈尔与阿根廷著名女作家维多利亚·奥坎波的关系等在国外较受关注,而国内学界则鲜有研究;在翻译研究方面,如能借鉴国际上的新的研究成果,从文学翻译之蕴含的文化之间的博弈这一角度审视泰戈尔自己的翻译行为,他的作品的英译、汉译,也许我国学界将会获得更有深度的见解。"他山之石,可以攻玉",如果加强对国外优秀研究成果的引进和借鉴,相信我国的泰戈尔诗歌研究将能迈上一个新的台阶。

其四,我国泰戈尔诗歌研究者的队伍庞杂,尤其是 20 世纪 90 年代以来,形成了以印度文学和东方文学工作者为主、各界研究者纷纭的研究者群体。如前文所说,多元的研究者队伍催生了多元的研究视角,但这也导致了一些问题的出现。印度文化与中国文化在思想上有着巨大的差异,泰戈尔是印度传统文化的集大成者,在他的思想中固然有着西方文化影响的成分,但其核心观念仍然属于印度传统文化。因此,若缺乏对印度文化的理解,就无法确切地体会和理解泰戈尔的作品,包括泰戈尔的诗歌。在目前的研究成果中,就存在着这方面的不足。部分成果在对泰戈尔诗歌进行解读时,或试图以西方的"上帝"来解释泰戈尔的神,或完全抛开印度文学文化的背景对泰戈尔的诗歌进行随意解读,这类成果不但没有学术价值可言,还可能误导其他研究者和读者,可谓有害。在庞大的研究者队伍中,还有部分研究者缺乏必要的治学态度和治学精神。有的学者不过将泰戈尔诗歌研究作为一种谋求某些实际利益的学术手段,追求的往往只是科研成果的数量。比如,有的文章在对冰心译《吉檀迦利》进行翻译研究时,武断地指称冰心所翻译的《吉檀迦利》第 62 首与英文原诗相比缺失了最后一节,而事实上这完全是由于研究者所使用的版本不同所造成的错误印象。对于严肃的学术研究来说,严谨的治学态度是首要条件。笔者期望在将来的研究中,有更多真正具有专业精神的成果问世。

对泰戈尔诗歌的研究和理解既是中印文学文化交流和发展的重要组成部分,也是它的一个观测点。这一研究的繁荣与发展反映了我国加强中印文化理解的努力和良好愿望,泰戈尔诗歌的难解也从某个角度折射出了中印文化异质的事实,而它的日益多元化则反映了我国学界日益开放的学术视野和文化心态。

第三章
浪漫主义/现实主义诗歌研究

导 言

关于本章中浪漫主义/现实主义诗歌的定位主要是考虑到一些外国诗人的诗作具有浪漫主义和现实主义的双重倾向,因为他们诗作内容或诗歌风格的复杂性,很难将他们看做是典型的浪漫主义或现实主义诗人,故此将他们的诗作视为兼具浪漫主义和现实主义诗风的作品。其中较为典型的诗人即本章所列专题研究的对象俄国诗人普希金和美国诗人惠特曼。普希金的诗作曾体现出鲜明的浪漫主义倾向,但他后来又突破了浪漫主义文学的限制,扩大了表现的领域和风格;惠特曼的诗风自由豪放,但他的诗作关注现实社会和人生,形式上又开创了自由诗体,与欧洲浪漫主义诗歌有较大不同。两位诗人的诗作在新中国成立之前就受到较多重视,这与当时中国的政治形势和革命的需要有着紧密的关系。普希金那些反抗专制、讴歌自由的诗作受到热烈赞扬,惠特曼的诗作也因其有关美国内战期间的政治主题受到关注。这些诗人的作品在新中国成立之后的十多年间往往因为其社会现实性而得到一定的介绍和研究。20世纪80年代之后他们的作品才得到了较为全面的和客观的评价,其作品的复杂性、多面性和丰富性开始得到较为深入的研究。他们的作品在新中国60年的诗歌研究中可以说是一种由较为片面的政治性关注转到客观而全面研究的典型。

第一节 普希金诗歌研究

亚历山大·谢尔盖耶维奇·普希金(Alexander Pushkin, 1799—1837),19

世纪初俄国著名作家。1897 年,普希金以"伯是斤"之名传入中国。① 1903 年,他的第一部汉译作品《俄国情史》(《上尉的女儿》)问世。耐人寻味的是,在 1927 年之前,汉译普希金作品几乎均为小说,没有诗歌(这里所言的"诗歌"主要指狭义上的叙事诗和抒情诗,并不包括其他诗体作品,如童话、戏剧、诗体小说《叶甫盖尼·奥涅金》等)。也就是说,普希金是以小说家的面目进入中国的。翻译的缺席导致评论的乏力,故在 1927 年之前,只有鲁迅的《摩罗诗力说》(1907)、李大钊的《俄罗斯文学与革命》(1918)等文章简略论及普希金的诗歌。

1927 年,孙衣我翻译的《致诗人》一诗在《文学周报》第 4 卷第 18 期发表。此后,普希金的许多诗作陆续得到翻译,普希金"诗人"的本来面目得以恢复。与此相应,当时关注普希金的进步文学界开始关注普氏的诗歌,并对那些反抗专制和压迫、讴歌和呼唤自由的诗篇给予热烈的赞颂。普希金的声誉日隆,以致在三四十年代,他不只是一位诗人,还成为进步文学界信奉的文艺偶像。也正因为掺杂着过多欣赏和崇拜的因素,导致这一阶段的普评虽然数量较为可观,且不乏激情和亮点,但不免局限于表层的介绍、鼓吹和推广,很难深入学理的深处。

新中国成立后,外国文学研究一如既往地"与时俱进"。诚如吴元迈在 1999 年的一次大会报告中所言:"50 年的外国文学研究工作经过了五代人的艰苦跋涉与辛勤耕耘,走过一条复杂的不平坦之路,与我们的政治风雨同步。"② 往后推延 10 年,就会发现,新中国 60 年的普希金诗歌研究也是如此。令人欣慰的是,像其他学术事业一样,普希金诗歌研究在经历了风雨之后,最终还是迎来了绚丽的彩虹。如果分阶段进行考察,它可以划分为三个时期:新中国成立至 1957 年:发展期;1958 年至"文化大革命"期间:缓滞期;1976—2010 年:复兴和繁荣期。

一、新中国成立至 1957 年:发展期

新中国虽然在很多方面和"旧中国"彻底分道扬镳,但是与苏联的关系和感情不仅没有破裂,反而更加深了一层。其实早在新中国成立之前(1949 年 6 月 30 日),毛泽东就宣布了"一边倒"的政策:"一边倒,是孙中山的四十年经验和共产党的二十八年经验教给我们的,深知欲达到胜利和巩固胜利,必须一边倒。积四十年和二十八年的经验,中国人不是倒向帝国主义一边,就是倒向社会主义一边,绝无例外。"③ 文章明确表示:"我们在国际上是属于以苏联为首的反帝

---

① 陈建华:《20 世纪中俄文学关系》,上海:学林出版社,1998 年,第 20 页。
② 引自会讯《中国外国文学学会第六届年会在上海召开》,《外国文学动态》1999(6),第 42 页。
③ 毛泽东:《论人民民主专政》,《毛泽东选集》第四卷,北京:人民出版社,1990 年,第 1410 页。

国主义战线一方面的,真正的友谊的援助只能向这一方面去找,而不能向帝国主义战线一方面去找。"①

政治上的"一边倒"和意识形态的一律性让俄苏文学在中国比新中国成立前更受欢迎。据统计,从1949年10月至1958年12月,我国共出版俄苏文学作品3526种,印数达8200万册以上。② 作为俄罗斯新文学奠基者的普希金,自然更是中国文坛的宠儿。也就是说,在新中国成立初期,我国的普希金研究延续了新中国成立前进步文学界研究的上升态势,稳步向前发展。

据不完全统计,从1950年至1957年的8年间,普希金的作品出版了三十余种(含旧书再版),其中诗歌的主要译者是查良铮和戈宝权。这些诗歌译自俄文,翻译质量大有提高,而且印数较多,加之许多高校先后开设了俄苏文学课,从而使得普希金诗歌的接受群体空前扩大。与此同时,对普氏诗歌的评论也取得了较大的进展。不过,需要说明的是,在这期间,普氏诗歌尚未成为一个相对独立的研究对象,而只是作为普希金创作的一部分受到注意。据现有资料可知,这期间公开发表的论及普希金诗歌的文章有数十篇,大体可以分为两类:第一类是各种译本的序、跋,第二类是对普氏单篇作品的赏析或者评介。这两类成果中的大多数属于纪念性或介绍性文章,学术性并不强,但对于增强人们对普希金的认识,推动普氏作品在中国的传播,却起到了积极的作用。

新中国成立之初对普希金诗歌的研究虽然较新中国成立前有所发展,但发展的程度是比较有限的。这主要有内外两个原因。外部原因在于当时整个中国的学术事业还处于起步阶段,学术意识、学术思维还比较模糊。借用王向远的话说:"新中国成立后头一个五年计划中,政治经济文化迅速恢复和起步,但人民的精力贯注于医治战争创伤、恢复国民经济,学术研究一时难以彰显……而作为学术研究基地的各大学和研究机构,在新中国成立初期也处在大学国有化的改造与调整中,缺乏学术研究的稳定环境,到1954年,各大学的合并和院系调整才算基本完成。"③内部原因则在于人们将普希金神化,很难用一颗平常心去审视他。人们注意到,在这一时期,普希金在中国的声誉达到一个顶峰,换句话说,他不仅超越了诗人的范畴,也超越了文艺偶像的范畴,而上升为一个文化英雄。诗人田间就说:"普希金,这是天才,这是英雄,这是诗人。英雄和诗人,虽说是两个不同的名词,但在实质上,它们的含义是一致的。伟大的人民诗人都是英雄和战士。"④将普希金看成文化英雄,其实就是将普希金符号化,因此这期间在评论普希金诗歌的时候,不可避免地侧重政治诗而忽略了其他题材

---

① 毛泽东:《论人民民主专政》,《毛泽东选集》第四卷,北京:人民出版社,1990年,第1412页。
② 陈建华:《20世纪中俄文学关系》,第184页。
③ 王向远:《比较文学研究》,福州:福建人民出版社,2006年,第156—157页。
④ 田间:《普希金颂:纪念俄罗斯文学之父普希金诞生一百五十四周年》,《光明日报》1953年6月7日。

的诗歌;侧重诗歌的思想内涵而忽略了艺术特性;侧重思想内涵中的人民性和革命性而忽略了其他层面的意蕴。

总之,这期间的普评为了服务主流意识形态的目标,显得热闹有余,而理性不足,以至于最能反映研究水平的学术论文基本空缺,学术专著更是难觅踪迹。

二、1958 年至"文化大革命"期间:缓滞期

新中国成立后的头几年,绝大部分学术事业百废待兴,但普希金研究却不是建立在一穷二白的基础上:在新中国成立前的几十年间,很多前辈学者已经打下了较好的基础。按照新中国成立之初的态势发展下去,普希金研究很快就会迎来一个繁荣期。可惜好景不长,接踵而来的政治运动中断了这种态势:"从50 年代前期开始的知识分子思想改造运动,终于演变为 1957 年的'反右'运动,许多知识分子在那场运动中被审查批判,噤若寒蝉,或被打成'右派',失去了学术研究的起码条件乃至人身自由。"①

1957 年以后,情况越来越严重。随着极左路线的逐步升级和中苏关系的恶化,我国对俄罗斯古典文学的态度来了个 180 度的大转弯。曾经被尊为"导师"的俄罗斯古典文学,被某些人视为"无用"的,甚至是"有害"的,而那些古典作家则被视为"死人洋人"。随着这种观念的普及,普希金研究的发展势头立刻"缓"了下来,首要表现便是作品出版数量的锐减:1958—1966 年间,仅仅出版了《普希金抒情诗一集》(查良铮译,上海新文艺出版社,1958 年重印)、《普希金作品选读》(毕家禄注释,商务印书馆,1964 年)等极少数作品。其次,在课堂上讲授普氏的作品被当做宣扬剥削阶级的生活方式和资产阶级人性论受到批判,这也直接导致普希金读者群的急剧下降;紧接着,对普希金的评论也开始裹足不前,除了《普希金》(南海、碧波编写,商务印书馆,1962 年)等极少数普及性的小册子外,很难见到其他普评专著。有关普希金的介绍性和宣传性文章三十篇左右(其中涉及诗歌的有两篇),都极为短小,在深度和广度上几乎没有任何突破。

雪上加霜的是,"文化大革命"很快到来。"文化大革命"期间,几乎整个外国文学都被否定。文艺复兴时期的文学被认为是反映了"资产阶级独霸世界的野心";启蒙学派被打成"蒙蔽学派";批判现实主义文学成了"维护剥削阶级制度"的文学;西方现代文学则是"反动""颓废"的文学。总之,对这些"古的和洋的艺术",应该"彻底决裂""彻底批判""彻底扫荡"。这样,普希金就成了反映"剥削阶级的政治愿望和思想感情"的"死人洋人",自然也在被扫荡之列。换言之,似乎在一夜之间,普希金从"文化英雄"跌落成资产阶级的"代言人",人人避之唯恐不及,上海的普希金纪念铜像在 1966 年被彻底砸毁就是一个明证。该

---

① 王向远:《比较文学研究》,第 156 页。

铜像建于1937年。日军占领上海后,在1944年11月将之拆除。抗战胜利后,俄国侨民和上海文化界进步人士于1947年在原址上进行了重建,但在"文化大革命"期间,铜像再一次被毁。可以说,普希金的铜像如同一个隐喻,象征着普希金及其作品在中国的坎坷遭际。在"文化大革命"期间,普希金研究彻底"停滞"了下来。尽管如此,在民间,在知识分子的心中,普希金的声音并未沉寂,普希金的身影并未消失。正如叶甫图申科在《中国翻译家》一诗中所写:"当红卫兵把石子/向娜塔莎掷去,/当大学的校园/成了可怕的荒漠,/像一个幽灵/伴着低沉的蹄声/普希金的青铜骑士/突然出现在天安门。"①

是的,普希金依然活在人们的心中。"在西伯利亚矿井的深处,/你们要保持高傲的耐心,/你们悲惨的劳动和崇高的思想追求,/绝不会消失得无影无踪。""假如生活欺骗了你,/不要忧郁,也不要愤慨!/不顺心的时候暂且容忍:/相信吧,快乐的日子就会到来。"在"文化大革命"最艰难的岁月里,普希金的这些诗句不知给多少人带来了心灵的慰藉和生活的勇气,使他们对未来充满信心。正是有这样一种在事实上从未被割断的普希金情结存在,才会有"文化大革命"结束后普希金研究的迅速复兴。

三、"文化大革命"后至2010年:复兴与繁荣期

粉碎"四人帮"后的头两年,学术界步入了痛定思痛和休养生息的阶段。不久后,各个领域的学者开始"试探性"地发表论著。在此氛围下,马家骏在《陕西教育》1978年第1期发表了《普希金和他的〈寄西伯利亚〉》一文,开启了普希金研究复兴的大门。1979年,普希金研究的各种成果呈"井喷"状问世,预示着普希金研究春天的到来。回顾和梳理新时期30年的普希金诗歌研究历程,可以发现,它的成就和特点主要体现在以下四个方面:

第一是翻译工作趋向完备性,这也成为我国普希金研究的一大亮点。从20世纪80年代开始,为了读者阅读和学者研究的需要,同时也为了响应心中那颗"普希金情结"的热烈呼唤,翻译界和出版界加大了翻译普希金诗歌的力度,不仅出版了多种多样的普诗单行本,而且推出了多种大型的普希金文集或全集,如卢永选编的《普希金文集》(7卷,人民文学出版社,1995年)、肖马和吴笛主编的《普希金全集》(8卷,浙江文艺出版社,1997年)、冯春以一己之力翻译的《普希金文集》(10卷,上海译文出版社,1999年)和刘文飞主编的《普希金全集》(10卷,河北教育出版社,1999年),至此可以说,普希金的全部作品几乎均被翻译成中文,普希金的诗歌也得以整体性地呈现在大众面前,从而为更广泛

---

① 叶甫图申科:《中国翻译家》,《八十年代外国诗选》,刘文飞译,刘湛秋等主编,合肥:安徽文艺出版社,1987年,第181页。

的评论工作打下了坚实的基础。

第二是评论的对象趋向整体性。新时期的普评既有重点诗作的重点解读——如有八篇论文研究《致大海》,七篇论文研究《铜骑士》,五篇论文研究《致凯恩》《致恰阿达耶夫》和《茨冈人》等;也有分门别类的局部性考察——如抒情诗研究,叙事诗研究,抒情诗中的政治诗歌、爱情诗歌、爱国主义诗歌、自然诗歌研究,叙事诗中的南方叙事诗研究等;还有对普希金诗歌的宏观探讨。"点""面"和"全局"三个层次的有机结合,基本涵括了普希金的全部重要诗作,大大拓展了普评的广度。

第三是评论的视角趋向多元化。"自由""革命""爱情"等传统视角在新时期的普评中依然拥有一席之地,并且得到了深化和拓展。同时,受多元文化的激励,一些半新或者全新的视角,诸如"美""生命美学""时空结构""古典美"等,开始进入普评领域。张铁夫等著的《普希金新论:文化视域中的俄罗斯诗圣》(中国社会科学出版社,2004 年)更是集中选择了七个视角来探寻普希金,其中"人民性思想"和"自由理念"属于传统视角,而"死亡意识""伦理指向""女性观念""圣经情结"和"叙事艺术"属于全新的视角。通过这些视角,该著对普希金诗歌的艺术精神作了极具学理性的阐释。而他主撰的《普希金:经典的传播与阐释》(湘潭大学出版社,2009 年)又增加了"性表现""酒神精神"和"帝王形象"等视角,对普希金诗歌的意义做出了令人耳目一新的揭示。在众多研究视角中,有两个尤其值得一提:

(1) 反思批判的视角。过去,由于受苏联的影响,人们往往强调诗人积极、光明的一面,而对他消极、阴暗的一面却讳莫如深,甚至有时候把错误说成正确。新时期以来,我国的学者力图打破这种禁区,对普希金作品(包括诗歌)做出更加辩证的评价。沙安之的《普希金创作道路上的光明与黑暗》(《湖南师范大学学报》1980 年第 4 期)一文认为,普希金的创作中不仅有"光明",还有两条"阴影线":一条是政治上的,这主要表现为以下几个方面:①他在一些诗歌中歌颂了彼得大帝和俄国将领夺取疆土的武功,并为俄国镇压波兰起义进行辩护。②他在反对暴政的斗争中摇摆不定,曾在作品中颂扬尼古拉一世和美化叶卡捷琳娜二世。③他在一些作品中选错了自己的主人公,如杀害法国革命领袖马拉的沙格特·科尔兑、背叛法国革命的谢尼耶。另一条"阴影线"是爱情上的:普希金闹过许多"恋爱",并且把它当做诗作的一个重要主题,所以"只能学它们的诗意,而不能学它们的道德观念"。徐允明的《鲁迅、普希金与 1830 年波兰起义》(《文学评论丛刊》1979 年第 2 辑)、鲁效阳的《评普希金后期抒情诗中的沙文主义》(《普希金创作评论集》,漓江出版社,1983 年)、方汉文的《从普希金〈纪念碑〉中的一个问题谈起》(《外国文学学刊》1983 年第 2 辑)等文也分别对普希金的沙文主义、贵族习气作了比较实事求是的分析。张铁夫等著的《普希金的生活与创作》(北京燕山出版社,1997年)一书不仅将普希金的生活道路和创作道路紧密结合在一起,翔实梳理和评析了诗人个性和诗歌艺术的成长过程,而且用较长的篇幅辩证性探寻了普希金的爱国主义与沙文主义、自由主义与保守主义、真挚的爱情与泛爱主义的矛盾,让诗人走下了神坛,使读者走近了诗人。

(2) 比较文学的视角。粉碎"四人帮"以后,随着比较文学在我国的复兴和发展,许多论者开始把普希金与外国文化和文学关系作为评论的一项重要内容。一些论者从渊源学的角度,把普希金的诗歌作为接受者即影响的终点来进行考察,如张铁夫的《普希金与莎士比亚》(《湘潭大学学报·外国文学专辑》1987年)、曾庆林的《论莎士比亚对普希金浪漫主义和现实主义的双重影响》(《国外文学》1989年第1期)、杨莉的《论拜伦的文学影响:以普希金、库切和巴赫金为例》(《英美文学研究论丛》2010年第2期)等文章,用事实说话,比较客观地揭示了普希金对莎士比亚、拜伦等文学大师的崇拜、模仿和超越。另一些论者则从平行研究的角度对普希金的诗歌进行分析,如徐志啸的《屈原与普希金》(《国外文学》1987年第3期)、高金萍的《意象的魅力:普希金与郭沫若诗歌意象之比较》(《中国文学研究》1999年第3期)等文章,通过"平行贯通"之法,对普希金的诗歌作出了不一样的解读。而更多的论者是从流传学的角度,把普希金作为传送者即影响的起点来进行考察,具体来说,就是研究普希金的诗歌与中国的关系。像张铁夫主编《普希金与中国》(岳麓书社,2000年)就比较系统地探寻了普希金的诗歌在中国的传播与影响情况,堪称此类研究的一部力作。

第四是评论的成果趋向体系性。专著的剧增是新时期普评的一大特色。专著和论文相比,信息含量更丰富,所选择的视角更多,也更具有自足的体系性。尤为值得一提的至少有五部:吴晓都著的《俄罗斯诗神:普希金》(海南出版社,1993年)评介了普希金的诗人特性及其抒情诗和叙事长诗,具有很强的总括性;陈训明著的《普希金抒情诗中的女性》(贵州人民出版社,1993年)用28万字的篇幅集中探讨女性与普希金爱情诗歌的关系,资料翔实,论证充分,创见迭出;张铁夫等著的《普希金的生活与创作》(北京燕山出版社,1997年)共12章,38万字,其中有近十万字是对普希金抒情诗和叙事诗的多方位考察;查晓燕著的《普希金:俄罗斯精神文化的象征》(北京大学出版社,2001年)系统地探寻了普希金诗歌中蕴含的历史主义观、启蒙主义思想和宗教文化观;刘文飞著的《阅读普希金》(人民文学出版社,2002年)在第一部分对普希金的诗歌作了综合性的评论,在第三部分对普希金数十首代表性抒情诗作了赏析性解读。

新时期普评的复兴和繁荣归根结底是思想解放的结果。也就是说,新时期普评最大的变化是心态的变化。在人们心目中,普希金既不是一个"文化之神",也不是一个"文化之魔",而只是一位复杂和丰富的诗人。因此,人们审视普希金的目光既不是仰视,也不是俯视,而是平视。这样,在新时期的普评中,情感的成分在退位,理性的成分在登台;非学术的成分在减少,学术的成分在增加。换句话说,普希金学者们在"百花齐放、百家争鸣"的氛围中,怀着敬重学术、追寻真理的信念,对普希金进行了各种可能性的探寻,力图描绘出一个真实、丰富、多元化的诗人普希金形象。

四、与俄国和西方研究的比较

应该说,中国人民对普希金及其作品的深情感人至深,中国学者用自己的努力和实绩证明了我国是世界普希金学的一个重镇。但也无须讳言,单从学术研究的深度和广度来说,我们和俄国乃至西方还有一定的差距。

俄国是普希金的祖国,普希金是俄国文学之父和民族精神的一种象征,因此,俄国的普希金研究做得最好是情理之中的事情。概而言之,他们至少在五个方面值得我们学习:①重视基础工程的建设:新版19卷本《普希金全集》《普希金语言词典》《普希金生平与创作年谱》《普希金百科全书》等大型研究文献的出版,为俄国普希金学的繁荣和发展奠定了基础。②重视研究队伍的培养:以前莫斯科、彼得堡多次举办"普希金专题讲座",培养了大批普希金学者;现在有不少年轻人以普希金为研究对象撰写副博士论文或博士论文。③研究方法的多样性:一百多年来,革命民主主义者的现实主义批评、唯美主义批评、历史比较文艺学批评、心理学批评、象征主义批评、马克思主义批评、形式主义批评、结构主义批评等,构成"百花齐放、百家争鸣"的态势,极大地推动了普希金学走向多元化和立体化。④由于在语言上拥有天然的优势,并且占有大量第一手资料,因此特别重视校勘和文本研究。⑤重视普希金与世界文化关系的研究,不仅出版了许多这方面的专著,而且俄罗斯科学院俄罗斯文学研究所还每两年举办一次"普希金与世界文化"国际会议。

西方的普希金研究在有些方面不如中国,但在有些方面也有胜出。用陈训明先生的话说:"尽管中国对普希金的欢迎远比西方热烈,中国翻译出版普希金作品的总量远远超过西方,但这绝不意味着西方就没有胜过我们地方。就翻译而言,像纳博科夫详尽注释的四卷本的《叶甫盖尼·奥涅金》译作我国就没有。而在研究方面,我们不仅没有走在西方前面,反而大大落后了。"[①]相比较而言,西方的普希金研究具有几个优点:①重视研究文献的整理工作,如出版了《亚历山大·普希金研究的英文文献目录:研究与翻译》(1999)、《普希金之后:现代诗人所编的亚历山大·谢尔盖耶维奇·普希金诗的不同版本》(1999)等著作。②视野更开阔,更具有历史性,换言之,更善于将普希金的特点和价值置于俄罗斯文学传统中加以考察,如出版了《俄国戏剧:从发端到普希金时代》(1985)、

---

① 陈训明:《中国与西方对普希金态度的差异问题》,《中国比较文学》1999(4),第31—32页。

《俄国小说:从普希金到帕斯捷尔纳克》《俄国的文学观:从普希金到索尔仁尼琴》(1976)、《从普希金到马雅可夫斯基:论文学的演变》(1948)、《普希金和俄罗斯文学》(1948)等比较宏观性的论著。③对一些比较"冷僻"的领域作了比较充分的研究,如出版了《亚历山大·普希金的小悲剧:论诗歌的简洁性》(2004)、《普希金的〈埃及之夜〉:一部作品的传记》(1984)、《论普希金和旅游文学》(1975)、《普希金信件的风格》(1974)、《怪人的梦想和普希金的演讲》(1960)等专著。④对普希金作品的艺术性更加重视,如出版了《普希金和浪漫风格:碎片,挽歌,东方,反讽》(1994)、《普希金抒情诗的研究途径》(1972)等专著。⑤更重视后备人才的培养,单就美国而言,"从1954年到1996年,这个国家就有56篇关于普希金的博士学位论文通过答辩"①。近年来,西方的普希金研究出现了两个引人注目的新领域,即"普希金与白银时代"和"普希金与苏联文化"。这两个新领域都是跨越时间和空间的:在时间上,是从下个世纪之交看上个世纪之交;在空间上,是从西方看俄国。这两个新领域的出现也反映了当代最新的文化思潮——文化批评对普希金研究的介入。

相比较西方来说,我们普希金作品的翻译、传播、宣传和欣赏方面做得更好一些,而在学理层面的研究方面做得稍有欠缺。在20世纪90年代以前,我国普希金研究存在的问题有:①重内容,轻艺术,而这几乎是我国外国文学研究的通病。②重赏析,轻研究,这是因为真正意义上的普希金研究专家比较缺乏的缘故。③重微观(单篇作品介绍),轻宏观(缺乏整体把握和综合研究),这同样是因为缺乏足够多的普希金研究专家。④重抒情诗,轻叙事诗,这大概是因为在观念上忽略了普希金叙事诗的重要性。

自20世纪90年代以来,通过众多学者的努力,这些情况有些改善,但仍然存在一些问题:①忽视普希金诗歌艺术风格的研究。②缺乏对普希金诗歌本体全面、深入的研究。③研究方法不够多样化。④缺乏国际对话和交流,在过去,只有高莽、张铁夫、查晓燕、陈训明、刘文飞、郑体武等少数学者参加过有关普希金的国际学术会议或纪念活动,更多的普希金研究者缺乏这种走出去的意识和条件,因此,既无法了解别人的研究成果,也无法让别人了解自己的研究成果。⑤由于视野受限和语言能力不足等原因,缺乏对俄国普希金学和世界普希金学的系统研究。

更让我们担忧的是,纯文学,尤其是诗歌在现实生活中的地位不如往昔,加上中国人心目中的"俄罗斯情结"和"普希金情结"正在逐渐消散,导致我国的普希金研究面临着后继乏人的尴尬——懂俄语的学者越来越少,对普希金感兴趣的学者越来越少。在俄国,情况则有所不同。随着苏联的解体和冷战的结束,

---

① 陈训明:《西方的普希金研究:事实与启示》,《贵阳师范专科学校学报》2002(2),第21页。

大国的军事对抗似乎有所缓和,而文化冲突则仍然十分尖锐。为了抵制西方文化的入侵,俄国不再像过去那样采取"攘外必先安内"的做法,即以批判本国作家达到与西方文化抗衡的目的,而是重新树立和推出像普希金这样的本民族的文化英雄。尽管俄国的纯文学同样遭遇边缘化,但对普希金的研究却方兴未艾。

五、结　语

我们有理由相信,只要人们不停止对生命终极意义的追寻,诗歌依然会在人们的精神生活中扮演举足轻重的角色,因为诗歌是生命终极意义最好的载体之一。同时,普希金作为经过时间和空间检验的经典诗人,虽然不会再集"万千宠爱于一身",但依然会成为人们重点关注的对象之一。21世纪以来的短短十年间,我国发表的普希金研究论文就有两百余篇,专著也有十余种(相当于1903—1999年近百年间专著数量的总和)。因此,中国未来普希金诗歌研究的步伐或许会相对减缓,但还是会朝着诸多新的目标前进。在我们看来,这些新的目标可以包括五个方面:普希金诗歌创作本体的全面和深入研究;普希金诗歌的艺术风格研究;俄国普希金学的研究;世界普希金学的研究;研究方法的多元化运用。也许若干年后,随着我国普希金诗歌研究的深入开展,一个新的高潮就会到来。

第二节　惠特曼诗歌研究

沃尔特·惠特曼(Walt Whitman,1819—1892),19世纪美国诗人、散文家,以自由诗的鼻祖而闻名,因创作抒情史诗《草叶集》被誉为美国现代诗歌之父。惠特曼自诩为美国的民族诗人,但他在世时,无论是在文学界还是对一般读者而言,他的诗歌都可谓毁誉参半。因此,他寄希望于未来,将自己称为未来的诗人。时过境迁,历史步入20世纪之后,惠特曼的诗歌逐渐在美国、英国、法国、日本和中国等许多国家得到越来越广泛的传播与接受,第二次世界大战之后他逐渐成为公认的美国最重要的诗人,也成为世界现代文学史上最重要和影响最大的诗人之一。迄今为止,惠特曼在中国的传播与接受已有长达九十余年的历史,对这位诗人及其诗歌创作的认识也不断得以深化和丰富,在不同历史时期呈现出不同的研究特征。惠特曼是在中国最受欢迎和影响最大的外国作家之一。本节拟较为系统地考察和探讨惠特曼在中国传播与接受的历史,尤其是梳理和阐释新中国成立之后60年惠特曼诗歌研究的历史及其不同阶段的主要特征,旨在客观而准确地还原历史。

一、新中国成立之前的惠特曼诗歌研究

惠特曼在中国的译介始于 1919 年,当年 7 月 15 日《少年中国》的创刊号刊登了田汉的万言长文《平民诗人惠特曼的百年祭》,率先并较为全面地对惠特曼及其诗歌创作进行了介绍和评论,称赞"他是民族的精神之道破者,他是他的民族的将来的预言者,他替他的民族、他的民族性结晶的自由平等 Americanism 吐冲天的意气,他的杰作《草叶》的说文就是这冲天的意气之象征"①。关于纪念惠特曼的缘由,田汉概括为四个方面的因素,其中最重要的是:"中国精神 Chu-Hwaism——就是平等自由博爱的精神——还没有十分发生,就要纪念惠特曼,把他所高歌的美国精神 Americanism 做我们的借镜……我们高呼惠特曼万岁"②。这篇文章拉开了中国译介和接受惠特曼的历史序幕,也显示了田汉对惠特曼顶礼膜拜的心态。上述文章的贡献和意义主要是在中文语境中首次对惠特曼及其诗歌的主题、风格、文学价值和社会政治意义予以介绍和解读,为此后国内文学评论界和一般读者理解这位美国诗人奠定了重要的基础。此外,郭沫若、沈雁冰、徐志摩、闻一多等也是最早关注和介绍惠特曼的中国诗人。同年,郭沫若发表了惠特曼的诗歌《从那滚滚的大洋里的群众里》的中文译作③;1921 年沈雁冰发表文章,介绍《草叶集》当时翻译为法文的情况。值得注意的是:他将惠特曼称为"美国著名平民诗人",与田汉对惠特曼作为"平民诗人"的定义相呼应。④ 1922 年,谢六逸发表评论惠特曼的文章《平民诗人惠特曼》⑤,其标题充分显示当时已经普遍将惠特曼视为普通民众在诗歌界的代言人。

20 世纪 20 年代之后,逐渐形成以二十余位诗人为翻译和评论惠特曼的主体,构成了这一时期惠特曼研究的一个特征。40 年代中后期出版了《草叶集》的四个中文选译本,包括楚图南的《大路之歌》(1944)、陈适怀的《囚牢中的歌者》、屠岸的《鼓声》(1948),以及高寒(楚图南)的《草叶集》(1949)。其中高寒翻译的《草叶集》应当说是 20 世纪前半叶中国译介惠特曼的标志性成就,收入 58 首诗作,大多为惠特曼的重要作品,虽然并非全译本,但仍冠名为《草叶集》。⑥

与上述诗歌翻译成就相比,1949 年之前介绍和评论惠特曼的文章数量较少,在各种报刊上发表的中文文章与国外文章的中文译文合计四十余篇,但鲁迅、戴望舒、闻一多、艾青、穆木天、邵洵美等具有重要影响的文学家都曾发表评

---

① 田汉:《平民诗人惠特曼的百年祭》,《少年中国》1919(1 卷,1 期),第 12 页。
② 同上书,第 22 页。
③ 郭沫若译:《从那滚滚的大洋里的群众里》,《时事新报·学灯》,1919 年 12 月 3 日。
④ 沈雁冰:《惠特曼在法国》,《小说月报》1921(12 卷,3 期),第 122 页。
⑤ 六逸:《平民诗人惠特曼》,《文学旬刊》1922(28),第 1—2 页。
⑥ 高寒译,惠特曼著:《草叶集》,上海:上海晨光出版公司,1949 年。

论,内容集中在惠特曼的创作生平、主题与诗体特征,以及它们在中国语境中的价值和意义等。1931 年,鲁迅在《〈夏娃日记〉小引》中对惠特曼进行了概括性的评论,以美国内战为分水岭分析了亚伦·坡、霍桑和惠特曼的诗歌创作,认为内战之后"惠德曼先就唱不出歌来,因为这之后,美国已成了产业主义的社会,个性都得铸在一个模子里,不再能主张自我了。如果主张,就要受迫害。这时的作家之所注意,已非应该怎样发挥自己的个性,而是怎样写去,才能有人爱读,卖掉原稿,得到声名"①。鲁迅关注的重点是内战之前惠特曼在诗歌中表现的政治主题,而并非其一生创作的全部诗歌。1939 年,过客的《美国社会诗人惠特曼》一文评述了惠特曼的生平与诗歌创作成就,尤其是他在内战期间忧国忧民、充满正义的创作,将其称为"美国最伟大的社会诗人"②。特别值得提及的是,1941 年萧三将苏联出版的英文版的《草叶集》带至延安,由此使得惠特曼在当时在延安诗人中间产生了重要影响。同年,延安的鲁迅艺术文学院成立了"草叶社",主要成员包括何其芳、周立波、公木、陈荒煤等,他们研究并崇尚惠特曼的思想与自由诗,以其为楷模进行诗歌创作。以诗人为主体对惠特曼的诗歌进行翻译、研究,并按照他的诗歌理念与风格创作中文诗歌,三者融合在一起,构成了当时惠特曼在中国传播与接受的显著特征。此外,1942 年是惠特曼逝世 50 周年,多种报刊发表文章,显示出当时对惠特曼的接受和认同已经较为普遍。

20 世纪 40 年代末,对惠特曼的认识与评论开始出现了差异和争论。其中,较为典型的例子是屠岸与楚图南的争鸣,核心问题是惠特曼在《草叶集》中塑造的主人公所体现的人性与民主的理念是否完美并具有普遍性。首先是屠岸发表文章,对楚图南翻译的惠特曼的诗歌的中文译文以及在《大路之歌》译本序言中的观点提出不同意见,强调惠特曼的思想的阶级局限性,并说明"我们反对用超阶级论来介绍惠特曼,并不等于否定惠特曼的伟大和进步,而是说我们必须评判地来接受他"③。此后,楚图南发表文章,予以回应和商榷,并通过大段引用和分析惠特曼的诗作阐述自己的观点:认为他能够在"一个阶级的社会憧憬或企求着一个无阶级的世界,所谓惠特曼的进步性在此"④。上述争鸣显示当时的诗人与译者对惠特曼及其诗歌开始具有了独立的理解与评论,并能够使之不断深化和丰富。如果与此前大约 20 年以及新中国成立之后 30 年对惠特曼的研究相比,上述争鸣都是难得的学术论辩,意义尤为重要,并具有借鉴和启迪意义。

---

① 鲁迅:《〈夏娃日记〉小引》,《鲁迅全集》,北京:人民文学出版社,1963 年,第 4 卷,第 26 页。
② 过客:《美国社会诗人惠特曼》,《现实》(上海)1939(7),第 564 页。
③ 屠岸:《论介绍惠特曼》,《大公报·文艺》,1948 年 1 月 31 日第 6 版。
④ 楚图南:《关于介绍惠特曼》,《文讯》1948 年 4 月 15 日,第八卷第 5 期,第 533 页。

二、新中国前 30 年的惠特曼诗歌研究

1949 年 10 月 1 日新中国宣告成立,结束了漫长的半封建和半殖民地的历史,进入一个崭新的发展时期,然而美国却长期不予以承认,直至 1979 年 1 月 1 日中美两国才破除重重障碍,建立外交关系。这一特殊的历史时期长达近三十年,其间,因为中美没有外交关系,加之冷战时期政治、经济、军事、文化以及意识形态领域的对抗等因素,美国文学在中国的翻译与研究都受到了明显的影响,如与 20 世纪三四十年代相比,翻译的美国作家与作品的数量大幅减少。然而在当时特殊的社会历史背景下,对惠特曼及其诗歌的翻译与研究不仅没有受到不利的影响,反而一时更为受到重视,一些重要的历史事件也对惠特曼研究起到了推波助澜的作用。

对中国的惠特曼研究而言,1955 年是一个具有重要意义的年份,当年以及此后的一系列活动将惠特曼的研究逐步推向了一个前所未有的高潮。1950 年世界和平理事会宣告成立,中国是该组织初创的 81 个成员国之一。该组织决定自 1951 年开始在各成员国举办世界文化与世界文化名人周年纪念活动,以此加强各国与各国人民的相互了解与认识,更加尊重和保护世界文化遗产,加强各国人民之间的友谊,维护世界和平。在此背景下,1955 年适逢《草叶集》出版 100 周年,因此文化部选择将惠特曼作为世界文化名人予以纪念,10 月和 12 月分别在北京和上海隆重召开了《草叶集》出版 100 周年纪念大会,文化部副部长周扬、著名作家巴金等知名人士发表讲话,高度赞扬惠特曼的创作及其民主思想,认为他的诗歌艺术创作是划时代的贡献。在他的主旨发言中,周扬充分肯定和颂扬了惠特曼的民主思想,认为"民主、自由、平等是他的基本概念"[①],也是贯穿其诗歌的核心内容。现在看来,上述观点与当时国内主流的文艺思想与标准并非完全一致,但并没有引起特别的反响。巴金则着眼于中国的现实,强调"惠特曼的诗对于今天正在向着社会主义前进的中国人民仍然有极大的鼓舞力量"[②]。值得提及的是,1955 年美国学术界也摈弃了对惠特曼将近一个世纪的偏见,隆重纪念《草叶集》问世 100 周年,并出版了多部研究专著和传记。[③] 当时处于敌对状态的中国与美国都对惠特曼致以敬意,也都在《草叶集》中找到了各自认为重要的价值和意义。

另外,1955 年楚图南、巴金、徐迟、蔡其矫、杨宪益、袁水拍、石璞、黄绍湘、

---

① 周扬:《纪念〈草叶集〉和〈堂·吉诃德〉》,载《文艺报》1955 年第 22 期。
② 巴金:《永远属于人民的两部巨著》,载《解放日报》1955 年 12 月 7 日。
③ 其中最为重要的著作当推 G. W. 艾伦的《孤独的歌手》(Gay Wilson Allen: *The Solitary Singer: A Critical Biography of Walt Whitman*. (New York: Macmillan, 1955));迄今为止,它仍是公认的最为权威的惠特曼研究著作之一。

邹绛、汤永宽、黄嘉德等二十余位著名诗人和学者纷纷在各种报刊发表文章,纪念和赞扬惠特曼,并对其诗歌创作进行介绍与评论。徐迟从较为宽广的历史视角解读惠特曼,一分为二地分析了他的诗歌创作,包括《草叶集》中一些具有诗人个人特征的探索性的内容,同时强调他"是为民主主义而战斗的过程中成长为伟大的诗人的","正是这样鲜明的人民性和高度的艺术性,他的反对人奴役人的斗争精神,为世界和平,为人类的利益的最后胜利的歌唱,使惠特曼成为美国的大诗人,也是世界的大诗人之一"。① 黄绍湘强调《草叶集》不仅"洋溢着对劳动人民的热爱,对民主与自由的憧憬和对和平的向往",而且"运用了人民简单朴素的语言和俚语,创造了新颖的风格",惠特曼"丰富的想像力、艺术形象的表现方法和明朗的笔调更给予《草叶集》以高度的艺术性"。② 汤永宽认为,《草叶集》中的乐观主义精神在现当代社会现实中具有重要价值和意义,称赞他的诗歌不仅没有斯大林所批驳的"世纪末的悲哀",而且"把我们的哲学表达得十分准确:'我们活着,我们的鲜红的血液沸腾着,好像那消耗不尽的力量底火焰'"。③ 何其芳认为惠特曼首创的自由诗之所以能够将"一切的旧套摆脱干净",关键在于他领悟并讴歌了"美国资本主义还处于上升时期的民主主义者的精神"。④ 石璞的观点具有更为明显的政治倾向,赞扬惠特曼"看出了美国统治阶级所号召的民主的虚伪性,批驳了财阀政治,坚持宣传他的真正民主的理想,要缔造没有压迫,没有剥削,没有阶级,各族人民和平、民主、友爱的大同世界;这时他的民主主义,已经不属于资产阶级的范畴而是属于社会主义的范畴的了"⑤。在当时的历史背景下,对惠特曼的认识主要是基于社会现实的政治解读,弘扬其文艺理想和作品中较为理想化而具有人类普遍价值的内容。就此而言,当时的认识也符合惠特曼的创作理想,因为他从1855年开始便开始将自己定位于一个歌唱未来的政治诗人。

《草叶集》中文版的再版发行也是1955年纪念惠特曼系列活动的重要内容之一。楚图南1949年翻译并出版的《草叶集》中文选译本,由北京大学王珉源教授进行了全面校订,1955年重新出版发行,改称《草叶集选》。1955—1987年的三十余年间,它是《草叶集》在中国内地唯一出版发行的中译本,也是1919年惠特曼介绍到中国以来最具有权威性和最为流行的中译本之一。20世纪90年代以前,国内的惠特曼读者大多都是依据这一译本了解和欣赏他的诗歌,其

---

① 徐迟:《惠特曼的"草叶集"》,《光明日报》1955年11月25日第3版。
② 黄绍湘:《纪念美国诗人惠特曼的〈草叶集〉出版100周年》,《光明日报》1955年7月4日。
③ 汤永宽:《伟大的民主诗人——华尔脱·惠特曼:纪念〈草叶集〉出版一百周年》,《文汇报》1955年11月3日第4版。
④ 何其芳:《诗歌欣赏》,《何其芳文集》,1982年,第5卷,第144页。
⑤ 石璞:《民主诗人瓦尔特·惠特曼》,《四川大学学报》(哲学社会科学版)1956年第1期,第110页。

中包括顾城和舒婷等具有广泛影响的朦胧派诗人。1955年还翻译出版了几部国外研究惠特曼的著作的中译本,包括怀冰翻译的美国作家卡品托所著《与惠特曼相处的日子》、黄雨石翻译的捷克作家恰彼克所著《惠特曼评传》,以及王以铸翻译的苏联作家孟德森所著《惠特曼论》。

如此隆重地纪念惠特曼是由国家政府机构主导的行为,不仅显示了主流意识形态对惠特曼及其诗歌中所具有的普遍价值与意义予以肯定、认同和弘扬,更为重要的是借此向全世界昭示中国政府与人民对于世界文化遗产的态度以及对于国际关系的姿态。在当时的历史背景下,只有区区几位享有国际声誉的外国经典作家获得了世界文化名人的殊荣,因此这一时期的惠特曼研究具有极为特殊的性质,带有明显的政治和意识形态的因素。这一时期涉足惠特曼及其诗歌的研究与评论的学者、翻译家、评论家,以及担任较高级别政府职务的官员,大多为具有重要地位和影响的人物,他们对惠特曼的关注及其评论观点在很大程度上也因为其自身的地位和影响而得以产生了广泛而重要的影响。

值得关注的是,这一时期也出现一些学术争鸣。1956年,孙大雨发表论文《诗歌底格律》,其中分析了惠特曼的诗歌,认为可以对他的政治思想"拍掌"称赞,但"我们不能同样高声地对他的艺术鼓掌",因为他的诗歌良莠不齐,在结构与韵律方面有一些与传统英语诗歌迥然不同的特征,例如大量使用重复而单一的句子结构与词语,使得诗句结构松散,缺少张力,格律单调,不适合朗读和吟诵。[①] 此后不久,1957年出现了争鸣的文章,作者华中一认为,孙大雨"混淆了'自由诗'与'散文诗'这两种艺术形式",进行了"故意无视于惠特曼的诗歌的规律性而不公正的谤讪"[②];他强调:不应当按照英语诗歌的传统结构来看待《草叶集》,因为惠特曼遵循的是诗歌内在的韵律,与传统英语诗歌的结构与格律不同,具有复杂的结构和规律,与诗中的主题相辅相成,构成了一个完整而和谐的整体。诸如此类激烈的争鸣可能与当时"反右"的政治背景有关,但客观上确有助于加深对惠特曼的诗歌的认识。

在1955年纪念和评论惠特曼的高潮之后,报刊上有关这位诗人及其诗歌的文章陡然锐减,与前期如火如荼的盛况形成了鲜明的反差,显示当时的外国文学研究在很大程度上服务于政治与外交等方面的国家使命。20世纪60年代,有关惠特曼研究的重要活动,包括1964年全国外国文学名著翻译与编辑委员会委托赵萝蕤翻译《草叶集》的中文全译本,因为随后发生的"文化大革命"而受到影响,这一重要的翻译工作延迟了二十余年。此外,伍蠡甫关注并研究了惠特曼在《草叶集》第一版的序言中所阐述的诗歌创作思想,将序言中约十分之

---

① 孙大雨:《诗歌底格律》,《复旦大学学报》(社会科学版)1956年第2期,第8—9页。
② 华中一:《论惠特曼与格律诗》,《复旦大学学报》(社会科学版)1957年第1期,第30页。

一篇幅的内容翻译为中文,收入他主编的《西方文论选》,并提供了一篇序言,认为:"《草叶集·序言》代表美国文学史上这一时期的诗歌理论",其中的核心观点包括:诗人"尤须做到语言质朴,以利于宣传政治自由的思想……惠特曼强调诗中之'美',实质上和发挥'自我'以及抽象的人性的作用等,分不开的"。① 这也意味着国内学术界开始将惠特曼的诗歌创作思想纳入西方文艺理论的传统框架,表明已经在逐步加深对他的诗歌创作遗产的认识。

在1966—1976年的"文化大革命"期间,惠特曼的诗歌或者其他任何作品都没有出版或者再版中文译本,也未见任何相关著述的出版物。惠特曼和朗费罗等在20世纪50年代在中国备受青睐的美国作家则销声匿迹了。有趣的是,1975年远在大洋彼岸的美国,惠特曼研究专家盖伊·威尔逊·艾伦则眺望惠特曼在中国的状况,在其新著《新惠特曼手册》的结尾写道:"鉴于中美关系正在缓和,关注惠特曼在中华人民共和国会有什么样的未来,是令人感兴趣的事情。"②诚然,艾伦在密切关注惠特曼在一个占世界人口四分之一的大国的命运,希望他继续在中国拥有读者和研究者。

三、新中国第二个30年的惠特曼诗歌研究

自1977年以来,伴随着改革开放的历史性进程,越来越多的学者、翻译家、硕士研究生和博士研究生,乃至于一些具有重要影响的诗人,开始关注惠特曼及其文学创作,试图采用各种文学批评理论和视角进行研究,由此出现了一个持续了长达三十余年的研究惠特曼的热潮。在改革开放初期外国文学研究资料极度匮乏的情况下,董衡巽等编著的《美国文学简史》1978年出版,格外重视惠特曼,专门用其中的一节介绍和评论惠特曼,较为全面地介绍其生平与文学创作,对其诗歌创作的主题、艺术特征和价值进行了深刻而提纲挈领的解读和评论,认为惠特曼"是美国新兴资产阶级最重要和最后的一位歌手"③,而他的"《草叶集》在美国文学史上的划时代意义主要在于它的内容与时代前进的步伐一致,与广大人民的愿望相联系;与此同时,《草叶集》在形式上也是一次重要革新——打破了长期以来美国诗歌因袭的律式"④。在一定意义上来说,这意味着在当时的历史背景下对惠特曼重新进行认识和定位,重点关注和探讨他的创作与作品的文学价值和意义。

从70年代末开始,赵萝蕤、王佐良、李野光、邵燕祥、荒芜、黄药眠、牛汉、周

---

① 伍蠡甫主编:《西方文论选》(下卷),上海:上海文艺出版社,1964年,第503—504页。
② Gay Wilson Allen: *The New Walt Whitman Handbook*. (New York: New York University Press, 1975), p.326.
③ 董衡巽等编著:《美国文学简史》(上),北京:人民文学出版社,1978年,第112页。
④ 同上书,第126页。

珏良、刘重德、江枫、阮珅、张禹九等十几位卓有建树的翻译家和学者开始关注和研究惠特曼,陆续发表评论文章和惠特曼诗歌和散文作品的中译本,为此后的研究奠定了重要的基础。1982年,王佐良撰文《读〈草叶集〉》,先是以近乎细读的方式解析《草叶集》中的十余首代表作,然后将惠特曼置身于16世纪欧洲文艺复兴以来英语诗歌的发展历史之中,审视其思想和诗歌艺术,认为《草叶集》是文艺复兴和浪漫主义之后英语诗歌发展的"第三座高峰","用全新的内容和全新的艺术替英语诗开辟了一条新的大路,真所谓石破天惊,一本诗集扭转了整个局面";他还进一步讨论了惠特曼对五四以来中国诗歌发展与嬗变的巨大影响,认为首先是郭沫若为惠特曼的诗歌所折服,深受其影响,然后开始借鉴,创作新诗,并由此影响了他同时代的一批诗人,"中国新诗里的豪放传统从此开始,而豪放在中国社会的现实环境里很快就从诗人的个人咏叹发展成为民主的、群众性的强大歌声"。① 王佐良的上述论点客观而深邃,产生了较为重要的影响。自80年代中期开始,陆续有多位学者发表了十余篇论文,对惠特曼与郭沫若的诗歌创作进行比较研究。1982年,周珏良也开始关注惠特曼,发表了1855年版《草叶集》序言的中文译文,并在《译后记》中从历史的高度评价惠特曼的创作理念及其意义,认为它是"美国文学批评史上的重要文献,和英国浪漫派诗人华兹华斯和柯尔律治的《抒情歌谣集》1800年第二版序言同样是诗界革命的宣言书"②。在他看来,二者的区别在于《草叶集》的序言至今尚未受到应有的重视。

在这一时期,李野光开始在翻译与研究惠特曼方面做出了开拓性的工作和重要贡献。首先,他在楚图南翻译的《草叶集选》的基础上完成了《草叶集》第一个中文全译本的翻译工作,二人合译的《草叶集》于1987年出版发行,为惠特曼在改革开放以后的传播与接受提供了重要的中文译本。1988年,他出版了《惠特曼评传》,在国内首次以评传的方式对惠特曼的生平与创作进行了全面而具有权威性的描述和解读,资料翔实,内容丰富,解读细腻,评述客观而深刻,对国内的惠特曼的研究产生了较为广泛的影响。同年,他选编的《惠特曼研究》作为《外国文学研究资料丛书》之一出版发行,收入了19世纪中叶到20世纪80年代美国以及世界各国著名作家、学者和评论家研究惠特曼的著述的中文翻译,在当时为惠特曼研究提供了重要的参考资料,而且也在一定程度上拓宽了研究视野,丰富了研究的视角与方法。继1995年出版《惠特曼名作欣赏》之后,2001年他又出版了专著《惠特曼研究》,主要探讨了诗人的创作思想与艺术特征,并细读文本,对《我自己的歌》等23首名篇佳作进行了解读和阐释,体现了他研究

---

① 王佐良:《读〈草叶集〉》,《美国文学丛刊》1982(2),第123页。
② 周珏良译,惠特曼著:《〈草叶集〉序言》,《美国文学丛刊》1982(2),第142页。

和翻译惠特曼二十余年的最佳成果。2003年,他出版了他一人翻译的《草叶集》中文全译本,为中文读者理解惠特曼又提供了一个可供参考的中文译本。

赵萝蕤对惠特曼诗歌研究的贡献包括翻译、研究和教学三个方面,为改革开放之后惠特曼在中国的传播与接受做出了重要贡献。她对惠特曼的关注和研究始于1964年,当时是应外国名著翻译编辑与翻译委员会之约,承担了《草叶集》中文全译本的翻译任务,但是经过一段时间的准备才刚刚开始翻译工作,"文化大革命"就开始了,翻译工作也停滞了下来。"文化大革命"期间,她蒙受了残酷的迫害,身心受到严重摧残,直到70年代末改革开放之后才重新开始翻译工作。她还不顾年迈和体弱多病,专程自费赴美查阅和收集有关惠特曼研究的资料,与詹姆斯·E.米勒等专家进行切磋。1987年,她首先以单行本的形式出版了《我自己的歌》,为中文译文提供了丰富的注释和题解,并撰写了长篇"译后记",全面阐释这部史诗的特征,包括"草叶"这一核心意象的内涵,认为惠特曼的"性格近似草叶,他喜爱草叶",因为它是"一切充满希望的生灵的旗帜"。[1] 此前,国内还尚未有人如此全面而细致入微地评论这一伟大的史诗。这一译本也显示了赵萝蕤注重学术研究的翻译特征,在国内外学术界产生了重要的影响,周珏良称其为"少见的翻译杰作"[2]。

1991年,赵萝蕤出版了《草叶集》中文全译本,也是改革开放之后问世的第二个中文全译本,同样具有丰富的注释等学术研究的特征。此外,她还撰写了长达25页的"译本序",全面而详细地对《草叶集》进行了评介,包括诗集的主题结构、格律特征以及翻译等诸多方面的内容,汇集了她近三十年的研究成果,有许多独到的见解,例如:她坚持认为惠特曼之所以对美国诗歌产生了巨大的影响,并非在于他首创的自由诗体,而"主要是他所树立的个人或者个性的史诗这一模式"[3]。赵萝蕤对惠特曼的翻译和研究工作得到了美国学术界和新闻界的关注,《纽约时报》和《惠特曼研究季刊》等报刊都曾刊登专文予以介绍和评论。此外,在20世纪的最后25年,出现了《草叶集》的十余个中译本,包括全译本和节译本,中文读者高达数百万人。面对惠特曼在中国传播和接受的盛况,美国的惠特曼研究泰斗盖伊·威尔逊·艾伦不禁为之感叹:"恐怕惠特曼在自己的祖国也没有数百万读者,除非我们将阅读教科书中《啊,船长!我的船长!》一诗的在校学生都计算在内。"[4]

20世纪90年代之后,伴随着《草叶集》中文译本的不断增加,其中的翻译问题逐渐引起一些研究者的关注,陆续发表了十余篇论文,对一些较为普遍而

---

[1] 赵萝蕤:《惠特曼"我自己的歌"译后记》,《北京大学学报》(哲学社会科学版)1985(4),第29页。
[2] 周珏良:《〈我自己的歌〉新译本》,《外国文学》1988(4),第89—91页。
[3] 赵萝蕤译,惠特曼著:《草叶集》,上海:上海译文出版社,1991年,上册,第22页。
[4] Gay Wilson Allen: *The New Walt Whitman Handbook*, p. xv.

典型的现象进行评论,或者与译者进行商榷。影响较大的评论文章包括韩桂良的《对赵译 Song of Myself 的几点商榷》和赵萝蕤的回应文章《译事难》。刊载上述两篇文章的《中国翻译》还专门为《译事难》撰写了"编者按",赞赏赵萝蕤对待不同翻译见解的虚怀若谷的态度和实事求是的精神,并寄语广大读者、译者和评论家"帮助我们开展严肃认真的评论工作,以实现繁荣翻译事业的宗旨"①。区𫓧、王誉公、傅浩、刘树森、陈袁菁等人也分别发表了一些具有一定影响的评论文章,对《草叶集》的中文翻译进行研究。

作为新中国培养的第一位英语语言文学博士,区𫓧也是改革开放之后最早对惠特曼进行研究的学者之一,研究成果产生了较为广泛的影响。他擅长比较研究,1985年发表论文《〈女神〉与〈草叶集〉的平行结构》,从二者在主题等方面的平行结构入手探讨惠特曼对郭沫若的影响。此后,他陆续发表相关论文,包括1988年的论文《庄子:惠特曼对郭沫若影响的中介——兼论借鉴外国文学过程中的本土意识》②。他提出的"本土意识",涉及了借鉴外国文学过程中具有本质性的文化因素,认为惠特曼的影响之所以发生的根本原因在于某些文化因素的契合。在这一时期,康平、王德禄、陈荣毅和陈挺等人也陆续发表论文,对《草叶集》和《女神》进行比较研究,认为郭沫若虽然深受影响,但其创作还是有自己的个性,例如陈挺指出:郭沫若的创作并非简单地模仿惠特曼的诗歌,而是"在借鉴、汲取的过程中有所创新、有所创造,成为具有民族特色的中国新诗"③。

20世纪八九十年代,还有多位学者以比较研究的方法对惠特曼和中国、印度和其他国家的诗人进行比较研究,拓宽了研究范围,加深了对惠特曼在其他国家的接受与影响的认识,形成了一个新的研究特点。张惠辛从比较的角度探讨印度婆罗门教对惠特曼的影响,内容涉及"欢乐意识""自我意识""民主意识"和"超道德意识"等方面,认为"惠特曼的成功正在于他自觉或不自觉地把握了美国的时代精神和古老的印度教哲学结合的契机,从而完成了他的美国精神东方化的辉煌过程"④。徐广联探讨了惠特曼对田汉、郭沫若、闻一多、艾青、何其芳和荒芜等一批诗人的影响,以较为开阔的视野再现了惠特曼在中国传播与接受的历史轨迹与特征,有一定的新意。⑤ 章智明的论文《阳刚与阴柔:惠特曼与泰戈尔》对惠特曼与泰戈尔进行了比较研究。段景文选择将惠特曼与辛弃疾进

---

① 可参阅下面论文的"编者按",赵萝蕤:《译事难:读韩桂良同志文后的一些思考》,《中国翻译》1991(4),第55页。
② 区𫓧:《庄子:惠特曼对郭沫若影响的中介—兼论借鉴外国文学过程中的本土意识》,《外国文学评论》1988(2),第118—123页。
③ 陈挺:《郭沫若〈女神〉的和惠特曼的〈草叶集〉》,《天津师专学报》1984(4),第24页。
④ 张惠辛:《惠特曼与印度婆罗门教》,《外国文学评论》1992(1),第74页。
⑤ 徐广联:《〈草叶集〉在中国:试论惠特曼对中国现代其诗歌的影响》,《外国文学研究》1993(3),第98—107页。

行对比研究,包括主题、词汇、抒情风格等,探讨他们各自诗歌风格的共同特征及其生成的社会、历史、文化原因。① 周黎明与钱晓霞较为系统地对惠特曼和狄金森进行了比较研究,内容包括自我、自然、意象、格律、意境以及创新性等,认为"他们的作品不仅反映了当时美国社会的主流和潜流,而且也标志着美国民族诗歌的成熟和独立,并为美国现代诗歌开拓了发展道路"②。

这一时期还出现了对《草叶集》中有关人体、性与同性恋等主题的研究,包括对人体、性、性心理、性道德、性的社会价值与意义、性意象、同性关系、同性恋等,与新中国成立前30年相比,明显拓展了研究的内容与深度。除了赵萝蕤、李野光、王誉公、张禹九、李视歧等人在自己的著述中谈及与此相关的内容,例如《草叶集》中的组诗《亚当的子孙》和《芦笛集》等作品,还有一些学者专门讨论上述主题。赵荆对《我歌唱辉煌的人体》一诗进行了个案研究,认为惠特曼对人体毫无顾忌的描写和赞美是源于古希腊的传统,但"也是对数千年来基于古希腊传统中那种圣洁的、神灵的、远非世俗的美的超越和升华,他将人的肉体和心灵之美从天国召回到了人间"③。洪振国致力于从美学、生理学和政治的视角研究《草叶集》中对人体美和性的描写,指出惠特曼赞美人体与赞美自然的思想是一脉相承,是强调人的灵魂与肉体的统一与和谐;此外,他对性的描写和赞美是对人的肯定和赞美,是追求一种真实而自然的美,而他"写人体与性的目的是为了美国的未来,为了富国强民,实现他'爱国的扩张主义'……'及全世界将通过美国的领导走向民主'的梦想"④。

2000年10月,北京大学英语系与美国爱荷华大学英语系共同举办了"惠特曼2000:全球化语境中的美国诗歌"国际研讨会,来自美国、英国、加拿大、德国、法国、中国等国家的六十余位惠特曼研究专家与会,共同探讨惠特曼的创作思想与诗歌艺术。这是国内召开的首次惠特曼国际学术研讨会,与会代表选读了二十余篇论文,分别从文化研究、文本分析、比较文学、翻译研究、性别研究、身份研究等不同理论视角解读惠特曼的诗歌创作思想及其诗歌艺术,探讨了他在世界各个主要文化语境的传播与接受,以及他的诗歌创作遗产在21世纪的价值与意义。这次研讨会在国内外学术界产生了较为重要的影响,会议论文集2002年由美国爱荷华大学出版社出版发行。⑤ 这次研讨会使得多位国内外研

---

① 段景文:《试论惠特曼与辛弃疾诗歌风格的共同特征及产生的原因》,《四川外语学院学报》1997(2),第7—13页。

② 周黎明、钱晓霞:《论惠特曼与狄更生的诗歌创作》,《中山大学学报》(哲学社会科学版)1986(1),第118页。

③ 赵荆:《超越世纪的心灵之旅:读惠特曼的〈我歌唱辉煌的人体〉》,《名作欣赏》1989(6),第62页。

④ 洪振国:《〈草叶集〉中的人体美和性描写》,《外国文学研究》1993(3),第25页。

⑤ Ed Folsom, ed. *Whitman East and West: New Contexts for Reading Walt Whitman* (Iowa City: University of Iowa Press, 2002).

究惠特曼的学者建立了联系,促进了相互之间的沟通与学术合作,共享研究资源,推进了惠特曼研究的发展。

进入 21 世纪之后,国内外学术界的惠特曼研究者能够共享越来越多的文献和研究资源,采用的文学批评理论和方法也不断丰富,研究视域、视角也不断更新。近期有多篇论文从生态学的理论出发,重新审视惠特曼的创作及其《草叶集》,取得了一些新的发现。原一川等人将惠特曼视为人与自然的歌唱者,认为他的创作是追求二者之间的和谐;并从形式主义的角度讨论了《草叶集》的句法结构、音韵和意象组合等方面的特征。① 朱新福解读了惠特曼超前的生态意识与创作主题,认为诗人热爱自然,讴歌自然,不仅是因为他将自然视为人类精神的家园和支柱,从中汲取创作的灵感、想象力和动力,还在于他认为"自然应作为衡量文学艺术的标准",诗人的使命就是"指出现实与灵魂之间是通道",即"把大自然与灵魂联结起来,把常人眼中只看作物质世界和物欲对象的大自然所具有的生命气息、精神韵致和神性内涵揭示给人们,使诗歌变成大自然沟通、走近和融入人的灵魂的精神通道"。② 李镁从生态理论的角度重新认识惠特曼及其诗歌创作,认为诗人在《草叶集》中诠释了生态批评理论的精髓,其中包括对人类生存状态的关注、对人的主体性的探索,以及对自然、社会与精神生态之间和谐统一关系的思考,认为《草叶集》"让人们看到了人类的魅力,看到了充满了灵性的人类为自然所做得一切,自然界是人类的本源地,人类是自然界中最积极的因素,发挥主观能动性,能体现人主体性的价值"③。

其他一些较为引人关注的研究成果,包括逄金一试图从现代美学的角度阐释惠特曼的诗歌思想,认为他对"死亡"和"自我"等主题的描写和拓展,"才使他的诗学追求及美学空间更有了多姿多彩的现代色彩"。④ 胡玉桐则以诗学语音学的理论为依据,通过对《草叶集》中诗歌的语音、节奏与韵律、语音修辞、音响形象等方面进行分析,描摹了作品的诗语特征。⑤ 刘树森从全球化的视角评述了 21 世纪初叶美国惠特曼研究的一些主流趋势和有代表性的著述及其观点,认为美国学术界重视惠特曼在 21 世纪的价值,"在于他的艺术遗产符合美国长远的国家利益,尤其是符合美国希望在 21 世纪日益全球化的国际社会中所获得的地位与影响"⑥。郭英杰借助于"他者"的理论,尝试从"他者"的语境出发对

---

① 原一川、吴建西:《"人与自然"的歌唱者:现代自由诗先驱沃特·惠特曼新评》,《云南大学学报》2001(33 卷,5 期),第 100—103 页。
② 朱新福:《惠特曼的自然思想与生态视域》,《苏州大学学报》(哲学社会科学版)2006(2),第 80 页。
③ 李镁:《惠特曼〈草叶集〉的生态批评》,《南昌工程学院学报》2011(2),第 47 页。
④ 逄金一:《论惠特曼诗学向现代美学空间的延伸》,《山东社会科学》2005(6),第 98 页。
⑤ 胡玉桐:《惠特曼〈草叶集〉的诗学语音学特征》,《湖南科技学院学报》2012(3),第 75—77 页。
⑥ 刘树森:《惠特曼在全球化中的地位与使命》,《中国图书评论》2007(1),第 120 页。

《草叶集》中的抒情主人公"我"进行了分析和探讨,阐释了"我"作为一个独特的意象所蕴涵的丰富的内涵。①

关于惠特曼及其诗歌的影响,目前仍旧是一个较为常见的比较研究课题,但与此前的研究倾向有所不同,研究对象也有所扩大和变化。王和光的《论惠特曼自由诗对胡适白话诗的影响》一文,分析了前者在句子和段落结构等方面对后者的影响,以便达到"以白话入诗和打破格律的目的",但同时指出:因为社会历史语境之间的差异前者其他方面的诗歌理论对后者的影响并不明显。②王晓燕分析了惠特曼在诗艺理念和技巧等方面对顾城、北岛、舒婷、西川等十几位"文化大革命"后青年诗人的影响,认为其本质性的内容是"一种诗歌观念的冲击和启悟"③。雷庆锐将惠特曼与中国现当代诗人昌耀作为比较研究的对象,在国内首次讨论了前者对后者的影响,以及后者在创作思想与作品中的超越。④还有几篇论文试图比较惠特曼对美国等西方国家诗人的影响。马晶晶将美国诗人兰斯顿·休斯的第一部诗集《疲倦的布鲁斯》与《草叶集》进行了比较,评析了惠特曼对休斯的影响,认为其民主思想、审美意象、诗体的自由性都在《疲倦的布鲁斯》得到了继承和发展。⑤

总之,20世纪80年代以来有关惠特曼及其诗歌的研究著述,在数量上数倍于新中国前30年,研究者的数量也远远超过了前者,而且目前在高校和研究机构任职的学者与在读研究生已经成为惠特曼研究的主体。从2000年至今,各种报刊上刊登的学术论文多达五十余篇,国内大学以研究惠特曼为题而完成的博士学位论文一篇和硕士学位论文超过十篇,研究内容与方法也不断有所拓展。这种发展趋势是新中国前30年无法相比的,显示出伴随着改革开放的不断深入与发展,以及在经济日益全球化的背景下,各个国家与民族之间的文化与文学艺术比以前历史上任何时期都具有更多的交流与融合,包括惠特曼研究在内的外国文学研究也不断得到重视和发展。然而毋庸讳言,有些研究惠特曼的论文与书籍学术质量不高,内容因循守旧,重复前人的研究成果,或者使用的文献资料陈旧、片面,或者套用某种时髦的理论随意解读惠特曼的诗歌,甚至歪曲了其主题思想和诗歌艺术特征。上述问题需要通过适当的途径不断引导和制约予以纠正,促进惠特曼研究的健康发展。

---

① 郭英杰:《"他者"视域下"I"在惠特曼〈草叶集〉中的多重意象研究》,《北京第二外国语学院学报》2011(10),第34—38页。
② 王和光:《论惠特曼自由诗对胡适白话诗的影响》,《安徽大学学报》(哲学社会科学版)2009(33卷,1期),第67—71页。
③ 王晓燕:《惠特曼对"文化大革命"后中国青年诗人的启示和影响》,《外国文学研究》1997(4),第41—43页。
④ 雷庆锐:《昌耀与惠特曼创作相似性解读》,《青海社会科学》2008(5),第98—101页。
⑤ 马晶晶:《试论惠特曼的〈草叶集〉对兰斯顿·休斯的〈疲倦的布鲁斯〉的影响》,《世界文学评论》2007(2),第186—189页。

第四章
现代主义诗歌研究

导 言

现代主义诗歌研究在新中国60年的外国文学研究中虽然起步较晚,但却代表着改革开放之后外国诗歌研究的一个新的重点和亮点。新中国成立之前,一些英美现代主义诗歌曾经影响过中国新诗的发展与成熟,这主要集中在当时西南联大的一批年轻诗人的创作中。英美现代主义诗人艾略特、奥登,奥地利诗人里尔克等都对后来的"九叶派"诗人产生不小的影响。一些重要的现代主义诗人的作品也被译介到国内来,如赵萝蕤先生就将艾略特的《荒原》译成汉语并对该作进行了有深度的研究。新中国成立之后,现代主义诗作被认为是资产阶级的文艺作品,充斥着低级、落后、颓废的思想,其艺术形式和表现手法也不能被当时政治第一的标准所接受,现代主义诗歌研究基本绝迹。仅在1962年之后,一些现代派诗作被作为反面教材和批判的对象得到昙花一现式的介绍和研究。改革开放之后,西方现代派诗作研究呈现出蓬勃的发展趋势,正如有研究者所说:"从1979到1989年,西方现代派文学的翻译和研究文章铺天盖地,把整个80年代说成西方现代派研究时代丝毫不显得夸张。"①这一阶段西方现代主义诗歌研究得到了大面积的恢复,英美现代主义诗歌和法国象征主义诗歌在此时尤其受到关注。进入90年代,现代主义诗歌研究的范围进一步扩展,从80年代的主题研究和艺术形式研究扩展到诗学研究、哲学观、美学观等的研究。现代主义诗歌研究的对象也进一步扩大,除英美现代主义和法国象征主义诗歌之外,其他国家和地域的现代主义诗歌也开始得到研究,爱尔兰诗人叶芝、奥地利德语诗人里尔克等都受到重点关注。21世纪的最初十年间,现代主义

---

① 见本卷《庞德诗歌研究》。

诗歌研究往纵深发展,研究成果的数量激增,质量也大幅提高,文本分析和理论探讨都达到了一个新的高度,尤其在西方理论思潮影响下的现代主义诗歌研究呈现出积极活跃的研究态势。

由于美国诗人庞德,跨英美两国国籍的诗人艾略特,法国诗人波德莱尔,爱尔兰诗人叶芝是欧美现代主义诗人在新中国的研究重点,本章将其选作专题考察的对象。狄金森是美国19世纪一位诗风独特的女诗人,她的作品虽然不能被视作现代主义诗歌,但却被认为与现代诗歌有着诸多相通的诗风,"对美国乃至世界现当代诗歌产生了重要影响"①,因此,我们姑且也将她的研究放在这一章中进行考察。通过对这些诗人诗作研究的考察应可以看出60年来我们有关欧美现代主义诗歌研究的发展脉络和今后的发展思路。聂鲁达作为拉美的现代主义诗人也列入专题考察范围。聂鲁达在新中国成立之前以及新中国成立后的前十多年间均因其进步作家的身份及其与中国的友好关系而受到重视,他的诗作在国内产生较大影响。然而,他的作品中丰富而高超的艺术价值却并未得到充分的、有深刻学术分量的研究。改革开放之后,这一情况有所扭转,但研究的成果与欧美现代主义诗歌研究的成果相比仍然显得相对不足。这一状况也可见于欧美,尤其是英美之外的其他现代主义诗歌研究之中。可见,现代主义诗歌研究的领域还有进一步开发和深化的空间。

第一节 狄更生诗歌研究

美国19世纪的女诗人艾米莉·狄更生(Emily Dickinson,1830—1886)②对美国乃至世界现当代诗歌产生了重要影响。她建立的具有开拓性的美国诗歌传统已经惠及20世纪和当今的美国乃至世界的诗歌领域。狄更生在世时默默无闻,生前写下了1775首诗,只发表了7首(有的评论家说是10首)。她的诗篇在她去世后陆续被整理出版,在诗歌界褒贬不一,直至20世纪中期,托马斯·约翰逊(Thomas H. Johnson)主编的《艾米莉·狄更生诗歌全集》(*The Poems of Emily Dickinson: Including variant readings critically compared with all known manuscripts*,1955)和约翰逊与西奥多拉·沃德(Theodora Ward)主编的《艾米莉·狄更生书信集》(*The Letters of Emily Dickinson*,1958)出版,才为学者和批评家全面认识狄更生及其作品奠定了坚实的基础,从

---

① 见本卷《狄更生诗歌研究》。
② 这位女诗人的译名在中国内地有迪金森、狄金森和狄更生等。本节沿用《中国大百科全书·外国文学卷》(1982)中的译名"狄更生"和商务印书馆出版的《英语姓名手册》(2007)译名"狄更生"。

此,学界对狄更生诗歌的研究进入了前所未有的全面而深入的崭新阶段。① 玛丽埃塔·梅斯梅尔(Marietta Messmer)的调查显示了整个欧美批评界和学术界对狄更生评论和学术研究的走向。她根据美国现代语言协会提供的有关狄更生诗歌的学术著作和论文的条目,发现平均每年有五十多种狄更生研究成果。这些研究包括多种外语写的论著,除英语之外,有日语、波兰语、德语、法语、斯洛文尼亚语、俄语、西班牙语、马其顿语、葡萄牙语等。②

我国对狄更生诗歌的介绍初现于20世纪30年代,对她诗歌的翻译和研究起步于70年代末,开始成规模介绍和研究狄更生则在80年代之后。她的诗歌天才在美国真正被发现和普遍受重视也不过始于20世纪50年代中期,在中国译介和研究她的诗歌并不算太滞后。如今对她的诗歌研究,在中国的美国诗歌研究领域已成显学,在全国美国文学研究会每届年会上,都有学者宣读有关狄更生研究的论文,高校有关狄更生研究的硕士和博士论文显著增多。随着中国译者和学者对狄更生诗歌的进一步译介和深入研究,我们相信,她必将在中国产生越来越大的影响。

一、新中国成立前至新时期的狄更生研究

迄今为止所搜索的资料显示,狄更生最早进入著名诗人邵洵美的诗歌视野是在20世纪30年代。邵洵美在《现代美国诗坛概观》(1934)一文里谈到抒情女诗人萨拉·蒂斯代尔(1884—1933)受狄更生影响时,说她"同情狄更孙及李丝(L. Reese)两大美国女诗人的系统";说狄更生"生前没有被人发现;到了最近,竟是一切诗人惊异她的力量,而感受她的影响",并称赞狄更生的"词句含蓄","意象丰富"。③

此后直至1979年改革开放的新时期,中国的历史经历了1949年的新中国成立,新中国成立后的17年和"文化大革命"时期。这一时期,一方面受到英美学界狄更生研究在20世纪中叶才开始全面兴盛这一客观因素的影响;另一方面也因国内"左"倾政治思想和意识形态的全面渗透,国内对狄更生的翻译和研究一直处于默默无声的状态。

70年代晚期,中国内地第一个评论狄更生的学者是董衡巽先生,他在《美国文学简史》(1978)中对狄更生的简介起了破冰之旅的历史作用。④ 此时,第一

---

① 详见拙文《不趋时媚俗的诗歌革新者——试论艾米莉·迪金森》,《美国文学研究》2002(1)。
② Marietta Messmer, "Dickinson's Critical Reception," *The Emily Dickinson Handbook*, ed. Gudrun Grabher, Roland Hagenbuchle and Cristanne Miller (Amherst, MA: University of Massachusetts Press, 1998).
③ 邵洵美:《现代美国诗坛概观》,《现代》5—6,1934年10月11日。
④ 董衡巽等:《美国文学简史》,北京:人民文学出版社,1978年,第216—218页。

个翻译狄更生诗歌的译者是江枫先生,八九十年代他有多个狄更生诗歌译本问世,在读者中和研究界产生了广泛影响。

二、新时期至今的狄更生研究

20世纪70年代末至80年代中期,狄更生诗歌研究处于一般介绍的起始阶段。80年代初,赵毅衡为《中国大百科全书·外国文学》(1982)撰写了有关狄更生的词条,此后,国内对狄更生的介绍,在内容上逐渐丰富和全面。

90年代和21世纪以来,随着改革开放和中美文化交流的日渐频繁,狄更生诗歌研究的学术视野被逐渐拓宽,对她诗歌文本的研究也逐渐深入细致。其中的研究大致分为主题研究、艺术特色研究、综合研究以及比较研究等。

1. 狄更生诗歌的主题研究

贯穿在狄更生诗歌中的主题可包括爱情、大自然、信仰与怀疑、痛苦、死亡、永恒等方面。国内狄更生诗歌主题研究的论文和论著一般围绕这些主题展开。

(1) 爱情主题研究 对于狄更生的爱情诗主题,杨甸虹、王誉公、刘守兰、王闻等学者都进行了初步的评介。杨甸虹试图从爱情、死亡和永恒三方面评论狄更生的诗,通过解读《那一天在盛夏时节》("There came a Day as Summer's full")①,作者认为"诗人坚信,通过受难、痛苦和赎罪,上帝终将让她与爱人圆满的结合"②。这种以偏概全式的解读比较简单,但她的引证较多,为她的论文增添了分量。例如,她引用约翰·皮卡德(John B. Pickard)和威廉·舒尔(William H. Shurr)的观点,最终得出结论:"狄金森将宗教教义与她的爱情诗摆在同样重要的位置上。假如说宗教教义与她的爱情在初始阶段是对立的,那么在她探索人生道路的后期,这两者却是互为支撑、互为联系",较为合理。③

王誉公的专著《埃米莉·迪金森诗歌的分类和声韵研究》(2000)里的"恋爱中的痛苦与失意的诗歌"和"以结婚为主题的诗歌"两部分④,探讨了她热烈追求爱情的内心世界,认为"在迪金森的爱情诗歌中,描述爱情引起的痛苦与失意的诗篇最多。这跟她的不幸经历有着密切的关系,它们反映了她内心深处的感受。有许多诗篇大含细入,超出了她的生活天地,具有普遍意义"。结论简明,深中肯綮,有较强的说服力。刘守兰的专著《狄金森研究》(2006)认为:"向往爱

---

① 刘守兰和王誉公也论述了这首诗(第322首),刘守兰把这首诗的第一行作为题目译为《盛夏一天的降临》,而王誉公把它译为《盛夏到来的一天》,比较准确。

② 杨甸虹:《爱情·死亡·永恒——艾米莉·狄金森诗歌解读》,《四川外语学院学报》2001(3),第37—40页。

③ William H. Shurr, *The Marriage of Emily Dickinson: a Study of the Fascicles* (Lamham: University Press of America, Inc., 1992), pp. 32—33.

④ 王誉公:《埃米莉·迪金森诗歌的分类和声韵研究》,济南:山东大学出版社,2000年,第86—96页。

情却又从未如愿,这就是狄金森爱情诗的主旨。"①刘守兰的这个结论没有错,但这只是评论界的公论,属于泛泛而谈。王闻结合具体诗篇,从少女对爱情担忧和恐惧、少妇忍痛弃绝情侣、有情男女终成良缘、情人思慕团聚和眷恋不舍以及婚后生活等五个方面概括狄更生的爱情诗,认为"她的这部分诗歌蕴含着丰富的感情和大胆的想象,比喻新颖,意象奇特,展示了多种爱情生活的画面"②。该论述虽短,但看法比较到位。

李元对狄更生爱情诗提出了一个有趣的命题,说狄更生爱情诗的原动力是她的恐惧、忧伤、渴望和挫败感③,这值得商榷。不妨这样说,狄更生受当时的社会习俗和宗教观的约束以及她本人不善社交的孤僻性格等综合因素的影响形成的理性,与她本人想象力极其充沛的感情引起的冲突,使她对爱情产生了恐惧、忧伤、渴望和挫败感等等失意的情绪,这时她便成了李元所说的"一个矛盾的统一体"。关键是,狄更生在爱情诗里,能以高超的艺术手法,形象化地揭示她的理性与感性的冲突,这就是她的爱情诗的魅力之所在。董洪川的论文④和胡宗锋的论文⑤对狄更生爱情诗只作了一般性赏析。其他的一些综合性论文,例如黄修齐的《试评艾米莉·狄金森》(1985)和曹萍的《艾米莉·狄金森及其诗歌的主题意蕴》(2004),对狄更生的爱情诗都有涉及,但都是泛泛而谈,浅尝辄止。

不得不指出的是,其中一些论文在论述上欠学术的严谨性,例如,杨甸虹说"在狄金森的1800多首诗歌中,以爱情为主题的作品约有300多首",狄更生出版的诗篇数公认为1775首,说是"1800多首",有何根据? 说有"300多首爱情诗"又有何根据? 她的另一个粗疏是,她在引用约翰·皮卡德的英文原著时,居然在"参考文献"中,漏掉了标注。又如,曹萍说"根据统计和考证,狄金森在1862年左右写了300多首诗(其中100多首爱情诗)",根据谁的统计和考证?⑥

狄更生一生未婚,但她对爱情的追求从未停止,她的爱情诗成了她整个诗歌创作的重要部分。迄今为止,国内还没有学者通盘综合狄更生的整个爱情诗,或作纯文本解读,或根据现有的有关女诗人爱情生活的权威考证,对她的爱情诗篇的来源作追踪性考察。

---

① 刘守兰:《狄金森研究》,上海:上海外语教育出版社,2006年,第240页。
② 王闻:《埃米莉·迪金森》,吴富恒主编,《外国著名文学家评传》之三,济南:山东教育出版社,1990年,第259—262页。
③ 李元:《恐惧、忧伤、渴望和挫败感是狄金森爱情诗中的原动力》,《考试周刊》2011(45)。
④ 董洪川:《蕴含在痛苦、奇想中的真情——论艾米莉·狄金森的爱情诗》,《重庆师范大学学报》(哲学社会科学版)1996(4)。
⑤ 胡宗锋:《艾米莉·狄金森情诗欣赏与评析》,《西北大学学报》(哲学社会科学版) 1997(4)。
⑥ 根据玛莎·狄更生·比安奇(Martha Dickinson Bianch)1924年作序的《艾米莉·狄更生诗集》(*The Poems of Emily Dickinson*)的分类,以"爱情"标注的第三部分诗篇是59首。

(2) 自然主题研究 大自然是狄更生欢乐和美的源泉。在她的笔下,它对人既可亲又漠不关心,既是再生又是毁灭的力量,是神秘的源泉。根据斯坦福·罗森鲍姆(Stanford P. Rosenbaum)的调查,狄更生描绘和赞颂大自然和大自然栖息者(动植物)的诗篇几乎占了狄更生诗篇总数的三分之一。① 其自然诗的丰富内涵引发了中国学者从不同的角度对它进行探索。

王誉公在解读狄更生的自然诗时认为,狄更生对自然持三种不同的观点:第一,超验主义观点。她跟当时英美浪漫主义诗人和超验主义作家一样,认为"人与自然之间存在一个神秘的结合物,而且自然向人展示有关人类和宇宙的象征"。第二,反超验主义的观点。她深信"在人与自然之间存在一种固有的'斥逐感',而且自然本身对人的生活和利益是漠然无动于衷的"。第三,上述两种观点的折中态度。她承认她在自然幻化的景象中感受到一种激动胸怀的欢愉。② 刘守兰持同样看法,只在内容上略加分类,并就一些具体诗篇作了浅近的解读。

浅读尚可,误读则不可。例如,傅柳从传统的社会学观点进行评论说:"她对自然的互相对立的态度,在一定程度上,(也)是当时的动荡不安的社会现实的一种折射。"作者用当时的内战形势进行发挥,断定"日益尖锐的社会矛盾同样也为狄金森的自然诗注入种种不安的情绪,投下了愈深愈重的阴影"③。作为佐证的是狄更生 1861 年创作的《有一束斜光》("There's a certain Slant of light")和 1862 年创作的《我惧怕那第一只知更鸟》("I dreaded that first Robin, so")两首诗,说明女诗人这个时期的不安情绪受到当时内战引起的社会动荡的影响,这是不是有些牵强附会?张先昂对狄更生自然诗的评论比较切合女诗人的实际,他说:"她的大部分以自然为题材的诗所表露的对于自然的看法基本上与浪漫派的观点一脉相承,即把自然看成是真善美的一体融合。她讴歌自然界万物的美与和谐,慨叹人类艺术的表现力在自然面前是何等的贫乏。"④但是,当他试图用传统的社会学方法评论时,同样空泛,例如,他在文章中指出,狄更生的低吟折射出了社会与时代的本质特征:唯一理教、超验主义、西部开发、南北战争等一系列宗教变革、哲学变革和社会变革固然促进了美国资本主义的发展,但是繁荣之下掩盖着病态,稳定之下潜藏着危机,乐观之中隐伏着忧患。而

---

① 根据他的调查,直接提到大自然的诗篇 151 首,提到花、开花和花朵的诗篇 164 首,提到玫瑰、菊花、水仙花、丁香花、蒲公英、紫罗兰、毛茛等具体花的诗篇 168 首,提到鸟的诗篇 196 首,提到蜜蜂的诗篇 86 首,提到蝴蝶的诗篇 48 首,提到蛇的诗篇 8 首。参看 Stanford P. Rosenbaum, ed. *A Concordance to the Poems of Emily Dickinson* (Cornell University Press, 1964).
② 王誉公:《埃米莉·迪金森诗歌的分类和声韵研究》,第 31 页。
③ 傅柳:《神秘瑰丽的大自然的歌手——艾米莉·狄金森自然诗作初探》,《南京师大学报》(社会科学版)2000(4)。
④ 张先昂:《美国诗人艾米莉·狄更生诗歌评述》,《宁波师院学报》1986(2)。

狄更生诗中所表现出来对信仰的怀疑和动摇,对现实的敌对和恐惧,对自我的怜悯和悲哀,正是对这些症状透露出来的潜伏病症的敏锐感应。① 但是,她的忧患意识究竟是什么?是资本主义畸形发展后反映在狄更生身上的病态?这需要例证。黄修齐虽然也使用了传统的评论方法,但其结论比较坚实。他说:"她的自然诗与众不同,她不是单纯写景、写物,而是和大自然心心相印,浑然一体",并指出:"由于狄金森长期离群索居,过着'世外桃源'的生活,就连震撼人心的南北战争也没能冲击她在马萨诸塞州阿姆斯特所过的庭院生活,所以她没有惠特曼那样时代感。她的诗没有探索社会,缺乏时代气息,这无疑是她的局限性。"② 这符合历史事实。张雪梅对狄更生自然诗作了进一步阐释,认为爱默生和梭罗奉行的超验主义自然观无法完全解释狄更生内心深处对"自然之谜"的疑惑,因为她有意识地在诗歌创作中极富独创精神地对自然进行了再定义:"'自然'等同于'知识',为直觉或'超灵'难以洞悉;'自然'独立于人的意志之外,它对人的基本利益漠不关心,两者之间的疏离感无法打破。因为不能体悟'自然'的本质,诗人对'自然'的敬畏感逐渐加深,也构成了她对超验主义自然观冷静的质疑"③。

流行于 90 年代的生态文学批评是在全球环境日益严重恶化下产生的,它的主要任务是探讨文学与环境的关系。中国学者借用这种新的文学批评对狄更生自然诗进行评论,扩大了批评视野,是有益的尝试。不少学者运用这一理论对狄更生的自然诗进行初步探索。张冬梅从狄更生亲近自然、敬畏自然和平等对待自然万物三方面进行解读,揭示狄更生自然诗中蕴含尊重自然、与自然和谐共生等丰富的生态伦理意蕴。④ 何亚卿从环境和性别的双重视角发掘狄更生诗歌中的生态女性意识,探讨其中反映的人与自然和女性的关系。⑤ 杨善根和姚本标认为狄更生自然诗具有强烈的生态意识,诗人以旁观者的身份描写自然,与自然和谐共存而又逃离自然,展示了其作为自然旁观者的审美思想。⑥ 宋秀葵和周青则把狄更生自然诗看成艺术性与生态性相结合的绿色文学典范。⑦ 魏金梅说狄更生自然诗"是她的生态思想和自然观的反映",并指出她的"自然观是一种乐观向上和一种悲观失望同时并存的自然观,也是她将最浅层的世态人情、喜怒哀乐与自然结合起来的自然观,是一种人与现实社会关系的

---

① 张先昂:《美国诗人艾米莉·狄更生诗歌评述》,《宁波师院学报》1986(2)。
② 黄修齐:《试评艾米莉·狄金森》,《外国文学研究》1985(3)。
③ 张雪梅:《艾米莉·狄金森对超验主义自然观的再定义》,《外国文学研究》2005(6)。
④ 张冬梅:《试析艾米莉·狄金森自然诗中的生态伦理意蕴》,《北京第二外国语学院学报》2007(12)。
⑤ 何亚卿:《艾米莉·狄金森自然诗中的生态女性视角》,《重庆工学院学报》(社会科学版)2009(10)。
⑥ 杨善根、姚本标:《自然之美的旁观者——论艾米莉·狄金森自然诗歌之生态意识》,《湘南学院学报》(社科版)2010(6)。
⑦ 宋秀葵、周青:《艾米莉·狄金森的自然诗作:生态文学的典范》,《山东社会科学》2007(9)。

真正写照"。①

(3) 死亡主题研究 狄更生形象化地描写死亡,她的许多诗篇里死亡被人格化,时而是求婚者,时而是暴君。她对死亡的态度是矛盾的,死亡有时很恐怖,有时又是超脱的,与永恒同在。死亡和永生成了反复出现在她诗歌里的一个重大主题。国内有不少学者均探讨了这一主题。

黄修齐以狄更生诗歌死亡主题为例,在国内比较早地论述狄更生诗歌的现代性,认为"狄金森在19世纪用充满现代感的心声默默地为20世纪现代派诗歌开路。她不愧是美国现代派的先驱"②。陈莉莎从上帝、死亡和永生这三者的关系探讨狄更生诗的死亡主题,认为她对死亡的观察和体验,使死亡变得不再可怕,对永生的期待,使人热爱人生,而对上帝的无情和冷漠的愤慨显示了她热爱人类的崇高情怀。③武海霞说狄更生"与自然和谐相处,对她来讲,死并非简单的生命的终结,而是生命最后的升华,对她而言生死都具有高度的审美价值"④。杨甸虹对狄更生的死亡诗篇评价很高,说她"对美国文学独特贡献之一是她对死亡本质具有诗人的洞察力,将死亡与对痛苦的感受以及对永恒的向往紧密联系起来"⑤,认为她"对死与生的思索无疑是基于宗教信仰"。由此得出结论:"20世纪批评家们对狄金森崇尚自由意志,反对当时的宗教狂热报以热烈的赞赏。但许多人却忽视了她是在更深刻、更个人的层面上对宗教教义进行不懈的探索。"⑥

董爱国的观点与杨甸虹的看法相反,董文在评论狄更生的死亡诗时认为,"狄更生诗中的'死亡'极有可能是诗人对自己隐退生活的巧妙比喻",并说"她充分利用死亡所具有的恐惧与解脱的双重特点,表达了隐退给她带来的痛苦、孤独与失落,以及欢乐、平静和成就感"。⑦这里需要指出的是,在短短的几年里,狄更生的父亲、母亲、侄儿和挚友相继去世,对这位常常足不出户的女诗人造成的心灵伤痛远远比社交宽广又有婚配的常人为甚,这自然地引起她对无时无处不在的死神的关注。这不能不是促使她写许多死亡诗的主因,否则,她岂不是无病呻吟?说她把死亡比喻为自己的隐退,是不是缺乏依据的臆测?

向玲玲认为狄更生的"死亡诗中往往存在着线性时间与循环时间的双重维度,如人类从生到死的线性历程与大自然的轮回往复。但诗人更青睐自主的循

---

① 魏金梅:《论狄金森诗歌的自然意识》,《作家》2011(9)。
② 黄修齐:《狄金森诗歌的现代感及死亡主题》,《福建师范大学学报》(哲学社会科学版)1994(3)。
③ 陈莉莎:《上帝·死亡·永生——论美国女诗人艾米莉·狄金森诗歌的死亡主题》,《湘潭大学社会科学学报》2002(4)。
④ 武海霞:《爱米莉·狄金森及其死亡诗解读》,《兰州大学学报》2000(S1)。
⑤ 杨甸虹:《爱情·死亡·永恒——艾米莉·狄金森诗歌解读》,《四川外语学院学报》2001(3)。
⑥ 同上。
⑦ 董爱国:《死亡——狄更生隐退的比喻》,《西安外国语学院学报》2000(4)。

环时间而不是依赖线性时间,并突破了人类时间(线性时间)与自然时间(循环时间)的二分法,通过人类与自然的角色互换与互喻,使逝者在自主选择的前提下,走出线性时间之流,重入生命循环之圈"①。赵海萍用陌生化的理论,通过分析狄更生具体的诗篇《因为我不能停下来等候死神》("Because I could not stop for Death"),深入地探讨狄更生显著的艺术特色。在作者看来,狄更生诗歌死亡主题陌生化是将死亡主题的艺术感受完全脱离日常的理解,从而达到陌生化的艺术效果,"狄金森的诗歌在诗歌艺术史上是独树一帜的,她向世人展现了一种不受常规束缚、变化多端、纵情恣肆的风格,不受任何时代诗人的影响,完全是一种自由的陌生化创作"②。这是一篇优秀的论文,作者体会新颖而深刻。勾森的评论同样鞭辟入里。该文从内容上把狄更生的死亡诗分为三类:"肉体死亡及来世、死亡拟人化以及死者的挽歌。"文章进一步论述说:"在对死亡及永恒反复思考及质疑之后,诗人没有停留在死亡的瞬间,以及对死亡的恐惧和无奈,而是通过独特的诗歌意境营造和诗歌象征手法,开辟了探索生命和死亡的新视角,进而揭示人生的真谛。"③

黄明、徐海燕和杨桂媛三位学者都从形象化方面论述狄更生的死亡诗。黄明认为,以死亡为主题的诗在常人看来是伤感凄凉的,可是狄更生却把它写得生动形象。④ 徐海燕说狄更生善于"通过细腻的、多方位多角度的几近疯狂的感觉想象瞬间,体验死亡的虚无与永恒,从而迸发出艺术灵感和张力,创造出奇美诗篇"⑤。杨桂媛说狄更生用她"那颗细腻敏感的心,尽力捕捉死亡对生命的意义,然后她又像一个画家那样从不同侧面、不同角度,对死亡进行或工笔或写意的描绘"⑥。刘建成从主观意象⑦、周亚芳和林玉鹏从生死曲线入手,探讨狄更生的死亡诗,较为简单。

2. 狄更生诗歌艺术研究

研究狄更生诗歌艺术的学者举不胜举,概括来说,学者们大多从她独特的意象,丰富的想象,语言的创新以及她不拘一格的审美意识等方面展开研究。

一些学者认为她的诗歌意象丰富而隐晦,语言、修辞等的运用独具特色,具有现代主义诗歌的特征。曹喜梅认为狄更生对周围世界的观察细腻,对事物的认识和理解敏锐而深刻,思想境界内涵丰富,充满幻想,她的诗闪耀着高尚、圣

---

① 向玲玲:《论狄金森死亡主题诗歌中的时间观》,《外国语言文学》2009(4)。
② 赵海萍:《狄金森死亡主题诗歌的陌生化效应》,《淮南师范学院学报》2005(1)。
③ 勾森:《试析艾米莉·狄金森诗歌中的死亡意象之美》,《重庆科技学院学报》(社会科学版)2010(13)。
④ 黄明:《狄金森诗歌死亡主题探析》,《湖北函授大学学报》2010(1)。
⑤ 徐海燕:《在虚无与永恒的瞬间——试析迪金森的死亡诗歌》,《南昌大学学报》(人文社会科学版)2004(2)。
⑥ 杨桂媛:《艾米莉·狄金森的死亡意识解读》,《名作欣赏》2003(4)。
⑦ 刘建成:《"死亡"与"永生":狄金森诗歌的主观意象》,《乌鲁木齐职业大学学报》2002(3)。

洁的灵光。① 李玲从她诗歌洗练的意象、不规则的语法和韵律、含糊的影射、特殊的修辞等方面,论述她的一种能激发联想的隐晦艺术。② 陈淑莹认为狄更生诗歌"背离常规的语言运用,使其独放异彩却也隐晦含蓄,其中隐喻性语言"是她的"语言风格中最突出的表现手法之一"。③ 李玲和白艳君提出狄更生诗歌"强调自觉,强调具象和表现方式的迂回性,使她的诗歌从形式到内容都具有明显的现代主义特征"④。董洪川则探讨狄更生锐意开拓、大胆创新的语言艺术。⑤ 钱莉立足于文本,辨析她诗歌陌生化产生的惊奇感和陌生感。⑥ 李秋芳研究了狄更生诗艺手法中的复义,指出她"诗歌中的复义主要包括词汇、修饰性短语和整首诗等",认为其"复义丰富了诗歌的内涵和意蕴,给读者留下了更多思考的空间和余地""产生了极强的艺术效果,一种朦胧美",由此认定复义是狄更生诗歌吸引众多读者的一个主要原因。⑦ 李秋芳还深入研究了狄更生诗歌中词汇的变异,认为她的诗"不仅展现出诗人驾驭语言的能力……使她所要描写的对象或事物生动形象、栩栩如生,达到了特殊的艺术效果,增强了诗歌的诙谐美和含蓄美。同时,词汇变异使其诗歌内涵丰富、耐人寻味,有效地表达了诗人的思想情感"⑧。

还有些学者从她诗中的美学观念入手进行分析。肖美玲和卢天贶从艺术人格和美学型范两方面论述狄更生的诗歌特色,认为"狄更生的'无名'观念,超验主义哲学思想和对宗教信仰的叛逆精神构成其独特的艺术人格"⑨。周平认为狄更生宗教审美意识的边缘性产生于她的宗教认知中的矛盾内核。⑩ 他的确抓住了狄更生世界观和审美观的本质。

刘保安通过实例,证明狄更生诗歌具有极强的戏剧性,诗人运用戏剧对话、戏剧独白、戏剧场景等手法,有效地增强诗的戏剧效果。⑪ 吴钧分析她的艺术特色比较细致,但认为她"一生耐得寂寞、淡泊名利、倾注全部心血在诗国中遨

---

① 曹喜梅:《唱给自己的心——评爱米莉·狄金森的诗歌艺术》,《美与时代》(下半月)2002(6)。
② 李玲:《论艾米莉·狄金森的隐晦艺术》,《宁夏大学学报》(人文社会科学版)2003(4)。
③ 陈淑莹:《概念合成理论对诗性隐喻的解释力——艾米莉·狄金森诗歌篇章的隐喻解读》,《哈尔滨学院学报》2006(8)。
④ 李玲、白艳君:《论狄金森诗歌的现代主义特征》,《中南大学学报》(社会科学版)2005(1)。
⑤ 董洪川:《论艾米莉·狄金森诗歌的语言艺术》,《外国语言文学》1994(Z1)。
⑥ 钱莉:《艾米莉·狄金森诗歌主题的陌生化》,《海外英语》2011(14)。
⑦ 李秋芳:《论狄金森诗歌中的复义》,《江西社会科学》2010(3)。
⑧ 李秋芳:《狄金森诗歌中的词汇变异》,《译林》2010(3)。
⑨ 肖美玲、卢天贶:《论艾米莉·狄更生的艺术人格和美学型范》,《淮阴师范学院学报》(哲学社会科学版)1996(4)。
⑩ 周平:《爱米莉·狄金森宗教审美意识中的边缘性》,《国外文学》2008(3)。
⑪ 刘保安:《论狄金森诗歌的戏剧性》,《哈尔滨学院学报》2010(3)。

游、探索,在诗歌的技巧创新与开拓方面,做出了富有创造性的贡献"①,这值得商榷。狄更生曾通过多种途径尽力寻找发表作品的机会,何来淡泊名利?②

也有学者对狄更生诗歌中的意象感到浓厚的兴趣。刘保安认为,狄更生诗歌中的花草意象与其特定的社会环境紧密相关,她以花草象征女性或自己鲜为人知的一生、反叛精神、创作风格以及自己的审美趋向等,因此她的诗扩大和丰富了花草意象的象征意义。③ 韦兰芝发现狄更生在塑造意象方面有如下特点:在诗中将大量隐喻、拟人等修辞手法结合使用;运用平凡渺小的事物表现崇高庄严的主题;创造高度浓缩的比喻和大量的怪喻;将具体与抽象嵌合使意象抽象化。④ 有的学者认为她善用新颖、独特而具体的意象来表达抽象的思想与概念。⑤ 有的学者从阐述其诗歌意象的影响源着手来分析她诗歌中新颖、奇特和凝练的意象。⑥ 狄更生诗歌意象被认为具有无限包容性和适应性。⑦ 刘焱从《周易》、刘勰的《文心雕龙》、司空图的《廿四诗品》、T.S.艾略特有关意象界定入手,阐述狄更生的意象再创造。⑧ 汪艾文对狄更生诗歌的圣餐作了较为深入的阐释,指出"从文学象征角度看",她的"圣事意象的复义性使其诗作更具神秘色彩,更充满张力";而从宗教文化看,她"圣事意象颠覆了传统宗教圣事,她大胆地试图将人类博大胸怀构筑为包容万物的教堂,从广阔的自然中寻求永生,从伟大的诗歌中啜饮不朽的圣餐"。⑨ 杜明甫认为狄更生诗歌与拉斐尔前派绘画无论在外在形式还是在思想内容方面都有着较强的相关性,她的诗歌中蕴含的拉斐尔前派的绘画特征有助于阐释视觉艺术赋予其多元的艺术特色。⑩ 这是一个值得进一步探讨的课题,狄更生诗歌的魅力之一是它为我们提供了一个个别出心裁的意象,成为20世纪意象派的先锋。

刘守兰以狄更生的诗篇为例,论证了她的诗歌语言特点是句子省略、结构并列和一语双用⑪,并认为她的诗歌在非物化、离心力、杂语性和小说化等方面

---

① 吴钧:《在寂寞中神游诗境——艾米莉·狄更生及其诗艺谈》,《学思录》,呼和浩特:内蒙古人民出版社,1999年,第1—9页。
② 张子清:《迪金森的诗歌创作与成就》,《新编美国文学史》第二卷朱刚主撰,上海:上海教育出版社,2002年。
③ 刘保安:《论狄金森诗歌中花草的象征意义》,《江西教育学院学报》2011(2)。
④ 韦兰芝:《艾米莉·狄更生诗中的意象探析分享》,《南都学坛》2000(1)。
⑤ 潘薇、郑咏梅:《浅析艾米莉·狄金森诗歌中的意象》,《陕西师范大学学报》(哲学社会科学版)2002(S1)。
⑥ 李玲:《论艾米莉·狄金森的诗歌意象》,《邵阳师范高等专科学校学报》1999(6)。
⑦ 彭焱、蒋华锋:《狄金森的名意象》,《四川师范学院学报》(哲学社会科学版)1999(2)。
⑧ 刘焱:《诗海航行的风帆——狄金森诗艺管窥》,《理论与创作》1999(6)。
⑨ 汪艾文:《狄金森诗歌中的圣餐意象解读》,《宁夏大学学报》(人文社会科学版)2008(3)。
⑩ 杜明甫:《狄金森诗歌中拉斐尔前派的绘画意蕴》,《商丘师范学院学报》2010(1)。
⑪ 刘守兰:《狄金森诗歌的语言特点初探》,《四川外语学院学报》1998(4)。

有着现代派文学的倾向。① 刘守兰还在她论著的"风格篇"里列举了狄更生诗歌的六大艺术特色:有悖传统的句法、形态各异的标点、富有个性的诗歌韵律、戏剧色彩、女性主义倾向和现代主义色彩。② 周建新的《艾米莉·狄金森诗歌文体特征研究》(广西人民出版社,2006年)全方位地论述了狄更生诗歌的文体特征,包括她非同寻常的语言习惯。这两位是国内全面而深入地研究狄更生诗歌艺术的优秀学者。

3. 狄更生诗歌比较研究

国内狄更生诗歌研究领域出现了一股比较之风,多数学者倾向于把她与李清照比较。董洪川认为狄金森的诗有"电报体",而李清照的诗有"易安体",二者均语言简练、质朴、自然,意象清新、奇妙,在诸多方面有共同之处,值得研究。③ 郑芷芳和黄诗海也从这一角度探讨两位女诗人风格上的共同点。④ 不过,笔者认为,狄更生的"电报体"与李清照的"易安体"之间是否存在两位诗人诗作的相似性,尤其李清照神愁形瘦的"易安体"代表作《声声慢》里流露的忧愁是否与狄更生诗歌中流露的感情存在可比性,还值得商榷。马龙云在这方面没有生硬地寻找两者的相似性,而是经过比较,发觉狄更生和李清照的差异性体现在她们对爱情的表达方式不同,对婚姻或家庭的倚重也不同,她们的诗歌折射出中西方传统文化的差异。⑤ 郑芷芳还运用女权主义批评方法解读两位诗人,揭示她们反传统意识的成因。⑥ 此外,学者们从诗歌主题及写作技巧、流露的孤独情怀、各自独特的语言方式和对人生的认识、自然意象爱情诗主题等方面,对这两位女诗人进行比较分析,这些学者有姜杰⑦、罗乐⑧、谭大立⑨、郑静⑩、

---

① 刘守兰:《狄金森诗歌的现代主义倾向探胜》,《云南师范大学学报》(哲学社会科学版)2008(2)。
② 刘守兰:《狄金森研究》,第97-188页。
③ 董洪川:《艾米莉·狄金森与李清照》,《四川外语学院学报》1994(2)。
④ 郑芷芳、黄诗海:《"电报体"与"易安体"——寻找艾米莉·狄金森与李清照诗歌创作风格中的共同点》,《和田师范专科学校学报》2008(5)。
⑤ 马龙云:《从女性视角折射出的中西传统文化差异——从李清照与埃米莉·迪金森的诗歌对比谈起》,《徐州师范大学学报》2004(3)。
⑥ 郑芷芳:《艾米莉·狄金森与李清照的女性主义解读》,《世界文学评论》2008(2)。
⑦ 姜杰:《艾米莉·迪金森与李清照诗歌之比较》,《漯河职业技术学院学报》2008(3)。
⑧ 罗乐:《比较艾米莉·狄金森与李清照作品中的孤独情怀》,《安徽文学》(下半月)2008(9)。
⑨ 谭大立:《一样痛苦,两种风格:李清照词与狄金森诗的不同表现手法》,《社会科学》1986(7)。
⑩ 郑静:《开放中的封闭与保守中的前卫——艾米丽·狄金森与李清照的存在主义意识比较》,《长沙铁道学院学报》(社会科学版)2011(2)。

廖衡、李莉①、米丽娜②、段景文③等。

除与李清照进行比较外,学者们还将狄更生与陶渊明、冰心、席慕蓉等进行比较研究,如胡月增对狄更生和陶渊明诗歌中的死亡意识进行比较④,李嘉娜比较了狄更生与冰心的艺术道路、创作个性和文化素养。⑤ 张靖通过具体的诗篇比较,发现席慕蓉与狄更生都有对爱的梦幻、渴求和倾诉,都热爱大自然中的草木花虫,其诗风都比较委婉含蓄。⑥

也有学者将狄更生与西方诗人进行比较,如范革新⑦和刘剑⑧比较了狄更生与自白派诗人普拉斯的诗作。但狄更生对诗歌创作的执著追求与普拉斯对自杀念头的疯狂演变是否有可比性? 值得商榷。如果从自白的视角考虑她们的相似性,倒犹可说。

狄更生的比较研究取得了一些初步成果,但仍需进一步深化。

4. 国内狄更生诗歌的综述研究

据不完全统计,迄今为止,发表在报刊上(少量发表在报纸上)的狄更生诗歌研究论文,在20世纪80年代(1982—1988)9篇、90年代(1990—1999)20篇、21世纪(2000—2011)91篇;专著和论文集里有关论述狄更生的章节和单篇论文9篇;狄更生研究论著3部,这表明中国学术界对狄更生的研究日渐加强,研究力度明显加大。伴随这一研究状况,评论界出现了有关狄更生研究状况的综述文章,及时总结国内狄更生研究的动态。刘保安、刘守兰和彭海涛三位学者先后对狄更生研究现状做出了总结。

刘保安在文章中总结了国内狄更生研究的三个特点:第一,运用精神分析、女权主义、新批评、形式主义、结构主义、文学符号等现代文学批评理论和方法研读狄金森,拓展了狄金森研究的领域。第二,运用比较文学中的理论和方法探讨狄金森所接受的文学和文化思想影响,狄金森对现代美国诗人的影响以及与她没有直接影响关系的作家之间在创作倾向上的异同。第三,狄学队伍逐渐

---

① 廖衡、李莉:《异树同花:女性经历的风景图——李清照与艾米莉·狄金森诗歌中的自然意象》,《天津市经理学院学报》2010(2)。
② 米丽娜:《艾米莉·狄金森和李清照爱情诗的女性意识比较》,《西南民族大学学报》(人文社会科学版)2011(S2)。
③ 段景文:《美妙奇巧的比喻——试论李清照和埃米莉·迪金森的用喻技巧》,《四川外语学院学报》1994(4)。
④ 胡月增:《狄金森与陶渊明诗歌中的死亡意识比较》,《中州学刊》2004(4)。
⑤ 李嘉娜:《狄金森与冰心比较论》,《福建论坛》(人文社会科学版)1999年(4)。
⑥ 张靖:《如歌的行板——狄金森与席慕蓉诗歌比较》,《世界华文文学论坛》2000(2)。
⑦ 范革新:《疯狂是理智的同义语——美国女诗人狄金森和普拉斯的对读》,《沈阳师范大学学报》(社会科学版)2003(4)。
⑧ 刘剑:《男权社会中女性的悲歌——解读美国著名女诗人狄金森和普拉斯》,《曲靖师范学院学报》2007(1)。

扩大。① 作者也指出国内狄更生研究的深度不足,即学术视野不够开阔,研究范围狭窄,存在明显的重复性研究。

刘守兰的专著《狄金森研究》是一本面面俱到的评传,其中"国内狄金森研究综述"对国内狄更生研究的学术动态予以密切关注。她从五方面总结了国内的狄更生研究:诗歌主题探讨、诗歌艺术风格探讨、创作影响源分析、诗歌译本评析、综述性评论。她提出我国学界的狄更生研究"依然处于起步阶段,论文与论著不仅数量稀少,而且研究的深度和广度都不能令人满意",并提出国内学者对其书信的研究是一片空白。

彭海涛对国内狄更生研究的分析认为,国内的狄金森研究主要是翻译、引进、介绍,严格意义上的学术研究才刚刚起步,尤其对于狄金森思想的研究还不够系统。国内外学者通过对狄金森作品的解读,多从不同视角对其思想进行相应研究,包括其宗教思想、哲学思想、自然观和审美观等,但基本上属各自为战,不够系统。未来的研究者应在狄金森书信研究、狄金森思想体系研究方面多做开创性工作。②

三位学者分别总结了国内狄更生研究的学术现状,也指出了有待改进的问题,值得重视。

三、结 语

与英美学界狄更生诗歌研究相比,中国的研究还处于起步阶段。但目前国内狄更生作品翻译和研究的规模是史无前例、日渐繁荣的。因为尚处于起始阶段,国内的狄更生研究仍存在一些问题。如有些学者对国外相关学术动态缺乏了解,出现了诸如"狄更生淡泊名利""狄更生诗中的死亡是比喻退隐"等臆测性论断。有些学者根据不准确的诗歌译文,做出了不准确的阐释。也有些学者没有深切了解原文文本,对狄更生诗歌存在不同程度的误读,影响了狄更生研究的准确性及合理性。此外,国内尚未出现学者之间的辩论或交锋,而是自说自话,因此相关研究难免重复,其中的疏漏和谬误得不到纠正。在比较研究方面,有些学者将狄更生与中国作家进行生硬的、任意性的比较,陷入了"比较文学是个筐,杂七杂八往里装"的尴尬。

未来国内的狄更生研究应在密切关注国外学者相关研究成果的基础上进一步拓展研究的深度和广度,避免不必要的重复研究,使这一研究能够站在一个更高的学术平台上扎实、稳健地向前推进。

---

① 刘保安:《近五年来国内的狄金森研究综述》,《外国文学研究》2004(5)。
② 彭海涛:《美国女诗人艾米莉·狄金森研究现状及评价》,《作家》2009(6)。

第二节　波德莱尔诗歌研究

波德莱尔(Charles Pierre Baudelaire，1821—1867)，法国19世纪最具影响的象征派诗人，现代主义诗歌的创始人之一，代表作为《恶之花》。我国在20世纪早期就开始介绍波德莱尔及其作品。1919年2月《新青年》上周作人说过一段话，其中法国诗人波特莱尔(今译波德莱尔)的名字第一次出现在中国读者的面前。20世纪二三十年代，介绍波德莱尔的《恶之花》和《巴黎的忧郁》分别有过两次小小的热潮，但是，他的诗和散文诗却翻译得很少，散文诗多一些，只是恶魔诗人的名声确立了。抗日战争爆发之后，像波德莱尔这样的诗人自然要退避三舍，1947年2月18日，戴望舒说："(波特莱尔的诗的翻译)可以令人满意的有梁宗岱、卞之琳、沈宝基三位先生的翻译(最近陈敬容女士也致力于此)，可是一共也不过十余首。"其中陈敬容在1946年12月19日的《文汇报》上写道："有人认为波德莱尔颓废，那只是他们的臆测之词，那是因为没有看到他的底里。波德莱尔不同于其他象征派诗人们，虽然他是象征派的创始人……他比任何象征派诗人都来得广博、丰富。"可是这种真知灼见并没有得到积极的回应，反而遭到"左"派评论界的迎头痛击，例如在《文汇报》(1947年1月30日《笔会》)上，林焕平发表了《波德莱尔不宜赞美》，李白凤发表了《从波德莱尔的诗谈起》等，其中李白凤说："围着这一种不健康而且有害的趋向，林焕平先生才站出来，隐隐约约地点了一笔，提出这位再走'红运'的象征派大师波德莱尔，用他开刀祭旗。"从此，波德莱尔的名字在中国消失了，直到20世纪70年代末，只在1957年七月号的《译文》上刊登了陈敬容译的《天鹅》等九首诗，该刊称波德莱尔为"法国大诗人"。

一、对波德莱尔诗学的研究

新中国建立之后，较大规模地介绍和研究波德莱尔始于20世纪80年代。1979年第4期的《外国文学研究》刊登了刘自强的《波德莱尔的相应说》，转过年来，人民文学出版社出版了王力翻译的《恶之花》，刊有刘自强的《〈恶之花〉和它的作者》，大概从这时起，介绍和研究波德莱尔的文章开始陆续出现了。刘自强在《波德莱尔的相应说》中说："波德莱尔的相应说是在三层意义上发展的"，即"一、不同感官的东西如芳香、颜色、声音之间存在着某种感应。二、如果说感官的东西可以互相感应，那么精神的东西如懊悔、欲念、思想等等也可以引起相应的形象来，或者反过来形象引起精神上的反应。三、我们所看到的无论是人还是物都只是个表面的现象。只有天赋敏锐的诗人能够透过现象，从符号和象征中看到体现那个超感官的世界。诗人的心灵和这个隐匿的超感官世界之间有一个它们互相认识的共同语言,这就是隐喻、象征、类比的语言"。她最后这样概括这个"奇妙"的方法论:"《恶之花》通过它们的形象、音韵、节奏试图把读者带进一个独特的、一个现实和诗人的遐想交织在一起的境界。这是一个思想感情充沛、意味深长的境界。因为这些思想感情已经不是一般的,而是起了升华作用,受到意识超脱的思想感情,诗的感情。读者进入了诗人塑造起来的诗的世界,可以说是个思而不怨、哀而不伤的艺术的世界。"

两年以后的 1982 年,左燕发表了《也谈波特莱尔的对应说》,提出了波德莱尔的"应和论"(本节将刘文的"相应说",左文的"对应说"一律称为"应和论")的"几个含义":首先,在自然与自我的对应中,自我是无形的,是诗人头脑中最真实的境界。发掘对应,就是为了表现自我。其次,在自然与自我的对应中,"自然不过是一部词典"。对应作为一种关系是无形的,但它一经在诗人的头脑中产生,就必然伴随着具体物的形象同时存在。自然就是诗人赋予对应成为有形的物体存在的符号。自然的某一物体就是诗人某一类自我情绪的象征。再次,在自然与自我的对应中,一切都是以诗人的想象力为前提的。想象力是"各种官能的皇后"。它可以唤起人们的官感,交给人们以"形、色、声、香"的互相对应。该文认为:"美存在于自我的境界,充实这一境界的便是以自我对应的大自然……富有哲理的诗凝聚着这一代人对美的向往和对丑的恐惧的矛盾心理。这种心理在波特莱尔的对应境界里得到实现。"

早在 1981 年,郭宏安就在《法国文学史》中《波德莱尔》一节中简要地论述过"应和论"的内涵。1983 年,郭宏安在《应和论及其他》一文中较为全面地表达和分析了"应和论",通过对《应和》这首十四行诗的分析,指出了该诗"集中地、精炼地、形象地表达了这种理论"。论文指出:"这首诗被称为'象征派的宪章',内容非常丰富,影响极为深远。它首先以一种近乎神秘的笔调描绘了人同自然的关系。自然是一种有机的生命,其中的万事万物都是彼此联系的,以种种方式显示着各自的存在。它们互为象征,组成了一座象征的森林,并向人发出信息,然而,这种信息是模模糊糊的,唯有诗人才能心领神会……只有诗人才可能有机会洞察这种神秘的感应和契合,深入到'混沌而深邃的统一体'中,从而达到物我两忘、浑然一体的境界。"郭文还认为,这首诗揭示了人的各种感官之间的相互应和的关系,声音可以使人看到颜色,颜色可以使人闻到芳香,芳香可以使人听到声音,而这一切又都是在世界这个统一体中进行的。各种感官的作用彼此替代沟通,被称为"通感"。波德莱尔将通感作为应和的入口甚至契机,进而使之成为他全部诗歌理论的基础,由此,枝叶繁盛的象征的森林便覆盖了人与自然、精神与物质、形式与内容、各种艺术之间等等一切关系。此外,郭文还论及诗人之地位和使命,认为应和论改变了浪漫派对诗人地位和使命的认识。作者最后总结道:"应和论的发展和实践,是波德莱尔对法国诗的巨大贡献,其结果不是某种新的表现手法,也不是某种新的修辞手段,而是某种新的创作方法。波德莱尔不是象征主义运动的创始人,但他的确是名副其实的始作俑者。"郭文的分析是新时期以来较早对波德莱尔及其诗作进行深入探查和分析论证的成果,在当时产生了较大影响。

2004年,刘波的《〈应和〉与"应和论"》从法国批评家让·波米埃关于应和论的"广度"与"深度"(他借鉴了查理·查德威克"水平应和"与"垂直应和"的说法,称之为"横向应和"与"纵向应和")的论点出发,全面而深刻地论述了应和的理论。该文认为:"'横向应和'是指应和现象在感官层面的展开,指一种实在的感知和另一种实在的感知在同一层面的水平应和关系。这种应和关系强调事物与事物之间的隐喻性关系,强调人的感官与感官之间的相互沟通……'纵向应和'是指物质客体与观念客体、外在形似与内在本质在不同层面上的垂直应和关系。这种应和关系强调具体之物与抽象之物、有形之物与无形之物、自然之物与心灵或精神的状态、现实世界与超现实世界之间的象征关系,是应和现象在象征层面上的展开。"作者认为,波德莱尔对通感在文学中的运用有了一个全新的认识,将其作为文学创作理论的基础。刘文从应和论所包含的美学意义和伦理意义两方面深入地展开了论述,认为波德莱尔建立在应和基础上的艺术思想,在美学和伦理学两方面做出了独特的贡献。如在美学意义方面,他指出:"波德莱尔把想象力视作诗人独具的天赋……想象力是应和现象的引路人和催化剂……人的一切基于想像力的创造活动与神造天地的活动有着某种类似性和可比性,是神造天地的活动在人间的延伸。"论文还论述了波德莱尔以深层修辞为中心的创作手法和创作方法,并认为他因此深刻地改变了西方现代文学的景观。如,文章认为:"深层修辞强调各艺术门类的沟通……将文学活动看成是语言的炼金术。通过'深层修辞'的实践,波德莱尔在诗中追求一种更坚实的质地和一种更精巧的形式,这使他成为一位苦吟诗人,为营造幽深的意境、塑造生动的形象、揭示隐秘的应和、发掘深远的寓意而字斟句酌、殚精竭虑。"论文对波德莱尔"应和论"及其美学思想做了全面和深入的剖析。

对波德莱尔的"应和论",我国学者主要参照瑞士学者马塞尔·莱蒙和法国学者让·波米埃等人的观点并予以发展,认识是较为全面和深刻的。

"现代性"是波德莱尔研究的另一个重要问题,21世纪初不到十年的工夫,就出现了一批论文,例如,钟丽茜的《波德莱尔诗歌中的"现代性意义危机"及其救赎方式》(2005年)、肖伟胜的《波德莱尔的审美现代性及其开创意》(2008年)、刘略昌的《论波德莱尔笔下的现代性问题》(2009年)、潘道正的《波德莱尔的美学现代性的审丑之维》(2010年)、上官燕的《浪荡子、人群和现代性的经验:波德莱尔的都市抒情诗》(2011年)等等。钟丽茜把波德莱尔诗歌的现代性归结为对新奇性、瞬间性和片断性的追求,作者认为:"对瞬间、偶然、碎片性体验的追求、对恶的直面和浸淫,有时也使他的诗歌显现出一种意义危机,并给诗人自身带来精神危机。"这种意义危机表现为抛弃传统,与古典美"断裂","张大感官去吸收各种声、香、色、味"。波德莱尔对于危机的救赎方式表现为借助回忆"使现代事物恢复昔日的光彩",把艺术"过渡、短暂、偶然"的一半与"永恒、不变"的另一半结合起来。这种救赎也存在局限,那就是:"当现状令人失望厌倦时,他找不到更好的理想或出路,只有向过去的传统求助……终究没能在自己已经踏上的现代性探索之路上走得更远。"肖伟胜指出:"波德莱尔首次将美学现代性意识定位于当下生活的瞬间感受上,对他来说,现代性不是一个时代或一个时段,而是无数个'现在'构成的时点。"刘略昌认为:"波德莱尔对现代性概念的引介及其论述的确不成系统,其反叛的姿态也不尽彻底,但对于未来的现代主义者辩论和现代性社会理论的行程都是至关重要的。"潘道正明确指出:"波德莱尔的美学现代性不是丑的现代性,而是审丑的现代性。"

作为救赎的道路而向传统求助,不失为解决现代性危机的一种办法,说是波德莱尔的"局限",未免言之过苛,他的局限泰半来自时代。现代性问题涉及几乎所有社会科学的领域,若说到深入研究,远非研究波德莱尔的现代性观念所能奏效。

二、对《恶之花》的研究

1992年8月,漓江出版社出版了郭宏安翻译的《恶之花》,该书选译了《恶之花》的100首诗,其代译序《论〈恶之花〉》长达14万字,实为一本专著,全面、系统地介绍和评述了《恶之花》,对恢复波德莱尔的本来面目起到了很好的作用。该序的开场白为这部作品定下基调:"波德莱尔的《恶之花》,是一卷奇诗,一部心史,一本血泪之书。恶之为花,其色艳而冷,其香浓而远,其态俏而诡,其格高而幽。它绽开在地狱的边缘。"文章认为:"《恶之花》是伊甸园中的一枚禁果,只有勇敢而正直的人才能够摘食,并且消化。他们无须等待蛇的诱惑。"这是对《恶之花》的总体评价,在作者看来,《恶之花》继承、发展、深化了浪漫主义,为象征主义开辟了道路,奠定了基础,同时,由于波德莱尔对浪漫主义深刻而透彻的理解,在其中关注了古典主义的批评精神,又使得《恶之花》闪烁着现实主义的光彩。《恶之花》在创作方法上的三种成分——浪漫主义、象征主义和现实主义,并不是彼此游离的,也不是彼此平行的,而是经常互相渗透甚至是互相融合的。它们仿佛红绿蓝三原色,其配合因比例的不同而生出千差万别、无比绚丽的色彩世界。因此,《恶之花》能够发出一种十分奇异的光彩,显示出它的作者是古典诗歌的最后一位诗人,现代诗歌的第一位诗人。由于他的这种丰富性和复杂性,他成了后来许多流派相互争夺的一位精神领袖。总之,《恶之花》是在一个"伟大的传统业已消失,新的传统尚未形成"的过渡时代里开放出来的一丛奇异的花;它承上启下,瞻前顾后,由继承而根深叶茂,显得丰腴;因创新而色浓香远,显得深沉。至于《恶之花》的内容,论者认为,《恶之花》是一篇坦诚的自白,是一次冷静的自我剖析;但它也是一面镜子,照出了七月王朝和第二帝国时代资产阶级青年的面貌和心灵,照出了世纪病进一步恶化的种种症候。然而,它不是一面普通的镜子,它是一面魔镜,它没有点明任何的年代,它没有写出任何有代表性的姓名,它只是偶尔提到了巴黎、塞纳河、卢浮宫,但它通过影射、暗示、启发、象征、以小见大等诗的方法,间接、曲折地反映出时代的风貌,同时,为了内容的需要,它并未放弃写实的白描手法,勾勒了几幅十分精彩的风俗画。为了进一步展示《恶之花》中浪漫主义、象征主义和现实主义相互融合的特点,论者指出,波德莱尔"找到了使浪漫主义恢复青春的方法",他的《恶之花》在浪漫主义的夕照中开放,具有诡奇艳丽的色彩和神秘悠远的意境。其瑰奇艳丽,可以说占尽浪漫主义的外部风光,而其神秘悠远,则可以说深得浪漫主义的内里精髓。在波德莱尔眼中,象征具有本体的意义,世界是一座"象征的森林",所以他特别看重想象力的作用,认为想象力是一种有血有肉、有具体结果的创造力。所谓"富有启发力的巫术",其实就是运用精心选择的语言,在丰富而奇特的想象力的指引下,充分调动暗示联想等手段,创造出一种富于象征性的意境,来弥合有限和无限、可见之物和不可见之物之间的距离。该序文还论述了《恶之花》的现实主义,指出其现实主义成分首先在于题材的突破,波德莱尔是一个典型的城市诗人;其次,《恶之花》的现实主义成分还表现为诗人对巴黎人的观察、认识和描绘,他们是"成千上万飘忽不定的人",或是普通人尤其是运蹇命乖的人;当然,《恶之花》的现实主义成分也体现为勇敢地面对人世间一切丑恶及可惊可怖的事物,并处之以冷静、准确的笔触,将其升华,挖掘出恶中之美。作者指出,对当代腐化堕落现象的描写概括不了全部的《恶之花》,展示许多丑恶画面的诗篇不足《恶之花》的十分之一。我们只能说波德莱尔是一位颓废时代的诗人,而不能说他是一位颓废诗人。总之,这部论文通过具体的分析,得出了这样的结论:"《恶之花》不是毒草,而是香花。波德莱尔不是神,不是鬼,而是人。"

1999年,廖星桥发表了《论〈恶之花〉的历史地位与意义》一文,指出,波德莱尔的《恶之花》是第一部完整的现代派文学作品。它揭示了一种新的美学观,向读者展示了"另一个世界",并且找到了开启的"钥匙"。论者说,这把钥匙就是"象征手法",象征手法"是广义的、富有创造性的",至少包括如下九种内容:一、象征。即由自然提供的物质的、具体的符号。通过象征,诗人便有可能理解自然,还有可能理解更高的、精神的现实,理解人的内在的现实。二、想象。它是"各种能力的王后"、引导诗人在黑暗中前进的"火炬"。三、梦境。作者说:

"梦境和人的想象所创造的世界才是真实的,未知世界里的'新奇'的东西。于是,创造梦境便是诗人开启未知世界大门、到人的灵魂深处进行冒险的钥匙。"四、暗示。暗示是某种"富于启发性的巫术",能寓无限于有限之中,能创造出一种"缩小的无限",能在可见之物上看到不可见的世界。五、联想。这是表现诗人在某一形象前所进行的思考与联想。六、思想。即我们通常所讲的灵性。有了思想,就有了中心,有了中心,诗歌的形象就可以得到组织。七、对比。作者认为,《恶之花》的主旋律就在于对立和冲突。八、语言。论文指出,波德莱尔认为,"诗能否成为诗,取决于语言,诗其实就是'语言的炼金术'。"九、音乐性。在论文作者看来,"波德莱尔认为,音乐有一种不靠文字仅凭音响就能够发出暗示、激起联想、创造幻境的特殊功能"。因此,具有音乐性,是《恶之花》的一大特色。

就波德莱尔的《恶之花》整体的研究而言,还有潘一禾的《从波德莱尔看西方现代主义文学》(1989年)、周颂喜的《波德莱尔,一个转变的历史过程》(1991年)、郑克鲁的《论〈恶之花〉的历史地位与意义》(1999年)等,都或深或浅地评价了《恶之花》。

三、波德莱尔的比较研究及其他研究

自1997年至2006年,据不完全统计,刘波连续发表了《文体场与文学作品的阅读——兼论波德莱尔"深渊"的文体场意义》《波德莱尔:雨果的模仿者》《普鲁斯特论波德莱尔》《波德莱尔与法国浪漫主义思潮》《〈应和〉与"应和论"——论波德莱尔美学思想的基础》《波德莱尔"应和"思想的来源》《"矛盾修辞"与文明的悖论》《从"桑夫人"到"桑这个女人"——波德莱尔眼中的乔治桑》等论文,这些论文在某种程度上涉及了我们在波德莱尔研究中未曾触及的方面或层面。试举两例。其一,《文体场与文学作品的阅读》,该文介绍了法国批评家彼埃尔·吉罗、保尔·德尔布依和安托尼·孔帕尼翁就文体场这一概念的相互驳难,文章根据上述三位批评家从不同角度提出的文体场概念具体分析了波德莱尔《恶之花》中"深渊"一词的丰富含义。根据刘文解释,文体场是指某一词语和与其相关的词语在某作家作品中形成的特定语义。刘文认为,文体场概念的提出对正确阅读文学作品是有益的,但更为重要的是如何把这一思想运用到具体实践中。吉罗的方法则过于简单。论者认为:"安托尼并不完全否定吉罗的方法,不过他认为在具体操作上应该采取更为慎重、周密的态度。"为了更好地阅读文学作品,论者建议:"好的阅读就是要正确处理好独立的词语与作品整体意蕴之间的辩证关系。只见树木不见森林或只见森林不见树木的阅读都不是理想的阅读方式,都会导致对意义的损害。"这对阅读波德莱尔的作品很有启示意义。其二,在《普鲁斯特论波德莱尔》一文中,作者论述了普鲁斯特对波德莱尔

的评价,指出:"普鲁斯特的评论中,贯穿着对波德莱尔所构筑形象的分析。他精妙地传译了波德莱尔的诗意图画在他身上激起的感受和印象。他的批评置正统的理论方法于不顾,在艺术感受的展现和理论的分析之间寻求一种不法而法的批评样式。这种批评方法强调感官和情感的介入,主张通过调动感官和情感的活动,达到对心智和灵魂的触动与启迪。"作者还认为,普鲁斯特的批评方法与波德莱尔的批评方法一脉相承。与那种不偏不倚的所谓公允批评相比,波德莱尔和普鲁斯特基于审美体验的批评更符合审美活动的实际,并能更好地帮助人们领悟作家独特的艺术特质。论文通过对普鲁斯特评论波德莱尔的分析,揭示出波德莱尔的批评观的现代特质,这是该文的主旨所在。刘波的研究独辟蹊径,深入到波德莱尔研究领域少为人知的方面。

运用比较文学的方法研究波德莱尔,是这一时期的一大特色,论文有刘小荣的《主旋律:迷途 流浪 回归》(1990),户思社的《从接受角度看波德莱尔的诗歌美学思想》(2010),梁洁的《越轨的美——从韩诗与波德莱尔诗的比较说起》(2002),李凌鸿的《论波德莱尔与坡的相似性》(2009),曹雷雨、王燕平的《历久弥新的语言与经验——本雅明眼中的波德莱尔及其诗学》(2011),黄芳的《恶中之美——试比较〈恶之花〉与〈雨巷〉兼论戴望舒对波德莱尔的继承》(2001),殷峻的《"恶之花"的移植——试论波德莱尔对李金发诗歌创作的影响》(1996),向天渊的《试论波德莱尔与李金发诗歌中死亡主题的差异性》,宏燕的《试析〈恶之花〉对〈盲枭〉的影响》(1997)等等。李凌鸿的结论认为,波德莱尔并不是爱伦·坡的模仿者,他们之间有相似性,是文学时尚的双胞胎。对波德莱尔和爱伦·坡的相似性的比较研究是对两位作家个体研究的展开和深入,这一研究难以穷尽,充满着无限的感叹和惊奇。曹雷雨和王燕平指出:"本雅明认为,震惊经验不仅是波德莱尔作品内容的中心,而且还贯穿着该创造过程的形式层面。"因此,"在与现代经验的战斗中,波德莱尔的文本在不断的更新诗歌语言。穿越历史的时空,在一个德国思想家的眼中,波德莱尔笔下的语言与经验历久弥新"。户思社认为,波德莱尔的诗歌主张影响到本雅明、德里达、昆德拉等人的文学观念,"诗歌的现代性因为波德莱尔而延续至今,而喋喋不休,余音绕梁,常常使文学误入歧途,迷失方向"。

殷峻认为,李金发接受了波德莱尔"发掘恶中之美"的美学原则,"从种种丑恶或病态的事物中培育出一朵朵艺术之花"。他的诗歌在"诡谲而冷酷的'笑'中冷漠地注视着读者"。他追求一种"朦胧美",实际上是对波德莱尔的应和理论的应用。相反,刘小荣却认为两位诗人"表现出基本或太多的不同",例如,波德莱尔的应和论思想"在李金发那儿压根儿不存在""波特莱尔身上所具有的理性的、自觉的、宏观的、深刻的批判和名利的理想色彩在李金发诗里找不到或者说根本没有"。穆宏燕评述了波德莱尔的《恶之花》对伊朗现代著名作家萨迪克·赫达亚特的代表作《盲枭》的影响,指出:"整部《盲枭》在情绪上、色调上与《恶之花》是极其相似的……在总体构思上,《盲枭》与《恶之花》的某些诗节不无直接的渊源关系。"

梁洁的《越轨的美》比较了中国唐代诗人韩愈和波德莱尔,令人有耳目一新之感。作者指出,韩诗之"狠、重、奇、险"与波德莱尔的"美是惊奇"的理论堪有一比。韩诗的理论"造成了阅读是强烈的感官冲击力",表现为"视觉冲击力""听觉冲击力"和"其他感官冲击力"。韩诗的造语新颖与新奇,"在后来的李贺那里得到了更大的发展",波德莱尔与李贺,是一个很好的比较文学研究的题目。

郭宏安在译完波德莱尔的美学论文之后,写了六篇译后随想,其中有五篇是采用比较文学的方法的,它们是:《比喻式批评的凤凰涅槃》《〈池塘生春草〉:康复者眼中的世界》《批评:主体间的等值》《批评家的公正与偏袒》和《白璧微瑕,固是恨事?》。试以《〈池塘生春草〉:康复者眼中的世界》为例。"池塘生春草"为千古名句。宋人田承君说:"池塘生春草,盖是病起忽见此为可喜,而能道之,所以为贵。"波德莱尔在《现代生活的画家》和《人群》中描绘了康复者的形象,并将其与永远具有童心的艺术家相比:同样的敏感,同样的渴望,同样的好奇心。这样的比较具有双向的意义:既开拓了阐释中国古诗的可能性,又加深了对波德莱尔的理解。

四、结　语

波德莱尔研究在中国已有近百年的历史,中间有差不多40年的中断,两头各有30年的兴盛。前面的30年,多侧重于介绍和一般的评论,所谓介绍也不过是零星的翻译,可以说是雷声大而雨点小,波德莱尔空担了"恶魔诗人"的罪名;后面的30年则有明显的不同,不但有好几个《恶之花》和《巴黎的忧郁》的全译本,波德莱尔的散文诗集《巴黎的忧郁》、文学评论和艺术评论也已迻译,而且在研究方面全面开花,层层递进,显示出良好的势头。不容讳言,与波德莱尔在国际上的地位相比,我们的研究还远远不够,尤其表现在对一些具体的问题和具体的诗的研究不够。对于一个开辟了现代诗歌之道路的最重要的诗人,中国学者理应发出自己的声音。

第三节　庞德诗歌研究

埃兹拉·庞德(Ezra Pound,1885—1972)是美国著名诗人,英美现代文学的领军人物。庞德与中国的关系已成为中美文学交往的一段佳话,他译介中国诗歌与儒家经典,其作品借鉴中国文字与文化。作为20世纪最有影响力的美国诗人,他对中国的兴趣激发西方其他人对中国的兴趣,可以讲,美国现代诗对中国的借鉴主要滥觞于庞德,因此一位外国学者评论说:"在庞德之前,中国没有与好的名字相称的文学流行于说英语的国家。"①此话是颇有几分道理的。在众多的庞德学里,必有不少研究庞德与中国关系的学术论著也是情理之中。在庞德及其意象派成名于西方之时,中国文坛与学界就开始介绍与研究庞德。② 首先,对新中国成立前的研究状况作一简要回顾。

一、新中国成立前研究状况的简要回顾

中国新诗运动之初,胡适译介美国意象派,所提出的新诗原则:"诗须要用具体的做法,不可用抽象的说法。凡是好诗,都是具体的;越偏向具体的,越有诗意味。凡是好诗,都能使我们脑子里发生一种——或许多种——明显逼人的影像"③。这里所说的"影象"也就是"意象"。他还说:"文学有三个条件:第一要明白清楚,第二要有力能动人,第三要美。"④他虽未提及庞德,但这些观点与庞德的意象派理论精神是一致的。庞德在欧洲崭露头角不久,就引起了中国文坛的注意。梁实秋、闻一多等在20世纪20年代曾对意象派做过研究,二者都认为:"影象主义者的宣言""几乎条条都与我们中国倡导白话文的主旨吻合"。⑤ 1970年,梁在《沉默的庞德》中回忆说,他与闻一多在1924年曾研读过美国意象派的作品,对庞德的诗"特别激赏,认为是其中的翘楚"⑥。诗人刘延陵1922年2月发表于杂志《诗》上的《美国的新诗运动》中写道:"幻象派诗人(即意象派)是助成美国诗界新潮的一个大浪……埃若潘 Ezra Pound 首先把这些革命家聚成一群;他于1914年印了一本《幻象派诗选》……"接下来,刘列举了意象派六个信条,并总结了新诗特点:日常用语入诗与题材自由化。⑦ 简单的片言只语道出了庞德作为美国新诗领袖的作用。这或许是庞德被首次作为新诗运动中的重要人物介绍到中国。翻译家学者施蛰存在1934年10月《现代·现代美国文学专号》翻译了庞德的《默想》《一个少女》和《黑拖鞋·裴洛谛小景》,这是庞德的诗歌较早被翻译到中国的案例。其后几十年对庞德和英美现代诗歌有或多或少的介绍。

---

① 杰夫·特威切尔:《庞德的〈华夏集〉和意象派诗》,张子清译,《外国文学评论》1992(1)。
② 参阅蒋洪新、郑燕虹:《庞德与中国的情缘以及华人学者的庞德研究》,《东吴学术》2011(3)。
③ 转引自中国古典文学研究会主编:《"五四"文学与文学变迁》,台北:台湾学生书局印行,1980年,第284页。
④ 同上。
⑤ 梁实秋:《浪漫的与古典的》,《梁实秋文集》(第一卷),厦门:鹭江出版社,2002年,第37页。《浪漫的与古典的》由上海新月书店1927年出版。
⑥ 梁实秋:《梁实秋读书札记》,北京:当代世界出版社,2007年,第23页。
⑦ 刘延陵:《美国的新诗运动》,《刘延陵诗文集》葛乃福编,上海:复旦大学出版社,2002年,第241页。

钱锺书是老一辈学者中较早注意庞德的,他在 1945 年《中国年鉴》发表英文文章《中国文学》("Chinese Literature"),提到中国文字与中国文学风格的关系,指出庞德总认为中国文学是具体的,源于中国文字的具体性,因此,庞德想以表意法来写诗,将意象浇铸在视觉想象上。庞德自以为所有意象都是视觉的,而不知表意法在中国文字传统构造中仅是六种之一,在中文诗中听觉意象与嗅觉意象并不像视觉意象那么具体,但也并不少。因此钱锺书认为庞德对中国诗与中国文字的了解是一知半解和自以为是的,他说:"庞德对中文只不过一知半解,就他目前对中国文学了解的程度,用他一本书《阅读的常识》来说也不过是才刚刚起步。"① 钱先生此话说得多么中肯而又机智。钱锺书在《谈艺录》(1948)中将《文心雕龙》与庞德的诗论进行比较:"文字有声,诗得之为调为律;文字有义,诗得之以侔色揣称者,为象为藻,以写心宣志者,为意为情。及夫调有弦外之遗音,语有言表之余味,则神韵盎然出焉。《文心雕龙·情采》篇云:'立文之道三:曰形文,曰声文,曰情文'。按 Ezra Pound 论诗文三类,曰 Phanopoeia,曰 Melopoeia,曰 Logopoeia,与此词意全同(参见 *How to Read*, pp. 25—28; *ABC of Reading*, p. 49)。惟谓中国文字多象形会意,故中国诗文最工于刻画物象,则稚呆之见矣。"② 这两处文字说明钱曾研读过庞德的理论著作,而且批判庞德的话语不多,却能一语中的。钱锺书把中文诗歌追求的形、声、情与庞德的形象诗、音乐诗、意义诗对读比较,虽然仅是行文中偶附的片言只语,但也开了中文诗学与庞德诗学相比较的先河,这在前人的介绍中是找不到的。③ 钱先生在 1945 年曾说庞德"大胆地把翻译和创作融贯,根据中国诗的蓝本来写自己的篇什,例如他的《契丹集》"④。这是国内对庞德翻译的中国诗的最早评价。从"大胆地把翻译和创作融贯"可以看出钱锺书对庞德创造性翻译的赞赏。

新中国成立 60 年以来,庞德在中国的研究可大致分为三个阶段。

二、1949—1966 年:初步译介

从新中国成立到"文化大革命"近三十年间,由于为国际、国内的政治形势所迫,国内的欧美现代派文学研究成果比以前不仅骤然减少,而且都打上了深深的时代政治烙印。关于庞德的译文或论述也不可避免具有这些特征。有些成果撇开其明显的政治标签,还是具有一定价值的。其中,比较值得称道的是

---

① 钱锺书:《钱锺书英文文集》,北京:外语教学与研究出版社,2005 年,第 283 页。
② 钱锺书:《谈艺录》,北京:中华书局,1993 年,第 42 页。
③ 当然,把中国古诗的"情"等同于庞德 Phanopoeia 还有待商讨。
④ 钱锺书:《钱锺书集·人生边上的边上》,北京:三联书店,2007 年,第 161 页。《契丹集》即本节中所说《华夏集》。

1962年出版的《现代美英资产阶级文艺理论文选》中选译了庞德的《严肃的艺术家》(罗式刚、麦任曾译,作家出版社)一文。这应该是内地翻译的第一篇庞德的理论文章。与本篇译文相呼应的是袁可嘉发表在《文学评论》上的《"新批评派"述评》(1962年第2期)。这篇论文评述了庞德的意象主义理论来源和主要观点,可以作为《严肃的艺术家》的注脚。庞德提出的意象派理论源于法国的象征主义,注重暗示,反对诗歌直接抒发情感,主张诗歌应为"人类情绪的方程式",强调"意象""语言"和"形式",是"'新批评派'形式主义的开端"。该文还探讨了前人没有注意到的作家的社会责任问题,认为庞德等新批评派"抹杀了作家的社会义务"。袁可嘉的另一篇论文《略论美英"现代派"诗歌》(《文学评论》1963年第3期)则较为深入地分别探讨了庞德的理论背景和诗歌创作。难能可贵的是,袁指出了意象派诗的缺陷:"体制太小,局限太大,诗人很难对生活中的重大课题发言。"庞德后来摆脱了这些限制,创作了自传体组诗《休·赛尔温·莫伯利》(原文为《休·赛尔温·毛伯莱》,以下简称《莫伯利》)和长诗《诗章》,"大大扩展了意象和联想的运用范围",涉及了社会的种种问题,后者还涉及古罗马希腊文化、当代历史事件和中国古代文化。该文还详细论证了《莫伯利》和《诗章》的片断,虽然带有浓郁的政治色彩,但也有不少合理成分。本节应该是国内第一篇分析庞德的代表作品《莫伯利》和长诗《诗章》的文章,为以后庞德的作品研究指明了重点。

1962年,钱锺书在论文学修辞手法通感时再次谈到了庞德的翻译。庞德看见日文(实为中文)的"闻香",望文生义,译为"听香"(listening to incense),受到学者指责,但钱认为这是一个"好运气的错误",因为香气与声音的通感在中西都有很长的传统。① 庞德的翻译虽然错了,但从文学史的角度来讲又是正确的。庞德歪打正着,有传统的作用,更多的似乎是天意。

三、1979—1999年:燎原之势

在十年浩劫里,外国文学研究基本陷入停滞,庞德研究也出现了空白。十一届三中全会后,国人思想获得空前解放,外国文学研究特别是西方现代派文学研究迎来了又一个春天。从1979年到1989年,西方现代派文学的翻译和研究文章铺天盖地,把整个80年代说成西方现代派研究时代丝毫不显得夸张。钱锺书在改革开放之后中美首次比较文学学者双边讨论会致开幕词时说到庞德:"假如我们把艾略特的说话当真,那么中美文学之间有不同一般的亲切关系。艾略特差不多发给庞德一张专利证,说他'为我们的时代发明了中国诗

---

① 钱锺书:《通感》,《文学评论》1962(1)。

歌'。"①钱先生提到庞德时带点调侃的意味"庞德对中国语文的一知半解、无知妄解、煞费苦心的误解增强了莫妮克博士探讨中国文化的兴趣和决心……庞德的汉语知识常被人当作笑话,而莫妮克博士能成为杰出的汉学家;我们饮水思源,也许还该把这件事最后归功于庞德。可惜她中文学得那么好,偏来翻译和研究我的作品;也许有人顺藤摸瓜,要把这件事最后归罪于庞德了"②。这是钱先生为他的《围城》德译本写的前言中的一段话,文中提到的莫妮克是位汉学家,她研究过庞德与中国的关系,后译《围城》和研究钱锺书。

作为现代派的代表人物之一,关于庞德的译作和研究也层出不穷。诗作翻译、论文翻译、学术研究都出现了。据不完全统计,申奥、裘小龙、赵毅衡等人在这十年间共翻译庞德诗五十多首,其中包括庞德的代表作品《在地铁站》《莫伯利》和《诗章》的片断③,还有多首诗被重复翻译。庞德的文学论文的译文也开始出现在教科书里。老安与张子清翻译了《回顾》,发表在1981年第4期的《诗探索》上。④ 伍蠡甫先生主编的《现代西方文论选》(1983)收录了20世纪60年代翻译的《严肃的艺术家》。裘小龙翻译的琼斯(Peter Jones)的《意象派诗选》(1986)由漓江出版社出版,这是国内出版的第一本较为系统介绍庞德及其意象派作品的译作。该书收录庞德与意象派诗人的部分诗歌,并有庞德的两篇论文《意象主义》《意象主义者的几个"不"》,一篇庞德致《诗刊》主编门罗的信以及洛威尔的两篇《意象主义诗人》序言。

就期刊而言,据不完全统计,这十年来专门研究庞德的文章共有15篇⑤,把庞德作为某个派别(如意象派、现代派、与中国的关系等)加以附带论述的总共有近百篇。就学术著作来看,这一时期没有庞德研究专著问世,只在大量关于西方现代派和意象派著述中可以见到对庞德的论述。

从整体来看,20世纪80年代的庞德研究较为深入地探讨了庞德的诗学、创作、个人评价以及与中国文化的关系等,成就斐然,大大超过了从胡适以来半个多世纪的研究总和。这一时期庞德作为大诗人,甚至"大师"⑥的地位已经在

---

① 钱锺书:《钱锺书集·写在人生边上的边上》,北京:生活·读书·新知三联书店,2001年,第158页。
② 同上书,第171页。
③ 参见陈德鸿:《二十世纪英美现代派诗作中译本经眼录》,《翻译学研究集刊》2002(7),第187—196页。重复翻译不计算在内。赵毅衡翻译了《诗章》第45、49、120章。他与杜运燮各自翻译了《莫伯利》的前五部分。参见赵毅衡:《美国现代诗选(上)》,北京:外国文学出版社,1985年;未凡未珉编:《外国现代派诗集》,北京:中国文联出版公司,1989年。
④ 伍蠡甫主编的《西方古今文论选》(复旦大学出版社,1984年)节译了庞德的《回顾》。由黄晋凯等人编译的《象征主义·意象派》(中国人民大学出版社,1987年)也翻译了本篇论文以及《关于意象主义》等。袁可嘉编选的《现代主义文学研究(上)》(中国社会科学出版社,1989年)也收录了该文(裘小龙译)。
⑤ 主要统计来源为中国知网期刊数据库和诗刊《星星》。这里的"专门研究"是指大部分篇幅以庞德本人的经历、创作或理论作为研究对象。
⑥ 钱锺书与敏泽都认为庞德是"大师",参见敏泽:《钱锺书先生谈"意象"》,《文学遗产》2000(2)。

研究者们的心中形成,人们对其关注程度远高于洛威尔。庞德与中国文化的关系是这一时期的焦点①,这方面取得的成就也最突出,从影响媒介到概念与思想对比,再到翻译研究,都有纵深研究,基本厘清了庞德与中国文化互动的大致轮廓。当然,这一时期的研究也有其明显的不足:一、仅用意象诗学说明庞德的成就和分析其诗作,忽视了庞德对意象派的超越。二、对于庞德汉诗英译的研究仍待深入。三、除译作外,基本上还没有人对除《在地铁站》之外的庞德的代表作进行深入研究。四、过度强调中国古典诗对庞德意象主义诗学的影响,忽视了庞德个人的能动作用与西方诗歌传统的作用。

到了 90 年代,中国的庞德研究逐渐深入,探索范围与前一阶段相比没有太大的变化,但程度更深。诗作翻译方面,赵毅衡、钱兆明等新译 6 首短诗。② 黄运特译《比萨诗章》中文版的问世是这一时期翻译中的杰出成果。③ 它是国内到目前为止最长、最完整的《诗章》片断译文,该书还译编了庞德以及相关的一些重要理论文章:《作为诗歌媒介的汉字》《漩涡》《诗的种类》等。④ 这些文章为从源头上理解庞德的汉字观和诗学发展提供了极其重要的帮助。据不完全统计,这一时期专论庞德的文章有 56 篇⑤,涉及翻译、文化、诗学、诗作评论、个人经历等。庞德与中国文化的研究在本阶段虽然占着很大比重,但相比前一阶段已大大减少,取而代之的是多元化局面。这一时期研究庞德的专著有译著《庞德》⑥、袁可嘉的《欧美现代派文学概论》、张子清的《二十世纪美国诗歌史》、彭予的《二十世纪美国诗歌》、刘岩的《中国文化对美国文学的影响》各自辟有专门章节对庞德及其诗歌进行论述。⑦

从庞德不断的转向和大量的文学评论中可以看出,庞德的文学思想实际上不局限于意象派诗学本身。中国庞德诗学研究在这一时期不再囿于庞德的意象主义诗学,开始探索意象主义诗学本身之外的艺术思想。蒋洪新的《庞德的文学批评理论》是其中的代表。⑧ 崇尚真诚、真实的艺术,反对虚假的艺术,是

---

① 单就期刊文章的数量来看,从 20 世纪 80 年代到现在,这个话题一直都是焦点。
② 参见陈德鸿:《二十世纪英美现代派诗作中译本经眼录》,《翻译学研究集刊》2002(7),第 187-196 页。重复翻译不计算在内。
③ 伊兹拉·庞德:《比萨诗章》,黄运特译,桂林:漓江出版社,1998 年。
④ 厄内斯特·费诺罗萨:《作为诗歌手段的中国文字》,赵毅衡译,《诗探索》1994(3)。黄运特译的《比萨诗章》收录有《漩涡》《回顾》《诗的种类》和《作为诗歌手段的中国文字》的译文。
⑤ 此处仍然以中国知网数据库为主要依据,参考黄运特译的《比萨诗章》等著作。本统计包括译自国外的论文,简单的出版信息等不计算在内。
⑥ J. 兰德:《庞德》,潘炳信译,北京:中国社会科学出版社,1992 年。
⑦ 袁可嘉:《欧美现代派文学概论》,上海:上海文艺出版社,1993 年;张子清:《二十世纪美国诗歌史》,长春:吉林教育出版社,1995 年;彭予:《二十世纪美国诗歌》,郑州:河南大学出版社,1995 年;刘岩:《中国文化对美国文学的影响》,石家庄:河北人民出版社,1999 年。
⑧ 蒋洪新:《庞德的文学批评理论》,《外国文学研究》1999(3)。

庞德的一贯主张和作风，他用是否"精确"这条标准来划分两种艺术，真实的艺术即是"精确"的艺术。庞德历来重视文学批评的作用，并身体力行，强调其目的在于发现天才。正是由于庞德的大力批评和帮助，艾略特、乔伊斯、弗罗斯特、海明威等一大批天才作家才脱颖而出。

八九十年代的国内学者常常过度强调中国古典诗对庞德意象主义诗学的影响，"认为庞德对中国诗的发现影响和帮助他形成了意象派的思想"①，忽略了庞德本人的前期工作和独创性。庞德的意象主义思想可以追溯到1908年，他的意象主义主张和包括《在地铁站》在内的意象诗作在1913年上半年之前已经发表或完成，其编辑的《意象派诗人选集》在1913年底定稿，而他收到费诺罗莎的手稿则是在1913年的最后两个月，直到1914年下半年才开始着手整理费氏手稿。在译出《华夏集》之前，庞德曾根据意象主义的原则改译了翟理斯的中国古诗译文。因此，从时间上来讲，中国诗只是"进一步加强了他的意象主义的信念"②。

庞德英译汉诗可以说错误百出，"常常牺牲了许多诗的厚度，使它们变得平淡"③，然而又常常出现令人称奇的"发明"。本时期的庞德汉诗英译翻译研究更为细致入微，《华夏集》《诗经》中的一些诗篇得到逐字逐句的比较与讨论。从整体上看，国内学者仍然以理解的态度看待庞德的诸多误译和发明。通过考察《月出》《将仲子》《邶风·静女》《长干行》《玉阶》《送友人》《胡关饶风沙》等，学者找出了庞德的多处误译，如把"(如)南山(之寿)"译作"south-hills""竹马"译作"bamboo stilts"，把表示月份的"五月"译为"five months"，把"静女"译为"lady of azure thought"等等。这些误译或为刻意扭曲，或为对原文理解错误。学者们总结了这些误译出现的原因：一、庞德要追求自己的意象主义原则；二、庞德要打破翟理斯、威利等人汉诗英译传统，独创自己的风格(所谓"影响的焦虑")；三、庞德不懂汉语或知之甚少；四、中西文化差异(包括英诗的内在要求)。但在译文对于原文的忠实程度上，学者却有不同的意见。刘象愚认为，庞德翻译有时大大违背了原意，但"有时也颇能传达原作的韵味"④，也有人认为，有一些情况下，庞德译文以"令人吃惊的忠实程度"贴近原作的内容、神韵和格调⑤，还有

---

① 杰夫·特威切尔:《庞德的〈华夏集〉和意象派诗》,《外国文学评论》1992(2),第86页。
② 蒋洪新:《庞德的文学批评理论》,《外国文学研究》1999(3),第90页。
③ 杰夫·特威切尔:《庞德的〈华夏集〉和意象派诗》,第89页。
④ 刘象愚:《从两例译诗看庞德对中国诗的发明》,《中国比较文学》1998(1),第98页。
⑤ 胡泽刚:《庞德的启示——评庞德的译作〈华夏集〉兼论汉诗英译中的一个问题》,《外国语》1991(2),第55页;潘志明、曾梅:《"南山"乎？"south-hills"乎？——浅谈庞译〈诗经〉的本、喻体关系的审美特征》,《淮阴师范学院学报》1997(4),第109页。

人甚至认为:"他译诗中的错误,丝毫没有破坏诗的美","有些误译比原诗还美"。①

庞德汉诗英译一直是研究的焦点,但随着时间的推移,汉译的庞德诗歌越来越多,重译现象也越来越普遍。从1971年到1997年,《在地铁站》的汉译版本达17种之多。② 庞德诗歌的汉译问题日益提上日程。《在地铁站》作为庞德意象诗的开山之作,是这一时期唯一的汉译研究对象。1912年左右,庞德在巴黎协和地铁站目睹人潮涌动的景象,写下了的一首诗,后经历几次删减,成为今天脍炙人口的《在地铁站》。这首诗采用日本俳句的形式,以意象并置的手法刻画了当时的景象,从形式上看很容易明白,相对也比较容易翻译,因为其句法形式与中国古典诗的句式有些类似,但至于表达了什么样的深层含义,则众说纷纭,因此,摆在翻译家与研究者面前的问题是如何确定诗的情感与内容,然后再用适当的措辞把它传达出来。尚思认为,该诗表达了"抒情主人公的寂寞感、惶感以及那种淡淡的哀愁"。他在比较了杜运燮、钱兆明、裘小龙、荀锡泉、郑敏、董衡巽等人的译文后,认为这些译文"均不能算成功之作",因为它们"在体裁风格上与原诗差异很大",而且大部分译文"无法产生诗人所要表现的意象"。要翻译这首诗,关键要处理好两个词"apparition"和"petals"。比较之后,尚认为周珏良的译文在风格、音乐美、意象重置和东方情调方面贴近原文,是"一首佳作"③。

在庞德的诗歌创作方面,《在地铁站》的探讨仍在继续,但庞德的其他一些诗作也得到了关注,如《少女琴》。④ 这一时期最显著的特点是学者们开始转向庞德的巨著《诗章》,详细讨论《诗章》的期刊文章达到了九篇之多。庞德历经半个多世纪创作的史诗《诗章》支离破碎,时空交错,内容驳杂,融合了古今中外大量的政治、经济、军事、文化史实和人物以及文学典故、神话传说等,穿插使用了拉丁语、希腊语、法语、汉语、意大利语等十几种语言,其中既有强烈的抒情,又有平白的叙事;既有黑暗的地狱,又有光明的天堂;既有令人反感的反犹言论和法西斯思想,又有令人向往的世界大同蓝图。这样一部与传统诗歌规范格格不入的巨著对于批评家而言是一种巨大的挑战。就艺术形式而言,庞德勇于探索诗歌表现途径,从微观到宏观都打破了但丁、弥尔顿、歌德等采用的传统叙事手法。句式上多用省略和并置,碎片式的诗行、诗节与事件之间缺乏通常意义上

---

① 周彦:《庞德误译浅析》,《中国翻译》1994(4)。参见张耀平、夏雅琴:《庞德的"重构"艺术及其启示》,《山西大学学报》1999(2),第92页。
② 参见陈德鸿:《二十世纪英美现代派诗作中译本经眼录》。
③ 尚思:《谈 In a Station of the Metro 一诗的翻译》,《上海师范大学学报》1994(3)。
④ 参见陈炜:《庞德与他的〈少女琴〉》,《宁德师专学报》1994(4)。

的逻辑联系,主人公也不断地变换,从而展示了"诗歌的多种可能性和可塑性"①。这些令人眼花缭乱的马赛克碎片分别以三种形式组织起来。一、押韵,即主题、内容或事件相似;二、调色板,即为以后的叙述准备材料;三、展品,即摘录最具力量的片断。②《诗章》困难的形式与诸多晦涩的内容造成了批评家对其主题的莫衷一是。有人追随庞德的说法,认为《诗章》模仿了但丁的《神曲》,表现了从地狱到炼狱再到天堂的精神历程。但大部分学者认为,史诗大量引用儒学经典,频繁从儒学经典中择取汉字,从不同角度宣扬了儒家修身、齐家、治国的思想,表现出庞德的人文主义理想和建立人间乐园的强烈愿望③,至少在《比萨诗章》中是如此。庞德学专家肯纳则将两者结合在一起,认为庞德的天堂即是圣人孔子心中的天堂。④ 从所有《诗章》的研究成果来看,庞德已走出意象主义阶段的狭隘的唯美主义,走向社会,关心时事,充分表现出诗人的社会责任感。在本阶段,有些研究者把庞德的作品与中文作品相比较,获得了较好的效果。⑤

庞德对文学的贡献一半在于他自己的文学理论与实践创作,另一半则在于他对青年才俊的保护与提携。庞德有伯乐相马的慧眼,也有保护"千里马"的决心和行动。他一方面通过文学批评大力宣扬后学的作品,另一方面通过自己解囊、游说、编辑、募集资金的方式支持文学新人的创作。艾略特走上诗歌的道路并发表现代派诗歌杰作《荒原》、乔伊斯的《尤利西斯》顺利问世、海明威的成名等等背后无不凝结着庞德的心血。难怪海明威称庞德是其认识的"最慷慨、最无私的作家……总是为别人操心",艾略特像但丁称呼心灵导师维吉尔那样称庞德为"最卓越的匠人"。⑥

庞德的贡献有目共睹,但他的致命缺陷即反犹主义和法西斯宣传,甚至把这两种思想写入《诗章》也是人所共见。如何评价庞德至今是一个棘手问题。由黄运特翻译美国语言派诗人查尔斯·伯恩斯坦的文章"痛击法西斯主义"是颇有影响的一篇文章,它让国人了解西方学者对庞德错误思想的批判。伯恩斯

---

① 参见张子清:《美国现代派诗歌杰作——〈诗章〉》,《外国文学》1998(1);莫雅平:《试图建立一个地上乐园——从〈比萨诗章〉窥庞德之苦心》,《出版广角》1999(5)。
② 王誉公、魏芳萱:《庞德〈诗章〉评析》,《山东外语教学》1994(Z1)。
③ 参见王誉公、莫雅平、张子清的上述文章,另外参见赵毅衡:《儒者庞德——后期〈诗章〉中的中国》,《中国比较文学》1996(1);孙宏:《论庞德的史诗与儒家经典》,《外国文学评论》1999(2);《庞德的史诗与儒家经典——一个现代诗人在中国古代文化中的求索》,《西北大学学报》1999(2)。
④ 休·肯纳:《〈比萨诗章〉论述》;杰夫·特威切尔:《"灵魂的美妙夜晚来自帐篷中,泰山下"》;这两篇文章均收录于黄运特译的《比萨诗章》,第260、296页。
⑤ 参见金琼:《异曲同工 各呈芳华——庞德〈地铁站上〉与温庭筠〈菩萨蛮〉意象营造之比较》,《绥化学院学报》1993(4);李尚才:《〈一代人〉与〈地铁车站〉:中西语符差异论》,《名作欣赏》1994(6)。
⑥ 参见蒋洪新:《庞德:作家的保护神》,《外国文学动态》1994(3)。参见《庞德与文学事业》,《理论与创作》2000(5)。

坦认为，我们应该"痛击"庞德及其诗歌，因为"恶毒的反犹主义和法西斯主义不仅是庞德政治信仰的核心，而且沾染了他的诗歌和诗论"。《诗章》中脱离了本源的种种碎片基本上都统一于庞德法西斯般的欲望逻辑，我们宽恕庞德，无疑会让他诗歌与诗论中的反犹主义和法西斯主义渗透到我们自身，渗透到"社会的正统文化理论与批评之中"①，从而使种族主义和极权主义继续占据统治地位。或许，有人觉得庞德的反犹主义等思想只是一时糊涂，但身陷囹圄几近被控叛国罪之时，庞德仍然对来访者说："单个犹太人经常是一种文化激活剂，但是犹太人作为一个整体就必须提防了。"②唯一能做解释的是，从20世纪30年代到住进伊丽莎白精神病院，他的反犹主义思想就没再改变。若认为他是精神错乱，那么他的后期《诗章》则缺乏可读性，只能被认为是疯子的胡言乱语。与伯恩斯坦不同的是，众多的庞德爱好者、文学家和文学研究人员在为庞德开脱，庞德的反动思想或是一时糊涂，或是一时疯狂，或是因为二战时信息闭塞，或仅仅是实行自己的言论自由权，只是他在一个错误时间、一个错误的国度对错误的对象实行了这种言论自由权，因此，他至死不能理解自己为何被控叛国罪③，最后落得客死他乡。相比而言，国内本土批评家基本上倾向于一分为二地看待庞德，把"为人"与"为文"区分开来。④ 庞德作为国际诗人，为现代派文学奔走呐喊，并身体力行进行创作。他的诸多批评主张和诗歌在当时为英美文学乃至世界文学的现代转向起到了振聋发聩和引领的作用，他的有些观点在今天看来仍然非常有效，他的创作今天仍然有很多读者。这些都值得读者敬佩和追随。然而，他二战时投靠墨索里尼，站在法西斯主义的立场上，敌视犹太民族，在诗歌中还希望恢复古代的封建制度，这些则应遭到批判。

中国庞德学在本时期最引人注目的一件大事是，北京外国语大学与国际庞德协会于1999年7月在北京共同举办国际庞德学术研讨会，参会人员有来自美国、日本、韩国、中国等15个国家和地区的80名学者。会议围绕"庞德与东方"展开，就庞德与中国文化、文字和诗歌、庞德与韩国、庞德与日本等问题展开讨论。本次会议为中国庞德学术界带来了最新的研究成果，同时也标志着中国的庞德研究开始登上世界舞台。⑤

相比而言，本时期庞德研究的范围有所拓展，数量与质量都有较大提高，文

---

① 查尔斯·伯恩斯坦：《痛击法西斯主义》，收录于黄运特译的《比萨诗章》，第268—269页。
② 威廉·C. 普拉特：《囹圄中的诗人——埃兹拉·庞德印象记》，《世界文化》1991(4)，第10页。
③ 同上。
④ 参见吴其尧：《是非恩怨话庞德》，《外国文学》1998(3)；王军：《辉煌的艺术成就 倒退的社会历史观——庞德的悲剧现象简析》，《吉林师范大学学报》1990(2)。
⑤ 关于会议的详细情况参见张剑：《第十八届庞德国际学术研讨会》，《当代外国文学》1999(4)。这次会议的重要论文收录在 Zhaoming Qian, *Ezra Pound and China* (Ann Arbor: The University of Michigan Press, 2003)。钱兆明在本书的前言中说参会人数是90人。

学理论、诗歌创作、影响研究都在走向精细,庞德汉诗英译研究也走向了技术处理。《诗章》的研究尤其引人瞩目。《诗章》作为庞德的代表作,其晦涩令人望而生畏,在英美学界都是一块难啃的骨头,但研究庞德又绕不开它,因此,国内学人的努力的确令人敬佩。研究界也没有避讳庞德的法西斯思想,既没有以偏概全,也没有因噎废食,而是努力去给庞德及其诗作一个公正的评价。

本时期庞德学的不足也显而易见。研究汉诗英译的学者局限于纯翻译或纯美学领域,特威切尔指出:"庞德的翻译……终究不过是对原作的解释或者是一种权宜之计,对这些译文的评价,要考虑的不是什么不精确之处,而是它们对它们所宣扬的中国文化的曲解。"① 翻译是一种操纵,既操纵了原文也操纵了读者对源文的理解。就庞德而言,他的"发明"或操纵可能吻合或影响了西方读者对中国古典诗及中国本身的看法。刘象愚曾从意识形态的角度指出,庞德"别致的译作吸引了西方读者的注意,在他们的脑海里创造了一幅未必真实但却颇具魅力的中国诗的境界,一个包含在赛义德所谓'东方主义'中的中国世界"②,但庞德在译文中如何达到这一效果的,刘文没有给出详细的论证,不能不令人遗憾。庞德诗作的研究仍然偏少,除了《在地铁站》《少女琴》和《诗章》,其他诗仍然无人问津。《诗章》研究取得了一定成效,但论述有时失之宽泛,或者仅集中于儒学思想探讨而显得过于狭隘。《诗章》形式杂乱、内容驳杂,用极短的篇幅简单地把所有章节统一到儒学名下,似乎欠缺说服力。

四、2000年至今:走向繁荣

世界进入了一个新世纪,中国的庞德研究也进入了一个新时代,特别是2005年以来,研究成果呈现爆炸性增长。据不完全统计,在不到11年的时间里,刊物上发表的重点论述庞德的文章超过了300篇,硕士、博士学位论文达到70多篇。③ 该阶段最重要的标志性成果是出版了一系列有关庞德研究的专著,涉及庞德研究的各个领域,包括蒋洪新的《英诗新方向——庞德、艾略特诗学理论与文化批评研究》(湖南教育出版社,2001年),Ping Xu 的 *Thinking, Writing, Thinging: An Exploration of Heidegger, Fenollosa, Pound, and the Taoist Tradition* (Wuhan: Wuhan University Press, 2002),索金梅的《庞

---

① 杰夫·特威切尔:《庞德的〈华夏集〉和意象派诗》,第90页。
② 刘象愚:《从两例译诗看庞德对中国诗的发明》,第99页。
③ 期刊论文数量主要参考中国知网期刊数据库,学位论文数量主要参考中国知网硕士、博士学位论文库与万方学位论文库。论文内容至少有一半以上论述庞德才计算在内。计算日期截止到2010年10月8日。考虑到大量的硕士论文未被收录、网络更新需要一段时间以及笔者的疏漏,实际的学位论文数量应该会还有不少增长的空间(这些没有统计在内的学位论文并不影响庞德学术研究统计,因为据笔者观察,学位论文的作者或在攻读期间或在毕业后基本上都会把自己的研究成果发表在期刊上或以专著形式出版),而期刊论文除了网络更新产生的滞后外,增长的可能性较小。

德《诗章》中的儒学》(南开大学出版社,2003年),祝朝伟的《构建与反思——庞德翻译理论研究》(上海译文出版社,2005年),吴其尧的《庞德与中国文化——兼论外国文学在中国文化现代化中的作用》(上海外语教育出版社,2006年),陶乃侃的《庞德与中国文化》(首都师范大学出版社,2006年)和 Guiming Wang(王贵明)的 *A Study of Ezra Pound's Translation—An Interpretation of Cathay* (Foreign Languages Press, 2012)。

  本阶段的庞德研究成果不仅在数量上急剧增长,在质量上也大幅度提升,既有文本分析,也有理论探讨。多维度的深刻观察把一个多面复杂的庞德带给读者,当代文学、语言学、翻译学、社会学、哲学、心理学、文化学的理论被用于分析庞德的诗作与翻译,有些学者则从庞德的创作与翻译实践中归纳出庞德自己的原则,不少研究新见迭出,令人耳目一新。特别值得一提的是,中国庞德学界在新阶段共召开了三届庞德学术研讨会。第一届庞德学术研讨会于2008年在北京举行,由北京外国语大学、北京理工大学和中国人民大学共同主办。会议围绕庞德的诗歌、翻译、文学理论、庞德与中国的关系等展开研讨。参加会议的共有六十余名学者,包括著名的诗人、翻译家和海外学者。第二届庞德学术研讨会于2010年在北京外国语大学举行。共有八十多名学者到会,分别就庞德与英美现代派、庞德与后现代诗歌、庞德与政治、庞德与公共知识分子的责任、庞德与经济理论、庞德与儒学、庞德与中国历史、庞德的女性观、庞德与翻译理论、庞德学术史研究、庞德与西方汉学、庞德与东方主义、庞德与国家形象建构、庞德与教学等话题展开讨论。庞德国际学术研讨会暨第三届中国庞德学术研讨会于2012年在天津南开大学召开,出席这次会议的有中外学者六十余人,会议的主题是庞德与东方,与会代表就庞德的诗学与诗歌、庞德的翻译理论与译作、庞德与儒家哲学和道家美学、庞德与东方文化、庞德的诗歌及翻译进行深入探讨。这三次大会促进了学者之间的交流,丰富了庞德学研究。王贵明、张剑、蒋洪新、索金梅、傅浩、北塔、孙宏、江枫、董洪川、张子清、John Gery 等都为这三次庞德学术研讨会做出贡献。

  还有一批海外华裔学者如方志彤(Achilles Fang)、荣之颖、叶维廉、常耀信、钱兆明、黄贵友、谢明等做出了卓越贡献,他们的成果成为庞德研究的重要组成部分,本节限于篇幅与题目的要求不便细论。总而言之,中国学者为研究庞德和推动庞德研究做出了积极贡献,可以说,世界庞德研究如果缺乏中国学者的参与,会失去极为绚丽的篇章。但我们还有不少方面仍需要继续努力,例如:我们迄今还没有出版完整的庞德诗歌与批评理论的中译本;对庞德研究还需朝深度与广度拓展(期待出版《庞德研究》与《庞德学术史研究》之类学术著作);中国学者还要进一步在国际庞德学术研讨会以及国际学术刊物展示研究成果。庞德热爱中国,他在世与生后都得到了一代又一代中国学人的研究与喜爱,古云"桃李不言下自成蹊"如此看来,这也是情理之中。

第四节　叶芝诗歌研究

爱尔兰英语诗人、剧作家、散文家威廉·巴特勒·叶芝（William Butler Yeats，1865—1939）在 20 世纪早期就已被介绍入我国。但在 20 世纪 80 年代之前，国内仅有其作品的零星汉译问世；相伴随的也只有一些介绍性文章，真正的学术性研究论著可以说绝无仅有。改革开放以来，叶芝才重新得到译介，其作品迄今已有多种汉译本；相关研究也逐渐深入。

一、新中国成立前研究状况的简要回顾

叶芝最初被介绍给我国读者是在 20 世纪 20 年代前后，那时他的名字被音译成"夏脱"或"夏芝"。[①] 1919 年，《学生》杂志第 6 卷第 7—12 号上连载（沈）雁冰《近代戏剧家传》一文，对"夏脱"有简略介绍。他最早被译入汉语的诗作是 1921 年 9 月 10 日《时事新报·文学旬刊》第 13 号所载王统照译叶芝的小品文《尘土已！闭了亥林的眼》（"Dust Hath Closed Helen's Eye"）中所引的一首诗，据说原诗是爱尔兰民间诗人洛弗太雷用盖尔语为美女玛丽亥耐所作，叶芝将其改写为英文诗，汉译诗题为《玛丽亥耐》。

1923 年，叶芝获得诺贝尔文学奖，中国对他的译介掀起了第一个高潮。然而，除了一些介绍文章和资料外，译入汉语的作品却不多。诗作只有 1924 年 1 月 7 日《时事新报·文学周刊》第 104 期所载（樊）仲云译《恋爱的悲哀》和 3 月 10 日第 109 期所载赵景深译《老妈妈的歌》。前者译笔太过自由。王统照则在译出叶芝早期散文集《凯尔特的曙光》（The Celtic Twilight，1893，王译《克尔底微光》）中一系列小品文的基础上，自撰了一系列评介叶芝的文章，例如《夏芝的诗》（《诗》第 2 卷第 2 号，1923 年 5 月）、《夏芝思想的一斑》（《晨报副镌·文学旬刊》第 2 卷第 26 号，1924 年）、《夏芝的生平及其作品》（《东方杂志》第 21 卷第 2 号，1924 年 1 月）等，所论不止于复述他人之见，而多有基于翻译实践的自主见解。

此后，整个 30 年代和 40 年代，尽管叶芝已开始进入大学英文系课程和参考书，译诗数量也有所增多，但真正的学术研究却可以说尚未出现。1934 年 9 月出版的肖石君据矢野峰人《近代英文学史》等书编译的《世纪末英国新文艺运

[①] 这些音译与原文人名的发音（Yeats /jerts/）不符，元音和辅音都颇有差异，可能是由于译者不明原文正确发音或所操方言发音影响所致。现在我国内地约定俗成的通行译法"叶芝"（不知始于何人，笔者所见以 1941 年《西洋文学》第 9 期"叶芝特辑"所载译名为最早）也不够准确。肖石君 1934 年的译名"叶慈"（现通行于台湾）和杨宪益 1948 年的译名"叶茨"更近似原文发音。

动》第八章"叶慈与爱尔兰文艺复兴"对叶芝作了重点评介。金东雷著《英国文学史纲》(1937)第十二章"现代文学"第十一节"戏剧"、第十二节"爱尔兰文艺复兴运动中的戏剧作家"和第十六节"爱尔兰文艺复兴派"对"夏芝"也有所介绍。但此二书均为译述外国论著之作,自主研究不足。1932年5月,《现代》创刊号发表安簃(施蛰存)译"夏芝诗抄"七首和所作《译夏芝诗赘语》一文。1941年5月,《西洋文学》第9期登载叶芝特辑,包括"叶芝小传"、周煦良译"叶芝论现代英国诗"(叶芝编《牛津现代诗选》序论节译)、吴兴华译"叶芝诗钞"(七首)、宋悌芬译"叶芝自传选译"、郭蕊译"叶芝著民间故事"《曙光》及张芝联译埃德蒙·威尔逊(Edmund Wilson)的《叶芝论》等。1944年3月,《时与潮文艺》第3卷第1期登载叶芝特辑,包括陈麟瑞作《叶芝的诗》一文、朱光潜译"叶芝诗选"九首、杨宪益译"叶芝诗四首"(后收入《近代英国诗抄》,上海中华书局,1948)和谢文通译"叶芝诗二首"。吴译、朱译和杨译都讲究模拟原诗形式,远较以往译文为优。

二、新中国成立后研究的评述

共和国建立后的前30年里,由于政治和意识形态的原因,对英、美等"帝国主义"国家的文学,尤其是现代文学的译介,除少数经典和所谓"进步"作品之外,可以说几乎处于全面停滞的状态。学术研究自然更谈不上了。时风所及,甚至令许多英语专家自觉无用武之地,转而改行去学俄语。叶芝一般被认为是英国作家[①],所以他的名字很少出现于出版物上面,几乎完全被人淡忘了。只有一本《爱尔兰民间故事》(钱遥译)于1954年由少年儿童出版社出版,其中所收九篇故事,是从叶芝整理编辑的《爱尔兰童话及民间故事》(Irish Fairy and Folk Tales,1888)一书中选译的。

1978年开始改革开放,西方文化的种种形态随着市场经济打开的缺口汹涌而来,冲击着长期闭塞的中国知识界,在80年代形成了出版介绍外国(尤其是现代西方)文明成果的热潮。1980年上海文艺出版社出版的袁可嘉、董衡巽和郑克鲁选编的多卷本《外国现代派作品选》令人耳目一新,让我国读者见识了20世纪西方文学多种多样的发展形态。其中第一卷上册收录的袁可嘉翻译的七首叶芝诗可以说标志着30年空白之后我国重新译介叶芝之始。这时,叶芝

[①] 叶芝的国籍问题曾一度对我国读书界造成困扰。较早的介绍都称叶芝为"英国"诗人,例如袁可嘉在《外国现代派作品选》(1980)中所为。杨宪益《近代英国诗抄》(1948)、卞之琳《英国诗选》(1983)、查良铮《英国现代诗选》(1985)、王佐良《英国诗选》(1988),甚至屠岸《英国历代诗选》(2007)都收录有叶芝诗的汉译文。英、美等国出版的英国诗歌选集也往往收入爱尔兰英语诗人的作品,但不特别注明诗人的国籍。虽然在行政上,在1922年爱尔兰自治以前,叶芝曾是英国的臣民,但他曾于1915年拒绝英王赐予的骑士封号;1923年为赴瑞典领取诺贝尔文学奖而特别申领的护照是爱尔兰自由邦而非英国政府颁发的;1922—1928年出任爱尔兰自由邦国会参议员。可见他在个人感情和民族身份上都认同爱尔兰而非英国。对于艺术家,其身份不应仅仅按国籍来决定。现在,叶芝的爱尔兰身份得到了越来越多的尊重。

这个名字对于内地一般读者来说几乎已是完全陌生的了。

1982年,《诗刊》第七期发表卞之琳译叶芝后期诗五首;《外国文学》第八期发表查良铮等译叶芝诗三首,并配有周珏良《谈叶芝的几首诗》一文,谈及《一九一六年复活节》《新的纪元》和《驶向拜占庭》这三首诗。1985—1991年,傅浩陆续在《国外文学》等期刊和《英国诗选》等外国诗选集中发表汉译叶芝诗共45首。1986年,内地第一部汉译叶芝诗选单行本《抒情诗人叶芝诗选》(裘小龙译,四川文艺出版社)问世,收录译诗75首。翌年,漓江出版社推出同一译者另一本篇幅更大的叶芝诗选,作为"获诺贝尔文学奖作家丛书"中的一种,书名为《丽达与天鹅》,收录译诗233首。

1994年,中国工人出版社出版傅浩译《叶芝抒情诗全集》。这是迄今最全的汉译叶芝诗集,囊括正式结集的叶芝诗374首。该书部分内容经译者修订,于2000年由台北书林出版公司出版英汉对照本《叶慈诗选》;2003年,全部内容又由河北教育出版社重新出版,改名《叶芝诗集》,译文和注释又有所修订;2008年,其中313首译诗被北京燕山出版社出版的《叶芝精选集》选用,译文又有进一步修改和润色。

1995年,中国工人出版社出版的"中国翻译名家自选集·袁可嘉卷"《驶向拜占庭》收录袁译叶芝诗28首。袁译《叶芝抒情诗精选》单行本则于1997年由太白文艺出版社出版,收录译诗198首。

此外,还有一些汉译叶芝诗散见于各种译诗选集中,如飞白、屠岸、顾子欣等人的译诗。

虽说国内对于叶芝的译介自20世纪80年代初就已重新开始,但有关研究却相对滞后,可以说,直到90年代才开始出现真正的学术研究论著。现在,关于叶芝的学术论文和学位论文越来越多,但严格说来,有深刻或正确见解的却不多。

80年代,袁可嘉在致力于翻译的同时先后发表了富有个性的评介文章《叶芝的道路》(1983)和《读叶芝诗札记》(1988)等。同样,翻译家申奥也发表了《爱尔兰诗人叶芝》(1985)一文。在翻译家的带动下,很多学者也开始关注叶芝。这一时期的兴趣点主要集中于已译成汉语的抒情诗,尤其是对单篇名诗的品评,如刘爱仪《叶芝的〈一九一六年复活节〉》(1985)、《叶芝和他的〈库尔湖上的野天鹅〉》(1986),朱达《关于爱尔兰诗人叶芝的"茵纳斯弗里湖岛"》(1986),杨通荣《叶芝思想与抒情诗初探》(1989)等。其中两篇刘文对叶芝诗的解读入理入情,合乎事实。朱文依据有关资料,指正了前人对《茵纳斯弗里湖岛》一诗的种种误读,均属难得。但由于当时学术条件所限,这些文章多止于就诗论诗,的确还只能算是"初探"。有的文章格式还不够规范,例如引文全不注出处。

90年代,虽然叶芝的具体诗作仍受关注,但研究者的眼光已开始向作品背后或以外窥探了。丁宏为《叶芝与东方思想》(1990)一文以充足的论据、合理的推论,具体而客观地论述了叶芝与东方文化的联系,展示出较高的学术水准。傅浩《早期叶芝:梦想仙境的人》(1991)批驳了萨维支和兰色姆等人认为叶芝早期创作是"真空里的发展"而毫无价值的观点,以文本和传记事实证明其中晚期创作是早期创作的发展:"从技巧到内容我们都可以看出一条清晰的渐变脉络。"朱先明《爱与恨的交织——〈一九一六年复活节〉创作心态初探》(1991)题目虽不错,但内容较粗浅,较诸上述题材类似的刘文,并无更深的发掘。方汉泉《略论叶芝其人其诗》(1992)倒是文题相符,论述较简略,且不乏想当然之说,例如把盖尔语地名"茵纳斯弗利"(Innisfree,盖尔语义为"石楠岛")按英语释义为"内在"加"自由"等。方杰《叶芝"拜占庭"诗中的再生母题》(1995)借助多种理论把"拜占庭"姊妹篇归结为表现再生母题的巫术式艺术创造,不失为一种从外部出发的解析。黄海容、方汉泉《论叶芝的"现代浪漫主义"》(1999)对所论"现代浪漫主义"这一说法未加定义,议论不够细致准确,缺乏说服力。

1999年,傅浩《叶芝评传》由浙江文艺出版社出版(同时由四川人民出版社出版略有差异的版本《叶芝》)。这是中国人用汉语撰写的第一部叶芝研究专著,可以说填补了我国叶芝研究乃至爱尔兰英语文学研究的一项空白。此书以叶芝生平事迹为经,以其思想和艺术创作的各主要方面为纬,全面、清晰而深刻地勾勒出这位文学大家一生的发展状况及其背后的因缘;细节述译精准以求客观,布局剪裁取舍则反映中国学者的独特观点和判断。此外,傅浩还陆续发表了作为该书前期成果的一系列专题研究论文:《叶芝诗中的东方因素》(1996)通过对具体诗作的分析,说明印度、日本和中国文化对叶芝思想和诗艺现代化发展的影响作用;《叶芝的戏剧实验》(1999)全面而具体地评析了叶芝不同时期戏剧创作和实验的风格特点;《叶芝的象征主义》(1999)以大量事实为依据,指出叶芝的象征主义"系自出机杼",其三个主要来源是神秘经验、文学阅读和民间信仰,并深入细致地剖析了象征是如何在叶芝创作中得以具体体现的;《叶芝的神秘哲学及与其文学创作的关系》(2000)翔实可信地论证了叶芝神秘哲学的来源和内容,及其对他的文学创作的本质影响。这些论著以文本和传记等种种事实为依据,"分别从叶芝诗艺与思想的不同角度进行了全面深入的阐述,对国内研究者和读者深入全面理解叶芝起到了重要作用"①。

直到2006年,国内才有第二部叶芝研究专著——蒲度戎的英文论著《生命树上凤凰巢——叶芝诗歌象征美学研究》(四川人民出版社)——出版。蒲著主要评述了叶芝的象征主义诗歌理论,进一步探讨了其来源和表现,认为魔幻美和智性美是其显著特征。21世纪初的十年里,叶芝研究的论文数量大大超过

---

① 参见胡则远《叶芝在中国的译介与接受》,《山东文学》(下半月刊)2009(6),第154页。

从前。史冬秀《叶芝新探》(2000)认为叶芝是身兼浪漫主义、民族主义、象征主义和现实主义诗人的"多面体";其文名为"新探",其实并无新意,基本是重复前人之说。黄海容《叶芝的象征主义及其发展》(2000)、许健《叶芝:魔法与象征》(2002)和蒲度戎《叶芝的象征主义与文学传统》(2007)继续探讨叶芝的象征主义创作和理论。黄文评述了叶芝早、中、晚期诗作中象征意象的不同特点。许文在傅浩《叶芝的象征主义》一文的基础上,对叶芝象征主义与神秘主义理论的关系做了再度阐述。蒲文以翔实的资料和准确的细节论述了布莱克、雪莱和其他英国作家对叶芝的影响,说明英国诗歌传统是其象征主义的来源之一。何宁《叶芝的现代性》(2000)和胡则远《叶芝的现代性再探》(2010)关注到叶芝是否具有现代性这个有争议的话题。何文引证翔实,从叶芝的诗学观、诗创作和与现代主义先锋诗人的关系这三方面令人信服地论证了叶芝作为诗人的复杂的现代性。胡文则从叶芝对现代主义的影响和看法及其诗创作中的表现这三方面再度肯定了叶芝独特的现代性。傅浩《〈当你年老时〉:五种读法》(2002)和李小均《诗人不幸诗名幸——叶芝名诗〈当你老了〉中的张力美》①(2002)仍属文本解读一路,但更注重方法,追求客观。傅文试用五种现代批评方法解读同一首诗,以互见短长,但注重证据,不随意发挥。李文则专以"新批评"派之"张力"说衡量文本,但在具体分析中不乏臆解和发挥,例如,作者居然把"pilgrim"一词一分为二,认为后半部分"-grim"也应重读(实际上依照单词发音和诗律要求均不可能),从而具有"冷酷的"和"坚强的"等"两层含义",暗示叶芝"赞赏毛德·冈坚定的革命立场的同时,是否也有那么一丝幽怨,抱怨她对自己那份爱情予以的无情而又冷酷的回应"。至于说"在毛德·冈的眼中,叶芝女人气十足,一如他的名字",则是对汉语音译人名望文生义,就更没有道理了。张思齐《论叶芝诗歌创作中的抒情性》(2002)、胡则远《叶芝的神秘哲学与中国阴阳五行学说之比较》(2002)、杜平《超越自我的二元对立——评叶芝对东方神秘主义的接受与误读》(2003)和申富英《论叶芝的 GYRE 理论及相关的艺术创作》(2005)继续涉及叶芝的东方神秘主义和神秘哲学这类迷人的题目。张文把叶芝诗歌的抒情性来源归诸东方文化即基督教"圣经"《旧约》的"滋养"和"对中国和日本诗歌的刻意模仿";虽"一时还拿不出直接的证据"②,但这并不妨碍作者在某些细节上随意解说和发挥。胡文的比较观点立意不错,指出了叶芝神秘哲学与中国阴

---

① 此文发表于《四川外语学院学报》2002 年第 4 期。同一作者另有题为《感伤与超越——析叶芝名诗〈当你老了〉中的张力美》一文发表于《天津外国语学院学报》2002 年第 2 期,文字略有差异。

② 张思齐:《论叶芝诗歌创作中的抒情性》,《天津外国语学院学报》2002(4)。该作者另一篇论文《叶芝诗歌创作中的东方神秘主义》(《武汉大学学报》哲社版 2002 年第 2 期)是前者的改头换面之作,内容无实质差异,但结构更混乱,例如最后部分称"叶芝诗歌的抒情性表现在以下四个方面",而"以下"只论及了两个方面。

阳五行说的异同,但论证不够深入。杜文梳理了叶芝接受东方神秘主义的时代背景和多种来源,举出其"有意或无意的误读"之例,并指出其目的是"用于解决个人信仰危机和满足创作手法的需要"。申文重点评述叶芝的 gyre 理论以及相关象征,大体不错,但个别细节不够准确,例如把散文著作《幻象》误称为"重要诗作"[1]等。刘立辉《叶芝象征主义戏剧的伦理理想》(2005)和孙柏《叶芝的戏剧理念:去殖民化的诗学》(2007)进一步运用当代西方批评理论概念来观照叶芝的戏剧创作和理论。刘文通过评析叶芝的部分剧作,揭示了其中所蕴涵的伦理理想及其社会意义。孙文则通过细读叶芝的戏剧散论集《爱尔兰戏剧运动》,分析了叶芝的戏剧理念及其历史内涵,认为其实质在于"去殖民化",颇有见地,具体分析也颇中肯。丁宏为《叶芝:"责任始于梦中"》(2005)探讨了某些具体诗作中透露出的叶芝作为诗人的多重责任观,切入角度独特,分析精辟,引用相关评论得当,是一篇少见的规范之作。傅浩《创造自我神话:叶芝作品的互文》(2005)从互文性的角度考察了叶芝利用不同体裁重复近似题材以编造个人神话的系统性创作策略。区鉷、蒲度戎《叶芝与陶渊明的隐逸世界》(2005)比较了叶芝与陶渊明笔下不同的隐逸世界,认为二者具有逃避现实的共同倾向。傅浩《叶芝作品中的基督教因素》(2008)初步梳理和列举了叶芝在创作中对基督教文化元素的艺术处理,由于篇幅所限,论述难免不够周全。总的来说,这一时期的研究较前有所深入,可以说逐渐步入了学术正轨,但成果良莠不齐,虽然不乏言而有据、言之成理的精妙之论,但更多的是人云亦云或臆解臆说的平庸之作。

当然,叶芝研究也在新时期重新进入大学课程。例如,《20世纪欧美文学史》(北京大学出版社,1995年)和新编《欧洲文学史》(商务印书馆,2001年)等大学教材或参考书均辟有叶芝专章(节)。

三、结论:不足和前景

在叶芝诗歌研究中,东方文化元素的影响对于我国研究者一直都具有极大的吸引力。然而,叶芝有关东方的知识尽管深度有限,但广博而具体,主要涉及印度哲学(佛教、印度教)和文学、犹太哲学(喀巴拉)和日本文学(能乐)等,而前二者又与神秘主义有关。在这些方面,国外的研究已相当深入,取得了令人瞩目的成果。关于能乐对叶芝的影响,西方和日本学者都已有不少论著,尤以胜关根和克里斯托弗·穆雷的合作研究最为出色。[2] 他们从能乐的基本知识出

---

[1] 申富英:《论叶芝的 GYRE 理论及相关的艺术创作》,《四川外语学院学报》2005(4)。

[2] Masaru Sekine & Christopher Murray, *Yeats and the Noh : a comparative study* (Gerrards Cross: Colin Smythe Ltd. ,1990).

发,通过比较研究,指出费诺罗萨/庞德英译本的谬误,以及叶芝是如何理解和利用能乐的。叶芝与印度文化的关系则引起不少印度学者的兴趣,例如桑喀仑·拉文德仑的研究。① 毕竟西方的叶芝学者少有兼通印度学或东方学的,故在这方面的深入研究不多,但他们在叶芝神秘主义方面的研究可谓得天独厚,因为许多源自东方的"秘法"在东方已经式微,而在西方迄今仍流行不衰。弗吉尼娅·穆尔②、凯诗琳·瑞恩③、格雷厄姆·豪④和乔治·米尔斯·哈珀⑤等都各有具体而微的精深研究。尤其是哈珀,他对叶芝夫妇大量的"乩笔"记录做了第一手的解读研究,理清了《幻象》一书的真正来源和含义。我国研究者虽对此类话题颇感兴趣,但大多对各种秘法秘术的分类和概念尚不清楚,故往往避重就轻,牵强比附,更遑论某种具体来源对叶芝思想的影响了。

相比之下,中国文化的影响在叶芝的作品中不太明显,但也并非无迹可寻。叶芝对中国的传统绘画和诗歌等艺术并不陌生,在其作品和书信中都有所涉及。要做这方面的研究,需要仔细阅读其书信等文字。叶芝一生写有大量书信,不少虽已结集出版,但至今仍不断有新的结集问世。但这些书信集大都没有得到我国研究者的及时利用。他们一般满足于将表面上性质相似的东西拉来做比较,却很少重视作为证据的文本事实和传记事实。叶芝传记也已有多种,堪称巅峰之作的是 R. F. 佛斯特的两卷本巨著⑥,其中披露了叶芝生平行状许多以前鲜为人知的细节,如果善加利用,必将有所发现,有利于校正或深化对叶芝其人其诗的看法。

即便是对于创作文本本身,我国研究者的掌握程度都还显得远远不够。叶芝的每一首诗、每一部剧都有专家为之详注、疏解和导读;我国研究者似乎对这些工具性基础成果利用不足,对文本的读解还远不够深入细致,以至于所论尚多停留在印象和描述,尤其在文体、语言和创作方法等方面缺乏内行精到的看法。

综上所述,较诸国外,我国的叶芝诗歌研究尚有很大的差距,甚至译介可以说都还处于初级阶段。有些研究者在对叶芝了解还远远不够的情况下,就率尔而论,难免在细节上有所失误,造成硬伤;而在此基础上所做的任何判断和发挥自然都会谬之千里;或者干脆是在证据不足的情况下,随意解说。还有些人缺乏独创精神,满足于从他人论著获得灵感,肤浅地重复陈旧的话题。只有少数

---

① Sankaran Ravindran, *W. B. Yeats and Indian Tradition* (Delhi: Stosius, Inc., 1990).

② Virginia Moore, *The Unicorn: William Butler Yeats' Search for Reality* (New York: Macmillan, 1954).

③ Kathleen Raine, *Yeats, the Tarot and the Golden Dawn* (Dublin: The Dolmen Press, 1972).

④ Graham Hough, *The Mystery Religion of W. B. Yeats* (Sussex: The Harvester Press; Barnes & Noble Books, 1984).

⑤ George Mills Harper, *The Making of Yeats's A Vision*, 2 vols (Basingstoke: Macmillan, 1987).

⑥ R. F. Foster, *W. B. Yeats: A Life*, 2vols (Oxford: Oxford University Press, 1997; 2003).

研究者有独到的见解,其共同之处在于,他们都基于对叶芝作品文本和背景资料以及相关评论的熟悉。相反,如果对叶芝所知甚少,总是围绕着一些烂熟和浅易的题目做文章,即使用再新奇的理论来硬套,也难以有所突破。

另外,我国的叶芝研究与译介既相互依赖又互相脱节。许多论著主要是依赖已有的汉译本完成的,没有汉译本的作品则少有研究者问津,如叶芝的叙事诗,戏剧诗,中、长篇小说等。而另一方面,新近出现的许多内容重复的汉译本又由于译者缺乏研究而错误迭出。

既然成绩浅薄,那么努力的空间就很大。关键在于我们是否能沉潜下去,踏踏实实地先力求较全面地掌握和吃透基本事实。

第五节　艾略特诗歌研究

托·斯·艾略特(Thomas Stearns Eliot,1888—1965)是20世纪英国著名现代主义诗人、诗歌理论家和剧作家。他出生于美国圣路易,1922年,发表长诗《荒原》(The Waste Land),震惊西方诗坛;1927年,加入英国国籍;1935—1943年,完成重要诗篇《四个四重奏》(Four Quartets);1948年,获得英国皇家勋章和诺贝尔文学奖。艾略特是学界公认的英美现代主义诗歌的杰出代表,其诗作多数早已进入世界文学经典之列,其诗歌理论在20世纪文学界也产生了相当广泛而深远的影响。

艾略特在20世纪20年代进入中国,20世纪二三十年代,艾略特在中国学术界和文学界引起了巨大反响,被认为是中国新诗发展中出现的"第一个最大的现代性冲击波"[①]。新中国成立后的30年,因为特殊的原因,艾略特在中国只有少许研究;但到了新时期,中国的艾略特研究再度出现新局面,取得了比较丰富的成果。

一、新中国成立以前:艾略特——西洋现代诗歌的"核心"

1922年,对于英美现代主义文学发展而言,是一个不同寻常的年头,两部里程碑式的作品《荒原》和《尤利西斯》同时发表,这标志着英美现代主义文学发展已进入成熟期。1923年8月27日,玄(茅盾)在《文学》周报"几个消息"中提到T. S.艾略特。这是艾略特首次与中国读者见面。此后,艾略特在中国迅速传播。一般情况下,外国作家在中国的传播总是先有作品翻译流传,逐渐被广泛认可的。而艾略特不同,他在中国先有了显赫声誉,后才有作品翻译。20世

[①]　孙玉石:《中国现代主义诗潮史论》,北京:北京大学出版社,1993年,第197页。

纪30年代初期,叶公超、温源宁、埃克顿、燕卜荪、温德、理查兹等在北大、清华、西南联大等著名学府讲授有关艾略特的大学课程,而一代青年诗人卞之琳、王佐良、穆旦、赵萝蕤、袁可嘉、郑敏等正坐在教室里聆听老师们关于艾略特的高见;几乎同时,《新月》《现代》《大公报》《清华周刊》《学文》《新诗》《时事新报》等多种文学报刊在发表介绍、评述、讨论艾略特的文章。他对中国的新月派、现代派、九叶派等诸多诗歌派别都产生过较大影响。毫不夸张地说,艾略特是对中国文学影响最大的20世纪外国作家之一。

艾略特研究是20世纪三四十年代中西文学交流碰撞的一个闪亮节点。究其原因,尽管非常复杂,但我认为有几点是较为重要的:一是中国自从五四以来已经基本形成了一种"西化"思维,凡是西方的就是好的,先进的,值得学习、借鉴的;二是艾略特在那个时候正如日中天,是英美现代诗歌的代名词,其《情歌》《荒原》《空心人》等确是耐读而发人深省的经典之作;三是中国新诗经过五四前后的发展,在突破传统诗歌的同时,有走向另一个极端"白话"化的危险。作为引领西方当时诗歌潮流的艾略特,其艰涩、怪异的诗风正好是医治中国"白话"新诗的良方。这,就是30年代中国诗歌界"荒原风"形成的诗学语境。

叶公超是艾略特在中国最早的"知音"。当年徐志摩就曾称叶公超"是一位T. S. Eliot的信徒"①。叶公超说他在英国时,"艾略特(T. S. Eliot)已经是当时极为著名的诗人和批评家",他常和艾略特见面,跟他很熟。叶说:"大概第一个介绍艾氏的诗与诗论给中国的,就是我。"②事实上,叶公超不仅是把艾略特介绍到中国的第一人,还开启了中国的艾略特研究。

就新中国成立前艾略特研究的内容而言,主要是《荒原》,兼及艾略特的几个诗学术语。而研究者中的重点是突出艾略特的"新颖""现代"和"普适性",用叶公超的话来说就是:艾略特的诗歌所代表的是"新知觉的探索,新方法的表现"③。1934年4月,叶公超在《清华学报》第9卷第2期上发表《爱略特的诗》,共约七千字。就我掌握的资料来看,这应是国内最早研究艾略特的专论。叶公超说,艾略特在《传统与个人才能》里的主张"可以说明他的诗里为什么要用典故",可以解释"他的诗里常用旧句或整个历史的事件来表现态度与意境的理由"。叶指出,艾略特的诗歌之所以引人注目,主要在于"有进一步的深刻表现法,有扩大错综的意识,有为整个人类文明前途设想的情绪"。这一评价表现出叶公超超人的敏感和判断力。叶公超的另一篇论文,是为弟子赵萝蕤出版的第一个《荒原》中译本撰写的序言。该文先以《再论爱略特》为题在《北平晨报·文

---

① 关鸿等编:《新月怀旧——叶公超文艺杂谈》,上海:学林出版社,1997年,第153页。
② 同上书,第179页。
③ 叶公超:《美国〈诗刊〉之呼吁》,载《新月》第4卷5期(1932年11月)。

艺》(1937年4月5日)上发表。该文从艾略特的诗歌理论、创作技巧以及与中国诗歌的对比几个角度阐明了艾略特的价值。

赵萝蕤是《荒原》在中国的第一个翻译者。她在清华上学时是叶公超的弟子,也聆听过美国教师温德在课堂上讲授《荒原》。译者对《荒原》有深入的研究,其发表在《时事新报》(1940年5月14日)的《艾略特与〈荒原〉》一文"全面评析了艾略特诗歌创作的艺术特色,是国内评论艾略特的先驱文章之一"①。赵萝蕤主要从《荒原》的语言节奏、用典和"紧张的对衬而迷到的非常尖锐的讽刺的意义"等方面进行探讨。关于节奏,赵文指出《荒原》用的是"自由的诗句"的节奏,并大量引用《荒原》中的诗行来说明诗歌内"所含的各种情致、境界与内容不同所产生出来的不同节奏"。关于艾略特用典,叶公超曾指出,与中国的夺胎换骨有"相似性"。而赵文则提出质疑。依我看,艾略特丰富的学识和独特的传统观使他在创作中广征博引、左右逢源,并能把"向别人借来的东西溶化于独自的感觉中,与它脱胎的原物完全不同"(艾略特语),这确实与夺胎换骨极为近似;但他又常常直接引用英语以外的其他作家的原文,或通过注释,表示出他的用典来源,这确又是他的独特性。

这段时期,像叶公超、赵萝蕤这样有深度的专文讨论艾略特的并不多,而大部分评论则是零星的,但个别文章也有相当见地。例如,邵洵美发表在《现代》第5卷6期(1934年10月)上的《现代美国诗坛概观》一文。作者说,"最伟大的作品是爱里特(按:艾略特)的荒土(按:《荒原》)","这种诗是属于整个宇宙的;不是属于一个时代或者一个国家。我们读着,永远不会觉得它过时,也永远不会觉得它疏远"。这一评价显然有点拔高和夸大了艾略特,这也是当时追赶"西潮"的国人文化心态的反映。文章对《荒原》的"故事的断续"的辨析很有见地。他说:"故事的断续——爱里特不是讲故事,而是讲故事的性质。所以在他的诗里,你时常会看见一个古人出现在现代的社会里。"

从总体上看,研究外国文学,一般会有两个向度:一是认同,一是背离。无论我们怎么仔细分析、梳理、阐释,都会体现出作者的某种认同或否定的倾向。新中国成立前的艾略特研究,当然属于前者,即对艾略特表示认同和接受。因为,研究者们力图证明的是:艾略特是"新方向",是西洋现代诗歌的"核心",那当然要认同。而认同艾略特也正是我们诗歌现代化的内在需求。"九叶诗派"理论家袁可嘉说得很明白:中国文学"新诗现代化的要求完全植基于现代人最大量意识状态的心理认识,接受以艾略特为核心的现代西洋诗的影响"②。

---

① 刘树森:《我的读书生涯》编后记,载赵萝蕤《我的读书生涯》,北京:北京大学出版社,1996年。
② 袁可嘉:《新诗现代化的再分析——技术诸平面的透视》,载《论新诗现代化》,北京:生活·读书·新知三联书店,1988年。

二、新中国前 30 年:被遗忘的艾略特

新中国成立后的 1949—1978 年,因为众所周知的原因,对英美等西方资本主义国家的文学,除了少数无产阶级文学外,我们基本都持否定态度。西方现代派文学因为在表现形式上追求奇异,在思想内容上也有不少颓废和阴暗面的描写,与我们国家主流意识形态所主张的文学思想相悖,因而遭到全面否定。T. S. 艾略特作为西方现代派风云人物自然被打入另册。偶尔有关他的文字,也都是批判性的。主要文章有袁可嘉的《托·史·艾略特研究——美英帝国主义的御用文阀》(《文学评论》1960 年第 4 期)、《"新批评派"述评》(《文学评论》1962 年第 2 期)、《略论英美"现代派"诗歌》(《文学评论》1963 年第 3 期)、《腐朽的文明、糜烂的诗歌》(《文艺报》1963 年 10 月号),王佐良的《艾略特是何许人也?》(《文艺报》1962 年第 2 期)。

要说明的是,袁可嘉和王佐良两位先生对包括艾略特的西方现代派研究是很有贡献的,功不可没。另外,1962 年,中国科学院外国文学研究所编选了一部两卷本《现代英美资产阶级文艺理论文选》,其中包含了艾略特的论文,由作家出版社作为内部图书出版;同年,上海文艺出版社内部发行了周煦良等人翻译的《托·史·艾略特论文选》,这是"文化大革命"期间唯一的一部西方现代主义作家的个人文论集。

三、新时期 30 年:多维视野中的艾略特

艾略特研究在新时期(指改革开放后的三十多年)取得了突飞猛进的发展,研究从多维视野探察艾略特其人其作,出现了很多高质量成果,重要的学术刊物对艾略特研究成果也很青睐。譬如,仅《外国文学评论》1997 年第 1 期就刊有 3 篇论文;《外国文学研究》1996 年第 2 期专门开辟了"艾略特研究专栏",发文 14 篇,影响较大,几乎没有其他外国诗人享受过如此规格的待遇。根据笔者不完全统计,我国在新时期发表艾略特研究的文章多达两百余篇,还出版了多部研究专著。艾略特研究在我国当代已蔚然成为显学。

1. 时代背景

1976 年是新中国一个特殊的年头。随着"四人帮"的倒台和以邓小平为"班长"的第二代领导人登上历史舞台,新中国开始了一场以"解放思想""改革开放"为主旋律的巨大变革。敏锐的外国文学学术界自然是解放思想的前哨。1978 年夏秋之间,中国社会科学院外国文学研究所召开了西方现代主义文学研究专家的座谈会,讨论重新评价现代派文学的问题。大家一致认为:"应当以

一分为二、实事求是的科学态度评估现代派的成就和局限。"① 随后,在一些期刊上发表了一批专家的论文如冯至先生的《拨乱反正、开展外国文学研究工作》②、陈焜的《西方现代派文学和梦魇》③、袁可嘉的《略论西方现代派文学》④等。这些文章的发表,在思想意识和接受心理上为译介、研究艾略特作了准备。新时期以来,艾略特研究像是雨后春笋,研究不仅包括诗歌艺术、诗学思想、政治宗教思想等方面,而且还拓宽到诗人的继承与影响、生平与创作等多个层面。

2. 作品阐释

在西方,从《荒原》(1922)发表以后,经过 I. A. 理查兹(I. A. Richards)的《文学批评的原则》(Principles of Literary Criticism,1926)和 F. R. 利维斯的《英语诗歌的新方向》(New Bearings in English Poetry,1932)以及庞德早期部分文章的阐释和评论,T. S. 艾略特作为现代派大师的文学地位在 20 世纪 30 年代初已得到广泛承认。由于艾略特的诗歌常常广征博引,缺少连贯和传统的逻辑,理解难度比较大,故而西方早期艾学研究的重点都在于阐释艾略特诗歌的意义。如,F. O. 麦息森(F. O. Matthiessen)的《艾略特诗歌的成就》(The Achievements of T. S. Eliot: An Essay on the Nature of Poetry,1947)为我们阐明了艾略特诗歌内部结构的统一性;H. 加德纳(Helen Gardner)的《T. S. 艾略特的诗歌艺术》(The Art of T. S. Eliot,1959)则用艾略特接受的基督教模式来解释艾略特诗歌的整体性。

由于艾略特诗歌本身的复杂性,以及新中国成立后长期视艾略特等西方现代派作家为"洪水猛兽"予以排斥,新时期之初,中国艾略特研究的中心和焦点则也是对其诗歌意义的阐释。这些"阐释"是从为艾略特"正名"开始的。《荒原》第一个汉译者赵萝蕤开其先锋。她在 1980 年 3 期《外国文艺》发表了修订后的《荒原》译本,其"前言"虽只有两千余字,但却是一篇十分精练精彩的论文。她还在 1986 年《外国文学》第 4 期发表《〈荒原〉浅说》指出,《荒原》曾轰动一时,之所以产生"大深"的影响,因为它"集中反映了时代精神,即第一次世界大战后西方广大青年对一切理想信仰均已破灭的那种思想境界"。

《〈荒原〉浅说》之前研究艾略特的不多成果基本上都是阐释《荒原》的内容和艺术手法,赵毅衡的《〈荒原〉解》(《外国诗》[1]1983 年)把问题讲得比较清楚。该文希望通过从"手法"到"主题"对《荒原》进行明确的解说,为读者解读这首晦涩的诗歌提供一条捷径。在"特殊手法"部分,赵先生对艾略特为何"广征博引"谈了两点意见:一是"用镶嵌画的方法来模仿现代人这种零乱芜杂的思想

---

① 袁可嘉:《欧美现代派文学概论》,桂林:广西师范大学出版社,2003 年,第 99 页。
② 冯至:《拨乱反正、开展外国文学研究工作》,《外国文学研究》1979(1、2)。
③ 陈焜:《西方现代派文学和梦魇》,《外国文学研究》1979(1)。
④ 袁可嘉:《略论西方现代派文学》,《文艺研究》1980(1)。

特征",另一个是艾略特的传统观念的使然。这是很有见地的。这时期的文章,在方法论上,都几乎承袭了叶公超、赵萝蕤在20世纪三四十年代所运用的历史—社会学批评(赵毅衡则是综合运用了社会学批评和神话原型批评)来阐释艾略特,它们暗示着我们经验思维中关于思想与艺术的两度划分。

1985年,裘小龙翻译的《四个四重奏》(漓江出版社)出版。在我看来,这是新时期艾略特研究的一个转折点。在此前后,大量艾略特诗作的汉译出版,特别是国内学术研究的正常化为艾略特研究提供了比较自由的言说空间,艾略特作品研究在80年代中期到90年代中期这十年获得了较大发展。从论文数量看,这十年共发表约五十篇;从研究范围看,除《荒原》外,艾略特的其他作品如《情歌》《圣灰星期三》《四个四重奏》《大教堂的谋杀案》等都受到重视。就研究思路看,作品分析主要还是沿袭传统的内容和形式二分法,重点讨论艾略特诗歌在内容上的批判性和技术上的创新性。论者们认为艾略特的作品"描写现代城市生活的阴暗面,借此揭露西方现代社会的凋零衰败和现代生活的空虚无聊","艾略特对危机四伏的西方社会是不满的"[1];同时,认为艾略特诗歌的艺术形式更令人耳目一新,表现出高超的技巧。也有研究者从不同的视点观照艾略特的作品。譬如,陆建德的《破碎思想体系的残片——艾略特、多恩和〈荒原〉》(载《外国文学评论》1992年第1期)从艾略特本人对多恩态度的转变来"探讨《荒原》的实质",张剑的《T.S.艾略特内心深处的〈荒原〉》(《当代外国文学》1996年第1期)试图阐明:"《荒原》更多的是发泄个人心中的不满。"进入21世纪后,艾略特作品研究呈现更加多元的态势:研究者从文体、宗教、社会、哲学、心理学等视角探讨艾略特诗歌的意义,而诗人的后期主要作品《四个四重奏》也有较为扎实的成果。刘立辉的《〈四个四重奏〉的文体特征》(《外语教学与研究》2004年第5期)涉及了这部著作哲学背景的讨论,蔡玉辉的《英国文化视野下的艾略特诗歌》(《国外文学》2006年第1期)以宏大的英国文化传统为背景讨论艾略特诗歌的内蕴,李金红的《论艾略特的哲学思想在其现代主义诗歌〈荒原〉中的运用》(《武汉大学学报》2008年第2期)讨论了《荒原》中蕴含的艾略特哲学思想。另外,部分论著注意到了艾略特在中国译介的研究,如傅浩的《〈荒原〉六种中译本比较》(《外国文学研究》1996年第2期)以及董洪川的《T.S.艾略特的〈情歌〉三种汉译本比较》(《外国文学研究》2003年第3期)等。

当然,改革开放为我国学术界了解西方艾略特研究提供了可能性。而20世纪后期西方艾略特研究的一些重要发现成为我国学者讨论诗人及作品的不可或缺的背景。60年代末,艾略特遗失多年的《荒原》手稿在美国找到,哈佛大学、纽约公共图书馆先后建立了艾略特档案;1971年艾略特的遗孀瓦莱丽

---

[1] 吕文斌:《T.S.艾略特的早期诗歌创作》,《外国文学研究》1989(2)。

(Valerie Eliot)编辑出版了《荒原：原稿的影印和誊写》(*The Waste Land： A Facsimile and Transcript of the Original Drafts*)，1978年有H.加德纳编辑出版的《〈四个四重奏〉写作》(*The Composition of Four Quartets*)。这些重要发现使评论界更清楚地认识到艾略特诗歌背后的作者本人。西方的艾略特评论对艾略特的生活与创作关系更加关注。S.斯班德的《艾略特》(*T. S. Eliot*, 1975)，对艾略特的诗歌与生活的关系作出了新的解释；J. E. 米勒的《艾略特的私人荒原》(*T. S. Eliot's Personal Waste Land： Exorcism of the Demons*, 1977)更认为《荒原》是艾略特个人的地狱。

值得一提的是，近十多年来，国内出版了艾略特作品研究的几种专著，主要有：蒋洪新的《走向〈四个四重奏〉——T. S.艾略特诗歌艺术研究》(湖南人民出版社，1998年)、江玉娇的《〈荒原〉话语蕴藉研究》(黑龙江出版社，2005年)、张剑的《T. S.艾略特：诗歌和戏剧的解读》(外语教学与研究出版社，2010年)、陈庆勋的《艾略特诗歌隐喻研究》(上海人民出版社，2008年)。其中，蒋洪新的专著是国内首部全面系统评介艾略特诗歌艺术的论著，其"整体性"研究是突出特点。张剑的论著更多是从具体的诗作入手深入剖析艾略特诗歌和戏剧的内涵；陈庆勋的论著研究了艾略特诗歌中经验与隐喻式表达之间的关系，在艾略特作品研究中引入了新的范式；江玉娇的论著探讨艾略特的"秩序理论"如何从哲学领域转化、运用、实践到其诗学、宗教、文化、创作之中，构成一个密不可分的整体。

3. 诗学思想研究

我国新时期对艾略特诗学思想的研究从成果数量看略比诗歌研究要少，主要集中在艾略特有关诗歌的创作论，诗歌功能论、传统论、经典论等几个方面。

从20世纪90年代开始，艾略特的主要诗歌理论观点如非个性化、客观对应物、传统论、思想知觉化、戏剧化理论等都有学者涉及，但多数的论文只是结合艾略特的创作对他这几个重要理论术语进行阐释。而艾略特的理论灵魂"非个性化"受到的关注最多。从研究层次看，多数文章停留在解释艾略特诗学理论的有效性，而鲜有论文对其诗学理论的可靠性和严密性进行追问。周纪文的《艾略特的文学和批评理论》(《西北师范大学学报》1994年第5期)一文是个例外。他非常尖锐地批评艾略特关于诗人只是"工具""白金丝"的观点，指出："但是，创作作品不是在进行化学反应……艺术毕竟不是科学，它永远不会象科学那样准确、清晰、条理……而感情是不可能摆脱人的因素的，且只能以个体的形式表现出来。所以说，"非个性"化理论在刺向浪漫主义的同时，也无情地给了自己一刀"。张子清(《把握时代精神，开辟现代派诗歌道路》，载《当代外国文学》1988年第4期)归纳出艾略特的两点"突出的文学主张"：一是"继承历史传统，创新需要历史感，要在继承的基础上不断创新"；二是"诗歌创作非人格化，寻求客观对应物,避免浪漫主义诗人的感情泛滥,力戒感受力的分化"。

艾略特的"传统论"也是研究者们感兴趣的话题。对这个问题有深入论述的首推张剑的专著《T. S. 艾略特与英国浪漫主义传统》(1996)。论著最后一章"文学史与传统的概念"结合英国文学史发轫的18世纪探讨"传统"这一概念的意义,认为艾略特以前,文学史将"传统视为创新和创造的负担",但艾略特对"传统"作了崭新的颠覆性的阐释,传统不再是压迫个人发展,而是"灵感的泉源,使心灵更快地发展",是一种"积极的力量"。这正点出了艾略特的"传统"观的历史性意义。艾略特虽然标榜自己是一个"古典主义者",但却被文学界毫无疑义地视为现代派的旗手,而现代派又是以反传统为根本特征的。因此,艾略特的传统性与现代性一直是困扰学术界的一个问题。董悦的论文《艾略特诗艺的传统性与现代性》(《齐齐哈尔师范学院学报》1988年第2期)认为:"传统与现代在他的诗中已完美地结合在一起。他既在吸收过去的传统,又在形成新的传统。"随着文学经典问题成为热点,艾略特关于"经典"的论述进入研究视野。董洪川的论文《T. S. 艾略特与"经典"》(《外国文学评论》2008年第3期)对艾略特有关文学经典问题的论述做了比较全面的梳理和分析。

有关艾略特诗学理论研究,最系统的应是刘燕的《现代批评之始:T. S. 艾略特诗学研究》(广西师范大学出版社,2005年)。这是一部力图全面评述艾略特诗学理论的专著。作者从"审美之维"和"文化之维"对艾略特的诗学理论展开论述,比较清晰地勾勒出艾略特诗学理论的特质,特别是"审美之维"的五个小节中对艾略特的几个重要的诗学观点进行了条分缕析的论述,是一项不可忽视的重要成果。

4. 继承与影响研究

艾略特作为20世纪上半叶西方主要诗人之一,如何在历史坐标中定位其价值也是学界最为关注的话题之一。研究成果显示,艾略特不仅是一位西方文化传统的集大成者,更是一位在世界上影响深远的诗人和理论家。50年代末,艾略特在西方开始衰落。人们开始在历史的坐标中寻找艾略特的渊源。一部分批评者开始讨论艾略特与浪漫主义的关系,认为艾略特实际上对浪漫主义总体是继承。F. 科姆德在其《浪漫的意象》(1957)中提出叶芝与艾略特的象征主义就是对浪漫主义的继承。后来,G. 波恩斯泰恩的《浪漫主义在叶芝、艾略特和史蒂文斯中的转换》(*Transformation of Romanticism in Yeats, Eliot and Stevens*, 1976)更认为包括艾略特在内的现代派诗歌是浪漫主义诗歌的一种"延续";E. 拉布的《T. S. 艾略特与浪漫主义批评传统》(*T. S. Eliot and the Romantic Critical Tradition*, 1981)则认为艾略特的文艺观点与浪漫主义批评紧密相关。到了20世纪七八十年代,不少批评家纯粹用浪漫主义文学标准来评价艾略特的创作,H. 布鲁姆在《塔上的敲钟人》(*The Ringers in the Tower*,

1971)中批评艾略特的诗歌缺乏想象力、充满陈词滥调和宗教说教。

新时期国内学者从20世纪80年代末开始关注艾略特诗歌对传统的继承。廖星桥的《从瓦莱里到艾略特》(《外国文学欣赏》1988年第1期)讨论了艾略特对法国象征主义的继承,但是讨论这个话题更全面的论文是杨金才的《谈法国象征主义诗歌对T.S.艾略特的影响》(《外国文学评论》1993年第4期);朱刚的《现代派文学思潮中传统的维护者:艾略特与俄国形式主义者论文学的继承与发展》(《当代外国文学》1991年第1期)认为艾略特在理论与实践中都极力维护西方文化传统。强金一的《从惠特曼到艾略特的美国诗歌流变》(《山东外语教学》1994年第1期)和何宁的《T.S.艾略特的美国性》(《当代外国文学》2000年第2期)突出艾略特诗歌对美国文学传统的继承。不过,谈艾略特对传统的继承问题,有两部专著值得一提:一是张剑的英文著作《T.S.艾略特与英国浪漫主义传统》,另一部是邓艳艳的《从批评到诗歌:艾略特与但丁关系研究》(中国社会科学出版社,2009年)。张著在"前言"里提出:"本研究的目的就是重新追溯(retrace)艾略特的传统并重新评估(revaluate)他的诗歌。"该著的论点是:艾略特是对19世纪浪漫主义的背离,而非承续,这是对当时西方文学界研究的一种回应。邓著从诗歌语言、诗歌的"玄学"样态以及诗歌的"最后归宿"和诗人的"文化理想"等几个方面论述了艾略特对但丁显性或隐性的继承。

由于艾略特在中国文学界的巨大影响,探讨艾略特与中国文学关系自然是中国学者研究艾略特不可忽视的课题。杨金才的《T.S.艾略特在中国》(《山东外语教学》1992年第1—2期)是这方面较早的论文,后有朱辉徽的《T.S.艾略特与中国》(《外国文学评论》1997年第1期)在论域上进一步扩大。前文提到的蒋洪新、刘燕的专著都有专章叙述艾略特在中国的影响。董洪川的论著《"荒原"之风:T.S.艾略特在中国》(北京大学出版社,2004年)从艾略特在中国的译介、研究以及对中国诗歌的影响几个方面系统地探讨了这个课题。

四、结 语

新中国60年的艾略特诗歌研究,获得了比较丰硕的成果:发表了两百多篇论文,出版了近十部著作,还有几十篇博士、硕士论文。艾略特研究成为我国外国文学研究最大亮点之一。反观这些成果,我们在欣喜的同时,也感到还有很多工作要做。在研究领域方面,我们很少关注艾略特所在的时代的文学氛围与他的关系,譬如:艾略特与文学期刊的关系、艾略特与同时代人的交流、艾略特与文学市场等;我们也很少关注艾略特对英美诗歌的影响。在研究深度上,相当部分的成果仅是浮光掠影的评介,真正深入考辨某一专题的成果不多,譬如:《荒原》《四个四重奏》这样的世界级经典,我们都还没有专著面世。在研究视角与方法上,我们也相对较为单一,历史社会批评、传记批评和形式主义批评仍是我们的主要视角与方法。

第六节　聂鲁达诗歌研究

巴勃罗·聂鲁达(Pablo Neruda，1904—1973)，原名内夫塔利·里卡多·雷耶斯·巴索阿尔托，是智利乃至世界诗坛的重要诗人，1971年获诺贝尔文学奖。在我国诗歌界，聂鲁达具有广泛的影响。

自新中国成立以来，对聂鲁达的译介和研究基本集中在1950—1960年和1980年至今这两个时期。

一、1950—1960年代聂鲁达在中国的影响与介绍

新中国成立前，我国对聂鲁达一无所知，尽管他曾于1928年，在赴仰光上任途中到过上海。1951年9月15日，他和苏联著名作家爱伦堡等人来北京，为时任中华人民共和国副主席的宋庆龄女士颁发"斯大林加强国际和平奖"。9月18日，在北京举行了隆重的授奖典礼，七百余名中外人士出席，聂鲁达还在中南海怀仁堂朗诵了自己写的题为《致宋庆龄》的诗篇。次日，在全国文联举行的座谈会上，他和中国诗人艾青有了第一次接触，从此两位伟大诗人结下了深厚的友谊，留下了国际诗坛一段动人的往事。此次来访，无论是作为保卫和平的战士，还是作为闻名遐迩的诗人，聂鲁达都受到了非常隆重的礼遇，从而引起了国内翻译界、出版界和研究界的关注。同年，诗人袁水拍从英文转译的《聂鲁达诗文集》在人民文学出版社出版。当时印制了三种版本：仿宋宣纸线装本、精装大开本和平装24开本。对聂鲁达的重视，由此可见一斑。

1957年7月，应对外友协会长楚图南的邀请，聂鲁达再次来华访问，和他一起来的有巴西著名小说家亚马多。他的朋友艾青亲赴昆明迎接并一路陪同参观访问。8月15日，中国作家协会、诗刊社、北京文联举行了欢迎聂鲁达诗歌朗诵晚会：聂鲁达朗诵了自己的新作《中国大地之歌》，并作了《诗歌与人民》的演讲。但他哪里知道，一场轰轰烈烈的"反右派"运动即将展开，艾青将被卷入漩涡而难以自保。当他离开自己为之高歌的中国大地时，在送别的人群中，已看不见那张"宽大黝黑的脸庞"和"那一双和善机灵的大眼睛"。他后来在回忆录中说："一路陪伴着我们的诗人艾青，被送到戈壁滩上……"他只有面向大海呼唤艾青的名字。

新中国成立后至20世纪60年代出版的聂鲁达作品主要有：《聂鲁达诗文集》(袁水拍从英文转译，人民文学出版社，1951年，1953年)、《让那伐木者醒来》(袁水拍译，新群众出版社，1951年，1958年)、《流亡者》(周绿芷从英文转

译,文化工作社,1951年)、《葡萄园和风》(邹绛从俄文转译,上海文艺出版社,1959年)、《巴勃罗·聂鲁达传》(库契布奇科娃、史坦恩合著,胡冰、李末青译,作家出版社,1957年)。60年代出版的聂鲁达诗作只有《英雄事业的赞歌》(王央乐译,作家出版社,1961年),这也是我国第一部直接从西班牙文直接翻译的聂鲁达诗作。

在此期间,聂鲁达在国内的影响很大。据曾任北京大学中文系主任的孙玉石教授说,当年他们(1955级同学)每天早晨起床时,都会高声朗诵聂鲁达的诗句"让那伐木者醒来吧!"但那时研究聂鲁达的文章却不多见,这显然与国内西班牙语人才奇缺有直接关系。当时发表的比较重要的文章有:《巴勃罗·聂鲁达》(爱伦堡著,庄寿慈译,《翻译月刊》,1950年;后载于《世界知识》第24卷)、《伟大的和平战士——爱伦堡和聂鲁达》(金丁,《世界知识》1951年第38期)、《诗人巴勃罗·聂鲁达》(孙玮,《世界知识》1954年第1期)、《在聂鲁达的家里》(万光,《世界知识》1956年第21期)等。从标题即可看出,这都是些介绍诗人生平和创作的资料性的文章。

20世纪60年代初期,中苏分歧日趋严重,直至互相"视之如寇仇"。由于智利共产党是"亲苏派",聂鲁达又是智共中央委员,他的诗歌自然不能在华传播。后来"史无前例"的"文化大革命"爆发,虽然亚非拉文学曾受到重视,但聂鲁达的诗歌依然被排除在外。直至"文化大革命"结束以后,对聂鲁达的翻译和研究才逐步走向正轨。

二、1980年至今的聂鲁达研究

1979年以后,经拨乱反正,文艺界清除了极左路线,被错划的"右派"恢复了名誉,已是古稀之年的诗人艾青重新焕发了青春,那时聂鲁达虽已不幸辞世,但他的诗歌重又回到人们的视野,激起人们对往事的"打捞"和回忆。20世纪80年代,出版了聂鲁达三本诗集和一本散文:《聂鲁达诗选》(邹绛、蔡其矫等译,四川人民出版社,1983年)、《诗歌总集》(王央乐译,上海文艺出版社,1984年)、《聂鲁达诗选》(陈实译,湖南人民出版社,1985年)、《聂鲁达散文选》(江志方译,百花文艺出版社,1987年)。四川版《聂鲁达诗选》的大部分作品不是从西班牙文直译的,但已有西班牙语学者参与该书的翻译、出版工作。该书收录聂鲁达不同时期的诗作64首,其中多是重译或新译,较50年代出版的《聂鲁达诗文集》丰富了许多。书前有诗人艾青撰写的代序《往事·沉船·友谊》和聂鲁达本人的长文——《谈谈我的诗和我的生活》(陈用仪译,原载1954年7月号智利《黎明》杂志);书后附有聂鲁达于1957年8月15日在北京的演讲《诗和人民》(诗刊社根据陈用仪的口译记录整理)、聂鲁达遗孀玛蒂尔德写给时任中国西、葡、拉美文学研究会秘书长的江志方先生的复信、社科院外文所陈光孚先生的长文——《轶事·借鉴·风格——关于聂鲁达的创作实践》以及聂鲁达生平和著作年表。

　　陈光孚的文章对聂鲁达的生平与创作进行了较为详尽的分析。在论述聂鲁达属于什么流派时,文章引用聂鲁达自己的话说:"……我并不赞成现实主义,在诗歌创作上我厌恶现实主义","一个诗人,如果他不是现实主义者就会毁灭。可是,一个诗人,如果仅仅是个现实主义者也会毁灭。如果诗人是个完全的非理性主义者,诗作只有他自己和爱人读得懂,这是相当可悲的。但如果诗人仅仅是个理性主义者,就连驴子也懂得他的诗,那就更可悲了。""我的诗就整体而言,就是生活,我喜欢那些不从属于学派和类别的书。"无论对诗人还是一般读者,这段引述都是十分有意义的。文章还总结了聂鲁达对拉美诗坛的三大贡献:(一)与米斯特拉尔和巴略霍一道,将拉丁美洲诗歌从现代主义后期的没落境地引导出来,开创了拉丁美洲诗歌欣欣向荣的新阶段。(二)开创了拉丁美洲政治诗歌的一代新风,并且以他的政治诗歌闻名于全世界。(三)兼收并蓄法国先锋派、西班牙谣曲、惠特曼自由诗体和马雅可夫斯基政治诗歌各派的优点,奠定了拉丁美洲20世纪诗歌的创作基础。根据聂鲁达人生经历和诗歌风格的变化,文章将他的创作分为三个阶段:以《大地上的居所》第三集(作于1935—1945年,发表于1947年)中的第六首诗《愤怒与痛苦》为界,此前为第一阶段,此后为第二阶段;在苏共二十大(1956)以后的创作为第三阶段。文章认为,在第一阶段,聂鲁达深受法国先锋派的影响:《二十首情诗和一支绝望的歌》有象征派诗人波德莱尔鲜明的烙印,《大地上的居所》第一、二集有浓厚的超现实主义色彩。第二阶段是聂鲁达诗歌创作的黄金时代,其代表作是具有史诗规模的《漫歌》,其中《马丘比丘之巅》和《让那伐木者醒来》,更是不可多得的精品。1954—1957年创作的三部《元素的颂歌》别具一格,被公认为作者笔下最通俗易懂的诗篇。苏共二十大以后,聂鲁达在政治上的彷徨影响了他的诗风;虽有近三十部诗集,文章作者只是轻描淡写,未作深入的探讨。

　　在这个时期,各报刊发表的关于聂鲁达的文章有:《聂鲁达的探索道路》(陈光孚,《诗探索》1982年第1期)、《为理想奋斗的战士——谈聂鲁达的创作道路》(陈光孚,《文艺研究》1982年第5期)、《袁水拍译〈聂鲁达诗文选〉再版序》(徐迟,《外国文学研究》1984年第3期)、《艾青与聂鲁达诗艺的平行研究》(陈超,《河北师大学报》1986年第8期)、《探求梦境的历程》(牛汉,《外国文学评论》1988年第2期)、《聂鲁达与中国》(刘江,《世界文化》1989年第3期)、《聂鲁达和他的长诗〈伐木者,醒来吧!〉》(邓双琴,《四川师大学报》1990年第4期)等。显而易见,这一时期的文章已不仅仅是对诗人及其诗作的介绍。其中值得一提的是著名诗人牛汉先生的《探求梦境的历程》和诗歌评论家陈超的文章《艾青与聂鲁达诗艺的平行研究》。牛汉先生的文章虽不是专门谈聂鲁达的,但他谈到了后者对自己的影响。他称聂鲁达"不是一颗流星,他属于精神宇宙的恒星之列"。陈超是河北师大文学院的教授、博士生导师,是当代中国颇有见地的诗歌评论家。他在文章中用平行比较的方法和相对开阔的视角体察了艾青与聂鲁达诗歌艺术的异同。文章开宗明义:"在中外诗史上,这是两位像是暴风雨前沉雷般隐隐震响的名字。前者是中国当代诗坛泰斗,以轰响的光彩辉煌了诗国的长空;后者是智利诗歌巨人、诺贝尔文学奖获得者,他的诗'复苏了一个大陆的命运与梦想'。"全文分为四章。在第一章中,作者从两位诗人对诗歌本质的认识方面论述了他们的根本相似:"在他们看来,诗的出发点和美学极致,除去至强的抒情功能外,情景关系的特殊构成是极为重要的素质。因此,惠特曼和马雅可夫斯基这两位强情绪型的诗人赢得了早期艾青与聂鲁达的推崇和学习;而波德莱尔、凡尔哈仑、阿拉贡、艾吕雅等现代主义诗人,更分别受到他们的喜爱甚至模仿。对诗歌本质的深刻把握,使艾青与聂鲁达的创作都独标真愫地呈示出审美体现的自我性,形成了富于弹性却又相对稳定的系统。"在世界文化的通衢上,他们都进行了多元的艺术沐浴。聂鲁达以超现实主义为主,艾青则以象征派为主。在诗歌外在体式的追求上,二者都更倾向于潇洒、倜傥的自由体,并淘洗、提炼出"散文美"的语言,从而造成一种深沉厚重、韵味深长的效果。作者紧接着分析了他们诗美哲学的相似点产生的原因:客观的历史时代情绪和审美主体心理的同一倾向。作者在第二章指出:艾青和聂鲁达都是"诗人加斗士",对旧时代的反抗意识一开始就充盈他们的诗情,并成为他们用诗介入生活的一种理性审美尺度。但这种几近一致的尺度渗透在创作中,给读者的审美感受特点是不同的。艾青的诗作具有"忧郁美",而聂鲁达的诗作则具有"豪壮美"。在第三章中,作者比较了艾青和聂鲁达创作方法的异同和他们各自对现代派诗艺的改造。艾青几乎全盘吸收了象征派艺术中审美主体对客体的精神渗透这一明显长处,但他又像凡尔哈仑那样不满足于纯然的象征。他让自己的一只脚跨出象征主义门槛,而去寻找现实主义和象征主义的联结点。他诗中的象征群落,既非纯主观又非写实,而是具有多重审美空间的生活血肉之躯上的活体组织。聂鲁达的诗则表现了明显的超现实主义手法。他用潜意识的书写把审美主体秘而不宣的东西渐渐剥露,既显示了过去和将来的幻象,又多角度地感受着现在。聂鲁达像艾青一样,自觉摒弃了现代派诗艺中唯心主义的神秘、怪诞,在尊重潜意识表现的同时,用一种总体上的逻辑和理智来控制诗思,使人读后再三咀嚼、思索,而终于能领略一种不凡的哲理深度。艾青诗中的象征体总是依附于写实而存在,有着特定的旋转区域。聂鲁达的诗情则是多向的放射线,显得神奇、辽远,是现实和潜意识的并驱。最后一章是全文的总结。作者在文章的结尾说:"他们取得的巨大成就启示我们——以现实主义精神为总根柢的诗歌大树,只有豁达地承受各路有益的八面来风,在今天的形势下,才能劲射出更为遒劲、更为舒展的枝条。"

自20世纪90年代至今,对聂鲁达的译介和研究有了长足的进步。这一期间共出版了七本诗集和五本传记:诗集有《聂鲁达爱情诗选》(程步奎译,四川文艺出版社,1992年)、《情诗·哀诗·赞诗》(赵德明等译,漓江出版社,1992年)、《漫歌》(江之水、林之木译,云南人民出版社,1995年)、《聂鲁达诗精选集》(陈黎、张芬龄译,桂冠图书出版公司,1998年)、《二十首情歌与绝望的歌》(中英文对照,李宗荣译,中国社会科学出版社,2003年)、《聂鲁达诗选》(20世纪世界诗歌译丛,黄灿然译,河北教育出版社,2003年)、《爱情真短遗忘太长——聂鲁达的二十首情诗和一支绝望的歌》(赵振江译,爱诗社,2004年)、《聂鲁达》(世界文学大师纪念文库,赵振江、滕威主编,花城出版社,2008年);传记有《我曾历尽沧桑:聂鲁达回忆录》(刘京胜译,漓江出版社,1992年)、《聂鲁达自传》(林光译,东方出版中心,1993年,1996年)、《回首话沧桑:聂鲁达回忆录》(林光译,知识出版社,1993年)。此外,聂鲁达的诗文还见于多种诗歌选集、期刊及中小学读本。对他的介绍与评论在各种《拉丁美洲文学史》中都占有重要地位。这一时期发表在各种刊物上的文章有:《我十二次采访聂鲁达》(路易斯·阿尔贝托·曼西亚,王军译,《外国文学》1990年第5期)、《我们永远航行在海上——艾青与聂鲁达的文学关系》(贺锡翔,《浙江师范大学学报》社科版1991年第1期)、《寻访聂鲁达》(金涛,《外国文学》1993年第5期)、《把忧郁扎成鲜花》(郑逸文,《读书》1993年第10期)、《聂鲁达和〈诗歌总集〉》(马家骏,《西安教育学院学报》1995年第3期)、《美洲的儿子——忆智利大诗人聂鲁达》(周而复,《往事回首录》第7章,载于《新文学史料》1996年第4期)、《从美丽走向崇高——聂鲁达诗歌的精神启示》(刘苏,《重庆师院学报》(哲学社科版)1996年第3期)、《两个聂鲁达》(王璞,《书屋》2001年增刊第1期)、《诗歌的力量——萨特的存在和聂鲁达的选择》(林莉,《武汉科技学院学报》2007年第8期)、《论诗人阿来对聂鲁达的艺术借鉴》(张敏,《民族文学研究》2008年第1期)、《忧伤而绝望的青春爱情之歌——聂鲁达大学时期的爱情及其〈二十首情诗和一首绝望的歌〉》(曾思艺,《世界文化》2008年第9期)、《聂鲁达和他的爱情十四行》(曾思艺,《世界文化》2009年第1期)、《艾青与聂鲁达》(彭龄、章谊,《世界文化》2009年第6期;《新文学史料》2011年第2期)、《聂鲁达诗歌在中国的译介》(张晏清,《安徽文学》2010年第2期)等。

从上述译介的情况即可看出,自改革开放以来,国内关于聂鲁达研究的论文数量更多了,视野也更开阔了,尽管与其他通用语种的文学研究相比,还是显得薄弱与浮浅。在译介方面,虽然数量多了,范围也有所扩充,但也有相当多的重复。可喜的是对聂鲁达的介绍已较为全面,尤其是对他的爱情诗有了较多的译介,在一定程度上,纠正了20世纪50年代只介绍他的政治诗歌的偏颇。至于他的传记,虽有多个版本,但都是他的回忆录《我承认,我历尽沧桑》。此外,《漫歌》和《诗歌总集》也是同一部诗作,只是译者对书名(CANTO GENERAL)的理解不同。当年,云南人民出版社的国家"八五"重点图书——"拉丁美洲文学丛书",要出版聂鲁达的代表作,编委会选定了这部诗集,笔者便邀请张广森先生合译。我们认为这不是一部"诗歌总集",而是一部具有史诗规模的政治抒情诗:作者从西班牙人到来之前,一直写到自己的"遗嘱",洋洋洒洒,似滔滔大河。我们认为,译成《漫歌》,更切诗人原意。至于署名,广森先生的笔名是"林之木",笔者便成了"江之水"了。

在上述文章中,《我十二次采访聂鲁达》虽是译作,却是研究聂氏不可或缺的宝贵资料。路易斯·阿尔贝托·曼西亚是智利资深记者兼文学刊物主编。笔者在西班牙格拉纳达大学翻译《红楼梦》时,他在德国流亡。在归国途中,他应邀在格拉纳达大学作了一次关于聂鲁达的讲座,后将讲座的打字文稿送给了笔者,希望中国读者对聂鲁达有个比较全面的认识,这便是文章的由来。贺锡翔的《我们永远航行在海上——艾青与聂鲁达的文学关系》对两位诗坛巨匠的文学交往进行了全面的评述。张晏清对"聂鲁达诗歌在中国的译介"进行了较为全面的梳理与总结。此外,郑逸文、马家骏、洪蔚、曾思艺的书评也颇有见地,林莉和张敏的文章则为聂鲁达研究拓宽了思路和视角。

2004 年是聂鲁达的百年诞辰,智利和世界许多国家都举行了各种各样的纪念活动,我国也出现了一个不大不小的介绍聂鲁达的热潮。此前,电影《邮差》的成功(获多项奥斯卡奖)为纪念聂鲁达的活动做了很好的铺垫。同年 7 月 12 日(聂鲁达诞辰),智利驻华使馆举行仪式,代表智利总统为李肇星、赵振江、张广森、朱景冬颁发了聂鲁达百年诞辰奖章。

在此期间,国内出版了两本关于聂鲁达的书。一本是罗海燕撰写的传记《聂鲁达:大海的儿子》(长春出版社,1996 年),另一本是笔者与滕威合编的《山岩上的肖像——聂鲁达的爱情·诗·革命》(上海出版集团,2004)。罗海燕是北京大学西语系 1964 年入学的学生,后在广西师大任教。她的老师段若川教授,曾作为高级访问学者,在智利进修,带回许多相关材料。其中尤为值得一提的是波罗蒂亚·特尔特尔博伊姆(Volodia Teltelboim)撰写的《聂鲁达》。此人是一位学者、散文家,曾任智利共产党总书记。他对聂鲁达的了解应当是真实可信的。因此,当柳鸣九教授邀请段若川参与《全球诺贝尔文学奖获得者传记大系》的编纂时,后者便将《米斯特拉尔——高山的女儿》的撰写留给了自己,而将《聂鲁达——大海的儿子》的撰写交给了罗海燕。该书和聂鲁达的回忆录可以相互印证,是研究聂鲁达不可多得的参考资料。它不仅讲述了聂鲁达色彩斑斓的一生,还披露了一些鲜为人知的细节,诸如诗人的 50 寿辰是如何度过的,诗人写给阿尔维蒂娜(MARISOMBRA)的 115 封信是如何被骗出版的……其中讲述的聂鲁达晚年生活及其逝世后的情况尤为珍贵。这期间出版的笔者与滕威编著的《山岩上的肖像：聂鲁达的爱情·诗·革命》是一本集翻译、导读、传记和评论为一体的书，我们力图使读者对聂鲁达其人其诗有一个较为全面的认识。这本书的创意是滕威提出的，为了纪念聂鲁达的百年诞辰，并将其献给一年前去世的北京大学拉丁美洲文学专家段若川教授。书中的论述部分主要也是由滕威撰写的。她对诗人在不同时期的心路历程、精神状态和诗歌创作进行了较为详尽的剖析。尤其是对聂鲁达的情感经历和早期的心灵困惑进行了阐释，这是国内此前很少有人涉及的。此外，该书选译的诗作也较全面，既有爱情诗，也有政治抒情诗，还有诗人在困惑中写的意象晦涩、艰深的超现实主义诗歌，而且在许多诗作后面，配有导读的文字。

总之，聂鲁达一生创作了几十部诗集，国内至今只译介了一小部分，而研究又严重滞后，与英、俄、德、法语文学研究相比，还有较大的差距。这种局面的形成，主要是因为国内从事西班牙和西班牙语美洲文学研究的人太少，而应该研究的对象又很多。改革开放以来，国内的西班牙语教学虽有很大发展，但毕业生的流向主要在政治经济领域，在文学研究方面反倒出现了明显的断层。今后，随着国民经济的持续发展和西班牙语人才队伍的日益壮大，我们相信，对聂鲁达诗歌的译介和研究一定会有更丰硕的成果问世。

下编
新中国60年外国戏剧研究

第五章
文艺复兴与古典主义戏剧研究

导　言

　　欧洲文艺复兴时期的戏剧虽然也出现在意大利和西班牙等国,但戏剧的高峰在英国。16—17世纪初,英国汇集了大批有才华的剧作家,如剧作家约翰·李利、罗伯特·格林、克里斯托弗·马洛以及本·琼生等,这些剧作家的作品在新中国的外国戏剧作品研究中略有介绍,但有深度的研究成果较少,对他们的介绍多见于文学史的论述中,也可见对马洛和本·琼生的少量研究。文艺复兴时期的戏剧研究在新中国的成果最为显著的无疑是对英国伟大的剧作家莎士比亚的研究。莎士比亚的名字在19世纪晚期进入我国,新中国成立之前学界对他作品的学术研究虽然数量并不多,但有些研究较为深入,已经取得了初步的成果。新中国成立之后的前17年间,莎士比亚研究成果数量应该说在新中国外国戏剧研究中是首屈一指的。但是,当时的研究以政治标准为导向,学术研究缺乏真正意义上的学术性,莎士比亚作品的批评大多成为评论者政治立场的风向标。改革开放之后的30年,莎士比亚研究呈现出突飞猛进的新局面,研究的思路、范围、深度、广度都达到了前所未有的水平。除对莎氏戏剧作品的研究之外,研究还扩展至舞台改编、电影改编等方面,可谓丰富多样、异彩纷呈,成果的数量和质量均非其他作家可比。但与国外研究成果相比仍有较大距离。

　　欧洲古典主义戏剧主要盛行于17世纪的法国和英国,以法国剧作家高乃依、拉辛、莫里哀和英国剧作家德莱顿为代表。新中国的外国古典主义戏剧的研究主要聚焦莫里哀,对其他剧作家的研究则较为罕见。莫里哀自20世纪初被介绍到我国来之后就一直受到关注。新中国成立之后的17年间对他的研究虽然成果不多,但仍然持续。此时的研究大多注重他作品中的现实主义成分,而忽略了其作品中的丰富和复杂的层面。这在当时中国的外国文学研究领域是较为普遍的现象,有一定的代表性。改革开放之后,对莫里哀的研究开始恢复并逐渐走向客观和全面。随着研究的深入,莫里哀研究也引发了一些争论。但总体来看,古典主义戏剧的研究在当下并非热点,当现代主义和后现代主义文学研究进入人们的视野后,古典主义戏剧研究有降温的趋势。本章选择莎士比亚和莫里哀作为专题考察对象,以期从中得到对文艺复兴和古典主义戏剧研究的进一步思考。

第一节　莎士比亚戏剧研究

莎士比亚(William Shakespeare,1564—1616)是英国早期现代剧作家和诗人,也是一位在中国备受重视的作家。新中国成立后的莎士比亚研究可分为三段,即改革开放前30年、改革开放后20年、21世纪前10年。在改革开放前30年,莎士比亚研究主要是政治批评支配下的学术和文化批评。研究者努力在当时的政治思想的指导下,进行学术研究和文化建设,但往往都会因为某种"不足"甚至"错误"而受到批评。这种努力学习、进行研究、接受批评的模式是当时莎评的主要模式,从某一角度上看也是一种互动的模式,虽然这种互动既有主动的成分,但更多的是被动的成分。还原当时的莎评生态,揭示这种政治、文化、学术的互动关系,不仅对于了解那个特殊时代的文学研究至关重要,对于建构整个中国莎评的大图景也不无裨益。

改革开放后的20年是中国莎评恢复元气、积累力量、不断进取的20年。在这20年里,在前一阶段就已经有所积累,但当时无法写作和发表的研究者恢复了元气和活力,或将以前的研究成果出版发表,或进行新的研究并不断发表出来。而中国高校恢复招生并外派留学生之后,逐渐培养出一批新的研究者,积累了新的研究力量。在这一时期,研究者不断进取,在研究和介绍西方莎学、马克思主义莎学研究、比较文学视野下的莎学研究、中国莎学史研究等领域都取得了丰硕成果。

在21世纪,中国莎学研究已经十分专业化,达到了较高的学术水平。在此时期,研究话题与国际接轨,更加专门和集中。不过,由于已经和国际接轨,也面临着更大的挑战。在国际莎士比亚研究文献数量日益庞大、在英美文学研究中地位显赫的情况下,中国研究者发出独特的声音实属不易。另外,在专业分工极为细致的今天,在研究者大多经历过博士或者硕士阶段的较严格的训练的情况下,对政治和文化话题的关注日益减少,莎士比亚研究更加纯学术化。纯学术化的莎士比亚研究是否会向文化甚至政治关注回归,是否需要回归,也许值得注意。

一

　　在回顾新中国成立后的莎士比亚研究之前,有必要简述一下此前的发展,以作为历史的铺垫。1949年前,莎士比亚在中国已成为地道的"本土人物",具体表现为:①其作品被反复译成汉语,有文言文译本,也有白话文译本;有通俗故事类的改写,也有学者研究型的翻译;有单本的翻译,也有翻译全集的壮举。②就研究和评论而言,既有深度的学术研究,更有文化战争中的激烈论战,而后进一步发展为意识形态色彩浓厚的政治批评。莎士比亚在当时中国的学术、文化、政治风景中已俨然成为一个重要人物。就学术研究而言,虽然数量不多,成绩也并不显著,但王国维和朱东润[①]等学者发表的论文介绍了莎士比亚研究的诸多方面,对有些方面(例如莎士比亚作品的版本、人物等)的研究已颇有深度;后来又有学者陆续发表论文。就文化战争而言,文化改革者如胡适大肆褒扬易卜生,而对莎士比亚则缺乏热情,甚至暗地贬损[②],而文化守成者如吴宓则对此十分不满,通过对于施莱格尔的介绍来推广莎士比亚和传统文化。[③] 后来,文化批评逐渐发展为政治批评,茅盾介绍了马克思主义和苏联莎评,认为莎士比亚的意义在于战胜黑暗、迎来光明,为根除旧世界、建立新世界服务。[④] 新中国成立前的莎士比亚研究有学术、文化、政治三个层面,而在新中国成立后的10年里,政治批评占据主导地位。

　　新中国成立伊始,一批有西方教育背景、训练有素、资格良好的莎士比亚学者开始学习苏联,在马列主义指导下进行莎士比亚研究,并接受密切的监督和不断的批评。1955年前,研究环境较为宽松,但因为国家刚刚在解放战争和抗美援朝后得到喘息,同时也因为高等院校院系调整的忙乱,以及新中国成立后忙于政治理论学习以适应新的形势,学者无力开展大规模的深入研究,以在报纸和普及性刊物上发表介绍性、资料性的文章以及翻译评论居多。发表有关文章较多的报刊包括:《文汇报》《文艺报》《戏剧报》《翻译通报》《文学书刊介绍》等。

　　这些发表的文章虽然不长,但大多直截了当、言之有物、可读性强,有的还显示出作者相当好的学术素养。当时,即使是知名学者,也尽量使自己的文章通俗易懂,更具普及性,以便为人民大众服务,突出文学批评的"人民性",同时

[①] 王国维:《莎士比传》,1907年10月《教育世界》第159号。《王国维文集》(第三卷),北京:中国文史出版社,1997年版,第397页;东润:《莎氏乐府谈》,《太平洋》一卷五期,1917年7月。

[②] 胡适:《胡适日记全编》(3),合肥:安徽教育出版社,2001年,第290页。

[③] 吴宓:《弗列得力·希雷格尔逝世百年纪念》,《学衡》1929年1月第67期。

[④] 参见李伟昉:《中国初期莎士比亚评论的重要界碑——论茅盾对莎士比亚的接受与批评》,《河南大学学报》2008年1月第48卷第1期。

也更讲政治。例如,孙大雨在《莎士比亚悲剧〈黎琊王〉和它对于我们的意义》①一文中,用了将近四分之三的篇幅来介绍戏剧情节,并强调该剧"是含有十分深刻的社会意义的":揭露"资产阶级兴起的时代,自私自利的个人主义凌驾一切";"富有人民性的思想";在苏联上演最多——作者还引用了苏联作家杜布罗留波夫对李尔王的评论。赵诏熊的《莎士比亚及其艺术》②一文也是如此,介绍了莎士比亚的生平、时代背景、作品及语言特点等等,最后总结了莎士比亚的人文主义和现实主义以及对封建主义和资本主义的揭露。

在此时期,阿垅(即亦门)也写过三篇莎评文章,即《威尼斯商人》《夏洛克》《哈孟雷特》,收入《作家的性格和人物的创作》③一书。该书"共印行了一万八千册"④,这在当时已相当可观。不过,因作者成为胡风分子,该书后来长期被禁。阿垅虽曾长久湮灭,他的莎评也缺乏学者的严谨,没有任何引用文献⑤,但他的文章却个性张扬、激情澎湃、视角独特,尤以《威尼斯商人》一篇最为精彩。在这篇文章里,阿垅以高涨的革命热情,为"犹太人,这个被压迫的弱小的民族的儿女"呐喊。他认为夏洛克"没有了祖国,没有了家乡,没有了政权,没有了人格",因此就把金钱当做祖国、家乡、政权、人格。"由于舞台之下货币被人格化了,于是舞台之上就人格化了货币。"他认为莎士比亚"把一个世界颠倒了起来":"于是资产阶级社会,就给了夏洛克以它自己底面貌,给了犹太人以它自己底罪恶,而自己被净化,而本身乃美化,像受难的天使,头戴神圣的晕光飞翔起来,被赞美的歌声拥戴起来。"⑥也就是说,夏洛克成了资产阶级的替罪羊;资产阶级将自己的罪恶强加到夏洛克头上,使自身脱罪并被美化。

阿垅的这些评论十分超前。首先,他不是机械地套用马克思主义的观点,而是把马克思主义的观点融化到了他的莎评之中,这在今天仍然难能可贵。文中强调"货币世界"和"货币人格化",这似乎正是马克思所说的"货币拜物教"⑦;文中强调"颠倒的关系""颠倒的世界",这似乎也是"货币拜物教"的特点。⑧ 由于有了这一背景,夏洛克的吝啬也使人联想到马克思所说的"货币欲的两种特

---

① 孙大雨:《文艺报》1954(10),第17—20页。该文在"反右"运动中也受到批判,见后。
② 赵诏熊:《文艺报》1954(9),第9—13页。
③ 阿垅:《作家的性格和人物的创作》,上海:新文艺出版社,1953年。1954年后收入《后虬江路文辑》,银川:宁夏人民出版社,2007年。
④ 罗飞:"校后后记",《后虬江路文辑》,第241页。
⑤ 这一时期的文章都很少有引用文献,即使有引用文献也很少详细注明出处。
⑥ 见《后虬江路文辑》,第113—115页。
⑦ 见《马克思恩格斯全集》第44卷,北京:人民出版社,1985年,第50—55页。
⑧ 原话为"我们在考察货币时,已经把这种关系颠倒的表现称为拜物教"。见《马克思恩格斯全集》第48卷,北京:人民出版社,1985年,第36页。

殊形式"①——吝啬与享受欲。其次,按当代文化唯物主义的观点,统治意识形态试图将自己"神话化",而莎士比亚戏剧(以及伊丽莎白时代其他剧作家的戏剧)恰恰能够"去神话化"②。夏洛克"以金钱作为亲爱的祖国"③,其实也是他极端贫困化和异化的标志。揭示出这一点,就能戳穿统治意识形态对自己的美化和对"它者"的丑化。就这种与文化唯物主义的契合而言,阿垅似乎已经是文化唯物主义之前的文化唯物主义者了。他的评论虽然抒情成分较多,却达到了当时少有的深度。

1954年4月,《戏剧报》发表了《莎士比亚的戏剧在中国》一文。此文署名"本报资料室",虽然"由于时间的仓促,遗漏的、不够全面的地方一定还很多"④,但资料已经十分翔实,很有分量。此文开了莎士比亚中国传播史研究的先河,此后戈宝权的《莎士比亚作品在中国》一文⑤,以及"文化大革命"后孟宪强、李伟民等人的研究皆属于同一传统。此文介绍了自林纾以来莎士比亚作品在中国的翻译情况、自1930年戏剧协社演出《威尼斯商人》以来莎士比亚作品在中国的演出情况;就研究情况而言,介绍了鲁迅领导的《译文》杂志1934—1936年间的苏联马列主义莎评译介工作,同时也批判了梁实秋在30年代对于"欧美资产阶级唯心论"莎评的"抄袭"以及"散布曲解"。总之,该文涉及翻译、演出、研究三个方面,相当全面。而该文对于研究情况的介绍,其实也指出了以后的研究方向。

1955年之前,在演出研究方面也有文章发表。沙可夫的《看〈汉姆雷特,丹麦王子〉在列宁格勒的演出》⑥不仅对1954年"五一"期间普希金典范话剧院的演出进行了介绍和评论,而且结合演出实践,对斯坦尼斯拉夫斯基和聂米洛维奇·丹钦柯等人的演出理论进行了阐释:演员在演出中应该进入戏剧角色,但舞台上的戏剧角色一旦形成,就应该是具有演员气质的戏剧角色。此类观点对中国此后的演出实践产生了很大影响。

在当时中国的莎学界,还有一位无处不在的大人物,那就是苏联莎士比亚专家米·莫洛卓夫,他的莎学著作和文章被广泛翻译和引用。按时间顺序,

---

① 见《马克思恩格斯全集》第46卷(上),北京:人民出版社,1979年,第172页。
② 见 J. W. Lever, *The Tragedy of State* (London: Methuen, 1971);以及 Jonathan Dollimore, *Radical Tragedy, Religion, Ideology and Power in the Drama of Shakespeare and His Contemporaries* (Basingstoke: Palgrave Macmillan, 2004)。
③ 阿垅:《后虬江路文辑》,第114页。
④ 见《戏剧报》,1954年4月号,第40—42页。
⑤ 戈宝权:《莎士比亚作品在中国》,《世界文学》1964年第4期;增补改写稿发表于《莎士比亚研究》(创刊号),杭州:浙江人民出版社,1983年。
⑥ 沙可夫:《看〈汉姆雷特,丹麦王子〉在列宁格勒的演出》,《戏剧报》1954年10月号,第24—26页。

1953年出版了他的《莎士比亚在苏联舞台上》①和《莎士比亚在苏联》②,这其实是同一本书的两个不同译本;1954年,《戏剧报》分三期连载了他的《威廉·莎士比亚》③,而《译文》和《新华月报》同时发表了他的《莎士比亚论》④。当时初露头角的山东大学的英美文学专家张健在《文史哲》上发表的长篇论文《莎士比亚和他的四大悲剧》⑤也主要根据此人的作品写成。从莫洛卓夫此后被反复引用的情况看,他对中国内地50年代的莎学产生了很大影响。

1955年是标志性的一年。这一年,正式开始对于莎士比亚研究中的资产阶级思想和观点进行批判,但其实也是对于有问题的莎士比亚研究者进行批判,不免因人废言。与此同时,经过刻苦学习,研究者初步掌握了苏联马列主义莎学观点,开始进行较为深入的莎士比亚评介和研究;当然,在此过程中,也不断接受监督、批判、改造,直至"文化大革命"开始。

1955年4月,《戏剧报》刊登《清除莎士比亚介绍中的资产阶级思想》⑥一文,总结了当时的莎士比亚研究中所存在的问题和以后的努力方向。该文认为:"莎士比亚介绍和研究工作,长期地受着资产阶级思想的支配。"因此,"广泛地宣扬马克思、恩格斯、俄国伟大的革命民主主义者以及苏联莎士比亚研究者关于莎士比亚及其艺术的正确评价和介绍做的不够"。这既对以往的莎评进行了清算,也试图指明以后莎评的方向。该文批评资产阶级研究者用"主观唯心论"进行研究,抽走了莎士比亚的"社会内容、时代的精神、人民的理想与愿望、英国文艺复兴时期人文主义的精神,抹杀了莎士比亚艺术中的现实主义";不过,该文试图弘扬的这些被"抽走"和"抹杀"的内容后来也大都受到批判。该文引用了马克思、恩格斯、普希金、别林斯基、莫洛卓夫等的观点,这也为以后的研究树立了大量引用马克思主义或者苏俄权威观点的榜样,虽然这种引用在新中国成立前就已开始。

同一年,两位学者分别发表了批判胡适的文章⑦,文章中不约而同地将莎

---

① 米·莫洛卓夫:《莎士比亚在苏联舞台上》,吴怡山译,上海:上海杂志出版社,1953年。
② 米·莫洛卓夫:《莎士比亚在苏联》,巫宁坤译,上海:平明出版社,1953年。
③ 米·莫洛卓夫:《威廉·莎士比亚》,陈微明译,《戏剧报》1954年4月号,第35—39页;5月号,第28—32页;6月号,第41—45页。此文原为1951年俄文版《莎士比亚悲剧集》"序言"。
④ 米·莫洛卓夫:《莎士比亚论》,曹葆华译,《译文》1954年5月号、《新华月报》1954年6月号。
⑤ 张健:《莎士比亚和他的四大悲剧》,《文史哲》1954年第4期,第968—974页。该文注明:"本文系根据苏联莫罗夫教授给巴斯特纳克《莎士比亚悲剧集》(1951)所写的序言,并参考同一作者:《莎士比亚在苏联舞台上》;卜兰兑斯:《莎士比亚评传》和常伯斯:《莎士比亚研究》写成的。"
⑥ 徐述纶:《清除莎士比亚介绍中的资产阶级思想》,《戏剧报》,1955年4月,第44—45页。
⑦ 戴镏龄:《批判胡适的所谓"文学改良"》,《中山大学学报》1955年第1期,第19—28页;陈炜谟:《论考据学在文学研究中的作用——兼评胡适的资产阶级唯心主义考据学及其毒害》,《四川大学学报》1955年第2期,第15—50页。戴镏龄时任中山大学外文系主任;陈炜谟曾任四川大学外文系主任,时任四川大学中文系主任。

士比亚研究作为个案加以分析。戴镏龄引用莫洛佐夫的莎评,认为"莎士比亚的英国是布满了断头台和绞刑架的",因此"要了解哈孟雷特、李尔王、马克白,以及莎士比亚的同时代者的许多作品所激起的悲剧气氛,必须记着这个残忍的时代",批判胡适"从悲剧本身的感情去找悲剧产生的根源"是"十足唯心的论调"。陈炜谟则用了相当大的篇幅,把"莎士比亚之谜"作为例证,批判"唯心主义"的"大胆假设、小心求证"——认为以莎士比亚的背景无法创作出如此伟大的作品,这是唯心论的观点;而唯物论则认为"这一切都是可以解释的":莎士比亚既勤勉读书,又有丰富的生活阅历,而且还有"天才"——陈文引用高尔基,认为"天才""只不过是一种对事业、对工作过程的热爱而已"——因此所谓"莎士比亚问题"只不过是唯心主义"'想当然耳'的臆测"。将"莎士比亚问题"的提出视为典型的唯心主义,这在很长一段时间里颇有影响,对此问题很难有讨论的余地。时至1986年,孙家琇对所谓"莎士比亚问题"仍持有相当激烈的态度,认为"莎士比亚的反对者们鼠目寸光",他们的"说法既不能成立,又暴露了他们自己或者荒唐无知"。① 由于当时特殊的文化环境,老一辈学者对于莎士比亚怀有特殊的感情,他们对此问题的态度应该得到理解。不过,从今天较为客观的角度来看,这一问题其实是一个复杂的文化问题,也是一个生活与艺术之间的复杂关系的问题,很难进行简单的是非判断。②

在批判中,对于《威尼斯商人》的不同态度值得注意。孙家琇重点批判了阿垅对于夏洛克的评价。孙家琇认为,"莎士比亚忠实于现实,把夏洛克表现为非正义的剥削者,迫害者,阴谋者,把安东尼奥表现为几乎遭受阴谋杀害的人道主义者";"莎士比亚是爱憎分明的,他集中刻画夏洛克这一丑恶的社会典型(特别是他的反动实质)并最后给他的惩罚,表示了对他的彻底否定"。阿垅同情、美化夏洛克,因为"夏洛克最吸引他的是""仇恨"和"复仇"。就孙家琇对于夏洛克的评价而言,反映了一种善恶分明、是非分明、黑白分明的思维方式,而这与中国传统戏剧和传统戏剧批评中善恶分明、忠奸分明的传统是相契合的。《威尼斯商人》在中国一直是最受欢迎的剧作之一,在义务教育和普通高中阶段都是必读剧目,舞台演出也时常可见,很可能是因为夏洛克这一人物较容易抹黑为反面人物,而鲍希亚等人物较容易树立为高大全式的人物。

后来的另一篇论文的遭遇,似乎也可以印证这一点。吴兴华的长篇论文《〈威尼斯商人〉——冲突和解决》③既有理论深度,又十分全面,是一篇有相当分量的论文。该文根据马克思《资本论》的观点,分析了资本主义的原始积累,

---

① 孙家琇:《所谓"莎士比亚问题"纯系无事生非》,《群言》1986年第07期,第24—26页。
② James Shapiro 对此问题有全面、深入的探讨。见 James Shapiro, *Contested Will: Who Wrote Shakespeare* (New York: Simon & Shuster 2010)。
③ 吴兴华:《〈威尼斯商人〉——冲突和解决》,《文学评论》1963年06期,第78—113页。

以及借贷资本和商业资本之间的关系。最后的结论是,"莎士比亚没有意图把夏洛克塑造成正面角色",因为夏洛克代表着"食利者的金钱逻辑";同时,夏洛克的对手安东尼奥等人"也不能得一百分",因为他们代表的新兴资产阶级使"金钱的毒菌深深侵入社会肌体"。因此,在双方的冲突中,夏洛克虽是反面人物,却也能引起同情。这种分析凸显出戏剧情境和戏剧人物的复杂性,剧中没有任何一方是完全的正面人物或者完全的反面人物。

这篇论文马上受到批驳:"莎士比亚主要是谴责夏洛克那种'以钱生钱'的高利贷行为和他那种刻薄、吝啬、不近'人情'的生活态度",而认为"以威尼斯为代表的新兴资本主义社会"是合理的。[①] 也就是说,在那个阶段,新兴资本主义是进步的、正面的;夏洛克代表的高利贷是落后的,因此只能是反面人物。正反分明,没有含糊;莎士比亚受到新兴资产阶级立场的束缚,只能批判比自己落后的借贷资本,而不可能批判自己的阶级。

影响颇大的《欧洲文学史》在此问题上已经相当旗帜鲜明、是非分明,认为该剧的"主题是慷慨无私的友谊、真诚的爱情、仁爱和贪婪、嫉妒、仇恨、残酷之间的冲突"[②],但还是因为没有点明"是"与"非"背后的阶级关系而受到批评。这种批评透露出这一问题的要害:善与恶、是与非之间冲突的背后掩盖着阶级斗争,而在阶级斗争中善与恶、是与非总是截然分明,因此正面人物与反面人物之间的分界线也总是截然分明。当时,虽然并无将莎剧改编为京剧等中国戏曲的实践,但已有文章对此进行探讨。张振先认为,莎士比亚的舞台和京剧舞台有诸多相似之处,因此京剧可以借鉴甚至改编莎剧。[③] 这种观点受到了孙家琇的批评。孙家琇认为,莎剧舞台的布置、设计、机关等等在当时的"贵族戏剧"中也照样使用,到现在已经完全过时,因此并无借鉴的价值。孙家琇认为最重要的是学习莎剧"反映重大的社会矛盾,表现人民道德精神的最后胜利",不能舍本求末,冲淡这一主题。孙家琇也反对将莎剧改编成京剧,认为这有悖于现实主义原则。[④]

在1957年的"反右"运动中,围绕莎评进行的批评已完全超出学术范围,成为政治上的大批判。例如,孙家琇被打成"右派",被指控用莎士比亚十四行诗向党进攻,受到了各界人士的批判。

在"反右"运动之后,虽然重头的莎评文章时有发表,但政治倾向浓厚的批评也成为常态。莎士比亚研究者主观上努力向马列主义靠拢,客观上也受到各

---

① 赵守垠、龙文佩:《读"〈威尼斯商人〉——冲突和解决"后的几点意见》,《文学评论》1964年04期,第134—136页。
② 杨周翰、吴达元、赵萝蕤主编:《欧洲文学史》(上册),北京:人民文学出版社,1964年,第166页。
③ 张振先:《莎士比亚戏剧与京戏》,《争鸣》1956年第3期。
④ 见孙家琇:《对于"莎士比亚戏剧与京戏"一文的意见》,《争鸣》1956年第4期,第27—28页。

个方面的有力监督。不过,虽然马列主义和苏联模式是绝对主流,但研究者仍然会在训练、方法、材料等方面表现出西方的影响——选择莎士比亚这种典型的西方话题进行研究,这本身也许就是"原罪",就应该受到批评和批判。"反右"之后,这种批评和批判更为频繁,覆盖面也更广。

"文化大革命"前的莎评文章基本上都是综述性的,以"正确"的政治观点,对莎士比亚的作品、时代、生平、思想等等进行一般性的介绍、评论、分析等。在此背景下,戴镏龄研究《麦克佩斯》中的女巫(戴文称之为"妖妇")的论文①就显得特立独行、不合时宜——该文似乎回到了作者曾经批判过的胡适那里:该文研究的是"问题",而较少"主义"。② 戴文认为,莎士比亚"作为杰出的人文主义者,不可能相信妖术",剧中的妖术只是"出以游戏","给予妖妇的来来往往和弄法作术以象征性的意义,使读者和观众加深认识了主人翁性格上善和恶的斗争,善如何受到恶的侵蚀"。戴文的这一分析认可了剧中"妖术"的"象征性的意义",亦即"妖术"在剧中的艺术价值和对于人物刻画及思想表达的重要意义,而这与主题先行、思想领先、政治挂帅等理念背道而驰,因此迅速引发了批评。

对戴文的批评首先是"他完全离开了评价文学作品的政治标准,大谈艺术,而对《麦克佩斯》一剧的最大局限性——妖魔鬼怪,对剧中所宣扬的迷信宿命论等却只字不提……如果不是对我们现代戏要表现工农兵有所影射、有所抵触的话,至少也是公开鼓吹文学脱离现实生活"③。其实,早在1958年,曹未风在参与相关讨论时,就论述过"厚今薄古"与莎士比亚的关系:"过去人们曾用古代的眼光,错误地对待过莎士比亚这个人和他的作品。现在我们则应该……以正确的马克思列宁主义的研究工作来代替过去的错误的资产阶级的研究工作的问题。"④曹未风说他本人在党的教育下,"对莎士比亚的看法和估价,有了改变","可以成为一个'厚今薄古、厚中薄外派'"——具体例子:重读《暴风雨》中加立般(Caliban)的台词,觉得"这不是在殖民地上被奴役的人民的呼声吗?"而过去我们"总是把加立般当做反面人物","从'国王'到'水手'都不拿加立般当人待,这正是殖民地掠夺者的本色"。这种"厚今薄古"的批评倒是颇有后殖民批评的风范;如果没有政治枷锁的束缚,当时很多批评文章中的观点也颇有学术见地。

在当时的政治环境下,卞之琳认为莎士比亚研究只能"回到面上谈一谈"⑤。"面上"的,即一般性的、综述性的文章较为安全,这也是"文化大革命"前

---

① 戴镏龄:《〈麦克佩斯〉与妖氛》,《中山大学学报》1964年第2期,第27—33页。
② 见胡适:《多研究些问题,少谈些"主义"》,《每周评论》1919年7月20日,第三十一号。
③ 见《我对〈麦克佩斯〉与妖氛一文的意见》(读者来信,文后署名为"外文系学生殷麦良"),《中山大学学报》1964年第3期,第103—107页。
④ 曹未风:《"厚今薄古"与莎士比亚》,《学术月刊》1958年第5期,第39—40页。
⑤ 卞之琳:《莎士比亚悲剧论痕》第2版,合肥:安徽教育出版社,2007年,第3页。

此类文章居多的原因。卞之琳的长篇论文《莎士比亚戏剧创作的发展》[①]就是一篇不温不火、四平八稳的"面上"的好文章。文章认为莎士比亚全部作品的"中心思想就是他的人道主义",并运用马克思和恩格斯有关"莎士比亚化"的论断来分析有关的剧作和人物。该文表现出新中国成立后的莎士比亚学者将马克思主义融会贯通地运用到莎评中的新气象。但该文仍受到质疑,主要因为没有分析"人道主义"的阶级背景,没有揭示出"人道主义作为资产阶级意识形态,作为反映资本主义经济基础的上层建筑来说,自始至终是与资本主义私有制相联系的"[②]。可见"人道主义"始终是一个可疑概念,这一概念在"文化大革命"后仍一度成为关注和争议的焦点。也可见在当时进行莎士比亚研究多么困难,即使努力以马克思主义观点进行研究也是如此。

"文化大革命"前,少数"精英学者"虽被允许和鼓励进行莎士比亚研究,而且发表时可以洋洋洒洒数十页,不像今天受到刊物篇幅的限制,但他们不断受到监督、批评、批判。对于他们的批评是简单的、单向的、意识形态的、完全不对等的,虽然有些批评来自同行,但很多批评来自训练不足甚至毫无训练的外行,而且不能有任何反批评。由于没有专家之间的平等交流,没有多元化的研究中的不断提高,莎士比亚研究便只有一项社会功能,就是维护当时的意识形态。在这种大环境下,在国家相对封闭的状态中,在莎士比亚研究领域也"以阶级斗争为纲"的情况下,莎士比亚这一西方的主流研究方向还能在中国发展,且取得不少成绩,实在是难能可贵。

除了上述在阶级斗争约束下的诸多文学批评类的研究成果外,"文化大革命"前的莎士比亚研究中还有两个值得一提的方面,即演出研究和文学理论。在演出研究方面,除了上文已经提到的之外,还有黄佐临、焦菊隐等著名导演的心得和思考[③],也有对于舞台演出或者电影改编的评论和介绍。[④] 在文学理论方面,对于西方理论的介绍和评论中有大量的有关莎士比亚的内容[⑤],同时也

---

① 卞之琳:《莎士比亚戏剧创作的发展》,《文学评论》1964 第 4 期,第 52—79 页。
② 张永中:《对于"莎士比亚戏剧创作的发展"一文的意见》,《文学评论》1965 第 5 期,第 76—78 页。
③ 例如,黄佐临:《四百年来莎士比亚剧本演出的情况》,《上海戏剧学院院报》1957 年第 19 期,第 9—10 页;焦菊隐:《导演·作家·作品》,《戏剧报》1962 年第 5 期,第 17—28 页。
④ 例如:曹未风:《莎士比亚的喜剧精品〈第十二夜〉(谈上影演员业余剧团的演出)》,以及沙莉:《我在〈第十二夜〉中摸索道路》,《文汇报》1958 年 3 月 30 日第 3 版;罗念生:《〈罗密欧与朱丽叶〉观后》,《中国戏剧》1963 年第 Z7 期,第 34—35 页;屠岸:《古典剧银幕化的典范:看苏联影片〈奥赛罗〉》,《中国青年报》1958 年 1 月 19 日第 3 版;屠岸:《试谈影片〈奥赛罗〉的艺术处理》,《人民日报》1958 年 3 月 6 日第 7 版。
⑤ 如陈瘦竹:《马克思主义以前欧洲戏剧理论介绍》,《上海戏剧》,1962 年第 6—11 期;汝信、杨宇:《黑格尔的悲剧论》,《哲学研究》1962 年第 5 期,第 46—58 页;余渊:《歌德论自然与艺术的关系》,《学术月刊》1963 年第 4 期,第 29—39 页;朱光潜:《席勒的美学思想》,《北大学报》1963 年第 1 期,第 1—14 页。

有对于马克思等人的莎士比亚理论的介绍。①

"文化大革命"开始,莎士比亚研究辍然中止,莎士比亚在中国沉寂了十年。在沉寂中,有研究者不再有研究的机会,有研究者的成果陷于湮没,也有研究者在默默等待着莎士比亚的春天。

二

"文化大革命"结束,1978 年的党的十一届三中全会揭开了改革开放的序幕。莎士比亚的春天终于降临。正如一部研究专著的题目所言,《莎士比亚的春天在中国》②。改革开放后的 30 年中,研究成果逐年增加,研究领域也不断拓展。在改革开放的前十年里,大约发表了一千篇左右莎评论文或文章,第二个十年约有两千篇,第三个十年则约有四千篇,以几何速度增长。

在改革开放的前十多年里,一批"文化大革命"前就进行研究的学者重新焕发了青春,或将以前的研究成果整理出版,或开拓新的研究领域,不断追踪莎学研究前沿。在老一辈学者中,孙家琇出版了专著《论莎士比亚四大悲剧》③,并编辑出版了《马克思恩格斯和莎士比亚戏剧》④;索天章⑤、张泗洋⑥等也出版了通论类的一般性研究著作。这些作品扎实严谨,反映了老一辈学者的良好训练,但也留下了上一个时代的烙印:除了马列名著和苏联学者的论述之外,掌握的二手资料有限,很少有引用;观点上仍有简单化的倾向,强调人民性,认为反面人物代表落后势力,与人民为敌。

在老一辈研究者中,方平和杨周翰的研究值得特别注意。方平发表莎评论文和文章最多,后来大都收录在两本论文集里。⑦ 方平的研究立足于中国语境,关注比较文学话题,将莎翁与曹雪芹、曹禺相比较,将莎剧与京剧相比较;有深厚的文学功底,同时又十分关注演出实践;有学术性,又有通俗性和可读性;对莎剧人物有独到、深入的分析,例如认为李尔王是暴君,在丧失了权力后才恢复了人性——这种分析在当时实属难能可贵。方平对于中国文学史上的"罗密欧与朱丽叶"形象的分析也颇有见地。他认为,西方的罗密欧与朱丽叶虽死犹荣、流芳百世;而中国的"罗密欧与朱丽叶"虽然奋力抗争,但"受刑受辱""十分

---

① 如陈嘉:《从〈莎士比亚化〉说起——漫谈莎士比亚的几个喜剧中的一两个问题》,《文汇报》1962 年 3 月 21 日第 3 版。
② 曹树钧:《莎士比亚的春天在中国》,香港:天马图书有限公司,2002 年。
③ 孙家琇:《论莎士比亚四大悲剧》,北京:中国戏剧出版社,1988 年。
④ 孙家琇编:《马克思恩格斯和莎士比亚戏剧》,北京:中国戏剧出版社,1981 年。
⑤ 索天章:《莎士比亚:他的作品及其时代》,上海:复旦大学出版社,1986 年。
⑥ 张泗洋、徐斌、张晓阳(与研究生合著):《莎士比亚引论》(上)、(下),北京:中国戏剧出版社,1989 年。
⑦ 方平:《和莎士比亚交个朋友吧》,成都:四川人民出版社,1983 年;《三个从家庭出走的妇女——比较文学论文集》,北京:外国文学出版社,1987 年。

冷落",且被认为是"世风日下"的证明。封建文人对于爱情这一基本人权的抗争"不是视而不见、就是表现出冷淡和鄙夷,缺少应有的同情和赞美的态度"。他认为中国封建社会不仅科技长期落后,封建文人对于爱情的态度也反映出文学上"十分落后的一面"①。方平在比较分析莎士比亚的《麦克贝斯》和京剧《伐子都》时,着眼于莎剧和京剧不同的戏剧体系,认为莎剧是"戏剧中心制",京剧是"演员中心制";在京剧的整个创作和接受过程中,以演员的表演技巧取胜,剧作家则没有地位。② 这种以小见大的分析不仅点明了中西戏剧的关键性差异,也指向了中西文化之间的一个重要差异。方平同时还是莎士比亚翻译家,有丰富的翻译实践经验。他对莎士比亚文本极为熟悉,对国内外研究状况十分了解,因此论文言之有物,达到了较高的水平。

改革开放初期,杨周翰即编选出版了《莎士比亚评论汇编》(上、下)③,并分别为上、下两册各撰写了一篇颇有分量的"前言",对国外自古至今重要的莎士比亚评论进行了全面的介绍。该书既介绍了欧洲经典作家、苏联作家的莎评,也介绍了20世纪马克思主义理论家(如布莱希特和卢卡契)的莎评,同时也介绍了当代西方的各个流派,如历史—现实派、传统派、意象派、新批评、精神分析学、存在主义等等流派的莎评。在"前言"中,编选者还介绍了莎士比亚作品的校订与版本、对于莎士比亚的时代和社会的研究、莎士比亚生平研究、莎剧演出研究等等,并介绍了没有收入该书的西方莎评流派。"前言"中对于各个批评流派进行了简明扼要的分析和总结,反映了编者对于西方莎评的深刻理解和精辟评价。例如,总结出浪漫派批评认为莎士比亚的"人物是真实的,在行动中有变化,特点多";"塑造人物性格,不是直接告诉读者,而是要读者自己去体会,往往是通过人物与人物的关系烘托出来";"人物无比丰富,具有各种不同的性格、激情、行为、表现"。编者还认为浪漫派批评之所以"强调莎士比亚是诗人……甚至认为莎剧不能上演",是"由于不满于十八世纪以还舞台上对莎士比亚的歪曲"。④ 这些总结和分析充分肯定了浪漫派批评对于现代莎评的开拓作用,对于了解西方莎评的脉络十分重要。虽然由于当时研究条件的限制,入选的莎评截止到"文化大革命"前的1964年,但该书在当时的莎学界已经具有划时代的意义,标志着中国莎学从此解放思想、摆脱束缚、全面开放,在研究资料、方法、选题上与国际接轨。今天,全世界每天都有大量的莎士比亚研究论文发表,每年都有大量的莎士比亚研究专著出版,而中国莎学研究作品也产量巨大,引用国际研究成果的频率极高。通过掌握全球化的研究资料并且按照学术规范交

---

① 见《三个从家庭出走的妇女——比较文学论文集》,第129—130页。
② 同上书,第206—225页。
③ 杨周翰编选:《莎士比亚评论汇编》,北京:中国社会科学出版社,(上)1979年;(下)1981年。
④ 同上书,第4—5页。

互引用,同时关注全球化的研究选题,中国莎学正在逐步加入国际学术社区。而在此过程中,《莎士比亚评论汇编》正是改革开放后迈出的第一步。杨周翰的《〈李尔王〉变形记》[1]也是一篇重要的莎士比亚研究论文。论文通过分析朱生豪和孙大雨对《李尔王》中的一些关键概念的不同翻译,特别是翻译中增加和缺失的意义(例如将"自然"添加上"孝"的意义,以及 nothing 和 all 的"哲理色彩"的"完全消失"),以小见大、旁征博引,指出了中西文化观念的不同,以及在进行跨文化接受时所需要遵循的原则,从莎士比亚剧作翻译中发掘出重要的跨文化研究话题。这篇论文先以英文在国外发表,翻译后在国内发表,标志着中国学者在"文化大革命"后重新走上国际学术舞台。

在这十年里,曹树钧和孙福良对于莎士比亚戏剧在中国的演出史的研究也引人注目。[2] 他们对莎士比亚戏剧在中国早期戏剧(文明戏)、现代戏剧、抗战戏剧、斯坦尼戏剧体系、改革开放后等不同时期的演出情况进行了分析研究,并探讨了莎士比亚戏剧在中国戏剧教育中的地位以及莎士比亚戏剧的戏曲改编。他们的研究虽然篇幅不大,但较为全面地探讨了莎士比亚戏剧与中国舞台实践的关系,特别分析了如何通过演员、台词、灯光、道具等全方位的舞台调度来表现莎士比亚戏剧;同时,也通过莎士比亚在中国舞台上的改编和演出探讨了中国话剧受西方戏剧影响的情况,以及莎士比亚戏剧在中国本土化的情况。

"文化大革命"之前,马克思主义是莎士比亚研究的唯一指导思想。改革开放之后出版的《马克思恩格斯和莎士比亚戏剧》[3]与《马克思恩格斯与莎士比亚》[4]可以视为对于那一特殊时期的小结。两部书中,第一部学术性较强,按主题列出了马克思和恩格斯对于莎士比亚的论述;第二部则趣味性较强,有逸闻趣事、人物典故、引文花絮等。在一定的距离之外,反而更可以看清楚"马克思为什么是对的"[5]——那个时代的大多数错误其实与马克思无关。当时,政治挂帅、以阶级斗争为纲,把马克思主义简单化;在莎士比亚研究中,其实也牺牲了莎士比亚的复杂性(而这也正是马克思和恩格斯所一直强调的[6]),强化了非此即彼的简单化思维方式,使莎士比亚研究单纯成为意识形态工具。《马克思恩格斯和莎士比亚戏剧》一书不仅搜集了马克思、恩格斯对于莎士比亚的所有

---

[1] 杨周翰:《国外文学》1989年第三期,第1—11页。原文为英文,发表于俄勒冈大学《比较文学》1987年夏季刊。

[2] 曹树钧、孙福良:《莎士比亚在中国舞台上》,哈尔滨:哈尔滨出版社,1989年。

[3] 孙家琇编:《马克思恩格斯和莎士比亚戏剧》,北京:中国戏剧出版社,1981年。

[4] 孟宪强辑注:《马克思恩格斯与莎士比亚》,西安:陕西人民出版社,1984年。

[5] 伊格尔顿2011年的专著论述了马克思被人误解的种种情况,以及他在今天依然拥有的相关性,似乎也能印证中国的现实。见 Terry Eagleon, *Why Marx Was Right* (New Haven: Yale University Press, 2011)。

[6] 《莎士比亚化——真实生动地展示社会现实》,《马克思恩格斯和莎士比亚戏剧》,第9—15页。

评论,也搜集了马克思、恩格斯围绕莎士比亚研究与他人的论战材料,全面、真实地反映了马克思、恩格斯对于莎士比亚的看法,该书的出版使马克思主义的莎士比亚研究得以拨乱反正,体现了新时期马克思主义莎学的研究水平。

在改革开放后的第二个十年,老一辈的研究者继续发表研究成果。孙家琇、赵澧都有著作出版①;王佐良也出版了论文集《莎士比亚绪论:兼及中国莎学》。② 在王佐良的论文集中,有的文章是通论性的,有的涉及中国莎学研究,最有特色的是对莎士比亚戏剧的语言进行探讨的。在最后一类文章中,王佐良探讨了莎士比亚对于白体诗的继承、发展、创新,认为根据不同人物类型,莎士比亚的白体诗分为上、中、下三种风格("上格、中格、下格"),恰到好处地表现了人物的性格、思想、感情。这种从诗歌语言特色出发对戏剧人物刻画的分析弥补了以前研究的不足,揭示了莎士比亚戏剧中语言形式与思想内容的密切关系,增进了对于莎剧魅力的理解。

在这十年中,孟宪强出版了专著《中国莎学简史》③并编辑出版了《中国莎士比亚评论》④。《中国莎学简史》⑤是中国莎学史的标志性研究成果,对中国莎学的各个时期和各个方面,包括翻译、研究、演出、教学、人物等都有较为全面的介绍和探讨。该书将中国莎学史分为发轫、探索、苦斗、繁荣、崛起、过渡等六个时期,为分期研究打下基础;书中的"莎士比亚在中国的形象"和"中国莎士比亚评论论纲"两部分涉及中国莎士比亚批评史,梳理出中国莎士比亚批评的一些重要观点。作者掌握了大量的一手资料,其中中国莎学史上的一部分论文收入《中国莎士比亚评论》,为实证研究打下了扎实的基础,具有重要的参考价值。

在此阶段,也有更多的中国学者以英文在海外发表,例如辜正坤在香港发表英文专著⑥,也有学者在国外发表或宣读英文论文。

进入21世纪,中国莎学研究更为成熟和繁荣,达到了前所未有的水平。专著和论文集的出版数量越来越多,而且多部专著和论文集是在长期研究或发表多篇论文的基础上完成的。陆谷孙的《莎士比亚研究十讲》⑦是多年的莎士比亚研究和教学的结晶,对研究和教学中的方向、方法、材料等都有独到见解;裘

---

① 孙家琇:《莎士比亚与现代西方戏剧》,成都:四川教育出版社,1994年;赵澧:《莎士比亚传论》,北京:中国人民大学出版社,1991年。
② 王佐良:《莎士比亚绪论:兼及中国莎学》,重庆:重庆出版社,1991年。
③ 孟宪强:《中国莎学简史》,长春:东北师范大学出版社,1994年。
④ 孟宪强:《中国莎士比亚评论》,长春:吉林教育出版社,1991年。
⑤ 孟宪强:《中国莎学简史》。孟宪强的《中国莎士比亚评论》可视为该书的资料准备,见孟宪强编:《中国莎士比亚评论》。
⑥ Gu Zhengkun, *Studies in Shakespeare: Hamlet and his delay* (Hong Kong: New Century, 1993).
⑦ 陆谷孙:《莎士比亚研究十讲》,上海:复旦大学出版社,2005年。

克安从1984年开始就主编商务版的《莎士比亚丛书》,并编写《莎士比亚年谱》①,而他的《莎士比亚评介文集》②是他长期从事莎士比亚研究的心得;刘炳善花费了二十多年心血编写了《英汉双解莎士比亚大词典》,而他的《为了莎士比亚》③中除了一部分回忆外,也有他对莎士比亚在中国的传播、改编、研究的思考。

在21世纪,中国莎学研究更加专业化,研究的题目更加专门;同时,出现了有鲜明时代特色的研究话题。张冲、张琼的《视觉时代的莎士比亚——莎士比亚电影研究》④着眼于莎士比亚经典作品在视觉和读图时代的生存,对莎士比亚剧作的电影改编进行了深入、细致的分析、研究、解读,涉及悲剧、喜剧、历史剧、传奇剧等不同戏剧类型,以及默片和卡通片等,全面、充分地展示了莎士比亚经典作品在新时代所面临的挑战和机遇。该书既通过分析莎士比亚作品的电影改编对莎士比亚经典作品进行了全新的解读,又对作为独立艺术作品的电影改编本身进行了解读,同时也对文学经典与电影媒体的互动进行了描述;该书的资料翔实、丰富,全面覆盖了重要的电影改编,对中国语境下的莎士比亚电影研究有开拓意义。吴辉的《影像莎士比亚——文学名著的电影改编》⑤的特色则是以莎士比亚电影导演为线索,介绍和分析不同导演对于莎士比亚作品的解读;通过对于同一导演的不同电影改编的探讨,勾勒出作为独立艺术家的电影导演与莎士比亚作品互动的图景。该书还介绍了莎士比亚在英国、中国以及全球舞台上的上演情况,以及莎士比亚与大众文化、大众传媒、高雅文化的关系。

在中国的莎士比亚研究者中,李伟民一直致力于中国莎学史研究,发表的论文最多,贡献颇大。他的《中国莎士比亚批评史》⑥对中国莎士比亚批评史进行了较为全面的描述、分析、总结,不仅涉及单部剧作的批评史,也涉及各个戏剧类型的批评史以及重要概念的批评史,例如人民性、人文主义、莎士比亚化、席勒式批评等等,勾勒出了中国莎评史的全貌。他以"变脸"这一川剧艺术手法来比喻莎士比亚形象在中国特殊的政治环境下和戏曲舞台上的巨大改变,暗示出跨文化接受中的主观性和不确定性,颇有创意。他还阐述了自己对莎士比亚剧作的看法,以作为对于批评史中他人观点的参照。

《哈姆莱特》一直备受批评家的重视,在中国也不例外。孟宪强的《三色

---

① 商务印书馆,1995、2006年。
② 裴克安:《莎士比亚评介文集》,北京:商务印书馆,2006年。
③ 刘炳善:《为了莎士比亚》,郑州:河南大学出版社,2009年。
④ 张冲、张琼:《视觉时代的莎士比亚——莎士比亚电影研究》,北京:北京大学出版社,2009年。
⑤ 吴辉:《影像莎士比亚——文学名著的电影改编》,北京:中国传媒大学出版社,2007年。
⑥ 李伟民:《中国莎士比亚批评史》,北京:中国戏剧出版社,2006年。

董——〈哈姆莱特〉解读》①和张沛的《哈姆雷特的问题》②是21世纪中国学者的《哈姆莱特》研究专著。孟著的构思、写作、修改历时二十多年,作者在与"误读"的交锋中提出了自己的《哈姆莱特》观。例如,作者认为将《哈姆莱特》视为复仇悲剧是最大的误读,因此提出了"严肃悲剧"的概念,认为《哈姆莱特》这一"严肃悲剧"包容了社会、政治、家庭、爱情等等悲剧的成分。哈姆莱特也不是"复仇者",而是由"文化思想、感情性格和道德人性……凝结而成的复杂的有机生命,是文艺复兴时代社会精英的艺术形象"。作者还认为,所谓"哈姆莱特问题"由以上两个误读而来,是"人为的制造出来的"③。张著的题目正是"哈姆雷特的问题",但探讨的不是狭义的而是广义的无所不包的"哈姆雷特的问题",即与人类生存有关的一系列问题。张著从《哈姆雷特》中的一些问题(例如人是何物、生与死、自杀、知与无知等)出发,旁征博引,延伸至莎剧之外,最后却又回到莎剧的问题,试图对"哈姆雷特的问题"进行深层的哲学探讨。

莎剧中有一重要人物类型,即"傻瓜"。易红霞的《诱人的傻瓜:莎剧中的职业小丑》④是对于这一人物类型的研究。该书不仅试图根据莎剧的上下文来定义"傻瓜",也试图通过参照中外的"傻瓜"传统来深化对于这一人物类型的理解。作者认为,傻瓜既是插科打诨、活跃气氛的类型人物,同时每一个傻瓜又都是独立、鲜活的个体。傻瓜往往是智慧的试金石;傻瓜满街跑,完成了一个重要功能,即嘲弄,嘲弄了人类的愚蠢。

莎士比亚对于中国戏剧的影响是研究者一直关注的话题,而莎士比亚对于西方戏剧的影响也得到了较为深入的探讨。田民的《莎士比亚与现代戏剧——从亨利克·易卜生到海纳·米勒》⑤论述了莎士比亚戏剧对于易卜生、斯特林堡、皮兰德娄、奥尼尔、布莱希特、贝克特、尤奈斯库等一批西方重要剧作家的影响,不仅探讨了莎士比亚如何塑造了现代西方戏剧传统,也揭示了戏剧中传统与创新的互动。

除以上的专题研究之外,还有一些研究者对其他专题的研究颇有建树,例如罗益民的莎士比亚十四行诗研究⑥、肖四新的莎士比亚与基督教研究⑦等。这些专题研究有较多的研究资料作为支撑,题目多样化、多元化,与国际接轨,研究深入,反映了中国新时期的学术水平,繁荣了中国的外国文学研究。

---

① 孟宪强:《三色堇——〈哈姆莱特〉解读》,北京:商务印书馆,2007年。
② 张沛:《哈姆雷特的问题》,北京:北京大学出版社,2006年。
③ 见孟宪强:《三色堇——〈哈姆莱特〉解读》,第440—441页。
④ 易红霞:《诱人的傻瓜:莎剧中的职业小丑》,北京:中国社会科学出版社,2001年。
⑤ 田民:《莎士比亚与现代戏剧——从亨利克·易卜生到海纳·米勒》,北京:中国社会科学出版社,2006年。
⑥ 罗益民:《时间的镰刀:莎士比亚十四行诗主题研究》(英文),成都:四川辞书出版社,2004年。
⑦ 肖四新:《莎士比亚戏剧与基督教文化》,成都:巴蜀书社,2007年。

改革开放后,莎士比亚研究工具书受到重视,由资深学者领衔主编或者编著出版了数种莎士比亚辞典。①特别是21世纪初出版的两部莎士比亚辞典质量较高,覆盖面广,词条包括国外莎士比亚研究的方方面面,也包括中国莎学史的大量信息,是重要的研究工具。

在21世纪,已有一批受过良好的专业训练、掌握丰富的研究资料、与国际研究界接轨、长期专注于这一领域的研究者。他们的研究成果不再是泛泛的一般性研究或者介绍,也不会再围绕着数目有限的几个简单化的概念反复讨论和争论,而是比较深入的专题性研究,涉及莎士比亚研究的许多重要方面,包括各个戏剧类型和诗歌研究、作品研究、人物研究、主题研究、剧场演出研究、电影和新媒体研究、宗教研究、中国莎学史研究、语言和语言学研究、数据库研究等等。另外,还有学者以英文在国外发表多篇莎士比亚研究论文,如沈林、杨林贵等。

三

在对外开放和全球化过程中,必然会更加关注国内资源和本土资源。中国莎学是中国文化的宝贵资源,受到研究者的高度重视。在21世纪,除了中国学者关注中国莎学之外,国外大学的学者也发表英文专著,对中国莎学进行研究②,凸显出中国莎学已经走向世界。

在21世纪,中国莎士比亚研究取得了前所未有的成绩,达到了较高的学术水平。这一时期的研究者不再有以往时代的种种束缚,可以专注于学术,不再参与文化和政治论争。但同时,也较少学术交锋。因此,该时期的莎士比亚研究不再有以往的喧嚣、热闹,而更多理性、冷静、按部就班、井井有条。学术在沉静中回归到了学术。不过,莎士比亚研究在西方既是一个高度专业化的学术研究领域,又是一个文化价值的聚焦点。即使是中国莎学中不断、反复地以简单化的方式讨论过的一些概念,例如人性、人民性、人文主义等,其实都是既有高度学术含量,又有丰富价值含量的话题。如何以严格的学术话语,发掘出莎士比亚作品和评论中能为我所用的文化价值,也许是今后可以考虑的问题。

从中国莎学史上看,中国莎学有三个方向,即学术批评、文化批评、政治批评。这三个方向的关系一直也是西方文学理论界所关注的;特别是"9·11"之后,西方文学理论界更加关注学术批评的文化和政治层面。在中国莎学终于回

---

① 例如:孙家琇主编,周培桐、石宗山、郑土生副主编:《莎士比亚辞典》,石家庄:河北人民出版社,1992年;朱雯、张君川主编:《莎士比亚辞典》,合肥:安徽文艺出版社,1992年;张泗洋主编:《莎士比亚大辞典》,北京:商务印书馆,2001年;刘炳善主编:《英汉双解莎士比亚大词典》,郑州:河南人民出版社,2002年。

② 例如:Li Ruru: *Shashibiya*: *Staging Shakespeare in China* (Hong Kong: Hong Kong University Press, 2003); Murray J. Levith: *Shakespeare in China* (London: Continuum, 2004); Alexander Huang: *Chinese Shakespeares*: *Two Centuries of Cultural Exchange* (New York: Columbia University Press, 2009).

归学术、取得了前所未有的学术成绩之时,我们不妨也对这三个方向的互动进行一点探讨,以便更好地展望中国莎学的未来,迎来中国莎学更好的发展。

第二节 莫里哀戏剧研究

欧洲近代讽刺喜剧的奠基人、法国戏剧家莫里哀(Molière,1622—1673)[①]是一位享有世界声誉的作家,自从20世纪初被介绍到中国之后,一直受到中国戏剧界和文学界的关注,而且进入高等学校教材,因此,除了在特殊时期之外,有关的评介持续不断。如果说,在"文化大革命"之前,有关的评论并不太多,而且一般采用社会、历史的批评方法,注重研究其作品对现实的批判意义,那么,"文化大革命"之后,莫里哀研究出现空前兴旺的状态,而且显露出多元化和全面评价的趋势。

一、新中国成立前

随着五四新文化运动的开展,一批外国戏剧家被介绍到中国。莫里哀是其中最早引起人们注意的外国戏剧家之一。20世纪初期,报刊上就出现了介绍莫里哀的生平和创作的文章,有的译本在正文前后附有介绍这位作家的文章。到了30年代,有全面评介莫里哀的传记(杨润余的《莫里哀》)出版,还有多种法国文学史设有莫里哀专节。1935年,国立编译局出版了王了一翻译的、包括作家的几个早期作品的《莫里哀全集》第1卷,前面附有格里马雷撰写的长文《莫里哀传》。

当时评论界一致认为,莫里哀是近代喜剧的始祖、法国古典主义的代表作家之一。有的论者还把他与索福克勒斯、莎士比亚一起,并称为欧洲戏剧史上的三大作家。此外,那时的论著比较看重莫里哀对17世纪法国现实的描写以及他的剧作所具有的那种关注现实的批判精神和喜中含悲的特征。如焦菊隐的《论莫里哀》就指出:莫里哀喜剧的特点,就是在剧本的内涵中,充满了"哀"的元素,他真实地描写人生,"虽是件悲剧,在观众也会发笑的……笑完之后,还要使你往深处去推想……经过深思之后,会生出无限的悲哀,这是莫里哀戏剧真正的效用"[②]。

初步的比较研究,也是当时莫里哀评介的一个亮点。论者把莫里哀与英国的莎士比亚、中国的李渔进行比较研究,得出有意义的结论。李健吾把莫里哀

[①] 莫里哀有多种中文译名,如莫利哀、穆理哀、毛里哀、莫利耶等,现采用《中国大百科全书》的译名"莫里哀",但为了读者查找方便,本节在提到已发表的文章时,仍然保留原文题目和行文中的译法而不加改变。出于同样的考虑,对于本节提到的莫里哀作品中文译本的不同译名,本节也采取以上的处理方法。

[②] 该文原是为作者所译的《伪君子》而写的序言,后来发表在1928年4月16日《晨报》副刊第79期。

的《吝啬鬼》连同欧洲戏剧史上其他塑造吝啬鬼形象的作品一起,与中国戏剧中塑造吝啬鬼形象的作品进行比较,分析中国戏剧在这方面虽有精彩的片断而未能写出震撼人心的形象的原因,文章不长,却切中肯綮。①

当然,这一时期的莫里哀研究还处在起步的阶段,除了焦菊隐、李健吾的文章较有深度外,一般都是借鉴西方学者的观点对作家进行评介,创意较少,论述不深。即使如此,在对作家的理解和作品的取舍上,中国的评论界也表现出自己的特点。

二、1949—1978 年

随着新中国文化建设高潮的到来,外国经典作家成为当时评论界关注的热点之一。20 世纪 50 年代末,中国出现了一个莫里哀热。戏剧舞台上演出了他的《伪君子》和《悭吝人》,北京人民文学出版社在先行出版的单行本的基础上,出版了赵少侯等翻译的三卷集《莫里哀喜剧选》,上海译文出版社出版了李健吾翻译的《莫里哀喜剧六种》。配合着舞台演出和文集出版,报刊上发表了一些评论文章,以帮助观众更好地欣赏世界名著。

在评论方面,上面提到的两部莫里哀作品选,书前都附有长篇的序言,实际是论文,而且也是当时全面评介莫里哀的重要论文。报刊上发表的论文不多,如黄式宪的《答丢夫的不朽意义》、林湮的《论莫里哀喜剧的结构》。1963 年,商务印书馆出版了唐枢撰写的《外国历史小丛:莫里哀》。那时出版的几本外国文学教材,如石璞的《欧美文学史》、杨周翰等主编的《欧洲文学史》,都把莫里哀作为重点作家来评介,代表了当时学术界的普遍认识。

值得注意的是这时期翻译出版了两本苏联学者莫库尔斯基撰写的莫里哀论著(新文艺出版社 1957 年出版的《莫里哀》和作家出版社 1957 年出版的《论莫里哀的喜剧》)。莫库尔斯基运用社会、历史的批评方法,以现实主义和人民性作为基本标准,着重研究莫里哀如何反映了 17 世纪法国社会,如何从人道主义出发,以讽刺为武器,抨击了路易十四时代法国的种种弊端。他的论著在那个全面学习苏联的特殊时期传到中国,对我国的莫里哀研究产生了相当大的影响。他的一些基本论点在很长一段时间里,特别在五六十年代,为我国学者所接受。另外,当时翻译出版的苏联学者穆拉维耶娃等著《西欧文学简论》中的论莫里哀一章,也对中国学者产生影响。

在这一时期发表的论文中,李健吾的论文《莫里哀的喜剧》和吴达元为《莫里哀喜剧选》所写的序,是最重要、最有分量的两篇。

作为文学家、翻译家和戏剧家的李健吾,很早就关心莫里哀,进入 50 年代,

---

① 见李健吾:《李健吾戏剧评论选》,北京:中国戏剧出版社,1982 年,第 11—14 页。

他以更大的精力从事莫里哀作品的翻译和研究，成为迄今为止中国最负盛名的莫里哀研究专家。发表在《文学研究集刊》第3册上的长篇论文《莫里哀的喜剧》是新中国成立后第一篇有关莫里哀的论文。文章认为，莫里哀"象阿里斯托芬那样泼辣，象米南德那样深入世态，专心致志，写出各类喜剧，成为现代喜剧的前驱"。"他继承文艺复兴以来的人文主义传统，发扬法兰西中世纪以来就有的几乎总是带着政治性的现实主义的诗歌传统……表现出了热爱生活乐趣和自由批评权利的愉快、活泼、勇敢与机智的进攻精神。"文章的主要部分是莫里哀作品分析。文章的分析方法很独特：不是一个个地解析作品，而是从17世纪法国社会的阶级关系出发，分别从宗教、贵族、资产阶级、年轻人和下等人四个方面，综合性地分析"莫里哀的主要作品和主要人物的社会根源和社会意义"。这篇文章提供了大量有关莫里哀喜剧创作的背景史料，对读者了解作品的内容和人物以及莫里哀的历史地位，都是不可或缺的。结合社会分析和丰富的史料综合性地剖析作品思想和人物，成为这篇论文的一大特色。文章最后两段以"纲纪与法则""喜剧艺术"为题，分析莫里哀与当时文艺思想主潮——古典主义的关系和莫里哀喜剧的艺术特色。李健吾认为，莫里哀重返巴黎后，"接受当时的风气，然而并不屈服。他始终尽可能保持他的独立见解"。谈到莫里哀喜剧的特点，李健吾把它概括为三点：发挥主题，逗观众笑，同时说明性格，然而，他认为，最重要的，是最后一点："莫里哀把刻画人物性格看成他的首要艺术工作"，"他的造诣最高的喜剧，其所以格调高于一般喜剧，未尝不是由于他在这方面下了极深的工力的缘故"。文章最后特别强调"莫里哀的创作原则是一个现实主义者的创作原则"，同时，对莫里哀喜剧人物性格的单一和剧中的悲剧性提出自己的解释。李健吾认为，作为一个喜剧作家，莫里哀更懂得如何把握好喜剧的特殊性，必须让人物在真实的基础上变成"滑稽人"；"悲剧材料，在他的处理下，会有意想不到的喜剧妙趣……往往在使人哄堂大笑之后，引起一种悲剧感觉"[①]。李健吾的这篇论文影响极大，后来的莫里哀研究在史料和观点上基本无出其右。

《莫里哀喜剧六种》译本序在分析入选的莫里哀六个作品（《太太学堂》《达尔杜弗》《吝啬鬼》《贵人迷》《司卡班的诡计》《逼婚》）的思想意义和人物形象之外，对莫里哀及其作品的历史意义作了更明确的论述。李健吾指出："享有建立欧洲近代喜剧的荣誉"的，不是西班牙的维加和英国的莎士比亚，而是莫里哀。莫里哀"给欧洲喜剧作家开辟了一条宽阔可行的道路：走这条道路，就是学习他的现实主义精神和手法，回到自己的国度和社会，写自己对题材熟悉的喜剧"；"他不仅在法国，而且在欧洲，建立现实主义喜剧的写作和演出的传统，同时他

---

① 李健吾：《莫里哀的喜剧》，《文学研究集刊》第3册，北京：人民文学出版社，1956年。

的杰作也成为欧洲各国的喜剧作家衡量自己创作的尺度"。作为一位富有戏剧创作和舞台实践经验的戏剧家,李健吾还能够从舞台实践的角度发掘莫里哀喜剧的一些独到之处,这一点从他对北京人艺和中央戏剧学院的讲话稿中即可清楚地看出。①

吴达元为《欧洲文学史》撰写的莫里哀部分和他为《莫里哀喜剧选》中译本所写的序,也是当时莫里哀研究的重要成果。它全面论述了作家的时代和生平,而且按照作家的创作时序,扼要地分析了莫里哀的主要作品。文章的基本批评标准是现实主义和人民性,正是从这样两个方面,他肯定了莫里哀的成就,并因此得出结论:"说他(莫里哀)是古典主义作家,不如说他是现实主义作家更恰当。"

以上情况说明,那时的莫里哀研究深受当时文艺批评界的主流意识和苏联的影响,主要是用社会学的、历史的批评方法,以现实主义和人民性为标准,研究莫里哀作品中的反封建精神和战斗性特征。这样的研究,在发掘莫里哀作品的积极意义和社会价值方面,取得一定的成效,但是,对于全面认识和研究莫里哀的文学遗产的意义和价值,却是远远不够的,而且不免会产生片面性。譬如,尽管人们都知道莫里哀是一个古典主义作家,是古典主义喜剧的奠基者,但是,为了提高作家的地位,为了肯定他在文学史上的意义,总是愿意把他往现实主义方面靠,把他的作品与那时的法国社会进行对应式的比照,说明莫里哀的作品是如何正确地、深刻地反映了现实,是现实主义的杰作。谈到他与古典主义的关系时,也认为他是突破古典主义的,或说他是反对古典主义的。由于特别强调莫里哀作品的战斗性,以至把作家说成反封建的斗士。如说"莫里哀是个反封建的优秀战士,凡是封建等级偏见的地方,他都反对,不管这偏见表现在门第方面还是表现在金钱方面,不管这偏见表现在社会生活上还是表现在美学思想上"(吴达元),"就整个法国17世纪来说,他(莫里哀)比任何一位作家都更靠近法国资产阶级革命"(李健吾)。

莫里哀是一个有着艰苦的复杂的经历的作家,他长期活动在民间,了解法国社会,了解下层人民的疾苦,但并不是一个激进派,他的主要创作是在他重返巴黎,尤其是在进入宫廷、受到路易十四保护的时期完成的,因此他的思想和创作也表现出复杂性。他的创作中,既有揭露贵族的腐败、宗教的虚伪、商人的丑陋的作品,又有迎合宫廷需要的娱乐性作品,既有贴近现实、抨击时弊的内容,也有粉饰太平、阿谀君主的内容。他的思想继承了文艺复兴时期的人文主义,具有一定的反封建性质,但是,他的中庸之道,他对君主的臣服态度,就很难与

---

① 李健吾的这几篇讲话的整理稿后来以《关于莫里哀的三个喜剧作品》为题发表于中央戏剧学院《戏剧学习》1979(2)。

"战士"的称号联系在一起。所以,研究的有待深入是显而易见的。

1966—1978年"文化大革命"期间,外国文学的研究处于停顿状态,莫里哀的研究也不例外。

三、1979—2009年

随着党的改革开放政策的实行与我国与西方国家的关系进入正常状态,中西方文化交流也变得异常频繁。此时,西方文化大量涌入,各种文学理论和批评方法纷纷传入,打破了以往那种社会、历史批评方法大一统的局面。在外国文学方面,虽然我国学术界的主要兴趣、翻译研究的主要对象是西方各国的现代文学,但也不忽视对西方各国古典文学的研究。许多古典作家的全集或文集相继出版,各国的文学史陆续写出,研究资料有了系统的翻译介绍。在这样良好的学术环境下,研究成果也大大超过"文化大革命"之前。莫里哀研究的情况大体也是如此。

"文化大革命"之后,研究莫里哀的人员大大扩展,形成一个人数众多的老中青接续的队伍。老作家李健吾继续进行这方面的翻译和研究,完成了《莫里哀喜剧》的翻译工作。老戏剧家、南京大学教授陈瘦竹在长期研究的基础上,发表了《公众的镜子——莫里哀的〈妇人学堂〉及其喜剧理论》,杭州大学教授任明耀连续几年发表莫里哀研究的论文,中国社会科学院研究员罗大冈对如何为莫里哀定位的问题发表自己的看法。在80年代,还有一批中年学者加入莫里哀研究的队伍,如安国梁、江伙生、陈惇、奠自佳、徐克勤等。到90年代,有更多的人关注莫里哀。以发表过两篇以上莫里哀研究论文的作者而言,有胡健生、李韶华、唐扣兰、潘薇、汤志民、晁召行、苏永旭等。令人高兴的是,青年学者的莫里哀研究更具有开拓性。至于1979年以来发表过莫里哀研究单篇论文的作者,则不下于百人,其中多数是大学教师,也有文学理论和美学方面的学者。

1979年以来,莫里哀作品的翻译和出版有了很大的进展,除了人民文学出版社多次再版赵少侯等译的《莫里哀喜剧选》外,最重要的是湖南人民出版社出版了李健吾翻译的四卷集《莫里哀喜剧》(1990—1994)。这部集子包括莫里哀的27个主要作品,前面不但有李先生为译本新写的序,而且附有一些重要的研究资料,如《1682年版莫里哀作品集原序》[①],有莫里哀年谱,还有17世纪法国著名作家评价莫里哀及其喜剧的语录。这是目前我国出版的、最好的莫里哀作品的译本。另外,1999年文化艺术出版社出版了肖熹光翻译的《莫里哀戏剧全集》,包括37个剧本,补足了以前译本所缺。

---

① 此文由法国莫里哀剧团的演员拉·格朗吉和莫里哀的知心朋友维诺所写,历来被认为是最有价值的莫里哀传记材料。

1983年,陈惇撰写的《莫里哀和他的喜剧》由北京出版社出版,这是进入新时期以来最早出现的一本全面评介莫里哀及其作品的著作。该书篇幅不大(共67000字),却全面论述了作家的生平和创作,在某些重要问题(如莫里哀与专制王权的关系等)和几部重要作品(《太太学堂》《达尔杜弗》《吝啬鬼》《贵人迷》等)上,进行较为深入的论述。当然,它并未脱离当时评论界的一般状况,只是对作家和作品进行社会、历史的分析,未能有所突破。1986年,中国戏剧出版社出版了法国学者皮埃尔·加克索特写的《莫里哀传》(朱延生译)。加克索特是法国著名的历史学家、法兰西学院院士,他以严谨的科学态度考证了有关莫里哀的史料,纠正了许多谬误的传闻,写成了这本具有权威性的传记。以上这些选集、全集和传记的出版,有助于我们全面认识作家,进一步推动了研究的进展。

1979年以来,报刊上每年都有莫里哀研究和有关莫里哀的文章发表,少则一两篇,多则十来篇。据不完全统计,除了书序、文学史和文集所收的有关莫里哀的研究成果之外,单是报刊上发表的这类文章,有160多篇(不包括有关舞台演出的二十几篇评论),盛况空前。它是新中国成立之前二三十年间报刊上发表的有关莫里哀文章的11倍,是1949—1978年这30年的16倍。这些文章大都继续老一代学者的传统,采用社会、历史的批评方法,着重研究莫里哀作品与17世纪法国的关系,研究莫里哀作品中的人物和思想的社会意义。不过,近年来有所改变,不少文章把研究重点放在莫里哀的喜剧手法和风格特征上,研究方法也有所改变,如采用女性主义方法和弗洛伊德、米勒的理论来研究莫里哀作品。这样的文章为数不多。然而,采用比较文学的方法来研究莫里哀的,却大有人在。

这些评介文章大致可以分为五类:一是莫里哀喜剧作品评析,二是论莫里哀的喜剧艺术,三是莫里哀喜剧观研究,四是莫里哀比较研究,五是关于莫里哀的争议。其中,莫里哀喜剧作品分析一类的文章数量最多,分析的作品又集中在《达尔杜弗》和《吝啬鬼》两部。文章的内容多半是分析作品的人物和思想、辨析其社会意义,也有的论者把视角投向作品的艺术性。80年代后期,后一种论著多了起来,与此同时,论者的眼界呈现出多元化趋势,或开辟一些新的层面,或引申其深层意义,如鲁萌的《论达尔杜弗》从美学理论的角度来探讨达尔杜弗为什么拥有长久而普遍的审美价值的问题,唐扣兰的《隐形的遥契:〈西厢记〉与〈伪君子〉的叙事话语》运用符号学理论比较分析作品,别有新意。受到中国学者关心的莫里哀作品,除了以上提到的两部之外,还有《愤世嫉俗》《贵人迷》《太太学堂》《逼婚》《乔治·当丹》和《凡尔赛宫即兴》(以发表评论的数量为序)。由此可见,备受中国评论界关注的是莫里哀喜剧中那些社会讽刺意义较强的作品。

莫里哀的作品为喜剧创作提供了丰富的经验,李健吾等老一辈学者的论文中,对此已经有所总结。近年来,有论者对莫里哀喜剧的讽刺艺术和闹剧手法产生了兴趣,如胡健生多次发表论文探讨莫里哀喜剧的讽刺艺术。他认为,讽刺是莫里哀为自己找到的一种反映现实、干预生活的最佳武器,又根据对象的不同而表现出三种形态:纯讽刺手法、温和的讽刺——幽默、轻松的讽刺——滑稽。他还特别强调闹剧手法在莫里哀喜剧中的作用,甚至用"闹剧化"这样的词语来概括莫里哀喜剧的特征。还有的论者从戏剧史的角度说明莫里哀对世界喜剧发展的意义,如李韶华的《莫里哀喜剧创作与西方戏剧叙事范型的转换》、韩晓清的《塑造现实世界的"人"》。

莫里哀不仅有丰富的创作经验,而且对喜剧有独特的理解,他虽然没有写过这方面的专论,但他的《〈太太学堂〉的批评》和《凡尔赛宫即兴》实际是两篇戏剧化的理论著作,另外,他在为自己的一些剧作所写的序言和信件中,都表现了他在论战中生发出来的、闪光的真知灼见。李健吾在他的《莫里哀的喜剧》一文中已经谈到这一点,后来还曾专门选出一些莫里哀对喜剧艺术的论述,发表在《古典文艺理论译丛》上。1978年以后,陈瘦竹、任明耀两位老教授率先在这方面进行专题研究,初步对莫里哀的喜剧观作了整理。紧接着,陈兆荣的《略论莫里哀的喜剧观念》就莫里哀的几篇重要理论性作品进行分析。这些论著都强调了莫里哀对传统观念的突破。安国梁的《莫里哀喜剧艺术理论初探》以"反叛""开创""自然"为题,从三个方面对莫里哀的喜剧观进行系统论述,特别是"自然"一节更提出莫里哀喜剧观的理论基础,把问题引深一步。吴邦文的《论莫里哀创作的美学原则》把莫里哀喜剧观的几个重要论点和他的创作实践结合起来分析,更看出莫里哀喜剧理论对后世的价值。

早在1949年前,我国就有学者对莫里哀进行比较研究。1978年以后,当比较文学在中国迅猛发展的时候,对莫里哀进行比较研究的成果也多了起来。这些成果大致可以分为两类。一类是作品的比较研究,把莫里哀作品中的人物与中外作品中的同类人物(伪善者、骗子、吝啬鬼、女仆)进行比较,辨析其异同,探讨其成因。

另一类是莫里哀与他国文学、他国作家的比较研究。有的从影响研究的角度,论述莫里哀对古希腊罗马和西班牙文学的接受,以及他与18、19世纪欧洲喜剧的关系。苏永旭的《"骗子"本生与莫里哀的〈伪君子〉》还提出剧本可能间接受到印度文学影响的假设。这方面的文章并不多。影响研究的另一个角度是研究莫里哀与中国的关系,评论中国学者的莫里哀研究,如陈励的《莫里哀与中国》、韩益睿的《二十年来中国莫里哀研究现状初探》、王德禄的《评李健吾对莫里哀喜剧的研究》。

在后一类文章中,平行研究的文章,尤其是在莫里哀与莎士比亚之间,莫里哀与李渔之间进行比较研究的文章居多。一般都从作家对戏剧的执著追求、对传统的继承与创新,以及悲喜剧因素的结合等方面来比较莫里哀与莎士比亚的相似,又从选材、人物塑造、情节结构等方面比较他们作品的不同。如苏永旭、赵晓玲在《莎士比亚与莫里哀典型观的三个区别》中提出莎士比亚塑造的人物是丰富复杂的、高度个性化的和发展变化的,而莫里哀塑造的人物是性格单一的、高度类型化的、凝固不变的,一个靠的是复杂的单纯,一个靠的是单纯的复杂,表面上南辕北辙,实际上异曲同工。李鸿泉在《莎士比亚与莫里哀戏剧艺术比较》一文中提出一个重要观点:悲剧与喜剧处置角色的要求是不同的,因此笼统地把莫里哀的喜剧人物与莎士比亚的悲剧人物相比较是不合适的,由此而褒莎抑莫更不恰当。晁召行连续发表了两篇文章,从美学思想的角度对两位作家进行比较研究,他认为,莎士比亚从"美在和谐"的思想出发,直接以生活中的和谐与完美作为观照审美的对象,他的喜剧以情感人,给观众留下的是对美的肯定和回味。莫里哀则以社会与人的精神上的肿瘤为观照审美的对象,他的喜剧是对畸形的社会现象和人性的喜剧性刻画,在笑声中留给观众的是对现实和自身的沉思和反省,进而在生活中尽力避免和纠正它们。

在莫里哀与中国的平行研究中,较多论者把目光投向了李渔。潘薇连续发表了三篇长文,比较详细地阐述了这两位喜剧作家的异同及其成因。潘文着重分析了中西两方喜剧传统的不同风格和审美文化心理的差别对作家的影响。作者认为,莫里哀的喜剧继承并发扬了西方喜剧的讽刺传统,找到了传统审美文化与当代社会现实的契合点,创造出众多别开生面的讽刺喜剧;与西方喜剧相比,肯定性喜剧或歌颂性喜剧的发达,是中国古典喜剧的鲜明特征,乐而不淫、中庸平和又是传统的审美文化心理,李渔的喜剧正是这种传统的延续,是戏曲自身发展的一个必然产物。除了在莫里哀与李渔之间进行比较研究外,也有论者在莫里哀与关汉卿之间进行比较,在莫里哀与明代的拟话本小说之间进行跨文体的比较。

莫里哀作为一个古典作家,他的历史地位和杰出贡献是无可争议的,但是评论界在一些重要问题上还是有着不同的看法。

第一,莫里哀是反封建的战士还是表现路易十四时代主流意识的戏剧家?

这方面的文章虽然不多,但在如何重新认识莫里哀,以及如何科学地评价作家方面,给人以新的启示。如前所说,1949 年以来的莫里哀评论一般都突出其战斗性的一面,强调他的作品对于现实社会的批判精神。按照这样的理解,所谓"莫里哀式"的喜剧就是那种以讽刺为武器进行犀利的社会批判的喜剧。在这样的评价中,莫里哀仿佛高高站在社会之上,揭露其弊端,批判其人物,俨然是一个反封建的战士。近来有人对这样的评价提出了异议。最直接、最明确地提出问题的是麻文琦的《"莫里哀式"喜剧辨析》。该文认为,莫里哀式的戏剧是一个开放性的概念,它显示着创作的多种方向,既有社会讽刺性的作品,也有娱乐性的作品;莫里哀并不是一个超越时代的人,"莫里哀的价值观是与路易王朝时期主流的价值观相符合的……莫里哀的讽刺艺术浸透了古典主义精神,这是一种在确保政治正确的前提下的讽刺艺术"①。

究竟应当如何全面认识和评价莫里哀?如何看待莫里哀作品中的批判精神?如何恰当地评价他的作品?有意无意地拔高或贬低都不是科学的态度,不可能得出恰当的结论。从这个意义上讲,广林提出重新辨析"莫里哀式喜剧",实际是要把莫里哀放回到他那个时代给以历史主义的、全面的评价,表现了一种新的科学认识和评价莫里哀的态度。

第二,莫里哀是古典主义作家还是现实主义作家?

在1979年以前的评论中,这个问题已经存在,但并不明朗。李健吾、吴达元在文章中都愿意把莫里哀说成是现实主义作家,但都没有明确地把他从古典主义作家的阵营中分离出来。因此这个问题是含糊不清的。1984年,胡承伟在《外国文学研究集刊》第9辑上发表《论莫里哀的创作思想》一文,从作家的政治态度和作品的思想倾向上,尤其从作家的文艺思想上,说明莫里哀与其他古典主义作家不同,是一个"自觉的现实主义大师"。如果说这篇文章还没有割断莫里哀与古典主义的瓜葛,那么两年后,罗大冈明确提出:"莫里哀的喜剧不属于严格的古典派",而是"法国文学史上为期最早、成就极大、影响深远的现实主义作家、艺术家",在法国现实主义文学发展史上,其"重要性不亚于小说领域内的巴尔扎克"。②问题提得相当尖锐了。事隔十年,同一家刊物发表吴晶的《古典主义和莫里哀》③,专门论证莫里哀的作品是古典主义的典范,似乎是回应罗大冈的,但并没有展开正面争论。在此前后,不少评论文里,两种提法混用,不加区别。实际上,其间存在着某些理论上的混乱。首先,这样的观点显然受到当时那种唯现实主义独尊的文学史观的影响。胡承伟在文章中说:"唯有现实主义的作品才有真正的生命力",抱着这样的偏见,他几乎否定古典主义的存在,把古典主义中有价值的东西分离出来,归功于现实主义,以至混淆了古典主义与现实主义的界线,硬把古典主义作家往现实主义的方面靠。其实,在17世纪,并不存在作为文艺思潮意义上的现实主义。把古典主义思潮中出现的作家说成是现实主义作家,勉强把思潮和创作方法这两个概念混在一起使用,文章就出现混乱。再说,古典主义虽然是一种思潮,但在这个思潮影响下进行创作的作家并不是一个统一体(其实这是一种普遍现象,许多文艺思潮都具有这样

---

① 该文发表于《戏剧文学》2007(7),后来又摘其精要发表在2006年4月9日的《中华读书报》上,署名改为广林。

② 罗大冈:《现实主义戏剧家莫里哀》,《外国文学研究》1985(3),第5—7页。

③ 吴晶:《古典主义和莫里哀的喜剧创作》,《外国文学研究》1996(1),第53—58页。

的情况),在许多共同点之外,他们的思想倾向和艺术风格并不完全一致。莫里哀作为一个长期生活在外省,在艺术上又熟悉民间戏剧的喜剧作家,作品中自然具有更多的民主倾向而自成一家,然而他的创作确实是接受了古典主义原则的,我们没有必要把他从古典主义的阵营中划分出去。他的功劳也恰恰在于为古典主义喜剧创造了典范。有的论者写文专论莫里哀对古典主义的突破(如孔耕蕻发表在《社会科学战线》1984年第1期上的《论莫里哀对古典主义的突破》),其目的也在说明莫里哀是现实主义作家。但是突破也就是突破,是在遵守基础上的突破,并不能因此而否定他与古典主义的基本联系。

第三,如何认识莫里哀喜剧中的悲剧性成分?

歌德在与其秘书埃克曼的谈话中常常推崇莫里哀,而且提出一个相当深刻的意见:莫里哀的喜剧具有悲剧性特征。这个意见后来为众多评论家接受。我国20世纪二三十年代的莫里哀研究者,如焦菊隐等人,也往往把这一点作为作家对喜剧艺术的一大贡献而着重论述。后来,许多莫里哀作品的分析评论文中也常常提到这一看法。近年来,随着研究的深入,更有专门论述这一内容的文章发表,如唐扣兰、张加嘉的《新论莫里哀喜剧的悲剧色彩》,陈静、余彦燕的《笑里藏刀:莫里哀喜剧作品中的悲感因素》。这些文章认为,莫里哀的喜剧是以笑的方式写出了人在严峻的生存困境里和在现实的不可超越面前的无奈和悲哀,使得这些喜剧形成了悲剧性的审美效果。王骁勇在《透过〈堂吉诃德〉看〈悭吝人〉——莫里哀喜剧人物悲剧化手法探源》一文中说,莫里哀继承了文艺复兴时期的一种风气,通过形式上的荒诞表现可悲可叹的实质。

但是,有学者对此发表了不同看法。胡健生多次发表论文称这是"莫里哀研究中的一个理论盲点"。他说,虽然莫里哀也看到生活中悲剧性的一面,但是,作为一个高明的戏剧家,他总是通过人物性格的巧妙处理——着意渲染突出人物身上构成喜剧性矛盾的性格表现,最大限度地抑制悲剧性线索的发展,尽量淡化、消解悲剧性因素,使之深藏于喜剧帷幕的背后,因此,他的喜剧也以不含苦涩、悲哀色调的欢快、流畅的笑为其显著风格特征。[1]

在这些有关莫里哀喜剧风格的不同意见中,有的说是有"悲剧因素",有的说是有"悲感因素",有的说是有"悲剧色彩",有的说是有"悲剧意蕴",提法的不同说明论者对莫里哀喜剧中所包含的悲剧性成分的掂量和估计并不相同。胡健生的文章起先就莫里哀是否有意在剧中掺入悲剧因素展开争论,似乎并不否定歌德的提法,后来则根本否定其悲剧成分,态度前后有差别。看来,究竟如何认识莫里哀喜剧的风格,还是一个需要认真研讨的问题。

---

[1] 胡健生:《莫里哀喜剧艺术风格:悲喜交错乎?——试论莫里哀研究中的一个理论盲点》,《国外社会科学》1998(3),第47—50页。

第四,如何认识莫里哀笔下的所谓"扁形人物"?

莫里哀在人物塑造方面的成功是众所周知的,但是也有的论者在谈到这一问题时引用普希金的话,说莎士比亚笔下的人物的性格是复杂多面的,莫里哀的人物性格是单一的,多少有一点褒莎贬莫的意味。这实际是现实主义独尊的理论在人物塑造问题上的表现。在 20 世纪 80 年代的中国理论界,有过一次关于所谓"圆形人物"和"扁形人物"孰优孰劣的讨论。这次讨论虽然不以莫里哀为专题,但也涉及对莫里哀人物塑造的评价,引起研究者对莫里哀人物的价值及其取得成功的原因进行深入思考。讨论主要围绕着达尔杜弗和阿尔巴贡这两个人物而展开。论者一般并不否定这两个人物而探讨莫里哀之所以成功的原因。如说莫里哀紧紧抓住了人世间存在的各种虚伪现象加以概括和夸张,使达尔杜弗成了一个以虚伪为本质特征的具有永久艺术魅力的艺术典型。所以,所谓扁形人物的写作方法不能一概否定。阮航的《谈谈扁形人物答尔杜弗》对扁形人物多有贬词,但认为莫里哀对达尔杜弗的塑造是成功的,因为他不是采用取同类人物平均值的方法,而是将某一性格夸大化以塑造人物,不但写出人物可能这样做,还写出人物必然这样做,于是,尽管达尔杜弗是扁形人物却仍然具有审美价值。邓楠在《论"扁平人物"阿尔巴贡》一文中认为,阿尔巴贡虽然属于扁形人物,但不是简单化人物,也不是概念化人物,而是典型人物,是黑格尔所说的"独特的这一个"。周莽的《并不遥远的呼应——论中外古典戏剧中的"扁平人物"》(《戏剧文学》2010 年第 7 期)从历史的角度论证扁平人物与圆形人物并无优劣之分,类型化的扁平人物具有自己的长处,莫里哀的阿尔巴贡具有世界意义。

四、结　语

莫里哀的作品是法国人民的宝贵遗产,也是世界人民的宝贵遗产。作为一个喜剧作家,他留下了堪称经典的作品,任何一个想要在喜剧领域里有所作为的人,都应该拜他为师。我国的戏剧界和文学界历来珍惜这份遗产,在这方面做过大量工作。但是,作为一种历史遗产,它必然受到时代和社会的局限,因此如何认识和接受其中的精华,如何分辨其中的局限,是一件需要谨慎对待的复杂工作。应该说,我们在这方面还受到一些传统的思维定式的限制,未能取得突破性的进展。今后,我们需要解放思想,摆脱成见,继续努力吸取其中对我们今天有用的东西,更好地接受这份遗产,让它成为我们建设社会主义新文化的肥田沃土。

60 年来,已经发表的莫里哀研究的论著不算少,但是,真正有创意的研究成果并不多,而且至今没有出版一部有分量的研究专著;除了李健吾先生外,没有出现一位研究莫里哀的专家。这些都说明我们在这位世界著名的作家身上所下的工夫还不够。其次,研究方法单一,对象过于集中(主要是集中在几部社会批评性较强的作品),重复研究的现象比较突出。第三,我们在莫里哀研究中已经提出了一些重要问题,诸如他的喜剧理论、他的喜剧性格塑造的经验、喜剧性与悲剧性的处理、喜剧效果的营造和讽刺艺术等,但是,理论准备不足,解决问题的力度不够,提出的问题未能展开充分讨论。这些都是妨碍我们的莫里哀研究取得根本性突破的主要原因。近年来出现的多角度、多元化的评论趋势,应该说是有利于打破已有的思维定式,有利于解放思想,打开思路,更全面、更深刻地认识作家及其作品的,虽然这仅仅是开始。

第六章
启蒙运动与德国古典文学时期戏剧研究

导 言

启蒙运动是发生在18世纪欧洲的一场资产阶级文化解放运动,它崇尚理性和知识,倡导普及文化教育,反对宗教蒙昧主义,在政治上宣扬资产阶级政治思想体系。启蒙运动最初产生于英国,后发展至法国、德国、意大利以及俄国和其他一些欧洲国家,对文学发展产生了极大影响。法国启蒙运动时期的剧作家有法国的狄德罗、博马舍,意大利剧作家哥尔多尼等。他们的剧作在我国有一定影响,但研究成果较少。狄德罗的研究成果主要在他启蒙主义思想等方面。德国启蒙运动贯穿18世纪,直至19世纪初期,这一时期的德国文学包括启蒙运动初期对民族文学的创建、中期的"狂飙突进"运动和晚期文学上的"古典时期"。德国启蒙运动初期的戏剧家代表是莱辛。而启蒙运动晚期,即"古典时期"的代表是晚年的歌德和席勒。他们经过对法国革命的反思,退出了"狂飙突进"运动,创立了德国古典文学。歌德的《浮士德》,席勒的《华伦斯坦》《威廉·退尔》等均创作于这一时期。新中国60年来有关欧洲启蒙运动时期的文学研究在戏剧方面主要聚焦于歌德和席勒。对莱辛的研究也可见到,但多数是有关他美学理论的研究,对他戏剧作品的研究较少。歌德和席勒均在20世纪初期被介绍到我国,新中国成立之前的学界对两位戏剧家已经有一定研究,如冯至出版了《歌德论述》(1947)的专著。新中国成立之后的十几年间,歌德和席勒虽然被归为资产阶级作家之列,但因他们受到马克思和恩格斯的重视,甚至推崇,对他们剧作的研究在当时相比其他西方作家而言要更加丰富,但研究的视点无疑均从政治角度出发。改革开放之后的歌席勒研究开始走上正轨,评价更加客观和全面。但这种转变并非一蹴而就,20世纪70年代末、80年代初期,探讨席勒的文章大多围绕马克思提出的"莎士比亚化"和"席勒式"展开,政治意识形态仍然是研究的主导方向。进入 90 年代之后,研究的视野宽广了许多,除主题研究、人物分析、形式研究之外,还深入到哲学、美学、戏剧理论与实践以及比较研究等方面,成果数量和质量都有大幅提高。但反观改革开放之后的研究也会发现,研究的对象往往局限较大,有关歌德《浮士德》的研究成果大大超出其他作品的研究,这在很多经典作家作品的研究中是一个较为普遍的现象,很值得引起重视。

第一节　歌德戏剧研究

歌德(Johann Wolfgang von Goethe,1749—1832)在西方文学史上是与荷马、但丁、莎士比亚比肩的划时代作家,在诗歌、小说、戏剧领域,皆有经典传世,为启蒙以后的德语文学树立了范式,因而有论者称其为"德国想象型文学的真正始祖"[①]。在戏剧领域,他不仅是天才而勤奋的剧作家,同时也是戏剧理论家和戏剧表演的实践者。诗剧《浮士德》是歌德最重要的作品,前后耗时 60 年完成,在欧洲思想史、文化史和文学史上都占有重要地位,被尊为"世俗圣经"(斯宾格勒)。《浮士德》研究在德国有着悠久的传统,素有"浮学"之称。

本节以德国歌德研究史为参照[②],考察和分析新中国 60 年歌德戏剧研究,试图归纳和梳理出新中国歌德戏剧研究的主要脉络,他的诗歌和小说不在考察范围之内。新中国学界对于歌德戏剧的研究以《浮士德》为中心展开,在时间上可以 1978 年为界,分为新中国成立前 30 年和后 30 年。

一、新中国成立前研究状况的简要回顾

自晚清洋务运动起,歌德作为德国精神和文化的标志性人物,通过辜鸿铭、王国维、鲁迅、马君武等人的译介和评述进入了国内知识界的视域,其汉译作品及研究数量之众多、思想流布之广泛、介入中国文化之深入,在德语作家中无出其右者。歌德初入中国,《浮士德》就受到了重视。辜鸿铭首先将《周易》乾卦爻辞"自强不息"(1901)与《浮士德》精神相提并论,王国维在《〈红楼梦〉评论》(1904)中称之为"欧洲近世文学第一者",将浮士德博士之痛苦与寻解脱之途径与宝玉作比,已经凸显比较视角和中国眼光。

[①] 哈罗德・布鲁姆:《西方正典》,江宁康译,南京:译林出版社,2005 年,第 163 页。
[②] 歌德接受史和批评史研究参见:K. R. Mandelkow, *Goethe im Urteil seiner Kritiker. Dokumente zur Wirkungsgeschichte Goethes in Deutschland*(I—IV)(München: C. H. Beck 1975—1984);《浮士德》研究史参见 R. Scholz, *Die Geschichte der Faust-Forschung. Weltanschauung, Wissenschaft und Goethes Drama* (Würzburg: K&N, 2011).

五四运动时期,译介和研究歌德的工作系统展开,宗白华、郭沫若和田汉以讨论歌德为中心的书信集《三叶集》(1920),郭沫若译的歌德小说和诗歌在知识青年中引发了广泛共鸣;1922年和1932年举行的歌德忌辰纪念活动又在文化界掀起了持续的歌德热,论文集和歌德评传便有六种之多,其中周冰若(辅成)、宗白华主编的《歌德之认识》(1933)展现了民国时期歌德研究整体水平,论者来自各个专业领域,论题涉及歌德思想和生平、歌德小说和诗歌专题、歌德与英德法中各国文学、歌德与孔子等,蔚为大观。

到1949年,歌德的代表作大都已有了中译本,对于歌德剧作的译介也已初具规模。《浮士德》有多个译本,以郭沫若的译本最为著名,《史推拉》《克拉维歌》《艾格蒙特》《铁手骑士葛兹》《兄妹》也已译出。在各种欧洲及德国文学史中,皆对《浮士德》为代表的歌德戏剧有相当篇幅的介绍,关于《浮士德》论文亦不鲜见,且涉及文本、电影、戏剧表演等各个领域,也有德法和日本学者专题著述被译介过来。

解读《浮士德》方式的不同体现了论者的关怀和志趣所在。一方面,在内忧外患的时局下,启蒙救亡是主流:例如,张闻天期望用浮士德"自强不息"的人生观警醒"保守的,苟安的"中国民众;陈铨主张用狂飙突进的"浮士德精神"改变中国人的精神世界。另一方面,不少论者将浮士德视为歌德的替身,探讨其思想史意义,例如宗白华认为浮士德"一生的内容就是尽量体验这近代人生特殊的精神意义,了解其悲剧而努力以解决其问题"。

冯至的《歌德论述》(1947)是中国第一部歌德研究的个人专著,他将歌德思想总结为"蜕变论、反否定精神、向外而又向内的生活"。其中两篇论文系统考察《浮士德》里的魔鬼和"人造人"形象,以形象研究带起思想史研究,以小见大、言微意深。冯至在前言中称"紧紧'把住'这部大著作",不求"创见,只求没有曲解和误解",虽是自谦之语,这种以透析文本内涵为主旨的研究策略,显然有德国语文诠释学的影子,其引经据典、细密深入的论证方式有别于中国传统的赏析式文论。

歌德作品的经典化运动开始于19世纪,在德意志第二帝国时期达到高峰,具有官方背景的歌德协会成立,H.格林和W.谢勒尔创立了歌德学,其弟子E.施密特对歌德著作和生平进行了系统搜集、校勘和考证,主持完成了133卷魏玛版《歌德全集》(1887—1919)。19世纪上半叶,以W.狄尔泰、F.贡多尔夫为代表的精神哲学和形而上学的歌德论述取代实证主义的诠释学,成为学院研究中的主流,也影响了留德的冯至和宗白华等人。

二、新中国成立后第一时期:1949—1978

新中国成立后第一个30年的歌德戏剧研究,可以1966年"文化大革命"开始为界,分为"新中国成立后17年"与"文化大革命"两个阶段。

新中国成立以后,歌德作为"资本主义上升和发展阶段的作家",又因受到马克思、恩格斯和列宁的格外推崇,被归入值得译介和借鉴的西方作家之列。郭沫若译《浮士德》和《赫曼和窦绿苔》,钱春绮译《歌德诗选》相继出版。尽管如此,从1949年秋到1966年夏的17年间,全国报刊上发表的歌德研究屈指可数,更无论著,仅有人民出版社选译了《苏联大百科全书》中的《歌德》条目(臧之远译),1954年以单行本发行。这个时期分量最重、影响最大的歌德戏剧研究当属郭沫若译《浮士德》的前言《"浮士德"简论》,以及冯至在《德国文学简史》中撰写的相关章节。

郭译《浮士德》(1947年初版)在50年代两次重印,初版前言《"浮士德"简论》成为广大读者理解这部艰深巨著的敲门砖。郭透过庞杂矛盾的剧情和人物,提出了不少值得注意的观点:他将全剧概括为"一部灵魂的发展史,一部时代精神的发展史",认为浮士德和靡菲斯特是同一灵魂的辩证两极,剖析浮士德的宗教观念,将剧末救赎一幕解读为"自我中心主义"向"人民本位主义"的转化,认识到"自由的土地"和"自由的国民"之虚幻,将"永恒女性"解读为"慈爱宽恕"和"民主和平"的象征。直到今天,依然有论者引用这些观点。

如果说,郭沫若凭借翻译《维特》和《浮士德》而成为歌德译介的第一功臣,1949年以后,中国的歌德研究和译介工作则以冯至为核心展开。冯至20世纪上半叶曾在海德堡大学亲炙著名日耳曼学者、歌德专家贡多尔夫,抗战期间在西南联大潜心研读原著,将研究所得编写为《歌德论述》。新中国成立以后,身为学科领袖的冯至拓展了国内的歌德译介和研究,培养了新一代歌德研究者。有"中国最杰出抒情诗人"(鲁迅语)之称的冯至对歌德的重视不全是出于学术眼光,更是由于心灵契合的"喜爱之情",贯穿其学术生涯始终。正因为冯至兼具诗人的敏锐和学者的深邃,他的研究文章善于见微知著,由现象而本质,"从特殊到一般"[1]。

冯至1986年为专著《论歌德》撰写的长篇自序中,将自己的歌德研究分为1949年前和1978年后两个阶段,1949年前以《歌德论述》为代表,1978年后别有胜状,而之间的30年,自述"除了应邀作过以歌德为题的讲演与在学校里讲课写讲义论及歌德外,没有发表过关于歌德或他的作品的文字"[2]。这里提到"应邀"而作的歌德"讲演"发表在1950年北京大学召开的哲学讨论会上,演讲未及成文,却是冯至"尝试从歌德时代的政治背景、哲学思潮、科学成就几方面

---

[1] 范大灿:《从特殊到一般》,《北京大学学报(哲学社会科学版)》1994(4)。
[2] 冯至:《〈论歌德〉的回顾、说明与补充》,《冯至全集》第八卷,石家庄:河北教育出版社,1999年,第3页。

来探索歌德的思想渊源"①的开始。根据冯至的回忆,这一研究方法转向受到了恩格斯的影响。恩格斯针对以"真正社会主义者"自居的卡尔·格律恩《从人的观点论歌德》中的观点指出:"他(歌德)心里经常发生着天才诗人与法兰克福市参议院的谨慎的儿子或魏玛的枢密顾问官之间的斗争……因此,他有时候是伟大的,有时候是渺小的;有时候是反抗的、嘲笑的、蔑视世界的天才,有时候是拘谨的、满足于一切的、狭隘的小市民"②冯至在1948年读到这段著名的歌德评价后,"反复思索……起始用心去了解歌德所处的时代和他与社会的关系",他对歌德的认识"从一个无可訾议的人"转变成为"社会的人",在当时的中国学术界,这一方法论的转向具有共性。

1958年"大跃进"背景下出版的《德国文学简史》是冯至和田德望两位先生带领北京大学西语系德语专业部分师生编写完成。冯至主编并撰写上卷(从开始到1848年),其中歌德的生平和创作部分划分为狂飙突进时期、古典时期和晚年歌德三阶段,介绍了歌德在各个时期戏剧、小说和诗歌的代表作,在戏剧作品中重点选取《葛兹》《哀格蒙特》和《浮士德》进行人物形象和思想意义分析。《简史》采用了苏联和东德的文艺批评模式,一方面褒扬其在狂飙突进时期的反封建性,另一方面批评他对法国大革命的保守态度,以人民性和现实主义为衡量标准。例如,"没落骑士"葛兹和贵族哀格蒙特同情人民,却"看不到人民的力量",以至于失败;《浮士德》是"西欧三百年历史的总结,是资产阶级进步思想的顶峰……它最后的一幕已经超越了资产阶级的局限,有许多理想是符合我们社会主义的要求的"。这种评价模式带有浓厚的意识形态色彩,在当时具有普遍性,比如有其他论者为了肯定歌德的进步性,强调歌德的唯物主义,认为"歌德在德国成了马克思、恩格斯以前最接近辩证唯物主义的人",突出其"现实主义美学原则和创作方法",贬低或者忽略了作品中明显的浪漫主义元素。

尽管冯至一生以编写此书为憾,但是作为新中国第一部德国文学史,其学术拓荒和普及意义不言而喻。冯至撰写的歌德部分史料丰富而准确、论述深入浅出,他用五个阶段、两个赌赛概括《浮士德》的主要情节,用辩证法解读人物性格。值得注意的是,冯至在"绪言"中列出文学史写作的五个原则时,指出"(文学研究中的社会历史分析法)不能喧宾夺主,使文学成为历史的注解,应该注意作者的创造性、作品的艺术性",在当时的环境下,颇有勇气和见识。

从1966年"文化大革命"开始到1978年改革开放,外国文学研究总体上处于停滞状态,歌德戏剧研究也不例外。梁宗岱、钱春绮的《浮士德》译稿分别被

---

① 冯至:《〈论歌德〉的回顾、说明与补充》,《冯至全集》第八卷,石家庄:河北教育出版社,1999年,第9页。

② 《马克思恩格斯列宁斯大林论文艺》,北京:人民文学出版社,1953年,第40页。

野蛮地销毁,商承祖未能完成他的《歌德研究》,带志以殁。①

二战后,浮士德从神坛上跌落,如何重新解读歌德和《浮士德》,是德国日耳曼学界无法回避的问题,对此,联邦德国学者采用了两种策略:一是将浮士德描述为与魔鬼结盟的罪犯,如 W. 博姆论述浮士德的"罪孽"问题②;二是在 E. 斯泰格尔和 W. 凯泽文艺理论的影响下,进行形式主义的文学内在研究,关注审美对象的本体,D. 洛迈耶《浮士德与世界——〈浮士德〉第二部解析》与 W. 艾姆利希的《〈浮士德〉第二部的象征》便是代表作,这也是二战后西德学界保守风气的反映,直到 60 年代接受美学的异军突起才有所改观。此外,E. 特龙茨主编的汉堡版《歌德文集》(14 卷)于 1949 年出版,其中第 3、4、5 卷为戏剧集,注释部分资料翔实细致、综述与分述结合,涉及成文史、题材、情节、形式以及研究状况。该套文集出版后一再重印,直到今天,依然是受众最多、影响最大的歌德注疏集。

由于时局造成的隔阂,这个时期的中国学界对于西德所知甚少,国内学者对于德国文学的研究更多地受到了民主德国的影响。而在民主德国,从新中国成立起直到 50 年代中期,卢卡契是民主德国文学研究界当之无愧的学界领袖,他对歌德及其作品中的人道主义和现实主义的强调,深刻影响了东德以及包括中国在内整个社会主义阵营的歌德接受。在匈牙利事件爆发后,卢卡契受到"裴多菲俱乐部"的牵连,作为修正分子而被肃清影响力;而同时在中国国内掀起的反胡风运动中,卢卡契所推崇的人道主义立场也受到了批判。

与西德同行的历史处境不同,建立了社会主义新政权的民主德国学界无须背负纳粹政权的历史"原罪",继承以歌德为代表的文化遗产成为了文化国策。东德文化部长 J. R. 贝歇尔 1949 年在歌德纪念大会上的讲话更是官方确立了歌德的文化代表地位,浮士德被塑造为社会主义德国的未来新人,在很大程度上也成了一种僵化的政治符号。③

三、新中国成立后第二时期:1979—2009

1978 年改革开放以后,国内学术环境逐步改善,与国外学术交流日渐频繁,中国歌德研究已经形成了老中青三代的研究队伍,先后以 1982 年、1999 年和 2009 年歌德忌辰和诞辰纪念日为契机召开了研讨会,出版歌德文集和论文

---

① 杨武能:《百年回响的歌一曲:〈浮士德〉在中国之接受》,《中国比较文学》1999(4),第 14 页。
② Wilhelm Böhm, *Goethes Faust in neuer Deutung. Ein Kommentar für unsere Zeit* (Köln: Seemann, 1949).
③ 一个典型例子是作曲家 H. 艾斯勒 1952 年在东柏林建设出版社发表的歌剧剧本《浮士德博士》因为颠覆了浮士德的正面英雄形象而受到批判,文化官员 A. 阿部施发表批评文章《浮士德——德意志民族文学中的英雄还是叛徒?》。

集,歌德戏剧研究也在深度和广度上获得了前所未有的拓展。90年代以后,《浮士德》三次被搬上中国舞台,分别由国内老中青三代导演中的旗帜人物徐晓钟(2009)、林兆华(1994)、孟京辉(1999)执导,他们的舞台诠释赋予了《浮士德》新的中国意义,也证明了《浮》剧的经典性和现实性。

在这30年中,歌德戏剧的翻译有了新的发展,各种译文集和单行本层出不穷。《浮士德》出现了五个新的全译本,译者分别是:董问樵(复旦大学出版社,1982年)、钱春绮(上海译文出版社,1982年)、樊修章(南京译林出版社,1993年)、绿原(人民文学出版社,1994年)、杨武能(安徽文艺出版社,1998年),每个译本各有特色,与新中国成立前的译本相比,译者更注重对原本的研究和解读,其中有的译本包含了大量关于西方古典文化和圣经知识的注释,加深了中国读者对文本的理解。歌德其他剧作也由韩世钟、钱春绮等译出,1999年人民文学出版社出版的《歌德文集》(10卷本)收入《浮士德》《葛兹》《哀格蒙特》《伊菲革涅亚》和《塔索》,每部剧作后附有剧本介绍和点评;同年河北教育出版社出版的《歌德文集》(14卷本)戏剧卷,包括《浮士德》之外的16部戏剧,是国内迄今为止最全的歌德剧作译本。卢卡契的《〈浮士德〉研究》(范大灿译,载于《卢卡契文学论文选》,1986)、苏联著名文学史家阿尼克斯特撰写的《歌德与〈浮士德〉——从构思到完成》(晨曦译,1986)的出版为我国新时期"浮学"研究提供了重要的资料。

1979年,冯至撰写了"文化大革命"后第一篇长文,分析《浮士德》的海伦娜悲剧,文章认为这是一部浪漫主义梦幻剧,体现了古希腊理想与中世纪浪漫精神的结合,进而指出歌德并非纯粹的现实主义者。这篇论文延续了冯至以小见大、细密翔实的论述风格,且着眼于歌德晚年思想史定位,视野更为开阔。在当时"拨乱反正"的背景下,刚当选为"中国外国文学学会"会长的冯至重新定位歌德美学思想,正面评价浪漫主义,对于"文化大革命"后歌德研究的重新展开与路径选择,意义重大。董问樵的《〈浮士德〉研究》(1987)是国内第一部《浮士德》研究专著。全书分为上下两编,上编"从翻译到研究"汇集了作者几十年翻译和研究《浮士德》所得,选译了歌德论《浮士德》的书信言论;下编"西方的《浮士德》研究"以"浮士德题材历史的考察""人物形象""戏剧性质""剧本的统一性问题"和"舞台史"为线索,梳理了西方"浮学"的研究成果,且将西方"浮学"研究方法总结为"历史溯源法""象征解说法"及"心理分析法"。论著虽未自成学说,部分论述也局限于时代的思维习惯,但是在资讯欠发达的80年代,这部资料汇编对于拓宽国内学术视野大有裨益,经常为国内研究者所引用。冯董两位前辈学者为"新时期"中国"浮学"定下了不低的起点。

1979年由杨周翰等主编的《欧洲文学史》下卷出版,歌德部分总体上未超出"文化大革命"前的认识水平,但在个别提法上有所修正,例如指出《浮士德》

是浪漫主义和现实主义的结合。五卷本《德国文学史》(2006—2008)是迄今为止规模最大的汉语学界德语文学史述,学术意义重大。范大灿撰写的第2卷中对歌德戏剧有全面、详细的述评,详细介绍了狂飙突进、古典文学时期的歌德戏剧代表作,而《浮士德》一节分量尤重,占据65页篇幅,采取逐节评述的阐释方式,取代了以往文学史写作中的社会批判手法,史料准确翔实、评论精要到位,是作者多年研读心得的总结。

这个时期的歌德戏剧研究中,《浮士德》研究依然占据了绝对中心的位置,遗憾的是,歌德的其他戏剧缺乏深入的研究,叶隽的新著《歌德思想之形成——经典文本体现的古典和谐》(2010)打破了这种局面,除《浮士德》外,叶隽系统考察了《铁手骑士葛兹》《哀格蒙特》《伊菲格尼亚》和《塔索》,力图在"文学史、文化史、思想史和社会史"的综合视野下理解歌德。

除了文学史、译文序言之外,发表在各类学术刊物上的《浮士德》研究论文在这个时期数量增长迅速,据不完全统计,已有三百余篇,且逐年增长,呈加速态势。在研究中用力颇勤、斩获颇多的学者既有德语文学界的范大灿、杨武能、余匡复、谷裕、吴建广、叶隽等,也有德语文学研究圈外的蒋世杰、刘建军、张辉等,学者的学术背景往往影响了研究的视角和行文风格。

国内20世纪80年代的研究基本上还停留在较为浅显的情节人物分析上,强调人物的阶级代表性以及剧中体现的辩证哲学观。而自70年代起,西方"浮学"中以西方批判理论、女权主义、生态主义、后殖民主义、人类学、心理学、视觉研究为理论依据的研究层出不穷,歌德和《浮士德》的形象在各种"主义"和理论的镜照下异彩纷呈,A.薛纳1994年出版的《浮士德》注疏本继承和发展了德国的语文学传统,吸纳了最新的研究成果,具有里程碑的地位,其站在反思启蒙的立场上对"浮士德神话"的祛魅,也影响了我国最新的"浮学"研究。90年代以后,在我国的《浮士德》研究中,西方文论的影响日益显现,"传统的"社会批判立场逐渐退场,神学维度进入研究视野,可贵的"中国"眼光也在形成中,如此"众声喧哗",正是解读《浮士德》的应有之义。[①] 根据研究内容的不同,我国这一时期的《浮士德》研究可以分为主题内容研究、戏剧理论与实践研究、比较和接受研究。

第一类,主题内容研究。《浮》剧的多义含混、包罗万象使得多种诠释成为可能,论文议题涉及主题思想、戏剧性质、人物考辨、哲学、神学、美学和文化等

---

① 值得一提的是,残雪起先发表在《读书》上,后来结集出版的随笔系列《解读〈浮士德〉》(收入《地狱中的独行者》,2003年)共17篇,并非严格意义上的学术论文,呈现出来的却是元气淋漓和真实强烈的阅读体验。论者开首就响亮宣布,"破除庸俗化的社会评判学的观念,将作品作为一件艺术品来久久地凝视,文本丰富的层次就会逐一呈现"。在残雪的解读体系中,浮士德是艺术家的象征人物,而梅菲斯特是浮士德的艺术自我,甘泪卿与浮士德是艺术与宗教信仰的殊途同归,诸种见解,言之成理,不落窠白。

多种维度,研究方法从单一的社会历史批判观走向多元视角,对于《浮》剧在思想史中启蒙抑或浪漫的定位,戏剧的悲剧性和哲学内涵,各家论者有不同观点,形成了争鸣。

20世纪90年代以前,国内的评论通常将《浮士德》的主题思想概括为"人类的自强不息",如《辞海》总结为"描写浮士德一生探求真理的痛苦经历,反映从文艺复兴至19世纪初德国进步的、科学的力量和反动的、神秘的力量之间的斗争,宣扬人道主义思想"①。代表性的论文有范大灿1980年发表在《外国文学评论》②上的《人类的前景是光明的——读歌德的诗剧〈浮士德〉》。自90年代后期开始,单一启蒙维度的解读方式受到质疑,启蒙和浪漫之争不仅是美学形式问题,也关系到晚年歌德的思想史定位。韩瑞祥、仝保民的论文《〈浮士德〉悲剧第一部的浪漫主义色彩》(1999)站在浪漫主义的立场上认为《浮》剧是一个具有普遍意义的人性分裂的悲剧。吴建广更为激进的"反启蒙"式解读近年来颇为引人瞩目,他在论文《被解放者的人本悲剧——德意志精神框架中的〈浮士德〉》(2008)中认为,《浮》剧根本是人本主义僭越神序导致的悲剧,浮士德因为"认识欲、淫欲、虚拟欲、僭越欲、创世欲"而罪孽深重,最后的救赎也不过是浮士德临死悔罪的"濒死意念"③,文章认为歌德完全否定了启蒙的意义,"回归到德意志浪漫精神的故乡"。范大灿则坚持歌德的人道主义立场是解读全剧的钥匙,指出全剧的主旨是探讨启蒙以后的人类的命运,即以理性"小神"自居的人"是走向光明还是黑暗",最后的救赎是"上天因为他的高尚精神和高贵品德赐给他的爱和恩惠"④。叶隽(2008)也意识到了歌德身上的"一元二魂"反映了"思想的自我矛盾",但依然在《浮士德》中选择了"理性路径"。谷裕在《隐匿的神学》(2008)中的解读颇有见地,她认为歌德通过《浮士德》对于理性的自我完善能力表示怀疑,对现代人过分张扬的个性进行反讽;全剧的宗教剧框架象征着启蒙理性的发展和完善始终也必须服从神的秩序和意志;浮士德得到救赎的场景尽管充满悖论和不确定性,然而象征着爱的永恒女性的引导给予人们希望和信心,启蒙的意义并未被彻底颠覆。⑤

研究中对于《浮士德》的悲剧性质颇有争议,卫文珂(1983)称之为"一部充满乐观主义精神的伟大悲剧";余匡复(1991)套用狄德罗的说法,提出《浮》剧是

---

① 《辞海》,上海:上海辞书出版社,2002年,第1124页。
② 范大灿:《人类的前景是光明的——读歌德的诗剧〈浮士德〉》,《外国文学评论》第二辑,外国文学出版社1980年,第161—196页。
③ 吴建广:《濒死意念作为戏剧空间——歌德〈浮士德〉"殡葬"之诠释》,《外国文学评论》2011(2),第145—155页。
④ 范大灿:《德国文学史》第2卷,南京:译林出版社,2006年,第539、590页。
⑤ 谷裕:《隐匿的神学——启蒙前后的德语文学》,上海:华东师范大学出版社,2008年,第182—202页。

严肃的正剧,不是悲剧;谷裕(2008)认为人类自我膨胀的盲目和僭越神性秩序的企图,即是浮士德悲剧根源所在。值得注意的是,评论界对于诗剧《浮士德》包容万象、错综复杂的诗学形式和修辞艺术历来赞叹不已,在德国有着良好的研究传统。较之丰繁博杂的主题内容研究,国内对于《浮》剧艺术形式的研究尤显薄弱,深入系统的形式研究尚有待后人。

考辨人物形象的论文多以浮士德和梅菲斯特为题。杨武能将浮士德概括为"术士·哲人·人类的杰出代表",将梅菲斯特总结为"否定的精灵"和"恶"的化身,颇有代表性。[①] 研究者一般认为浮士德兼具神性和魔性,反映了人类灵魂中灵与肉、善与恶的斗争;也有论者直接将歌德与浮士德作比,如余匡复在《〈浮士德〉——歌德的精神自传》(1999)中认为"浮士德的精神发展史反映了歌德自身的精神发展史,是歌德最大一篇的自白";也有论者将浮士德比作"永恒的流浪者"(褚蓓娟,1997)或是西西弗斯(蔡申,1994);还有论者认为《浮》剧并非歌德生存观念的释解,如韩瑞祥和仝保民(1999)称浮士德是"一个在幻想和戏弄人生中追求的浪漫主义形象"。杨晖(2007)用弗洛伊德理论解读浮士德的"自我本我超我",颇有新意。梅菲斯特在较早的评论中被认为是代表了"腐朽落后的封建势力"(张月超,1980),或是"资本主义发展过程中罪恶的体现"(曹让庭,1979),晚近的研究接受了冯至20世纪40年代论文《〈浮士德〉里的魔》中的观点,如杨武能在《天下第一魔和"恶"的化身》(1991)中认为梅菲斯特是"否定的精灵"和"恶"的化身,既保留了西欧文学中魔鬼传统的试探者、诱惑者、破坏者特征,同时是个虚无主义者,具有片面的理智,又兼为浮士德的激励者和社会现实的批判者,是个矛盾的综合体。甘泪卿也是重要的文学典型人物,西方研究中近年来追索女子弑婴的历史原型,重新发掘这部剧的历史意义,也有性别研究讨论男女主人公关系中的性别压迫。国内论者如刘敏(1998)认为甘泪卿爱情是浮士德个人发展的一个阶段,势必被超越;张继云(2000)指出甘泪卿悲剧在于两者世界观的时代差异;另有论文注意到了甘泪卿悲剧的宗教内涵。剧中其他人物如海伦、瓦格纳同样具有丰富多义的特征,值得进一步研究。

《浮士德》的哲学内涵是20世纪八九十年代学界关注的热点,关群(1980)、简明(1984)、韩世轶(1991)、杨武能(1999)都发表过专题论文,从思维和存在的关系、哲学的认识论和人生观问题、分析和认识事物的辩证法思想阐述了《浮士德》中的哲学思想。刘建军在《歌德〈浮士德〉的三层结构及其价值》(1987)中谈到了歌德将世界的运动发展抽象为道德上的"善恶斗争",是"资产阶级唯心史观",随后,尹振球(1992)和刘建军(1993)围绕"善恶冲突是否唯心主义"在《国外文学》上展开争鸣,刘建军后又就此议题发表论文《"两面神"思维与〈浮士德〉

[①] 杨武能:《走近歌德》,石家庄:河北教育出版社,1999年,第274、285页。

辩证法思想的深化》(1998)。

自90年代后期起,《浮士德》的神学维度取代哲学内涵,日益为研究者所重视。肖四新(1999)从本体论、人的本质、历史观、人生价值观四个方面论证了《浮士德》的神学内涵。在这个领域中,谷裕(2008)的研究最为系统、深入,她将歌德作品中的宗教话语置于启蒙以后的文学史和思想史背景下考察。在《浮士德》一节中,分析了"天堂序曲"中的赌誓与《约伯记》的同构关系,继而通过对于第二部第五幕和救赎一场中宗教元素的解读,呈现出现代人的理性困境和救赎的可能。

美学问题一直是文学评论界关注的重点,"文化大革命"前的评论中强调其现实主义的表现手法,冯至1979年《论海伦娜悲剧》中开辟了浪漫主义美学的研究思路;刘建军(1990)提出"现实主义是歌德式象征的基础,浪漫主义是歌德式象征的表现手法";韩瑞祥、全保民(1999)仔细梳理了歌德与浪漫派的关系,纠正了以往研究中的认识误区,继而指出《浮士德》悲剧第一部内容和形式中的浪漫主义色彩。蒋世杰(1997)用英国美学家鲍山葵提出的"艰奥美"概括《浮》剧的美学品格,颇具理论张力,文章认为《浮》剧是一个充满隐喻和象征的生命哲学寓言,用狂欢化艺术手法熔合多种异类艺术因素,具有错杂性、广阔性和紧张性的特点。

《浮》剧所蕴含的丰厚的西方文化传统,引起了研究者的重视。蒋承勇在《浮士德与欧洲"近代人"文化价值核心》(2007)中指出浮士德身上强劲的生命意志和道德理性的约束之间的矛盾,既是古典世俗人本意识的复活,也反映了基督教文化的道德约束,歌德追求的是两者的和谐。神秘主义是另一重值得重视的文化维度,陈晓兰1996年的论文《〈浮士德〉与神秘主义》注意到了剧中的神秘现象及主人公的巫师身份,可是只将其作为反叛基督教正统观念和秩序的"否定力量"及消极因素来看待,没有认识到它们本身蕴含的象征意义。蒋世杰在论文《〈浮士德〉:充满生命狂欢的复调史诗》(1994)中借鉴了巴赫金的"狂欢理论"和"对话诗学",用融合了异教和基督教传统、充满神秘色彩的狂欢文化作为解读全剧的线索。文章将《浮》剧概括为"表现生命价值多元性的复调史诗",用对话哲学和对位法解释人物结构,用复调结构对应剧中的时空结构,令人耳目一新。蒋世杰继而又梳理了《浮》剧中的"原型象征体系"(1995),探讨了《浮》剧的"艰奥美学"(1997)、"时间哲理"(1998),用当代西方文论解读《浮士德》的现代性甚或后现代性,别开生面。

《浮士德》与歌德自然研究的关系近年来也逐渐为研究者所认识,莫光华(2009)指出歌德研究自然的目的是为了认识人自身,是时代精神的体现,这一思想也体现在《浮》剧中;吴晓江(2009)则将《浮士德》置于西方科技史的背景下,揭示了浮士德精神积极的人文意义、西方科学变革精神和科技文化特质。

第二类,戏剧理论与实践研究。国内学界对于歌德戏剧的研究多探讨剧本的思想内容和文学性,戏剧理论和实践部分未受到足够的重视。王建的论文《试论歌德及其魏玛戏剧学派》(2006)值得关注,文章从歌德的《演员规则》出发,详细阐释了歌德的戏剧构想和舞台观念,将以歌德戏剧理论和实践为基础的魏玛戏剧学派定位于戏剧史上,"从古典主义的风格式舞台向现实主义的幻觉舞台"过渡。陈世雄(2009)比较了歌德与席勒对于戏剧表演艺术的论述,认为歌德"比较接近狄德罗""僵化保守",席勒则打破陈规,提倡自然的表演。但同时也要注意两者戏剧观念的复杂性和矛盾性。

姚文放(1994)比较了李渔与歌德关于戏剧舞台性的论述,认为两者都重视戏剧的舞台性,但各有偏重:李渔偏重曲辞的可解性,歌德偏重场景的可视性;在理论论述中,李渔注重体验、领悟和意会,歌德强调对于舞台实践的认识;在戏剧的效果上,李渔注重娱乐和盈利,而歌德重视教化,欲建立民族剧院。

同样在《浮士德》研究中,从"戏剧"角度展开论述的文字近乎阙如,李万钧(1991)从"诗剧"特征、编剧技巧、戏剧艺术的革新及其"东方艺术色彩"四个方面展开,证明"《浮士德》是一部伟大的戏剧",提出"开放的史诗剧"一说,指出《浮士德》在西方戏剧史上具有承上启下的重要地位,颇有见地,然将"救赎"解读为中国的乐感文化,不免牵强。

第三类,比较和接受研究。可以归入《浮士德》比较研究范畴的有"浮士德"形象在西方文学中的影响和比较研究、歌德《浮士德》在中国的接受、《浮士德》与中国文学的平行比较研究。

董问樵在《〈浮士德〉研究》(1987)中已经详细考察了西方"浮士德"题材历史,黄梅在《浮士德与"追求"的神话》(2003)中比较了中世纪德国民间故事书、英国文艺复兴时期剧作家马洛的《浮士德博士的悲剧》(1588)和歌德的"不朽诗剧"中的浮士德形象及命运的不同,从民间传说中的异端人物到现代人的神话象征,从下地狱到上天堂,文章进而指出,浮士德形象的变迁与时代和作者伦理观念变化相关,对于浮士德"追求"神话的反思且具有现实意义。高中甫的专著《歌德接受史 1773—1945》(1993)对于歌德在德国的接受史有着翔实、细致的疏离,叶隽在近作《战后六十年的歌德学(1945—2005)》(2011)则续写了德国战后的歌德接受,两者都论及《浮》剧的德国接受情况。

在平行比较研究中,有多篇论文沿用了王国维的研究视角,比较《红楼梦》与《浮士德》的生命观,如杜娟(2005)和张帆、向兰(2010)分别就"灵肉母题"和中西"生命价值"的异同展开论述。李万钧(1998)从戏剧性、象征性、女性形象、文学传统四个方面对《离骚》《神曲》和《浮士德》三部巨著进行比较,视野宏大。孙大功(1983)发现《西游记》和《浮士德》共同具有浪漫主义和现实主义的因素;张德明(1991)则认为联结两者的是共同的"终极寻求",他运用西方叙述学模型和图表分析叙事元素"寻求者""对象""阻碍者""诱惑与考验""拯救",认为在相同的母题和近似的叙事模式中,体现出东西方文化、基督教和佛教价值观的差异。

歌德与中国的关系研究是国内学界得以展开本土学术视角的领域。① 1982年,冯至率团参加在海德堡大学召开的"歌德与中国——中国与歌德"学术讨论会,这是中国日耳曼学者第一次在国际会议上集体亮相,会议论文后来结集出版,对于歌德的中国接受史具有开拓意义。② 杨武能的专著《歌德与中国》(1991)影响甚广,他的论文《百年回响的歌一曲:〈浮士德〉在中国之接受》(1994)概述了《浮士德》在中国的翻译和接受史。《浮士德》对郭沫若创作的影响较受研究者关注,姜铮(1982)的工作最具代表性,他发现《女神》吸收了歌德"新生的思想、创造的思想和主情主义"。张辉在《浮士德精神的中国化审美阐释》(1998)一文中以宗白华、程衡、唐君毅为例,指出20世纪上半叶中国知识分子在浮士德精神"中国化审美诠释"中所面临的现代化两难困境,即"乌托邦"和工具化,颇具理论深度和本土关怀,值得关注。

晚近的接受研究开辟了媒体研究的新领域,焦洱(1994)比较了文学文本与林兆华版《浮士德》舞台实践的差异及得失;吕效平(2010)在《文艺争鸣》上的文章颇有锋芒,他指出徐晓钟版本的《浮士德》被当代的"思想惯性""催眠",演绎了一出"社会主义古典主义正剧",背离了原作怀疑主义的悲剧本质。也有少量论文研究音乐、电影和网络文学中的浮士德形象,属于文化研究领域,也应引起关注。

改革开放30年,歌德戏剧研究进入了繁荣期,但依然存在着一些问题:首先,从研究对象而言,存在着厚此薄彼的状况:研究《浮士德》的多,研究歌德其他戏剧的少,歌德狂飙突进时期的《葛兹》,古典时期的《伊菲格尼亚》《塔索》《艾格蒙特》都是歌德的代表作,很有研究价值,却几乎没有研究者关注;其次,在《浮士德》研究中,就论文主题分布而言,也存在着失衡现象:主题思想、人物形象、社会背景分析的文章所占比例较大,以形式研究、美学特征为主题的论文偏

---

① 在这个领域中,加拿大籍华裔学者夏瑞春(Adrian Hsia)的工作也值得重视,他主编了论文集《浮士德在东亚的接受》,收入论文9篇,论及中日韩三国的《浮士德》接受,其中夏瑞春自撰论文两篇,一是比较了周学普、郭沫若、钱春绮和董问樵的译本,二是概述中国的浮士德接受。见 *Zur Rezeption von Goethes Faust in Ostasien* (Frankfurt a. M.: Peter Lang, 1993)。

② 大会报告被收入德文论文集,见 Günther Debon und Adrian Hsia (Hrsg.), *Goethe und China-China und Goethe. Bericht des Heidelberger Symposions* (Frankfurt a. M.: Peter Lang, 1985),其中收入的中国学者论文有:冯至"Gedanken zu Goethes Gedichten"(《关于歌德诗歌的感想》),"Du Fu und Goethe"(《杜甫和歌德》),范大灿"Chinesische Auffassung zu Goethes Kunsttheorie"(《对于歌德艺术理论的中国理解》),杨武能"Goethe und die chinesische Gegenwartsliteratur"(《歌德和中国当代文学》)和高中甫"Goethe-Rezeption seit 1976"(《1976年之后的歌德接受》)。

少;最后 30 年来,尤其是进入 21 世纪以来,论文数量急剧增加,却存在内容重复、材料单一、论证粗糙的问题。有些论文,理论观念先行,立论缺乏足够的文本依据,给人生搬硬套、根基不稳之感。中国"浮学"若能在立足文本和历史文献的基础上,从政治、思想、文化传统角度发掘文本后隐藏之义,也许能为这部人道主义经典著作开辟出新的研究空间,带来新的认识。

第二节　席勒戏剧研究

在德国,席勒(Friedrich von Schiller,1759—1805)是与歌德齐名的文学大家,其作品沉雄浑厚,意蕴深远,充满理想主义色彩。20 世纪末,德国"文学教皇"赖希·拉尼茨基独自主编,由岛屿出版社推出系列丛书"德语文学经典"。人们饶有兴趣,看究竟有哪些作家并以何种方式入他法眼。结果是:戏剧类的"经典"共分 8 卷,涉及作家 24 人,剧作 44 部,即每个作家入选作品平均不到 2 部。其中,以 3 部剧作入选的有:莱辛、克莱斯特、施尼茨勒、布莱希特;有 4 部剧作入围的是歌德。唯独席勒"鹤立鸡群",携 6 部剧本上场。可见,在编者眼中,席勒该坐德语戏剧厅堂的头把交椅。我们在此考察席勒在新中国 60 年的接受史,恰恰以其戏剧创作为中心,显示中德"英雄"所见略同。

一、新中国成立前研究状况的简要回顾

席勒戏剧在中国的流传,以马君武译《威廉·退尔》为开端。剧本自 1915 年 1 月起,连载于上海中华书局发行的《大中华杂志》上。这部雄浑刚劲、摧抑豪强的剧作在中国际遇不凡。郑振铎在《文学大纲·十八世纪的德国文学》[①]中称它为席勒最有名的剧本,并说:"当威廉·退尔在射苹果时,或当他们在黎明的红光中报告胜利的消息时,不知怎样的总使读者感到一种莫可言论的感动。"他在文中一再突出主人公"被迫用箭射他自己儿子头上的苹果之事",足证一个独创性情节的感人魅力。1925 年,上海中华书局推出此译单行本。

席勒另一代表作《强盗》,1926 年由杨丙辰译出,上海北新书局出版。"译者自序"将席勒同歌德相比较:"葛德的才思是客观的,写实的,趋外的,八方面的伴奂全备的。释勒的才思是主观的,唯心的,趋内的,深不可识,高不可攀的。葛德是富有渊若大海,一望无际的情感的,释勒是富有灿若日月的哲识理想和奋斗向上的精神的。因此葛德就是一个天生的抒情诗人,释勒就是一个天生的戏剧家。而葛德一生最精纯最出色的作品,就是他的抒情诗。释勒一生的最出

① 郑振铎:《小说月报》16 卷 12 号,1925 年 12 月 10 日。

色杰作却是他的戏剧。"钱杏邨也曾注意此剧。他在《德国文学漫评》①中把《强盗》与《水浒传》相提并论,又把席勒笔下的"强盗"比作项羽,对"他们[强盗们]的勇敢,毅力,大无畏的精神",以及"刚毅不屈,对社会不妥协"大加赞赏。

此后,郭沫若译《华伦斯太》,1936 年由上海生活书店出版。郭沫若在跋文"译完了华伦斯太之后"中,既肯定剧本的艺术性,也指出席勒在人物塑造方面的破绽。涉及的问题有:对"返之自然"口号的误用,主题在性格悲剧和命运悲剧之间的游移及由此带来的人物性格模糊,体现出译者自身的理论修养及创作观。文章末尾,郭沫若感谢席勒,"替我们中国文艺界介绍了一位西方式的'汉奸'",有意无意把读者拉回中国抵御外敌的现实。

1932 年,上海安国栋发行叶定善编译的《奥利昂的女郎》。在书前的"席勒尔小传"中,译者也把歌德同席勒互作比较,说:"前者是直感的,天籁的,所谓 naive 底诗人,后者却富于沉雄的气韵,而成其所谓 sentimental 底艺术。"译者甚至把席勒比作"吟望低垂的杜子美",把歌德视为"兴酣笔落,诗成啸傲的谪仙翁"。想象力虽强,但考虑到中德作家截然不同的文化背景和才质性情,比较稍显勉强。

席勒另一部代表作《阴谋与爱情》也由上海商务印书馆于 1934 年出版,译者张富岁,但由杨丙辰作序。他在序言中称赞席勒是个"理智敏捷,念虑深长,想象力极强烈"的人。自 1926 年译《强盗》后,再次显示他对席勒的看重。

由此可见,在 1915—1934 年的约二十年里,席勒的《威廉·退尔》《强盗》《华伦斯太》《奥利昂的女郎》《阴谋与爱情》等五部剧作,得到完整的中译。那些翻译家,几乎无例外地同时对这些作品进行评论,是为席勒戏剧研究在中国的开端。

民国时期,1934 年席勒 175 周年诞辰的纪念活动为重大事件。当时的中德学会在京举办"释勒展览",北大德文组于同年出版《释勒纪念特刊》,其中收有德人阿尔贝特·克斯特的《图兰朵通话——从戈齐到席勒》和英戈·克劳斯的《席勒、中国和戏剧》两篇论文,一是表明中国的席勒研究不时有借鉴德国学者的特征,二是倡导了对席勒戏剧与中国关系的研究。

二、1949—1966 年间的研究状况

二战结束后,德国分裂为联邦德国(西德)和民主德国(东德)。新中国建立后不久与东德建交。与西德建交,是 1972 的事。由于意识形态的关系,这个时期人们关注的主要是当代东德作家的作品,但席勒属于德国古典主义作家,他的作品在某种程度上能够超越意识形态造成的壁垒。1955 年是席勒逝世 150

---

① 钱杏邨:《小说月报》19 卷 3 号,1928 年 3 月 10 日。

周年,而世界和平理事会也将席勒选入当年的四大文化名人之列,民主德国甚至将这年命名为"席勒年"。中国有关政府机构也为此举行纪念活动,出版界更是闻风而动。在北京,人民文学出版社修订出版郭沫若译《华伦斯坦》(1955)、廖辅叔译《阴谋与爱情》(1955)、钱春绮译《威廉·退尔》(1956)、杨文震和李长之译《强盗》(1956)、张天麟译《奥里昂的姑娘》(1956);在上海,新文艺出版社推出张威廉译《威廉·退尔》(1955)、叶逢植和韩世钟译《斐哀斯柯》(1957)。其中,除《斐哀斯柯》之外,均为重译。这更突出民国时期译者力开先河的功绩。围绕着纪念活动以及因此而集中出版的席勒作品,评论界也热闹非凡。就现有资料看,仅在 1955 的活动中,各类报刊为纪念席勒逝世 150 周年,登载文章或论文就达 24 篇(其中两篇译自德语)。① 它们一方面在当时的政治社会背景下称颂席勒,比如杨宪益在《纪念世界文化遗产的伟大代表》一文中先介绍席勒的戏剧创作,然后说:"今天,当全世界人民正在为反对西德重新军国主义化而斗争,而美帝国主义及其追随者正以巴黎协定阻碍着德国的和平统一的时候,纪念席勒对于德国人民以及全世界人民具有特殊重大的意义,而席勒精神必将成为鼓舞人民争取德国和平统一的道德精神力量。"② 冯至的《"建筑自由庙宇"的伟大诗人——纪念席勒逝世一百五十周年》其实不涉及席勒的"诗歌",而是重点介绍其剧作《强盗》,并将它与推翻暴政联系起来。文章称:"现在,在席勒的祖国,已经有一部分地域——德意志民主共和国——在工人阶级政党的领导下,实现了席勒的梦想,永久削除了暴君统治和不合理的社会制度。但是在西德却完全两样……当年席勒所攻击,所控诉的,不但没有消逝,而且面貌更为狞恶了。"③ 冯至还援引恩格斯对席勒《强盗》一剧的赞赏,说"席勒写他的'强盗',是对于一个向全社会公开宣战的、胸怀磊落的青年的赞颂"。另一方面,也有文章,比如黄嘉德的《席勒的创作道路——纪念席勒逝世一百五十周年》认为"席勒的作品是有一定程度的局限性的"。具体而言,是其剧作中"抽象的人道主义说教的倾向",以及"思想的矛盾"。④ 后者主要涉及席勒《强盗》和《唐·卡洛斯》中主人公最后的妥协姿态。

紧接着是 1959 年,那是席勒 200 周年诞辰。首都文化艺术界千余人集会,纪念这个日子。中国戏剧家协会主席田汉在会上做了题为"席勒,民主与民族自由的战士"的报告,报告主要内容围绕着席勒的戏剧创作展开,论及《强盗》

---

① 参见丁敏:《席勒在中国:1840—2008》,上海外国语大学博士学位论文(2009 年 5 月),第 167—168 页。
② 杨宪益:《纪念世界文化遗产的伟大代表》,《世界知识》1955(9)。
③ 冯至:《"建筑自由庙宇"的伟大诗人——纪念席勒逝世一百五十周年》,《人民日报》1955 年 5 月 4 日。
④ 黄嘉德:《席勒的创作道路——纪念席勒逝世一百五十周年》,《文史哲》1955(5)。

《斐斯科》《阴谋与爱情》《唐·卡洛斯》《华伦斯坦》《玛利·史都瓦特》《奥尔连的姑娘》《墨西拿新嫁娘》《威廉·退尔》《德米特里俄斯》，几乎囊括所有席勒的戏剧创作。田汉的评论继承了新中国成立后中国左翼文评的主要传统。他说："唯心主义的美学观曾经一度使诗人减弱了对人民力量的信任和对革命的向往，而依靠所谓'美感教育'。但由于当时日益加深的德国民族危机和诗人热爱祖国、反抗侵略的至情，使他终于脱出了'美的迷宫'，写出像《威廉·退尔》这样不朽的剧本。"[①]这次集会结束后，中国青年艺术剧院还演出了席勒名剧《阴谋与爱情》。

总而言之，一直到50年代末，这一时期的席勒剧作评论政治背景突出，辩证方法流行，虽然肯定了其创作的"进步"意义，但也对其"唯心主义"倾向啧有烦言。但两次纪念活动过去之后，一直到"文化大革命"结束，席勒作品的译介大体停顿，而席勒之名也逐渐淡出我国学术研究者的视野。今天能看到的，一是朱光潜1963年的论著《席勒的美学思想》[②]，与席勒戏剧大体无关；二是张威廉1963年的文章《略谈席勒对中国的了解》[③]，涉及席勒剧本《图兰朵》中的中国因素。两篇文章当时均未引起学界反响，但前者似为70年代末起中国的席勒美学研究开了先河；后者既续接了前及1934年《释勒纪念特刊》所载，德国学者对席勒与中国文学关系的研讨，同时也为80年代后此题获得热议做了铺垫。

三、1978—2010 年间的研究状况

从"文化大革命"爆发前后的几年一直到"文化大革命"结束，由于政治环境的制约，席勒作品在中国的译介与研究几乎全部停止。就已有资料来看，席勒研究重新展开是在1978—1979年间。在这两年中，约有八篇关于席勒的文章问世[④]，其中7篇讨论马克思和恩格斯提出的"莎士比亚化"和"席勒式"，表现出马克思、恩格斯理论不仅统帅中国政治，而且引导席勒研究。克地、张锡坤的《论"席勒式"的创作倾向》可能是此类文章中的首篇。它在以马克思主义理论对席勒创作进行总体评价后，着重分析席勒的《华伦斯坦》和《威廉·退尔》。就前者来说，作者的结论是"席勒以形象演绎他的道德理想的观念"；至于后者，虽然歌颂了"争取自由解放的英勇斗争"，但"依然存在着唯心主义的创作倾向"。[⑤]

---

① 田汉：《席勒，民主与民族自由的战士》，《戏剧报》1959(22)。
② 朱光潜：《席勒的美学思想》，《北京大学学报（哲学社会科学版）》1963(1)。另可见《北京大学朱光潜来我校作"德国古典美学"等问题的学术演讲》，《吉林大学社会科学学报》1963(3)。
③ 张威廉：《略谈席勒对中国的了解》，《雨花》1963(1)。
④ 参见丁敏：《席勒在中国：1840—2008》，上海外国语大学博士学位论文（2009年5月），第41、172、175页。
⑤ 克地、张锡坤：《论"席勒式"的创作倾向》，《吉林大学社会科学学报》1978(1)，第53页。

席勒戏剧研究真正的振兴,是进入 80 年代后。1981 年,上海译文出版社同时推出张威廉译《唐·卡洛斯》和《威廉·退尔》。前者为新译,后者是 1955 年新文艺出版社版同名译本的重印。1983 年,江苏人民出版社出版张威廉译《杜兰朵——中国公主》。1985 年,上海译文出版社推出张玉书、章鹏高译《玛丽亚·斯图亚特》。至此,席勒中译剧本达到十部,为研究的展开打下基础。

80 年代中国的席勒戏剧研究,是 70 年代末此类研究的继续。就目前统计资料来看,从 1980 年到 1988 年,篇名提及席勒和莎士比亚"问题"或"席勒式"的杂志文章约有九篇[1],而专门评论席勒剧作的杂志文章仅约七篇。[2] 以应启后、范小青《唐·卡洛斯》[3]为例,此文回顾了马克思、恩格斯给拉萨尔信中关于"席勒式"的话,具体议论《卡》剧三方面的"错误和缺点"。一是主要人物不能表现当时时代精神的进步思想;二是剧作表现的矛盾冲突显得空洞和概念化;三是表现方法上有抽象化和单一化倾向。而在专门评论席勒剧作的七篇文章中,有三篇谈《阴谋与爱情》,一篇论《唐·卡洛斯》,一篇论《玛丽亚·斯图亚特》,一篇论《强盗》,一篇综合性地介绍席勒的悲剧和历史剧。以蓝泰凯《席勒的悲剧〈强盗〉》[4]为例,该文依照杨文震、李长之的译本,参考马克思、恩格斯全集、《外国文学评论选》(湖南人民出版社 1982 年)中梅林关于此剧的评论、《外国文学教学参考资料》(福建人民出版社 1980 年)、《西方文论选》(上海译文出版社 1979 年)中亚里斯多德的《诗学》以及孙席珍《外国文学论集》(福建人民出版社 1983 年)写成,主要介绍剧本内容,总结其"语言充满反抗激情,生动有力,富于形象性合个性特征"的成功之处,又指出其结构的"不够连贯"的缺点。概而言之,论文作者看来大多不谙德语,采用的基本是二手资料,关注重点、论述方法和研究结论,大体延续了 50 年代以来的传统,几无突破。

新中国席勒研究的一项重要研究成果,是杨武能选编《席勒与中国》(四川文艺出版社,1989 年)。文集上篇为"席勒与中国",收文 16 篇,全部与中国有关,可归入比较文学研究。下篇是"席勒论",收文 15 篇。总共 31 篇文章,约十二篇出自德国学者之手,其中不乏德国汉学家,其余大多由中国多所大学的德语教师或德语文学研究者写成。这些文章的学术品质达到新的水平。文集中约十五篇文章题目涉及席勒的戏剧创作(其中 1 篇谈两部剧作),占全部论文总数的 46.5%,可见戏剧创作仍然是研究者关注席勒的重点。细看 15 篇文章,有

---

[1] 其中一篇为译文:《舒伯特教授谈"席勒式"和"莎士比亚化"》,宁瑛译,《外国文学动态》1984(12)。参见丁敏:《席勒在中国:1840—2008》,上海外国语大学博士学位论文(2009 年 5 月),第 176—177 页。

[2] 参见丁敏:《席勒在中国:1840—2008》,上海外国语大学博士学位论文(2009 年 5 月),第 172—173 页。

[3] 应启后、范小青:《唐·卡洛斯》,《江苏师院学报》1982(1)。

[4] 蓝泰凯:《席勒的悲剧〈强盗〉》,《贵州师大学报》(社会科学版)1987(4)。

5篇谈《阴谋与爱情》,3篇论《威廉·退尔》,各有2篇研究《强盗》《奥里昂的姑娘》和《玛丽亚·斯图亚特》,各有1篇涉及《唐·卡洛斯》和《杜兰朵——中国公主》。结果表明,在中国的席勒戏剧研究中,《阴谋与爱情》依旧占据要位。① 这15篇论席勒戏剧的文章中,至少有8篇进行中德文学或文化的比较研究。比如涉及《强盗》的两篇论文,都将此剧与中国的《水浒传》进行比较,体现出中国席勒研究跨文化的特点。②

上及论文集《席勒与中国》,其实是为纪念席勒逝世180周年,1985年在中国重庆举办的一次国际席勒研讨会的成果。之后,席勒研究虽然在场,但受关注的重点大体是其美学论著。中国的席勒戏剧研究,等待着20年后又一个大规模的席勒纪念日。

2005年,中国纪念席勒逝世200周年的活动规模空前。仅在北京,就有3个大型纪念活动暨国际学术研讨会。这一年,人民文学出版社隆重推出张玉书选编的6卷本《席勒文集》,共收剧本11部。也就是说,席勒剧本汉译在此首次整体亮相。尤其值得一提的是,选编者为每卷所选剧本,均写下资料翔实、脉络清晰的介绍文章,属于中国学者席勒戏剧研究的新近成果。③

另外,张玉书等人担任主编的德语版年刊《文学之路》④(2005年),辟出席勒专栏,收文11篇,题目涉及席勒戏剧作品的有3篇,讨论剧作分别是《阴谋与爱情》(论剧本人物语言的中译问题)、《唐·卡洛斯》(讲自由母题)和《玛丽亚·斯图亚特》(谈妇女形象的塑造)。

叶廷芳、王建主编的《歌德和席勒的现实意义》⑤,是1999年歌德诞生250周年和2005年席勒逝世200周年的纪念文集,收文19篇,其中4篇以席勒为讨论对象。这4篇文章中,2篇关注席勒美学,各有1篇谈席勒对于时代的贡献

---

① 这与德国的席勒戏剧研究的重点显然不同。试以新近两本德国的席勒专著为例,其一是 Rüdiger Safranski, *Schiller oder die Erfindung des Deutschen Idealismus*(Carl Hanser Verlag, 2004);其二为 Kurt Völfel, *Friedrich Schiller*(Deutscher Taschenbuch Verlag, 2004)。前者讨论了席勒主要剧作,按书后"作品索引"所列页码的次数,按序为《强盗》(37)、《斐耶斯科》(25)、《唐·卡洛斯》(23)、《华伦斯坦》(21)、《阴谋与爱情》(17)。后者也涉及席勒主要剧作,同按书后"作品索引"所列页码的次数,按序为《唐·卡洛斯》(19)、《华伦斯坦》(15)、《斐耶斯科》(12)、《强盗》(10)、《奥里昂的姑娘》(8)、《阴谋与爱情》(7)。可见,在席勒大约十部的主要剧作中,《阴谋与爱情》的被关注度,在上提两部德人著作中基本一致,分别排在第五位和第六位,亦即处于中间状态。《阴谋与爱情》在中国的席勒研究中受到特别关注,似和茨威格在中国风光八面的原因类似,即与被缠缠绵绵的温柔之风吹软了的文坛相关,也同我们那常常诉诸情欲的审美倾向有涉。这是另话。

② 但阿英1928年已做过类似比较。参见上及钱杏邨:《德国文学漫评》,《小说月报》19卷3号,1928年3月10日。

③ 作者与此有关的多篇论文,以后发表在多本杂志上。可参见《同济大学学报》(社会科学版)2005(12);《国外文学》2008(8);《北京大学学报》(哲学社会科学版)2008(3)、(9)等。

④ *Literaturstrasse* (Wuerzburg, K&N 2005).

⑤ 叶廷芳、王建主编:《歌德和席勒的现实意义》,北京:中央编译出版社,2006年。

及与歌德的友谊,均与戏剧无关。

其实,在2005年还有众多报刊杂志纷纷登载文章纪念席勒,按笔者目前统计,至少有19篇(版)文章。① 就内容看,其中9篇(版)属一般对席勒生平与创作的介绍,8篇的篇名已指向其艺术美学或美育思想,另有2篇谈剧本《强盗》(作者为同一人)。除了一些普及性的内容,开始有文章借席勒话题,议论中国当下现实生活。比如2005年10月出版的《吉首大学学报》(社会科学版),设"纪念席勒逝世两百周年"专版,收《和谐社会与和谐美学》一文。此文倡导以席勒的"和谐美学"构建我们的"和谐社会",由此"最大限度地降低社会管理成本";并在论述席勒游戏说的时候,举青少年迷恋网络游戏为例,说明实践中要避免"感性之上和快感崇拜"。学术上的席勒研究,似有介入社会管理之倾向。而上海的《文景》(2005年第6期)杂志,封面即是一幅席勒肖像,在"席勒逝世两百周年纪念"的专题下,同时刊文三篇,在整个参与纪念的报刊中,其对席勒的关注力,尤为突出。文章《我们一直还是野蛮人,原因何在?》谈《强盗》一剧引发出的自由问题及其在当下的意义;《席勒的美学思想》介绍其美学思想的原创性贡献;《席勒与"古今之争"》涉及作家审美思想中的现代性批判问题。以上报刊上的文章,总而言之,纪念意义比较突出,笼统介绍是其重点,席勒戏剧创作,非其关注要点。

"文化大革命"后至今的席勒戏剧研究,有一部分成果可见两本关于席勒的专著。一是董问樵的《席勒》(复旦大学出版社,1984年)。此书上篇为"生平、诗歌、美学观点",下篇即是"戏剧",介绍《强盗》等九部"完整的名剧"②。他的结论是:"就剧情内容看:《强盗》可看做是社会悲剧;《斐耶斯科》是诗人自己定名为共和主义的悲剧,实即政治悲剧;《阴谋与爱情》是市民悲剧;《唐·卡洛斯》是政治悲剧;《华伦斯坦》是历史悲剧;《玛丽亚·斯图亚特》是宗教政治悲剧;《奥尔良的姑娘》是诗人定名为浪漫主义的悲剧;《墨西拿的新娘》是仿古的命运悲剧。就时间性质看:《强盗》和《阴谋与爱情》是时代剧……其余七部包括《威廉·退尔》都是历史剧,然而亦寓有借古讽今之意。"③不失为对席勒戏剧创作的一个简明概括。

---

① 它们分别见载于以下报刊:《文艺报》2005年3月24日,《文艺报》2005年5月24日整版,《文学报》2005年6月16日,《音乐艺术》2005(2),《广东外语外贸大学学报》2005年4月,《人民日报》(海外版)2005年5月16日,《人民日报》(文艺评论栏)2005年9月22日,《人民日报》(国际副刊)2005年11月1日,《江苏大学学报》(社会科学版)2005年9月,《江西社会科学》2005(7),《同济大学学报》2005年8月,《同济大学学报》2005年12月,《德国研究》2005(2),《吉首大学学报》(社会科学版)2005年7月,《吉首大学学报》(社会科学版)2005年10月,《人民政协报》2005年8月8日,《文艺研究》2005(6),《社会科学报》2005年5月26日和《中华读书报》2005年12月21日。

② 董问樵:《席勒》,上海:复旦大学出版社,1984年,第240页。

③ 同上。

二是叶隽《史诗气象与自由彷徨——席勒戏剧的思想史意义》(同济大学出版社,2007年)。① 此书以思想史或主题史研究的方法,探讨席勒的戏剧创作:在"个体叛逆与公正诉求"的题目下谈论《强盗》;以"英雄类别与民族前途"的标题论《斐爱斯科》《唐·卡洛斯》《华伦斯坦》和《威廉·退尔》;借助"市民社会的建构"之标题评说《阴谋与爱情》;在"重构善恶"与"异邦想象"的题目下探讨《玛丽亚·斯图亚特》《奥尔良的姑娘》《墨西拿的新娘》和《杜兰朵》。此书全面评论席勒戏剧创作,在研究角度上呈现新锐之气,实为新中国成立以来汉语语境中席勒戏剧研究的重要成果。②

四、结　语

综观新中国席勒研究的重点,最明显的变化是,从新中国成立前的文学创作转向他的美学思想。有数字表明:1949年前,在百余篇席勒文献(含翻译)中,涉及文学创作的研究有23篇,涉及哲学的仅5篇;1977—1989年间,文献总数达149篇,其中哲学(美学)类研究论文近一半。而在20世纪70年代末到80年代,人们大多热衷于讨论"席勒式"和"莎士比亚化",方法雷同,用语相似。进入90年代,"席勒式"渐渐退出论坛,但哲学、美学依旧是我国席勒研究的重点。而所用资料,大多来自汉语。视野有限,新见殊乏。根据现有统计,从1977—1999年,研究文献的分布大体为:翻译19%,其他19%,文学研究17%,哲学研究45%。③ 即使在席勒研究的专著方面,情况类似。有关席勒哲学、美学的中文著作,加上一部译著,目前至少有四种:毛崇杰《席勒的人本主义美学》(湖南人民出版社1987年),张玉能《审美王国探秘——席勒美学思想论稿》(长江文艺出版社1993年),卢世林《美与人性的教育——席勒美学思想研究》(人民出版社2009年),L. P. 维塞尔著、毛萍、熊志翔译《活的形象美学——席勒美学与近代哲学》(学林出版社2000年)。而就席勒戏剧创作来讲,严格地说,仅见《史诗气象与自由彷徨——席勒戏剧的思想史意义》1部。

反观德国同一时期,即近六十年来的席勒研究,仅个人专著不下四十部,其中不乏戏剧研究论著。④ 德国的学术研究一般以绵密的细节考证和严谨的逻辑演绎见长,例如比纳特《席勒在柏林或者一个大城市的繁忙的生活》(2004)⑤,

---

① 此书出版前后,作者有多篇相关论文公开发表,包括前及"另有两篇谈剧本《强盗》"。不再一一列举。

② 关于席勒研究,另有张玉书的著作《海涅 席勒 茨威格》(北京大学出版社,1987年),其中《席勒的历史剧〈玛丽亚·斯图亚特〉》一文,详细介绍剧本的产生背景和人物塑造,并引述梅林和斯太尔夫人,对有人指责此剧并非历史剧进行辩难。

③ 参见丁敏:《席勒在中国:1840—2008》,上海外国语大学博士学位论文(2009年5月),第52、53页。

④ 参见 Kurt Völfel, *Friedrich Schiller* (Deutscher Taschenbuch Verlag, 2004), pp. 182–183.

⑤ Michael Bienert, *Schiller in Berlin oder Das rege Leben einer großen Stadt* (Marbach, 2004).

虽然席勒一生长住魏玛等地,仅逝世前一年短访柏林数周,但该书详述席勒与柏林的关系,在材料的挖掘与梳理方面细致精到,功力显豁。而哲学家、传记作家萨弗兰斯基同年出版的《席勒——德国理想主义的发明》[①]则另辟蹊径,从思想和哲学史的角度,散论式地重释席勒的创作(主要为剧作)与生平。该书立论新颖,叙述流畅,同时引起学界、媒体和书市的高度关注,获得巨大社会效应,为德国席勒研究的深入和普及,带来崭新气象。以上两例,都值得我们借鉴。

尽管中德席勒研究的规模和水准差别巨大,难以比拟,但中国的席勒戏剧研究还是留下自己的痕迹。尤其是上及叶著,从思想史出发探索其意蕴,已超越普及性介绍的范畴;也有文章不再囿于席勒作品在华的接受史或其作品中所谓的中国因素,进而探讨其戏剧创作与中国现代文学的关系,比如马焯荣的《田汉的戏剧艺术与席勒》[②],范劲的《论席勒对郭沫若历史剧的影响》[③]。可以期待,随着包括剧作在内的席勒作品在中国传播的加速,研究人员中熟练掌握外语,尤其是德语者的比例不断扩大,以及研究者视野的不断拓展,中国的席勒研究会进入新的盛期。

[①] Rüdiger Safranski, *Schiller oder die Erfindung des Deutschen Idealismus* (Carl Hanser Verlag, 2004);中译本名为《席勒传》,卫茂平译,北京:人民文学出版社,2010年。
[②] 马焯荣:《田汉的戏剧艺术与席勒》,《江汉论坛》1983(11)。
[③] 范劲:《论席勒对郭沫若历史剧的影响》,《吉首大学学报》(社会科学版)1997(3)。

第七章
(批判)现实主义戏剧研究

导 言

19世纪30年代之后,浪漫主义运动逐渐退潮。工业文明的快速发展、商业资本主义大潮的侵入、城市化带来的生活贫困以及社会矛盾的不断激化等等,均促使文学家开始以冷静、审慎的眼光去思考人生的现实问题,揭露社会中的种种黑暗,现实主义文学由此兴起并开始进入大发展时期。由于现实主义文学具有很强的社会批判性,尤其是对由金钱和物质所主宰的资本主义社会秩序的否定和批判,这时期的现实主义文学也被称为批判现实主义文学。批判现实主义戏剧在19世纪中叶开始出现,对我国影响较大的有现实主义早期戏剧的代表,俄国剧作家果戈里的作品《钦差大臣》、奥斯特洛夫斯基的《大雷雨》等。19世纪下半叶,现实主义戏剧发展为有完整艺术理论和演剧体系的戏剧流派,在西方产生广泛影响。现实主义戏剧在北欧的代表是易卜生,在俄国是契诃夫,在英国(爱尔兰)有萧伯纳等。现实主义戏剧对我国的影响始于20世纪早期。被称作"现代戏剧之父"的挪威剧作家易卜生的批判精神和独立自由的思想对我国的新文化运动产生相当大的影响。其"社会问题剧"中的现实主义表现手法也对当时中国的现代文学革新起到积极的推动作用。新中国成立之前,有关易卜生和萧伯纳等现实主义戏剧家的学术性研究并不多,但学界对他们作品中的思想的讨论是积极而活跃的。新中国成立之后,由于我国当时的政治意识形态的影响,现实主义文学,包括现实主义戏剧大多受到重视,研究成果相对较为丰富,不过对他们的肯定中也夹杂着批判,认为他们带有资产阶级的阶级本性,不能认清资本主义的本质及其发展衰亡的规律。这种既肯定又批判的态度代表当时大多数西方现实主义戏剧研究的一个基调。新时期以来的30年中,现实主义戏剧得到了多元化的、开放性的发展。对这批剧作家的认识更加深入和全面了。易卜生的戏剧不再单纯从其现实主义的角度予以研究,他作品中的象征主义艺术特征也同样得到了挖掘,其作品中的民族历史意识、诗意意象、宗教等都成为研究的新议题。① 现实主义戏剧的多面性开始受到关注,研究的广度和深度大大加强。但仍有一些现实主义戏剧作品的研究存在较大局限性,其丰富的内涵仍然有待开发,与西方学界的研究也还存在较大差距。

第一节 易卜生戏剧研究

"现代戏剧之父"、挪威作家亨利克·易卜生(Henrik Johan Ibsen,1828—1906)是近百年来对中国影响最大的外国人之一,这主要体现在以下几个方面:一、易卜生的批判精神和追求独立自由的思想在20世纪早期受到鲁迅、胡适等中国知识界领袖的推崇,对中国的新文化运动产生了巨大影响,尤其是娜拉的形象成为中国妇女解放的方向标,对现代中国妇女的进步事业起到鼓舞作用;二、易卜生的写实主义推动了中国现代文学的革新,鲁迅、茅盾等新文学的奠基人从易卜生的现实主义戏剧中汲取灵感和资源,他们的一部分作品如《伤逝》《虹》等直接受到易卜生的启发;三、易卜生是中国话剧的楷模,中国的第一部话剧《终身大事》就是对《玩偶之家》的模仿,曹禺、田汉、欧阳予倩等人从事戏剧创作都受到易卜生的影响;此外,20世纪上半期易卜生的《玩偶之家》等经常在中国改编演出,是当时在中国上演次数最多的外国戏剧,受到公众的喜爱。在中国话剧史上,易卜生影响巨大,中国话剧的传统被称为"易卜生式"的现实主义。易卜生在中国的接受和影响为易卜生研究奠定了坚实的基础。

自20世纪初易卜生被介绍到中国开始,易卜生研究可以分为三个时期:20世纪上半叶,主要关注易卜生的"社会问题剧",易卜生被认为既是戏剧家又是思想改革家;新中国成立以后,易卜生研究的主流是一方面肯定他的社会批判价值,另一方面认为由于他的小资产阶级的特性,暴露了他革命的不彻底性和妥协性,他后期的象征主义戏剧被认为是反映了易卜生思想上的迷茫和孤独;1978年以后,易卜生研究开始了新的"突破",主要体现在:易卜生的比较研究、后期象征主义戏剧研究、诗歌和诗体剧研究、易卜生戏剧的改编与表演研究等。近二十年来,中国的易卜生研究开始走向国际,学术交流和互动得到加强。

一、思想性还是艺术性?——新中国成立前的易卜生研究简述

受鲁迅与胡适等人介绍易卜生的影响,早期易卜生研究主要关注他的"社

---

① 见本卷的《易卜生戏剧研究》。

会问题剧",偏重他戏剧中的社会批判内容和个人主义思想。这让有些当代学者得出新中国成立前的易卜生研究比较单一、基本不涉及他的戏剧艺术的结论,这种观点没有多少人质疑过。然而,如果全面地梳理那一时期的易卜生研究成果,就会发现不少论述易卜生戏剧的艺术特征与写作手法的成果。

鲁迅最早将易卜生介绍到中国,在1907年发表的两篇文章《文化偏至论》和《摩罗诗力说》①中推崇易卜生笔下斯多克芒医生的叛逆精神,后又发表了著名的演讲"娜拉走后怎样?"②,对娜拉出走的积极意义加以阐释,对中国思想界和妇女运动均有启发价值。胡适的文章《易卜生主义》(1918)受萧伯纳的《易卜生主义的精髓》的影响,探讨易卜生对于中国社会的革新和新文化的启蒙所具有的积极意义。关于"易卜生主义",胡适在文章中给过这样的定义:"易卜生把家庭社会的实在情形都写了出来,叫人看了动心,叫人看了觉得我们的家庭社会原来是如此黑暗腐败,叫人看了觉得家庭社会真正不得不维新革命——这就是易卜生主义。"(502)③但是,其文章的真正意图在于借易卜生谈他的"个人主义",为此他引用了易卜生给丹麦评论家乔治·勃兰兑斯(1842—1927)信中的一段话:"我所期望于你的是一种真正纯粹的为我主义,要使你有时候觉得天下只有关于我的事最要紧,其余的都算不得什么……你要想有益社会,最好的法子莫如把你自己这块材料铸造成器……有的时候我真的觉得全世界都像海上撞沉了船,最要紧的还是救出自己。"(502—503)④尊重个人、让个性得到充分发展,这才是胡适的"易卜生主义"所要表达的核心观点。这种观点曾在中国造成不小的影响,也曾受到激烈的批判。在中国,娜拉曾经是妇女解放的代名词。茅盾在1938年的文章《从〈娜拉〉说起》中提出"'五四'时代的妇女运动不外是'娜拉主义'"⑤。

从戏剧艺术的角度来介绍和讨论易卜生首推余上沅和熊佛西。在《易卜生的艺术》(1928)一文中,余上沅坦诚地表达了他对当时中国易卜生接受现状的不满:"拿功利和效用的眼光去看艺术品,那是对艺术没有相当的品味的表征……近代大戏剧家易卜生,便是这样遭受厄运的一个。"(1)⑥余文随后分析了易卜生的戏剧手法,比如遵循"三一律"和"回溯法"的运用,同时从语言、人物和环境等方面概括易卜生戏剧的现实主义特征。在《社会改造家的易卜生与戏

---

① 参见《鲁迅全集》第1卷,北京:人民文学出版社,1973年,第38—102页。
② 参见《鲁迅全集》第2卷,北京:人民文学出版社,1973年,第143—151页。
③ 胡适:《易卜生主义》,《新青年》1918年4卷6号。
④ Mary Morison, ed. *The Correspondence of Henrik Ibsen* (1905; New York: Haskell House, 1970), p.218;转引自胡适:《易卜生主义》,《新青年》1918年4卷6号。
⑤ 茅盾:《从〈娜拉〉说起》,《珠江日报》1938年4月29日;转引自茅盾:《文艺论文集》,重庆:群益出版社,1942年,第71页。
⑥ 余上沅:《易卜生的艺术》,《新月》1928年1卷3期。

剧家的易卜生》(1929)①一文中,熊佛西从思想和艺术两个角度来看易卜生,并且重点介绍了易卜生的戏剧技巧和风格。陈西滢在他的文章《易卜生的戏剧艺术》(1930)②中进一步强调易卜生首先而且最主要是一个戏剧家。

新中国成立前的易卜生研究往往从中国本土的现实出发,但也注意吸收国外易卜生研究的成果,勃兰兑斯、萧伯纳、威廉·阿切尔(William Archer)、普列汉洛夫以及一些早期日本学者的易卜生评论被介绍进来并产生影响。可是,这种研究的开放态势没有能够保持多久,再加上总是围绕社会问题剧,这个时期易卜生研究的视野不够开阔。

二、肯定中有批评,批评中有肯定——1949—1978年的易卜生研究

新中国成立后,易卜生继续受到官方的肯定和主流知识界的推崇,不过由于易卜生被界定为小资产阶级作家,他的社会批评被认为具有妥协性和不彻底性。1956年7月27日在北京举办了"世界文化名人易卜生纪念大会",这是一场高等级的官方文化活动,有挪威的代表被邀请参加。中国作协主席茅盾在开幕词中说:"他[易卜生]的作品有着深刻的思想,因为他不断追求真理,观察十九世纪欧洲的社会和现实。"中国戏剧家协会主席田汉在他的报告"向伟大的现实主义戏剧大师们学习"中肯定了易卜生的批判社会现实主义:"易卜生对于资本主义所给予人们的灾难,它的毒害人心的宗教、道德,它的摧折人民个性的国家制度等等做了不调和的揭发和公正的审判。"但同时也指出他的弱点:"易卜生还不能十分看清楚资本主义发生发展和衰亡的规律,对于代之而起的新的社会还没有足够的认识,这就是易卜生何以有时候彷徨,怀疑,甚至带若干象征主义神秘主义倾向的缘故。"③在当时中国的政治氛围下,这些来自文艺界高层领导的声音代表一种对于易卜生的权威阐释,为易卜生的接受和研究定下了基调。

《娜拉》演出是易卜生纪念活动的一部分,由中国青年艺术剧院承担。该演出引起巨大反响,《人民日报》刊登文章介绍中国青年艺术剧院即将上演的《娜拉》,在回顾了该剧在中国的演出历史之后,指出《娜拉》的演出"每一次都无例外地受到反动统治的迫害;因为作者无情地揭露了资产阶级及社会道德的堕落、家庭生活的虚伪和思想的庸俗、卑劣,触动了反动统治的社会本质"④。导演吴雪撰写短文《写在演出前》,强调在新中国演出《娜拉》的意义,他说该剧的主题"不仅在于它提出了妇女的人权问题,通过朗克大夫的身世,柯洛克斯泰和

---

① 熊佛西:《社会改造家的易卜生与戏剧家的易卜生》,《议事报》1929年11月21日;也见《佛西论剧》,新月书局1931年。
② 陈西滢:《易卜生的戏剧艺术》,《武大文哲季刊》1930(1)。
③ 参见"世界文化名人萧伯纳、易卜生纪念大会"(1956年,北京)手册,第5页和第8页。
④ 参见《人民日报》1956年7月25日。

林敦太太的遭遇,特别是通过娜拉的丈夫海尔茂典型性格的揭示,从而深刻地暴露了整个资产阶级社会虚伪的文明,以及违反人性的法制和道德标准"①。可以看出,这些言论与官方意识形态保持高度一致。

对易卜生的批判性接受成为当时学术研究的主旋律。在《易卜生的〈娜拉〉、〈群鬼〉、〈国民公敌〉》②一文中,董星南提出易卜生的社会问题剧是他一生的代表作,具有社会批判的价值。文章结尾不但批评胡适的《易卜生主义》是利用易卜生来宣传他的实证主义和反马克思主义的思想,而且还拉上胡风,说他支持胡适对易卜生的歪曲,并以此达到反革命的目的。文学批评就这样与政治紧密结合在一起。在《批判胡适的"易卜生主义"的错误观点和方法》③一文中,戴镏龄通过摘录马克思、恩格斯、列宁等人的观点,对胡适在《新青年》上发表的《易卜生主义》(1918)进行驳斥,尤其是胡适所推崇的"个人主义",认为胡适完全曲解了易卜生的原意,目的是推销他自己的资产阶级世界观。戴的文章代表了当时从所谓无产阶级的立场来阐释文艺的倾向。阿英的《易卜生的作品在中国》④比较全面地回顾和总结了20世纪上半期易卜生在中国的介绍、翻译和演出历史,分析易卜生对于中国社会变革,尤其是妇女解放运动所起到的作用,最后指出易卜生与当下中国的社会主义建设的关系。

但是,就是在这一时期也依然有从艺术角度研究易卜生戏剧艺术的文章。1957年,《人民文学》发表王亦放的文章《娜拉出走以前》,该文从戏剧创作手法和艺术的角度出发,通过讨论剧本中情节的发展和人物之间的关系揭示娜拉出走的心理基础和艺术力量。他说:"娜拉出走一场之所以使人感动,首先在于它使人信服,在于剧本显示了娜拉性格发展的必然性。"(71)⑤文章在结尾批评当时中国话剧的创作缺少艺术性,进而提出我们迫切地需要学习易卜生。陈瘦竹的专著《易卜生"玩偶之家"研究》⑥在进行剧本研究时,查阅了易卜生在创作该剧过程中写作的编剧大纲、初稿和修改稿等,来与后来的定稿加以比较,不仅对于深刻理解《玩偶之家》有莫大的帮助,而且充分展现了易卜生的编剧技巧。总的来说,这一时期中国易卜生研究深受苏联的影响,应用文献有一个特点,就是反复使用马克思、恩格斯、列宁对易卜生和挪威文学的评价,普列汉诺夫的文章《亨里克·易卜生》⑦可能是最经常被引用的文献之一。这些文献的主要批评

---

① 吴雪:《写在演出前》,《人民日报》1956年7月27日。
② 董星南:《易卜生的〈娜拉〉、〈群鬼〉、〈国民公敌〉》,《语文学习》1956 (6)。
③ 戴镏龄:《批判胡适的"易卜生主义"的错误观点和方法》,《中山大学学报》1956 (4)。
④ 阿英:《易卜生的作品在中国》,《文艺报》1956 (17)。
⑤ 王亦放:《娜拉出走以前》,《人民文学》1957 (87)。
⑥ 陈瘦竹:《易卜生"玩偶之家"研究》,上海:新文艺出版社,1958年。
⑦ 普列汉诺夫:《亨里克·易卜生》,《论西欧文学》,北京:人民文学出版社,1957年。

观点是,肯定易卜生的文学地位,但是质疑他的阶级立场,认为他受限于他的小资产阶级身份,没有认识到社会主义的伟大进步。

在经历"文化大革命"的沉寂之后,易卜生研究到了 1978 年开始回暖。起带头作用的是曹禺为纪念易卜生诞辰 150 周年而写的文章,发表在《人民日报》上。曹禺写道:"我从事戏剧工作已数十年,我开始对于戏剧及戏剧创作产生的志趣、感情,应当说,是受了易卜生不小的影响。"[①]随后补充说:"对于易卜生的熟悉,不仅限于我个人。'五四'时期,易卜生的作品就已经被介绍到中国,在人们中流传了,在当时我国反对封建主义的斗争和争取妇女解放的斗争中,起到进步的作用。"随着曹禺为易卜生"平反",1978 年《世界文学》第 3 期发表了萧乾翻译的《彼尔·金特》,这是这部易卜生名剧的第一个中文翻译。萧乾在译者前言中完全从艺术和审美的角度来介绍这部作品,正如文章开头所说,这部剧"是用象征、寓言的手法写成的诗剧,通过剧中人物和情节——尤其那些揭示内心世界的独白,探讨伦理哲学问题"(69)[②]。萧乾不仅没有回避象征主义,还在文中参考了西方学界对这部诗剧的评论。

1978 年前后是新旧思想交替、创新与保守势力争锋的年代,这也体现在易卜生研究上。张华在文章《鲁迅和易卜生——纪念易卜生诞生一百五十周年》[③]中指出鲁迅不仅对易卜生是有批判的接受,而且还发展了易卜生的思想。比如关于中国娜拉的出路问题,鲁迅提出女性"解放了社会,也就解放了自己"。由此作者认为:"鲁迅这时所谈的妇女解放的内容,比起易卜生来,不知高出多少倍了。"(46)文章通过比较易卜生和鲁迅的发展道路,最后提出易卜生在思想上趋于保守,甚至与资产阶级妥协,而鲁迅以自己的革命实践和思想发展,解决了易卜生终身不能解决的矛盾。这种拔高鲁迅、贬低易卜生的做法在当时并不鲜见。

新中国 30 年的易卜生研究没有多少进步,与此相反,挪威和西方的易卜生研究在这段时期取得了了不起的成果。一批后来在国际易卜生研究界非常活跃的学者在这段时期发表了自己的代表性成果,像英国人约翰·诺森(John Northam)的《易卜生的戏剧艺术》(1952)、挪威人丹尼尔·郝肯逊(Daniel Haakonsen)的《易卜生的现实主义》(1957)和阿斯毕昂·奥赛特(Asbjorn Aarseth)的《人类的动物性——〈培尔金特〉新解》(1975)。[④] 这一时期西方易卜

---

① 曹禺:《纪念易卜生诞辰 150 周年》,《人民日报》1978 年 2 月 21 日。
② 萧乾:《彼尔·金特》,《世界文学》1978 (3)。
③ 张华:《鲁迅和易卜生——纪念易卜生诞生一百五十周年》,《破与立》(现名《齐鲁学刊》)1978 (5)。
④ John Northam, *Ibsen's Dramatic Method* (London: Faber & Faber, 1953); Daniel Haakonsen, *Henrik Ibsens Realisme* (Oslo: Aschehoug, 1957); Asbjorn Aarseth, *Dyret i Menesket: Et Bidrag til Tolkning av Henrik Ibsens "Peer Gynt"* (Universitetforlaget, 1975).

生研究的一个重要动向是,通过文本细读的方法,揭示易卜生戏剧中舞台指示词和对白中意象的象征意义,探讨易卜生散文剧的诗性。

三、多元化、开放型和跨学科——1979年以来的易卜生研究

在改革开放带来的"第二次西潮"影响下,易卜生研究开始回归学术,研究视角和方法多元化,研究成果的数量空前增加。30年来学术论文的篇目上千,有影响的专著和编著二十多部,博士论文、全国优秀硕士论文几十篇。"易卜生主义""社会问题剧"等收入多种中文辞典。世纪之交,中国的易卜生研究在国际上发出自己的声音,参与平等的学术对话。1979年以来中国的易卜生研究不断开辟新的研究领域,取得扎实的进步,尤其是比较研究、后期象征主义戏剧研究、早起诗歌和诗体剧研究、跨文化的表演研究,等等。

1. 易卜生的比较研究

在20世纪80年代以来中国比较文学的发展进程中,"易卜生在中国"曾经是一个热点话题。乐黛云在《比较文学与中国现代文学》中提到"易卜生是对中国影响极大的作家之一,但五四以来的进步作家从不满足于照搬他的作品,而是在他提出的问题的基础上结合中国社会情况进行思考"(72)[①]。乐文尤其探讨了鲁迅、茅盾等作家对《玩偶之家》的接受和影响。田本相在《曹禺剧作论》中说:"曹禺是很喜欢易卜生的戏剧的,而且他阅读和演出的剧目也以易卜生的剧作为最多。"(17)[②]他引用曹禺的话说,正是从易卜生那里"了解到话剧艺术原来有这么多表现方法,人物可以那么真实,又那么复杂"(17)。在《曹禺评传》中,田本相又说:"曹禺以一个艺术家的心灵感受和艺术胆识,深刻地把握到易卜生戏剧的艺术精神和艺术内涵,并化成了他的戏剧诗的戏剧美学观念。"(53—54)[③]

真正从比较文学角度研究易卜生的专题研究有多种,国内易卜生专家王忠祥的《易卜生戏剧创作与20世纪中国文学》[④](1995)比较全面、系统地研究易卜生与中国现代文学的关系,影响深远。《金线和衣裳:曹禺与外国戏剧》(焦尚志,1990)包含对于曹禺所受易卜生影响的讨论。[⑤]《鲁迅·胡适·易卜生》(程致中,1996)[⑥]比较胡适和鲁迅对易卜生的接受,指出胡适是从资产阶级的"利己主义"立场解读易卜生主义,而鲁迅从中国社会现实出发批评娜拉的出走没有

---

① 乐黛云:《比较文学与中国现代文学》,北京:北京大学出版社,1987年。
② 田本相:《曹禺剧作论》,北京:中国戏剧出版社,1981年。
③ 田本相:《曹禺评传》,重庆:重庆出版社,1993年。
④ 王忠祥:《易卜生戏剧创作与20世纪中国文学》,《外国文学研究》1995(4)。
⑤ 焦尚志:《金线和衣裳:曹禺与外国戏剧》,北京:中国戏剧出版社,1990年。
⑥ 程致中:《鲁迅·胡适·易卜生》,《鲁迅研究月刊》1996(10)。

目标。《易卜生与中国现代戏剧》(何成洲,2004)①主要讨论曹禺、田汉等中国戏剧家对易卜生的接受。《鲁迅的〈狂人日记〉与易卜生的〈人民公敌〉》(乔国强、姜玉琴,2007)②认为《狂人日记》就是从《人民公敌》一剧中捕捉到创作灵感的,即借"狂人"的形象演绎发生在斯多克芒医生身上的故事。《出走与归来——从易卜生与王尔德戏剧中出走女性的译介看"五四"女权话语的多样性》(罗列,2008)③探讨易卜生的译介对于推动五四时期女性解放的影响,尤其对于中国女权主义话语形成的作用。此外,还有一些比较易卜生与其他外国作家的研究,比如:《奥尼尔与易卜生》(杨挺,2003)、《乔伊斯与易卜生》(杨建,2005)。④

2. 易卜生研究的新"突破"

近三十年的易卜生研究在广度和深度上不断拓展,除了继续关注中期现实主义戏剧外,对长期以来被忽视的易卜生的诗歌、早期诗体剧和后期象征主义戏剧加以关注,摆脱了"问题剧"研究的局限,象征主义、民族历史与文化、诗意意象、宗教等成为研究的新议题。

王忠祥从人道主义高度全面阐述易卜生作品在当代的意义。他在《"人学家"易卜生及其戏剧文学创作的世界意义》一文中指出,易卜生戏剧主要是刻画了那个时代的普通人,"他的戏剧写的是'人',从审美的视角表现人性的方方面面"(12)⑤。同样,他在《关于易卜生主义的再思考》(2005)⑥中提出易卜生人道主义的精神实质是社会批判意识,是易卜生自己人文理想的体现。王忠祥的著作《易卜生》⑦代表了老一辈专家几十年来积累的研究成果,包括他在不同阶段对易卜生的认识、欣赏和批评。高中甫主编的《易卜生评论集》(1982)⑧收集了不少有代表性的易卜生研究文章,经常被参考和引用。

易卜生诗体剧研究是一个重要突破,如:邹建军编《易卜生诗剧研究》(2010)⑨等。邹建军近年来发表了一组文章,包括《三种向度与易卜生的诗学观

---

① 这是何成洲在奥斯陆大学完成的博士论文"Henrik Ibsen and Modern Chinese Drama",2002年1月答辩通过。其他重要的易卜生研究博士论文还包括王晓昀的"易卜生与中国"(复旦大学,1991),刘明厚的"论易卜生的后期戏剧"(中央戏剧学院,1993),薛晓金的"易卜生主义及其对中国话剧的影响"(中央戏剧学院,1997),李兵的"易卜生心理现实主义剧作研究"(中央戏剧学院,2005)等。

② 乔国强、姜玉琴:《鲁迅的〈狂人日记〉与易卜生的〈人民公敌〉》,《中国比较文学》2007 (2)。

③ 罗列:《出走与归来——从易卜生与王尔德戏剧中出走女性的译介看"五四"女权话语的多样性》,《妇女研究论丛》2008 (4)。

④ 杨挺:《奥尼尔与易卜生》,《外国文学评论》2003 (4);杨建:《乔伊斯与易卜生》,《国外文学》2005 (4)。

⑤ 王忠祥:《"人学家"易卜生及其戏剧文学创作的世界意义》,《外国文学研究》2005 (5)。

⑥ 王忠祥:《关于易卜生主义的再思考》,《外国文学研究》2005 (5)。

⑦ 王忠祥:《易卜生》,天津:新蕾出版社,2000年。

⑧ 高中甫主编:《易卜生评论集》,北京:人民文学出版社,1982年。

⑨ 王远年编选:《易卜生诗歌研究》,香港:雅园出版社,2006年;邹建军等编:《易卜生诗剧研究》,北京:世界图书出版公司,2012年。

念》(2009)、《无爱的悲剧:布朗德形象本质新探》(2010)①等。这些文章从伦理、宗教、历史和社会政治等不同视角对易卜生的诗歌和诗体剧开展研究,取得一些有原创性的成果。其他相关的研究成果还包括《论易卜生〈爱的喜剧〉中的反讽特征》(宋丽丽,2003)、《易卜生的文学创作与海盗精神的张扬》(王远年,2007)、《〈诺尔玛,或政治家的爱情〉的三重隐喻》(杜雪琴,2011)②等。

易卜生的后期象征主义戏剧一度被认为表明易卜生思想上的迷茫和虚无,这种观点直到20世纪80年代还在孙家琇等人的文章中有所反映。90年代以来,易卜生的后期戏剧受到关注。《易卜生的划时代贡献》(王晓昀,1994)指出易卜生后期戏剧的象征主义是以严谨而又生动的写实主义为基础的。《诗人失望了:论〈野鸭〉》(廖可兑,1996)③也认为象征主义与现实主义的结合是易卜生晚期戏剧的特色。《哲理·诗情·象征——论易卜生象征主义戏剧》(丁扬忠,2009)④从编剧学角度分析易卜生的象征主义剧作,着重讨论主题思想、人物刻画和内在矛盾、神秘的心理体验这三个方面。丁文认为易卜生的戏剧探讨人性的弱点及其产生的后果,传达了他对于现代人精神生活的洞察力。刘明厚的专著《真实与虚幻的选择:易卜生后期象征主义戏剧》(1994)对易卜生后期戏剧中象征主义手法的运用做了细致深入的探讨,认为象征主义是易卜生戏剧创作的又一个高峰。李兵的专著《现代戏剧之父:易卜生心理现实主义剧作研究》(2009)结合弗洛伊德的精神分析学说等相关理论,分析易卜生后期戏剧在心理现实主义方面的几个主要特点。

3. 易卜生的当代意义

随着批评理论的潮起潮落,易卜生及其作品也历经一次次的重新阐释。《易卜生晚期戏剧中的生态智慧》(汪余礼,2009)⑤认为易卜生通过形象、隐喻的方式来探究自然界或宇宙间的隐秘秩序。他在戏剧创作中将诗歌、哲学和宗教融合在一起,体现了一种生态智慧。这种生态智慧的内容包括人不能够通过牺牲、损害自然来求发展,人的精神生态与所处的自然和社会应该取得平衡。从女性主义视角的解读尤其多,包括《娜拉的男人走了以后怎么办?——〈玩偶之家〉和当代家庭问题》(孙惠柱,1997)、《女权主义的发展:从易卜生到萧伯纳》(何成洲,1997)、《女性主义、个人主义,还是资本主义?——谈对易卜生〈玩偶

---

① 邹建军:《三种向度与易卜生的诗学观念》,《外国文学研究》2009 (2);邹建军:《无爱的悲剧:布朗德形象本质新探》,《华南师范大学学报》2010 (3)。

② 钟翔:《读易卜生诗作札记》,《外国文学研究》1997 (3);宋丽丽:《论易卜生〈爱的喜剧〉中的反讽特征》,《外国文学研究》2003(2);王远年:《易卜生的文学创作与海盗精神的张扬》,《外国文学研究》2007 (4);杜雪琴:《〈诺尔玛,或政治家的爱情〉的三重隐喻》,《外国文学研究》2011 (1)。

③ 廖可兑:《诗人失望了:论〈野鸭〉》,《戏剧》1996(3)。

④ 丁扬忠:《哲理·诗情·象征——论易卜生象征主义戏剧》,《戏剧》2009(3)。

⑤ 汪余礼:《易卜生晚期戏剧中的生态智慧》,《外国文学评论》2009(3)。

之家〉的误读》(陈爱敏,2009)①等。其他从当下的理论和文化视角来解读易卜生的成果还包括《易卜生戏剧中的悲喜剧内涵》(孙建,2003)、《易卜生剧作的多重代码》(王宁,1995)、《易卜生研究的后现代视角》(王宁,1999)②、专著《对话北欧经典——易卜生、斯特林堡与哈姆生》(何成洲,2009)③等。

在表演研究和跨文化改编研究方面,易卜生在中国的演出成为重要的学术议题,与20世纪90年代以来国际易卜生研究的表演转向步调一致。徐晓钟的《再现易卜生——导演〈培尔·金特〉的思考》(1983)、吴晓江的《易卜生戏剧的普遍化、地方化和民族化:在中国导演易卜生戏剧的不同体验》(英文,2001)④、费春放关于《心比天高》(《海达·高布乐》的越剧改编)的论文等从导演、编剧的角度讨论易卜生在中国的跨文化演出实践。王宁的英文论文《〈人民公敌〉:一部面向未来的戏剧》(2010)、何成洲的英文论文《跨文化表演与中国的易卜生演出》(2009)和《世界戏剧与跨文化演出——中国舞台上的西方戏剧》(2011)⑤等从本土化和跨文化的视角分析易卜生在中国改编演出的理论和现实意义。

1979年以来的易卜生研究立足国内,走向国际。但是与同期的国外研究相比,很大程度上还是在"补课"——主要表现在诗歌、诗体剧和后期戏剧的研究。这一时期西方学者在对易卜生戏剧的总体研究方面有了新成果,比如:艾若尔·德巴赫(Errol Durbach)著《易卜生的浪漫主义》(1982)、布赖恩·约翰斯顿(Brian Johnston)著《易卜生的创作周期——从〈社会柱石〉到〈当我们死人醒来时〉》(1992)、阿斯毕昂·奥赛特(Asbjorn Aarseth)著《易卜生的现代戏剧研究》(1999)、琼·坦普尔顿(Joan Templeton)著《易卜生的女人》(2001)、托莉·

---

① 孙惠柱:《娜拉的男人走了以后怎么办?——〈玩偶之家〉和当代家庭问题》,《戏剧艺术》1997(4);何成洲:《女权主义的发展:从易卜生到萧伯纳》,《外国文学研究》1997(2);陈爱敏:《女性主义、个人主义,还是资本主义?——谈对易卜生〈玩偶之家〉的误读》,《南京师大学报(社会科学版)》2009。

② 孙建:《易卜生戏剧中的悲喜剧内涵》,《外国文学研究》2003(6);王宁:《易卜生剧作的多重代码》,《外国文学研究》1995(4);王宁:《易卜生研究的后现代视角》,《文艺研究》1999(2)。

③ 何成洲:《对话北欧经典——易卜生、斯特林堡与哈姆生》,北京:北京大学出版社,2009年。

④ 徐晓钟:《再现易卜生——导演〈培尔·金特〉的思考》,《戏剧报》1983(8);Xiaojiang Wu, "Universalization, Localization, and Nationalization: Directorial Approaches to Ibsen's Drama on the Chinese Stage," *Proceedings for 9th International Ibsen Conference*, ed. P. Bjorn and A. Aarseth (Bergen: Alvheim and Eide, 2001), pp. 77—88.

⑤ Ning Wang, "*An Enemy of the People*: The Play That Anticipates the Future," *Global Ibsen: Performing Multiple Modernities*, ed. Erika Fischer-Lichte, Barbara Gronau and Christel Weiler (New York: Routledge, 2011), pp. 202—214; Chengzhou He, "Interculturalism in Theatre and Chinese Performances of Ibsen," *Ibsen Studies* 9.2 (2009); Chengzhou He, "World Drama and Intercultural Performance," *Neohelicon* 2011 (38).

莫伊(Toril Moi)著《易卜生与现代主义的诞生：艺术、戏剧和哲学》(2008)[①]等等。这些研究从不同的视角和方法入手，将易卜生戏剧作为一个整体来考察，分析他戏剧艺术的思想、创作手法及其在世界文学史上的地位。中国的易卜生研究还缺乏这样高水平的力作，应该成为我们下一步需要努力的方向。

四、结　语

20世纪90年代以来，中国的易卜生研究非常活跃，举办了多次国际性学术会议，并出版了多本有较大学术影响的会议论文集[②]，对提升国内易卜生研究的水平起到了积极的作用。但需要指出的是，目前中国内地易卜生研究仍有欠缺之处，尤其是研究资料比较陈旧，对外文资料不熟悉，更谈不上北欧语的研究资料了。有些研究成果的参考资料仍然集中在少量被翻译成中文的文献，真正在国际上有影响的易卜生专家和他们的代表作反倒很少被提及和引用。另外，中国易卜生研究还暴露了一个问题：研究者对于北欧文学及其历史文化掌握不够，影响了论证的准确性和研究深度。这些不足无疑与我国外国文学界长期忽视北欧文学和文化研究有关。与英美、法国、德国文学的研究相比较，北欧文学研究一直以来比较薄弱，这既是21世纪中国易卜生研究的挑战，也是机遇。

第二节　萧伯纳戏剧研究

相对于20世纪的很多外国作家来说，1925年的诺贝尔文学奖得主、英国现实主义戏剧家萧伯纳(George Bernard Shaw, 1856—1950)在我国享有独特的地位，是国内绝大多数英国文学史、英国文学选读的必选作家，《萧伯纳和小女孩》一文甚至进了目前小学二年级的课本。其原因是多方面的。首先，萧伯纳认为戏剧应该是"思想的工厂，良心的提示者，社会行为的说明人，驱逐绝望

---

① Errol Durbach, *Ibsen the Romantic: Analogies of Paradise in the Late Plays* (London: Palgrave Macmillan, 1982); Brian Johnston: *The Ibsen Cycle: The Design of the Plays from Pillars of Society to When We Dead Awaken*, (Philadelphia: Pennsylvania State University Press, 1992); Asbjorn Aarseth, *Ibsens Samtidsskuespill: En Studie i Glasskapets Dramaturgi* (Oslo: Universititetsforlaget, 1999); Joan Templeton, *Ibsen's Women* (New York: Cambridge University Press, 2001); Toril Moi, *Henrik Ibsen and the Birth of Modernism: Art, Theatre, Philosophy* (Oxford: Oxford University Press, 2008).

② 孟胜德、阿斯特里德·萨瑟主编《易卜生研究论文集》(1995)；王宁主编《易卜生与现代性：西方与中国》(2001)；王宁、孙建主编《易卜生与中国：走向一种美学建构》(2004)；聂珍钊、陈智平主编《易卜生戏剧的自由观念》(2007)；何成洲主编《易卜生与现代中国》(英文, 2007)；刘明厚主编《不朽的易卜生》(2008)；聂珍钊、周昕主编《易卜生创作的生态价值研究》(2011)等。

和沉闷的武器,歌颂人类上进的庙堂"①。这种积极向上的艺术指导思想比较符合我国新文化运动时期以及新中国成立后的文艺方针。其次,在言行上,他始终表示对社会主义的同情和支持。② 瞿秋白曾称萧伯纳为"世界和中国被压迫民众的忠实朋友"③。这些无疑都增加了我国人民对他的亲近感。

　　萧伯纳从1892年开始戏剧创作,共写了51个剧本、一个木偶剧,此外还写了5部不太成功的小说、大量的音乐和戏剧评论。20世纪50年代后,加拿大、美国、日本等国家相继成立了萧伯纳学会,定期上演其戏剧,有的还创办定期刊物,如《萧伯纳评论》(后改名为《萧伯纳研究年鉴》)等。我国的萧伯纳研究始于新文化运动时期,新中国成立后主要分为1949年至"文化大革命"前,以及1978年至今。新中国成立后的萧伯纳研究以宏观的综合研究和主题研究为主,尤其关注萧伯纳对资本主义社会问题的揭露。1978年后,研究视角日趋多元,除了继续深入研究"社会问题剧"之外,女性主义、创造进化论、比较文学、宗教等主题都受到了不同程度的关注,语言、文体等艺术特色以及萧伯纳的戏剧理论也引起了一些学者的研究兴趣。

一、新中国成立前研究状况的简要回顾

　　五四前后,为配合反帝、反封建斗争,我国文学界掀起了翻译外国文学经典的高潮,作品的选择大多是从服务政治革命和文化启蒙的角度考虑。易卜生的戏剧由于对资本主义大胆的揭露而受到胡适、茅盾等人的高度称颂。1918年第6期《新青年》刊发了"易卜生专号",胡适发表了《易卜生主义》。作为易卜生在英国的忠实追随者,萧伯纳同样满怀强烈的社会批判精神和现实关怀,因此也深受茅盾、鲁迅等中国学者的青睐。陈独秀于1915年11月在《青年杂志》(次年改为《新青年》)第1卷第3号上发表了"近代欧洲文艺史谭"一文,提到了"白纳少",即萧伯纳。茅盾是最早的萧伯纳作品的翻译者和介绍者之一。1919年2月,他在商务印书馆主办的《学生杂志》上刊登了《人与超人》中《地狱中之对谭》部分的翻译,并发表了《萧伯讷》一文,介绍萧伯纳的生平及作品。此后他又多次撰文,大力推荐、及时介绍萧伯纳及其作品。潘家洵、林语堂、张梦麟、黄嘉德、陈瘦竹、钱歌川等也积极译介萧伯纳的作品。虽然专门的研究文章少,但

---

① 萧伯纳:《白里欧的三个剧本》序,转引自安妮特·鲁宾斯坦:《英国文学的伟大传统》(下),上海:上海译文出版社,1998年,第384页。
② 1931年萧伯纳访问了苏联,1925年"五卅惨案"发生后,萧伯纳发表了同情中国的《致中国国民宣言》;1933年对中国有过短暂访问;1943年"七七事变"纪念日,他又给中国政府和人民发来贺电:"当余生时,中国在文明世界中正濒于绝望之境。今余老矣,中国之前途已充满希望,愿勿令此希望复陷于失望。"
③ 瞿秋白:《萧伯纳并非西洋唐伯虎》,《瞿秋白文集》第1卷,北京:人民文学出版社,1954年,第405页。

有些译本的译者序或者前言往往就是一篇比较好的论文。1920年10月,在汪仲贤主持下,上海新舞台剧场上演了《华伦夫人之职业》。这次经过精心准备、改编后的演出虽然惨遭失败,却加快了话剧本土化的进程。

我国萧伯纳研究的第一次高潮发生于1933年。作为他"世界之旅"的一部分,萧伯纳对中国进行了为期七天的短暂访问。由于宋庆龄与他同为世界反帝大同盟名誉主席,因此宋庆龄在上海率领文艺界对他表示了热烈欢迎,并召开了记者招待会。当时各大报刊均发表了一些介绍和评论文章,详细情况收录于乐雯(瞿秋白)剪贴、翻译并编校,鲁迅作序的《萧伯纳在上海》(上海野草书屋,1933年)。这本小书具有非常高的历史价值。在文学价值方面,除了鲁迅、茅盾、邹韬奋、郁达夫、张梦麟、林语堂等人的文章外,第5部分"萧伯纳及其批评"所收黄河清的《萧伯纳》以及刘大杰翻译的德国学者尉特甫格的文章《萧伯勒是丑角》也比较重要。后者较明显地体现了西方的一些学术特点,严谨、注重文本分析。此外还有张梦麟撰写的《萧伯纳的研究》(1933),须白石、徐懋庸各出版了一本《萧伯纳》(1935)。1946—1948年每年至少有七八篇文章,如陈瘦竹的《萧伯纳及其"康蒂姐"》(1943)等。

1949年之前,对萧伯纳戏剧的翻译、编译多,研究较少。当时总体来说属于意识形态多元化时期。陆耀东认为,我国的现代文学界大致可归纳为两大流派,一大流派是以鲁迅、瞿秋白、冯雪峰、茅盾等为代表的主流意识,主张文学是革命的工具,另一大流派以梁实秋、朱光潜、李健吾、钱锺书等为代表,姑且称之为"自由主义文学论"①。对萧伯纳戏剧的评论也充分体现了这种多元化。如林语堂经常谈的话题是萧伯纳的幽默,翻译的作品是喜剧和幽默色彩较浓的《卖花女》(1931),而茅盾推崇的则是《华伦夫人的职业》等具有强烈社会批判倾向的戏剧。在潘家洵所译《华伦夫人之职业》(1923)一书的前言中,茅盾发表了《戏剧家的萧伯纳》一文,比较了易卜生和萧伯纳的社会思想,认为后者比易卜生前进了一步,因为易卜生只诊断出社会的病症但没有开药方,可是萧伯纳却给出了药方。

二、1949年至"文化大革命"前

我国萧伯纳研究的第二次高潮是在1956年。1950年萧伯纳逝世之后,1951年的《翻译》月刊推出了"萧伯纳特辑",登载了英国左派人士撰写的《伟大的社会主义者萧伯纳》等六篇文章。1956年,萧伯纳100周年诞辰之际,人民文学出版社出版了堪称经典的三卷本《萧伯纳戏剧集》(共11个剧本),发表在各类报刊上的论文有二十余篇,包括曹未风的《萧伯纳的创作道路》、杨宪益的

---

① 陆耀东:《生疏的话题:中国现代文学理论批评与传统》,《文艺研究》1999(1)。

《萧伯纳——资产阶级社会的解剖家》、田汉的《向现实主义戏剧大师们再学习（纪念萧伯纳和易卜生）》、黄嘉德的《伟大的英国戏剧家萧伯纳》、王佐良的《萧伯纳和他的戏剧：萧伯纳诞生一百周年纪念》、蔡文显的《萧伯纳的戏剧创作的思想性和艺术特点》等，出版的译著有巴拉萧夫的《萧伯纳评传》等。1956年后，我国的萧伯纳研究高潮退去，只有一些翻译剧本的重印和对个别剧本的注释。"文化大革命"期间至1978年，萧伯纳研究处于停滞状态。

这一阶段分量较重的是王佐良的研究。在《萧伯纳戏剧三种》(1963)的"译本序"中，王佐良不仅详尽分析了其戏剧的优点，如深刻的现实主义手法、崭新的题材、高超的喜剧艺术和语言能力等，而且以他一贯的犀利眼光和实事求是、敢于直言的勇气，对其缺点分析得也非常透彻："然而萧又是一个有着严重缺点的作家。他的剧本提出了一些社会问题，但是没有打中要害；他所揭示的矛盾、冲突经常是前紧后松，他的答案往往是妥协的……萧永远寄希望于聪明盖世的个人，他们的长处只是雄辩滔滔，有时即使谈到'革命'，眼中并无革命的群众……在萧所写的五十一个剧本当中，整个儿都叫人满意的的确为数不多。"王佐良中肯地分析了萧伯纳的中产阶级情结以及他骨子里的势利，看不起、害怕、不了解真正的下层人或者劳动人民。尽管措辞上难免有那个时代的烙印，阶级分析的痕迹比较明显，但即使按现在的眼光来看，这也是一篇价值很高、很深刻、很全面的论文。

1949年至"文化大革命"前这一时期的萧伯纳研究总体上学术性不够强，纵然是像王佐良和黄嘉德这样非常优秀的学者也不能完全摆脱极左思想和阶级分析论的影响。对比一下王佐良上述这篇"译本序"和他20世纪末为《英国20世纪文学史》(2006)所撰写的《萧伯纳与新戏剧》，就不难发现两篇文章既有内容上的共同之处，又体现了作者不同时期在研究方法和语言风格上的变化。其他研究者的文章则更为明显，在此仅举一例比较典型的评论：钟日新在1964年第4期的《中山大学学报》（文科版）上发表了《试论萧伯纳的〈不愉快的戏剧〉》一文，认为"三个剧本的主题都暴露了当时英国资本主义社会制度的阴暗面，直接向观众开火，因为当时的观众都是资产阶级和小资产阶级分子。他们看了或读了这些戏剧，心里必会觉得不愉快"。这种分析是情绪化的、笼统的、主观的，而不是科学的、严谨的、客观的。然而，这并不是某个评论家的水平问题，而是时代使然。在这一阶段的研究中，黄嘉德和王佐良两位前辈的成果对新时期萧伯纳研究的影响较大。

三、1978年至今

1978年开始，随着政治、社会、文学各领域思想解放的推进，理性、客观、科学的治学态度逐步占据主导地位，我国的萧伯纳戏剧研究从停滞状态缓慢恢复,能查到的最早的文章是张华1978年发表的《鲁迅与萧伯纳》。应该说,新时期的外国文学翻译和研究是非常活跃的,是五四以来的又一次高潮。据统计,新时期英国和美国文学译著的书目种类分别达到了4500种和5800种。[①] 不过,对萧伯纳的译介和研究并不算太热,近三十年新译的剧本非常少,中后期作品的翻译尤其少。1981年后共出版杨宪益、刘炳善、英若诚、向洪全等翻译或重译的10本译著,加上以前的译本重印也就是15本左右。编著有倪平的《萧伯纳与中国》(2001)和沈益洪的《萧伯纳谈中国》(2001)。这两本书内容上有一定重复。与瞿秋白和鲁迅编撰的文集相仿,这些文集主要是围绕萧伯纳访华以及萧伯纳关于中国的一些言谈,富有一定的历史价值,文章绝大部分为随笔。

1978年我国恢复了研究生教育,科研实力较强的一些高等院校随即开始招收研究生。90年代中后期博士研究生招生规模也逐步扩大,学术研究开始制度化、体系化。研究生教育的体系性和高校的科研要求客观上导致了学术界对国外经典作家的深入研究。萧伯纳研究也不例外。有关萧伯纳的硕士论文自1999年以来明显呈增长趋势,仅中国期刊网上能查到的优秀硕士论文就有26篇,2003年之前,基本一年一篇,2005年之后一般每年都在3篇以上,2009年和2010年各有5篇。与学位论文的数量相比,有关萧伯纳的期刊论文偏少,1978—1996年共有18种,1997—2005年三十余篇,2006—2010年期间,期刊网上可查到的相关文章有50篇,其中比较专业的有35篇,核心期刊上的有10篇。20世纪90年代末有关萧伯纳的论文主要是关注其"社会问题剧",如易晓明的《从社会问题剧看萧伯纳的思想倾向》(1999)、何其莘的《萧伯纳和他的社会问题剧》(2000)等,写得都比较全面。2006年以来,社会问题继续有人关注,如陈燕红、李兵的论文《萧伯纳剧作中的易卜生主义》(2006)、高音的《社会问题应该在戏剧中自由讨论吗?——谈谈萧伯纳和他的舞台现实主义》(2009)等。此外还有研究翻译、女性主义、创造进化论、比较文学、宗教等主题的。对语言、文体等艺术特色以及萧伯纳的戏剧理论的研究数量上相对较少。数量最多的是对单个剧本的研究,仅关于《皮格马利翁》(或译为《匹克梅梁》《卖花女》)的就有9篇,关于《巴巴拉少校》的6篇。

在宏观的综合类研究中,鲁效阳的《杰出的英国戏剧家萧伯纳》(1986)虽然篇幅不足70页,但语言流畅,文字清新,从剧作家的爱尔兰家庭背景及其对他思想的影响入手,指出萧伯纳一家即使在穷得一文不名的时候,也属于信奉新教、较体面的上流社会的一员,并指出:"中等阶级的本能,体面的上流社会的习

---

① 孙致礼:"前言",孙致礼主编《中国的英美文学翻译:1949—2008》,南京:译林出版社,2009年,第2页。

俗,使萧伯纳不能最终成为一个马克思主义者。"作者对其重要作品如《康蒂妲》《巴巴拉少校》等的分析虽然简短,但也多有亮点。

黄嘉德称得上是我国萧伯纳研究第一人。他在20世纪30年代即开始翻译萧伯纳的作品,80年代在《文史哲》等杂志发表了多篇文章。1989年出版的专著《萧伯纳研究》是作者五十多年的研究积累和总结,对萧伯纳的创作哲学、戏剧理论进行了系统梳理,对一些重要戏剧的解读很深刻。比如,分析《人与超人》的第三幕时,作者援引剧中台词,指出现代人类所创造的文明不是生之力,而是死之力;对《圣女贞德》中的宗教矛盾和民族国家崛起进行了分析,认为贞德既是基督新教殉道者,也是民族主义兴起的代表。此外,该书对萧伯纳的悲喜剧理论以及现代悲喜剧做了非常透彻的阐释。作者认为,萧伯纳戏剧的真正主人公是民族、国家或者人类社会。这些论点都很有深度,值得我们进一步深入研究。对于萧伯纳与莎士比亚的对比,该书也写得很透彻,指出萧伯纳之所以高度推崇易卜生、高调贬低莎翁,是因为他反对戏剧创作中凌空蹈虚的倾向,认为莎士比亚设计的很多场景远离生活现实,如女巫、一磅肉的契约等。可以说当今萧伯纳研究的绝大部分文章或专著都达不到这本书的水平。

王佐良在《英国20世纪文学史》中,对萧伯纳的评价较以前更为客观、更加深入:"向旧世界挑战,嘲笑它,讥讽它,鄙视它,但是又始终站立在那个世界的边缘,没能跨进新的世界:这便是英国现实主义戏剧家萧伯纳。"[①]对历史剧《恺撒和克莉奥佩特拉》有了全新的认识,指出萧伯纳是用现代人的眼光去看历史人物的,一方面要揭穿历史将恺撒奉若神明的传说的虚妄,竭力将他写得平凡、具体,另一方面似乎又爱上了这个老练的干才。王佐良认为恺撒是后来许多角色的先驱者,例如《巴巴拉少校》中的军火商人、《苹果车》里的国王等,并指出在萧伯纳对于恺撒的偏爱里有一个危险的信号,即他日后对于"行动的人"或者"超人"的崇拜的萌芽。这种偏爱发展到极点就是对法西斯头领的追捧。

萧伯纳对墨索里尼和希特勒等法西斯分子的崇拜令西方评论界很反感,也是影响他声誉的重要原因之一,我国评论界对此鲜有论及。在《萧伯纳的社会心理辨析》(2006)一文中,张明爱分析了萧伯纳超人思想产生的原因和他强烈的精英统治思想,也指出他与法西斯主义者有着本质的区别。关于萧伯纳对法西斯主义态度的转变,张明爱在《萧伯纳的矛盾性》(2010)一文中也有所涉及。需要提醒的一点是,作为文学批评者,我们还是应该保持清醒的头脑和意识形态上的正确性。有些作者在文章中受西方观点的影响明显,不注意自己的政治立场。如《试论萧伯纳后期戏剧创作中的幻灭感》(2007)一文就不加区分

---

① 王佐良:《萧伯纳与新戏剧》,王佐良、周珏良主编《英国20世纪文学史》,北京:外语教学与研究出版社,2006年,第37页。

地将斯大林与希特勒和墨索里尼相提并论。

主题宏观的论文较好的还有阿庐的《萧伯纳之于中国戏剧教育的意义》(2005)。作者重申了林履信的《萧伯纳研究》(1939)中所述萧伯纳对中国人的劣根性所作的尖锐批判,如崇洋媚外、好"窝里斗"、不顾民族和社会的公共利益等等。通过介绍萧伯纳对教育的看法,阿庐强调戏剧是教育的工具,反对"为艺术而艺术",强调创造,不要死读书,要关注现实和民众疾苦。阿庐指出,萧伯纳对我国的戏剧教育有着特殊的意义,尤其在培养具有社会责任感的未来戏剧家方面。

陈世雄在《现代欧美戏剧史》(1994)一书中比较了萧伯纳与高尔基、布莱希特等剧作家,认为高尔基剧作中的辩论更接近生活,而萧伯纳剧作中的辩论往往带有毫不掩饰的演说家式的激情与狂热。高尔基剧作中冲突的展开始终不渝地体现了阶级斗争的历史必然性,而萧伯纳则未能通过戏剧冲突来表现不同阶级的较量。布莱希特像萧伯纳一样,深信以政治和宣传鼓动为目的的戏剧有利于启迪明智,消除社会的弊端。他戏剧中的政论思维、哲学思维和科学思维远远超过了萧伯纳。陈世雄指出,虽然高尔基和布莱希特在运用戏剧艺术为现实斗争服务方面都比萧伯纳走得更远,更加卓有成效,但是,在这条路上走出第一步的是萧伯纳。

在萧伯纳戏剧主题研究方面较深入的有谢江南2002年发表的论文《肖伯纳戏剧创作主题的嬗变》。作者从理想主义者和现实主义者的冲突以及超人的形象入手,将萧伯纳的戏剧划分为三个阶段,1896年前的早期作品强调社会现实生活,揭示资产阶级的伪善道德,中期作品着力塑造一种新型的超人形象,1914年《伤心之家》及之后的作品通过布道式的演讲,寻求拯救人类灵魂的有效途径。作者认为萧伯纳创作主题的嬗变,是从与世界不和谐,到寻求和谐,以至于最终进入虚幻的和谐的心路历程。该文对《恺撒与克莉奥佩特拉》一剧中恺撒作为现实主义英雄的分析很深刻。

上文提到的易晓明的《从社会问题剧看萧伯纳的思想倾向》也较有深度,指出新的经济视角使萧伯纳走出了传统道德善恶的视野,毫不留情地舍弃了伦理关系,以历史现状的展现置换了道德评价,历史理性是萧伯纳真正的艺术视角与思想倾向。通过《华伦夫人的职业》《鳏夫的房产》和《巴巴拉少校》等三个剧本中两代人的冲突,萧伯纳刻画了安德谢夫等垄断资本主义时期的时代"英雄",他们属于他所说的千分之一的现实主义者,左右着这个社会的发展,要高于薇薇、巴巴拉等看似纯洁、正直的理想主义的年轻一代。萧伯纳自己也曾说过他的剧中并没有正面人物,也没有反面人物。

比较研究或影响研究类的文章比较突出地集中于鲁迅和茅盾等几位作家。涉及鲁迅的有张华的《鲁迅与萧伯纳》、王永生的《鲁迅论易卜生与萧伯纳》(1985)、高旭东的《鲁迅与萧伯纳》(1993)、高晓丽的《鲁迅与萧伯纳》(2011)等,主要论及这两位文学大家对社会现实的关注以及在讽刺艺术、女性角色的刻画和喜剧艺术等方面的异同。黄彩文的《茅盾与萧伯纳：中英戏剧交流史上的一段情缘》(2003)详细论述了萧伯纳对茅盾创作思想和风格的影响，认为茅盾在两方面受萧伯纳影响较大，一是把文学作为改造社会和拯救国家的寓言的政治理想主义，二是喜剧艺术方面。文章也揭示了茅盾对萧伯纳讽刺性作品的担心。茅盾认为"讽刺体的及主观浓"的作品"会使烦闷志气未定的青年有副作用"，而不愿多译萧伯纳的讽刺体作品。赵家耀的短文《萧伯纳和黄佐临的圣典》(2007)通过1927年19岁的黄佐临在英国求学时的一次亲身经历描写了萧伯纳对黄佐临的鼓励和影响。其他比较类的文章还有张健的《论丁西林与萧伯纳》(1999)、钱激扬的《无意识压抑的症候：论萧伯纳戏剧与中国"才子佳人"小说中的女性形象》(2002)等。

萧伯纳戏剧中体现的女性主义思想在我国一直备受关注，但大多数文章都缺乏新意。秦文在这一领域的研究较为深入。在《理智与情感的失衡——萧伯纳女性形象创作得失谈》(2004)一文中，秦文将女性主义分析与创造进化论相结合，指出萧伯纳笔下的女性之所以不像她创造的有些男性那么打动人心而是一直颇多争议，主要是因为萧伯纳过于强调她们是社会进化思想的工具、是生命力的核心和载体，因而一定程度上抹去了她们的个性和性别特征。在《〈玩偶之家〉、〈康蒂妲〉和〈终身大事〉女性形象之比较》(2005)中，她比较了娜拉、康蒂妲和胡适的《终身大事》中追求自由恋爱的田亚梅，指出作为"生命力"的化身，康蒂妲依靠理智而非个人情感做出了最后的选择。在充当家庭的中心和保护者这一意义上，康蒂妲是高于娜拉的，但她充满理智的说教和选择以及在与马本克分别时所表现出的残酷的理性，会使读者觉得她只是一个可望而不可即的"天使"，无法产生共鸣。秦文对于康蒂妲的这一评价比较中肯。其他较有影响的论文有何成洲的《女权主义的发展：从易卜生到萧伯纳》(1997)和《萧伯纳：西方女权运动的倡导者——评萧伯纳剧中"生命力"思想指导下的女性形象》(1997)等。

在对萧伯纳的戏剧艺术分析方面，杜鹃《"萧伯纳式"戏剧品格探析》(2009)是一篇较好的论文。作者认为鲜明丰满的人物形象、精妙优美的戏剧语言、复杂多变的艺术样式，是"萧伯纳式"戏剧的独特魅力所在，认为萧伯纳善于运用各种方式表达思想，把丰富多样的题材和新颖而又成熟的技巧结合在一起，给人们思想启迪，又给人们审美享受。可以看出作者对萧伯纳的戏剧大部分比较熟悉，举的例子有新鲜感，可读性强，拾人牙慧的内容少。

在单个剧本的评论方面，《卖花女》受到的关注最多，但观点都大同小异。《武器与人》一剧在国外评价较高，但国内研究者较少，且论点与黄嘉德先生的都很相似。比较难得的是宛磊2009年发表的仅有两页的小文章：《形式上的理想主义,思想上的反理想主义——论肖伯纳的〈武器和人〉》。该文文风朴实,分析作品时能抓住重点,对战争和婚姻两条主线中的理想主义与现实主义的冲突理解准确,也指出了作者的反战思想以及该剧对第一次世界大战的预言性。不过作者的中文表达还可以更流畅些,在肖伯纳研究方面还需进一步扩大视野。女主人公拉伊娜最后选择的"巧克力兵"丈夫布朗奇里实际上可以看做是肖伯纳所崇尚的千里挑一的现实主义者。

四、问题与反思

应该说肖伯纳不是当前的热门作家,学术期刊网上近年来每年能查到的相关论文在数量上远不及有关尤金·奥尼尔、哈罗德·品特等戏剧家,国内也没有类似每两年一次的"全国尤金·奥尼尔学术研讨会"之类专门的研讨会。这与肖伯纳戏剧的形式、内容、主题、时代性等不无关系。与其他文学形式一样,近年来戏剧研究深受文化理论的影响,经常涉及后殖民主义、东西方政治文化冲突、种族关系、性别研究等,戏剧表现手法更为多样,在人物选择上往往关注边缘群体、弱势群体。在这样的背景下,肖伯纳的戏剧受到冷落并不太令人奇怪。

然而,或许是受学术传统的影响,在肖伯纳研究中,我国学界很少有提出质疑和批评的,而西方学界对他的评价始终充满争议。如当代英国著名戏剧评论家迈克尔·比林顿在1977年6月20日的一篇发自安大略的报道中,描述了湖畔尼亚加拉肖伯纳戏剧节的情况,文章在结尾处称肖伯纳为继莎士比亚之后最伟大的英国戏剧家。有趣的是戏剧家约翰·奥斯本在当月的23日立即给杂志编辑写了一封反驳这一论断的信,说比林顿自从离开牛津大学后肯定没有再读过肖伯纳的戏剧,否则不可能还坚持学生时代的神话。[①] 肖伯纳经常令人尴尬地将自己与莎士比亚相比,并在文章中多次攻击莎翁。木偶剧《莎萧之战》(1949)用喜剧的调侃方式集中展现了他对莎翁的一些看法。肖伯纳曾声称:"在所有作家中,除了荷马外,我最鄙视莎翁,对司各特都没有这么鄙视。"然而,权威评论家哈罗德·布鲁姆在《戏剧家与戏剧》一书中,将全书近三分之一的篇幅献给了莎士比亚,而对肖伯纳的介绍则比较简短,并指出,没有一个批评家愿意将这两位剧作家的思想进行对比,尤其是因为肖伯纳在原创性方面没有什么特长,他的思想都来自于叔本华、尼采、易卜生、瓦格纳、罗斯金、卡莱尔、马克思、拉马克、伯格森等。他甚至认为肖伯纳没有一部喜剧能比得上王尔德的《认真的重要》或者贝克特的悲喜剧。[②] 如此直接的评价在我国很少能看到,更常

---

① Michael Billington, *One Night Stands: A Critic's View of Modern British Theatre* (London: Nick Hern Books, 1993), p.101.

② Harold Bloom, *Dramatists and Dramas* (Philadelphia: Chelsea House Publishers, 2005), p.155.

见的处理方式是避而不谈。如张兰阁在《戏剧范型——20世纪戏剧诗学》(2009)中回顾20世纪的西方话剧及其对我国的影响时,提到的戏剧家有契诃夫、斯特林堡、贝克特、布莱希特、萨特、加缪、日奈、品特、雅里、尤奈斯库,但没有萧伯纳。在田本相主编的《中国现代比较戏剧史》(1993)中,专章讨论的外国剧作家有易卜生、莎士比亚、王尔德、奥尼尔、契诃夫、果戈理等,但也没有萧伯纳。

在对萧伯纳作品的具体选择和评价方面,受意识形态等因素的影响,我国与西方学界也有所不同。《牛津戏剧词典》(上海外语教育出版社,2000年)指出很多批评家认为《圣女贞德》是萧伯纳最优秀的作品,重演和翻译得最多的是《卖花女》《巴巴拉少校》和《圣女贞德》,其次是《康蒂妲》《人与超人》《武器与人》《医生的困境》《难以预料》等。英文版《剑桥文学指南》丛书的《萧伯纳》(1998)在封底强调萧伯纳的成就时提到的戏剧是《人与超人》《伤心之家》《武器与人》《卖花女》和《圣女贞德》。我国学界介绍和评论的重点从20世纪初就侧重萧伯纳前期创作的一些"不快意的戏剧",现在依然如此。如刘意青、刘炅撰写的《简明英国文学史》(2008)重点介绍的是《华伦夫人的职业》,其次是《皮格马利翁》和《巴巴拉少校》。王守仁、方杰的《英国文学简史》(2006)中重点介绍的是《鳏夫的房产》《华伦夫人的职业》《人与超人》《皮格马利翁》和《圣女贞德》。高继海编著的《简明英国文学史》(2006)着重提到的戏剧有《华伦夫人的职业》《皮格马利翁》和《圣女贞德》,节选的是《华伦夫人的职业》。今后的研究应该更平衡一些,既考虑我国的社会实际,又关注国外研究动向。

在萧伯纳研究中,我国大部分评论家很少从英国戏剧史的角度或者在当代英国戏剧的大背景下对他进行研究。从戏剧史角度看,萧伯纳继承的不是莎士比亚的浪漫喜剧,而是本·琼生式的讽刺喜剧和社会关怀。在当代他也不是一个与现实毫不相干、仅有历史意义的剧作家。他不仅统治了20世纪上半叶的英国剧坛,而且他的很多思想目前依然影响着英国戏剧。[①] 与美国现当代剧作家注重人物心理的刻画不同,英国剧作家大多数都很关注政治问题和社会问题,这无疑与萧伯纳通过他的戏剧和评论所确立的戏剧传统有很大关系。他所倡导并一再体现的社会意识、政治意识是难能可贵的,深刻地影响了20世纪50年代后英国戏剧的再次繁荣。虽然当代英国戏剧中真正的大家是游离于主流之外、关注人物内心世界、极具个性的品特和斯托帕德,但无可否认的是,50年代后,阿诺德·威斯克、爱德华·邦德等一大批主流剧作家关注的是社会现实,其创作都具有鲜明的政治倾向。在创作手法上,萧伯纳的一些创新也影响了20世纪下半叶的一些剧作家,如爱德华·邦德的很多剧都附有长篇前言或后

---

① Christopher Innes, *Modern British Drama: the Twentieth Century* (Cambridge: Cambridge University Press, 2002), pp. 13—14, 57.

记,卡里尔·丘吉尔的一些戏剧对时间和梦境进行了大胆的灵活运用。①

与20世纪初我国的萧伯纳研究相比,当前的研究学术性无疑更强了,更注重微观细节,但对社会现实的宏观关注却弱了。温儒敏的《关于"经典化"与"学院化"》(1999)一文虽然不是针对萧伯纳研究而写,但其中提出的问题却具有很强的适用性。文章指出,"经典化"不宜局限在纯粹的审美意义上,而应当兼顾到其他层面,例如文化意义和历史价值。同时,"学院化"的一些新方法、新视点的切入虽然能够大大拓展研究的思维空间,但很可能方法大于内容;研究的深度拓展了,学术味也更浓了,但我们有可能正在失去学术研究的活力。学院派制造层出不穷的专业话语,却似乎只能在圈子里自娱。现在的学术研究新术语层出不穷,但在切入现实、回应现实方面,当代萧伯纳研究者的反应远不及鲁迅、茅盾等20世纪上半叶的学者。我们不能忘记,只有社会职责才能维持学科研究的社会地位。

第三节 契诃夫戏剧研究

安东·巴甫洛维奇·契诃夫(Anton Chekhov,1860—1904)是19世纪俄罗斯具有世界意义的戏剧家。契诃夫毕生致力于戏剧艺术的创新,其戏剧作品以其深刻的主题思想和独特的艺术风格对俄罗斯近、现代民族戏剧的发展做出了划时代的贡献,并成为世界戏剧艺术弥足珍贵的历史遗产。

19世纪90年代,契诃夫开始从事戏剧创作。契诃夫早期创作有《蠢货》(1888)、《求婚》(1889)、《结婚》(1890)、《纪念日》(1891)等喜剧作品。契诃夫最具代表性的戏剧作品有《伊凡诺夫》《海鸥》《万尼亚舅舅》《三姊妹》和《樱桃园》等。契诃夫在继承欧洲和俄罗斯戏剧艺术传统基础上对戏剧传统结构和手段完成了具有现代性的变革。契诃夫具有"新戏剧"结构特质的戏剧艺术使得"现实主义"戏剧呈现出开放性特征,对20世纪俄罗斯现代戏剧和欧洲现代戏剧的发展和沿革具有十分重要的作用和影响。

一、新中国成立前研究状况的简要回顾

五四运动以前,中国关于契诃夫戏剧创作的评介工作开始于作品翻译之前。宋春舫的《世界新剧谭》《近世名戏百种目》等文章就对契诃夫及其代表剧作——《海鸥》《万尼亚舅舅》《三姊妹》和《樱桃园》进行评介。上述文章为中国

---

① 王岚、陈红薇主编:《当代英国戏剧史》,北京:北京大学出版社,2007年,第2—4页。

"契诃夫学"之戏剧研究奠定了最初的基础。① 五四运动之后十年,随着对俄罗斯文学经典译介工作的深入,契诃夫戏剧作品的汉译取得了长足的进展:五部代表性剧作和部分独幕剧作已经完成汉译。其中,曹靖华翻译的《三姊妹》(1925)所附的长篇文章《柴霍夫评传》被视为早期契诃夫研究的重要文献。三四十年代是20世纪上半叶契诃夫戏剧作品汉译的高峰期。其间,契诃夫的代表性剧作——《伊凡诺夫》《海鸥》《万尼亚舅舅》《三姊妹》和《樱桃园》等得以重译。与此同时,契诃夫的其他剧作也陆续被翻译成汉语,如何妨翻译的《未名剧本》(1935);李健吾翻译的《契诃夫独幕剧集》(1948)(包括《大路上》《论烟草有害》《天鹅之歌》《熊》《塔杰雅娜·雷宾娜》《一个做不了主的悲剧人物》和《周年纪念》等)。三四十年代,随着契诃夫剧作汉译工作的拓展以及契诃夫学研究的逐渐深入,中国学者对契诃夫戏剧的研究也取得了长足的进步。除各类报刊和汉译本附录部分的契诃夫创作总体评论中所涉及的戏剧研究以外,1948年,中国学者肖赛撰写的契诃夫戏剧研究专著《柴霍甫的戏剧》较为全面地考察和分析了契诃夫戏剧创作,为继后的契诃夫戏剧研究奠定了坚实的基础。

二、新中国成立至1966年:契诃夫戏剧研究概况

从新中国成立直至1966年,中国的契诃夫戏剧研究基于特定的政治立场和社会理念得以展开,因而表现出明确的政治意识形态特征。较之其他时期的契诃夫戏剧研究,这一时期的戏剧研究注重探究、论证契诃夫戏剧作品的"政治性"和"思想性"特质,强调其戏剧作品对于社会现实的"否定性"或"批判性"功能以及对社会理想的探索和追求。

须强调指出,在1949—1966年期间,中国的契诃夫戏剧研究的论域已经初步涵盖了学科研究的基本层面,它们包括:(1)契诃夫戏剧创作总体研究;(2)契诃夫戏剧创作艺术研究;(3)契诃夫戏剧作品个案研究;(4)契诃夫戏剧创作比较研究。

在"契诃夫戏剧创作总体研究"方面,焦菊隐撰写的《契诃夫和莫斯科艺术剧院与史坦尼斯拉夫斯基》(《戏剧报》1954年第8期)对契诃夫在戏剧创作过程中与莫斯科艺术剧院、史坦尼斯拉夫斯基等之间的互动关系进行了详尽的梳理和分析。1954年,《剧本》月刊社编撰的《纪念契诃夫专刊》(人民文学出版社,1954年)作为"契诃夫译介和研究专辑"收录了洪深的戏剧研究文章、叶尔米洛夫的专著《契诃夫剧作》中的部分章节(《论契诃夫底社会思想立场》)和《契诃夫的戏剧在中国》以及《蠢货》(《熊》)等七个独幕剧剧本。在这一时期的"总

---

① 参见谢天振、查明建主编:《中国现代翻译文学史(1898—1949)》,上海:上海外语教育出版社,2004年,第198页。

体研究"中,林陵的《契诃夫戏剧创作的主题——纪念契诃夫诞生一百周年》(《文汇报》1960.2.12)一文较具代表性。该文在考察契诃夫的五部经典剧作——《伊凡诺夫》《海鸥》《万尼亚舅舅》《三姊妹》和《樱桃园》等主题的基础上,突出阐明了契诃夫戏剧创作的"政治性"和"思想性"。作者认为剧作家契诃夫"用批判现实主义暴露了旧俄生活,特别是知识分子生活的阴沉、灰暗,他指出这都是由于没有正确人生观的关系,但是他从来不悲观,他总在悲剧的背影上展开喜剧,他对那些悲剧人物加以讽刺和嘲笑,同时他又总是指出未来的光明,未来的美好,让人们用乐观的目光看未来,唾弃黑暗的现实,为争取未来的光明而斗争"。契诃夫的戏剧创作基于"表达了他自己对于革命真理的追求,对于正确人生观的探索"而获得了明确的"政治性"和"思想性"。

在"契诃夫戏剧创作艺术研究"方面,马家骏撰写的《契诃夫的戏剧艺术》(《当代戏剧》1960年第1期)一文是新中国成立以后中国俄罗斯文学学者较早对契诃夫戏剧创作的艺术形式进行全面、系统研究的论文。该文在对契诃夫戏剧创作的世界意义加以确认的基础上,对剧作家创作与戏剧传统的继承关系给予探讨并对其戏剧作品的艺术特征给予了整体把握。

在"契诃夫戏剧作品个案研究"方面,这一期间较具影响的研究文章和论文有郭其涵撰写的《我看〈万尼亚舅舅〉》(《光明日报》1954.11.20)、张白的《契诃夫的现实主义的戏剧——〈万尼亚舅舅〉》(《光明日报》1955.2.12)、林陵的《〈三姊妹〉及其他——纪念契诃夫诞生一百周年》(《戏剧报》1960年第1期)、田稼的《契诃夫和他的〈樱桃园〉》(《上海戏剧》1960年第2期)以及孙浩然的《简谈〈海鸥〉的两场景》(《上海戏剧》1960年第2期)等。其中,张白撰写的《契诃夫的现实主义的戏剧——〈万尼亚舅舅〉》一文明确提出了《万尼亚舅舅》"充满诗意"的主题思想:"人的一切美好的东西被黑暗的生活摧残了,人的理想、劳动和创造的才能被罪恶的社会制度压碎了,憎恶那种毁灭人的生活,召唤人们从沉睡中觉醒起来。"这一主题思想是该剧所包含的"巨大的热情和批判力量"。

在"契诃夫戏剧创作比较研究"方面,这一时期中国俄罗斯文学学者业已开始运用比较文学的视角和方法来考察契诃夫的戏剧创作。在这种情形下,契诃夫的戏剧创作与中国现代戏剧发展和沿革的关系成为了研究关注的首选。其中,葛一虹撰写的《契诃夫的戏剧在中国》(《戏剧报》1954年第6期)具有一定的典型性。该文对契诃夫戏剧在中国的传播和接受过程进行了系统的梳理和分析。

通过对新中国成立至1966年十余年契诃夫戏剧研究历史的考察,我们发现,新中国60年的契诃夫戏剧研究在其第一阶段,其研究论域的设定业已涵盖了现代戏剧研究的主要领域——总体研究、艺术研究、作品研究和比较研究等。值得注意的是,在基本层面上,这一时期的契诃夫戏剧研究在上述四个研究论域中均表现出特定的社会价值立场和社会政治理念。这一现象在"契诃夫戏剧创作总体研究"和"契诃夫戏剧作品个案研究"两个论域表现得尤为突出,如林陵撰写的《契诃夫戏剧创作的主题——纪念契诃夫诞生一百周年》和张白的《契诃夫的现实主义的戏剧——〈万尼亚舅舅〉》。这两篇文章的共同特点为:从唯物史观出发,对契诃夫戏剧经典作品的主题思想给予揭示,明确指出其"政治批判"和"社会批评"的内涵——对沙俄制度及其社会生活形态的批判;对旧知识分子精神样态的否定;对社会美好未来的指引;对努力争取光明未来的吁求。这两篇文章最终将契诃夫戏剧创作定位为"批判现实主义"样本,其中表现出剧作家基于"巨大的热情和批判力量"对"革命真理"和"正确人生观"所进行的不懈探索和追求。须强调指出,以上两篇文章的研究视角和分析结论,它们的出现和存在具有其确定的历史逻辑。这一学术现象可以在以下两种社会—文化语境中得到解释。一是俄罗斯文学学者所秉持的马克思历史唯物主义观念。唯物史观的社会发展理念认定社会主义制度相对于资本主义具有无可比拟的优越性和进步性,前者取代后者具有其历史必然性。中国学者基于社会主义意识形态的政治立场,旨在在文学作品的研究中,通过对文学文本的有效解读,对社会现实存在及其历史指向给予揭示。具体地说,即是对资本主义社会现实"负面存在"的批判,对社会主义"未来"的肯认和指示。由此,在契诃夫戏剧研究中,整体分析的总体逻辑生成。二是国内外俄罗斯文学研究传统的主导思潮。从19世纪的别林斯基文学批评肇始,一直到苏联时期,"现实主义"和"社会批判"即成为文学批评和文学研究的主导话语,虽然在苏联时期"社会批判"在选择特定的对象时,进行了有效的限定和调节。鉴于中苏社会制度和意识形态同一性,这一话语结构对中国学者发生了决定性影响,并成为他们研究俄罗斯作品的"政治无意识"。因而,"现实主义"和"社会批判"直接规定了契诃夫戏剧研究的出发视角和写作立场。

三、1966—1978 年:契诃夫戏剧研究概况

1966—1978 年之间,中国当代社会经历了十余年的"文化大革命"时期。由于众所周知的社会—历史原因,包括俄罗斯文学研究在内的契诃夫戏剧研究工作基本处于停滞状态。学科研究成果在其数量上和质量上均呈现出明显的缺省。在这一时期,中国的契诃夫戏剧研究及其成果总体上处于空白状态,因而造成了学科学术史发展的中断。须强调指出,这一情势在一定程度上给继后的"新时期"契诃夫戏剧研究带来了负面影响。

四、1979—2009 年:契诃夫戏剧研究概况

1979—2009 年,中国当代社会经历了 30 年"改革开放"的新的历史时期。

随着社会和经济的恢复和发展,这一时期的科学文化事业和学术研究理念发生了前所未有的变革和拓展。与这一文化—政治语境相应,包括契诃夫学研究在内的中国外国文学研究学科经历了恢复、发展、繁荣和纵深发展的历史进程。纵观30年以来的中国契诃夫戏剧研究历程,可以发现,契诃夫戏剧研究的传统论域——"契诃夫戏剧创作总体研究""契诃夫戏剧创作艺术研究""契诃夫戏剧作品个案研究"和"契诃夫戏剧创作比较研究"等论域得到了有效的继承和深化。也就是说,基于对理论资源、研究思路、分析方法和角度的合理引进和运用,中国当代契诃夫戏剧研究的各个研究论域呈现出全新的模态。

在1979—2009年期间,中国的契诃夫戏剧研究基于新的文学理念和学术范式,全面继承了传统研究的诸论域。这些论域为:(1)契诃夫戏剧创作总体研究;(2)契诃夫戏剧创作艺术研究;(3)契诃夫戏剧作品个案研究;(4)契诃夫戏剧创作比较研究。须强调指出,在以上四个戏剧研究论域中,学术研究国际视野的加入、新的研究视角和分析方法的有效引进以及新型研究模式的确立,为这一时期的契诃夫戏剧研究的系统化和多元化奠定了坚实的基础,同时也为这一时期的契诃夫戏剧研究带来了全新的科学成果。

在"契诃夫戏剧创作总体研究"方面,较具代表性的研究成果有:黄岩撰写的《契诃夫剧本创作述评》(《咸宁师专学报》1983年第2期);朱桂芳和符玲美的《从〈樱桃园〉看契诃夫戏剧创作的主要特色》(《华南师范大学学报》1983年第4期);冉国选的《契诃夫戏剧的思想与艺术》(载徐祖武主编:《契诃夫研究》,河南大学出版社,1987年);白嗣宏的《戏剧交响乐大师——契诃夫》(载徐祖武主编:《契诃夫研究》,河南大学出版社,1987年);边国恩的《契诃夫戏剧创作简论》(《国外文学》1991年第4期);王远泽的《戏剧革新家契诃夫》(湖南师范大学出版社,1993年);孙大满的《契诃夫的独幕剧》(《俄罗斯文艺》2003年第6期)等等。其中,王远泽撰写的专著《戏剧革新家契诃夫》全面、系统地阐述了契诃夫戏剧创作及其特质。该书在考察契诃夫戏剧创作史的基础上,对剧作家由"通俗喜剧"向"新戏剧"的转型过程给予分析,并且着重研究了"新戏剧"的代表作品——《海鸥》《万尼亚舅舅》《三姐妹》和《樱桃园》。除此之外,论著还包括有"契诃夫戏剧创作中的'停顿'""契诃夫与莫斯科艺术剧院""当代苏联契诃夫学概况"以及"契诃夫的戏剧在中国"等论题。孙大满的《契诃夫的独幕剧》一文对契诃夫早期几部"独幕剧"进行考察,指出剧作家"独幕剧"创作为继后的"大型戏剧"——《海鸥》《万尼亚舅舅》《三姊妹》和《樱桃园》等的创作在戏剧体裁处理和创作手法选取等方面奠定了坚实的基础。

在"契诃夫戏剧创作艺术研究"方面,在1979—2009年期间,中国的契诃夫戏剧研究一个重要特征则是"艺术研究"的长足进步。这一情势的产生与中国俄罗斯文学学者对西方现代文学理论和戏剧理论引进和掌握、对戏剧文学"系统自律"——戏剧体裁的形式结构及其功能的认识和思考密切关联。在这一时期,具有典型意义的研究成果有:华生撰写的《艺术构思与细节描写(契诃夫的〈樱桃园〉)》(《江苏戏剧》1981年第7期);张唯嘉的《〈樱桃园〉中的时间》(《外国文学欣赏》1984年第1期);王远泽的《〈三姊妹〉的喜剧性艺术》(《湖南师院学报》1984年第1期);蓝泰凯的《〈樱桃园〉艺术特色初探》(《贵阳师院学报》1985年第1期);张晓阳的《试论契诃夫戏剧诗意的构成及其特色》(《衡阳师专学报》1986年第3期);小丹的《论契诃夫的〈樱桃园〉的艺术成就》(载徐祖武主编:《契诃夫研究》,河南大学出版社,1987年);邹元江的《生活,在深沉有力的"停顿"中——试论〈樱桃园〉中的"停顿"》(载徐祖武主编:《契诃夫研究》,河南大学出版社,1987年);邹元江的《论〈樱桃园〉中的"停顿"》(《外国文学评论》1996年第3期);李辰民的《重读〈万尼亚舅舅〉——兼谈契诃夫的戏剧美学》(《俄罗斯文艺》1998年第4期);杨海濒的《至味于淡泊——论契诃夫剧作的诗化及其美学意义》(《南京师大学报(社会科学版)》1999年第3期);谈晓的《费尔斯在樱桃园里——契诃夫戏剧中象征的运用》(《戏剧》1999年第4期);安国梁的《〈凡尼亚舅舅〉的艺术追求》(《国外文学》2003年第1期);张介明的《论契诃夫戏剧的叙述性》(《上海师范大学学报(哲学社会科学版)》2003年第6期);严前海的《契诃夫剧作中的喜剧风格》(《俄罗斯文艺》2003年第6期);董晓的《从〈樱桃园〉看契诃夫戏剧的喜剧性本质》(《外国文学评论》2009年第1期)等等。其中,杨海濒撰写的《至味于淡泊——论契诃夫剧作的诗化及其美学意义》一文指出,契诃夫戏剧创作对传统"叙事性"因素的弱化和对"抒情性"因素的强化生成了其"散文式"的戏剧结构,从而获得了浓厚的抒情色彩——"契诃夫式情调",后者最终使得戏剧作品获得"诗化"特征,为读者带来独具魅力的审美感受。邹元江的《论〈樱桃园〉中的"停顿"》认为戏剧作品的"停顿"是"戏剧内部的、心理的动作"和"对生活节奏敏锐、准确的标示"。论文对《樱桃园》所呈示"停顿"手法及其功能进行系统的分析,揭示出它对建构戏剧作品的价值所在。张介明的《论契诃夫戏剧的叙述性》则从对"摹仿"和"叙述"两个文学理论的经典概念辨析出发,指出契诃夫的戏剧创作对两者的界限完成了突破——将"叙述"引入戏剧。契诃夫戏剧的"叙述性"——"将既有的、将有的和潜在的矛盾冲突或作淡化处理或安置在幕后,既无中心人物也无中心事件""在戏剧的叙述、对话、景象插叙中对带有强烈主观色彩的'语调'的运用"以及"突出人物个性的'语势'的运用"等,均使得自身获得叙事作品的特质,完成了对传统戏剧理念的变革。董晓的《从〈樱桃园〉看契诃夫戏剧的喜剧性本质》(《外国文学评论》2009年第1期)一文认定契诃夫戏剧创作的"非戏剧化"包括有其独特的"喜剧精神",后者也是其剧作的影响价值之所在。论文认为考察这一"喜剧精神"是解读契诃夫戏剧作品及其艺术特质的关键。鉴于此,论文以《樱桃园》为对象探讨和分析了其中的喜剧性要素并得出了相应的结论。

在"契诃夫戏剧作品个案研究"方面,在1979—2009年期间,"个案研究"论域在延续以往论题的基础上,在新的学术语境中加入了若干新的论题,如语言分析和生态批评等。其中,较具影响的研究成果有陈瘦竹撰写的《谈契诃夫的独幕喜剧〈求婚〉》(《名作欣赏》1980年第1期);潘平的《从〈樱桃园〉的两个场面谈"空灵"》(《文艺研究》1984年第4期);易漱泉和谢南斗合作撰写的《俄国戏剧革新的杰作——谈契诃夫的〈海鸥〉》(载徐祖武主编:《契诃夫研究》,河南大学出版社,1987年);冉国选《谈〈海鸥〉》(载徐祖武主编:《契诃夫研究》,河南大学出版社,1987年);来春的《论契诃夫的心理剧〈凡尼亚舅舅〉》(载徐祖武主编:《契诃夫研究》,河南大学出版社,1987年);晓知的《演出的是生活,表现的是心灵——论契诃夫的戏剧〈三姐妹〉》(载徐祖武主编:《契诃夫研究》,河南大学出版社,1987年);陈淑贤的《闻其声而知其人——〈樱桃园〉语言个性化浅析》(《俄苏文学》1989年第6期);林蔚的《讲究"内在戏剧性"的〈海鸥〉》(《文汇报》,1990.6.4);李辰民的《〈普拉东诺夫〉:一部鲜为人知的契诃夫剧作》(《俄罗斯文艺》2001年第3期);胡静的《〈伊凡诺夫〉的意义》(《戏剧》2005年第3期)以及贺安芳的《斫伐的背后——〈樱桃园〉的生态批评》(《戏剧》2005年第4期)等等。其中,贺安芳撰写的《斫伐的背后——〈樱桃园〉的生态批评》一文在考察"樱桃园"和"斫伐"传统象征的基础上,从生态批评的角度出发对《樱桃园》进行阐释,指出"樱桃园"即是"自然"的象征,而对"樱桃园"的斫伐则标示出"社会关系的变迁"和"人与自然的关系"新型文明的生成,论文以此得出结论:"樱桃园的消失反映了人类思想、文化、社会发展模式中人对自然的态度和行为。"

在"契诃夫戏剧创作比较研究"方面,在1979—2009年期间,"比较研究"方法在契诃夫戏剧研究中占据有相当重要的地位。须指出,这一研究方法或模式的运用与"比较文学"学科和方法在中国文学研究领域的引进和适用密切相关。换言之,80年代"比较文学"学科在中国文学学界确立、其方法逐渐学理化和系统化的语境,为契诃夫戏剧的"比较研究"提供可资援用的强大资源。在这一方面较为重要的研究成果有:胡斌撰写的《契诃夫的〈海鸥〉与易卜生的〈玩偶之家〉》(《俄苏文学》1984年第4期);沈澜的《试论契诃夫的〈樱桃园〉和曹禺的〈北京人〉》(载徐祖武主编:《契诃夫研究》,河南大学出版社,1987年);王德禄的《曹禺与契诃夫——艺术风格的联系和比较》(《贵州社会科学》1988年第3期);王璞的《契诃夫与中国戏剧的"非戏剧化倾向"》(《外国文学评论》1989年第4期);黄旦的《夏衍与契诃夫的戏剧风格比较》(《杭州大学学报》1990年第1期);张君的《契诃夫与老舍》(《沈阳师院学报》1990年第2期);李树凯的《用深刻的抒情方法,把生活组织起来——论曹禺和契诃夫的戏剧艺术》(《西北师大学报》1990年第2期);童道明的《契诃夫与二十世纪现代戏剧》(《外国文学评论》1992年第3期);刘淑捷的《契诃夫和现代戏剧》(《戏剧》1994年第1期);杨挺的《奥尼尔与契诃夫》(《海南大学学报(人文社会科学版)》2002年第1期;董晓的《舞台的诗化与冲突的淡化——试论苏联戏剧中的契诃夫风格》(《俄罗斯文艺》2008年第2期)和《关于契诃夫戏剧在中国的影响》(《南京大学学报(哲学·人文科学·社会科学版)》2009年第1期);王永恩的《此岸和彼岸——契诃夫与曹禺剧作主题之比较》(《俄罗斯文艺》2009年第3期)等等。其中,王璞撰写的《契诃夫与中国戏剧的"非戏剧化倾向"》一文在分析契诃夫戏剧"非戏剧化倾向"及其特征——"情节淡化"和"抒情氛围"的基础上,揭示出这些"非戏剧元素"之于中国现代戏剧的影响和作用。刘淑捷的《契诃夫和现代戏剧》则将契诃夫的戏剧创作置于世界戏剧发展史中,考察前者与同时代戏剧创作的差异,分析其"现代性"特质及其对现代戏剧的影响。论文认为,契诃夫的戏剧创作在易卜生戏剧经验的基础上对传统戏剧模式进行了更为彻底的变革。作为现代戏剧的先驱之一,契诃夫以其里程碑式的剧作对20世纪现代戏剧创作产生了极为重要的影响。童道明的《契诃夫与二十世纪现代戏剧》则在对契诃夫的戏剧创作与20世纪西方现代戏剧源流关系进行考证的基础上,对前者之于后者的影响和作用给予了较为公允的评定。董晓的论文《关于契诃夫戏剧在中国的影响》在认定契诃夫的"戏剧精神"和"戏剧风格"对中国现代戏剧沿革产生了重要影响的基础上,揭示并阐述了这一影响的具体层面——"对戏剧冲突的淡化"和"舞台抒情氛围的营造"等戏剧表现手段。论文认为这些戏剧表现手段的核心在于独特的"喜剧精神",后者决定了对契诃夫"戏剧精神"和"戏剧风格"接受的水平。由中国现代文化、历史的特性决定,中国戏剧创作虽在一定程度上借鉴了契诃夫的戏剧表现手段,但对其"戏剧精神"特别是其"喜剧精神"中包含的深刻的荒诞意识并未充分地理解和接受。这种接受状况在某种程度上决定了中国现代戏剧的存在样态。

通过以上对新时期30年契诃夫戏剧研究历史的考察和总结,我们发现,其中存在几个值得思考的学术史问题。这些问题分别存在于宏观和微观两个层面。

第一,在宏观层面,根据现已掌握的数据,1979—2009年期间,"契诃夫戏剧研究"的学术论文,其文献数量在整体上(以10年为周期)呈现出明显的递增趋势。20世纪90年代和21世纪前十年两个时期该领域的学术文献数量与其他俄罗斯著名作家研究相比均处于中等水平。与此同时,在过去30年期间,在"契诃夫戏剧研究"领域中,与第一阶段相比较,后两个阶段主要研究论题的数量在总体上呈增长趋势,后两个阶段主要研究论题的数量均处于中等的水平,"艺术研究"论题的比重加大。这两个研究走向和态势的发生和存在,具有较为复杂的文化—文学动因。我们认为,相对于西欧和俄罗斯历史悠久的戏剧传统,"戏剧文学"作为"舶来品"的文学体裁在中国文学系统中的发生和发展仅有百余年的历史。这一文学事实决定了中国学者对"戏剧文学"的结构特质和文学功能认知的缺位,同时也决定了"契诃夫戏剧研究"工作初始时期的弱势。但是,新中国成立以来,特别在新时期,随着中西文学交流的逐步深入,西方戏剧理论的广泛引进和适用,中国学者对"戏剧文学"的"自律"及其文学价值的认识逐步深化。在这一学术语境中,契诃夫戏剧作品的地位和价值得到了有效的确认,"契诃夫戏剧研究"特别是对于它们的"艺术研究"和"影响研究"在整体上得以扩展和深化。在"契诃夫戏剧研究"中,其学术文献数量的增长态势以及主要研究论题数量的增长趋势标志着"戏剧研究"正逐渐成为契诃夫创作研究关注的焦点之一。

第二,在微观层面,在1979—2009年期间的"契诃夫戏剧研究"中,以下两种现象具有较高的学科史价值,需要我们加以关注和思考。

一是在"契诃夫戏剧创作艺术研究"论域,在1979—2009年期间,在"艺术研究"的强势背景下,杨海濒撰写的《至味于淡泊——论契诃夫剧作的诗化及其美学意义》一文具有其独特的价值。在这篇论文中,作者基于对西方戏剧"叙事性"传统的确认,将契诃夫戏剧中几个核心要素——"散文式""契诃夫式情调"和"诗化"进行了有效的统合。作者指出对传统"叙事性"弱化处理所引致的"抒情性"构成,是契诃夫戏剧结构和风格的原始动因。该论文首次在整体上对契诃夫戏剧的"系统自律"给予揭示,这一戏剧结构生成逻辑的发现标志该时期"艺术研究"新的高度。与此相比较,张介明的《论契诃夫戏剧的叙述性》则从相反的视角切入,对契诃夫戏剧风格系统展开探究并得出颇具价值的研究结论。论文作者基于对西方文学理论两个经典概念——"摹仿"和"叙述"的分析和判明,指出契诃夫超越传统,将"叙述"引进戏剧创作,并在戏剧实践中对这一"叙述"进行独具风格的加工和处理,其中包括矛盾冲突淡化或搁置、中心人物和事件缺位、主观性语调和语势运用等。论文认为,正是借以这一戏剧作品的叙述性品质,剧作家完成了对传统戏剧理念的全面革新。表面上看,以上两篇论文论述过程迥异,所得结论相左。然而究其实质,两位作者的对剧作家创作的认知观点并未构成对立。前者指出契诃夫戏剧的风格系统建诸对"叙事性"的否定(这种"否定"直接引致了"抒情性"风格的生成)之上,而后者则认为剧作家将"叙述"引进戏剧创作以建构起风格系统(其中暗示出"摹仿"之于戏剧的本体地位。实际上,对于戏剧而言,"摹仿"和"叙述"本体论特质的得出,是建立在文本单位基础之上的)。而问题之关键在于:后者所论述的剧作家创作的"叙事性",已经超越了"叙事性"的传统旨义,文中所谓的"叙事性"是基于主体性弱化了的"叙事性"。因此,在这种意义上,虽然前者将剧作家风格系统的建构归因为对"叙事性"的消解,后者归因为对"叙事性"的张扬,两篇论文针对契诃夫戏剧创作风格系统的研究结论最终殊途同归,具有同样的意义指向。在此,须强调指出,以上两篇论文的学术史价值在于:它们的出发概念——"叙述"和"抒情"的"对立",以及它们论证路线的逆向性,使得契诃夫戏剧艺术系统的核心构成——"叙述"和"抒情"功能价值以及相互关系得以彰显。这不仅为继后的契诃夫戏剧研究提供了可资参照的坐标,同时也对一般意义上的现代戏剧研究具有启示作用。

二是在"契诃夫戏剧创作比较研究"论域,在 1979—2009 年 30 年间,"比较研究"在契诃夫戏剧研究中成果较为显著。这一时期,该论域的研究文献除去传统的"作家比较"和"影响研究"以外,有两个研究特点值得我们给予关注:契诃夫戏剧比较研究的学术视野得以较大的拓展;契诃夫戏剧对中国戏剧影响的总体研究得以展开。首先,刘淑捷撰写的《契诃夫和现代戏剧》和童道明的《契诃夫与二十世纪现代戏剧》两篇文献将契诃夫戏剧创作与"现代戏剧"和"二十世纪现代戏剧"的总体格局加以联系,在世界戏剧发展史的坐标中对契诃夫戏剧创作与 20 世纪现代戏剧的渊源关系进行揭示,对前者独具风格的"现代性"戏剧结构之于现代戏剧的整体性影响和作用给予了系统分析和价值评定。以上两篇论文突破"契诃夫戏剧创作比较研究"论域的传统论题——契诃夫戏剧创作与中、外剧作家的比较研究和契诃夫戏剧创作与中国戏剧发展关系的影响研究,将世界性戏剧问题纳入"比较研究"的论题。这一研究表明,在中国当代学者的戏剧研究中,国际视野业已成功地加入。须指出,在"比较研究"中,对这种整体性国际学术视野的适用,对于准确把握契诃夫戏剧创作的结构特征及其在戏剧发展史中的价值和地位,具有特别重要的意义。其次,在"比较研究"论域,针对"契诃夫戏剧创作与中国戏剧"论题,王璞撰写的《契诃夫与中国戏剧的"非戏剧化倾向"》和董晓的《关于契诃夫戏剧在中国的影响》两篇论文表明,契诃夫戏剧对中国戏剧发展影响的总体研究得以展开。以上两篇论文均从戏剧诗学的范畴出发,前者基于对契诃夫戏剧创作中"非戏剧元素"的考辩,揭示出契诃夫戏剧对中国戏剧的"非戏剧化倾向"风格生成的决定性影响。后者则首先对"戏剧精神""戏剧风格""戏剧表现手段""喜剧精神"和"荒诞意识"等处于戏剧文本不同层次的概念及其功能加以辨析,指出契诃夫戏剧的"喜剧精神"("荒诞意识")对"戏剧精神"和"戏剧风格"接受的意义之所在。在此基础上,论文确认,中国传统文化和戏剧传统对剧作家"戏剧精神"及"喜剧精神"("荒诞意识")排异性解读和有限性接受,促成了基于"戏剧表现手段"接受的中国当代戏剧的存在形态。以上两篇论文侧重于戏剧诗学方向"总体研究",可以视作是对该论题既往研究成果的总结和提升,这为在宏观层面把握契诃夫戏剧创作特性和中国现代戏剧结构特征提供了较为成功的范例。另一方面,两篇论文的研究成果标志着中国学者在更高的层次上对本土戏剧存在样态的思考及其成果,在一定程度上,指示出中国当代戏剧发展的优势和存在的问题。借此,以上研究将"契诃夫戏剧创作比较研究"提升到了新的高度。

从新中国成立至 2009 年期间,在国外契诃夫戏剧研究学术著作翻译方面,较具影响的译著有:满涛翻译的史达尼斯拉夫斯基《契诃夫与艺术剧院》(时代出版社,1950 年);贾植芳翻译的 С. Д. 巴鲁哈蒂《契诃夫的戏剧艺术》(文化工作社,1951 年);黎文望翻译的 В. 叶尔米洛夫《关于契诃夫的剧本》(新文艺出版社,1954 年);张守慎翻译的 В. 叶尔米洛夫《论契诃夫的戏剧创作》(作家出版社,1957 年);吴启元等翻译的 М. 斯特罗耶娃《契诃夫与艺术剧院》(中国戏剧出版社,1960 年)以及朱逸森翻译的屠尔科夫《安·巴·契诃夫和他的时代》(中国社会科学出版社,1984 年)等等。

五、研究反思

综上所述,新中国的契诃夫戏剧研究历经 60 年的漫长历程。除去 1966—1978 年十余年间研究成果基本空缺以外,其他两个时期的研究均取得了相应的成果。特别是 1979—2009 年 30 年期间,在新时期的政治—文化语境下、借以新型的戏剧理论和批评模式,契诃夫戏剧研究在主要研究论域——"契诃夫戏剧创作总体研究""契诃夫戏剧创作艺术研究""契诃夫戏剧作品个案研究"和"契诃夫戏剧创作比较研究"等论域均取得了重要的进展,完成了由"社会—政治批评"向"语言研究""形式研究""结构研究"和"文化研究"等多元化的学术范式转型。其中,"艺术研究"和"比较研究"的学术研究成果在数量和质量上标示出中国当代契诃夫戏剧研究的最高水准。

然而,持续 60 年的契诃夫戏剧研究在获得较为丰硕的学术成果的同时,在部分研究论域一定程度上也显示出其缺陷和不足。其中,较为突出的问题是:对契诃夫"大型戏剧"之外的"小型戏剧",亦即剧作家的早期剧作缺乏全面、系统的考察和探究。契诃夫"小型戏剧"是其"新戏剧"创作的前提和基础,其"前史"的地位或角色对剧作家继后的、风格化的戏剧经典具有直接的影响和制约作用。鉴于此,对契诃夫"小型戏剧"缺少深入、详尽的分析和阐释——这一学理逻辑的缺省将直接引致对剧作家经典剧作主题和艺术价值评定的偏离。这一研究格局为整体把握契诃夫戏剧创作带来了明显的负面影响。在契诃夫戏剧研究"学术史"中,这一问题需引起专家和学者的重视,并在未来的研究工作中得以切实的关注和解决。

新中国 60 年契诃夫戏剧研究的历史表明,中国学者在继承契诃夫戏剧研究传统研究方向的基础上,对其论域及论题进行了新的拓展,促使契诃夫戏剧研究在总体上获得了长足的进步。目前,该研究领域正逐步形成基于本土文化身份和民族文学价值的独特的戏剧理论话语系统。

可以预见,随着对戏剧文学的研究理念、研究范式和研究方法等持续的借鉴和援用,以及对相对薄弱的研究环节的补足和修正、对可据提升的学术空间有效拓展,中国未来的"契诃夫戏剧研究"及其学术成果也必将逐渐趋于成熟并步向新的繁荣。

第八章
现代主义和后现代主义戏剧研究

导 言

现代主义戏剧和后现代主义戏剧包括19世纪末至20世纪中叶在西方兴起的诸多戏剧流派,如表现主义戏剧、象征主义戏剧、超现实主义戏剧、存在主义戏剧、荒诞派戏剧以及美国20世纪上中叶的现代主义戏剧等。我国在20世纪二三十年代曾经对现代主义戏剧有过介绍,如美国剧作家尤金·奥尼尔的戏剧作品、德国剧作家布莱希特的作品等。新中国成立之后,由于政治意识形态的变化,西方现代主义文学在外国文学研究界几乎绝迹。但作为东德的剧作家布莱希特的戏剧作品则在当时产生较大影响,被搬上了新中国的话剧舞台,他的一些作品也得到了有一定深度的研究和探讨,可谓不同凡响,这显然与他的政治立场及其与中国的友好关系密切相关。改革开放之后,国内学界和观众对布莱希特的热情重被燃起,从戏剧作品、舞台演出到他的戏剧理论均受到重视,见证了这位现代主义戏剧家在中国受到持续关注的程度。与此不同的是,荒诞派戏剧等在60年代作为供批判用的内部资料被介绍到国内来,受到猛烈的批判。1979年,《外国戏剧资料》(季刊)(1980年改名为《外国戏剧》)恢复出版,集中介绍了西方现代主义和后现代主义戏剧作品,给西方现代派和后现代派戏剧研究带来了全面转折,带动了此后一批相关介绍、评析和研究的论文在各学术刊物上纷纷面世。80年代,以奥尼尔和瑞典剧作家斯特林堡为代表的表现主义戏剧、以比利时作家梅特林克为代表的象征主义戏剧、以法国剧作家尤奈斯库和爱尔兰剧作家贝克特为代表的荒诞派戏剧以及以田纳西·威廉斯、阿瑟·米勒、阿尔比等为代表的美国20世纪戏剧等都被一一介绍到国内来,在当时外国文学研究还带有一定"左"倾思潮影响的情形下,这批具有相当代表性的西方现代派和后现代派戏剧在国内的介绍和研究却异常活跃。90年代中期之后,有关西方现代派和后现代派戏剧的学术研究得到较快发展,从作品的主题、艺术形式到戏剧理论,以及作品的美学、哲学问题的探讨、有关理论问题的争论、对中国现当代戏剧创作的影响等均成为研究的议题。近年来,现代主义和后现代主义戏剧研究在范围上也扩展了,一些在20世纪后期和新近产生广泛影响的戏剧家的作品也逐渐得到介绍和研究。运用西方现当代理论来研究现代派及后现代派戏剧作品的情况极为普遍,这使现代派与后现代派戏剧的研究得到了进一步深化。

本章选择奥尼尔、布莱希特、贝克特作为专题研究的对象进行考察。他们作为西方现代主义和后现代主义的剧作家在新中国的研究具有一定的代表性。

第一节　奥尼尔戏剧研究

尤金·奥尼尔(Eugene O'Neill,1888—1953)是当代美国戏剧的奠基人和缔造者,也是美国唯一荣膺诺贝尔文学奖的剧作家。他写了五十余部剧作,还发表了一些诗作和戏剧评论文章等,四次获普利策戏剧奖。除了《啊,荒野!》等个别喜剧之外,其他剧作均可以说是悲剧,所写题材之新颖多样,涉及的领域之广阔,揭示的哲理寓意之深邃,以及艺术风格之绚烂多彩,在美国戏剧史上是绝无仅有的。奥尼尔敢于独辟蹊径,善于博采众长,对戏剧艺术进行了大胆的探索和创新,从多种不同的视角反映了他一生孜孜不倦地对人生真谛的探索和对戏剧艺术的执著追求。他跟同代剧作家一起把美国戏剧推向成熟阶段,使之跻身世界剧坛,而他自己也得到了戏剧界的认可,被称为"美国现代戏剧之父",被认为"是一位土生土长的戏剧拓荒者,他不仅可以跟易卜生、斯特林堡和萧伯纳媲美,而且可以跟埃斯库罗斯、欧里庇得斯和莎士比亚相媲美"①。因此说,奥尼尔杰出的戏剧成就是举世公认的,他是一位有世界影响的剧作家,对中国戏剧也产生了不小影响,引起了中国戏剧研究者对奥尼尔戏剧的关注。

国内的奥尼尔研究始于20世纪20年代,新中国成立后可大致分为两个时期。

一、新中国成立前研究状况的简要回顾

奥尼尔从1913年就开始创作独幕剧了,随后佳作迭出,成为美国剧坛新秀。他一步入美国剧坛就引起了中国戏剧界和评论家的注目。沈雁冰(茅盾)于1922年5月在自己主编的《小说月报》上发表的《美国文坛近状》一文中,提

---

① Robert Brustein, *The Theatre of Revolt*, Boston: Little, Brown and Company, 1964, p.322.

到奥尼尔"着实受人欢迎,算得上是美国戏剧界的第一人才"①。这是在中国文坛第一次提到奥尼尔的名字,而且是被茅盾这样的知名人物提到。著名剧作家洪深受奥尼尔影响,于1922年创作了《赵阎王》一剧,有人认为该剧在结构上颇像《琼斯皇》。他还写了《欧尼尔与洪深》(《现代出版》1933年第10期)和《奥尼尔年谱》(《文学》1934年3月第2卷第3号),向读者介绍奥尼尔。著名学者萧乾的文章《奥尼尔及其〈白朗大神〉》(1935年9月2日《大公报》)和《论奥尼尔》(1936年11月《国闻周报》第13卷第47期)颇为引人注目。赵家璧的《友琴·奥尼尔》一文发表在1937年2月《文学》第8卷3号上,还在1938年11月《戏剧杂志》(第1卷第3期)上发表了他的《〈早点前〉的作者奥尼尔》一文。此类文章不胜枚举。著名学者和剧作家的评论引起了中国戏剧界对奥尼尔戏剧的兴趣和关注。不过,早期的文章虽然不少,但多数是介绍性文章,对他的生平介绍多,对他的剧作文本故事情节介绍多,对其学术成就评价深度有限。

奥尼尔的剧作形式新颖,堪称独步,不少剧作很快就被译成了中文。根据陈立华的统计,在三四十年代有21部奥尼尔剧作被译成了中文。奥尼尔的力作《奇异的插曲》(1928)于1936年被王实味译成了中文,由中华书局(上海)出版,张梦麟还为其写了序。另一部力作《悲悼》由朱梅隽译成中文,叫《梅农世家》,于1948年由正中书局出版。《悲悼》同时也被著名翻译家荒芜译成中文,于1949年3月由晨光出版公司出版,改革开放后又多次再版。《加勒比斯之月》《天边外》《琼斯皇》《安娜·克利斯蒂》等多部重要剧作都被译成了中文。

奥尼尔剧作传入中国后,不少剧作被搬上舞台。《马可波罗》(现译《马可百万》)英文版在1929年就由燕京大学教职员业余剧社"热闹"演出。还有《天边外》《早餐之前》《遥望》(改编自《天边外》)等剧分别在上海、南京、重庆等地上演过。

二、新中国成立后的头30年(1949—1978)

中华人民共和国于1949年10月1日成立后,中国的奥尼尔研究"热潮"似乎一下子"销声匿迹"了。戏剧界对奥尼尔剧作的评论文章几乎绝迹,只查到陈大卫的《奥尔〈琼斯皇〉的两个中国翻版》一文,发表在1967年第6期《现代戏剧》上。奥尼尔剧作的"演出"完全停了,奥尼尔剧作的翻译也罕见了,只查到香港今日出版社1968年出版的王敬羲译的《悲悼》的新版本,叫《素娥怨》,在国内学术界至今颇有影响。译者写了一篇有相当学术价值的"序",比较全面客观地评价了奥尼尔和他的剧作,说奥尼尔在有生之年,始终都锲而不舍地"在现代生

---

① 刘海平、朱栋霖:《中美文化在戏剧中的交流——奥尼尔与中国》,南京:南京大学出版社,1988年,第77页。

活中寻觅悲剧素材",因而"他对于他生存的时代和社会,绝少加以批评"。① 这后一句话很重要,也许正是当时国内奥尼尔研究走入"低谷"的症结所在。新中国提倡文艺为工农兵服务,以现实主义和批判现实主义为衡量标准,倡导社会问题剧,因而易卜生等人的剧作备受赞赏。奥尼尔的实验戏剧和受弗洛伊德心理学说影响的心理分析剧尚没有被中国读者理解和接受,即他的剧作风格跟时代的潮流"不合拍"。汪义群认为:"进入50年代以后,由于当时的国际形势和我国的外交政策以及文化政策的原因,我国与西方世界的交往越来越少,对西方文化艺术的批评越来越偏激。凡被认为未对资本主义社会作出明显批评的作家和作品一律遭到冷遇。在美国文学的介绍方面……对奥尼尔却不敢问津。"②这导致了这个时期的奥尼尔研究几乎成了一个"空白"。

同时期美国的奥尼尔戏剧研究状况却截然不同。奥尼尔于1953年11月27日在波士顿一家旅馆里与世长辞,几天之后被悄悄埋葬在波士顿郊区森林公墓里一个不引人瞩目的地方,这更加引起了人们对他的好奇和关注。他的代表剧作《进入黑夜的漫长旅程》于1956年上演,并获得普利策戏剧奖,随后又上演了《诗人的气质》等剧作,引起了戏剧评论界的注目,掀起了重新评价奥尼尔剧作的高潮。在五六十年代,美国戏剧研究学者发表了大批论文,汇集在奥斯卡·卡吉尔等编的《奥尼尔和他的剧作》(1961)、约翰·盖斯纳编的《20世纪奥尼尔评论集》(1964)等论文集中。更重要的是,还出版了多部关于奥尼尔的学术专著,像多里斯·福尔克的《尤金·奥尼尔和悲剧性对峙》(1958)、福莱德里克·卡宾特的《尤金·奥尼尔》(1964)、特拉维斯·博尔加德的《时间的轮回:尤金·奥尼尔的剧作》(1972)等,以及刘易斯·谢弗的《奥尼尔:儿子与剧作家》(1968)和《奥尼尔:儿子和艺术家》(1973)等都是当时的力作,对奥尼尔的介绍相当全面,对奥尼尔剧作的分析细致深入,为奥尼尔戏剧研究打下了坚实的基础。

三、新中国成立后的第二个30年(1979—2010)

党的十一届三中全会之后,中国的改革开放政策为中西方文化交流打开了窗口。奥尼尔研究出现了复苏,被汪义群称为"奥尼尔译介的第二次浪潮"③。

从1979年开始,评介奥尼尔的文章逐渐增多。谢榕津的译文《近三十年美国剧作家概貌》(《外国戏剧资料》1979年第1期)中就有对奥尼尔较全面的介绍,尧登佛的译文《在动物园里:从奥尼尔到阿尔比》也是如此。赵澧的《现代美

---

① 尤金·奥尼尔:《素娥怨》,王敬羲译,香港:今日出版社,1968年,序,第Ⅸ页。
② 汪义群:《奥尼尔研究》,上海:上海外语教育出版社,2006年,第306页。
③ 同上。

国剧作家尤金·奥尼尔》先在 1979 年第 4 期《戏剧学习》上发表,后又收入《美国戏剧论辑》。他的文章全面地评价了奥尼尔,说"他是在欧洲舞台上得到广泛而又认真的承认的第一个美国剧作家"①。朱虹的文章《尤金·奥尼尔》被收入《外国文学研究集刊》(1980)第 2 辑。她后来还为《美国文学简史》(下册)撰写了戏剧部分,着重写了奥尼尔的贡献。随后,廖可兑、龙文佩、荒芜、欧阳基、黄嘉德、汪义群、刘海平、郭继德、蒋虹丁、吴雪莉、吴伟仁等众多学者都在写评议奥尼尔的文章,掀起了一股评介奥尼尔和他的剧作的热潮。特别是复旦大学 1980 年第 1 期《外国文学》出了奥尼尔戏剧专集,龙文佩的《尤金·奥尼尔和他的剧作》和其他人的多篇文章都在此发表。山东大学的《现代美国文学研究》在 80 年代初期相继登载了欧阳基和郭继德等人对《进入黑夜的漫长旅程》等剧作的评论文章,较全面地评价了奥尼尔和他的戏剧创作,认为奥尼尔逝世后上演的力作《进入黑夜的漫长旅程》不仅仅是一部"美国中产阶级家庭悲剧",更是"一部美国社会悲剧"。不少学者对当时的"热潮"进行评价。"八十年代中国掀起的'奥尼尔热',中美文化'对话'步入热潮,看来无法忽视这一非文学因素的作用"②,即跟当时的政治环境很有关系。思想解放了,对奥尼尔的评价也放手了,即敢于全面客观地进行评价了,发表的文章越来越多,"改革开放 30 年间,我国评论奥尼尔的文章共 300 余篇,数量呈明显上升趋势"③。我自己感到这是一个"保守估计",似乎一些论文集中的有关文章没有统计在内。另外,廖可兑的《尤金·奥尼尔剧作研究》(1999)、刘海平和朱栋霖的《中美文化在戏剧中交流:奥尼尔与中国》(1988)、汪义群的《奥尼尔研究》(2006)、谢群的《语言与分裂的自我:尤金·奥尼尔剧作解读》(2005)、陈立华的《用戏剧感知生命——尤金·奥尼尔与曹禺前期剧作比较研究》(2006)等专著中都有开拓性研究,是他们多年辛勤劳动的结晶。另外,郭继德的《美国戏剧史》(1993)以及他人多部美国文学史中,奥尼尔和他的剧作都是论述的重点。

从 20 世纪 80 年代中期起,奥尼尔研究出现了新特点,即有组织地进行。中央戏剧学院的廖可兑先生创建了"奥尼尔研究中心",并聘请了龙文佩、欧阳基、刘海平、郭继德、姚锡娟、吴雪莉等为顾问,组成了一个学术团队,开展奥尼尔研究。廖先生提倡"开一个会,上演奥尼尔的一个剧本,出版一部论文集"。廖可兑生前主持或跟山东大学、复旦大学、河南大学、川大等合作主持召开了九次全国尤金·奥尼尔学术研讨会,其中第二次会议上,除了学术讨论之外,更重要的议题是"为纪念美国戏剧之父尤金·奥尼尔诞辰 100 周年"④,在中国当代

---

① 廖可兑等:《美国戏剧论辑》,北京:中国戏剧出版社,1980 年,第 44 页。
② 刘海平、朱栋霖:《中美文化在戏剧中交流:奥尼尔与中国》,南京:南京大学出版社,1988 年,第 7 页。
③ 谢群、陈立华主编:《当代美国戏剧研究》,北京:北京理工大学出版社,2010 年,第 18 页。
④ 廖可兑主编:《尤金·奥尼尔戏剧研究论文集》,北京:外语教学与研究出版社,1997 年,第 294 页。

的奥尼尔戏剧研究史上有划时代意义,新华通讯社记者陆文岳在《光明日报》上发表了报道文章,影响甚大。在山东大学召开了第十、十一届研讨会。这些接连不断的全国性的奥尼尔戏剧研讨会极大地推动了奥尼尔戏剧研究。先后共出版的六部《尤金·奥尼尔戏剧研究论文集》,就是这些研讨会学术成果的集中体现。前五部(1988;1990;1997;1999;2001)是由廖可兑主编的,第六部(2004)是郭继德主编的,共收入了145篇文章,不少文章有相当高的学术水平,在国内奥尼尔研究界的影响很大,代表着当时国内奥尼尔研究的高水平。这些文章的作者中不少都是资深学者,像曹禺、廖可兑、黄嘉德、欧阳基、梅绍武、龙文佩、吴伟仁、蒋嘉、吴雪莉、陈渊、于乐庆、陶洁、张耘、兰瑛、孟华等都提交了自己的文章,有的还是多次。这些学者支撑起了奥尼尔研究队伍,确保其在高水平层次上进行。当年的中青年学者已逐渐成为奥尼尔研究的中坚力量,不少人已挑起大梁,像汪义群、刘海平、郭继德、程朝翔、刘明厚、邹惠玲、郑闽江、张冲、谢亢、侯宏、华明、任生明、陈立华、李兵、谢群等都不断在论文集中发表自己的成果,现在正在支撑起全国的奥尼尔研究。众多学者对奥尼尔研究情有独钟,奥尼尔研究依然是我国美国戏剧研讨会的重点。2009年11月中旬,在武汉召开了第14届全国美国戏剧研讨会,会后出版了谢群和陈立华主编的《当代美国戏剧研究》(2010)论文集,其中关于奥尼尔的论文有12篇,作者多是中青年学者,学术视野开阔,切入视角新颖,显示出新一代学者的朝气。

全国各地的奥尼尔学者从多种不同的视角对奥尼尔剧作进行解读和评价,其中不少文章把他的表现主义剧作作为评议的热点。汪义群的《人的价值的探索》一文中指出:"它不是直接反映社会现实,而是通过对人物的扭曲的复杂的心理描写来曲折地反映社会现实。这样的作品,在某种意义上来说,所反映的生活面更为广泛,对社会本质的揭示也更加深刻。"①郭继德认为:"奥尼尔创作的表现主义剧作是一组很有影响的探索型悲剧……奥尼尔的《琼斯皇》是美国最有影响的表现主义代表剧作之一,是一出现代悲剧。"他还说过:"奥尼尔的表现主义剧作直接或间接地揭示社会问题,探讨当代人的地位和价值……《毛猿》集中探讨了当代西方社会中普通劳动者没有归宿这一重要社会主题,遭到社会拒绝的扬克死在大猩猩的爪下,成为牺牲品,他是现代人'错位'的象征,是人失去自我找不到归宿的象征。"②陈立华等人在《试论〈毛猿〉的悲剧根源》一文中指出:"《毛猿》的悲剧首先是有深刻的社会根源的。"这些文章比较准确地指出了奥尼尔表现主义剧作中人生悲剧的社会原因,颇有见地。更多的文章探讨这些表现主义剧作的写作手法。例如,于乐庆的《〈琼斯皇〉写作法》较全面地分析

---

① 廖可兑主编:《奥尼尔戏剧研究论文集》,北京:中国戏剧出版社,1988年,第237页。
② 郭继德:《对西方现代人生的多角度探索》,《文史哲》1990(4),第77页。

了其中的写作特点。他说:"《琼斯皇》之所以能于1920年在美国演出204场,我觉得也与其'打破传统形式'剧作法有关。"①廖可兑在自己的著作中细腻地分析了《琼斯皇》和《毛猿》的结构特点。他说:"《琼斯皇帝》的故事情节和人物性格都不占重要地位,也不分幕,总共只有插曲式的八场戏,由琼斯的行动贯穿起来。"②他还在同一著作中仔细地分析了《毛猿》的结构特点,说"《毛猿》也没有采取分幕的形式,总共只有八场戏,故事情节比较简单,每场是个短短的生活场面"。郑闽江从另一个角度点出了表现主义剧作的创作手法特点,说《琼斯皇》"不以逼真的摹写客观现实取胜,而以表现人的主观感受、激情的跳荡、幻觉的产生、潜意识的流动思考,这些特点要求表现主义戏剧凝练而集中"③。奥尼尔在《大神布朗》《上帝的儿女都有翅膀》等剧作中多次娴熟地使用了面具作为一种表现主义手法,极大地增强了他戏剧的艺术魅力。廖可兑称《大神布朗》是"一部假面戏剧,也是奥尼尔所做的一次最大胆的艺术实验"④。郭继德认为:"奥尼尔使用面具的目的是为了揭示每一个人物的心理深度,是为了把看不见的甚至不可言传的内容形象化、具体化,是为了展示每个人物灵魂中的冲突。"⑤对奥尼尔戏剧中运用的面具手法进行评价的文章颇多,对中国的戏剧创作和戏剧演出均有较大的影响。

奥尼尔受现代心理学说影响,主要是受弗洛伊德精神分析学说影响,向人物内心开拓,通过对剧中人物的精神分析,从另一个角度间接地探讨人生真谛,这在他的戏剧创作中比较充分地体现出来。这组心理分析悲剧在我国学术界引起过争议,也成为学术界探讨的热点。汪义群认为:"奥尼尔的《奇异的插曲》是在弗洛伊德心理学的基础上进行构思的……创作《奇异的插曲》这段日子,正是奥尼尔对精神分析有浓厚兴趣的时候。"⑥邹惠玲曾经撰文指出:"奥尼尔是一位善于扑捉时代信息、具有超前意识的剧作家"⑦,她转引美国戏剧研究专家毕格斯比的论述,说"《奇异的插曲》在舞台上展现了'奥尼尔认为是弗洛伊德学说精髓的人的内心生活和外部生活的紧张关系',剧中的'几个主要人物表现出浓重的恋母情结或恋父情结'。"⑧吕双燕在自己的文章中指出:"我们看到,奥尼尔在尼娜的一生中揭示了人的精神分裂的根源及其给人带来的不幸和痛苦。

---

① 廖可兑主编:《奥尼尔戏剧研究论文集》,北京:中国戏剧出版社,1988年,第237页。
② 廖可兑:《尤金·奥尼尔剧作研究》,北京:中国美术学院出版社,1999年,第54页。
③ 郑闽江:《表现主义戏剧与〈琼斯皇〉》,载郭继德主编《美国文学研究》,2006年,第546页。
④ 廖可兑:《尤金·奥尼尔剧作研究》,第120页。
⑤ 郭继德:《美国戏剧史》,郑州:河南人民出版社,1993年,第150页。
⑥ 汪义群:《奥尼尔研究》,第152页。
⑦ 邹惠玲:《论奥尼尔的男权观念在〈奇异的插曲〉中的体现》,郭继德主编《尤金·奥尼尔戏剧研究论文集》,上海:上海外语教育出版社,2004年,第154页。
⑧ 同上,第153页。

剧中其他几个人物的悲剧命运也同源于此。"①吴晓梅撰文指出,在《榆树下的欲望》一剧中,"奥尼尔强调心理分析,他所塑造的变异人格给观众留下了深刻的印象……他承认自己有俄狄浦斯情结,在《榆树下的欲望》中,他把这种情结用戏剧表现出来"②。评议"欲望"悲剧的文章甚多。人们力图探讨"欲望"跟人生的关系,"欲望"可能给人带来"希望",也可能带来"毁灭"。因为凡事往往有两面性。戏剧大师曹禺曾经指出:"Desire一词(意为欲望、情欲、愿望等)含义相当丰富,它既含有人对性的欲望,也有对财产或对人的占有欲。"③曹禺从不同的侧面解读了"欲望"的含义,见解精辟。另外,"《奇异的插曲》虽然以解剖人物的潜意识为重点,但也从侧面反映了一定的社会内容。剧中人物之间的关系反映了资本主义社会中金钱万能的事实,金钱能买得爱情,买得科学,有了钱就可占有一切"④。这类分析从另一个侧面肯定了奥尼尔的这组心理探索剧中也含有一定的社会意义。

奥尼尔深受东方哲学思想影响,受中国哲学思想(主要是道家思想)影响的作品是中国学者评论的另一个热点。从80年代中期起,国内学者就开始陆续发表这类评价文章了。欧阳基很肯定地说:"尤金·奥尼尔对东方思想的探索使他置身于西方著名思想家和艺术家的行列……剧本《马可百万》正是依据'道'的规律展开的。"⑤刘海平说,奥尼尔于1928年11月到上海来寻觅"太平和宁静",1937年将获诺贝尔文学奖得的四万元美金用于建造一栋仿中国式的二层小楼,大门上钉着汉字"大道别墅",房间里摆着"不同版本的《道德经》与《庄子》的英语合译本",还强调指出,"道家思想在他创作的东方色彩中占有了重要的地位。"⑥郭继德也曾不止一次撰文探讨同一问题,在自己的论文《奥尼尔与道家思想》(《戏剧》1994年第3期)中指出:"奥尼尔常写'回归'主题,显然有受老子的'夫物芸芸,各复归其根'思想影响的痕迹",他"剧中人到海外寻觅'幸福岛'是'归真返朴'的另一种表现形式"。甲鲁海也曾指出:"值得注意的是,在《泉》中有多处描写显示出奥尼尔所受的中国道家思想的影响。奥尼尔也承认'老庄的神秘主义比任何别的东方思想更能引起我的兴趣。'"⑦这类文章分析了中国文化对美国文化(这里主要是指对美国戏剧)的影响,文化的交流和影响是相互的。我还注意到,美国学者似乎比中国学者更早地看到了中国哲学思想

---

① 吕双燕:《奥尼尔现实主义戏剧的"奇异插曲"》,《尤金·奥尼尔戏剧研究论文集》(2004),第186页。
② 吴晓梅:《〈榆树下的欲望〉:一部莎士比亚式的情感悲剧》,《尤金·奥尼尔戏剧研究论文集》(2004),第100页。
③ 曹禺:《奥尼尔学术讨论会上的讲话》,《奥尼尔戏剧研究论文集》(1988),第5页。
④ 郭继德:《对清教主义桎梏的大胆突破》,《戏剧》2003(3),第67页。
⑤ 欧阳基:《尤金·奥尼尔的〈马可百万〉和老子的"道"》,《奥尼尔戏剧研究论文集》(1988),第8页。
⑥ 刘海平:《奥尼尔与老庄哲学》,《奥尼尔戏剧研究论文集》(1988),第25页。
⑦ 甲鲁海:《东西方文化的冲突与融合》,《尤金·奥尼尔戏剧研究论文集》(2004),第84页。

对奥尼尔的影响。1979年,印第安纳大学的博士生夏安敏(音译)的毕业论文《尤金·奥尼尔与道》;1982年由南伊利诺大学出版社出版的詹姆斯·罗滨逊著的《奥尼尔与东方思想》更是一个很好的例子。罗滨逊分析了道家思想对《泉》《大神布朗》《拉撒路笑了》《进入黑夜的漫长旅程》等剧作的影响,特别是在分析《马可百万》时运用了"阴阳"理论,显得更有独到之处。

20世纪60年代起,女权主义运动和女权(性)主义批评在美国颇为盛行。从女性主义视角对奥尼尔戏剧中的女性人物进行评价也是国内奥尼尔戏剧研究的一个重要方面。沈建青在自己的论文《此处无声胜有声:读〈送冰的人来了〉有感》(《尤金·奥尼尔戏剧研究论文集》2001年)中指出,该剧展示了"男性对女性的仇视",随着对"白日梦谎言的进一步解构,观众将看到这种敌意的可怕性和毁灭性";她还指出,奥尼尔"对男性谎言的揭示和对男性幻想的质疑,本身就是对传统的性别观念和'女祸论'的一种挑战"。邹惠玲在自己的论文《论奥尼尔的男权观念在〈奇异的插曲〉中的体现》(《尤金·奥尼尔戏剧研究论文集》2004年)中指出,奥尼尔的"男权观念不仅在他对《奇异的插曲》剧中男女人物主宰与屈从关系的处理上表现出来,而且制约着他对剧中男女人物的比例及出场的安排";她进一步指出,奥尼尔的男权观念在《奇异的插曲》中的这些体现,从一个侧面印证了女权主义者巴罗对奥尼尔戏剧创作指导思想的批评:"尽管奥尼尔在他的戏剧内外揭露了男权世界的诸多缺陷,并不令人惊奇的是,他却也深深根植于这个世界中。"论述奥尼尔剧中男性和女性关系文章颇多,举不胜举。像廖可兑的《谈尤金·奥尼尔的〈安娜·桂丝蒂〉》(《剧坛》1982年第4期)、杨挺的《奥尼尔与〈安娜·克里斯蒂〉》(《陕西日报》1983年11月13日)等文章,突出阐述了主人公安娜的悲剧命运,但她是一个不甘沉沦、勇于追求人生真谛的"新女性",她"对命运的认识体现了一个普通女性对生活的现实性理解"[1]。《榆树下的欲望》中的女主人公也是一个很有个性的人物,评论文章甚多。廖可兑的《论〈榆树下的欲望〉》(《河北师范学院学报》1987年第1期)、欧阳基的《尤金·奥尼尔剧作中的占有欲女性形象》(《山东外语教学》1993年第1期)、陈立华的《从〈榆树下的欲望〉看奥尼尔对人性的剖析》(《外国文学研究》2000年第2期)等文章细致地描述了剧中女主人公埃比的性格特点,她为了表达自己的真挚爱情把亲生儿子掐死,也就是说,"埃比的情欲,或者说对真正'爱情'的渴求,使她战胜了对农场的占有欲"[2],决定跟情人一起接受"惩罚"。《奇异的插曲》中的女主人公尼娜也是一位色彩鲜明的人物。廖可兑说她"不是悲

---

[1] 张生珍:《〈安娜·克里斯蒂〉剧中的悲剧女主角解读》,《齐鲁学刊》2006(6),第113页。
[2] 郭继德:《美国戏剧史》,第153页。

剧英雄,但她很像古希腊悲剧英雄那样,被不可抗拒的命运所捉弄"①。尼娜是那个社会的受害者,是一位悲剧性人物。

生态批评的崛起又给奥尼尔戏剧研究提供了一个新的视角,愈来愈多的人开始从这一视角解读奥尼尔。张生珍不止一次地撰文,探讨奥尼尔剧作中体现的生态意识。她说:"奥尼尔继承了西方传统的生态意识和生态智慧,并且创造性地运用到他的戏剧创作之中……奥尼尔的生态意识既是时代的产物,同时也具有深刻的根源。"②她的博士论文《尤金·奥尼尔戏剧生态意识研究》(2009)更全面、客观地对奥尼尔戏剧中的生态意识进行了分析。刘永杰的《生态女性主义视阈中的〈榆树下的欲望〉》(《黄河科技大学学报》2009 年第 3 期)和《〈榆树下的欲望〉的精神生态分析》(《西安外国语大学学报》2009 年第 12 期)等都是此类文章。目前,国内文学评论界从生态批评视角来解读文艺作品甚为盛行,戏剧研究界也是如此。

有不少学者依然沿袭传统,从现实主义视角解读奥尼尔作品中的社会价值。廖可兑就是这样的一位资深学者。他说:"奥尼尔首先是一位现实主义剧作家。无论在哪一种剧本里,现实生活内容始终占有重要地位……奥尼尔所反映的生活内容是十分广泛的,其中所涉及的问题很多,包括政治、经济、社会、思想和文化等等各方面的问题。"③他还举《马可百万》作为例子,说"《马可百万》中的马可·波罗是历史上的威尼斯商人,奥尼尔不仅将他写成一个当代的美国商人,而且写成一个最有代表意义的现代资产阶级人物。他的一言一行都暴露出他决不是'上帝的儿子',而是一个彻头彻尾的拜金主义者"④。郭继德的文章也不止一次地指出奥尼尔剧作中展示的社会价值。他说:"性格乖僻的尤金·奥尼尔也加入了对资产阶级实业家进行嘲讽的行列。他的《富商百万》是一出借古讽今的戏,主人公马可·波罗披着中世纪的长袍来中国冒险,作者实际上影射的是美国城市大街上的商人……该剧中的尖刻的嘲弄是对美国商业和美国商人的有力一击。"⑤对奥尼尔的戏剧要多角度分析,要全面、客观地评价他的剧作的艺术成就,但也绝不可以忽视他戏剧作品的社会价值。

自 80 年代以来,奥尼尔剧作翻译又出现了新的高潮。1980 年复旦大学《外国文学》第 1 辑中就登了《东航卡迪夫》《琼斯皇》《天边外》等剧本。山东大学的《美国现代文学研究》和《美国文学丛刊》等刊物在 80 年代初期登了奥尼尔的《进入黑夜的漫长旅程》《诗人的气质》《发电机》等剧本。老翻译家和奥尼尔

---

① 廖可兑:《尤金·奥尼尔剧作研究》,第 150 页。
② 张生珍:《自然主体:尤金·奥尼尔戏剧生态意识探析》,《当代美国戏剧研究》(2010),第 40 页。
③ 廖可兑:《尤金·奥尼尔剧作研究》,第 20 页。
④ 同上书,第 22 页。
⑤ 郭继德:《后崛起的美国戏剧》,《美国文学研究》1984(1),第 34—35 页。

研究专家荒芜在新时期又做出了不凡的贡献,跟汪义群合编的《天边外》(漓江出版社,1984年初版,2001年再版)收入了六个奥尼尔剧作译本,颇受读者欢迎。龙文佩主编的《当代外国剧作选Ⅰ》(中国戏剧出版社,1988年)收入了奥尼尔的五个剧本,曹禺先生给写了前言"我所知道的奥尼尔",全面地谈了自己对奥尼尔及其戏剧创作的看法。1995年,三联书店出版的《奥尼尔集:1923—1943》(上下册)收入了八个剧本译文。2006年,人民文学出版社出版了郭继德主编的六卷本《奥尼尔文集》,这是国内迄今为止内容最丰富的奥尼尔文集,出版后引起了学术界的重视。该《文集》中收入了众多知名学者译的奥尼尔的44个剧本,以及刘海平译的奥尼尔的戏剧理论作品等。

奥尼尔的作品在新时期不断得到上演,北京的中央戏剧学院上演的剧目最多,演出艺术水平也最高,对国内其他地区、其他院校的奥尼尔戏剧演出也是一个很大的推动和借鉴。《榆树下的欲望》被改编成多种地方剧形式,上演后影响甚大。河南省郑州市曲剧团上演的《榆树古宅》十分成功,还到美国去演出过。剧作家孟华写了《奥氏剧作与中国戏曲的龃龉与磨合(两题)》(《尤金·奥尼尔戏剧研究论文集》,2001年)谈自己改编《榆树古宅》的体会。《奇异的插曲》由山东艺术学院在2001年的山东大学奥尼尔戏剧研讨会上进行了演出,很成功,刘明厚、孟华、易红霞、侯宏、丁建军等都写了评论文章,收入郭继德主编的《尤金·奥尼尔戏剧研究论文集》(2004)中。2005年8月,北京大学举办了"美国戏剧与英语戏剧教育研讨会",会议期间用英语上演了《啊,荒野!》,非常成功。另外,不少大学老师和英语专业学生合作"改编"上演奥尼尔剧作,在校园颇受欢迎,扩大了奥尼尔戏剧作品在青年一代中间的传播和影响。

四、结 语

尤金·奥尼尔的剧作自1922年引起中国戏剧界的关注和评议至今已近九十年了。中国的奥尼尔研究经历了"马鞍形"的发展趋势。这是由于历史原因,由于当时复杂的国际政治形势造成的。自1979年以来,我国对外文化交流的窗口打开了,奥尼尔戏剧研究发展迅速,论文日益增多,学术论著也不断出现;他的大部分剧作有了中文译本,他的诗作和不少戏剧理论文章也被译成了中文。中国对奥尼尔的了解更全面、更客观、更有深度了。但是,对奥尼尔和他的作品研究尚有不平衡之处,即主要精力多集中在他的"代表"剧作上,有一些剧作很少有人涉猎,对他的诗歌很少有文章论及,对他的戏剧理论进行评论的文章也不是很多。另外,近年学术界出现一个运用理论视角赶"时髦"的现象,研究视角"转换"迅速,一会儿运用女权(性)主义视角,转瞬又有大批文章侈谈生态批评理论,但往往匮乏对文本的细致分析。有的奥尼尔戏剧研究论文也是这样,文学理论讲得很多,但对剧本的分析不细,显得"空空洞洞",泛泛而论。应当欢迎和鼓励运用新的批评理论视角来解读奥尼尔作品,但"扎堆"现象不好,一定不能忽略了对奥尼尔作品文本全面、认真的细读和剖析,这样在 21 世纪的奥尼尔研究才能做得更扎实一些,才能更有效地借鉴之。奥尼尔戏剧研究还大有空间,只要坚持不懈地努力,就会不断地取得新成果,把中国的奥尼尔研究推向一个新高度。

第二节 布莱希特戏剧研究

布莱希特(Bertolt Brecht,1898—1956)是德国 20 世纪最重要的作家之一,在戏剧、小说和诗歌方面都颇有建树,尤其在戏剧领域中更是被视作德国 20 世纪最重要的代表,他在戏剧创作、叙事剧理论和戏剧舞台实践方面都产生了重大的影响。布莱希特戏剧研究在新中国 60 年来的德国文学研究中同样占有重要地位,如果不考虑"文化大革命"时期,他是少数几位常青树式的研究对象,在他身上,研究的热点和文学的经典完美地重合在一起。不过布莱希特成为研究热点有着复杂的历史原因,需要考虑他的思想观点、政治阵营、戏剧主张和与中国文化的互动关系。本节以关于布莱希特的戏剧研究为对象,因此一方面注重戏剧,基本忽略对其小说和诗歌的研究,另一方面关注对布莱希特本身的研究,不去考察布莱希特对中国戏剧创作、戏剧理论和舞台实践的具体影响。

关于布莱希特的戏剧研究大致可以分为四个时期,第一个是新中国成立以前的零星接触时期,第二个是新中国成立以后到 1966 年的正式引入时期,第三个是"文化大革命"十年的停顿期,第四个是 1979 年以来的全面译介与研究时期。新中国成立前首次介绍到中国是在 1929 年,赵景深在《北新》第 3 卷第 13 期上发表了《最近德国的剧坛》一文,这篇文章在结尾处注明"译自今年四月的伦敦时报文学副刊",此文中提到布莱希特(译作"白礼齐特"),粗略介绍了他 1922 年的剧本《夜半鼓声》,对他评价是"有诗的天才和创造力,他的将来是很有希望的"。[①] 总的看来,第一阶段集中在 40 年代,只有偶然的零星介绍和两篇节选式的翻译,布莱希特主要是以反法西斯作家的形象被译介给中国读者。鉴于第三个时期是停顿期,所以本节将新中国成立后分成前 30 年和后 30 年两个阶段来加以探讨。

[①] 第一个发现这一线索的是沈建翌的《有关布莱希特在中国的译介史料补充》(《戏剧艺术》1984 年第 2 期),后来俞仪方的《布莱希特研究在中国:1929—1998》(《德国研究》1998 年第 4 期)对此做了补充。

一、新中国成立后的前 30 年

新中国成立后前 30 年的布莱希特研究经历了一个重新发现、逐步关注、形成高潮和重又打入冷宫的过程,在这一过程中政治性的成分要大于艺术性。

新中国成立之后,起初布莱希特并未成为关注的焦点,只零星翻译了一些布莱希特的短文和诗歌,或者是从外文翻译了一些关于布莱希特的评介。第一篇关于布莱希特的文章是左睦的《一九五四年"加强国际和平"斯大林国际奖金得奖人(上)》(《世界知识》1955 年第 1 期),文章不仅突出了布莱希特在艺术上的成就,更强调他是为和平而战斗的"不屈战士",无产阶级的革命斗争是他创作的主题,二战后返回东德继续他的斗争事业。1956 年 8 月 14 日布莱希特去世后黄俊贤发表了《悼德国杰出的作家布莱希特》(《光明日报》1956 年 8 月 17 日),将布莱希特称为德国最著名的作家,强调他抨击资本主义社会和表现无产阶级的革命斗争。

新中国成立后布莱希特研究的第一个高潮是 1959 年,这一高潮的出现有着明显的政治方面的原因,这一年恰逢新中国和民主德国都是建国十周年,根据两国之间的文化协定,上海人民艺术剧院于 10 月上演了布莱希特的剧作《大胆妈妈和她的孩子们》,人民文学出版社出版了由冯至等翻译的《布莱希特选集》,由此带动了布莱希特研究。第一篇真正带有研究性质的文章是陈恭敏的《从〈胆大妈妈〉看布莱希特的艺术特色》(《上海戏剧》1959 年第 2 期),作者从剧情出发,指出剧作的主题是揭露统治阶级的战争本质,起到唤醒人民的作用,值得注意的是他开始关注布莱希特的戏剧理论,提及史诗戏剧和间离效果,同时指出布莱希特对中国艺术的喜爱,虽然论述比较单薄,但是已经能够看到新中国布莱希特研究的两条主线,即戏剧理论研究和影响研究,即便是作品研究也通常服务于这两个方向。

更重要的一篇文章是稍后发表的黄佐临的《关于德国戏剧艺术家布莱希特》(《戏剧研究》1959 年第 6 期),之所以重要一是黄佐临正是《大胆妈妈和她的孩子们》一剧的导演,对该剧有着比较深入的理解,二是黄佐临或许是从专业角度最早接触布莱希特戏剧理论的人,他在 1935—1937 年赴英留学攻读戏剧,在 1936 年就读到布莱希特在莫斯科看了梅兰芳的表演后发表的著名论文《中国表演艺术中的陌生化效果》[①],三是黄佐临是新中国布莱希特研究前 30 年的

---

① 参见黄佐临:《我的"写意戏剧观"诞生前前后后》,《中国戏剧》1991(7),第 50—51 页。在布莱希特的这篇文章中他详细阐述了关于中国戏剧的观点,第一次提出了"陌生化"的概念。这篇文章首先于 1936 年以英文版发表在伦敦的《今日生活和通讯》(Life and Letters To-Day)第六期,题目是《中国的第四堵墙:论中国戏剧中的陌生化效果》("The Fourth Wall of China. An essay on the effect of disillusion in the Chinese Theatre"),这应该就是黄佐临在 20 世纪 30 年代看到的文章。

推动者和主要代表,对后30年布莱希特研究的重新兴起也有着重要的影响。文章是黄佐临在排演《大胆妈妈和她的孩子们》时的讲话,一开始就将排演称作一项政治任务,赞扬布莱希特"虽不是共产党员,但是政治态度鲜明而积极",敬佩毛主席,"痛恨帝国主义、痛恨法西斯和资本主义",文章比较详细介绍了布莱希特的生平、思想转变过程和创作成就,强调马克思主义对布莱希特创作的重要影响。更值得注意的是文章第一次全面阐述了布莱希特的戏剧理论,指出其理论是在反思西方戏剧传统和借鉴中国戏剧传统的基础上提出的,核心问题是舞台上有没有第四堵墙,他的戏剧理论体现戏剧舞台的各个方面。文章提到布莱希特戏剧理论的不同表述(叙事剧、史诗剧和辩证剧)和当时用于布莱希特戏剧手法的不同译法(间离效果、离情效果和陌生化效果),并且第一次引用了布莱希特用以区别西方传统戏剧和叙事剧的对比表。文章结束时提到想写一篇关于梅兰芳、斯坦尼斯拉夫斯基和布莱希特的对比文章,虽未展开论述,但是已经预告了他以后一系列文章的主线,即所谓的三种戏剧观说。

围绕着布莱希特剧作在中国的首演和《布莱希特选集》的出版,还出现了许多文章,基本上属于介绍性质,从研究深度来说远不及上述两篇①,不过大多提到布莱希特的无产阶级立场,特殊的戏剧方法和对中国的好感或者与中国的关系。

第二个高潮是在1962年,起因是黄佐临在该年3月"全国话剧、歌剧创作座谈会"上的发言,即《漫谈"戏剧观"》,这篇发言先后发表在《文汇报》(1962年4月7日)、《人民日报》(1962年4月25日)和《戏剧报》(1962年第4期),引起了广泛的关注。这一发言的核心是黄佐临的三种戏剧观说,即斯坦尼斯拉夫斯基、梅兰芳和布莱希特所代表的戏剧观,文章主要谈的是布莱希特的戏剧观,他认为"布莱希特戏剧理论的最基本特征是一种相信使演员和角色之间、观众和演员之间、观众和角色之间保持一定距离的戏剧学派",它反对幻觉,强调理智,采取批判的态度,从而达到认识生活和改造生活的目的。三种戏剧观的区别在于第四堵墙,"斯坦尼斯拉夫斯基相信第四堵墙,布莱希特要推翻这第四堵墙,而对于梅兰芳,这堵墙根本不存在,用不着推翻"。布莱希特的手法就是"间离效果",在梅兰芳的中国戏曲表演中布莱希特发现了这种手法。黄佐临认为三种戏剧观之间是辩证统一的关系,"艺术观上的一致,戏剧观上的对立",进而提出写实和写意两种戏剧观的观点。黄佐临的观点对中国的布莱希特研究有着重要的影响,尤其是他的比较的观点开辟了布莱希特研究中的新视角,决定了

---

① 例如陈虞孙《祝贺德国话剧〈胆大妈妈〉首次演出》(《文汇报》1959年10月7日)、大椿《深邃的思想、独特的风格——谈德国名剧〈胆大妈妈〉》(《解放日报》1959年10月7日)、冯至为《布莱希特选集》写的后记、郭开兰《介绍〈布莱希特选集〉》(《世界文学》1959年第11期)、覃柯《布莱希特的剧作在我国的首次演出》(《戏剧报》1960年第2期)。

第二次高潮的核心逐渐转向艺术新视角和新方法,当然政治性始终是这一时期布莱希特研究的底色,黄佐临在发言结尾似乎也感到自己必须澄清一下"并非布莱希特的信徒",话剧的繁荣要"遵循毛主席给我们指出的文艺发展道路"。

或多或少作为对这一讲话的回应,这个时期出现了一些比较详细的研究。谢明和薛沐的《对布莱希特演剧方法的浅见》(《戏剧报》1962年第9期),硬性区分演剧方法和表演方法,认为布莱希特的革新只是演剧方法方面,在表演方法上依旧是表现派的,没有脱离西方戏剧体验派和表现派的传统。童道明的《对布莱希特戏剧理论的几点认识》(《文汇报》1962年9月12日)探讨布莱希特的叙事剧理论的产生背景,溯源到布莱希特对马克思的《资本论》的学习,主张用"记叙性戏剧",而不是"史诗剧"来翻译布莱希特戏剧的概念,文章分析了布莱希特戏剧理论的影响来源,描述了间离效果的具体运用,特别是阐释了布莱希特的现实主义观,即一方面强调先进的思想性,另一方面主张形式的广泛性,主要是抽象性和夸张性,将布莱希特看作社会主义现实主义的代表,夸赞他体现了文艺为政治服务的宗旨,将他与形式主义者区分开来。文章没有提到布莱希特与卢卡奇关于现实主义的争论,没有提到布莱希特对狭义的现实主义的批评,更多的是努力将布莱希特塑造成社会主义现实主义的代表,看上去有些牵强,其原因在于布莱希特关于这次论争的重要笔记要到1966—1967年联邦德国出版布莱希特的文集时才为世人所知。与童道明50年代留苏攻读文学的背景不同,丁扬忠同一时期在民主德国攻读戏剧,他显然是第一位能够用德语从专业角度进行布莱希特研究的专家,他的《布莱希特和他的教育剧》(《剧本》1962年第9期)突出了布莱希特与西方戏剧传统的差异,简要介绍了布莱希特的史诗戏剧和间离效果,提到布莱希特对以梅兰芳为代表的中国戏曲的推崇,包括"中国的古典哲学和毛主席的不朽著作《矛盾论》"的影响。文章的特色是介绍了布莱希特的教育剧,以教育剧《例外与常规》为例,将教育剧看作"史诗剧的第一个发展阶段",分析其特长和缺欠,将它们归因于时代因素的影响和成长过程中的必然,认为不妨碍将布莱希特视为"社会主义的启蒙戏剧家",遗憾的是未能更为详尽地展开阐述布莱希特的教育剧理论,文章过多地探讨剧作的思想内涵,力求树立布莱希特的正面形象。同样可以看作这类努力的是卞之琳的长篇论文《布莱希特戏剧印象记》(《世界文学》1962年第5到8期),卞之琳对布莱希特的接受经历了一个从排斥到接受的过程,一开始他以为布莱希特只是一位西方现代派的作家,后来重视的起因一是了解到西方的布莱希特接受中有通过"歪曲、污蔑布莱希特而借此攻击社会主义制度"的意图,二是1961年五六月间访问民主德国,与布莱希特夫人及其领导的柏林剧团有了直接接触,于是开始阅读布莱希特的剧作和不少西方的相关文献,文章的出发点是驳斥西方布莱希特研究中的"反布莱希特运动",也就是利用布莱希特的作品攻击社会主义的倾向。在分析中卞之琳首先选取 1928 年前后最成功的《三角钱歌剧》和最有争议的《措施》，认为前者只是有限的成功，在思想性方面还有待深入，后者虽然有缺陷，特别在思想性方面，显露出作者的不成熟，但是不乏闪光之处。卞之琳将布莱希特晚期的《伽利略传》称作"马克思主义的戏剧杰作"，《高加索灰阑记》则更成为布莱希特"最成熟"的剧作，实现了政治和艺术的统一，教育和娱乐的统一，以艺术"为社会主义和共产主义革命政治服务"。文章区分早期和晚期的布莱希特、区分布莱希特和西方现代派、区分布莱希特与形式主义，主旨就在于为布莱希特正名，强调布莱希特的作品都是"为无产阶级革命服务的，为社会主义和共产主义服务的"。应该说这些文章构成了这个时期中国的布莱希特研究的主调，在文章中艺术性服从于政治性的标准。

随后而来的"文化大革命"十年中布莱希特像绝大多数西方作家一样成为被批判的对象，早在"文化大革命"前夕，姚文元的《反映最新最美的生活，创造最新最美的图画——关于现代剧若干问题的研究》(《收获》1964 年第 2 期)就已将矛头对准布莱希特的戏剧理论，他不点名地攻击黄佐临的《漫谈"戏剧观"》，认为戏剧观实际上是"由不同阶级的世界观、文艺观所决定的"，他既批情感为主的西方戏剧，也批强调理性的西方戏剧，主张关键在于"用什么思想去影响观众"和"用什么阶级情感去激动他们"，文章不点名地将布莱希特贬为立足于资产阶级和小资产阶级的立场，在随后而来的"文化大革命"中更意味着除了批判的棍棒之外不存在任何译介，更遑论研究。

二、新中国成立后的后 30 年

后 30 年的布莱希特研究大致可以分成两个阶段，以 20 世纪 90 年代中期为界，前一个阶段是重新关注、以引进式的介绍和研究为主的阶段，后一个阶段开始出现回顾和反思式的角度，在关注研究者自身兴趣和立场的基础上出现拓宽和深化原有研究方向的尝试，不乏对布莱希特的批评声音。

"文化大革命"对外国文学研究的影响并非立刻消失，1978 年起，布莱希特的名字才重又出现在人们的视野中，起初是关于布莱希特的学术报告(相关报道参见《人民戏剧》1978 年第 10 期和第 11 期)，真正的重新兴起则源于 1979 年 3 月布莱希特的剧作《伽利略传》的上演，剧作由黄佐临和陈颙导演，中国青年艺术剧院演出，引起巨大反响，获得很高评价，这种反响要放到"文化大革命"刚刚结束的背景上去看，引起共鸣的一方面是剧作的主题，即科学家面对政治迫害如何承担起自己的责任，另一方面是伽利略形象本身，他不是一个"高大全"的英雄人物，而是一个不乏人性弱点的主人公。在众多评论文章中丁扬忠的《布莱希特和他的〈伽利略传〉》(《人民戏剧》1979 年第 3 期)和黄佐临的《追求科学需要特殊的勇敢》(《文艺研究》1979 年第 1 期)较为突出。丁扬忠的文章一方面突出该剧的史诗戏剧的形式,另一方面注意到伽利略这个人物的复杂性格,不过未能深入展开。黄佐临作为该剧的导演,比较全面地论述了对该剧的理解。伽利略的性格同样是关注的焦点,作者将他与哥白尼和布鲁诺对比,承认他性格中的双重性,不过将他的遭遇与"文化大革命"时期科学工作者联系起来,将评价问题留给观众,实际上作者更关心的是文艺复兴时期从神性到人性的变革,突出人,而且是普通人,成为万物的中心,科学不是权威的仆从,而是需要民主和自由的空气,这里同样能看到改革开放初期的思潮影响,不过文章过于强调环境对科学家的影响,没有注意到布莱希特关心的问题,即科学家的责任和科学家的良心,即对伽利略的批评。在表演方法上作者力图为间离效果正名,在承认其独特性的同时认为与斯坦尼斯拉夫斯基的方法并无二致,所以采用了"双结合"的方法,作者的理想是再加上中国戏曲的"三结合",这可以看做是黄佐临的三种戏剧观在戏剧实践中的表现。

如果说《伽利略传》的演出让布莱希特重新回到公众的视野中,那么1985年4月举办的首届布莱希特研讨会则是布莱希特研究重新兴起的标志。会议期间举办关于布莱希特的图片资料展览,同时中国青年艺术剧院、中央戏剧学院和北京人民艺术剧院排演了布莱希特的剧作和片段。从学术研究的角度来看,这次会议重新恢复了关于布莱希特研究的传统,即以理论研究和影响研究为重点,其中戏剧理论研究占较大比重,虽然没有新的观点和方法,不过研究的视野出现了拓展,会议论文中出现关于布莱希特和卢卡奇的论争的研究,叶廷芳在他的发言中不再简单地将布莱希特视为现实主义的代表,而是通过描述明确肯定布莱希特在表现主义论争中的观点,给布莱希特以更准确的定位,给现实主义以更开放的内涵。这一观点体现在他后来的论文中。

80—90年代前期布莱希特研究的中心是戏剧理论研究,一方面是梳理布莱希特的戏剧理论,另一方面将他的理论与其他戏剧流派进行比较。在理论梳理方面以介绍性为主,孙君华的《试论布莱希特的陌生化效果》(《国外文学》1982年第4期)从第一手资料出发,较为详尽地回顾了布莱希特戏剧理论的形成过程,追溯了从早期创作到《戏剧小工具篇》的发展过程,特别强调该理论不只是表演方法,同时也是编剧手法,这一澄清是对前30年主要探讨表演论的纠正。余匡复的《布莱希特的"episches Theater"是"史诗剧"吗?》(《外国语》1980年第4期)辨析了布莱希特戏剧概念的译名问题,提出应译为"叙事体戏剧"或者"叙述体戏剧",但没有进一步梳理和区分叙事和叙述两个概念。杨岱勤的《关于"陌生化"的理论》(《当代外国文学》1988年第4期)将陌生化概念的起源追溯到俄国形式主义学派的什克洛夫斯基。沈建翌的《布莱希特的"异化"理论溯源及批判》(《戏剧艺术》1985年第1期)没有区分陌生化和异化两个概念,原因可能在于只有英文参考文献,没有考证德文原文的表述,不过他在论文中点出了布莱希特理论的两个要点,即历史化和社会化。值得一提的是赵耀民的《叙述体戏剧观的缺陷和意义》(《戏剧艺术》1983年第1期),该文对布莱希特的戏剧理论提出批评,认为他对传统戏剧的指责不公正、不客观,他的叙述体戏剧存在理论与实践的矛盾,主要是叙述性与戏剧性、感情间离与感情共鸣之间的矛盾。该文站在共鸣的立场上反对布莱希特,将共鸣与间离的对立绝对化,主张非此即彼,从而取消布莱希特理论的合理性,这一批评立场在当时仍是极少数,不过这一观点一直延续到后来对布莱希特接受的反思中,构成否定或限定布莱希特戏剧理论的主要观点之一。

这一立场的背后其实是比较的观点,只是比较的视角没有彰显出来。关于布莱希特理论的比较研究常常将布莱希特的戏剧理论与其他戏剧理论、流派或者手法进行比较。自60年代以来黄佐临的三种戏剧观说是影响较大的一种。在其影响下,比较研究中常见的是两类,一类是与斯坦尼斯拉夫斯基进行比较,有些论文在比较中可以看出某种倾向性,郑雪来的《略论布莱希特演剧理论与斯坦尼斯拉夫斯基体系的异同》(《文艺研究》1980年第4期)在肯定两种理论都有反映现实和教育观众的功能之外,突出了斯氏和布莱希特的差异,一是生活与表演,二是化身与间离,三是下意识与意识,最后借用马克思的话将他们比作莎士比亚式与席勒式,褒贬之意跃然纸上。还有一类是与以梅兰芳为代表的中国戏曲表演的比较,通常是肯定布莱希特的说法,确认戏曲有间离效果,同时用一系列概念来阐述两者的差异,往往停留在大而化之的层面。① 在比较研究中最有影响的应是孙惠柱的《三大戏剧体系审美理想新探》(《戏剧艺术》1982年第1期),该文在黄佐临的三种戏剧观的基础上提出了三大戏剧体系的观点,总结了三大体系的特点:

> 在斯氏体系中,内部、外部动作是统一的,特别着意于真;在布莱希特体系中,内部、外部动作被有意间离开来,要以演员理智的表演引起观众理智的思考,特别着意于善;梅氏体系无意中也造成内部、外部动作的不一致,则主要是着意于美。②

这一三大体系说对布莱希特研究有重大影响,或是被直接搬用,或是得到补充,例如陈世雄在《试论布莱希特的真实观》(《戏剧艺术》1985年第1期)中区分斯氏的狭义真实观和布莱希特的广义真实观,赋予布莱希特真与善两顶桂冠,或是在后来的反思中成为批评的焦点。除了这两个主要比较方向之外,也

---

① 较有代表性的有盛泽的《中国戏曲与布莱希特演剧体系的比较》(《当代戏剧》1988年第3期)和寇养厚的《布莱希特体系的间离效果及其与梅氏体系的比较》(《当代戏剧》1989年第4期)。
② 孙惠柱:《三大戏剧体系审美理想新探》,《戏剧艺术》1982(1)。

有一些论文将布莱希特与荒诞派戏剧和现代派戏剧进行比较。①

与如火如荼的戏剧理论研究相比,这一时期关于布莱希特的影响研究显得弱小得多,主要是具体梳理中国古典哲学、古典文学和中国戏曲对布莱希特的影响②,列举和肯定这些影响的存在,尚未仔细辨别这些影响中是否存在误读或者布莱希特自己的演绎成分。

关于表现主义论争的研究是从 80 年代向 90 年代过渡时期的一个特殊现象。叶廷芳的《一场论战的幽灵——布莱希特卅周年祭》(《读书》1986 年第 6 期)可以说掀开了这一研究的序幕,该文介绍了这一论争的双方,一方以卢卡契为代表,从社会主义现实主义的立场批判表现主义,将表现主义在政治上看作反现实主义,在美学上看作形式主义,另一方是没有出场的布莱希特,主张广义的现实主义。1990 年 8 月 27 日至 30 日德国歌德学院北京分院和《外国文学评论》编辑部在京联合主办"布莱希特与卢卡契关于现实主义问题的论争"学术讨论会,与会者的发言很多后来都以论文的形式发表。韩耀成的《用马克思主义构建我国的文艺理论——"布莱希特与卢卡契关于现实主义问题的论争"学术讨论会侧记》(《外国文学评论》1990 年第 3 期)详细描述了会议的主要内容,会议就论争的细节进行了探讨,就布莱希特和卢卡契孰是孰非的问题发表了不同意见,同时该文指出了会议的现实意义。会议代表对论争的评价显然有分歧,张黎的《布莱希特的现实主义主张》(《外国文学评论》1990 年第 3 期)主要阐释布莱希特的现实主义主张,一是现实主义的社会功能,二是它的广阔性与多样性,三是人物个性的历史性、阶级性和现实性,最后强调现实主义具有认识现实与改变现实的目的。程代熙的《卢卡契和布莱希特的现实主义》(《文艺理论与批评》1990 年第 4 期)比较了两种现实主义,肯定它们具有共同点,不过倾向卢卡契,他着重谈的两个问题一是布莱希特将卢卡契的现实主义误解为资产阶级现实主义,二是布莱希特将艺术技巧而不是艺术家看作艺术生产力。在现实主义观上该文反对打通现实主义与现代主义。较为持重的观点是范大灿的《两种不同的战略方向——卢卡契与布莱希特的一个原则分歧》(《外国文学评论》1989 年第 3 期)和《两种对立的马克思主义文艺观——评卢卡契和布莱希特的分歧和争论》(《外国文学评论》1990 年第 3 期),该文将两者的分歧定位在卢卡契从人和人的解放的角度来看待文学,提倡现实主义,反对反现实主义,布莱希特从阶级与阶级斗争的角度来看待文学,对现实主义和现代派采取开放的态度,这两种立场的根源是两人不同的成长背景,在评价两种立场时该文没有表

---

① 如叶廷芳的《立足于二十世纪的艺术家——论布莱希特美学思想的时代性》(《文艺研究》1985 年第 3 期)和周始元《关于布莱希特"陌生化"的美学思考》(《戏剧文学》1987 年第 7 期)。

② 主要代表有丁扬忠的《布莱希特与中国古典戏曲》(《戏曲艺术》1980 年第 2 期)、吕龙需的《布莱希特与中国古典哲学》(《读书》1983 年第 8 期)和杨立的《漫话布莱希特与中国》(《文艺研究》1983 年第 1 期)。

现出明显的倾向性,而是提出马克思主义美学多元化的观点。关于表现主义论争的研究看起来有些突兀,起因可能是国内学者关注到国外陆续出版的相关文献,更重要的是关于现实主义的讨论是国内文艺界关注和交锋的焦点,因此这一研究带有一丝借他人酒杯浇胸中块垒的味道。这一研究在 90 年代仍然有所延续,比较突出的是张黎,他主持编译了《表现主义论争》(华东师范大学出版社,1992 年)一书,并发表论文,详细梳理论争的全过程。①

1998 年布莱希特 100 周年诞辰纪念大会和国际学术研讨会在北京召开,同时还举行了布莱希特剧作的专场演出和诗歌朗诵演唱会。这一纪念活动的前后,出现了明显的回顾视角,这一回顾的倾向可以追溯到 90 年代中期丁扬忠的《黄佐临与布莱希特》(《戏剧艺术》1995 年第 2 期),该文描述了黄佐临对布莱希特的接受过程,分析了接受过程中,尤其是排演过程中的得失,肯定了黄佐临在三种戏剧观基础上提出的写意戏剧观,基本沿袭了以往的论述模式。

不过随后出现的一些论文在回顾的同时对布莱希特在中国的接受展开反思,提出疑问,发出保留甚至反对的声音。任卫东的《如何面对布莱希特?》(《外国文学》1998 年第 6 期)引用了不少西方对布莱希特的质疑与贬低之词,提出我们该如何对待的问题。其实这一反思的倾向在纪念活动之前就已出现,最有代表性的是周宪的一系列论文②,这些论文的突出特点是明确的反思视角和中国视角,他反思布莱希特戏剧理论本身,指出布莱希特戏剧理论与戏剧实践之间的矛盾,理论中追求舞台与观众的对话关系,实践上却是体现出独白的特点,主要源于间离效果既忽视情感要素,妨碍对话关系的建立,又偏重说教性,阻止观众的独立思考,归根结底是存在着一个超越于一切角色之上的超级角色,即剧作家或导演(布莱希特本人)的化身,控制着戏剧中的一切。周宪认为布莱希特的戏剧具有明显的"之间"特征,即介于自然主义戏剧和荒诞派戏剧、写实主义与非写实主义、共鸣与间离之间,这种特征在某种程度上削弱了戏剧的表现力和吸引力,导致观众的混乱。周宪指出布莱希特对中国当代"戏剧共同体"来说具有亲和力,因为中国当代文化的主要矛盾是传统、发展和社会主义,当代社会的不同变化都体现为这三极的不同关系。布莱希特与这三极密切相关,一是他的社会主义倾向,二是他与中国传统文化,特别是中国传统戏曲的关系,三是作为西方现代戏剧的代表,为中国接受西方现代戏剧观念起到中介作用。在接

---

① 主要是《布莱希特现实主张的特点》(《外国文学评论》1997 年第 2 期)和"表现主义论争"的缘起及有关讹传》(《外国文学评论》1999 年第 4 期)。

② 《布莱希特对我们意味着什么?——布莱希特对中国当代戏剧的影响》(《戏剧》1996 年第 4 期)、《布莱希特的叙事剧:对话抑或独白?》(《戏剧》1997 年第 2 期)、《布莱希特戏剧的内在矛盾及其反思》(《戏剧艺术》1997 年第 3 期)、《布莱希特与西方传统》(《外国文学评论》1997 年第 3 期)和《布莱希特的诱惑与我们的"误读"》(《戏剧艺术》1998 年第 4 期)。

受布莱希特的过程中,周宪认为前17年是错位接受,布莱希特被视为现实主义之外的另外一种戏剧形式,实际上却是用说教来反说教,新时期没有及时回归真正的现实主义,选择布莱希特依旧是错位的接受,不过说教性退居次要地位,形式革新成为布莱希特接受的标志。值得注意的是周宪强调布莱希特面临的社会文化与戏剧情境与新时期中国的差异,这应该是布莱希特接受的重要原则,这一认识出色地反映在他对中国的接受情境和过程的反思之中,略显薄弱的是对布莱希特理论的历史语境、构成特点和国外接受的把握,虽然周宪曾批评在新时期布莱希特接受中的对立排他式思维,但从他的论述中不难看到明显的两分法思维,即便在批评这种思维时,他列举的事例也是该思维一方面夸大叙事剧及其间离效果,另一方面缩小传统的写实主义戏剧中所蕴含的许多戏剧的普遍规则,问题的关键在于他将一方绝对化,另一方相对化,依旧没有脱离这一思维的窠臼。

同样对布莱希特的戏剧理论提出批评的还有王晓华的《对布莱希特戏剧理论的重新评价》(《外国文学评论》1996年第1期),该文从欧式几何与非欧几何的关系推论出布莱希特的非亚里士多德戏剧应该涵括亚里士多德戏剧,然后再断言前者无法涵括后者,接着确定陌生化在舞台表演和观众接受方面都无法实现,最后得出的结论是布莱希特的戏剧理论只是喜剧理论的普遍化,而且用社会学掩盖了美学。这一推理过程显然一方面有循环论争之嫌,即在前提中预设结论,另一方面对布莱希特的理论和实践不太熟悉,不过该文指出布莱希特对中国戏曲的接受和中国的布莱希特接受都有误读的问题,这一反思十分准确。

这一反思的倾向一直延续到21世纪,一是反思布莱希特的戏剧理论,黄应全的论文[1]主张适度的共鸣,反对阿尔托的过度共鸣和布莱希特的缺乏共鸣,认为布莱希特把陌生化或者说戏剧理论绝对化,这一指责延续了以往反思的思路,同时黄应全剑指布莱希特的政治功利主义戏剧观,也就是阶级分析的观点,质疑共鸣戏剧和陌生化戏剧是否一定要与特定的阶级相联系。值得凸现的是他强调陌生化除了历史化之外还有反物化的特点,并由此联想到卢卡契的"第二自然"的概念。另一篇批评布莱希特戏剧理论的是吕效平的《黄佐临、布莱希特与"新时期"中国戏剧》(《文艺争鸣》2008年第5期),不过口气更加严厉,认为布莱希特理论自相矛盾,作为手段的间离效果和作为目的的教育作用之间没有必然联系,甚至断言:"这个观点在理论上是站不住脚的,根本就是缺乏根据的信口开河。所以,他自己的创作实践往往是他的理论的反证。"还转引黄佐临听他人转述的话,声称布莱希特1949年以后就没有提到过间离效果,这种未经

---

[1] 《让戏剧暴露为戏剧——布莱希特陌生化理论之我见》(《戏剧》2002年第2期)和《陌生化理论:对"第二自然"的批判》(《戏剧》2003年第2期)。

考证的传说作为论据显然过于随意。二是反思中国的布莱希特接受,陈建军的《布莱希特在中国新时期:从文本出发的一个考察》(《当代戏剧》2006年第3期)提及国外和国内的反思倾向,指出国内的两种意见,一是在戏剧形式方面继续学习布莱希特,二是在戏剧理论本体方面将布莱希特看作过时的战斗戏剧,该文在考察新时期戏剧实践后得出结论:从本体论到方法论布莱希特戏剧理论在中国都不成功。胡星亮的《布莱希特在中国的影响与误读》(《外国文学评论》2007年第4期)探究了80年代初布莱希特接受的政治和艺术考虑,即布莱希特的社会主义立场和形式革新的特点,也谈了后来对布莱希特的反思,将原因归于布莱希特戏剧理论前后期的矛盾和国内接受中的片面误读,并深挖这一接受特点的根源,这就是实用主义的译介目的和庸俗社会学的接受视野,应该说是较为中允之论。

　　与反思布莱希特戏剧理论并行的另一条线索或许可以称为反思之反思,大致分为两种类型,一是以张黎为代表,从第一手资料入手,对反思提出批评。[①]他梳理了布莱希特在西方的接受过程,从50和60年代西德的抵制和东德的限制,70年代开始西方出现的过时论,到80年代的污蔑贬低论调,通过描述布莱希特的生平,既驳斥以保罗·约翰逊的《知识分子》为代表的抹黑式描述,也否定了美国布莱希特研究者将布莱希特的作品视作由其女助手捉刀的观点[②],为国内的布莱希特接受提供了比较全面的国外接受背景。另一类是对反思类论文的反思。张时民的《陌生化:揭露戏剧的"意识形态"属性》(《戏剧》2005年第3期)将反思中提出的布莱希特过时论认定为误读,批评的矛头针对王晓华,尤其针对他的社会学掩盖美学和喜剧理论普遍化的观点。麻文琦的《我们视野中的布莱希特——从理论阐释到舞台演出》(《艺术评论》2008年第1期)关注共鸣与间离的对立,他批评的对象是周宪和黄应全,前者将共鸣绝对化、将间离相对化,主张回到共鸣,后者认为共鸣与间离没有阶级性,不必厚此薄彼,否则就是情绪化。该文不客气地称之为思维能力欠缺或者感性需求旺盛,并提出疑问:莫非我们这个时代已经没有兴趣向观众提供这个时代最活跃的思想,并以此为最好的娱乐?词锋虽然有些锐利,不过确有切中要害之处。

　　回顾视角关注的另一个主题是三个体系说,反思集中在1998年百周年纪念前后,廖奔的《"三大戏剧体系说"的误区》(《中国戏剧》1998年第7期)直指这一概念的内涵和外延不对等,从流派来看,在中国戏曲中梅兰芳只是一派,不过可以作为代表,西方更没有统一的派别,远不是斯坦尼斯拉夫斯基和布莱希

[①] 《认识和理解布莱希特》(《戏剧》2000年第2期)和《关于布莱希特的几点说明》(《中国戏剧》2001年第7期)。

[②] 指的是 John Fuegi, *Brecht & Co. Sex, Politics, and the Making of the Modern Drama* (New York: Grove Press, 1994)。

特所能代表;从理论体系来看,中国戏曲称不上体系,西方戏剧则各成体系,因此不能用三大体系来概括世界上的主要戏剧体系。沈林的《斯坦尼斯拉夫斯基·布莱希特·梅兰芳》(《中国戏剧》1998年第7期)更是得出方法论不严谨、对戏剧史不熟悉的结论。谢柏梁的《我看"世界三大戏剧体系"》干脆否定三大体系可以称为体系,认为提出这一概念的罪责不在黄佐临,而是"几位学术新人"。这一清算一直延续到傅谨的《"三大戏剧体系"的政治与文化隐喻》(《艺术百家》2010年第1期),该文将这一概念的形成过程放到历史背景中去,揭示背后的政治与文化环境的变迁,指出它从政治隐喻变成文化隐喻的过程,挖掘的深度明显高于之前的论文。随着这一反思,三大体系说逐渐淡出研究视野。①

回顾视角关注的第三个主题是中国文化对布莱希特的影响,一方面专题梳理以往未被重视的领域,比如殷瑜的《布莱希特与孔子》(《德国研究》2008年第2期),另一方面全面梳理布莱希特对中国的接受,比如张黎的《异质文明的对话——布莱希特与中国文化》(《外国文学评论》2007年第1期),更重要的是对以往相关论述的反思,这就是90年代起对资料的辨识和对影响的详析。前者主要是关于梅兰芳访苏时举行的讨论会,瑞典的斯拉夫文学教授克雷贝尔格(Lars Kleberg)1981年虚构过一份讨论会记录,名为《魔术师的学生们》,这份记录被国内研究者当做真实记录译出(《中华戏曲》第七辑,山西人民出版社1988年),十年后克雷贝尔格教授读到真正的会议记录,于1992年将其用俄文发表,题名是《艺术的强大动力》,国内的研究者不久发现了这份原稿,纠正了原来的错误(《中华戏曲》第十四辑,山西古籍出版社1993年),该文中并无布莱希特的发言。后者主要是指对布莱希特接受中国传统戏曲的详细分析,在90年代就已出现布莱希特误读中国戏曲的论断,但是真正对这一误读展开详细分析的则是进入21世纪之后的事情。②

进入21世纪的布莱希特接受在专著和译著方面取得了明显的成就。张黎主编《布莱希特戏剧集》(安徽文艺出版社,2000年)为布莱希特研究提供了较为扎实的基础,余匡复的《布莱希特》(四川人民出版社,2002年)和《布莱希特论》(上海外语教育出版社,2002年)从传记和研究两个方面提供了源自第一手的较为全面的资料,尤其是后者从理论、作品(含小说、戏剧、诗歌)和布莱希

---

① 除了陈世雄的《三角对话:斯坦尼、布莱希特与中国戏剧》(厦门大学出版社,2003年)之外,三大体系说逐渐改为斯坦尼斯拉夫斯基、布莱希特与阿尔托,参见孙惠柱的《现代戏剧的三大体系与面具/脸谱》(《戏剧艺术》2000年第4期)和阎立峰的《斯坦尼斯拉夫斯基、布莱希特和阿尔托戏剧距离观之比较》(《外国文学评论》2002年第2期)。

② 例如王建的《论布莱希特对梅兰芳的误读——试析叙事剧理论发展中的中国戏曲要素》(《欧美文学论丛》第三辑,人民文学出版社,2003年)和刘昊的《从布莱希特对中国戏曲的误读谈起》(《戏剧文学》2005年第5期)。

与东德的关系三个方面进行了较为全面的介绍。陈世雄的《三角对话:斯坦尼、布莱希特与中国戏剧》(厦门大学出版社,2003年)描述的是三者的对话,对布莱希特的论述相对简单,只是言简意赅地介绍了布莱希特在中国的接受,略微详细地描述了90年代周宪和王晓华的反思。卢炜《从辩证到综合:布莱希特与中国新时期戏剧》(浙江大学出版社,2007年)关注的主要是布莱希特后期的辩证戏剧,强调辩证戏剧和人的观念两个方面,重心侧重于对中国新时期戏剧的影响。

三、结　语

回顾新中国60年的布莱希特接受,前30年政治性占主导,不过在政治的大旗下感兴趣的还是戏剧形式,后30年戏剧形式成为关注的焦点,但是从全盘引入逐渐转向回顾与反思。有趣的是布莱希特将中国戏曲视作"可以移植的技巧",用于他的叙事剧理论,而他的叙事剧理论同样被中国人看成可用的形式,思想内容或是遭到忽视,或是被看做说教。应该说布莱希特的接受有其特殊性,一是布莱希特的政治观和艺术观有着自身的历史语境,二是他的理论有一个明显的发展变化过程,三是他与西方戏剧传统和中国文化的复杂关系,四是他本身有着浓厚的政治色彩,因此国外对他的接受带有明显的阵营倾向。在国内的接受过程中要考虑时代的政治和艺术背景、接受的动机与目的、接受者的理论把握能力(也就是说正读还是误读)和语言阅读能力(能否阅读第一手资料)。由此审视60年的接受过程,可以分为两类接受类型,一类是掌握第一手资料的研究者,他们往往介绍梳理多于研究,缺少自己的视角和观点,原因在于了解研究对象和国外的研究传统,但是不了解国内接受的背景和目的,研究者的自我意识和立场不明显,易于就事论事,流于表面。另一类是不掌握第一手资料的研究者,他们能够反思接受的背景和接受的意图,在接受中有自己的视角和立场,但是对研究对象和国外研究传统的把握不足,常常会犯一些知识性的错误,不能辨析所引用的国外观点的政治立场和写作动机,容易出现以讹传讹和自说自话的现象。

如果考察一下国外的接受情况就会发现,布莱希特是公认的经典作家,但一直是一个引起争议的人物,一方面是50—60年代西德出于政治原因的抵制和东德的官方限制,70年代末西方出现的所谓布莱希特厌倦症,百周年时有人提出的"布莱希特已死",另一方面是布莱希特50—60年代在西方巡回演出获得巨大成功,剧本进入西德高中教材,70年代成为西德上演率最高的剧作家。布莱希特研究从50年代末兴起,70年代蓬勃发展,出现大量的研究、传记、评注和工具书,百周年前后出版了《布莱希特全集批校版》(31卷)、《布莱希特年谱》和《布莱希特手册》(4卷),进入了实实在在的丰收期。与国外研究相比,国内的布莱希特接受和研究线条比较单一,基本集中在他的戏剧理论(作品研究基本上也是在谈戏剧理论)和与中国文化的互动关系,而国外布莱希特研究的选题早已扩展到各个领域,查看近十年来布莱希特研究的权威刊物《布莱希特年刊》,可以看到探讨的范围十分广泛,既有"布莱希特与无意识""后/结构主义者布莱希特""布莱希特与媒介理论""布莱希特是女性主义者吗?""布莱希特的死亡主题"等标题,也有乌托邦与反乌托邦、语言与身体、音乐与暴力、戏剧与建筑、布莱希特与现代性、布莱希特与犹太人等主题。虽然说方法的多样性并不意味着研究的深入性,但是或许国内的布莱希特研究也可以考虑暂时放下叙事剧理论,放下梅兰芳与中国戏曲,把视野拓宽一些,做一些既把握布莱希特,又立足中国现实,所谓有史有论的文章,说句大白话就是摸他人家底、接自己地气的文章。

第三节 贝克特戏剧研究

爱尔兰作家塞缪尔·贝克特(Samuel Beckett,1906—1989)是20世纪杰出的戏剧大师,1969年诺贝尔文学奖获得者。贝克特同时也是一位重要的实验小说家,戏剧本来只是其小说创作之余的"副产品",但是以《等待戈多》为代表的戏剧作品所产生的影响远远超过其小说创作。贝克特在我国很受关注。1965年,其戏剧代表作《等待戈多》最早被翻译成中文。80年代,在"荒诞热"的背景下,《终局》《幸福日子》等其他剧作的中译本也相继问世。2006年,5卷本《贝克特选集》的出版则大大弥补了贝克特作品中译本长期不足的遗憾。国内学界对贝克特戏剧的评介始于20世纪60年代初,本节主要考察三个历史时期(20世纪60年代、80—90年代、21世纪以来)国内贝克特戏剧研究的发展与变化,并分析其特点、成就与不足。

一、作为"反面材料":早期译介与研究

贝克特自20世纪20年代末开始文学创作,一直处于默默无闻的实验与探索阶段。1950年以前,他主要以创作小说为主,在当时的英美文坛并未引起广泛关注。1953年,《等待戈多》在法国上演后引起巨大轰动,贝克特声名鹊起,被尊奉为"荒诞派"戏剧的重要代表人物。但是在50年代的中国,极左文艺思潮盛行,外国文学翻译界将"政治标准第一、艺术标准第二"奉为圭臬。当时的译介对象主要是以反资本主义的进步文学和经典现实主义作家为主。在政治意识形态与苏联文艺观的双重影响下,艾略特、乔伊斯等现代派作家一度被斥为"颓废派"作家,或"反动"作家。就"颓废"与"反动"而言,贝克特的作品与现代派文学相比有过之而无不及。在政治标准衡量一切的大背景下,贝克特的实验美学与荒诞风格很难引起学界应有的关注,也绝无可能被译介到中国来。

1962年4月,中共中央批转《关于当前文学艺术工作若干问题的意见》(简称《文艺八条》),提出要大力"吸收外国文化","对于西方资产阶级的反动文学艺术流派和现代修正主义的文艺思潮,要注意了解和研究,并且有力地加以揭露和批判。应该有计划地向专业文学艺术工作者介绍……(以)作为教育文学艺术工作者的反面材料"①。因此,被认为是"颓废堕落""反动腐朽"的部分英美文学作品,如塞林格的《麦田守望者》、克鲁亚克的《在路上》、奥斯本的《愤怒的回顾》、约翰·勃莱恩的《往上爬》等,被陆续介绍进来,以揭露和批判西方资本主义国家的"阴暗面"。1965年,贝克特的《等待戈多》中译本(施咸荣译,中国戏剧出版社)也是借着这样的名义在国内出版。据现有资料来看,这是贝克特的作品第一次被翻译成中文。与其他"颓废"或"反动"作品一样,《等待戈多》也标有"内部发行"的字样,封面印成黄色,俗称"黄皮书"。"黄皮书"是专供少数文艺工作者阅读的"内部"参考书。除了部分"专业"和"特权"人员外,广大普通读者是很难接触到这些"黄皮书"的。

值得注意的是,除了《等待戈多》中译本外,国内部分刊物开始刊文介绍"荒诞派"戏剧,对贝克特的主要剧作均有较长篇幅的评价。但这些文章主要沿袭50年代的政治文艺观,在进行艺术评价的同时,大多对"荒诞派"戏剧进行了言辞激烈的批判和挞伐。董衡巽的《戏剧艺术的堕落——法国"反戏剧派"》将贝克特纳入法国的"反戏剧派"加以考察,归纳了"反戏剧派"的三大艺术特点:违反戏剧传统、思想与手法上的荒诞、悲观主义情绪,并且把《等待戈多》看成是"'反戏剧派'的'经典作品'",认为贝克特的剧作"像谜语一样,有的连他自己也莫名其妙"。该文代表了早期学界对贝克特戏剧的初步的、印象式的认识和理解。由于受当时意识形态与"左"倾文艺观的影响,作者不可避免地对"反戏剧派"进行了猛烈的批判,称法国的"反戏剧派"是"当代资本主义世界最走红运的一个颓废文学流派",认为其思想观点"不仅仅是一种消极的反映,而且还是对人类进步传统、对今天世界上的进步势力一种恶毒的诬蔑"②。董衡巽的批判观点与50年代学界对乔伊斯、艾略特等现代作家的批判如出一辙。

这种批判式的评介在丁耀瓒的《西方世界的"先锋派"文艺》(1964)一文中也表现得非常明显。丁文对贝克特戏剧的主题有较为深入的论述,认为《等待戈多》"可以算是最早的'荒谬派'戏剧","整个剧本的主题就是:人永远找不到

---

① 《关于当前文学艺术工作若干问题的意见》,《文艺研究》1979 (1),第142页。
② 董衡巽:《戏剧艺术的堕落——法国"反戏剧派"》,《前线》1963 (8),第10、11页。这是国内介绍贝克特戏剧的第一篇文章,时间上要早于《等待戈多》的中译本。

他活在世上的真正意义,人生只是一部不断盼望、不断失望、最后只有等待死亡的悲剧",而且他的其他剧本也多"表现这一主题"。对先锋派文学的评价,丁文同样无法摆脱时代文艺思潮的干扰和影响。该文认为"先锋派"文艺深刻反映了西方资产阶级的"没落腐朽";它们"极力追求手法上的标新立异,结果践踏了传统的艺术规律和准则,把艺术带到'反艺术'的道路上去,使资产阶级的艺术在表现形式上也陷于死胡同"。①

可以看出,在60年代的国内学术界,贝克特首先是以西方"先锋"剧作家的姿态,与法国作家尤奈斯库等人一道进入学界的研究视野。由于受西方学术批评的影响,其代表作《等待戈多》从一开始就被贴上了"荒诞剧"的标签。上述两篇文章尽管不是贝克特戏剧的专题论文,但其中对贝克特戏剧的"批判式评介"开创了国内贝克特研究与接受的先河。两位作者把贝克特戏剧当做资本主义"腐朽没落"的"反面教材"予以猛烈批判,但其中也不乏有关戏剧艺术的真知灼见,较早地为国内学界打开了认识贝克特戏剧的一扇大门。

二、"荒诞热"背景下的贝克特戏剧研究

20世纪70年代末,"文化大革命"期间中断十年的外国文学翻译工作开始恢复。进入80年代后,国内文学期刊大量刊登外国文学作品,此前被视为"颓废堕落"的现代主义文学作品纷纷出版,形成了一股强劲的外国文学翻译热潮。作为当时重要的"现代派"派别之一,"荒诞派"戏剧也正式登堂入室。一大批学术期刊,如《中国戏剧》《戏剧艺术》《戏剧文学》《外国戏剧》《外国文学》《外国文学研究》《当代外国文学》《文艺研究》《戏剧界》,以及众多高校学报都刊登了大量译介与评析文章,形成了一股方兴未艾的"荒诞热"。贝克特作为"荒诞派戏剧"的重要代表人物受到翻译与研究界的关注。1980年,上海译文出版社推出《荒诞派戏剧集》,收录了施咸荣翻译的《等待戈多》中译本。1983年,外国文学出版社推出的《荒诞派戏剧选》也收录了该译本。《等待戈多》还收录在袁可嘉等选编的《外国现代派作品选》(上海文艺出版社,1986年)中。此外,《当代外国文学》还同时翻译了贝克特的另外两部剧作:《美好的日子》和《剧终》。② 自此,贝克特的戏剧作品开始进入广大普通读者的阅读视野,并在知识界产生巨大而深远的影响。

这一时期,国内的贝克特研究蓬勃发展。据不完全统计,1977—1990年的十多年时间里,关于"荒诞派"戏剧的译介与研究论文在50篇以上。这些论文

---

① 丁耀瓒:《西方世界的"先锋派"文艺》,《世界知识》1964(9),第23、26页。
② 贝凯特:《啊,美好的日子!》,夏莲、江帆译,《当代外国文学》1981(2),第81—97页;贝凯特:《剧终》,冯汉律译,《当代外国文学》1981(2),第98—121页。

大多把贝克特当做这一流派的主要作家进行重点评介。同时,关于贝克特戏剧的专题论文也有二十余篇,表现出学界对其人其作的浓厚兴趣和更加专业化的接受,构成了 80 年代贝克特戏剧研究的主要学术成果。此外,这一时期出版的有关西方现代派文学的重要著作,如陈焜的《西方现代派文学研究》(1981)、陈慧的《西方现代派文学简论》(1986)、林骧华编著的《西方现代派文学评述》(1987)等等,几乎无一不涉及荒诞派戏剧,也无一不把贝克特当做首要剧作家加以评析。在贝克特的作品中,《等待戈多》是学界研究和探讨的焦点所在。其他作品,如《终局》和《美好的日子》,也受到了一定程度的关注。

从研究特点来看,80 年代的贝克特戏剧论作既有浮光掠影的介绍,也有深入扎实的专业评论。由于资料的匮乏与信息的封闭,很多研究者受马丁·艾斯林《荒诞派戏剧》的影响较大。该书部分章节曾被翻译成中文[①],是很多论文和著述经常引用和依赖的重要材料。当时的大多数论文无法摆脱"荒诞"概念的束缚,完全受制于"荒诞论"的固有研究框架。从研究方法上看,学界主要采用当时流行的主题思想与艺术技巧二分法的研究模式,不少论文表现出了一定的趋同性和相似性。朱虹、袁可嘉、萧曼和罗经国等人的论文是当时很具有代表性的研究成果。朱虹是"文化大革命"后最早对《等待戈多》的荒诞主题进行深入探讨的学者。朱虹认为:"与资产阶级传统文学中把人置于宇宙中心的情况相反,贝克特强调人在荒诞世界面前微不足道";在"短短的两幕剧中,体现了荒诞派戏剧的一般思想特点:世界的不可知、命运的无常、人的低贱状态、行为的无意义、对死的偏执等"。[②] 萧曼提出"贝克特的作品突出的特点就是对'自我'的探索","揭示了人类对于自己的命运一无所知、不能主宰的处境"。[③] 袁可嘉认为"《等待戈多》揭示了人类在一个荒诞的宇宙中的狼狈处境",并较早地提到了"反戏剧"的概念,认为这些反传统戏剧的程式"突破了历来沿袭的戏剧要有连贯情节和揭示矛盾、展开冲突、得到解决的三部曲的老公式"。[④] 罗经国则典型地从思想特征和艺术特点两个方面对贝克特的戏剧创作进行了全面探讨,认为"就戏剧结构来说,《等待戈多》和传统戏剧截然不同,可以说是反艺术的","《等待戈多》虽然晦涩难懂,但它成功地用一种崭新的戏剧形式表现了现代资本主义社会中人们孤独、迷惘、恐惧的心情"。[⑤]

[①] 如引论部分"荒诞派之荒诞性"载于《外国戏剧》1980 (1),后来收录于伍蠡甫主编的《现代西方文论选》,上海:上海译文出版社,1983 年。
[②] 朱虹:《荒诞派戏剧述评》,《世界文学》1978 (2),第 213、215 页。
[③] 萧曼:《盛行西方的一个戏剧流派——荒诞派》,《人民戏剧》1979 (7),第 37—38 页。
[④] 袁可嘉:《象征派诗歌·意识流小说·荒诞派戏剧——欧美现代派文学述评》,《文艺研究》1979 (1),第 137 页。
[⑤] 罗经国:《贝克特和〈等待戈多〉》,《国外文学》1986 (4),第 53 页。

由于受当时僵化的文学观念的制约,这一时期的不少研究仍然采用阶级分析的批评思路。如陈嘉认为:"《等待戈多》之所以在西方文学界得到很高评价,无非是由于作者在表现手法上标新立异,更因为他在剧中把受苦受难的流浪者与奴隶描绘成为愚蠢低能而又驯服的人物形象,这些正好符合了西方资产阶级的要求。我们在研究、评论介绍这类作品时决不能跟着国外评论家的调门吹嘘,把这样一部有着明显消极[倾向的]作品说成是伟大的艺术珍品。"①而罗经国认为:"介绍和'吸收'外国现代文艺是完全必要的,但是这种介绍和'吸收'必须是慎重的、有分析的和有批判的。""我们对待'荒诞'派戏剧及其他'现代'派的文化艺术决不能不加分析地模仿。这样做,对于我国社会主义文化事业是十分有害的。"②尹岳斌认为《等待戈多》"是以现代资产阶级哲学为基础的唯心论和神秘主义创作思想的产物,描写的是非理性和反逻辑的形象,歌颂的是'无意识的本能',以及由此造成的晦涩难懂和作品总倾向,有害于人民群众认识和改造世界"③。蒋庆美认为贝克特"打破了传统剧的陈规旧律,以崭新的艺术形式再现了腐朽没落的资本主义社会的本相",同时也流露出"对冷酷现实的悲观主义和虚无主义倾向"。④可以看出,与60年代的译介重在批判相比,新时期的这种批判和挞伐还容纳了更多的学术内涵与非政治因素。

90年代,国内的"荒诞热"持续未退,学界对贝克特戏剧的研究也向纵深发展,所发表的论文数量是80年代的数倍。不过,不少研究成果仍然在一些旧框框中打转,缺乏应有的新意,例如在主题层面上仍然没有跳出"荒诞""希望""寻找""存在主义"等范畴,在艺术层面上重弹"反戏剧""反传统""反艺术"的老调。然而,也有部分研究成果不断拓宽研究视野与研究思路,开始使用较新的研究方法和研究视角,从语言、结构、叙事、对话、远古神话等多个层面揭示贝克特戏剧更深刻、更全面的艺术内涵和艺术特质。洪增流提出,《等待戈多》创立了独立的循环结构形式,其语言脱离了它所描述的外部世界事物,成为独立的主体⑤;舒笑梅认为贝克特打破了传统戏剧中的时空概念,其时间模糊、循环、混乱,其地点模糊、抽象而充满象征意义;其戏剧语言具有诗化、对称和荒诞的特征⑥;李伟昉则探讨了贝克特剧作的结构特征,认为贝克特构思了一个独特的

---

① 陈嘉:《谈谈荒诞派剧本〈等待戈多〉》,《当代外国文学》1984 (1),第 5 页。
② 罗经国:《贝克特和〈等待戈多〉》,《国外文学》1986 (4),第 54 页。
③ 尹岳斌:《略论〈等待戈多〉及其它》,《湖南城市学院学报》1983 (1),第 34 页。
④ 蒋庆美:《贝凯特及其剧作》,《当代外国文学》1981 (2),第 74、80 页。
⑤ 洪增流:《二十世纪的席西佛斯神话——简论贝克特的〈等待戈多〉》,《安徽大学学报(哲学社会科学版)》1990 (1),第 87－92 页;《〈等待戈多〉——语言形式和内容的高度统一》,《外国语》1996 (3),第 30－33 页。
⑥ 舒笑梅:《试论贝克特戏剧作品中的时空结构》,《外国文学研究》1997 (2),第 103－107 页;《诗化·对称·荒诞——贝克特〈等待戈多〉戏剧语言的主要特征》,《外国文学研究》1998 (1),第 56－59 页。

"重叠反复"的"循环"结构,该结构具有独特的认识价值与审美价值[①];马小朝认为《等待戈多》"对叙事和对话施以极度的变异和揉扯,使旧有意义失落,新生意义回归,以揭示荒诞感与荒诞意识"[②];龙昕则将贝克特戏剧与远古神话进行对比,揭示了西方文学循环发展的规律性特征。[③] 此外,由于受时兴的后现代主义学术思潮的影响,部分学者还从后现代的角度对《等待戈多》进行了解读,如仵从巨认为,贝克特的剧作含义具有丰富性、模糊性、不确定性,而这正是后现代主义的基本特色之一[④];严泽胜把不确定性看成是后现代审美特性之一,指出主题的不确定性正是荒诞派戏剧的后现代美学特征[⑤];王晓华则认为,《等待戈多》表现了后上帝时代的等待主题,其中的流浪状态具有后现代的本体论意义。[⑥]

三、众声喧哗:21世纪以来的贝克特戏剧研究

21世纪以来,国内高校开始扩招,硕士、博士等高级学位的培养形成一股浪潮。由于英语专业是国内第一大专业,英语教师的队伍急剧膨胀,于是对学位的硬性要求,加上职位晋升的生存压力,导致英语教育史上史无前例的学位"大跃进"现象,一股急功近利的浮躁学风也开始大行其道。学术研究表面上看起来一片繁荣,关于名家名作的研究论文铺天盖地,一些二流、三流作家也不乏研究者。作为荒诞派戏剧的重要代表人物,作为诺贝尔文学奖获得者,贝克特也毫无例外地进入大批专业教师和学位攻读者的研究视野。经过初步统计发现,关于贝克特的期刊论文和学位论文几乎以几何级数增长,近十年的论文产量估计在两百篇以上,其中研究《等待戈多》的文章超过一百篇。不过,这些成果良莠不齐,平庸之作远远多于优秀之作。从研究特点上来看,不少成果过于依赖国外研究材料,缺乏新意,或重复"荒诞""等待""反戏剧""反小说"等老调,或生搬硬套国外的时髦文学理论,或进行一些牵强附会的比较研究。

不过,在众声喧哗之中,贝克特的戏剧和小说研究仍然取得了较快的发展。总体来看,贝克特的戏剧研究始终强于小说研究,而《等待戈多》仍然是研究者最感兴趣的作品。在众多的研究成果中,也不乏开拓和创新之作。有部分研究者超越了早期的研究框架和套路,在研究视角和研究范围上进行了有益的尝

---

① 李伟昉:《循环:〈等待戈多〉的结构特征》,《河南大学学报(社会科学版)》1993(2),第38—41页。
② 马小朝:《意义的失落与回归——荒诞派戏剧语言探究》,《国外文学》1997(4),第23—29页。
③ 龙昕:《贝克特戏剧与远古神话》,《外国文学研究》1999(2),第47—50页。
④ 仵从巨:《〈等待戈多〉:贝克特的谜语与谜底》,《名作欣赏》2000(5),第46—48页。
⑤ 严泽胜:《荒诞派戏剧的后现代审美特征》,《外国文学研究》1994(2),第109—114页。
⑥ 王晓华:《后上帝时代的等待者——对荒诞派戏剧〈等待戈多〉的文本分析》,《深圳大学学报(人文社会科学版)》2000(5),第81—86页。

试。何成洲的《贝克特的"元戏剧"研究》一文运用"元戏剧"理论解读贝克特,从"戏中戏""自我意识"和"戏剧的评论"三个方面探究了其剧作元戏剧的特征①;该作者的另一篇论文《贝克特:戏剧对小说的改写》则探讨了贝克特小说与戏剧之间的联系,认为其戏剧在人物、语言和意象的运用上都是以小说为参照的,贝克特的戏剧其实是对小说的改写。② 关于贝克特小说与戏剧之间的互文与戏仿,张士民在《文类间的转换和戏仿——贝克特的小说与戏剧》③一文中也有深入探讨。冉东平的《突破现代派戏剧的艺术界限——评萨缪尔·贝克特的静止戏剧》则运用"静止戏剧"的概念,从戏剧动作、戏剧情境和戏剧氛围三方面论述了贝克特的戏剧作品消解戏剧性、去中心与主体性消失的"后现代"艺术特征。④

值得一提的是,贝克特其他剧作的研究也有了很大的起色,出现了一些质量较高的研究成果。沈雁的《贝克特戏剧的男女声二重唱》和《诗意的叙事》探讨了贝克特的荒诞派经典剧作《克拉普的最后一盘录音带》和《快乐的日子》,前者论述了两者在主题、戏剧叙事手段和戏剧语言上的延续性和互文性,后者则运用比较的方法,探讨了嵌入式叙事模式的不同形态和诗性特征。⑤ 舒笑梅的《电影语言在贝克特剧作中的运用——从〈最后一盘录音带〉谈起》认为贝克特采用了平行、交叉和复现等三种蒙太奇技巧,借助蒙太奇所特有的叙述功能和表现功能,以实践"纯戏剧"和"反戏剧"的主旨。⑥ 上述论文蕴涵新意,持论有据,深化了学界对贝克特戏剧的总体认识。

2006年,贝克特的百年诞辰引起国内学者强烈关注,除了《贝克特选集》5卷本出版之外,一些学者对国外贝克特研究动态与百年诞辰纪念活动甚为关注,表现出了与国外学术界进行交流与对话的渴望。盛宁的《贝克特之后的贝克特》一文提到贝克特百年诞辰纪念期间,欧美文坛掀起的一股"反思热",有关贝克特批评文集、传记与回忆录等不断出版,使英美学界对贝克特创作的认识和评价发生了相当大的变化。⑦ 吴岳添的文章《贝克特——充满矛盾的作家》介绍法国《读书》杂志上的一篇专文,并表达了一些新的见解:"贝克特的戏剧看

---

① 何成洲:《贝克特的"元戏剧"研究》,《当代外国文学》2004(3),第80—85页。
② 何成洲:《贝克特:戏剧对小说的改写》,《当代外国文学》2003(4),第47—52页。
③ 张士民:《文类间的转换和戏仿——贝克特的小说与戏剧》,《外国文学》2009(3)。
④ 冉东平:《突破现代派戏剧的艺术界限——评萨缪尔·贝克特的静止戏剧》,《外国文学评论》2003(2),第60—66页。
⑤ 沈雁:《贝克特戏剧的男女声二重唱——论〈克拉普的最后一盘录音带〉和〈快乐的日子〉》,《外国文学评论》2007(3),第75—82页。《诗意的叙事——论〈克拉普的最后一盘录音带〉和〈动物园的故事〉中的嵌入式叙事模式》,《浙江师范大学学报》(社会科学版)2006(5),第28—32页。
⑥ 舒笑梅:《电影语言在贝克特剧作中的运用——从〈最后一盘录音带〉谈起》,《南京师大学报(社会科学版)》2002(2),123—130页。
⑦ 盛宁:《贝克特之后的贝克特》,《外国文学评论》2006(4),第147—148页。

起来晦涩难懂,乃至无意义和荒诞,已经与传统的审美观念彻底决裂,实际上他深受但丁与普鲁斯特的影响,是在极力把对形式的关注与复杂的结构和说话的愿望协调起来。"① 此外,刘爱英的《贝克特英语批评的建构与发展》对贝克特批评的国际化和规模化研究趋势进行了梳理,并着眼于贝克特英语批评中两个最有代表性的研究范畴:哲学研究和现代主义—后现代主义论争,通过分析二者之间此消彼长和各自的内部发展,考察了贝克特英语批评传统在建构中的特点与困境。②

四、研究之不足与愿景

半个世纪以来,国内贝克特戏剧的研究快速发展,所取得的成就有目共睹,但其中也存在明显的不足,归纳起来主要有以下这些:研究成果的数量可观,但总体质量欠佳,代表性或标志性的成果较少;研究方向不平衡,《等待戈多》的研究者拥挤不堪,其他作品长期不受重视;炒冷饭者居多,创新不足,具有突破性的研究成果不多;研究者之间有条块分割的倾向,相互交流与沟通欠缺,漠视他人研究成果,过于重视国外研究材料;在过分依赖国外材料的同时,对国外最新研究成果视若无睹;与国际贝克特研究界交往较少,未能有效参与国际贝克特研究热点或重点问题研究,缺少个性化或具有本土特色的研究成果。

关于贝克特研究的未来趋势,我们可以作以下带有反思性的愿景:一、如何与贝克特研究的国际研究趋势接轨,主动参与贝克特研究的国际交流,在借鉴国内外研究的基础上,取得超越性和突破性的成果;第二,如何利用本土文学与文化资源,取得具有本土视角与本土特色的贝克特研究成果,如国内学界曾利用道家或禅宗对美国诗人弗罗斯特、迪金森、斯奈德等人重新进行阐释,令人耳目一新;第三,如何吸纳国外最新批评理论,获得新视角,掌握新材料,重新解读贝克特的文本,如海外中国学者林力丹教授用后东方主义理论研究贝克特,并且挖掘出第一手珍贵资料,取得了突破性的成绩③;第四,如何摒弃浮躁学风,走出喧嚣嘈杂与低层次重复的研究局面,长期潜心研究,形成贝克特研究的良性循环,从而打造中文研究界的标志性成果或经典之作。

---

① 吴岳添:《贝克特——充满矛盾的作家》,《外国文学评论》2006 (3),第 149 页。
② 刘爱英:《贝克特英语批评的建构与发展》,《外国文学评论》2006 (1),第 138—146 页。
③ Lin Lidan, "Globalization and Post-Orientalism: The Chinese Origin of Samuel Beckett's Fiction,"《英美文学研究论丛》(第 12 辑) 2010 年春季号。Lin Lidan, "From Quigley the Writer to Murphy the Job Seeker," *English Studies* Vol 87 (2006): 319—326; "Labor, Alienation and the Status of Being: The Rhetoric of Indolence in Beckett's Murphy," *Philosophical Quarterly* Vol 79 (2000): 249—271.

主要参考书目

1. 阿垅:《后虬江路文辑》,银川:宁夏人民出版社,2007年。
2. 阿垅:《作家的性格和人物的创作》,上海:新文艺出版社,1953年。
3. 阿尼克斯特:《歌德与〈浮士德〉——从构思到完成》,晨曦译,北京:三联书店,1986年。
4. 阿尼克斯特:《英国文学史纲》,戴镏龄等译,北京:人民文学出版社,1959年;1980年。
5. 艾思奇:《论文化和艺术》,银川:宁夏人民出版社,1982年。
6. 安德烈·莫洛亚:《雪莱传》,谭立德、郑其行译,上海:上海文艺出版社,1981年。
7. 安德罗尼科夫:《莱蒙托夫传》,朱笄(孙绳武)译,北京:时代出版社,1949年;1954年。
8. 安妮特·鲁宾斯坦:《英国文学的伟大传统》,上海:上海译文出版社,1998年。
9. 保罗·约翰逊:《知识分子》,杨正润译,南京:江苏人民出版社,1999年。
10. С. Д. 巴鲁哈蒂:《契诃夫的戏剧艺术》,贾植芳译,上海:文化工作社,1951年。
11. 北京大学文学研究所编:《文学研究集刊》(第3册),北京:人民文学出版社,1957年。
12. 卞之琳:《莎士比亚悲剧论痕》(第2版),合肥:安徽教育出版社,2007年。
13. S. S. 柏拉威尔:《马克思和世界文学》,杨慧林译,北京:三联书店,1980年。
14. 勃兰兑斯:《海涅评传》,侍桁译,北京:国际文化服务社,1953年。
15. 残雪:《地狱中的独行者》,北京:三联书店,2003年。
16. 曹靖华主编:《俄苏文学史》(第1卷),北京:人民文学出版社,1989年。
17. 曹树钧:《莎士比亚的春天在中国》,香港:天马图书有限公司,2002年。
18. 曹树钧、孙福良:《莎士比亚在中国舞台上》,哈尔滨:哈尔滨出版社,1989年。
19. 陈才忆:《湖畔对歌:柯尔律治与华兹华斯交往中的诗歌研究》,四川文艺出版社,2007年。
20. 陈惇:《莫里哀和他的喜剧》,北京:北京出版社出版,1983年。
21. 陈洪文:《荷马和〈荷马史诗〉》,北京:北京出版社,1983年。
22. 陈慧:《西方现代派文学简论》,石家庄:花山文艺出版社,1986年。
23. 陈嘉:《英国文学史》,北京:商务印书馆,1986年。
24. 陈建华:《20世纪中俄文学关系》,上海:学林出版社,1998年。
25. 陈敬容主编:《中外现代抒情名诗鉴赏辞典》,北京:学苑出版社,1989年。
26. 陈焜:《西方现代派文学研究》,北京:北京大学出版社,1981年。
27. 陈庆勋:《艾略特诗歌隐喻研究》,上海:上海人民出版社,2008年。

28. 陈世雄:《三角对话:斯坦尼、布莱希特与中国戏剧》,厦门:厦门大学出版社,2003年。
29. 陈世雄:《现代欧美戏剧史》,成都:四川教育出版社,1994年。
30. 陈瘦竹:《易卜生"玩偶之家"研究》,上海:新文艺出版社,1958年。
31. 陈训明:《普希金抒情诗中的女性》,贵阳:贵州人民出版社,1993年。
32. 陈中梅:《荷马史诗研究》,杭州:译林出版社,2010年。
33. 程志敏:《荷马史诗导读》,上海:华东师范大学出版社,2007年。
34. 大公报国际组编:《1956年纪念的世界文化名人》,北京:中国青年出版社,1956年。
35. 邓艳艳:《从批评到诗歌:艾略特与但丁关系研究》,北京:中国社会科学出版社,2009年。
36. 丁宏为:《理念与悲曲——华兹华斯后革命之变》,北京:北京大学出版社,2002年。
37. 董衡巽等编著:《美国文学简史》,北京:人民文学出版社,1978年。
38. 董洪川:《"荒原"之风:T. S. 艾略特在中国》,北京:北京大学出版社,2004年。
39. 董问樵:《〈浮士德〉研究》,上海:复旦大学出版社,1987年。
40. 董问樵:《席勒》,上海:复旦大学出版社,1984年。
41. 范存忠:《英国文学史提纲》,成都:四川人民出版社1983年。
42. 范大灿:《德国文学史》,南京:译林出版社,2006—2008年。
43. 方平:《和莎士比亚交个朋友吧》,成都:四川人民出版社,1983年。
44. 方平:《三个从家庭出走的妇女——比较文学论文集》,北京:外国文学出版社,1987年。
45. 冯至:《歌德论述》,南京:正中书局,1947年。
46. 冯至:《论歌德》,上海:上海文艺出版社,1986年
47. 冯至等:《德国文学简史》,北京:人民文学出版社,1958年。
48. 弗里茨·约·拉达茨:《海涅传》,胡其鼎译,北京:东方出版社,2001年。
49. 傅浩:《叶芝评传》,杭州:浙江文艺出版社,1999年。
50. 高继海编著:《简明英国文学史》,郑州:河南大学出版社,2006年。
51. 高中甫:《歌德接受史 1773—1945》,北京:社会科学文献出版社,1993年。
52. 高中甫主编:《易卜生评论集》,北京:人民文学出版社,1982年。
53. 戈宝权等著:《普希金创作评论集》,桂林:漓江出版社,1983年。
54. 格雷戈里·纳吉:《荷马诸问题》,巴莫曲布嫫译,桂林:广西师范大学出版社,2008年。
55. 谷裕:《隐匿的神学——启蒙前后的德语文学》,上海:华东师范大学出版社,2008年。
56. 顾蕴璞:《莱蒙托夫》,北京:华夏出版社,2002年。
57. 关鸿等编:《新月怀旧——叶公超文艺杂谈》,上海:学林出版社,1997年。
58. 郭宏安:《法国文学史》,北京:人民文学出版社,1981年。
59. 郭继德:《美国文学研究》,济南:山东大学出版社,2006年。
60. 郭继德:《美国戏剧史》,郑州:河南人民出版社,1993年。
61. 郭继德主编:《尤金·奥尼尔戏剧研究论文集》,上海:外语教育出版社,2004年。
62. 郭利:《莱蒙托夫与塔尔罕内庄园》,济南:山东友谊出版社,2007年。
63. 郭实腊:《东西洋考每月统记传》,黄时鉴整理,北京:中华书局,1997年。
64. 哈罗德·布鲁姆:《西方正典》,江宁康译,杭州:译林出版社,2005年。
65. 南海、碧波编写:《普希金》,北京:商务印书馆,1962年。
66. 何成洲:《对话北欧经典——易卜生、斯特林堡与哈姆生》,北京:北京大学出版社,2009年。

67. 侯传文:《话语转型与诗学对话:泰戈尔诗学比较研究》,北京:中国社会科学出版社,2010年。
68. 胡适:《胡适日记全编》(3),合肥:安徽教育出版社,2001年。
69. 胡适:《中国新文学大系:建设理论卷》,上海:良友图书印刷公司,1935年。
70. 黄宝生:《印度古代史诗〈摩诃婆罗多〉导读》,北京:中国社会科学出版社,2005年。
71. 黄嘉德:《萧伯纳研究》,济南:山东大学出版社,1989年。
72. 黄玉光:《莱蒙托夫》,沈阳:辽宁人民出版社,1988年。
73. 季羡林:《季羡林全集》(第17卷),北京:外语教学与研究出版社,2010年。
74. 季羡林:《印度古代文学史》,北京:北京大学出版社,1991年。
75. 季羡林、刘安武主编:《印度两大史诗评论汇编》,北京:中国社会科学出版社,1984年。
76. 蒋洪新:《英诗新方向——庞德、艾略特诗学理论与文化批评研究》,长沙:湖南教育出版社,2001年。
77. 蒋洪新:《走向〈四个四重奏〉——T. S. 艾略特诗歌艺术研究》,长沙:湖南人民出版社,1998年。
78. 姜景奎编:《印度文学研究集刊》第五辑、第六辑,上海:上海译文出版社,2002年,2003年。
79. 姜岳斌:《伦理的诗学:但丁诗学思想研究》,杭州:浙江大学出版社,2007年。
80. 江玉娇:《〈荒原〉话语蕴藉研究》,哈尔滨:黑龙江出版社,2005年。
81. 金东雷:《英国文学史纲》,长春:吉林出版集团有限责任公司,2010年。
82. 金克木:《梵语文学史》,北京:人民文学出版社,1964年。
83. 金克木:《梵竺庐集(甲):梵语文学史》,南昌:江西教育出版社,1999年。
84. 金克木:《金克木集》(第3卷),北京:三联书店,2011年。
85. 《剧本》月刊社编:《纪念契诃夫专刊》,北京:人民文学出版社,1954年。
86. 卡品托:《与惠特曼相处的日子》,怀冰翻译,上海:上海文艺联合出版社,1955年。
87. 库契布奇科娃、史坦恩合著:《巴勃罗·聂鲁达传》,胡冰、李末青译,作家出版社,1957年
88. 老舍:《神曲》,《老舍文艺评论集》,合肥:安徽人民出版社,1982年。
89. J. 兰德:《庞德》,潘炳信译,北京:中国社会科学出版社,1992年。
90. 里夫希茨编:《马克思恩格斯论浪漫主义》,曹葆华、程代熙译,北京:人民文学出版社,1958年。
91. 李兵:《现代戏剧之父:易卜生心理现实主义剧作研究》,成都:四川大学出版社,2009年。
92. 李赋宁主编:《欧洲文学史》,北京:商务印书馆,2001年。
93. 李健吾:《李健吾戏剧评论选》,北京:中国戏剧出版社,1982年。
94. 李祁:《华茨华斯及其序曲》,上海:商务印书馆,1947年。
95. 李伟民:《中国莎士比亚批评史》,北京:中国戏剧出版社,2006年。
96. 李野光:《惠特曼名作欣赏》,北京:中国和平出版社,1995年。
97. 李野光:《惠特曼评传》,上海:上海文艺出版社,1988年。
98. 李野光:《惠特曼研究》,上海:上海外语教育出版社,2001年。
99. 李野光编:《惠特曼研究》,桂林:漓江出版社,1988年。
100. 梁实秋:《浪漫的与古典的文学纪律》,上海:新月书店,1988年。
101. 梁实秋:《梁实秋读书札记》,北京:当代世界出版社,2007年。

102. 梁实秋:《梁实秋文集·第一卷》,厦门:鹭江出版社,2002年。
103. 梁廷枏:《海国四说》,骆驿、刘骁校点,北京:中华书局,1993年。
104. 梁一三:《弥尔顿和他的〈失乐园〉》,北京:北京出版社,1987年。
105. 廖可兑:《尤金·奥尼尔剧作研究》,北京:中国美术学院出版社,1999年。
106. 廖可兑等:《美国戏剧论辑》,北京:中国戏剧出版社,1980年。
107. 廖可兑主编:《奥尼尔戏剧研究论文集》,北京:中国戏剧出版社,1988年。
108. 廖可兑主编:《尤金·奥尼尔戏剧研究论文集》,北京:外语教学与研究出版社,1997年。
109. 林骧华编著:《西方现代派文学评述》,上海:上海人民出版社,1987年。
110. 刘安武:《印度两大史诗研究》,北京:北京大学出版社,2001年。
111. 刘安武:《印度文学和中国文学比较研究》,北京:中国国际广播出版社,2005年。
112. 刘保瑞:《俄罗斯的人民诗人——莱蒙托夫》,北京:北京出版社,1985年。
113. 刘炳善:《为了莎士比亚》,郑州:河南大学出版社,2009年。
114. 刘炳善编著:《英汉双解莎士比亚大词典》,郑州:河南人民出版社,2002年。
115. 刘海平、朱栋霖:《中美文化在戏剧中的交流——奥尼尔与中国》,南京:南京大学出版社,1988年。
116. 刘明厚主编:《不朽的易卜生》,北京:中国戏剧出版社,2008年。
117. 刘明厚:《真实与虚幻的选择:易卜生后期象征主义戏剧》,上海:同济大学出版社,1994年。
118. 刘守兰:《狄金森研究》上海:上海外语教育出版社,2006年。
119. 刘文飞:《阅读普希金》,北京:人民文学出版社,2002年。
120. 刘燕:《现代批评之始:T.S.艾略特诗学研究》,桂林:广西师范大学出版社,2005年。
121. 刘岩:《中国文化对美国文学的影响》,石家庄:河北人民出版社,1999年。
122. 刘延陵:《刘延陵诗文集》,葛乃福编,上海:复旦大学出版社,2002年。
123. 刘意青、刘炅:《简明英国文学史》,北京:外语教学与研究出版社,2008年。
124. 柳无忌:《印度文学》,重庆:中国文化服务社,1945年。
125. 卢卡契:《卢卡契文学论文选》(第一卷),范大灿译,北京:人民文学出版社,1986年。
126. 卢世林:《美与人性的教育——席勒美学思想研究》,北京:人民出版社,2009年。
127. 卢炜:《从辩证到综合:布莱希特与中国新时期戏剧》,杭州:浙江大学出版社,2007年。
128. 鲁效阳:《杰出的英国戏剧家萧伯纳》,北京:商务印书馆,1986年。
129. 鲁迅:《摩罗诗力说》,《鲁迅全集》,北京:人民文学出版社,1963年;1973年;2005年。
130. 陆佩弦:《密尔顿诗歌全集详注》(上、下),北京:商务印书馆,1990年。
131. 陆谷孙:《莎士比亚研究十讲》,上海:复旦大学出版社,2005年。
132. 路德维希·马库塞:《海涅》,顾正祥译,西安:陕西人民出版社,1987年。
133. 罗海燕:《聂鲁达:大海的儿子》,长春:长春出版社,1996年:
134. 罗益民:《时间的镰刀:莎士比亚十四行诗主题研究》(英文),成都:四川辞书出版社,2004年。
135. 吕天石:《欧洲近代文艺思潮》,北京:商务印书馆,1931年。
136. 毛崇杰:《席勒的人本主义美学》,长沙:湖南人民出版社,1987年。
137. 茅盾:《世界文学名著杂谈》,北京:百花文艺出版社,1980年。
138. 孟德森:《惠特曼论》,王以铸译,北京:作家出版社,1956年。

139. 孟胜德、阿斯特里德·萨瑟主编:《易卜生研究论文集》,北京:中国文学出版社,1995年。
140. 孟宪强:《三色堇——〈哈姆莱特〉解读》,北京:商务印书馆,2007年。
141. 孟宪强:《中国莎士比亚评论》,长春::吉林教育出版社 1991 年。
142. 孟宪强:《中国莎学简史》,哈尔滨:东北师范大学出版社,1994年。
143. 孟宪强辑注:《马克思恩格斯与莎士比亚》,西安:陕西人民出版社,1984年。
144. 米·莫洛卓夫:《莎士比亚在苏联》,巫宁坤译,上海:平明出版社,1953年。
145. 米·莫洛卓夫:《莎士比亚在苏联舞台上》,吴怡山译,上海:上海杂志出版社,1953年。
146. 莫库尔斯基:《莫里哀》,上海:新文艺出版社,1957年。
147. 莫库尔斯基:《论莫里哀的喜剧》,宋乐岩译,北京:作家出版社,1957年。
148. 穆拉维耶娃等:《西欧文学简论》,殷涵译,上海:新文艺出版社,1957年。
149. 南海、碧波编:《普希金》,北京:商务印书馆,1962年。
150. 倪平编:《萧伯纳与中国》,石家庄:河北人民出版社,2001年。
151. 倪正芳:《拜伦研究》,北京:中国广播电视出版社,2005年。
152. 倪正芳:《拜伦与中国》,西宁:青海人民出版社,2009年。
153. 聂珍钊、陈智平主编:《易卜生戏剧的自由观念》,北京:外语教学与研究出版社,2007年。
154. 聂珍钊、周昕主编:《易卜生创作的生态价值研究》,武汉:华中师范大学出版社,2011年。
155. 申丹、秦海鹰主编:《欧美文学论丛》第三辑,人民文学出版社,2004年。
156. 彭予:《二十世纪美国诗歌》,郑州:河南大学出版社,1995年。
157. 皮埃尔·加克索特:《莫里哀传》,朱延生译,北京:中国戏剧出版社,1986年。
158. 蒲度戎:《生命树上凤凰巢——叶芝诗歌象征美学研究》(英文),成都:四川人民出版社,2006年。
159. 普列汉诺夫:《论西欧文学》,吕荧译,北京:人民文学出版社,1957年。
160. 恰彼克:《惠特曼评传》,黄雨石译,北京:作家出版社,1955年。
161. 钱锺书:《钱锺书集·人生边上的边上》,北京:三联书店,2005年。
162. 钱锺书:《钱锺书英文文集》,北京:外语教学与研究出版社,2005年。
163. 钱锺书:《谈艺录》,北京:中华书局,1993年。
164. 裘克安编:《莎士比亚丛书》,北京:商务印书馆,1995年。
165. 裘克安编:《莎士比亚年谱》,北京:商务印书馆,2006年
166. 邱立君:《雪莱与〈解放了的普罗米修斯〉》,上海:中国少年儿童出版社,2001年。
167. 瞿秋白:《瞿秋白文集》(第1卷),北京:人民文学出版社,1954年。
168. 瞿秋白:《萧伯纳在上海》,上海:上海野草书屋,1933年。
169. 日丹诺夫:《莱蒙托夫》,杨静远译,北京:人民文学出版社,1955年。
170. 萨佛兰斯基:《席勒传》,卫茂平译,北京:人民文学出版社,2010年。
171. 沈弘:《弥尔顿的撒旦与英国文学传统》,北京:北京大学出版社,2010年。
172. 沈益洪编著:《萧伯纳谈中国》,杭州:浙江文艺出版社,2001年。
173. 史达尼斯拉夫斯基:《契诃夫与艺术剧院》,满涛译,成都:时代出版社,1950年。
174. M.斯特罗耶娃:《契诃夫与艺术剧院》,吴启元等译,北京:中国戏剧出版社,1960年。
175. 苏文菁:《华兹华斯诗学》,北京:社会科学文献出版社,2000年。
176. 孙家琇:《论莎士比亚四大悲剧》,北京:中国戏剧出版社,1988年。

177. 孙家琇:《莎士比亚与现代西方戏剧》,成都:四川教育出版社,1994年。
178. 孙家琇:《马克思恩格斯和莎士比亚戏剧》,北京:中国戏剧出版社,1981年。
179. 孙家琇主编,周培桐、石宗山、郑土生副主编:《莎士比亚辞典》,石家庄:河北人民出版社,1992年。
180. 孙席珍:《外国文学论集》,福州:福建人民出版社,1983年。
181. 孙玉石:《中国现代主义诗潮史论》,北京大学出版社1993年,第197页。
182. 孙致礼主编:《中国的英美文学翻译:1949—2008》,杭州:译林出版社,2009年。
183. 索金梅:《庞德〈诗章〉中的儒学》,天津:南开大学出版社,2003年。
184. 索天章:《莎士比亚:他的作品及其时代》,上海:复旦大学出版社,1986年。
185. 唐仁虎等:《泰戈尔文学作品研究》,北京:昆仑出版社,2003年。
186. 陶乃侃:《庞德与中国文化》,北京:首都师范大学出版社,2006年。
187. 田本相:《曹禺剧作论》,北京:中国戏剧出版社,1981年。
188. 田本相主编:《中国现代比较戏剧史》,北京:文化艺术出版社,1993年。
189. 田汉:《诗人与劳动问题》,《田汉全集·第十四卷》,石家庄:山花文艺出版社,2000年。
190. 田民:《莎士比亚与现代戏剧——从亨利克·易卜生到海纳·米勒》,北京:中国社会科学出版社,2006年。
191. 屠尔科夫:《安·巴·契诃夫和他的时代》,朱逸森译,北京:中国社会科学出版社,1984年。
192. 汪义群:《奥尼尔研究》,上海:上海外语教育出版社,2006年。
193. 王国维:《王国维文集》(第3卷),北京:中国文史出版社,1997年。
194. 王岚、陈红薇主编:《当代英国戏剧史》,北京:北京大学出版社,2007年。
195. 王力:《希腊文学》,北京:商务印书馆,1933年。
196. 王宁、孙建主编:《易卜生与中国:走向一种美学建构》,天津:天津人民出版社,2004年。
197. 王宁主编:《易卜生与现代性:西方与中国》,北京:百花文艺出版社,2001年。
198. 王守仁、方杰:《英国文学简史》,上海:上海外语教育出版社,2006年。
199. 王向远:《比较文学研究》,福州:福建人民出版社,2006年。
200. 王以欣:《神话与历史》,北京:商务印书馆,2006年。
201. 王誉公:《埃米莉·迪金森诗歌的分类和声韵研究》,济南:山东大学出版社,2000年。
202. 王远年编选:《易卜生诗歌研究》,杭州:雅园出版公司,2006年。(南宁,石家庄)
203. 王远泽:《戏剧革新家契诃夫》,长沙:湖南师范大学出版社,1993年。
204. 王忠祥:《易卜生》,天津:新蕾出版社,2000年。
205. 王佐良:《莎士比亚绪论:兼及中国莎学》,重庆:重庆出版社,1991年。
206. 王佐良:《英国浪漫主义诗歌史》,北京:人民文学出版社,1991年。
207. 王佐良:《英国诗史》,杭州:译林出版社,1993年。
208. 王佐良:《英国文学论文集》,北京:外国文学出版社,1980年。
209. 王佐良、周珏良主编:《英国20世纪文学史》,北京:外语教学与研究出版社,2006年。
210. 伟烈亚力:《1867年以前来华基督教传教士列传及著作目录》,倪文君译,桂林:广西师范大学出版社,2011年。
211. L. P. 维塞尔:《活的形象美学——席勒美学与近代哲学》,毛萍、熊志翔译,上海:学林出版社,2000年。

212. 吴富恒主编:《外国著名文学家评传》,济南:山东教育出版社,1990年。
213. 吴辉:《影像莎士比亚——文学名著的电影改编》,北京:中国传媒大学出版社,2007年。
214. 吴其尧:《庞德与中国文化——兼论外国文学在中国文化现代化中的作用》,上海:上海外语教育出版社,2006年。
215. 吴晓都:《俄罗斯诗神:普希金》,海口:海南出版社,1993年。
216. 吴晓樵:《中德文学因缘》,上海:上海外语教育出版社,2008年。
217. 伍蠡甫主编:《西方文论选》(上、下),上海:上海译文出版社,1964年。
218. 伍蠡甫主编:《现代西方文论选》,上海:复旦大学出版社,1983年。
219. 肖赛:《柴霍甫的戏剧》,贵阳:文通书局,1948年。
220. 肖四新:《莎士比亚戏剧与基督教文化》,成都:巴蜀书社,2007年。
221. 谢群、陈立华主编:《当代美国戏剧研究》,北京:北京理工大学出版社,2010年。
222. 谢天振、查明建主编:《中国现代翻译文学史(1898—1949)》,上海:上海外语教育出版社,2004年。
223. 徐稚芳:《俄罗斯诗歌史》,北京:北京大学出版社,1989年。
224. 徐祖武主编:《契诃夫研究》,郑州:河南大学出版社,1987年。
225. 许地山:《印度文学》,1930年。长沙:岳麓书社,2011年。
226. 许自强:《世界名诗鉴赏金库》,中国妇女出版社,1991年。
227. 晏绍祥:《荷马社会研究》,上海:上海三联书店,2006年。
228. 杨潤余:《莫里哀》,北京:商务印书馆,1930年。
229. 杨武能:《歌德与中国》,北京:三联书店,1991年。
230. 杨武能:《走近歌德》,石家庄:河北教育出版社,1999年。
231. 杨武能编选:《席勒与中国》,成都:四川文艺出版社,1989年。
232. 杨周翰、吴达元、赵萝蕤主编:《欧洲文学史》,北京:人民文学出版社,1964年;1979年;1984年。
233. 杨周翰编选:《莎士比亚评论汇编》,北京:中国社会科学出版社,1979年;1981年。
234. B. 叶尔米洛夫《关于契诃夫的剧本》,黎文望译,上海:新文艺出版社,1954年。
235. B. 叶尔米洛夫《论契诃夫的戏剧创作》,张守慎译,北京:作家出版社,1957年。
236. 叶隽:《歌德思想之形成——经典文本体现的古典和谐》,北京:中央编译出版社,2010年。
237. 叶隽《史诗气象与自由彷徨——席勒戏剧的思想史意义》,上海:同济大学出版社,2007年。
238. 叶廷芳、王建主编:《歌德和席勒的现实意义》,北京:中央编译出版社,2006年。
239. 易红霞:《诱人的傻瓜:莎剧中的职业小丑》,北京:中国社会科学出版社,2001年。
240. 易漱泉等编:《外国文学评论选》,长沙:湖南人民出版社,1982年。
241. 殷宝书:《弥尔顿评论集》,上海:上海译文出版社,1992年。
242. 余匡复:《布莱希特》,成都:四川人民出版社,2002年。
243. 余匡复:《布莱希特论》,上海:上海外语教育出版社,2002年。
244. 余匡复:《〈浮士德〉——歌德的精神自传》,上海:上海外语教育出版社,1999年。
245. 于宪宗:《俄罗斯文学史》,西安:陕西人民出版社,1989年。
246. 袁可嘉:《欧美现代派文学概论》,上海:上海文艺出版社,1993年。
247. 袁可嘉:《欧美现代派文学概论》,桂林:广西师范大学出版社,2003年。

248. 袁可嘉:《论新诗现代化》,北京:三联书店,1988年。
249. 乐黛云:《比较文学与中国现代文学》,北京:北京大学出版社,1987年。
250. 曾虚白:《西洋文学讲座》,上海:世界书局,1935年。
251. 查晓燕:《普希金:俄罗斯精神文化的象征》,北京:北京大学出版社,2001年。
252. 张冲、张琼:《视觉时代的莎士比亚——莎士比亚电影研究》,北京:北京大学出版社,2009年。
253. 张鸿年:《列王记研究》,北京:北京大学出版社,2009年。
254. 张剑:《T. S. 艾略特:诗歌和戏剧的解读》,北京:外语教学与研究出版社,2010年。
255. 张剑:《T. S. 艾略特与浪漫主义传统》,北京:外语教学与研究出版社,1996年。
256. 张黎:《表现主义论争》,上海:华东师范大学出版社,1992年。
257. 张黎主编:《布莱希特戏剧集》,合肥:安徽文艺出版社,2000年。
258. 张沛:《哈姆雷特的问题》,北京:北京大学出版社,2006年。
259. 张泗洋、徐斌、张晓阳等:《莎士比亚引论》,北京:中国戏剧出版社,1989年。
260. 张泗洋主编:《莎士比亚大辞典》,北京:商务印书馆,2001年。
261. 张铁夫编:《普希金与中国》,长沙:岳麓书社,2000年。
262. 张铁夫等:《普希金:经典的传播与阐释》,湘潭:湘潭大学出版社,2009年。
263. 张铁夫等:《普希金的生活与创作》,北京:北京燕山出版社,1997年。
264. 张铁夫等:《普希金新论:文化视,中的俄罗斯诗圣》,北京:中国社会科学出版社,2004年。
265. 张旭春:《政治的审美化与审美的政治化——现代性视野中的中英浪漫主义思潮》,北京:人民出版社,2004年。
266. 张耀之:《雪莱》,沈阳:辽宁人民出版社,1981年。
267. 张玉能:《审美王国探秘——席勒美学思想论稿》,武汉:长江文艺出版社,1993年。
268. 张玉书:《20世纪欧美文学史》,北京:北京大学出版社,1995年。
269. 张玉书:《海涅席勒茨威格》,北京:北京大学出版社,1987年。
270. 张玉书主编:《海涅研究》,北京:北京大学出版社,1988年。
271. 张玉书主编:《外国抒情诗鉴赏辞典》,北京:北京师范学院出版社,1991年。
272. 张子清:《二十世纪美国诗歌史》,长春:吉林教育出版社,1995年。
273. 赵光旭:《华兹华斯"化身"诗学研究》,上海:上海大学出版社,2010年。
274. 赵澧:《莎士比亚传论》,北京:中国人民大学出版社,1991年。
275. 赵萝蕤《我的读书生涯》,北京:北京大学出版社,1996年。
276. 赵振江、滕威主编:《聂鲁达》,广州:花城出版社,2008年。
277. 郑振铎:《文学大纲》,北京:商务印书馆,1927年。
278. 钟敬文:《钟敬文学术论著自选集》,北京:首都师范大学出版社,1994年。
279. 周建新:《艾米莉·狄金森诗歌文体特征研究》,桂林:广西人民出版社,2006年。
280. 祝朝伟:《构建与反思——庞德翻译理论研究》,上海:上海译文出版社,2005年。
281. 朱刚:《新编美国文学史》(第2卷),上海:上海教育出版社,2002年。
282. 朱光潜:《诗论》,武汉:武汉大学出版社,2008年。
283. 朱维之:《基督教与文学》,长春:吉林出版社,2010年。
284. 朱雯、张君川主编:《莎士比亚辞典》,合肥:安徽文艺出版社,1992年。
285. 朱耀良:《走进〈神曲〉》,天津:天津社会科学出版社,2004年。

286. 曾虚白:《英国文学》,《西洋文学讲座》,世界书局,1935年。
287. 宗白华主编:《歌德之认识》,南京:钟山书局,1933年。
288. 邹建军等编:《易卜生诗剧研究》,北京:世界图书出版公司,2012年。
289. Billington, Michael. *One Night Stands: a Critic's View of Modern British Theatre*. London: Nick Hern Books, 1993.
290. Bloom, Harold. *Dramatists and Dramas*. Philadelphia: Chelsea House Publishers, 2005.
291. Brustein, Robert. *The Theatre of Revolt*, Boston, Little. Brown and Company, 1964.
292. Debon, Günther und Adrian Hsia(Hrsg.), *Goethe und China-China und Goethe. Bericht des Heidelberger Symposions* (Frankfurt a. M.:Peter Lang, 1985)
293. Folsom, Ed, ed. *Whitman East and West: New Contexts for Reading Walt Whitman*. Iowa City: University of Iowa Press, 2002. Macmillan, 1955.
294. Gu Zhengkun, *Studies in Shakespeare: Hamlet and His Delay*. Hong Kong: New Century, 1993.
295. Innes, Christopher. *Modern British Drama: the Twentieth Century*. Cambridge: Cambridge University Press, 2002.
296. Messmer, Marietta. "Dickinson's Critical Reception," *The Emily Dickinson Handbook*. ed. Gudrun Grabher, Roland Hagenbuchle and Cristanne Miller (Amherst, MA: University of Massachusetts Press, 1998).
297. Morison, Mary. ed. *The Correspondence of Henrik Ibsen*. New York: Haskell House, 1970).
298. PingXu, *Thinking, Writing, Thinging: An Exploration of Heidegger, Fenollosa, Pound, and the Taoist Tradition*, Wuhan: Wuhan University Press, 2002.
299. Qian Zhao-ming. *Ezra Pound and China*. Ann Arbor: The University of Michigan Press, 2003.
300. WangGui-ming, *A Study of Ezra Pound's Translation-An Interpretation of Cathay*. Beijing: Foreign Languages Press, 2012.

主要人名索引

A

阿垅（亦门）208—209,211
阿尼克斯特 57—58,240
艾略特（爱略特）4,6,12—13,15—16,27,79,
　　86,88,146—147,156,170,173,175,177,
　　186—194,312—313
安德烈·莫洛亚 94,98
安德罗尼科夫 108—109
安妮特·鲁宾斯坦 267
奥尼尔（欧尼尔）4,6,13,220,263,274—275,
　　283,288—299

B

拜伦 2—3,5,8,10,65—66,68—69,76—87,
　　89—92,98,130
贝克特 6,13,220,274—275,288—289,312—319
卞之琳 102,160,180—181,213—214,302—303
波德莱尔（波特莱尔）6,12,147,160—
　　167,197—198
勃兰兑斯 105,258—259
布莱希特 4,8,13—14,216,220,247,272,275,
　　288—289,299—312

C

残雪 241
曹靖华 110,277
曹树钧 215,217
曹未风 213—214,268

曹禺 215,257,261—263,282—283,292—293,
　　295,298
陈才忆 27,73
陈惇 7,226—227
陈光孚 196—197
陈红薇 276
陈洪文 32
陈嘉 90,92,215,316
陈敬容 110,160
陈建华 125—126
陈焜 190,315
陈立华 290,292—293,296
陈鸣树 77,81
陈庆勋 192
陈戎女 30—31
陈世雄 245,272,305,310—311
陈瘦竹 214,226,228,260,267—268,282
陈训明 130—132
陈中梅 22,25—26,31—32
程志敏 25—26,32
楚图南 134—137,140,195

D

戴镏龄 57,210—211,213,260
但丁 10,21—22,43—54,174—175,194,235,319
邓艳艳 194
狄更生（迪金森、狄金森）13,143,147—159
丁宏为 72—73,86,182,184

丁扬忠 264,302—303,306—307
董衡巽 139,148,174,180,313
董洪川 150,155,157,178,191,193—194
董问樵 240,245—246,253
董晓 281,283,285

F

范存忠 79,90—93
范大灿 105,237,240—242,246,306
冯国忠 80,86
方杰 182,275
方平 215—216
冯至 8,100—102,105,190,234,236—238,240,243—244,246,249,300—301
傅浩 142,178,181—184,191

G

甘运杰 24
高继海 275
高旭东 82,272
高中甫 245—246,263
歌德(葛德)2,5,7—8,10,12,17,102,105,174,214,231,234—248,252—253,306
戈宝权 107,110,126,209
葛维钧 39
葛一虹 107,278
辜正坤 218
谷裕 241—244
顾蕴璞 108—114
郭宏安 161,163,167
郭继德 292—298
郭利 112
郭沫若 44—45,75,88—89,94,100,105,119,121,130,134,140,142,236—237,246,248—249,255

H

海涅 7,65—66,100—106,254
郝田虎 55,61,63

何成洲 263—266,273,318
荷马 16,21—34,45,53,55,235,274
侯传文 120
胡志明 48—49
胡适 38—39,67,100,105,145,168,171,207,210—211,213,257—258,260,262,267,273
华兹华斯(华慈华斯、华茨华斯)2,5,12,65—76,91,140
黄宝生 21,35,39—43
黄嘉德 101,137,249,267,269,271,273,292—293
黄玉光 112
黄佐临 8,214,273,300—305,307—308,310
惠特曼 3,5—6,8,13,124,133—145,152,194

J

季羡林 8,35—38,42—43,116—119
姜景奎 119
姜岳斌 51—53
蒋承勇 51—52,83,244
蒋洪新 168,172—173,175,177—178,192,194
江玉娇 192
焦菊隐 100,214,222—223,231,277
金东雷 67,180
金发燊 59—60,64
金克木 21,35,37—43,118—119

L

莱蒙托夫(列尔芒托夫)2—3,12,65—66,106—115
老舍 44—49,51,53,282
雷石榆 100,103
黎跃进 41
李兵 263—264,270,293
李赋宁 23,57
李健吾 3,7,222—226,228,230,232,268,277
李祁 68
李伟民 209,219
李野光 139—140,143
梁启超 2,44,66,76,82,87

梁实秋 3,56—57,168,209,268
梁一三 59—60
梁宗岱 56,160,238
廖可兑 264,292—294,296—297
林骧华 315
林语堂 100,267—268
刘安武 35,37—43
刘保安 155—156,158—159
刘保瑞 112
刘炳善 219,221,270
刘波 162,165—166
刘海平 290,292—293,295,298
刘建 118—119
刘建军 51,243—244
刘明厚 263—264,266,293,298
刘萍 26
刘瑞洪 32
刘守兰 149—151,156—157,159
刘树森 142,144,188
刘文飞 128,130,132
刘象愚 173,177
刘燕 121,193—194
刘岩 172
刘意青 275
柳无忌 34,56
卢卡契 105,216,239—240,306,308
卢世林 254
卢铁澎 36,38
卢炜 311
鲁迅 2—3,34,38,44—45,49—50,53,56—57,
    76—77,82,88,100,105,107,125,129,
    134—135,209,235,237,257—258,261—
    263,267—268,270,272,276
陆谷孙 218
陆建德 94,97—98,191
陆佩弦 61
罗大冈 226,230
罗海燕 200
罗念生 22—23,25,214

罗益民 74,220
吕天石 67
吕同六 45,50—51

M

马家骏 46,103—104,128,199—200,278
毛崇杰 254
茅盾(沈雁冰)3,50,53,56—57,100,107,186,
    207,257—259,262,267—268,272—273,
    276,289—290
孟宪强 209,217—220
孟昭毅 36,41—42
米·莫洛卓夫 209—210
弥尔顿(蜜尔顿)21—22,28,54—64,66,174
莫库尔斯基 223
莫里哀 5,7,14,205—206,222—223

N

倪平 270
倪正芳 83—86
聂鲁达 5,9,11,147,195—201
聂珍钊 71,266

O

区鉷 142,184

P

庞德 4,6,12—13,16,27,121,123,146—147,
    167—178,185,190
彭予 172
蒲度戎 182—184
普列汉诺夫 260
普希金 2—3,5,8—9,12,82,87,107,110,112,
    114—115,124—133,209—210,232

Q

契诃夫(柴霍夫、柴霍甫)5,256,275—287
钱春绮 100,102,237—238,240,246,249
钱兆明 172,174,176,178

钱锺书 3,81,169—171,268
邱紫华 35,53
裘克安 219
裘小龙 59,171,174,181,191
瞿秋白(乐雯)3,107,267—268,270

R

冉东平 318

S

莎士比亚 2—3,5,8—10,12,15,54—56,59,
　　63,66,130,205—222,224,228—229,232,
　　234—235,250—251,254,271,274—275,
　　289,295,305
邵洵美 94,134,148,188
沈弘 22,55,63
盛宁 318
史达尼斯拉夫斯基(史坦尼斯拉夫斯基)286
苏曼殊 2,34,76,81—82,89
孙建 265—266
苏文菁 71—72
孙大雨 8,138,208,217
孙福良 217
孙家琇 211—212,215,217—218,221,264
孙绳武(朱笄)108
孙席珍 79,251
孙致礼 270
索金梅 177—178
索天章 215

T

泰戈尔 3—4,7—8,11,66,115—123,142
唐仁虎 117
陶乃侃 178
滕威 199—201
田本相 262—275
田德望 44—45,50—51,238
田汉 55,67,134,142,236,249—250,255,257,
　　259,263,269

田民 220
童道明 282—283,285,302
屠岸 71,134—135,180—181,214

W

汪义群 291—294,298
汪余礼 264
王贵明 178
王国维 2,76,82,207,235,245
王焕生 23,25
王建 245,252,310
王岚 276
王宁 265—266
王守仁 95,275
王维克 44—46,50
王希和 22,32
王以欣 26
王誉公 142—143,149,151,175
王远年 263—264
王远泽 280—281
王忠祥 24,262—263
王佐良 6,8,61,69,71—72,76,79—80,84,91,
　　139—140,180,187,189,218,269,271
吴伯箫 101
吴达元 58,69,91,212,223,225,230
吴建广 241—242
吴宓 3,67,89,207
吴瑞裘 30
吴兴华 180,211
吴岳添 318—319
吴富恒 150
吴辉 219
吴其尧 176,178
吴晓都 130
吴晓樵 100,105
伍蠡甫 138—139,171,315

X

席勒(释勒、席勒尔)5—7,214,219,234,245,

247—255,305

萧伯纳 3,5,7—8,10,14,88,256,258—259,264—276,289

肖锦龙 47

肖明翰 62

肖四新 51,220,244

谢六逸 22,134

谢群 292—293

谢天振 277

徐迟 22,136—137,197

徐懋庸 268

徐稚芳 110—111

许自强 110,114

徐祖武 280—282

许地山 34

薛克翘 36

雪莱 2,5,7,10,12,56,65—66,68—69,79,83—84,86—100,121,183

Y

晏绍祥 25—26

杨武能 239—241,243,246,251

杨宪益 22—23,32,136,179—180,249,268,270

杨周翰 45,57—59,69,91—93,212,215—217,223,240

叶尔米洛夫 277,280

叶公超 187—188,191

叶隽 241—242,245,254

叶廷芳 252,304,306

叶芝(叶慈,夏芝)4,12,88,121,123,146—147,179—186,193

易卜生 2—3,5—6,8,10,14,207,220,256—275,282—283,289,291

易红霞 220,298

易晓明 74,83,270,272

殷宝书 57—58,62

余匡复 241—243,304,310

余振 107—111

于宪宗 110

袁可嘉 6,67—68,78—79,94,170—172,180—181,187—190,314—315

Z

曾虚白 67

查明建 277

查晓燕 130,132

张保胜 40

张冲 219,293

张德明 96,99,245

张鸿年 21,104—105

张剑 176,178,191—194

张君川 221

张黎 306—307,309—310

张隆溪 62

张沛 220

张泗洋 215,221

张铁夫 129—130,132

张旭春 73,83,95

张耀之 79,91,94,98

张玉能 254

张玉书 102,104—106,110,251—252,254

张子清 156,168,171—172,175,178,192

赵光旭 73—74

赵国华 39—42

赵景深 76,179,299

赵澧 218,291

赵萝蕤 57—58,69,91—92,138—139,141—143,146,187—188,190—191,212

赵毅衡 149,171—172,175,190—191

赵振江 199—200

郑敏 70,95,174,187

郑振铎 22,34,67,116,247

钟敬文 103

周建新 157

周珏良 140—141,174,181,271

周宪 307—309,311

祝朝伟 178

朱栋霖 290,292
朱刚 156,194
朱光潜 3,23,67,180,214,250,268
朱虹 50,292,315
朱笄(孙绳武)108

朱维之 58,60,62,64,67
朱雯 221
朱耀良 22,24
宗白华 105,236,240
邹建军 263—264